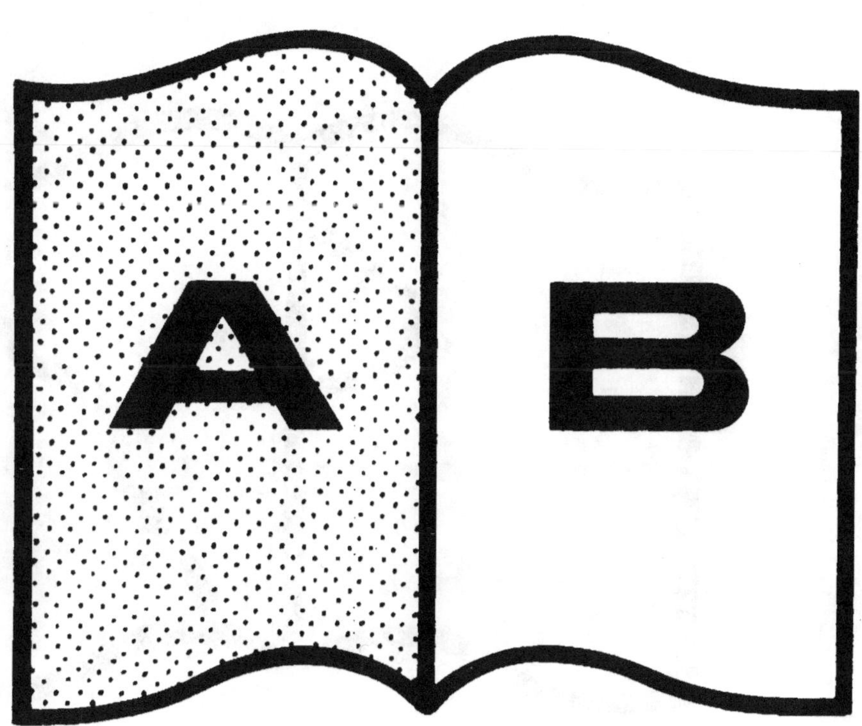

Contraste insuffisant

NF Z 43-120-14

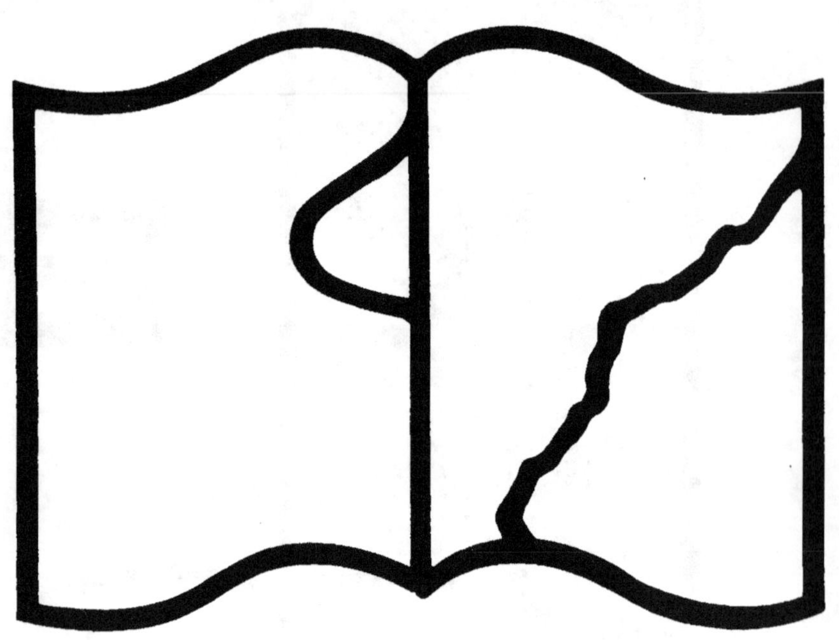

Texte détérioré — reliure défectueuse

NF Z 43-120-11

D^2 1547.

(Remplaçant de partie)

D^2 1167.

LE FRANC-ARCHER DE LA VRAYE Eglise,

CONTRE LES ABVS ET enormités de la fausse.

Par Noble ANTHOINE FVSI, iadis Prothonotaire Apostolique, Docteur Sorboniste, Predicateur & Confesseur de la maison du Roy, Curé des Eglises parochiales S. Bartholemi, S. Loup, & S. Gilles à Paris.

* * *

Aux despens de l'Autheur.

M. DC. XIX.

TABLE DES CHAPITRES
contenus en ce traicté.

¶ 2

Au Lecteur.

ECTEVR, que nul ne me
iuge ſans me lire, mais auſſi
garde toy bien de me lire
ſans me iuger , ou ſans lier
ton iugement à ce que tu li-
ras. Et quand tu t'en appro-
cheras, oſtê tout preiugé, de-
poſe toute preuantion. Aucuns ſont ſi rebours, ou pluſ-
toſt imbecilles au ſens de leur ſalut, que n'eſtant munis
de defences aſſez fortes en leurs ceruelles, ſe laiſſent
gaigner au premier qui en a enuie, ſãs poids, ſans ba-
lances, ſans faire comparaiſon d'vn coſté auec l'autre,
preſtant le muſle comme buffles, deſpouillant la raiſon
de ſon office , alterant ſon ſiege ſans y apporter nulne
n'y meſure , treſperçant la verité à toute outrance,
pluſtoſt pour l'acabler, que pour ſe rendre à elle. Mais
pourquoy ſont ils raiſonnables s'ils ſe veulent ainſi
formarcher cõtre la raiſon? S'ils ne deliberent de mettre la main à leur iugement en matiere ſi importan-
te, & de ſi haute aſſiete. Ceux qui les peſeront comme
elles ſont ici couchees, ne ſe ſçauroiẽt empeſcher, qu'el-
ques rebelles qu'ils ſoyent à leur propre lumiere, qu'ils
n'en demeurent d'accord de plus de la moitié, de leur
conſentement: tout y eſt palpable, comme à midi, y mettant du voſtre, ſelon le fonds que Dieu vous a dõné: il

A

fera fauter de vos yeux, comme à S. Paul les efcailles
qui vous bouchent la veüe, opererà en voftre interieur
le frappant de fon aftre brillãt, & changera en ferain,
l'efpaiffeur des tenebres qui vous noirciffent.

Ie n'ay fait ici qu'effleurer, ou efchantillonner feulement la furpeau, des abus Ecclefiaftiques. Ie n'ay
fait autre, que chappeler ou fcarifier legerement auec
la flammette. Ce ne font que petits phenigmes appli-
quez en la furpeau. Nous approcherons des parties
fphacelees, gangrenees. Nous ioüerons du cautaire &
du feu. Ce fera à la replique ou il faudra empoigner
le rafoir & la coignee, encor qu'on puiffe aifement
goufter de ce peu que ie dis ceans. Combien eft deffra-
uee la corruption que i'improuue. Neantmoins i'ay
bien d'autres veritez toutes preftes à tirer du puits de
Democrite. Ie n'ay finon que hauffé le bout de la tapifferie: alors ie leueray la piece toute entiere, tant en
thefe que hypothefe, par fyllogifmes, & par inductions
pour voir au defcouuert l'occean d'erreur, d'abus, où
font plõgez nos aduerfaires. Pauures aueugles, curia-
liftes Romains, ou pluftoft mulets affaiffez des impofi-
tions infupportables de la cour Romaine. Auffi eft ce
pluftoft vne cour qu'vne Efglife, vn marché, vne foire
qu'vne efchole de Iefus Chrift. Ils portent la cour iufques dans l'Efglife pour y eftouffer tout le Chriftianifme, le paroiftre pour l'eftre, le gefte pour la chofe,
les ceremonies pour l'Euãgile, font les limites de leur
religion.

Tu me pardonneras auffi, fi ie n'ay fceu fi bien me
deffariner de l'Egypte que ie n'ẽ aye meflé quelq₃ ma-
cule, que ie n'aye encor fceu fi parfaittemẽt efplucher,

que

que le ſtile & les citations n'en retiennent du terroir.
Ma plume n'a encor ſceu receuoir vn ſi ſoudain a-
mendement, par ce que la foy eſt vn don de Dieu qui
corrige tout à coup les fauſſes oppinions : mais le langage eſt vn don de l'eſtude & de l'vſage qui marche
& ne ſe peut rebrouſſer qu'auec le temps.

Au ſurplus croiſ que ceans il n'y a rien de chimerique ou apoſté, qui ne merite d'eſtre eſtimé non ſeulement vray ſemblable, mais la verité meſme : car la
doctrine qui y eſt, ou c'eſt la parole de Dieu qui la prononce, ou qui la reiette par ſon ſilence, nous inhibant
de rien adiouſter, ou approuuer de ce qu'elle a teu, ou
qu'elle n'a conſtitué, excommuniant par ainſi les traditions des hommes. Et quant aux vices & abus,
comme i'ay predit, ce n'eſt la moindre de cent mille
parties qui ſont notoires, & qu'on peut deſentaſſer, &
mettre en lumiere. Le monde en eſt tout noyé, les rayons du ſoleil en ſont offuſquez.

Au reſte ie ſuis phantaſſin des muſes, arbaleſtier
de Minerue, carrabin de la religion reformee, pour
taſcher à reformer le Pape. Car s'il ne vit ſelon S.
Pierre, mais ſelon Neron, ou Domitian, comme viurôs
nous ſelon le Pape? Il faut ramener le Pape à la papauté, ou la papauté à Ieſus Chriſt ; & nous viurons
deſſous l'obeiſſance de ſon ſiege, pourueu qu'il vueille
viure ſelon Ieſus Chriſt : autrement il luy faut faire
fermer ſa boutique, confiſquer ſes drogues, renuoyer
au billon ſon plomb, ſes bulles, & tout ce debit illuſoire
qu'il conclud ſub annulo piſcatoris. Que cela eſt mo-
queur de reſtraindre le ſeau de ſa chancellerie ſous le
cachet d'vn poſcheur, dequoy il ſeelle toutes ſes deſ-

pesches, & cependant vsurper la tyrannie du souuerain monarque de tous les monarques. Il se proclame
seruiteur des seruiteurs de Dieu, & toutes les couronnes du monde ne sçauroient rassasier son ambition.
C'est pourquoy il faut esloigner des estats l'infection
d'vne telle hypocrisie, en exiler tous ces herauts, mer-
ciers, embausmeurs, vēdeurs de telles fumées, porteurs
de rogatum, toutes ces testes recoquillees, ces espaules
emmantellees de couleur violette au dehors, de piperie
arsenicale au dedans, vrais pionniers, dresseurs de
trauchees pour y faire couler nos malheurs.

Ie sçay bien qu'on intimera les foudres de ce Iupiter
Capitolin. Mais que peut vn homme decapité, il est
sans chef, il est sans pouuoir, car il est sans Christ,
hors de la voye de Christ. Quoy? me voudroit-il abysmer de l'esprit de sa bouche, ie crois en Dieu, & que
le souffle d'aucun basilic ne m'offensera: car tu mar-
cheras (promet Dauid) sur l'aspic & le basilic, &
cōculqueras le Lyon & le Dragon: Et partant il ne
m'acheminera iamais à luy aller bouquer la pantoufle,
& ne me persuadera non plus que la religion gise au
bout du pied pourri d'vn pecheur, ne qu'il faille adorer la podagre d'vn homme comme moy, & en faire vn
catechisme de saluation. Il ne sçauroit excommunier
la verité, ny en despit d'elle, aucun de ceux qui la portant: & s'il le fait, il crachera contre le ciel, tout luy
retombera sur la teste. Ie croiray plustost à S. Paul
qu'à luy, si vn Ange, dit-il, vous annonce autrement
que moi, qu'il soit anatheme. Ie le renuoyeray aux
maledictions dōt le dernier chapitre de l'Apocalypse
comble ceux qui veulent honnir par l'addition de
leur

leur parole, la vraye parole de Dieu.

Il n'y a rien de la vie & des epiſtres de S. Paul dedans la vie & deſportement du Pape, encor que l'Epiſtre aux Romains iuge le procés qui eſt pendant entr'eux & nous pour la iuſtification, neantmoins ils ſe veulent iuſtifier, gauchiſſants, deſtruiſants les opiniõs indubitables de l'Apoſtre. Baſte que la vie, decretales, bulles, canons, & bombardes romaines ſont tellement diuerſes & oppoſites à l'Apoſtre qu'il n'y a choſe quelconque de limitrophe. Et toutesfois le Pape les prefere à l'Euangile, il nous en propoſe la creance par deſſus la reuerence, que nous deuons deferer aux epiſtres du meſme Apoſtre, & à l'Apocalypſe, l'vn & l'autre portant anatheme, & malediction ſur telle addition, & ſur ceux qui la fauſſillent. Outre que les trois principaux donjons, où ils colloquent limitation de Chriſt ſont par terre: car pour la pauureté que vouent les moines, elle eſt tournee en conuoitiſe plutonique, qui graduellement treſmonte iuſques à deuorer toutes les couronnes & ſouuerainetés du monde.

Pour l'obeiſſance, ce n'eſt qu'vne domination pharaonique, la chaſteté n'eſt plus qu'vne braconnerie. Il n'y a pas moyen d'accorder l'Euangile de Moyſe auec la vie de Pharaon non plus que celuy d'Herode auec Iean Baptiſte. Le Pape, les Cardinaux qui repreſentent Chriſt & ſon Senat Apoſtolique, & qui diſent auoir ſuccedé au pouuoir & à l'office d'iceux font vn Euangile muſqué, de velours, de ciuette en littiere, en caroſſe: harnachés, montés à l'imperiale, ils portent vne croix de ſatin, ſucrine, friande, laſciue ils deuroient rompre la chair auec l'eſprit, & ils aua⸗

chiſſent & rompent l'eſprit de Dieu auec leurs char-
nalitós. Ceux qui ne les approuuent, & ne les adorent
ſont heretiques. Certes vn tel Euangile tout monda-
niſé, deuroit eſtre ſupplicié aux pieds de celuy de
Chriſt, & ils ſupplicient celuy de Chriſt aux pieds du
leur qui eſt tout de Careſmeprenant. Il luy faut deſ-
chapperonner ſa tiarre, fondre, ou mettre ſa maroste,
ie veux dire ſa croſſe en pieces, il n'appartient à vn
lacquais ou ſuiuant de Chriſt de porter ſi gros eſtat,
il ſe deuroit contenter d'vn ſceptre de paille, veu que
celuy de Chriſt eſtoit vn roſeau de deriſion, & il le
porte de pierrerie, celuy des Roys n'eſt que d'vn pied
& demi, le ſien d'vne toiſe & demie, recocquillé en
boulle au ſommet, pour inſtruire ceux qui luy croient
que ſon empire monte iuſques aux cieux. Ce n'eſt la
houlette d'vn berger, mais la poignée d'vn payen qui
ſe veut faire idolatrer, ce n'eſt viure ſous le ioug de
Chriſt, mais c'eſt ranger Chriſt ſous le ioug du Pape,
ſa couronne d'eſpine en adoration ſous la triple couronne d'iceluy, c'eſt mettre Chriſt à maiſtre, le rendre
feudataire & apprentif du Pape, l'Euangile eſcholier
de la papauté, & de ſes decrets, côme ſi Chriſt n'eut e-
ſté que ſon pouruoyeur, ou que Chriſt eut fait le Pape,
afin que les Roys & Empereurs ne fuſſent que ſes bri-
daſnes. Auſſi eſt-il bien plus grand maiſtre que ſon
maiſtre, comme s'il eſtoit le ſauueur de Chriſt. Il eſt
ſeant en la poſſeſſion du throſne de ceux qui commandoient à Pilate, & en vertu deſquels Pilate a liuré
Chriſt à la mort.

Ie ſçay que l'Eueſque cenſurera ceci & tout ce qui
y enſuit: mais qu'il ſçache qu'il eſt ceans pluſieurs

fois

fois censuré, & qu'vn censuré, & qui n'est composé que
d'obiect de censure ne doibt censurer autruy. Specialement son estude n'estant à discerner entre la censure,
& ce qui est digne de l'estre : car il quitte ceci pour
vacquer entierement & s'acquitter de l'autre. Il est
vray, que ie me tiens louable d'estre censuré de telles
gens, car ils ne font ce que ie merite ; mais selon le
reproche de l'esclat de leur meschante vie, & selon
l'impropere que merite leur ignorance, laquelle ils
noyent dedans la fanfare de leur dissimulation. I'attens des reparties pleines d'esclat de tonnerres, de
foudre, d'orage, mais impauidum ferient. I'ay dequoy
rendre le change & combler ma seconde espreuue.

Si on me harcelle, i'ay vn millier d'inductions sur
les Prelats & Officializans, ie congnois leurs giboieurs
leurs gibiers, & toute la couuaille. Ie iubileray estant
picqué, ie tressailliray aux histoires & à la verité : ie
n'ay icy couché que les rinceures de ma plume : Ie n'ay
encor entamé mon cornet, ce ne font que les espoussieures de mes liures, la racleure du bordage de mon
esprit. Ie n'ay encor ouuert ma biblioteque, n'y touché
à mon magasin. Ce n'est icy que la decoction de mes
pensées l'expression de ma creance, ie l'ay fait par
cœur sans biblioteque, sans liures, ma biblioteque
ayant esté non seulement effleurée, mais ie ne sçay
quelle escuierie me l'auoit toute escumée, fourragée,
I'ay tout escrit sans mes Docteurs, mais non sans leur
doctrine, qui est la parole de Dieu, Il ne m'est resté
que ceste seule librairie là. Ma retraitte n'a esté pour
la bonne chere, comme plusieurs secretaires de la Romanimanie qui se vendent pour des poignées de pisto-

ſes : car i'ay eſcrit des la tenuité preſques en diſette,
auſſi ſuis-ie venu ahanner, non pour m'engraiſſer : pour
trouuer le vray Chriſt, i'ay quitté le doré, le Pluton
de la Pape-eniaulerie, comme ie verifieray en ma tri-
plique, là ou il faut deſcendre aux inductions, ha!
que de richeſſes ie mettray en-aduant, car ie ſçay la
vie hiſtoriée des ces epulons, de pluſieurs Caiphes, Pi-
lates, & pluſieurs Officiers Pilateſques. Ie parleray à
ventre desboutonné de ceux qui me chocqueront, ou
me feront chocquer, de ces plumes d'or, mercenaires,
affamées d'honneur, & de conuoytiſe temporelle. Ie ne
ſuis tenu d'eſpargner ceux qui ſont du parti de ceux
qui portent les armes contre moy, ie les enfonceray
iuſques au milieu de leurs rideaux & de leurs ridel-
les, & feray confeſſer à ceux qui auront l'ame droitte
que ceux qu'on eſtime des Sybilles ne ſont que ſybilots,
ie ſuis enfant de la matie comme eux, ie ſçay en quelle couleur giſt leur folie. Ce ſera vne plaiſante eſcarmouche, ie la feray penetrer iuſques au centre de ceux
qui ſeruent de poulmon à Vulcain pour luy ſouffler
ſon feu.

Et d'autant que ie preuoy qu'on s'enfouguera à
l'extermination de ceſte piece, ie veux qu'on ſçache
qu'il y en a demie douzaine d'autres conceuës & plus
qu'à demi formées, elle ne demeurera pupille, le pere
luy enuoyera demi quarteron de ſes cadets s'il eſt de
beſoin, pour exterminer ſes exterminateurs, vrais
membres dignes d'extermination, ie les prendray par
la main, & les meneray aux pieds des teſmoins, où ie
les recolleray, confronteray pour deſmentir les impoſtures de ces gentils equiuoquenrs, ie leur dreſſeray
vn

vn escadron rebarbatif de bōnes vieilles barbes blā-
ches, qui leur souştiendrōt le rebours de leur effronte-
rie: car ce que i'en ay escrit, ça eşté par innocence pour
maintenir la virginité de la Religion pluştoşt que par
autre violāce, ça eşté pluştoşt par inspiration que pour
correction (car quel moyen de reformer des deseſpe-
rès ?) ç ı eşté par deuotion non par eſmotion , ou pour
dire la verité , pluştoşt que pourme colerer contre le
menſonge, pour confirmer les bons, qu'effarouc her les
meſchants.

Et ſi quelque part ma plume ſemble penetrer iuſques au vif, ça eşté pour médicamenter la compaſſion
qui m'emportoit outre moy-meſme , ou pour monſtrer
quelque remede , non pour porter haine à l'encontre
de ceux qui me haiſſent à mort. La verité à forcé ma
reſolution , & a reſpendu la ſouëſueté de ſon baulme
iuſques dedans les playes que ie voulois diſſimuler.
Que s'il ſemble quelque part que ie rebats, & que ie
frappe ce que i'ay deſia traitté , c'eşt que i'imite les
nourriſſes qui apres auoir mis la bechēe de bouillie
dedans la bouche de leurs nourriſſons la retrouſſent
& ramaſſent autour des leures, la remettant pluſieurs
fois, afin de n'en rien laiſſer eſchapper. Ainſi ie r'en-
grege ce qui ne peut entrer d'vn ſeul coup de marteau, donnant pluſieurs eſtrettes, afin que l'impreſſion
s'approfondiſſe contre les effaçemēs, deſquels la malice & oubliance des hommes , a de couſtume d'eſtre
ſuiuie en fourchant la verité.

I'euſſe pluştoşt donné le iour à ceſte piece: mais arriué en ce lieu , ſoit la nouueauté de l'air qui m'a eſ-
preuué, ou autre changement de vie, cela m'a rendu

comme languiſſant , & la pluſpart alitté par l'eſpace
de trois mois, foible de corps, mais reſolu & r'enforcé
en mon eſprit, ce que ie ſouhaitte en la recognoiſſance
de ceux qui me liront. Et comme l'œil ne ſe peut voir,
ainſi vous pauures aueugles, ne vous voyés pas, mettés
ſeulement le pas hors le ſeuil de voſtre irreligion , &
vous verrés comme tout y eſt ridicule.

A TRES-

A TRES-HAVT TRES-
PVISSANT, ET SERENISSIME
Roy, IAQVES I. Roy de la grand'
Bretaigne, & autres Royaumes,
deffenseur de la foy Catholique &
Apostolique.

REMONSTRANCE APO-
LOGETIQVE SVR LES ENORMITES
& abus demesurés, attentats, & inhumanités du
chef de la fausse Eglise & de ses suppots, contre les
vrays & legitimes enfans de la vraye.

IRE,

Estant le bon plaisir de
Dieu, de m'auoir rayonné
quelque illumination ten-
dãte à sa bergerie, i'ay pensé faire chose conuena-
ble à vne faueur si immense, si ie vous en dedioy

les premices , comme à celuy lequel , apres Dieu,
tient le deſſus en noſtre hemiſphere , à la manu-
tention de l'Euangile , pour lequel conſeruer en
ſa pureté Dieu vous conſerue : afin auſſi que l'en
remerciés , faiſant reſentir aux perſecuteurs des
enfans de ſa parole, que ſon honneur redonde ſur
le voſtre, & que vous voulés maintenir l'immen-
ſité du ſien , dedans l'innocence du voſtre, & faire
voſtre querelle de la ſienne : auſſi ne peut- il pleuuoir ſur eux , qu'il ne degoutte aucunement ſur
vous, l'intereſt eſt commun, noſtre partie giſt en
la voſtre , & la voſtre reciproquement ſe va rendre à la noſtre.

L'appuy de beaucoup de gens de bien, giſt en la
vigilance de vos yeux: & ne doubtés , que le Pape
ne croye que le paradis ſoit vn milier de fois engagé & hypothequé entre des mains ſacrileges &
deſeſperées qui gaignent leur vie en cerchant la
voſtre.

Il couſte à la France, vn tiers de la France, à apprendre des preſeruatifs contre les Marianiſtes, elle n'en a encores ſceu eſtudier de ſi ſalutairés que
vous : le mal eſt ſi grand qu'on ne le ſent pas , il
engourdit les membres de l'eſtat, comme ceux
qui ſont en leur mal, lors qu'il eſt en ſa plus haute
intention, ils ne ſentent rien, à leur dire ils ſe portent bien : Dieu preſerue voſtre couronne d'vn
tel eſchoüement. Si iamais vn deſgel entre chez
vous, ha ! que de ſang, que de cendres engendrera
vne telle diſſolution. Vous aues des Bryarees, des
Argus en teſte , qui outre plus tiennent à ſerme
plu-

pluſieurs autres milliers de paires de mains, autant
d'yeux, autant d'oreilles à leur deuotiõ, qu'ils ſçauent aſeoir au guet, pour en apriuoiſer voſtre declin, & en eſpier le precipice de la fin de vos iours:
mais, bon pied, bon œil, il faut touſiours auoir
vn œil au chat, l'autre à la paelle: l'œil à lerte, balle
en bouche: ne doutes qu'il n'y en ait quantite, qui
iournellement coſtoyent vos pas, familiers en
vos palais, qui n'aſpirent qu'au martyre, par le
moyen du voſtre, (& qui doute que les Roys aſ-
ſaſſinez en leur deuoir ne ſoyent martyrs?) &
qui ſont forts d'eſperance, qu'il ne quitteront
leur volonté, qu'en l'effort redoublé de l'executiõ
de leur deſeſpoir, lequel ils adorent en la promeſſe certaine, qu'on leur a dõnée de leur ſalut, qu'ils
croyent attachè à l'effuſion de voſtre ſang, ne pouuant entrer à celui là, que par l'ouuerture de celui ci.

C'eſt à vous d'auoir de bonnes ſentinelles chez
vous & ailleurs, & eſpargner voſtre confiance, reſtreindre vos priuileges, & boucher l'oreille aux
Sirenes: car Henry 4. en eſt mort. Cela vous doibt
eſtre inſinué, non tant par moy, que parce qu'il ſe
trouue vne certaine bulle de Pie Quart, dans certains directoires des inquiſiteurs (car on l'a effacé
des autres directoires, nouuellemét imprimés) où
l'inquiſition doibt faire le proces, aux princes ſouuerains, ou autres, iaçoit qu'abſents, qui fauoriſent
ou ont, acointáce auec les heretiques ou ſchiſma-
tiques, & y ont adiouſté vne clauſe, c'eſt qu'vn tel
procés, ſe doit parfaire iuſques à la mort inclu-

fiuement. C'eſt incluſiuement eſt vn fourreau
de poiſon, de couſteau, & de poignard. Ie vous
laiſſe à penſer en quel train eſt vn pauure prince,
qui a ſes voiſins, ou côfederés, alienez de la chanſe
du Pape, qui n'e ſtimēt ſes faueurs qu'autât d'eſcor-
niflures, qui s'eſtimeroient contagiez, s'ils auoyēt
reçeu, ou touché aucune choſe du ſien, & qui ont
plus d'horreur d'eſtre cautionez de lui , que de
payer pour lui : qui deffendent à leur chiens , de
chaſſer auec les ſiens. Cependât les ſouuerainetés
de tels voiſinages, ſont tellement liees, entrelaſ-
fees, que la frequente communication , y eſt tres
neceſſaire.   Neantmoins cela eſt interdit, à peine
d'eſtre bullé, ou frappé au coing de l'inquiſition.
Ces bulles, ne ſont autre que patentes, priuileges,
paſſe-droits d'attentats, ſur la perſonne des princes cenſurés: ains ce ſont vrais Vulcains, qui battēt
les poudres, pour les fougades, forgent les couſ-
teaux en l'ire de Dieu.

La confirmation de ce que deſſus, ſe puiſe en la
fondation de tant de ſeminaires Anglois : Ils les
parent du nom de ſeminaires, ou pepiniere. Mais
pourquoi tel prouin? pouruéu que ce ne ſoyent ſeminaires de felonie , de reuolte, de boutte-feux,
de parricides outrequidez qui ne tendent, qu'à faire le Pape roy de leur Roy, ou qu'à eſtaindre leur
Roy, & toute ſa Royauté pour mettre le Pape en
ſa place. Ils ne font boutique d'autre doctrine que
de cela , leur principale priere, eſt que les Roys &
leur pays ſoyent au Pape, ou au fil de l'eſpee.
C'eſt bien vn cas aſſeure, qu'à preſent ils ſeruent
de

de diaire, ou ephemeride, & calandrier pour apprendre quel iour se passe , quel temps il fait au
pays. Là se tient banque de nouuelles, là se trafique la brasserie des dangers , qui assenent vostre
couronne: c'est la retraicte des monopoles, pour y
balancer la maturité des executions. Recourés en
arriere, & recollés le passé , si vous ne verrés pas
que le berceau & la nourriture de tous attentats,
sont originaires de ces tanieres là, aussi sont ce ar-
senats de munitions, afin que si le feu prent à quelcune de leur mine , ou qu'ils puissent gaigner ou
renuerser quelque gros chesne, d'auoir en main vn
esquadron de trompettes , qui par le moyen de
leur voix, de leur vie, consanguinité, cognoissance,
& habitude au pays , ils puissent esbrescher la resistance opposite , ils sont là embuchés , allaités
comme petits faons de rebellion , houbreaux de
reuolte, c'est du leuain pour faire leuer, & sousle-
uer la paste d'vn Royaume: ce sont hameçons & a-
morces pour pescher en eau trouble : ces gens là
sont enracinés en leur desseins , & qui seroyent
bien plus d'execution & de degast en vostre Royaume, qu'vne bonne armee. Et le pis est qu'en
mourant ils font pis , & ont vne queue plus sanglante qu'en viuant. Car il y en a qui adioustent
plus de foy à leur sang, qu'à leur sens, ou à leur vie,
à leur mort qu'à leur paroles: comme si leur mort
estoit vne signature celeste de leur caquet , &
mouuemēt seditieux, ou comme s'ils estoient aussi
seurement sauuez que trespassez , saincts que perfides , & que leur discours fussent l'appreciation

de leur saluation.

Il y en a qui sont si trompeurs d'eux-mesmes, qu'il se font croire, que le supplice pris d'vn criminel de leze-majesté soit espece de martyre, pour faire vne victime d'innocence, iaçoit que le martyr, n'est point plus martyr que la cause ; si la cause est criminelle, la mort est vne punition : si c'est vn mal-faicteur, ce n'est pas vn martyr : c'est vn anatheme, vn membre gangrené, *Melius est vt pereat vnus, quàm vnitas* : on les punit, non point comme amis de la foy de Dieu, mais comme ennemis de la foy publique:coniurateurs contre leur patrie, conspirateurs à perdre tout le sang royal, qui ne tendent qu'à bouleuerser le tout, & le mesler en feu & en sang. Qu'importe au Roy de quelle Religion ses subiects viuent hors son pays, pourueu qu'en innocence, & sans felonnie:ce n'est leur Religion qu'on chastie, mais leur complication de crimes redoublés. Vn homme qui est puni pour son delict ne peut estre reputé martyr, ce n'est leur creãce, mais leur sedition qu'on chastie. Vne consciéce intimidee, ne hasardera sa vie pour estre parricide, incendiaire, mettre à sac, au violement, & discretiõ d'vne armee effrenee, sa patrie.

Les anciens martyrs ne mesloyent point de trahison ni d'homicide parmi leur confession de foy. La sanctification de telles gens,est de mesmes que la canonization de l'Apostat Iaques-Clement.Bon Dieu ou sommes nous de religion! oster le tiltre de martyre à la foy pour en couronner la perfidie, la felonnie,le parricide ! la religion est bien falsi-

fiee,

fiee, puis que tels crimes execrables se retrouuent
parmi ces plus affectueuses deuotions. Voila cōme on se ioue du sang de ceste pauure mouton-
naille, qui sont des principales pieces de la negotiation du fondic pontifical : ce sont les petar-
diers de la papauté, qui encor qu'ils soient escar-
tez, ne laissent de petarder à la sourdine vostre
Royaume en beaucoup d'endroits. Les factions
par personnes qui seruent comme de change à la
banque, sont plus dangereuses mille fois qu'vne
guerre ouuerte. Ceux qui les entretiennent, aimēt
les Anglois, comme les Turcs : mais ils regrettent
les fricassees d'Angleterre, les carbonnades qu'ils
tiroient du purgatoire, car il est riche & gras en
vostre pays : la griuelee y est bonne, ils aiment à
frioler, ils n'abandonneront aucune sorte d'obliquité, qu'ils ne retournent à la iouyssance de ceste
belle pluye d'or, qui rafraischissoit si opulemmēt,
leur dataireries : & sur l'aduantage de ceste esperance, ils plantent des seminaires non de religion,
mais des cloaques de rebellion. Ce sont clapiers
d'embuches, d'aguets, pour venir à l'emblee &aux
surprises: clapiers, où se forgēt toute sorte de ma-
chination, ou tout le centre & pourpris de vostre
estat, des forces, finances, noblesse, y sont iournellement articulees, anatomisees, calculees, mises en
cōpromis: c'est là, où le papisme, marianize à plein
fonds, où se ligue selon la direction du conclaue la
reuolution de vostre couronne.

Que si le Pape auoit perdu l'esperance de vous
empieter, il casseroit tous ses amas: car les Romains

font plus efchars que charitables , ils aimẽt mieux
efpargner que bien faire:de l'argent,que des Apoftres, s'ils n'en efperent de l'or ou des couronnes.
Mais d'autant que l'attente qu'ils ont fur voftre
definition eft viuante,& brillante,cela les anime à
eftre agiffans à fe tenir en perpetuel furfaut,com-
me auffi ils ont toufiours quelque aguet fur le
trottoir:ils dreffent des embufches pour attrapper
l'occafion, affie gent les opportunités , qu'ils affui-
iettiffent , afin d'en efclorre leur deffein hiftorié.
Leurs toiles font tendues de tous coftés , encor
qu'ils aimeroient mieux vous auoir perdu que gagné la Iudee.A ce fuiect ils dreffét en ces lieux des
confeils , où fe minutent les inftructions,fe defti-
nent les courfes,les boute-feux,par l'Europe. Ha!
combien de voyages appoftés,de faux trafics def-
guifés , pour alongir , racourcir , & adiufter leurs
embufches,de millel'vne ne viẽt à voftre cognoiffance.   Ils ne pardonnent iamais,eftans outrés,ils
ne vous voudroient donner la moitié de voftre
couronne,quand vous leur quitteriés l'autre.Ils ne
peuuét iamais canceller leurs pretentions d'iniu-
re:ils n'ont autre confcience que l'Eftat,autre Religion , que la fublimation de la Papauté : autre
commandement de Dieu , que de fe rendre maiftres de celui des hommes:autre falut,que de conuertir la grandeur , & les coffres des Chreftiens,
dans les leurs:autre fymbole,que la creáce de tels
articles , autre priere,plus ardente , que l'efficace
d'vn tel vœu, autre tradition que leur cabale : car
la parole non efcrite , qu'ils nomment tradition,
n'eft

n'eſt que le treteau, & pour en leurant le monde, executer la leur, ils ne recognoiſſent les bienfaits, que pour en acheter d'autres, & doubler les leurs, ils ne donnent iamais le cœur de leur amitié, & ſi ils n'aiment qu'à dix pour cent , afin d'en retirer cent pour dix : ils eſtiment ineſtimablement ce qu'ils font, auiliſſent ce qu'ils reçoiuent : priſent cõme autant de ſacrileges irremiſſibles, les moindres fautes qu'on leur commet, & les outrages inſupportables & monſtrueux qu'ils laiſſent eſchapper ſur les couronnes , & ſur les prouinces, ils les intitulent de prouidence paternelle, comme ſi les hommes auoient le ſens eſtiomené & à reculon, ne pouuant meſurer l'outrage & la paſſion , à la bien ſeance, & à la raiſon, & que l'vn fut confus & mixtionné dedans l'autre.

Henri IV. ſe fuſt demoli pour les ediſier; ruiné ſon ſens commun, pour contribuer à leur doctrine : mais, *ſcribunt iniurias in marmore*, apres auoir honteuſement fouëtté les eſpaules de ſon ambaſſadeur; en la place des ſiennes, il eſt mort. Mais qui croiroit , que ce fut plûſtoſt pour l'abſoudre que pour ſe garantir, que pour cercher eux-meſmes l'abſolution de tant d'ignominies, qu'ils luy auoient fait endurer, ſe preparant vne honneſte couuerture ; pour ſe mettre à l'abri du iuſte reſſentiment , qui luy en pouuoit reſter , quelque bonne mine qu'ils luy ayent fait, ſi craignoient ils ſes arrieres mains.

On pratiqua donc ce voyage-la, par l'interpoſition d'agens gauchers, plus que par aucun reſſen-

timent qui preffaft le Roy, d'aller obtenir vne fi
ridicule flagellation.Si on eut reculé tant foit peu
ils euffent enuoyé les efpaules du Pape en crouppe,fur celle de quelque legat, receuoir en France
la honte qu'il fit receuoir au Roy. Ils tranfiffoient
d'apprehenfion & d'effroy:& quiconque opera ce
bon feruice à Rome , de hafter les allures d'vne
telle fuftigation , Papalifa & merita d'eftre Papalement recompenfé: fi vne telle recerche, & tous
les incidents euffent efté recuits & digerés, ie ne
dirai pas à l'Italienne,mais à la Françoife ; & fi on
n'euft meflé aucune occafion traueftie en cefte
pourfuite, ils euffent galoppé à double bride ab-
batue,pour recouurir leur faute:on leur eut appris
à ne temerairement refufer comme ils auoient
fait precedemment , au Marquis de Pifani, & à
Monfieur de Neuers, la mefme demande, qu'ils
pourfuiuirent par apres fi artificieufement. Et
comme il en auoit arraché cefte abfolution à coups
de canons , ils en deuoit chaffer la houffine, à
coups de couleurine.Ce qu'ils luy en accorderent,
ce ne fut tant pour luy faire plaifir,que pour s'empefcher eux-mefmes de receuoir du defplaifir.

Le moyen de faire taire vn mauuais garçon,
c'eft de le prendre à la gorge. Ils voyoient quon
alloit esbrecher leurs mitres , ils en apprehen-
doient l'intimation,& la legitimation:ils preuoy-
oient la creation du Patriarchat en France:ils euffent perdu de bonnes riblettes. Que fi les François euffent vne fois fauouré la douceur de ce difme de dattairrerie, & leur Roy l'affranchiffement

du

du colier Romain , ie croy qu'on ne se fust rendu de long temps au trafic des foires Romaines,n'eust ce pas esté mettre l'Eglise Gallicane,&
les Roys hors de page.Il en faut outre plus faire la
reuerence à leur bonne chere ; car c'est elle qui a
conuerti la cour Romaine à si courtoisement fla-
geller les espaules du Roy, offrant en holocauste
l'honneur des fleurs de lis Il faut en despit de toute souueraineté , passer par tout ou ils marquent.

Quand Luther ou Caluin,qu'ils estiment si abo-
minablement noircis & teinturés eussent enuoyé
à Rome, leur reception n'eust tant cousté d'honneur à leur ambassadeur, comme à celuy du Roy.
Mais si le Turc se vouloit reconcilier auec le Pape,luy feroit on payer vne telle amende ? ie croy
qu'on s'en emp escheroit de bien loin : aussi nous
traitte-on de mesme rigueur barbare , par dela la
Turquesque. Et tant de fois que les Papes ont of-
fensé la France, quelle reparation nous en ont-ils
enuoyé?Lors qu'ils l'ont mis au ban pis qu'Imperi-
rial,& desemparé,comme encor dernierement,au
premier qui l'occcuperoit:encor est on bien honnoré,d'accepter leur iniure tyrannique,auec force
compliments de ciuilité & de courtoisie.Et croyés
que s'ils eussent tenu les espaules qu'ils fouët-
toient par representation , ils les eussent traittées
d'vn plus haut escot : ils n'en eussent fait à deux
fois:c'eust esté au taux de leur inquisition , sur le
repertoire des decisions données sur la forme de
la bulle sus alleguée,interinant leur inclusiuement
iusques à la mort: car ils ne sont iamais vertu que

B 2

de neceſſité , ils ne s’accommode nt iamais que de
crainte de s’incommoder:ils ne quittént rien, que
quand ils ont peur de perdre : & ne pardonnént
iamais, que lors qu’ils redouttent d’eſtre offensés:
ils ſont implacables , ſinon à ceux qu’ils ſçauent
qui ne leur pardonneront rien: irreconciliables, ſinon quand l’apprehenſion les prent , de ne pouuoir par- aprés obtenir reconciliation; ils ne ſont
iamais bonne chere à perſonne , qui n’ait le pouuoir de leur oſter le moyen de la faire: ils n’em-
braſſent iamais que ceux qui ont les bras aſſés
forts pour leur lier les leurs : ils n’octroyent de la
douceur ſinon à ceux qui les peuuent mettre en
amertume.

Le glaiue flamboyant de ce Prince , les mettoit
en ceruelle:il fut amadoué trop mollement: il leur
adiouſta plus de credulité que de creance neceſſaire ou ciuile : auſſi eſt-il mort dedans les ama-
douëments precedents de la doctrine de Mariá-
na. Qu’vn cerueau tout baſti de creſme de police,
aſſez ſçauant par ce qu’il en auoit pratiqué pour y
exercer l’antiquité,ait eſté pris aux filets! Ha!com-
bien de beaux liures on feroit de ſes penſées politiques & guerrieres,ſi on les tenoit. Et la deſſus,ſe
laiſſer ainſi deguerpir. Cela aduint de ſa couſtume,d’eſtre en certains endroits trop bon Prince,
& ne guere meſcroire ſur autruy : car outre qu’il
auoit vn courage alíené du poignard,& du poiſon,
il auoit l’ame iuſticiere,mais ſi pleine de clemence,
que celle-cy entretailloit ſouuent l’autre : il
couroit plus familierement, qu’vn ſimple Bour-
                                                    geois,

geois,au deuant du mal de ses voisins, pour le dis-
siper:comme à l'interdiction des clients de Sainct
Marc , se monstrant si deuotieux à toute l'Italie,
sur les differents precedents sa mort : car il quitta
l'homme d'estat pour estre Chrestien. Vn autre
les eust laissé ioindre : car outre que c'estoit vn
çautere , pour purger les humeurs de la France,
ceust esté l'estape des armes de sa noblesse. Il deuoit attendre qu'on cogneust qu'il estoit necessaire. En s'objectant de luy-mesme, il s'abiectoit.
Outre aussi que Rome auoit largement besoin
d'estre espoussetée : il luy faut par necessité quelque iour ouurir la veine ; ou bien le regorgement
d'humeurs par trop grasses, luy causera quelque a-
poplexie: mais le bon Prince se laissa plustost commander par vne reuerence superfluement reli-
gieuse, que par la majesté deuotieuse qu'il deuoit
à son sceptre.

Il alla donc promptement rompre le feu d'entre
Rome & les Venetiens, qui sans doubte, eust em-
brasé toute l'Italie, & luy eust donné du passetéps,
tout le long d'vn demi siecle. Cependant on luy a-
uoit fait tout à repoil, au precedent: car à la guerre
de Sauoye, on ne l'auoit fauorisé, qu'en le desfauo-
risant. L'Italie estoit apres pour voir estoupper
ceste porte de derriere, condamner ceste poterne,
luy mettre hors d'Italie le pied qu'il auoit dedans:
ils ne pouuoient souffrir la grande porte cochere
de leur pays enfermée sous la clef des François,
dans Carmagnole. Ils vouloient conclurre & r'enfermer la France dedans la France. Et pource, luy

B iiij

aidoient-ils à estre mesnager , plustost qu'à estre
Roy:ils estoient à son profit,plustost qu'à sa gran-
deur.pour se mettre aussi en seureté:le Comte de
Fuente estoit de la partie,car son maistre ne vouloit voir vne si forte sétinelle,qui passoit en corps
de garde si proche de luy. On l'eust biē empesché
de gourmander si aisement le piedmont comme il
a fait depuis:ie veux bien qu'il ne vouloit ioüer
l'honneur de ses armes contre celuy qu'il voyoit
estre compagnon de Mars.   Mais le principal ieu
de la menée estoit qu'au despend de la Bresse le
Roy se retira du tout chez soy.

Ha!Sire que l'Italie profiteroit s'ils auoiēt mordu à la grappe,que de beaux brandons elle produi-
roit. Ce tout-puissant patin s'vseroit en sauatte,
l'ardeur se geleroit sous ses vieilles moustaches
ainsi follemēt amourachées : ils recognoistroient
plus tiedemēt, ou ils quitteroiēt la recognoissance
qu'ils sōt,par vn baiser pecorāt & idolatre,vn pied
de pourriture,& de terre pour le sōmet du ciel: ils
ne desroberoient plus l'hōneur du Roy d'enhaut,
pour le porter sur leurs leures,à estre foulé par la
plante d'vn pecheur.Cela argue vn peuple bāni de
courage, demiōté de valeur, iaçoit que la plus part
se lassent d'estre les bedouins de la muleterie du
Pape:ils enfonceroiēt les dérées d'vne autre façon
que nous:car ils sont tesmoins oculaires des veil-
laqueries qui leur assassinent la veüe,& le iugemēt;
outre qu'il y en a qui portēt encor ie ne sçay quelle cendre de vieux Romains dans la poictrine , ils
ne pouuoient iadis abeir à des Empereurs,ie vous
laisse

laiſſe penſer, ſi le cœur ne leur ſouſleue pas de ſe
voir coccués par des malautrus preſtres, frippés,
r’apiecés d’inuentions curieuſes , & que tous les
Romains, la pluſ-part fils de ces anciens peres, ayeuls, biſayeuls, ſoient enfans bigarrés de fripperie,
inceſtués, dont les Anceſtres (car il y en peut auoir
de ces vieilles branches incõtaminées) coccuoient
tout le monde. Certes eux, ou leur poſterité eſ-
clatteront quelques iours hors les griffes de ce
griffõ, qui les a ainſi pattecrochez. Si le Roy n’euſt
bouché ceſte digue, la cinquieſme partie de l’Italie ouuriroit l’oreille du coſté du ciel.

Rome eſt tellement apoultronnie à l’impudique faineantiſe, qu’encor que l’aſſiette ſoit directement appointee à toute ſorte de trafic: toutesfois ils ſont ſi acculés à leur delice & curioſité, ils
ſont ſi eſchauffés & eſperdus apres, qu’ils en deuiennent tout mornes & perdus. Et encor que Naples, Veniſe, Milan, Gennes, ne ſoyent regardees
d’vn œil ſi benin pour ſe rendre propices au trafic;
toutesfois elles la paſſent de loin: car iadis Rome
eſtoit le centre des armes, & le fondic de toute la
marchandiſe du monde, pour y auoir vn rencontre
d’abord, & d’eſtat, d’vne aſſiette incomparabable;
elle eſtant deuenue telle par l’aſſiete du lieu, iointe au trauail des habitans, par la concurrence des
affaires, qui contribuoyent quelque choſe pour
leur portion. Il y auoit non ſeulement tous les ans
mais tous les iours, foire à chaſque heure du iour,
voire en pluſieurs quartiers de la ville : vous euſ-
ſiés trouué le marché de Grece, d’Aſie, d’Afrique,

d'Europe, tout y voloit: c'eſtoit vn recueil de toutes les eſtapes , vn ſuccinct de toutes les negotia-
tions du monde: Mais ils ont laſchement relaſché
ceſte ingenieuſe induſtrie , couardement laiſſé eſchapper ceſte virilité: ils s'enrichiſſent auiourd'huy
pluſtoſt au trafic de la diſſolution des mœurs, qu'à
la negotiation du commerce, il ſe véd plus de pieces de pudicité , que de pieces de velours , voire
plus que d'aulne de velours ou de toile , dedans
Rome. Et comme Rome eſt abaſtardie par ces
couruees presbiterales, ainſi fleſchiront-ils à l'aba-
tardiſſement tous les eſtats, dans le côſeil deſquels
ils auront le maniement du gouuernail : c'eſt vn
vray caillé de conſtellation poultronne & erratique, que leur aſſociation: ils contagient ceux qu'ils
touchent , ceux qu'ils voient ou qu'ils eſcoutent:
ſans telle yuroye, les Romains, nonobſtant la terre
de leurs Empereurs, ſe fuſſent entretenus ou remis
au deſſus : ils euſſent gouuerné, ſinon tout le monde, toute l'Italie auec ſes limitrofes. Mais le deduit
de chance de leur gouuernement , eſt bien tourné
vers vn autre horizon. Ce n'eſt pas peu auiour-
d'huy d'auoir la faueur du gouuerneur des amours
de quelque grand prelat. Il n'y a congregation
qu'il ne puiſſe forcer, à y faire eſchec. Les grands
partiſans de ce pays là , confinent à ceſt eſtoffe,
beaucoup de bonnes diſtributions ſe font par ces
mains deshonneſtes là : ce ſont les Narquois du
pays , ils ſont mieux qu'à eſtre generaux des po-
ſtes. La creſme des bons paquets, paſſe par leurs
mains. Certes Rome n'a point chágé, elle eſt toute de

té de chair, toute du mõde, il n'y a lieu en laterre, où la fupercherie d'eftat foit en fa fupreme conftellation comme là. Les autres cours des Monarques de l'Europe ne font que petites efcholes alphabetiques, de tromperie, de diffimulation, de trahifon. Mais la Romaine en eft la Rhetorique, Logique, Metaphyfique, fcholaftique, & pofitiue, ou vn fuccinct, vn efpuré de toutes les fupercheries du monde, vne compofition de mondanité, attirail de charnalité, vne enfourcheure, ou s'engorgent toutes fortes de damnation, ils y moiffonnẽt tous les Royaumes, ils y glanent toute la Chreftienté. Ce qu'ils addouciffent de tant de compliments, que cela en occafionne la berlue à plufieurs. Les rufes cypriotes y font par deffus tous climats de la fphere d'Adonis : il n'y a palais qui n'ait la petite montee de Paradis par où les ioyes du ciel viennent trouuer le prelat, là où quelquefois, ils eftrauaguent de pole en pole, & neantmoins ce font les aiffieux de l'empiree, les organes ou mammelles, d'où le fouuerain pontif tiré le laict de fa prudence, & de fon confeil furcelefte, & outre-fpirituel. Il eft malaifé qu'vn tel laict ne foit bien charnel, & qu'il ne fe fente beaucoup de la generation humaine, les vices y font non feulemẽt tolerés, mais adorés, prefques tiffus, prefques incorporés en tiffure de pieté religieufe.

L'auarice y a cõme fon royaume, commandant mefmes à Pluton, ou bien rendant Pluton le fouuerain directeur de la facilité de toutes affaires indicibles, ou impoffibles: ils ne viuent & n'eftraua-

guent en delices,que de la graiſſe des ames, & des
entrailles des Chreſtriens. L'ambition y eſt en ſa
ſupreme peripherie. Depuis celle des Anges perdus, il ne s'en trouue point de plus perilleuſe, ou
tranſcendente : elle treſmonte celle de toutes les
principautés de l'Europe,qui ne montent qu'à vn
ciron,aupres de celle-la : elle peut quaſi eſtre ad-
iuſtee à celle du ciel , car le Pape fondroit volontiers toutes les couronnes du monde en la ſienne,
& ſes courtiſans troqueroiōt de meſmes leurs chapeaux contre ſa tiare.Pour la lubricité,il s'y commet plus de corruption en vn iour , qu'en vn an,
en toutes les Egliſes reformees de l'Europe.

La paillardiſe y eſt plus ſupportee , que ceux
qui font profeſſion du vray Chriſtianiſme : c'eſt
vne des plus affectueuſes deuotions du commun de la ville de Rome : il n'y a Egliſe plus fre-
quentee , adoree ni qui reçoiue plus d'oblations
qu'elle.Ils ſouffriront pluſtoſt vn blaſpheme qu'a-
uoir dit à quelcun de ces hauts prelats, pourquoy
frippe tu ma couche ? auſſi il y en a à qui la couche ſert de bonne boutique & de riche ferme.

Il n'y a pas tant d'hommes mariez dans Rome,
comme il y en a ſans mariage, & qui en executent
neantmoins plantureuſement, mais pluſtoſt indignement les effects , ce qui ne ſe trouuera en aucune autre ville du Chriſtianiſme:ains les ſix,voi-
re les dix plus grandes villes de l'Europe , toutes
enſemble,ne ſont ſi pollués de charnalités de toute eſpece : c'eſt l'ſechole où Aretin a eſtudié , ce
n'eſt qu'vn abbregé de la dixieme partie de cç
                                          qui

qui s’y fait , qu’il a feulement esbauché dedans fes
figures:il y a bien d’autres Aretins , qui font bien
plus que paffez maiftres , & qui compoferoyent
bien d’autres tableaux,n’eftoit qu’ils craignent de
fe d’efcrier. Halque de bien d’Eglife qu’ils y deuorent, il ne s’en faut gueres que les courtifanes
n’y foyent ecclefiaftiqués.

Quand les pirates & efcumeurs de toutes ces
mers de Leuant ont attrappé quelque belle proye
dedans ces Ifles Grecques , fur tout quelques
Chiottes , (car les femmes de c’efte Ifle de Chio
ont gaigné là principauté en beauté & *legiadreffa*)
ils crient ha ! que voila vn *bocone* , affauoir vn
morceau de Cardinal. Cefte viande là eft de plus
haute quefte,que la meilleure venaifon du monde,
dautant que les Grecques , *funt catula indomita li-
bidinis* : on court à l’emploite de tels lopins plus
ardemment qu’en bonnes marchandifes, fuft elle
d’orpheureries,ou pierrerie:c’eft vne negotiation
fructueufe,telle viuanderie y eft quafi honorable,
elle fe traicte quelquefois de frere à frere, de parent à autre, Telle viande y eft permife en tout
temps, mais malheur à quiconque aura mangé de
la chair en carefme , fans auoir obtenu quelques
patentes.

Et pour les amener à la cognoiffance du vitupere de leur vie , nous ouurons & mangeons la
chair en Carefme , & defendons mortellement la
paillardife en tout temps . Quelle abomination
de voir vne inquifition dreffee , pour les comen-
demens du Pape , & vne licence effrenee contre

les commandemens de Dieu : car les maisons, repaires, & personnes des Courtisanes en leur peché sont en la franchise & sauuegarde de la vicairerie de Iesus Christ, horrible blaspheme, ils defendent (disentils) le concubinage , mais ils tole-
rent la paillardise: comme si le concubinage ne re-
sembloit plus au mariage qu'vne paillardise inde-
finie , vague & brutale, comme les escurieux qui
sautent de branche en branche cent fois le iour. Ie
sçay bien qu'encor qu'il semble tout vn, ce n'est
pas de mesme; mais est il encor quelquesfois loisible de mesurer vn faux fourreau auec vn estui de
velours.

    Quand nos courtisans veulẽt succrer leur deuis,
c'est d'y mesler quelque confection de la gogail-
lerie de Rome: il n'y a rien qui desbauche tant les
oreilles que telles peruersités accumulées: neantmoins de tant de ceremonies si formelles, & si de-
licates , qu'il semble que Venus ait choisi ce lieu
pour y camper le siege de sa lieutenance : c'est ce
qui continue la dureté de l'Apostasie Romaine.
Vn Gentil-homme d'honneur, & Cheualier d'a-
uantage, n'agueres de retour de par de là asseuroit
dernierement en vne compagnie où i'estois,
qu'on auoit remarqué depuis quelque temps dedans Rome plus de quatre à cinq cens courtisanes
Espagnoles : la foire n'est-elle pas bonne puisque
tant de marchans & de si curieuses marchandises
si assemblẽt: car encor qu'elles soient du couchant,
elles ne laissent d'estre marroquinées à la leuan-
tine. Aussi sont-ce d'estranges baudroyeurs que

les

les Romains. Or penſez combien d'autres pieces d'ailleurs:il y a vn bel eſtalage,tout le menu fretin qui vient delà ſert à peupler les Conuents d'Italie on en fait bien de meſmes ailleurs.

Il y a des endroits où il n'y a gueres de moines qui n'ayent quelque oncle ou proche parent qui eſt Chanoine, Abbé, Eueſque,Prieur,Curé. Ce Capitaine qui diſoit qu'il voyoit beaucoup d'hômes , mais peu de Romains,duiroit à noſtre ſtile aujourd'huy , (car lors le nom eſtoit honorable) lors c'eſtoit autant de Gentils-hommes, de Capitaines & preſques de Generaux d'armées , que de Romains,& toutesfois s'ils ſe plaignoit,ſa plainte eſtoit pleine de tort;aujourd'huy pleine de iuſtice, il faudroit chaſtier ceux qui s'appellent Romains: car il ne ſe voit plus d'ames ni courages Romains, ce n'eſt plus que veſſe , que lie d'hômes,c'eſt le rebut de l'antiquité.Ils ne ſont remarquables en armes,marchandiſe ou gentileſſe:mais pluſtoſt officiers,ſerfs de Preſtres,c'eſt vn nô tout pourri: en oiſiueté & delices,plus hommes que Chreſtiens, plus Romains qu'hommes: c'eſt aſſauoir pluſieurs degrés par deſſous les hommes , ils ont l'ame à la lie,le courage auachi , plus de chair que de raiſon, plus de vie que d'honneur ils ne viuent que de pain de chapitre, de rongnures, & de reinſures de Meſſes.Leur graiſſe eſt le relief de celle des moynes,ils recognoiſſent pluſtoſt vn breuiaire qu'vne eſpée, ils choiſiront pluſtoſt vne bône mule qu'vn bon cheual,ſe cognoiſſent mieux en mitre,en chaſuble,qu'en caſque,ni qu'en cuiraſſe : ſçauét mieux

comme il faut porter vne crosse, qu’vn musquet
remarqueront mieux vne belle femme, qu’vn bon
soldat : composeront mieux vn seruice de table,
qu’vne bonne embuscade. Ce font des cœurs perdus, des ames effeminées, plus de cuisine, que de
guerre: plus de plaisir, que de louange: que si quelquesfois ils sont forcez à porter les armes , c’est
plus en fanfare qu’en soldat : pour tirer la solde,
que pour tirer des coups.

Il n’y a soldat Romain qui n’estime plus la vie
de sa iument, que la vie d’vn Cardinal ou du Pape
mesme: car ils sçauent que l’engeance des Papes est
inextinguible, qu’aussi tost qu’vn Pape est failli, il
y en a soixante ou quatre vingts qui se presentent
aussi aisnés l’vn que l’autre auec pareil droict de
succession. Si on auoit affaire d’autant de Papes
tout à la fois, ils sont tous esclos, nourris, madrez,
trouuez : il ne les faut que nommer, ils ne peuuent
donc estre guere chers en telle superfluité : Aussi
ne faut il pas beaucoup de sang genereux pour cô-
trepeser la vie d’vn Pape : Mesme les soldats Romains ne couchent pas beaucoup de leur vaillantise, pour leur defense, s’il ni va du leur. Celui du Pape n’est pas obiect digne de leur courage: Ce n’est
pas vn prix digne de l’estimation de leur sang, tout
descouragé, de se voir tant de membres de Lyon à
defendre vne teste de Cerf.

Henry le grand faisoit cent fois plus d’estat du
Pape, & du Romain qu’eux mesmes, il y estoit raui par passion, nõ par direction: par agitation, plus
que par conscience: par impression, non par deuotion.

tion, comme il penſoit d’eſtre bien fondé , quand
vn grãd Monarche ayant deſcouuert vn attētat cõ-
ſpiré ſur ſoy, l’enuoyant aduertir par complimēt,
ha! dit ce Prince, qui ne pouuoit croire les trahiſons, parce qu’il n’en ſçauoit faire , & qui eſtoit
plus porté à ſon vouloir qu’à ſa conſeruation.
pourquoy eſt ce que mon frere ne fait cõme moy?
âuant le retour de certains rappellés(qu’il nom-
ma)ie n’entendois autre que conſpirations ſur ma
perſonne, maintenant ie ſuis en ſeureté. Ha ! pauure Prince, vous auez plus de confience que de garant, plus de bonne opinion que de bonne fortune
ſur ce ſuieƈt: il parloit ſans procuration, ces reuelations là n’eſtoient du creux des plus ſages expe-
rimētez de ſa couronne. Auſſi n’a il que trop payê,
à nos deſpens, la defience qu’il en a eu. Iamais vn
Prince ne faut en ſe meſcreant pluſtoſt que ceux
qui ne penſent qu’à mourir pour le faire viure, &
tout officier de Roy qui n’a eſpouſé ceſte maxime, eſt criminel en la virginité de ſa foy , qu’il ne
doit polluer , preferant ſa conſeruation à celle
du Prince, qui le vend autant de fois qu’il à de ſub-
ieƈts à qui il commande.

Ce Prince ne doutoit point qu’il n’euſt de telles
pieces d’eſtat autour de luy: Mais il donnnoit plus
de traiƈt à certaines cautions Theologiques qui
eſtoient plus caſuiſtes, que canoniques: plus ſpecu-
latiuẽ, que practiciennes: ou il y auoit plus de ſyllogiſmes que de demonſtratioms ; approuuant ce
qui eſtoit ſans approbation. Vne longuë bona-
ce eſt plus ſuſpeƈte qu’vne forte tempeſte , les

sceptres ne doiuent estre sur leur garde que lors
qu'ils croyent n'auoir affaire de garde, quand le
soufpeçon est failli le mauuais vouloir entre en sa
force. Il rencontre ce qu'il guette , il espie de
tomber en telles occasions , dans lesquelles il se
fourre , pour le principal ,& pour l'attente, voire
mesme deuffent ils employer à leur ayde la reco-
ciliation, la foy priuee,& publique.

Les iurements ce sont ingredients, dont ils cō-
posent leur surprise : comme laffaffinat attenté
sur Frere Paul à Venise. Ce pauure reuolté rebours, apres auoir plus respandu d'ancre à escrire
pour eux, que de sang à sa descapitation : & le supplice du Pere Fulgence Veniten à Rome , qu'on
voulut causer d'vne recerche de sa vie. Qui est
le iuge si innocent , ains le prelat (ie parle des
coustumiers) qu'en apportant l'alteration des tesmoins iointe à sa vie , qu'on transpose en action
fourchue, panchante au gré enuenimé de ses per-
sequteurs , qui ne se trouuent hors de saluation?
Les procedures recommandees à des commiffai-
res chifles, qui veulent pluftost condamner, que
iuger : obeir à leur commiffion , qu'à leur confcience : tout d'vn costé & rien de l'autre.

Il n'y a rien de si droit ne de si tendu, qn'vu
droit escloppé ne torde & ne rende boffu. Ie
laiffe l'Abbé du Bois saus crime sans accusation,
sans tesmoins , sans proces : Il est où il est.

Mais Sire oferoy ie en me baiffant & iettant à
vos pieds y respandre ma tres humble priere &
supplication pour ce pauure Captif ? Voftre
credit

crédit eſt grand , vos armeés publiques , qui
voyagent par tout, coſtoyent leurs mers , &
leurs confins , ils ſuiuent quelquefois l'intereſt
de l'amitié & du deuoir & la preferent au dere-
glement de leur deſir : les dangers leurs ſont auſſi eſtranges qu'aux autres , ils ſont bien aiſe de
donner vne moitie , pour ſauuer l'autre , ains de
- deliurer vn poids inutile , pour ſe deliurer du
dommageable , ou ils craindront d'offenſer leur
reputation , au refus inciuil d'vn homme iniuſte-
ment & iniquement detenu , ou bien de reſpondre de cent pour vn , par droit de marque.
Vos ſeruiteurs grouillent par tont , car depuis
Nice iuſques à Veniſe , par la coſte des Griſons,
& de là à Coulogne , toutes les frontieres ſuiuront la cadance du branſle de vos affaires pour
en faire comme au Pere Baudoin , ou bien ils
vous preſteront leur iuſtice en y enuoyant comiſ-
ſaires pour faire droit ſur le champ , par repre-
ſaille ſur leurs gens qu'on pourra attraper en paſſant : car c'eſt le paſſage neceſſaire des ſentinelles
Romaines , qu'ils enuoyent par l'Europe chez
les Roys & Princes.

Au reſte ils ſont preſomptueux , non genereux : fort vindicatifs non valeureux. Vne maxime , qu'il faut bien eſtudier , c'eſt qu'ils ſont du
naturel des femmes , qui gourmandent , maſti-
nent ceux qui les craignent , flatent & adorent
ceux qu'ells redoutent. Le cœur m'a quelquefois
bondi, oyant voſtre Nobleſſe Angloiſe renaſquer
de reget qu'ils auoiét d'auoir ſupporté dãs Rome

des indignités blafphematoires qu'on vomiffoit
contre l'honneur de voftre Maiefté , n'ofant ouurir la bouche à peine de l'infiquition. S'ils vous
apprehendent vne fois , & que voftre inquifition
face rendre conte à la leur , vous les verrez amadouer, ils vous recercheront, afin d'en eftre recer-
chez , ils aimeront mieux eftre paifibles, que ro-
gues: en modeftie, qu'en perfecution : leurs armes
font baftardes , il y a auffi peu de vrayes armes à
Rome , comme de legitimes Romains , car comme Ciceron eft le cimetiere ou gifent les offe-
méts de la vraye lágue Latine. Ainfi le raftelier &
exploits d'armes des Romains du iourd'huy, ne sôt
que le cimetiere de celles des anciens, mais les vo-
ftres font , viues, commádees par vne couronne de
vray Roy , & non par vne couronne d'vn illegitime preftre ou preftrife, vn de vos coups d'efpee,
fera plus d'impreffiõ que plufieurs coups de leurs
canons.

Ils n'obeiffent qu'aux cas de confcience qui feruent de poulie & de contrepoids, pour leuer toute forte de fardeaux infupportables , *faciunt viam
in inuio* , plus qu'Annibal parmi les Alpes , par
deffus Archimede: car ils tafchent d'en leuer toute
la terre, fe feruans du ciel, & quand ils veulent enleuer le ciel à quelqu'vn , ils mettent leur pied fur
la terre. Dieu nous fait entendre qu'il eft tenu,
parce qu'il s'oblige, à garder les promeffes qu'il a
iurees aux hommes, Mais Rome quafi par deffus
Dieu ne fe veut affuiettir à aucun.

Voici fes raifons , que tous les hommes font
fes

ſes enfans, ſes ſubieⓢs , ſes eſclaues, vn enfant ne peut contraindre ſon pere à compoſition, vn ſubieⓢ ſon Roy , vn moine ſon paſteur : Quand au vice , Dieu , il eſt ſur la foy des hommes en ſouueraine puiſſance , quand il donne la ſienne , il ne la fait que preſter , il la peut reprendre. Car elle ne ſe peut aſſuiettir à perſonne ſans offencer le ſouuerain degré de la Lieutenance toutepuiſſante. A peine la doit-il à Dieu , car ce n'eſt qu'vn d'eux deux, Dieu l'ayant accommodé de ſon pouuoir , ils ſont compagnons , que ſi on le force a donner ſa foy , il peut forcer ceux qui l'ont receue,à luy rendre. Il a autant de pouuoir ſur ſes ſubieⓢs que ſes ſubieⓢs ſur luy. Outre, diſent-ils, qu'on ne doit garder la foy à ceux qui l'ont rompue , & en la rompant ont violé l'Egliſe, leur mere.

Item le ſerment n'à vertu qu'eſtant preſté deuant le Iuge : Le Vice-Dieu eſt le iuge des iuges , perſonne ne le peut iuger, *prima ſedes à nemine iudicatur.* Qui fait que ſon iurement, ou n'eſt point ſerment , ou eſt ſerment indeu , qui n'a point de lieu , qui ſe reſoult en equiuocation. Il ne diſent iamais ce qu'ils penſent , & ne font iamais ce qu'ils diſent , & moins ce qu'ils iurent , & puis toute ſorte de promeſſe de iurement , voire de mariage ratifié en face d'Egliſe & non conſommé : toute ſorte de vœux faiⓢs à Dieu , aux hommes , reſortiſſent à la diſcretion du Pape.

Il les enferme ſous ſon pouuoir pour les hemo-

loguer , voire apres qu'il les aura abolis , ou
pour les abolir , apres les auoir interinés : car
il absould le fils , la femme , le suiect , le mi-
neur du serment qu'ils doiuent au pere , au mari , au Roy , au tuteur : enfonce mesmes iusques
aux commandemens de Dieu , n'espargnant selon les Marianistes la vie des Rois , exemptent
ceuxqui y attentent, du chef de pœnitence , les
rendent aussi legitimes que la vertu : ces maximes sentét l'Alcoran, Turquesque, Iuifs, infidele, a-
bominable, pis que l'idolatrie , les sectes les plus
detestables ne sont assés detestables pour ne les
desaduouer.

   Et ainsi voila , comme il n'y a point de foy
dedans leur foy , comme chés eux la raison d'e-
stat , cheuauche le deuoir de conscience , il font
conscience d'auoir conscience. Quand ils ont
proietté d'empieter quelque lieu , leur foy
n'est point nerueuse , elle est flaque , aisée
a abbatre , preste son honneur à qui luy en
fait interest , ils la mettent en mercerie plustost qu'en vertu : au profit , qu'au trauail, au
gain qu'à se laisser gaigner , si ce n'est que
le gain le gaigne , & lors elle se laisse plustost
violer que forcer , corrompre, que posseder,
il n'y a de creance en telle loy , ni aucun
fondement pour traitter valablement , ou con-
consciencieusement auec eux : car on ne leur
doit porter plus de foy que celle qu'ils deliberent de garder : & qui se veut empescher
                                    d'estre

d'eftre trompé , qu'il ne fe perfuade iamais
d'eftre affeuré de leur tromperie , leur foy eft
deambulatoire , il n'y a point d'accordaille en
icelle. Ils annonçent la paix auec des hautbois
de guerre : l'Euangile Romain , à la cadance
Pyrrique , qui eft vn branfle d'ames guerrieres : tout leur Chriftianifme s'enuelope dans
le Marianifme. L'efpee de Goliat eftoit pen-
due au temple : mais couuerte d'vn drap derriere l'ephot : toute leur voix pourprees ne font
que voilées d'intentions fanglantes tyranniques &
trescruelles.

Que ceux qui font en liberté hors de leur
ceps & tyrannie, s'y tiennent : car il eft cent
fois , voire mille fois plus facile , & plus aifé
à la papimanie de deboutter & deietter vn
Roy de fa couronne , qu'à vn Roy de deboutter & deietter la tyrannie d'vn tel hofte hors
de fon Royaume. Ils donneront cens fois la
mort à vn eftat , pluftoft que , ie ne diray
point , de s'en feparer : mais de venir à raifon fur la moindre de leur vfurpation.

Et vn Roy n'eft pas Roy de la centiefme
partie de fon Royaume , (comme nous dirons
bien amplement cy apres) iaçoit qu'il commande par tout : auffi ne donnent ils pas la centiefme partie de la foy , iaçoit qu'ils affeurent
& proteftent par tout de la donner toute entiere , il y a mille fauffes proternes où ils tendent leur equiuocation en chauffe-trapes pour
fe donner la partie qu'ils pourfuiuent.

C 4

Partant, qu'aucun n'asseoye fiãce aucune, ni à papier, ni à parchemin , ni à plomb, ni à breuets de
dela les monts: car toute leur fondation n'est iettée que sur l'ententrois; & cependant il n'y a rien
qui doiue tant ressembler à la parole de Dieu, que
la parole des Princes, specialement de ceux-la qui
se proclament les vniques souspiraux par ou le
S. Esprit surgeonne ses verités : mais il n'y a rien,
qui soit plus sujeæ à la banqueroute , & à enfon-
drer, que la leur: elle n'est iamais tout d'vne piece
fort sujecte à la vermenture & à la mutilation: elle
n'est esguilletée, sanglée, que de cas de conscience, qu'ils estendent, r'acourcissent, montent, bais-
sent en peau de cheureautin; & comme vne estri-
uiere, qu'ils reseruent en equiuoque, qu'ils tortil-
lét en mille tranchées, tournant tout en eschappa-
toire à cellefin de s'esuader, & au partir de là, d'autant que vous les estreignés, ils s'eschappent plus
aisément, leur simple parole qui deuroit estre plus
ferme que le serment des simples , est plus ambigue, que l'Oracle des Payens; & leur serment encor dauantage , ils la font repercuter par tant de
replis , qu'elle redonde en contrarieté selon leur
plaisir , iaçoit qu'ils la voltigent en conformité,
mais biaizée à l'enuers. Leur parole est gagée de
taute sorte d'intelligence, qui interuiendra au secours de leur auarice & glorieuse pretention; elle
est de paste, elle reçoit toute figure: aussi se faut-il
bien donner de garde , de liurer sa creance tout à
coup à autre qu'à Dieu.

Il n'y a rien de quoy le bon politique doiue estre
si aua-

si auare , que de ceste piece. Il en faut auoir gage,
auant que de la debiter.   Ie ne sçay si vne longue
experience est cantion soluable en choses d'importance.   Le harzard est dangereux à esprouuer,
les courages se desmentent :   le mesme homme
souuent se mescroit : les secondes pensées quelquesfois ne veulent estre hommageres de leurs
aisnées : elles s'attribuent autant de souueraineté,
que les premieres : elles s'esmancipent, & ne veulent obeir à la route des precedentes : elles cherissent leur choix autant que celles qui les ont de-
uancées : d'où vient , que les sages ne s'osent fier
d'eux·mesmes : aussi la creance est la concierge qui
a en garde la clef , la serrure de l'ame & du cœur:
car vous ne refusés rien voire à credit à celuy , lequel vous en auez rendu iouissant.   Il en faut vser
comme les Medecins du poison: ils en meslent dedans leurs medicaments, mais si iustement arresté,
qu'il peut faire beaucoup de bien, sans dommage.
Les trochisque de vipere sont la base & le piedestal du theriaque, mais limités & commandés par
l'efficace des autres ingredients , qui en dirigent
& restraignent la vertu selon ce qui est salutaire
en la leur.

Il est impossible de se desfier entierement, pour
viure auec tout le monde : car il faudroit deuenir
Misanthrope : mais aussi il est tref-pernicieux de
se fier par tout, à tout le monde : comme il se faut
desfier par methode, aussi ne se faut il fier que par
raison.   Il y a plus de perte à se fier beaucoup, qu'à
se trop desfier.   Celuy qui se fie desmesurément,

fait la brefche par où on luy donne l'affaut,pour le
prendre d'emblee,celuy qui a trop de fiance , fe
peut affeurer d'auoir vn gage affeuré de fa ruine:
mais paffons outre aux moyens efficaces qu'ils
tiennent,pour teindre tout le monde de leur couleur , en vn temps prefques imperceptible à tel
manouurage : car quand ils veulent refpandre la
creation de quelque edict bullé , ou conftitution
nouuelle, ils l'accouftrent en plomb y mettans le
bandage & l'amorce,de force cenfure,mandās dix
ou douze generaux d'ordre,aufquels ils la recommandent: ceux ici par apres l'empraignent à leurs
prouinciaux , vifiteurs , & les prouinciaux à leurs
gardiens,recteurs,correcteurs,prieurs, & ceux ici
la cōmettent à executer à vne fourmiliere de fup-
pofts , qui en vn tourne main en emparent les o-
reilles & les confciences de leurs amis & pœnitēs;
les docteurs & regens à leurs efcoliers par liures
& efcrits.

Ie vous laiffe à penfer l'affeurançe qu'il y peut
auoir en vn eftat ainfi affiegé par le dedās:au lieu
que les ennemis n'affiegent les places que par le
dehors,ceux ici mettent vn millier de fiege,au milieu du dedans des Royaumes,au cœur des defen-
fes d'iceux.Ils les brafcadent,dedans & dehors ir-
remediablement. Henry troifiefme fuft pipé de
cefte façon.On l'auoit affiegé iufques en fa garderobbe en fon cabinet au cheuet de fon lict premier qu'il y euft penfé.

Le poux de la nature c'eft le fupreme moūue-
ment celefte,la phyfiognomie,ce font les aftres,la
respi-

respiration ce sont les vents, la fiebure, les trem-
blement de terre.

Le poux d'vn Estat ; c est le Roy : la physionomie, c'est la Noblesse : la respiration, les finances : la fiebure, les tumultes & tremblements
populaires.

On pouuoit cognoistre à toutes ces parties de
l'Estat, qu'il alloit en fracats. Car Henri III. ne
se desmarchoit, & n'ambloit pas selon son authorité supreme. Le poux de l'Estat estoit ala-
chy, alteré : il varioit, sauteloit. La Noblesse
toute transposée, les Princes domestiques alienés, les Estrangers mal-contens, le reste tous di-
uisés, desroutés hors de leur fidelité. La respiration estoit asmatique, les finances courtes, &
espuisées d'vn costé, & fort pesantes & difficii-
les à tirer de l'autre, à cause des cœurs reuol-
tés à demi, & tournés en faciandre. Le poulmon
de l'Estat estoit court, l'Estat estoit en simpto-
me, les peuples en foulement, il estoit aisé au Roy
de sommetouter & colliger de là quelques sinistres succés, puisque tous les accidents estoient autant de presages. La matiere peut estre telle,
qu'vne Prouince sera comme à l'agonie : toute
enleuée par le dedans, sans qu'on s'en apperçoi-
ue au dehors : car comme il y a des corps où l'a-
me se desrobe, s'en va à cachette : des maladies
couuertes, traistresses, soubs le masque de santé,
fourragent la vie des hommes, qui tomberont
frappés à la mort sans respit : ainsi aux e-
stats, il y a des maladies astralees ou siderees,

qui frappent comme le canon auant qu'on en entende le son, voire auant qu'on en voye la lumiere ; & encor que pour l'ordinaire le declin des estats, vienne comme la ruine des maisons, qui arriue par degrez: vne chambre, vn estage allant en decadence, vn accessoire surprenant l'autre, toutes-fois il y a des symptomes occultes operés potentiellement, efficacement, iaçoit qu'inuisiblement, qui ont leur but aussi droict, leur deschet aussi r'amassé, que si toutes les gradations preparatoires auoient marché deuant & principallement quand telle poursuitte ce fait soubs voile de religion, le feu prend bien plustost aux consciences, & ne s'esteint pas si tost qu'à la paille, & au bois : car cela est si tenace, qu'on s'opiniastre à fouler sa vie dans les tourmens plustost que de deriuer d'vn seul poil hors l'orniere, d'vne telle preuarication. Et d'autant que l'impieté imposée est plus sacrilege, ils croient qu'il y va plus de louable generosité à s'endurcir contre son Prince, son sang, sa foy, sa patrie & soy mesme. Et que leur memoire en sera portée plus roidement & auidement dans le centre des temps les plus futurs & esloignés de nous, pour estre solemnels, admirés, heroiques, de toute posterité.

Vn moyen bien venimeux par lequel ils coulét, comme par vn autre tuyau plus large & vniuersel, ce venin dans les veines d'vn royaume, c'est que les Nonces attisent les Predicateurs, les font prescher par billets. C'estoit la plus forte machine de la Ligue passée.

Auant

Auant la mort de Henry le Grand, on luy annonçoit dés la Chaife mille perturbations, des prono-
ftiques efpouuantables: il auoit affaire à des eftranges gorges de Moines , toutesfois il ne luy euft
coufté que deux ou trois de ces langues à couper.
pour fe mettre en repos: & peut- eftre pour fauuer
fa vie. Il faifoit parade & banniere, comme de chef
d'œuure, pluftoft par iactance & oftentation, que
par aucune confcientieufe deuotion

Le grand Marefchal d'Ornane voyant les irre-
uerences d'vn certain Predicateur qui enfonçoit
mefme la face du Roy, & qui vouloit difputer en
begayāt la metaphifique d'Eftat, mais à l'ambigue
par capuchon capitulaire. Ie vous laiffe à penfer la
difference qu'il y a, entre vne lucarne de drap, qui
eft le fourreau de la tefte d'vn moine, par ou il regarde les affaires, & la couronne d'vn Roy, qui eft
la marque du triomphe de fageffe , & fi celle ici
doit eftre fuppeditée, euincée par celle-la, & fi ce
n'eft pas fauter de cœur, en picque, au lieu de s'arrefter à la pieté des mœurs, l'introduire à penetrer au plus profond d'vn confeil d'eftat, & regenter, comme fi c'eftoit vn Empereur à faire la leçon à vn Roy, ou faire l'Alexandre , comme fi le
Roy eftoit Darius fon prifonnier, il ne parloit a-
uec moins de prefomption: vous euffiés dit, qu'en
parlant au Roy, des fa Chaife, il ordonnoit les de-
curies de fa claffe: dont indigné le fufdit fieur Marefchal dit au Roy , que fi ce Predicateur en euft
autant prononcé dans Bourdeaux , où eftoit fon
Gouuernement, il l'euft fait ietter dedans la mer,

Iamais fes remonftrances de confufion , faites à la
barbe des Roys , ne fe font fans fuite d'efclandre.
Ce font des affiloires ou tranchés , par où paffent
à couuert les coups de coufteau : tels perfonnages
font ambaffadeurs de la mort des Roys.

Il y euft vn certain Sage de l'Eftat, qui n'agueres
ayant ouï vn Predicateur criant, que le Roy eftoit
tenu par ferment d'extirper l'herefie, & que Dieu
le puniroit s'il y failloit , dit qu'il venoit d'ouir le
heraut de quelque coup de coufteau , & le creon
de la mort de quelque Roy : car c'eft encourager
l'affaffin , que de prefcher qu'vn Roy foit coulpable de fa foy, le publiant violateur du ferment de
fon facre. Certes telles faillies fe deuroient repri-
mer d'vn fer chaud à la langue.

Rauaillac deuint affaffin foubs tels faltimban-
ques. Ce fut là qu'il apprit l'efcrime de fon coufteau, & deuint coutelier r'enforcé. Ce fut ce qui
l'accariaftra à double recharge ; ce qui diffipa l'e-
ftonnement qui fe prefenta à luy , en voyant cefté
tres puiffante Majefté. Il auoit efté à la trempe de
ces harangues forcenées en defguifement parricide.

Comme vn autre, qui prefchoit deuant toute la
Court à Sainct Sulpice, que quand les Roys deue-
noiët furieux, c'eftoit au Pape à leur lier les mains:
mais, ie luy demande fi Boniface huictieme & Iule
fecond n'y entrerent iamais : Et à qui eftoit ce
lors, de le medicamenter? Il parle d'extirper l'herefie, mais non d'ofter la fuppuration de leur vice,
qui rend la terre puante , pourrit l'air , empuantit
le mon-

le monde.   Ie di les plus releuées coquilles d'entre eux font tellement infects , que i'admire la
patience de Dieu. Iamais Dieu n'a abifmé la terre pour l'herefie,comme il l'a fait pour pareils vices aux leurs.

SIRE , c'eft vne malediction,que d'en entendre feulement parler.   Ils perdent tout le monde
de leur abifme vicieux. Ils font efpaule aux autres, leur authorité fert d'efcorte au Marianifme,
qu'ils defguifent en mille periphrafes , quils annoncent au peuple , affenant au cœur , fans
toucher l'aureille , ou fans qu'elle s'en donne
garde. Que fi on auoit blafmé feulement leur
blafme,il faudroit que tout vn confeil fut en peine de les adoucir.   On n'oferoit feulement regarder de trauers les obliquités , ni de ce fiege,
ni de fes adherants , & nous les voyons fourbir
impudemment leurs coufteaux en l'ire de Dieu
fur la tefte de nos Roys, à peine qu'on en daigne,
ou ofe ouurir la bouche. Et puis qu'ils veulent
empefcher nos Roys de viure , il les faudroit
empefcher de difner , les mettre eux-mefmes en
interdit.

Quel remord de confcience à ceux qui ont puni
le papier & les liures,non les Docteurs , ni la doctrine du Marianifme. C'eft proceder trop mife-
ricordieufement.Ce n'eft,ni le Liure,ni le papier
qui a tué le Roy. C'eft courir apres la pierre, &
en la mordant fe caffer les dents : Cependant,
quitter la main qui l'a iettée. Car on deuoit ou
cenfurer Rome , ou forcer Rome à cenfurer &

extirper ceſte doctrine.Dieu vueille qu'on n'en-
coure encor point le danger de ceſte deteſtable
engeance & qu'elle ne nous couſte encor autaut
de ſang Royal,qu'elle a deſia fait , auant qu'on ſe
reſolue de l'enuoyer au tumbeau. Les officiers de
la ſanté du Roy , ont par trop imité ſa clemence.
Ils deuoient franchir la barriere, & faire eſgorger
ceſte maxime la tant dela que deça les monts.
Quelque mal-heureux meſquin, qui aura conſeillé
ou recelé vn meurtre en ſera eſtédu ſur vne roüe,
mais pour les vies des Roys , la iuſtice s'eſlargit
pour la debõnaireté.Que ſi telle doctrine s'abou-
tiſſoit ſur les iuges ſubalternes,ou ſouuerains, il y
a long temps qu'elle ſeroit au cimétiere : ils craignent l'intereſt du Pape,mais il faut craindre l'intereſt de Dieu,qui defend l'homicide. Ou il faut
que le Pape cede,oubien qu'il ſoit coulpable d'homicide , s'il ne ſe ioint au commandement de
Dieu. Halle glorieux iugement d'abus que ce ſeroit,non ſeulement ces meſſieurs ſeroient autant
de Iuſtinians,mais auſſi celuy ſera enfant des commandemens de Dieu,qui aydera à l'eſtouffement
de telle propoſition,& ne faut craindre de donner
des arreſts en robbe de meſnage : car il ſera ſi illuſtre,qu'il les rendra toutes d'eſcarlate.

    Ie ne ſçay ſi ce ſang precieux dont il n'y a gout-
te,qui ne vaille vn muis de ſang vulgaire, ne ſera
point imputé à la tardiueté d'vn tel arreſt. En telle matiere c'eſt eſtre fort religieux,que de n'eſtre
point religieux.C'eſt eſtre vray Chreſtien,que de
n'eſtre Romain. C'eſt eſtre fort Eccleſiaſtique,
                                          que

que d'eſtre du tiers eſtat : vn arreſt ſi illuſtre eſt
ſeellé deuant qu'eſtre prononcé : il eſt ſeellé en la
Chancelerie du cinquieſme commandement, oŋ
n'eſpargne, ni la vie, ni les maiſons des Princes du
ſang en tel troublement de feſte : pourquoy plus-
toſt les Marianiſte, dans le ſein deſquels telle doctrine pulluſe & reuerdit : *Solum genus pietatis in
hac re eſſe crudelem*, diſoit S. Hieroſme, en vne
matiere plus baſſe : car les commandements ſont
plus neceſſaires à obſeruer , que les conſeils. Aujourd'huy il ne faut point de propoſition plus
forte pour condamner vn homme d'hereſie bruſ-
lable comme amorce de canon, que d'eſtre contre
ceſte virulente doctrine:& quiconque la combat-
tra fermement,ſera combattu matoiſement, arti-
ſtement, par derriere la courtine du foudre de malediction , qui ſe fondra à la fin en excommunication, aſſauoir , on le perſecutera à tort ou à droit,
iuſques à la mort.

A ce propos, en ces prochaines années paſſées,
quelque iour deuant Paſque , vn Gentil-homme,
qui n'eſtoit de ce païs,mais qui auoit à ſon cõmandement les bonnes graces de l'Eueſque, vint viſi-
ter les priſons de l'Eueſché pour ſçauoir ceux qui
y reſtoient durant la feſte,le Geolier luy reſpondit, qu'il y en auoit deux de demeurant, dont l'vn
eſtoit Italien,& l'autre François.   Qu'a fait l'Italien?dit-il.Le Geolier luy reſpond, puec'eſtoit vn
Sicilien, qui auoit impudiquement abuſé de trois
ou quatre ieunes garçons , & qu'vn des premiers
Curés du lieu, s'eſtoit rendu denonciateur.   Luy

repartit, *Per dio io lo liberero*, & l'autre, qu'a il fait?
Monſieur , luy dit-il, il a meſdit du Pape en pre-
ſchant , Alors , *io non me n'impaſchio*, c'eſt à dire,
ie ne m'en meſle donc point. Sur le champ il y a
à l'Eueſque & emporte dés le meſme iour ſon
Sicilien hors la priſon , qui neantmoins eſtant
recheu en meſme faute le mois d'Aouſt ſuyuant,
fut executé par le feu à Rouan. Mon pauure Predicateur, pour auoir eſchaudé Mariana, a eu loiſir
de ſe morfondre depuis. Voila comme il n'y a
crime, ni hereſie guere plus griefue, que de n'eſtre
Marianiſte. Il vaudroit mieux auoir tué vn homme, que deſmentir Mariana. Tant de tretteaux &
de ſupport il trouue de tous coſtés , mais les plus
dangereuſes trainées, c'eſt quand ils ont des concluſions , qu'ils ne veulent executer que deuant
par derriere, ou à reculon comme Cacus, qui tirát
par la queüe le beſtail qu'il auoit deſrobé , le faiſoit deſmarcher vers ſa Cauerne, afin qu'on ne le
pourſuiuit à la piſte , ou à la maniere des Parthes,
qui executoient plus dangereuſement leur valleur, tirans par derriere, lors qu'ils ſe rauiſſoient, à
la fuite. On ordonne des Iubilés de quarante heures , enuoyant quelque petit meſſager mitré,
qui arriue en grand ou petit ordinaire, en legat,
nôce, ou ſoubſnôce pour meſnager l'affaire, pour
organiſer l'acheminement, ourdir des lanieres , à
mener en leſſe, allegát des pretextes, ſuppoſát des
contrefins à l'eſcart de la beſoigne, patelinant, en-
dormant , afin d'empeſcher les empeſchements,
gauchir les deriuations, appreſter, changer , eſguiſer les

fer les amorces : & alors ils mettent vn Royaume contre l'autre, le mefme contre foymefme. Cela s'eft recognu bien fouuent, comme en l'armée inuincible, plus apparemment encor aux ligues dernieres en France : on voyoit la moitié de la France prier pour la ruine de l'autre, ou pour le renuerfement du tout: car l'autre moitié eftoit attachée à ce refte. Henry quatrieme profond en Intelligence d'eftat, s'il euft voulu approfondir le dela des monts, Car ils y dominent & pippent fur tous les autres, trois fepmaines deuant fa mort, entrant en vne Eglife de Paris, il y rencontra les quarante heures, ils fe donne l'alarme : car defia on luy predifoit fon defaftre. Il mande le fuperieur du lieu, pour luy faire defchiffrer à quoy tendoit vn tel appreft. Mais il luy donna d'vn contrechiffre, & ainfi le Prince abforba dans fa valeur, toutes fes doutes. Les corps de garde de l'eftat, le confeil eftroict, fe doiuent redoubler dans le renfort de leur fageffe, pour affiner telles conduites. Les contremines d'Eftat font bien plus requifes que celles des fieges de ville. Au refte, de penfer que les Romains facent quelque chofe pour noftre aduantage, c'eft fimplicité. Ils commencent noftre profit par le leur : reforment l'intereft de noftre confideration, dans l'intereft des leurs. Ils fçauent pallier & donner le carré du rond en toutes affaires. Ils prennent la mefure des noftres fur celle des leurs, nous faifant à croire, que leur gain eft le noftre, qu'ils perdent ou nous gagnons, encor que tout ce qu'ils font,

est pour nous gagner & conuertir en leur posses-
sion:aiment mieux tout perdre l'autruy , que perdre tant soit peu du leur : rebroussent tous leurs
pas au contraire du chemin qu'ils tiennent,fuyans
le bien de ceux , ausquels ils feignent de le procurer , & pour iustifier la deuotion de leur fin:
c'est que la ceruelle non seulement leur demange , mais elle leur boult ; sont tousiours en tranchées continuelles , mettent leur benediction en
valleur excessiue , y establissent vn commerce:
en gramoient des bonnes cueillettes annuellées,
mesmes les veulent faire profiter , iusques là, que
d'en rauir des Royaumes & autres pieces de terre
Souueraines : rien ne leur est trop chaud ne trop
pesant , comme s'ils estoient fermiers en gros, &
partisans du Nouueau Testament , & de ses mysteres, voire de la Toute-puissance de Dieu. Ils
debitent toutes ses pieces , les hachent en detail,à
l'enchere au plus offrant , à Rome vous y ferés
plus d'vn escu,que d'vne grosse botte de miracles.
Le salut des ames , qu'ils font mine de tant pour-
chasser , ce n'est que dedans leur aise , & pour s'y
mettre tousiours dauantage.

 Leurs Iubilés,& indulgences plenieres, ce sont
traits de la matte. Auparauant la Reformation de
l'Euangile , on ne sçauoit point qu'il y eust vn
Pape au monde , sans les Indulgences qu'on publie auec plus de solemnité , que de probabilité:
auec plus de fanfare , que de solidité : auec plus
d'imposture , que de fondement : auec plus d'inuention humaine , que d'approbation Diuine:
             plus

plus à la Romaine, qu'à l'Apoftolique : plus pour ſe faire valloir enuers les hommes, que pour faire valloir le ſalut des ames enuers Dieu: d'auantage, pour la gloire du Pape , & le profit des Preſtres, que pour la gloire de Dieu.

Le pauure ſot vulgaire , ne daignant bouger de ſon idiotiſme , pour contempler la preuue & le fondemeut de telle publication, croit que le threſor de l'Egliſe , duquel on publie que les Indulgences ſont tirées, ſoit les eſcus du Pape: & que le Pape, pour leur faire part d'yne telle liberalité, ait engagé les pierreries , & l'argenterie de noſtre Belle Mere Saincte Egliſe , & qu'il y ait porté iuſques à ſa croſſe , & ſa mitre , pour leur faire ceſte belle emploitte ; & cependant, cela qui eſt ſans aucune maſſiueté, ou ſolidité, n'eſtant qu'vn phantoſme , qui a eſté compoſé dedans quelque fragment d'oiſiueté , de datairerie de Rome, ou-bien quelqu'vn plus ingenieux que les autres à fripper les leſche-frites; car, *ingenij largitor venter* a machiné ce beau ſonge en fraiant , (comme le poiſſon auec quelque deſir Plutonique, dont s'eſt engendré ceſte impoſition: ce ne ſont Iudulgences, c'eſt vn impoſt, c'eſt vne gabelle, c'eſt vn pur don, c'eſt vn tribut, de quoy on taille la bourſe ; & quand on rançonne en taille douce les coffres des Chreſtiens , c'eſt vne imputation , ſans verification: vne intruſion, ou inuaſion, non remiſſion. S'il falloit faire monſtre de ce qu'ils promettent, Iamais on ne veid tant de billon : ce n'eſt que morfil d'vn faux germe , produiçt par la conception d'vne conuoitife infatiable, qui poffede toutes ces teftes tonfurées.

Sainct Paul euft efté bien ignorant , & toute l'Eglife primitiue , de n'en auoir entendu aucune nouuelle. Plus de mille ou douze cents ans ont paffé , fans qu'aucun fe foit aduifé de cefte mommerie: le Pape auec tous fes pardons peinturés, ou pardons en figure, auec tous fes milliers de millions d'années , & d'indulgences , fe peut moins fauuer que les autres: car il les peut donner aux autres , & perfonne ne fe peut rien donner à foy-mefme. Ha! que Sainct Bernard en euft fait de beaux hoche-pots de deuotion, s'il en euft creu quelque chofe. Si chafque lubilé , ou indulgence pleniere , leur couftoit feulement mille efcus : ils nous donneroient leur malediction fi on ne leur faifoit quittance de la fomme. Les Romains ne fe cognoiffent point à rien payer , leur ancienne couftume eft, de tout vendre & rien donner , & fur tout de ne rien laiffer fans maiftre.

Ils fe donnent tout , comme s'ils auoient part par tout : ains fi c'eftoit à eux de partager & de faire les diftributions de tout , les appliquer , enleuer , eflargir , ofter à qui bon leur femble , retenir toufiours le meilleur de fon cofté , & pour monftrer qu'il n'eft pas fi indulgent que fes indulgences , & qu'il n'aime pas tant le pardon qu'il en oublie la guerre: c'eft qu'il n'a pas tant d'outils de remiffion , comme de fang , de meurtre & d'extermination.

Il n'eft

Il n'eſt pas ſi attentif à l'vn qu'il en perde la paſſion de l'autre:le Pape a autant d'officiers de guerre à ſes gages , que l'Empereur. Il a Conneſtable,
Colonnel,Grand-maiſtre de l'Artillerie,poudre,
balles, canons, arſenals; n'eſt ce pas pour bien ca-
rillonner l'Euangile. Sainct Paul n'a il pas compoſé ſes epiſtres de ces ortographes de ruine-
ment? mais eſt-ce pour rendre , ou faire rendre à
chaſcun ce qui luy appartient,ou bien pour conuertir les Venitiens à l'adoration de ſes pieds ,ou
ſe ruer au recouurement de Naples ? ſi la deſ-
route de ſa partie lui an diſoit , croyes qu'vn
tel arſenal eſt vne belle bibliotheque du Sainct
Eſprit. C'eſt droitement là à l'entour où ils repài-
re, ie mesbahi , que les Apoſtres ne firent prouiſion de telles munitions le iour de la Penteco-
ſte:mais cela ſent pluſtoſt ſon Tamberlan , ſon
Muſtafa, que la miſericorde ou ſouueraine vicairerie de Ieſus Chriſt, ſelon qu'il s'appelle.

Quelle conformité entre vne mine toute con-
tenancée de poudre à canon , & le viſage de douceur parernelle , que doit porter le berger à ſon
hoirie.Le mõde eſt bien abbeſti de ſe laiſſer mou-
tõner par tels paſtres.Voila pas vne belle rhetorique,pour perſuader le mõde à croire ẽ Dieu?eſtre
general de tueurs de Chreſtiens,au lieu d'eſtre ſauueur d'hõme cõme ils ſe proclamẽt & veulent e-
ſtre tenus il faudroit bien de telles pieces que cela dans le ſac d'vn aduocat,pour gaigner vne bonne cauſe deuant Dieu. Vn vice-Dieu qui ne
doit grouiller que propiciation,eſtre mediateur

de l'effacement des fautes du genre humain, estre
tout de canon , de poudre à canon de guerre , de
fanfare, de trompettes, de Souisses, de cheuaux legers , de gendarmerie , à respandre à qui mieux
mieux la vie, le sang, le salut de ceux que Christ à
racheté.

Il ne suit son office , il abandonne sa charge, il
pert ce qu'il est. Outre que, la charité ne cerche ce
qui luy appartient. Ouy, mais il est Prince temporel, il doit se conseruer par le mesme moyen que
les autres. Ie laisse, que si les Turcs auoient autãt
d'ẽuie de la chaire & des murailles de Rome, cõme
les Romains conuoitent le bieu domination
souueraine, & de toute la Chrestienté, ils seroient
dedans Rome deuant deux ans, autant que le Pape,
& ce par raison d'estat infaillible.

Ce n'est tãt pour defendre les siens par la iustice,
que pour se ietter sur celuy d'autruy par outrage.
Il est Prince temporel , si fort , qu'il en est tout
charnel: moins spirituel que mondain: plus de vanité, que de pieté: plustost seculier , qu'Apostolique: il est plus Pape, que Chrestien: il y a plus à reprendre, qu'à louer: il y a plus à corriger, qu'à imiter : plus de pouuoir que de saincteté , & dans ce
pouuoir, plus de temerité que d'approbation: plus
de richesses que de deuotion , cinq cens fois plus
de fautes que d'infalibilité: plus homme que Pape:
qui exerce d'auantage ses imaginatiõs, que la lieutenance de Dieu: qui est bien plus asseuré pecheur
que predestiné, le conte qu'il doit rendre montera
d'auantage que ses finances : il a bien plus debité

de son

de son authorité, que Dieu ne luy en a donné, il en
fait bien plus accroire qu'il n'en a reçeu, il saute de
pole en pole, d'extremité à autre, deriuant le spirituel iusques au temporel, d'vn pouuoir particulier, il redonde au general : de l'extreme pauureté
de S. Pierre, au regorgement de toutes les Monarchies: tournant la mortification de soy mesme, en
vsurpation de tout le monde; laquelle il conuertit
en absolution ou en abolition, estendant ses graces spirituelles, iusques au pardon de la restitution
du temporel, euinçant, prescriuant, s'arrogant côme pere de la nature, Seigneur du droict des Gentils, comme si tout releuoit de sa creation, que les
souuerains ne fussent que ses fermiers, ou hommes
de mainmorte, ou que le sang de Iesus Christ fust
le sang de ses veines. Ce n'est de merueilles s'il
est si terrien, qu'il compasse le monde à sa volonté, car il dispose du paradis, côme de la basse-cour
de son palais, il le donne, il l'enleue à qui bon luy
semble.

Pour le purgatoire c'est vne station, ou hospi-
tal qu'il a fondé, où vont se raffraichir à la disnee,
ou boire vn coup en passant, ceux qui sont mal
montez, & qui ne peuuent aller tout d'vn traict en
paradis: apres qu'ils y ont repeu, il leur faict fournir de relais pour acheuer leur iournee. Il les ar-
reste ou les vuide quand il veut, ainsi non seulemêt
le dessus de la terre, mais le centre d'icelle, & le
paradis aussi, sont les moindres pieces de son papier terrier. Il est outre plus le grand pere poul-
lailler de toutes les ames, qu'il faut qui passent par

ſes mains:car il les diſtribue, & agence là où il luy
plaiſt,aſſauoir là où ſon gain les tire.

Il nous mettroient volontiers au preſſoir pour
en tout tirer. Ils ont touſiours l'œil au guet, pour
conſeruer, eſpier, augmenter le patrimoine de S.
Pierre. Car ils gaignent autant de l'argeur au paradis,qu'ils apportẽt d'accroiſſemẽt, deſpace à la cou
ronne papale.   Qu'on laiſſe vn peu quelque place
de Roy ou Prince , voire s'il ne l'empietera tout
ſeul,ſans en faire part à aucũ de ſes compagnons.

Quand Sixte fiſt vn preſent, par ces bulles qu'il
enuoya à l'Eſpagne du Royaume d'Angletrre , ſi
ſa pattecroche euſt eſté aſſez ferree pour s'en rendre le ſeigneur, il n'euſt donné tant de faueur à ſa
charité que d'en enuoyer les expeditions à vn autre,& ainſi du Royaume de Nauarre. Par tout où
l'eſtẽdard de leur commodité tourne la face, l'hõneur ou la conſcience ne le peut empeſcher. Ils le
ſuiuent à corps perdu. Meſme les Princes voiſins
n'ont garde de s'y fier,de leurs places, que ſous la
caution de bonnes garniſons , deſquelles ils pren-
nẽt le ſerment,meſme cõtre l'obeiſſance du Pape,
laquelle toutesfois eſt adoree tout autour de lui,&
croy que ceux en qui ils ſe fient de leurs lieutenás
n'eſpargneroient non plus la perſonne du Pape,
que du moindre ſoldat qui ſoit, nonobſtant toutes
ces bulles d'excommunications ſalmonees , s'il ſe
preſentoit en quelq; endroit pour ſurprẽdre à bõ
eſcient quelque pièce de leur gouuernement. Car
ils ſçauent bien qu'il n'attend point la vocatiõ legitime pour s'eparer par ruſe ou par ſorce de ces
pieces,

pieces,dõt il peut cheuir. Ie mẽ rapporte aux Empereurs Romains, ausquels ils ne sçauẽt aucun gré
de son throsne qu'ils rẽplissent, s'y estãt portés par
emblee,autãt que par successiõ legitime,si tant est
qu'il y en ait aucune. Les anciens Empereurs ont
esté par leur lascheté , les parrains qui les ont mis
hors de page , depuis ils ont reduit l'Empereur si
bas, qu'à peine est il assés grãd seigneur pour estre
escuyer courant des anciẽs Empereurs. Les Capel-
lãs des Empereurs de maintenãt , sont plus grand
maistres & seigneurs que les Papes des premiers
temps : & il, faut auiourd'huy que l'Empereur l'a-
dore,ou pour le moins traicte du pair auec les nõ-
ces ou Capellans du Pape : car ils s'asseent, non au
pied du Pape , mais comme les enfans de Chœur
du Vatican , les Euesques ne sont assis que sur des
bas marchepieds à terre aux pieds des Cardinaux,
comme sçauent ceux qui ont esté par dela , & qui
ont veu quand le Pape tient chapelle.

Il faut que le pauure Empereur qui a mis les clefs
de la Papauté,& de sõ Empire,en la main du Pape,
lors que le Pape estoit si pauure, qu'il n'auoit rien
à serrer,aille demander à genoux au Pape,la bouche en terre , la clef pour entrer au throne de son
Empire , en faisant hommage à la saincte empeigne,obtenir congé d'estre Empereur,à peine qu'õ
ne le foule aux pieds,luy mettant sur la gorge,cõ-
me on a fait autrefois à ceux qui ont voulu faire
paroistre qu'ils auoiẽt vn cœur masl̃e,sinon d'Empereur,au moins de Capitaine , ou de soldat , ou
d'homme d'honneur.

Ils en meditent autant à tous les Rois l'vn apres
l'autre, n'en est-il pas desia à la feste , puis qu'aussi
tost qu'vn Prince est sacré, instalé en son sceptre,
encor qu'il ait Ambassadeur ordinaire à Rome, on
ne cessera de le presser, mesmes y meslât des om-
brages de menaces , afin d'enuoyer vn Ambassadeur extraordinaire, faire hommage & recognoissance à la tressainte entomure.   Cela se faict par
tres-grande vanité, ou par malice trescauteleuse, a-
fin que par succession de siecle, ils s'attribuét l'in-
uestiture des couronnes pour delà venir à les conferer, car si le Roy nouuellemét mis en son trosne
reculoit à le recognoistre, il ne tiendroit son Ambassadeur ordinaire.   Qu'est il donc besoin , de
l'aller caresser de nouueau , si ce n'est par dessein
de former pretention sur sa couróne. Mais il se fera, s'il peut, d'autant de courónes qu'il pourra suppediter, autát de marchepieds, ou degrés pour mó-
ter en son siege, qu'il rehaussera d'autát d'estages.
Ha! qu'il est fascheux à celui qui est tout souuerain
de recognoistre vn autre encor plus souuerain.

Ie sçay qu'ils se targuent, en disant, que ce n'est
qu'indirectement qu'ils sont seigneurs des seigneurs : mais ceste indirection, c'est vne moitié
d'authorité, vn acheminemét, vne pretétion, c'est
vn demi partage de souueraineté. C'est vn droict
qui oste d'affranchissement, celuy qui recognoist
vn tel droit.   Outre que, toute indirection tend
tousiours à quelque direction, & puis la Toute-
puissante authorité papale tourne l'vn en l'autre.
Il se permet de prendre la droite pour la gauche,

& de-

& deſtourner ceſte indirection à quelle main il
luy plait.Il prend le droit pour s'en feruir,le gauche,aſſauoir l'indirect , pour s'en couurir. C'eſt
pour leurer les grands & pe ruertir les petits : le
tout auec vne illuſoire preuarication:mais ne don-
ne-il pas les couronnes directement , comme ſi
elles luy appartenoient tres directement : Auſſi
proprietairement comme s'il ne les faiſoit que
preſcher dans ſon threſor ; & ont vſé encor d'vne
autre ruſe , afin d'eſtre plus abſolus, & de n'auoir
de ſi gros bouleuars à ſurmonter.

Ils ſe ſont mis en peine de mettre en fragment
l'Italie,l'Alemagne,en lambeaux,en Cantons. Ils
guinent auſſi ſi ſpirituellement , qu'ils y paruiennent à la fin temporellement· S'ils fuſſent ſorti
d'Auignon, ils auroient dés long temps fait voler
la France en eſclats , afin de l'engloutir plus aiſé-
ment,bechée à bechée.Tous les maux futurs nous
menaſſent de ſortir de là.Combien de fois ont-ils
eſſayé de mettre ceſte couronne en chanteau. Ils
ſont dangereux quand ils ſe courbent ſur la croupe,pour s'arreſter quelque part,s'ils s'y acharnent
mal-aiſément les en peut-on deſguerpir. Quelle
faute commirent les Potentats Chreſtiens il y a
trenteſix ans ou enuiron?de ſouffrir ou d'accepter
de ſa main la reformation du Kalendrier? Puiſque
Iule Ceſar auoit mis l'Empire en poſſeſſion : c'e-
ſtoit à l'Empereur qu'appartenoit ce r'abillage
d'année : car le Pape en a groſſi ſon droit, toutesfois , on luy maintient qu'il n'a rien aux choſes
temporelles: & pendant on luy laiſſe Seigneurier,

remuer, deſtourner roigner le temps dans lequel
elles ſont, & lequel commande à toute choſe corporelle , comme ſi le Pape eſtoit le maiſtre des
ſiecles , le diſtributeur des reuolutions ſolaires &
Lunaires. A peine qu'il ne veuille deuenir Ioſué,
pour brider le ſoleil , & luy rompre ſa catriere.
Mais empeſchera il vn Prince , de paſſer l'hyuer
en ſon Royaume , dans le mois de May ſi bon
luy ſemble, & l'eſté dans le mois de Nouembre,
s'il luy plaiſt? Qu'importe que le mois du ſolſtice
s'appelle Decembre, ou Ianuier. De quoy s'adui-
ſe il de nous vouloir faire viure à ſes heures, & ſelon ſes iours?

Mais cenſurera il point quelque iour, nos heures ? dautant qu'elles ſe conţent du midi à la mi-
nui{ct , & par douze heures ſeulement à la fois.
En Italie elles ſe content d'vn coucher à l'autre
par 24. heures. L'vn de ces iours il luy montera
en teſte qu'il nous voudra horologer au pois de
ſa methode, nous allongir le iour de 30 heures, ou
racourcir à dixhuiĉt ou vingt heures , changeant
le circuit des heures du quart ou du quint. Le
premier profit qui ſe preſentera deuant luy à exe-
quter dans ſes coffres , ne faut nullement doub-
ter qu'il ſe mettra en deuoir de practiquer vn tel
attentat.

Il monſtra bien ſon oiſiueté & ſon ambtion
alors, de s'attaquer à des pauures minutes , &
de laiſſer en paix vne infinité d'impietes execrables, & vices eſpouuantables qu'il diſſimule, voire ſupporte , leſquels ſans doubte prouoqueront
quel-

quelque iour l'ire de Dieu , a faire defcendre le
feu du ciel fur l'Europe, fi Dieu ne nous prend à
mifericorde.

Leur curedents ordinaires,c'eft de s'efguifer en
leur cupidité pour cheuir de l'immenfité de leur
deffein ambitieux , fur quoy fe forment plufieurs
colloques,conferences d'amplificatiõ & d'accroiffement de feigneurie,ils y ont leurs creatures formees fur cefte impreffiõ, vn catechifme de cabale
mifterieufe,car en conuoquât vne douzaine de teftes endoctrinees fcientifiquement , ils peftriffent
repaiftriffent,colligent en geographie d'eftatRo-
main, toute l'Europe qu'ils mettent en tablature,
auec vne concatenation harmonieufe de tous les
Rois & Prouinces qu'ils efchantillonnent pour
les fommetouter , ils la depeignent en tableau de
marqueterie fimbolifent les raporfts ou branfle
de fon augmentation.

Ils ont auffi toft faict vne concoction de toùs
les eftats, que difpofé d'vn college : ils font vne
confrairie de tous les Potentats de la Chreftienté,par addition,diuifion. Ils les detaillent & re-
coufent auffi aifément que les mébres d'vn horologe,que le maiftre môte & demôte pour le faire
marcher par reforts affortis de mefme concatenation : Ainfi ils font tomber les tenants, &
aboutiffants de tous les meilleurs morceaux de
l'Europe, dans la carriere ou l'enceinte de leurs
filets.

Car ils ont cefte maxime , qu'ils tiennent
bien plus qu'Euangelique, ils en font le fuperlatif

du NouueauTeſtament,que tout le monde eſt deu
à leur ſeruice,leur droiⷜ canonique eſt alligné ſur
ce Creon. Il n'y a gueres de prouince en la terre
d'où il ne ſe trouue quelqu'vn à Rome qui y a receu nourriture:les vns en embuſcade,les autres en
eſpiāt,ou hātāt le trafic des richeſſes,ou des ames.
La pluſpart y ayant voyagé iuſques dedans beaucoup de conſcience , ſoit du Leuant, Couchant,
Septentrion,Midi.En outre,qu'ils ont vne perpetuelle vigilance de s'appreſter vne confrairie de
tels collegues , eſprits eſperlucats , monopoleurs:
car ils ont ceſte proprieté au choix de leurs ambaſſadeurs, de les apparier & meſurer ſans ſe pór-
ter par comperage : ils trient les plus profonds &
accors d'vn Eſtat qu'il enuironnent & chargent
d'inſtruction,tellement recuites & digerées,qu'ils
enmanchent vne ſageſſe dans vne autre, pour auec
ce renfort de direction terraſſer tout obſtable
d'erreur & engloutir où laiſſer bien loing derriere la leur , la ſageſſe de ceux auſquels ils ſont dele-
gués. Halqu'vn conſeil de Prince attelé de dix ou
douze tels habiles, hommes qui euſſent embaſſadé
chaſcun vne douzaine d'années ou enuiron , chez
les voiſins auroit de force,ce ſeroit pour galopper
en vn moment toutes les affaires de l'Europe,rien
ne pourroit eſtre caché au Prince,qu'il ne vit,pre-
uit deuider ſur tous ſes voiſins deuant ſes yeux,
ayant tant de ſçauans repertoires à ſon aide.Outre
que les affaires du cœur d'vn Eſtat repercutent
ſouuent iuſques au dela des extremités d'iceluy,
& s'eſlancent ſur l'eſtranger;& ceux de l'eſtranger
reten-

retentiſſent inſenſiblement ſur luy, ou il faut eſtre
verſé pour les ageancer deutrement. Vn aſſemblage de ſemblables hommes ſeroit vn emplaſtre
pancreſtin ſur toutes les defaillances d'vn eſtat.
Rome en a par centaines, la domination du monde ne peut faillir à tels ouuriers , ils accrochent,
enfilent, deffilent, enchaſſent, deſracinent tou s les
eſtats de leur principauté. Taxis, que voſtre Maieſté à cogneu l'vn des mieux verſé de ſon aage , le
plus madré que l'Eſpagne ait porté de long temps
curieuſement artiſant & adroict à donner le croc
eniambe à ceux qu'il traittoit, ſçauoit peu au prix
de ceux ici. Tous les ambaſſadeurs des eſtrágers ne
ſont la centieſme partie ſi enquerans qu'eux. Les
nonces du Pape, ce ſont autant deſchauguettes, ils
ſont releuez , toutes leurs penſees ſont tracees en
proportion geometrique, leurs paroles toutes ap-
pointees, & encors qu'ils ſuiuent diuers branſles,
ſelõ les endroicts où ils ſont, toutefois ils ſõt tous
d'vn plumage, tous d'vn ramage, *ſunt labij vnius*,
meſme idiome, tous d'vn niueau, ils ſe meuuent
tous d'vn reſſort, auec telle ſympathie , qu'ils ſe
prouoquent & donnent la leçon d'vn Royaume à
l'autre: & encor que ce ſoiét diuers Ambaſſadeurs
ils n'ont qu'vn mouuement qui les eſpoinçonne,
qu'vne veüe, qu'vn but, qu'vne meſme tablature,
pour tomber en meſme cadence, s'entredonnent
la main, le ton, l'œil, veillent vn chaſcu pour tous,
s'aduertiſſent du branſle, afin qu'vn chacun tienne
ſa partie, ſans diſcorde, ſelon la meſure romaine,
le tout en eſchiuant ; ils ne tentent rien de plein

front, mais en biaisant, tousiours par les trauerses,
à costé, tres serieux en niaisant, se donnent aduis
de l'aduenue des pays, de la disposition des esprits,
des destours ou il faut gauchir en ce qui est à faire,
& qui se peut faire, se renuoyant l'estœuf auec des
souplesses inuisibles.

De la viennent, SIRE, tant de libelles diffama-
toires contre vostre couronne, & personne:car vn
seul d'iceux opere par tout, & ont tant de credit
en leurs promesses, qu'il les font valoir bonnes
lettres de banques, tiennent l'Europe en bandages, vireuoltent, cullebuttent en soubresauts, les
affaires pour affaisser tout le monde s'ils peuuent,
& le tout pour enfermer *orbem in vrbe*, & ramasser tout le mõde *sub annulo*, afin de renfermer toute la terre, dans sa chancellerie papale, & que personne ne marchande, debite, ou achepte qu'à leur
poids, à leur prix à leur aune & mesure. Quand ils
veulent frapper quelque coûp, ils ont leur entree,
leur sortie, mille fausses poternes, issues desrobees
par où il se rendent imperceptibles, mais ont des
corps de garde d'estat, au sorties de leurs affaires,
afin de n'y estre forcé le sauon musqué tout prest,
pour s'en nettoyer, ils se sçauent couurir eux &
les leurs, & feindre, que leurs tresgriefue coulpe est tres-innocente, ains bien meritoire. Ils
ont leurs reuers limez, concertez, ils s'y ap-
plaudissent eux mesmes, en font bannieres, cela sert de teste de chapitre, à leur gazette secrette.

Vostre Maiesté peut recueillir combien tels
hom-

hómes de telle menee ſont à craindre, & à s'é-gar-
der, car vous pouuez voir par le diſcours de leurs
liures, la pietre opinion qu'ils ont du droit de voſtre couróne, & que ſur ceſte verſure, ils farraſſent
mille cas de conſcience pour vous defaire. Ils en
tirent des concluſions, par leſquelles ils mettroiét
voló tiers l'Europe en feu, pour bruſler voſtre Royaume: & au lieu de leurs traits de plume, s'ils vous
pouuoient donner autant de volees de canons, ou
dóner le feu à autát de caques de poudre ſous vos
pieds, ou ſous voſtre cheuet, ou gager homme, qui
voulut l'entreprendre, ils ſe perſuadent, que ſelon
la crainte de Dieu, ils ſont tenus de le faire, tant
ſont ils preuaricateurs & traiſtres à leurs conſciẽ-
ces: & partant ne vous fiez pas en vn ſeul doigt de
papier, qui ſorte de leurs mains, car la plus part des
Philoſophes d'Italie, s'occupét auiourd'huy à ſub-
tiliſer & contrefaire les poiſons. Comme les Lyós,
effaçent auec leur queues, les pas où ils ont mis les
pieds ſur la terre, ainſi ils ne laiſſent aucune traçe
ou veſtige d'eux meſmes, affin qu'iln y ait autre
tache de poiſó ſur le corps, que la mort meſine: les
plus accords medecins du monde y ſont trompés:
depuis ils ont tel poiſon pour faire venir telle maladie qu'ils veulent, fiebure, diſſenterie, hydropiſie, mal calduc, goutte qui ne feint point d'emporter ſa proye, frappe le coup, cache la main, vous ne
ſçauez ſi la maladie eſt naturelle ou artificielle, ſi
elle eſt prinſe ou donnee.
Le deguiſemét de leurs drogues eſt ſi faictif qu'ils
trópét toute cognoiſſáce humaine & pour l'aſſeu-

rance de leur mauuaife volonté il ne faut point recercher beaucoup de garét.il ne faut boire toute la
mer,pour fçauoir fi elle eft falee,ni aualler toute vne
ne piece pour apprendre quel gouft elle a. S. Auguftin en fa cité de Dieu,dit qu'on trouua la dent
d'vn Geant , fur laquelle par vne anatomie geometrique, fut mefuree la grandeur confecutiue du
corps qui l'auoit portee , il fuft trouué gigantefque & exceffif.Iofué & Caleb,n'apportèrent qu'vn
raifin,car ils n'euffent iamais cheui à porter toutes
les vignes de la terre de promiffion. Vous auez
veu non feulement des efchantillons , mais des
pieces entieres, voire des chefsd'œuures de leur
manouurages, tant fur voftre Royaume, que fur
vos voifins : cela fuffit à endoctriner vn chafcun,
mais vous fur tous , qui fans experience ou induction aucune, fçauez extraire & defpouiller au net
tous les plus afpres paffages, enueloppés de quelque creux ou obfcurités qu'ils foyét:ce n'eft à voftre pays feulemét,que ces vulcains en veulent,ils
font defplaifans de la fanté des Royaumes s'ils ne
font du tout à leur cordage. Ils font tellement
acharnez à attifer par leurs forges la guerre,qu'ils
ne pardonnent ni au refpect , ni à la foy , ni
au public. Ils tafchent de l'eftinceler en France
par leurs fufees , mais ils ne l'efcloront qu'à
leur ignominie, fi tant eft qu'ils le puiffent
faire.

I's fourragent toutes les caufes qu'ils peuuent
contrefaire , pour y precipiter les gens de bien.
Ils forgent des allumettes fecretes : ils fufcitent
des

des feux artficiels , plus que Gregeois qu'ils ref-
pandent en public , ne ceſſent de tous coſtés de
tiſonner , afin dembraſer la France , la mettre en
orage,en fougue contre ceux de la religion;ils pê-
ſent que nous tomberons auſſi toſt en ſyncope, &
que noſtre baſtiment crique de ſia,comme s'il s'af-
faiſoit:mais ie croy que ſans doubte l'euenement
qui tombera ſur ces attiſeurs,& complices,ne ſera gueres plus heureux qne l'eſſay qu'on en a fait
par le paſſé.

Eſt il poſſible que pour certains pedans,piedeſ-
cals eſtrangers,oiſeaux paſſagers , à qui nos ruines
ne couſtent rien,qu'il faile ainſi eſprouuer le ſang
des vns contre le ſang des autres. Il ni a celuy,qui
ne voye que c'eſt choſe impoſſible de nous accorder, ou ſuppediter par le fer.Le tiers de l'Europe eſt de la partie , nous prions Dieu les vns
pour les autres , & ces alteres de ſang,auec leur
auertin,nous veulent changer ceſte priere en de-
bats,en meurtre,en toute deſolation , rendre la
France à la fieubre,en freneſie;car comme la paix
reſſemble à la ſanté, conſiſtant,l'vne en harmonie politique , l'autre en harmonie naturelle:ain-
ſi la guerre c'eſt vne furie qui rend le monde fre-
ne que, en oſte la ſymmetrie,le diſproportionnent toute en alteration outrecuidee : c'eſt de
quoy ſont agens ceux deſquels nous parlons ici.
Ains ils ſont tellement perdus d'inhumanité,que
(comme raconte Oſorius Liure douzieme de l'hiſtoire d'Emanuel) les Portugais aiant enchaiſné
& rendu priſoniers , quelques eſclaues dans loſ-

fec , óu vers la fentine aupres des poudres , qui
eſtoient pour le feruice du vaiſſeau. Ces defeſpe-
rés trouuerent deux cloux qu'ils frayerent,& fro-
terent ſi obſtinement l'vn contre l'autre, qu'a la
violence de l'atrition , ils s'enfeuerent , bluetant
dedans leſdites poudres,firent voller tout le vaiſ-
feau en chápeaux, & cercherent dedans leur mort
celle de ceux dont ils ſe vouloient deliurer , ils
n'eurent repos qu'en leur ruine, dans laquelle ils
baſtirent celle de ceux qu'ils vouloyent ruiner,
exterminant ceux qui les auoyent mis hors d'eſpoir. Ainſi en eſt il de ces allumettes d'enfer,ils
ſont tellement defeſperes en noſtre deſtruction,
qu'ils voudroyent voir dedans la leur , ſouhaite-
royent de manger nos entrailles dedans les leurs:
ains de donner deux de leurs vies,pour la moitie
d'vne des noſtres: ils voudroyeut ſe ſacrifier,pour
nous immoler:ils ſe voudroyent tuer,pour ſeulemét nous eſtropier:ſe roſtir,pour nous griller : ſe
dáner,afin que ne ſoions ſauues:ſe liurer au grand
ſouldan d'enfer , pour nous rauir au prince de paradis. Ils careſſeront ſur eux tous les tourments
qui nous feront ſortir de nos ayſes , mettrót
le feu dans leur patrie pour nous faire quitter la
noſtre,ſont contents de nager dedans le ſang paternel , fraternel,voire y coulant le leur pourueu
que par quelque atteinte , ils nous puiſſent faire
perdre partie du noſtre. Ils trouuent leur entiere
cóſolation dedans leur extreme defolation,moy-
ennant que nous perdions quelcune de nos cóſo-
lations. Toute barbarie leur eſt courtoiſie , pourueu que

ueu que ce foit en nous defauorifant:ils ne peuuẽt
viure qu'en la mort qui nous fera perdre la vie,
font contents de fe bruſler pour nous efchauder,
de fe tuer pour nous naurer, de mourir eternellement pour nous faire mourir temporellement.
Rien ne leur couſte ſi cher,que ce qui ne leur couſte rien , à nous laiſſer en paix : ils aiment mieux
fortir d'eux mefmes,que de ne nousmettre , s'ils
peuuent,hors de nous mefme.

Ha!SIRE,quelle tare en vn royaume,quelle efar-
de au pied d'vn eſtat,qui ſouffre dãs les entrailles,
vne telle authorité que la leur:car il les faut croire
& adorer,mefme quand ils veulẽt tout perdre,fur
peine que ne foyes proclamé atheiſte , & que ne
fouffries le danger de la reuolte dẽ quelque piece
dẽ voſtre couronne:car ils fement tant de chauſſe-
trapes,qu'en vn fens ou en l'autre vous y eſtes at-
trapés,& pour euiter tel defaſtre il faut courir à
vn autre,à refpandre le fang humain , en attẽdãt
que ceſte verue leur paſſe : miferable efclauage!
n'eſt-ce pas eſtre en ferré en fa liberté,que d'eſtre
accompagné de tels accariaſtres, qui en leur plus
feruante deuotion, ne vous perfuaderont autre,
que le vœu du fang humain.

La ligue leur deuroit feruir de patron : ils n'en
auront meilleur marché:ils en feront las les pre-
miers.Mais quoy?elle a couſté mille muids de ſãg
deux ou trois miliõs de perſõnes à la France&en-
core quãd ils ont perfuadé telles vuidẽges ſãgui-
naires,ils en celebrẽt l'initiatiõ par inbilés qu'ils
publient.   Dites moy ie vous prie quel milion

E 4

de leurs faictlues pourra iamais payer l'escot d'y-
ne telle effusion faicte pluftoft selon l'indulgence
de Busire l'Egyptien qui tuoit ses hostes , que selon la bonté de Dieu qui preserue les siens.　Tels
Iubilés sont Cainesques.

Et des guerres du pays bas , ils en ont esté les
boute-feux:comme aussi de l'armée inuincible. Ils
n'euffent pas voulu les trois parts de voftre Roy-
aume:ils tenoient le tout pour gaigné.　Ce que sa
Majefté d'Efpagne en fit , ce fut pour obeir aux
persuasions latines.

Ha!que vous eftes trois fois heureux de n'auoir
tels partifants pour compagnons , où pluftoft,
pour maiftres.Eft il poffible qu'on ne puiffe eftre
bon Chreftien,si on n'eft tres Papifte? Ie confeffe
qu'il faut eftre plus Chreftien que Politique,mais
auffi ie perfuaderay toufiours,d'eftre cent fois plus
Politique que Papifte : car le Papifme eft vne pre-
fure de diffention , qui efchauffe tout en reuolte,
c'eft vne brafferie de fedition.Ha!quelle synderefe
d'Eftat.

Les impreffions qu'ils donnent en France(voyát
qu'on ne les veut croire en tout)ce qu'ils regentét
à la confcience ,　& recordent à la bouche des
Grands,c'eft qu'ils leuent des armées,& qu'ils vo-
miffent hors de leurs penfées & capacité , le repos
qu'on donne à ceux de la Religion : car ils perif-
sét de douleur nous voyát hors de peril &de dou-
leur:ils inculquét qu'il les faut amadoüer pour les
auoir, mais qu'à la fin , il les faut extirper comme
vne gangrene, & les retrancher iufques dedans la
chair

chair viue: aſſauoir tous les Politiques auec eux, ne
leur pardonner non plus qu'à l'Enfer , moins qu'à
Beelzebut.

Ils prenent pour Politiques, les Papiſtes, qui ne
ſont ſeditieux, & qui n'ont l'ame tenduë à l'effuſion du ſang.

Ils adiouſtent, qu'il faut faire comme aux chiens
dangereux qu'on flatte , iuſqu'à ce qu'on les ait
r'enfermés, & puis on les bat à ſon aiſe. Ils inculquent qu'il les faut amouſtiller & les appriuoiſer
comme à la Sainct Barthelemi , & puis en faire v-
ne fricaſſée, les ſacrifier aux ombres: car, diſent ils,
le corps des Heretiques (ainſi appellent ils la Religion reformée) ſert de retraitte à tous les rebelles, d'appuy à tous les factieux , d'obſtacle à tout
l'Eſtat : Et partant, il les faut toſt ou tard à tort ou
à droit exterminer, ou que nous les creuions , ou
qu'ils nous creuent. Cependant, par article de police les abbreuer de forces paroles de ſoye, pour
les endormir. mais cependant les affoiblir, ſapper,
miner, en les deſcapitant, demembrer, diuiſer, a-
chetant ou engageant les grands , qui ſont de leur
parti : car, comme ce ſont les os qui ſont comme
les ſommiers, ou, les rochers qui ſoubſtiennent le
corps: ainſi la Nobleſſe, ce ſont les groſſes ſoliues,
les pilaſtres d'vn baſtiment. Ils ſont en vn Eſtat,
en vn parti, comme les nœuds dedans vn bois qui
le lient & rendent vigoureux en ſa force. La Nobleſſe eſt comme les aſtres & planettes qui ſeruent
d'etiquette & d'enſeigne aux cieux auſquels il ſõt
attcahés: ains ils ſõt la force, l'extrait de tout ce qu●

peut valloir la voute qui les porte. Comme les
fruicts sont les planetes & les astres les arbres qui
les produisent : ainsi les astres & planetes sont les
fruicts,& le ciel qui les porte est l'arbre. Ou comme la vie de l'homme porte ses cinq sens,assauoir
cinq excellentes portes cocheres,par où se desbôde l'excellence du sentiment humain.

La vie de l'hôme est l'arbre & le trôc qui porte
ces fruicts,qui sont côme les pômes:ains côme les
astres & planetes de la vie humaine. Ainsi la noblesse sôt les astres les planettes,les fruicts,les sés
dedãs lesquels tout le sentimêt & les nerfs de l'e-
stat se côgregent,ce sôt les portes cocheres par ou
se desbôde les forces, c'est la marque , l'enseigne
de la vigueur d'vn estat,ils côtiénent côme astres
& planetes les influãces vitales ou malignes, selô
qu'ils sont bien ou mal affectés,ce sont les fruicts,
la beauté ains les sens,les yeux,les oreilles,le conseil,le bras,l'espee, des côtrees ou ils se retrouuêt:
aussi est ce sur eux qu'il tendent leurs pieges se
lô qu'ils firêt aux estats derniers icy en Frãce, sça-
chánt la grande queue qu'ils tirent derrier eux.

Ils pensent d'auoir biê despouillé vn parti, quãd
ils en ont corrôpu la noblesse. C'est a trauers eux,
(parmi nous)qu'ils iettêt leurs hameçôs & chauf-
se trapes,sçachãt aussi, qu'autãt de places , autãt de
prouinces : car les prouinces gisêt dedãs les forces
qu'on y a,que ce sont boucles qui arrestêt,l'attêtó
des pgres des corsaires:ce sont formes qui restrei
gnêt ceux qui sont trop hastés, c'est ce qui homo-
logue la force & resistance des pays , & qu'il n'est
aisé de heurter à la porte,ou d'y entrer quand il y a

de bons huiſſiers dedās:ce ſont pauois impenetrables,refuges ſouuēt imprenables:ils les veulēt auſſi
r'acourcir deſēparer, tachēt à les rebraſſer de l'autre coſté pour le moins à les courber, recourēt ce
qui eſt dedās, donnēt diuers refrains pour reſoul-
ler, & reboucher leur tranchant, tachēt à fēdre la
maſſe des cœurs entreliés , desfaçonnēt tout le re-
dreſſemt qui eſt entre eux:que s'ils ne les peuuent
defferer,ou faire fleurir ce qu'ils y veulēt ſtipuler,
ils braſſēt à les poudroier,mettre au ſac,en ſcēdres.
Ce ſōt regēts de perditiō,qui regimbēt au ſalut, à
la concorde des hōmes , qui releguēt tout relaché
d'humanité,laquelle ils cōtrefont en fauſſe perruque,en barbe par deſſus,mais au dedās toute tigreſ-
ſe,portee de licantrophie par deſſous. Ce ſōt eſtrā-
ges cōpoſeurs de deſuniō,relieurs de mille diſſētiōs
en vn botteau,ils regorgēt de recettes de ſeditiōs,
ains ils en ont des inuentaires,des imprimeris,des
magaſins:ce ſōt maiſtres ouuriers iurés à tout deſchirer,diſloquer, ils pourchaſſēt dōc le deſunimēt
du parti,ou biē les demātelāt,deſlògeāt des place
fortes,rompāt leur ſauuegarde, les bāder & rōpre
entr'euxmeſmes par zizanie, gagner les Officiers,
Agēts,ſur tout corrōpre ceux qui tiēnēt les ſieges
& offices Royaux,afin qu'ils facē impreſſiō & cō-
fondēt le peuple,&que de leur queue ils en gagnēt
touſiours quelqu'vn à leur ſuite : &pour les Miniſtres,les ſōder,alterer,eniamber leur cœur, ſemās
force partiſās dās le milieu d'iceux,n'ē auācer pas
vn, eſlōgner des charges tous ceux qu'on pourra,
leur rendre vne iuſtice rigoureuſe, difficile à ſupporter, afin de deſgouſter les vns , & faire perdre

cœur aux autres y adiouſtant dix mille autres con-
cauités, ſoulterraines, ou ils ne ceſſent de cauiller
& ſemer toute ſorte de pratique, à celle fin de maſtiner & rendre le parti tout etique, alangouri, ne
s'oubliant de tous autres coſtez à ietter de l'huyle
& de l'amorce dans ce feu, afin de le faire eſprendre, ne conſiderant point que le Roy n'a point de
ſeruice en ſon Royaume, plus vierge & moins entamé plus fort, moins imprenable.

Quel esblouiſſement de ſageſſe d'entrauer ſi fu-
neſtement le conſeil du Roy contre ceux de la Religion, qui ſont le vray centre de la volonté du
Roy, qui perdront tous la vie pluſtoſt que ſe departir de ce qu'il plaira au Roy, leur cœur ne gau-
chit point, n'a autre viſée qu'à mourir en l'accompliſſement de ſa Maieſté.

Parmi eux la plus part ne porte leur cœur qu'en
eſcharpe, eſt de party en eſtoignement deſpraué,
vn cœur rompu, aboli en deprauation, qui ne ſe
deſagenouille iamais de deuant les Papes, meſmes
pour ſauuer la vie au Roy, & ne mettent iamais la
main à l'execution du ſerment qu'ils doiuent au
Roy, qu'à genoux deuant le Pape, ils y ſons telle-
mét charmés, acharnés, qu'ils meſcroiroyét pluſtoſt tout ce qui eſt au credo, que ceſt article ici, ils
quitteroient pluſtoſt leur patinoſtre que le Pape,
l'Egliſe que Rome : ils croient qu'il n'y a rien de
bien faict ſans ce mal fait, le ſeruice du Roy, diſent-ils, n'eſt que trahiſon, s'il n'eſt enchaſſé dedans l'adoration du Pape, c'eſt ce leur ſemble felonnie contre le Roy, que de ne ſe vouer tout premier

mier au Pape , & par ce que ceux de la Religion
mettent le Roy apres Dieu, ils en endefuent , les
veulent defchirer à belles dents , vifant plus à
Rome, qu'au Roy. Ils offenfent les forces de l'E-
ftat les plus entieres : alterans la communauté d'i-
celles de tous les droits dont doiuent iouir les naturels François mi-partiffans les cœurs , n'en re-
feruant que ce qui eft de plus lafche, au feruice du
Roy. Cependant, efbrefchant les forces les plus
entieres, forçant & gehenant vn parti qu'on contrainct à eftre extremement fur fes gardes. Car ils
leur fait colliger par demonftration infaillible, &
par Axiomes les plus demonftratifs, voire mathe-
matiquement, que ce qu'on leur prepare & qu'on
leur garde eft vne exterminatiõ ruineufe, & vne re
petitiõ de l'office de S. Barthelemi & qu'on vueille
chanter les vefpres de telles matines, & qu'à quitte
ou à double, fuiuant l'inftinct de delà les monts, la
deftruction de la Religion, eft toute minutée : car,
comme ils difent, il faut fuer fang & eau autour de
cefte tache là, par toutes voyes directes & indire-
ctes, mediates & immediates, de ferment de periure, promeffe, tromperie, de paix de fang : il en
faut venir à chef mefme, ils penfent quafi n'eftre
peché d'y employer le peché de maquerelage , &
la paillardife : Car il faut confondre, felon leur
pour traçement, ciel, terre, mer , le naturel, l'e-
ftranger, l'humain, le diuin, la nature auec fes contraires, le paradis, l'enfer, Sathan auec les Anges, la
chafteté auec la paillardife , c'eft facrifice à Dieu
que de facrifier fon honneur & fa virginité à l'ex-

tinction,difent ils,de telles canaille, il faut fe def-
entrailler,fe confommer pluftoft que cela ne foit,
Cela leur eft intime, ce leur eft le fommaire de la
loy & de l'Euangile , qu'il fait marcher quant &
quant,ains en tefte du Credo,& ont tellement ap-
prins cela,qu'il ne faut pas eftre bien clair voyant,
pour le colliger prefque en demonftration fcientifique. Ils ont tellement cacheté de ce faux ceau,
les confciences & aureilles qui ont tourné fous
leurs preffes , qu'elles n'en peuuent exprimer autre plus iufte Religion,laquelle ils contrefont en
pillules dorees , fuccrant les aureilles pour mieux
tapiffer l'embufcade,& encor qu'il y en ait des fages & bien confciencieux,qui n'approuuent point
vn meflinge fi cauteleufement inhumain : toutesfois ils ne l'oferoient empefcher,&c'eft chofe dõt
ils tafchent de nous mettre à la veille : ils pateli-
nent tellement les oreilles des grands , mais de
ceux qu'ils cognoiffent , tendres qu'ils les ruẽt dedans le bord de leurs filets: car leurs ambaffadeurs
tendent leur roüet à cefte amorce , & difpofent.
tant qu'ils peuuent vn chafcun à fuiure l'attirail
de leur paffion Cependant reuenons à leurs ambaffadeurs,qui langagẽt tout le monde;ils ont des
errines ou fternutatoires d'Eftat,auec lefquels ils
attirent à eux toutes les penfees des chefs du Royaume,ils les façonnent,appriuoifent,ils cheuallent
tenaillent les efprits , mignottent les affeétions.
tous les plus grands Ecclefiaftiques de la prouince fe rendent leurs efclaues,les breuets fecrets qui
trottent en campagne pour les amadouer , auec
forces

forces benedictions vanteuſes ‘qui ne ſont qu’en
l’air.

Tous ſe tiennent bien heureux de n’eſtre plus
heureux que de leur obeir & s’eſtiment fort
droicts d’ainſi fidellement forligner: le Roy
n’eſt aſſez puiſſant pour faire faire du bien a vn
qui n’a iamais eſté & ne ſera que ſon ſeruiteur.
Maiſtre René Benoiſt , n’auoit iamais meſlé ſon
ſerment, ni eſté autre que ſeruiteur de Dieu & du
Roy , les ayant mis hors d’eſpoir de changement,
iamais ne ſçeut obtenir ſes bulles de l’Eueſché
de Troye. Ils ne donnent iamais rien à perſonne auec qui ils ne cabaliſent plus de ſeruice
pour eux que pour le Roy , quiconque ſe veut
coucher en leurs bonnes graces il faut qu’il bor-
delle ſa fidelitè , & qu’il ne ſoit moins François
que baſané ou marane.

Si l’Abbé du Bois euſt voulu eſtre auſſi bon
moyne (ie ne di bõ Religieux, car cela n’euſt ſerui de rien) que bon François il euſt eſté au frontiſpice de quelque mitre.

l’adiouſte que le don des Annates & tout autre
ſorte de benefice Romain , eſt ou la recom-
penſe ou le prix de quelque ſeruice paſſé , le
glus ou la poix de quelque futur, concernant
l’eſtabliſſement de la Papauté.

Car ils ne donnent rien gratuitement. Tous
leurs dons ne ſont que corruption , leur liberalité
que falſification de volonté , quiconque prent
d’eux , ſe vent à eux. Iamais ils ne s’eſlargi-
ront onuers vn homme qui n’aura que de la vertu

& quiconque ne leur peut payer ſon eſcot, il peut
bien auec tout ſon equipage pour haut & ver-
tüeux qu'il ſoit, battre ailleurs : auſſi quelque vitieux & meſchant que ſoit vn homme, s'il les peut
aſſeurer de quelque bon ſeruice de rente, & qu'il
ait la teſte faicte en Capeline, ils l'auanceront iuſques ſur leur honneur, ils le traineront au contraire de l'opinion d'vn chaſcun iuſques au bord
de la canonization des Saincts encor qu'il ne ſoit
meſlé que de mouelle de preſanation : auſſi eſt-ce
vne maxime entre eux, qu'il ne faut qu'vn Cardinal de ſeruice, ſoit ſi ſcrupuleux ou adiuſté à ſa
conſcience : car l'Eſtat rencontre quelquefois
des ſaiſons ou il doibt commander à la crainte de
Dieu.

Comme vn iour on faiſoit feſte à vn de ces venerables, qui autrement eſtoit profond en l'eſtat
qu'vn de ſes côfreres eſtoit fort deuotieux cagot, il
reſpondit, *egli e vn coyone*, ce n'eſt eſtre de qualité
requiſe, de n'auoir que de la deuotion, il faut eſtre
madré, gredillé, en ſon ame & auoir les vertus car-
dinales, ils accommodét plus volontiers leur créa-
ce, à leur conſcience : que leur conſcience à leur
creance. C'eſt qu'au lieu d'obeir à leur creance,
ils luy commandent & la forment à leur poinct;
au lieu de ſe former au ſien. Et la pluſpart ſeroit
plus propre à compoſer vn Euangile de ſa creance, qu'à s'accommoder à celuy de Ieſus Chriſt : le
plus ſouvent, ce qu'ils obſeruent, n'eſt pas ce qu'ils
croient. Ils n'ont que la ſurpeau. Il y a plus de farce
que de veriſimilitude. Leur profeſſion ne r'appor-

té

te point au vray leur religion. Il y a bien plus d'ex-
trauagance que de sincerité. Ce sont deuotions
phantasiees qu'ils pallient dans la rotine du commun. Leurs deportements conscientieux ne parroissent qu'à faux-bond, quand on les recerche de
pres, & lors on les voit bien loin d'eux mesmes:
aussi se font ils si auant meslés dans la chair & le
monde, qu'à peine les peut-on discerner l'vn de
l'autre : la mort mesme ne les en peut dessaisir ni
les amener à la consideration d'eux mesmes.

Il y a quelque téps qu'vn cardinal se trouuât au
passage de la mort, y entrant en desespoir, sçachât
qu'il auoit vescu vn tout autre chemin que celuy
des Chrestiens, & ayant ignoré son salut : aussi ne
sçauoit-il qu'el chemin prédre pour aller à Dieu,
estant enuironné de force consolateurs, ha ! dit-il,
qu'est ce que vous me sifles *bisognarebbe vn car-
rozzo di contritione ch'io non posso trouare.* Ils n'ont
point de foy certaine, aussi n'ont-ils point de fin
asseuree, ce sont pauures vagabons errans en la
vraye esperance, laquelle ils ne peuuent diriger en
Iesus Christ, qu'ils n'ont voulu crbire, comme ce
grand discoureur sans fin, qui ne se contétoit point
de douter de Iesus Christ : mais mesme vouloit
douter, & rendre encor les autres douteux de Dieu
mesme : car ayant par longue raison prouué deuant
son Roy (c'estoit Henry troisieme) qu'il y auoit
vn Dieu, duquel discours ayât esté loué & approuué par le Roy, il repart, SIRE, voulez vous que ie
monstre encor mieux qu'il n'y a aucun Dieu, ni
aucune prouidence, & s'aprestant pour en entra-

mer le difcours,le Roy euft honte d'vn tel Atheif-
me,& luy ferma la bouche.

C'eft pour monftrer de quelle teinture eft la
creance de ces gens la, que leur interieur, n'eft la
centiefme partie de leur phyfionomie: qu'ils portent d'eftranges paquets fur la croupe de leur
cœur, qu'il n'y a fonde affez profonde pour gagner le cœur de leur interieur, ils y referuent
dix mille arpens de labyrinte, vne mer d'abifme, vne actiuité autant plus viue que leur figure, eft morne, d'autant plus vigilants, qu'ils
femblent affoupis, dautant plus à foy qu'ils
femblent de fe donner à autruy autant rauiffans
qu'ils s'expofent à vn chafcun, encor qu'ils femblent tout de fommeil : Ils font tres vigilans, &
fur tout compofés tout de veues & d'yeux: ils font
les fours encor qu'ils foient tout d'ouye, d'autant plus enclins à la frequentation qu'ils veulent
eftre eftimés à la retraitte, & au filence, & fom-
mairement font beaucoup plus profanes qu'ils
ne femblent mortifiez : car font ils quelque part,
c'eft de roder, feuilletter, efplucher, iufques
aux moindres papillottes d'vn pays, grands par-
fumeurs d'oreilles, patelineurs, qui pertuifent
toute forte de compagnie pour s'y donner entree
fçauent comme il faut rendre mols comme plume les endroits les plus durs, & les plus pier-
reux.

Au refte font ils en quelque prouince, ils cottent & criblent la nobleffe de la premiere,fecon-
de & troifieme grandeur, leur vaillance, alliance,
finan-

finance, habitude, intelligence, confcience, ils en
dreffent des inuentaires , outre qu'ils ont deuant
leurs yeux les memoires & inftructions de dix où
douze leur predeceffeurs, auec les manquemens&
auancemens qu'ils y ont fait, la mefure de ce qui
refte à faire auec l'alignement des paffages qu'il
faut tenir. Sur quoy ils enchiffrent tout vn eftat,
& en produifent des prognoftiques quafi auffi
certains que les propofitions du centiloge de Pto-
lomee.

N'auons nous pas veu pendant ces ligues paffees des liures entiers imprimés en Italie de
pareille obferuation , où ils nous apprenoyent
des fecrets, des familles françoifes, que nous i-
gnorions , encor qu'elles façent quafi partie de
nous mefmes. Rome eft plaine de telles archiues , felon quoy ils font vn affemblage de
confeil , de ceux qui ont Ambaffadé par l'Europe , d'où ils tirent des epilogues dangereux,
qui ne font poffibles qu'à eux : car ils abbou-
tiffent par tout, appointent tout affaire à leur
centre , ils font en vn theatre rehauffé , d'où
ils voyent tout ce que pourpenfent ceux , qui
les enuironnent : & puis ces grands pionniers
de confciences, qui riblent par dedans la vie d'autruy, qui tournent en decoction tous leurs deportements, lefquels fourniffent defquierre à l'adiu-
ftemét du particulier au general, d'où par apres ils
dreffent à leur Ambaffadeurs vn modelle de leur
óportemét. C'eft ce qui les réd fi vigilans, ou d'v-
e vigilante inquietude pour inquieter & verfer le

repos d'vn chacun dedans le leur, ils iaugent, ar-
pentent, calculent, afin de n'entretailler leur me-
sure, ils guignent a espier toutes occasiós, pour petites quelles soiét, à celle fin de les employer selon
l'adresse ds leur instruction, gens tousiours à la vi-
siere, au guet, à prédre garde aux actions des Princes estrangers suruenans au pays où ils sont, outre
qu'ils ont vne telle ialousie des Rois, qu'ils leur en
fermeroient volontiers la bouche dedans la leur,
sangleroient comme dans vn cep leur langue, tié-
droient en leur pedagogie leurs yeux, leurs oreilles, regenteroient les actions qui les laisseroit faire, afin qu'ils ne traittassent qu'en leur presence:
car sçachans quelque Ambassadeur extraordinaire arriué, ils achettent au poix d'or, tous les mots
qui se parlent, afin de s'en pouruoir: aussi garnissét
ils tous les coins, & arrieres coins des aduenuës
que hantent ces personnages là, de personnes af-
fidees, noblesse, prelats, religieux, profanes, confesseurs, deuots, deuotes, desquels ils s'accoustmêt,
& cherissent à cest effect, pour les faire trotter,
villotter, c'est vne marque de vocation diuine, &
deuotion intime, augurale, vouee au sainct siege,
que de leur porter aduertissement: car leur estude
de feste, c'est de petarder, & les secrets, & les consciences de tout le monde, & d'auoir d'excellentes
sages femmes, pour accoucher les coeurs des secrets les plus reculez, & ceux qui ont des preten-
sions: car il n'y a celui qui n'en refleurisse à double
rebras, ni oseroit faillir à peine de deschoir des
bonnes graces romaines, qu'ils preferent souuent
à celles

à celles de Dieu , mais touſiours a celles du Roy.
Et ſur ces traces là, font mille viſites, pourmenades, compliments, pour recueillir quelque indice,
deuiner par les geſtes , par les yeux , par l'a-
ction le contenu de la parole , ſur laquelle ils
commentent, la comblent de ſoupçon, ſ'expedient
en deſpeches pour contrecarrer , hurter , faire
auorter ce qu'ils apprehendent , contrefont
des alarmes , pour rebrouſſer ce qui n'eſt à leur
gouſt.

Et comme ces gens la font grands meſnagers
penſionnaires de la leſine , ils ne donneront iamais vn mauuais diſner ſans eſperance d'vne bonne nopce, ou d'vn grand feſtin , ou bien ſans quelque deſſein : ils ne donnent iamais pour donner:
tous leurs repas ſont ſages femmes qui ſeruent à
l'accouchement de quelque ſecret , c'eſt tantoſt
pour ſçauoir la vie d'vn ſeigneur , les moyens de
l'autre : qui eſt-ce qui gouuerne l'autre : pour
touſiours fournir à l'equipage de leur faction,
& accomplir l'inſtruction qu'ils dreſſent des prouinces : mais ce où ils veillent à bon eſcient,
c'eſt à papelarder les confeſſeurs des Rois &
Roines , Princes & autres grands de la Cour,
ou de l'eſtat , auſquels ils allignent les paroles,
pourtracent la ſphere de leur tournoyements,
compartiſſent les couleurs de leur deguiſement,
limittent, les diſcours qu'ils doiuent tenir au ſecret de l'ame eſſayant par la confeſſion , de faire
pencher le mari , par le moyen de la femme , tra-
uerſant & tranſuerſant de conſanguinité à affinité,

F 3

visitant par les confesseurs , sondant toute
la Cour , le Conseil. Ils se brouillonne quelquesfois dans le Louure plus de ces trafics spirituels , que temporels : ce sont gens qui sont
passés maistrés à donner la chasse à vn affaire,& la
mettre en son mouuant , la tresmonter à l'article
de son ascendant. Il n'y a heritier,heritiere,ma-
riage à faire,qu'ils ne mesurent,desmesurent,bras-
sent, promouuent par interposition des prouinces,
potentats , ou qu'ils ne trauersent, dissipent , s'il
leur est suspect : ils tiennent banque d'affaire , &
ont correspondance en plusieurs grandes boutiques de l'Europe , où les affaires se font par banque & par lettre de change. Ils ont tant d'outils
& de ressors subordonnés , & si grandes souplesses à les manier , qu'ils seront au milieu d'vn
affaire delaquelle ils sembleront fort essoignés.
Ils desfont ce qu'ils persuadent,qu'ils font.Ils sont
contraires à ce qu'il semble qu'ils poursuiuent,
ils bastissent ce que quelquesfois on croit qu'ils
ruinent , ils ont des trainées conscientieuses , occultes au vulgaire, là où ils donnent l'amorce & le
feu, faisant semblant de tomber de l'eau dessus : &
là où ils pippent mesmes les pipeurs.

Quant aux Prelats , ils modoyent la capacité
d'vn chascun, afin de ne la laisser vacante , mais
les tenir occupés en leur extraction, en leur credit, en leur prouince, au clergé, à la cour, rece-
uants les breuets qu'ils feignent venir de Rome,
dont ils apportent prouision en blanc ; pour en
fournir aux occurrences promptement, les ad-
dres-

dreſſans au chef de partis leur agens , pour en
communiquer la mouelle à deux ou trois mille
Eccleſiaſtiques , qui quaſi comme venant d'eux-
meſmes font trouuer bonne la meneſtre aux
autres.

Les meſlanges , les empraintes qu'ils font quelquefois dans l'Eſtat, Conſeil, Sorbone, ou Parlement, vient d'vne concoction approuuée de pluſieurs. C'eſt leur repos, de ne ſe donner repos, ni
en ſouffrir à perſonne du monde , afin d'illuſtrer
de leurs chefs d'œuures, les memoires qu'ils enuoient toutes les ſepmaines, tous les mois, & ſommairement tous les ans à Rome , faiſans à l'enuie
de ceux, qui les ont precedé, afin d'accelerer ce ſalaire pourpré qu'ils ahannena tant, qu'ils le deſer-
uiroient iuſques à la rame , tant enormement ils
en ſont ambitieux.

Le Romain a ceſte autre proprieté , qu'il veut
qu'on haiſſe immortellemēt, ce qu'il hait mortellement : qu'on eſpouſe intimement, ce qu'il aime
communement : autrement, il deſempare tout en
proſcription, comme il fit au Roy de Nauarre, luy
faiſant perdre ſon Royaume , par ce qu'il ſeruoit
Louys douzieſme aux guerres qu'il auoit en Italie : Iaçoit qu'alors il n'eſtoit aucun bruit de reformation de Religion : & quant à telles animoſi-
tés, il veut accrocher quelque menu intereſt , afin
d'y enlaſſer les conſciences du vulgaire , les
piquer de leur zele qu'ils deſirent rēdre plauſible,
c'eſt leur eau roſe ou ils ſe bagnent , parlent gros
comme le bras , toute parole montée ſur ergots

d'acier. C'eſt alors qu'ils changent les dents de brebis au ſuiect, en leur enchaſſant des dents de loup, & quelquefois de beſte enragée pour s'entremanger les vns les autres, dès le chef iuſques à tous les membres. Il y a gros danger à ſe meſprendre, & faut bien regarder ce qu'on leur reſpód: car ils n'en ſont à deux fois, & comme ils veulent eſtre la langue de la parole de Dieu : ainſi ils veulent eſtre la langue & la parole de la bouche des Roys: autrement feu, foudre, ſalmonées.

Ils ſe diſent les pilotes des Roys & des Royaumes, & qu'ils ne ſe doiuent mouuoir que ſelon leur bouſſole, ainſi il ne faut entrer en defenſe contre telles gens, que priuatiuement, non poſitiuement : non auec l'eſpée, mais auec le bouclier: non rondement, mais en faulſant, encor en eſquiuant: obliquement, non directement : par la prudence, non par la force : par l'adoration, non par l'authorité. Quelle monſtruoſité que d'eſtre ſubiect à tel vallerage? Ouy, il faut deuorer ſon deſdain, manger ſa douleur tout ſeul: car s'ils s'apperçoiuent de voſtre deffiance, ils redoublent leur ruſe, deuiennent renards renforcés, inuincibles aux embuſches: ils ont vne certaine alchimie d'Eſtat, par laquelle ils ſçauent comme il faut empoiſonner la prudence, la fidelité, la conſcience, les conſeils des grands, des petits, de tout le monde. Cela eſt ineuitable quand ils veulent, & ſans repartir: car on ne leur ſçauroit rendre la pareille. Ce ſont maiſtres mouſches, placés à couuert. Il faut que les pauures Roys qui ſont de l'ordre de la pantoufle

ſacree

ſacrée, facent eſtat de boire iuſques à la lie leur indignation, quand elle les prendra contre eux.

Iamais Dioſcoride n'a cognu tant de ſortes de
poiſons, pour les corps comme eux, pour empoiſonner vn Eſtat, ou tous les membres d'iceluy, ni
auſſi tant de receptes pour les guerir. Machiauel
n'eſt compoſé que de leurs reliefs. Ce n'eſt que
leur rudimẽt, quaſi iuſques au palefreniers de Rome en font leçon. Ie vous aſſeure qu'il faut auiour-
d'huy eſtre plus mortifié pour eſtre Roy, que pour
eſtre moyné d'Egypte : car les pauures Princes
ſont tenus de ſi court , qu'ils ne s'oſent plaindre
meſme du Marianiſme, qu'en cachette & ſur leurs
cheuets, & encor bien encourtinés. Halqu'il faut
apporter de patience aux ſaillies de dela les
monts : car il faut que le courage des Roys qui ne
ſe veulent perdre, obeïſſent à leur verue extrauagante, & qu'ils la croient toute de ſainĉteté, encor
qu'ils la voient toute enceinte d'vn iournalier enfantement ambitieux. Ambition qui a vn ſi inſa-
tiable œſophage , qu'apres qu'elle aura englouti
toute la terre , eſſayera de s'abbreuer de toute la
mer, pour deſalterer ſon hydropiſie, delaquelle ils
peuuent auſſi peu guerir qu'vne alteration bien
eſchauffée, en ſe gorgeant de l'eau de la mer. L'E-
uangile qui eſt fort à renuerſer les portes d'enfer,
eſt trop foible pour eux. L'inſatiabilité eſt leur
Deeſſe, Pluton leur Dieu, en qui ils meditent.

Ils quitteront pluſtoſt le titre de paradis , que
celuy de Roy des Roys, ou Seigneur des Seigneurs,
qu'ils tapiſſent fauſſement , afin de ne dire hypo-

critiquemént au nom du feruiteur des feruiteurs
de Dieu. Que le monde eft inique mal apris en la
diftribution des titres d'honneur, d'auoir liuré en
opprobre entre leur mains le titre de fainéteté, ce
nõ deuroit partir & eftre couuert ou fõdé en oracles, & ne fe doit dõner finõ à celuy, auquel publiquement aura efté reuelée fa predeftination. Il y a
difference entre fainét & fainéteté. Vn fainét, n'eft
fanétifié qu'en foy-mefme: mais vne fainéteté peut
fanétifier les autres. Et puis qu'on leur aille voüer
cefte autre excellence titulaire, *Pontifex ter-maxi-
mus*, Pontife trois-fois-tres grãd. Iamais cigale, iamais balon ne fut plus enflé de vent: mais, de quoy
eft il plus fainét que les LXX. Cardinaux qui l'ont
créc, & qu'il laiffe derriere foy. Ce n'eft pas la
chaire qui le sãétifie, mais c'eft luy qui doit fanétifier la chaire. Le moindre des autres Cardinaux &
le plus vitieux du monde, qui euft efté cfleu, on
l'euft titré de ce nõ de fainéteté, encor qu'il n'euft
rien cedé, ains qu'il euft r'enforcé fes precedentes
vitieufes complexions. Ce nom donc n'eft vn nõ
de merite, mais de hazard: il n'eft enfant de verité,
mais engeance de fortune: vn nom de guerre donn-
né aux Papes: il peut appartenir au plus reprouué
du monde, comme il s'en eft trouué qui font paruenus à cefte qualité, que les Papiftes mefmes ont
voulu depofer, à caufe de leur vie & de leur vice.
Ce titre de grand, cõbien a il coufté à Alexandre?
plufieurs fois le dãger de fa vie, & quelquesfois la
moitié de fõ sãg, & la tierce partie du mõde, qu'il
a fallu acquerir au defpés de fes trauaux, iufqu'à fuer
sãg & eau. Le nõ de trois-fois tres grãd, ne coufte

que de la cabale à celuy qui le porte, on luy donne
auãt qu'il ait aucune vertu en ſoy pour le porter.
Le titre de ſainĉteté, c'eſt vn titre de bõne chere,
de bõne cuiſine, d'vne proſopopée demeſurée, d'v-
ne mõdanité inimitable. Põpée le grãd, & Charlemagne, pour gagner ce ſurnõ, ont trauaillé depuis
l'vn iuſqu'à l'autre Soleil, leuãt & couchãt, & pour
gagner le nõ des nõs, & le titre ſouuerain de tous
les autres, ains vn nõ de Diuinité, qui n'appartient
qu'à Dieu. Il ne couſte que la chauſſure d'vne pã-
toufle. Vn ſi grãd gain à ſi vil prix ne ſe peut faire
ſãs vſure, ſãs profanatiõ, ſãs ironie, flaterie, vſurpatiõ. laĉtance ambicieuſe, à l'ẽuie de Lucifer, il faut
reſtitutiõ, reparatiõ. Quoy? appliquer le nõ de ſain
ĉteté à vn hõme qui, peuteſtre, depuis ſa premiere
cognoiſſãce n'a bougé du peché mortel, n'a iamais
logé aucune eſtincelle de la grace de Dieu.   Ouy,
mais ils dirõt, que tels titres leur deſcẽdẽt de leurs
predeceſſeurs, cõme le nõ de Ceſar aux Empereurs
& que cela leur a eſté liuré par la recognoiſſãce &
hũble deuotion des Empereurs & des Roys qui ſe
ſõt tenus encor biẽ fauoriſés de tenir l'eſtrieu, ſeruir d'eſcuyer empoigner la bride , mener la mule
des Papes leurs predeceſſeurs, & qu'ils ſe peuuent
preualoir d'vn honneur qui leur eſt legitimemẽt
acquis: mais, ſi quelqu'vn a voulu tãt vilipẽder ſon
ſceptre, que de mettre en ſa place le meſtier d'vn
manieur de fourche & d'eſtrille, a ce eſté pour en
inſtruire vn droit neceſſaire, tel que ceux ici ſe l'ap
propriẽt en l'adoration ſur le reſte des Roys, cela
s'eſt fait en reuolution de monarchie, où il y auoit
quelque reſemblance d'vſurpation , en laquelle

les princes se voudroient confirmer par telles ba-
genoderies, baueries & *von larte sobernire larte, Sic
ans delnidisur arte,* ou bié ç'a esté pour en faire seruir de ráçon, & espargner le sâg de la tierce partie
de leurs subiects, qu'ils ont mieux aimé racheter
auec leur depression, que se mettre en hasard de
rõpre. Ils ont voulu estindre le germe du feu & du
sang que leur preuoyance annonçoit futur en leur
monarchie, & ont preferé de ceder auec ceste feinte simplicité, à la force de l'ignorance des idiots
qui par leur nombre effroné engloutissent encor
auiourd'huy le nombre & le conseil des sages.

Les Clients de S. Marc les plus habiles en succession de police, qui ayent iamais imité les Romains, se sont ostes ceste maille de l'œil : ils ne
veulent point de cafars tonsures en leur piegai: ils
deboutent les serments, qui se doiuent à vn autre serment plus souuerain que leur souuraineté:
ils bannissent toute foy fourchue, tels conseillers
sont les Ianus de l'estat tousiours ouuerts aux dis-
sentions, *arant in boue & asino, induunsur vesto ex
lanae lino:* leur liurée double, amphibies tels qu'ils
signeroiét plustost la mort d'vn quarteró de Roys
que l'attouchemét du moindre bout de la mousta-
che du Pape, la trahisõ d'vn demi-cent de Principautés & royaumes que l'embrasement de la plus
petite maison du moindre faubourg de Rome:
vne telle engeance & si bigarrée est bien cõtagieuse : n'est-ce pas vne endéuerie spirituelle, que
de ne nous pouuoir seurer d'vne telle bigarrure?

Vn vray baume & momie d'estat, qui preser-

ue de

us de putrefactiõ, c'est la fidelité, l'vniformité, tout
ce qui est cõposé tõbe en ruine les choses eternelles sõt eternelles à cause deleur simplicité ainsi
l'ame, ainsi les cieux la bigarrure apporte l'alteration autant en la police, & plus qu'en la nature plus
en vn conseil d'estat, qu'en vn corps elementé vne
telle piece ne doit conster que d'assemblages naturels, vniformes non comme les doublets qui
n'ont qu'vne feuille de diamant au dessus & le
dessous garni de faux verre & de meschant cristal,
tels directoires qui sont les espaules qui portent
le public doiuent estre des membres originaires
si non de naissance, de ferme conscience & non de
pieces extrauagantes ou desboitees en profession,
intention, subiection, de gens qui sont d'vne
autre robbe, d'vn autre degré, leur teste d'vn
autre bonnet, leur cœur d'vne fidelité perfide, tortue toute a l'escart : leur desseins d'vn autre
horoscope, leur profession d'vne autre hemisphere, leur ascendant n'est pas droict, il panche & tiẽt
du mitoyé entre l'asseurãce & le hazard, le certain
& le poubteux, le naturel & l'estrãger sũt strabones
nes qui ne regardent que de trauers leur droict
est vn double droict, il n'est point ciuil, ils ne
le veulent couronner de ce titre, ils l'appellent canonique par cocophonie, quasi que le droict ciuil
ne serue de reigle ou canon, & que le leur soit
la reigle du droict imperiall, aussi est ce vn droict
mestif composé de pieces de friperies il est tout
eshanelé, veut errener le nostre, il s'appele droict
par ce qu'il a rendu l'Escriture Saincte bossue en

tordant le fens d'icelle aufien;il faut côfeffer que
toutesles loys ne sôt autres que cômêtaires deri-
ués de celles de Moyfe, que Moyfe a efté le premier canonifte du môde,appellé par l'Apoftre,le-
giflateur ou mediateur des loys adminiftrées de
Dieu par fes mains,tout autre droit en eft reger-
mé les vns plus reuefches que les autres:celuy des
Grecs & Payens a efté inuefti de leur fens cômun
accômodé par la neceffité de la direction de leur
cômunauté:mais le vray legitime reietton, c'eft la
loy euangelique côtenue en la loy mofayque comme la prunelle dedans l'œil,la planete en fon ciel
& toutefois côme fi elle eftoit boffue,boiteufe ou
erratique:on luy forge vn autre droit canon pour
luy feruir de côpas l'arrefter,prefcrire fa peripherie côme s'il fe trouuoit quelque chofeplus droite que la loy nouuelle&diuine laquelle eft le droit
des droits le leur n'eftât qu'vn droit,meflé de regles finiftres qui sôt toutes faillibles & loqueteu-
fes:c'eft la fapience des preftres,laquelle veut cômander à celle de Moyfe des Apoftres& des Euã-
geliftes , quelle bigearrerie que de ne nôus pouuoir eftranger d'vne opinion fi erratique.

La fapiéce presbiterale coufte à la Frâce depuis
foixate & dix ou quatreving ans dix mille câques
de fang françois,plus de fang qu'on ne fait de fel
en la Guiene en cinquante ans,ains qu'il ne coule
d'eau en le Seine en vne fepmaine:fans eux nous
n'euffions iamais couru par dedans les deux tiers
des guerres fanglâtes&cruelles qu'ils nous ont fuf-
citees, leur ferueur nous les a toutes enuoyees:car

en def-

en defpit de la paix & de l'efquité d'icelle & de la
neceffité de la iuftice qui obligeoit la côfciéce des
hômes à l'obferuer ils nous en ont plufieurs fois
debouté, mis l'eftat en fieure frenefie, feparant ef-
raillât les vns côtre les autres, tantoft inuitant les
fouuerains, à prouoquer, dreffer embuches à leur
fubiects, les fubiects obligés par la crainte à s'en
desfé.tre fe sôt empares de preuêction neceffaire,
puis tournât d'vn autre cofté le zele en furie, ont
fait tôber les fubiects à preuaricatiô, tâtoft ont in-
ftigué les princes & feigneurs à la cruauté de l'ef-
fufiô du sâg de leursvaffaux meflât, brouillât, enfla
mât, iettât huile, camphre, fouffre fur le feu faifant
iouër des reffors d'artifices diffimules, faisât fuiure tous les traites de paix par des guerres mef-
lées d'vn milliô de germes de guerre, liant la neceffité de la guerre qu'ils faifoyêt cômâder fouue-
rainemêt par la côfciéce à leur defir enuoyant ces
pauures mefcreâts(c'eft biê m'efcroire ô temerai-
rémêt & cruellement croire & cercher leur falut
dâs le meurtre de leurs affidés fuiects, ou les fubiects dâs la rebelliô ligueufe & sâguinaire) contre
leur prîce fe feruâs de la foy qu'ils auoiêt en Dieu
pour rôpre celle qu'ils deuoyent aux hômes pour
l'amour de Dieu. Ils froiffent les côfciéces au lieu
de les redreffer, ils les courent iufques hors de leur
bon fens, & ces pauures fubornéz cuidans d'y e-
ftre comme à garant, trouuent qu'elle eft toute
erronnée. Si les Suiffes eftoient d'vne creance auffi
douillette aifée à defpuceler comme la noftre ils
fe feroient defia entremangés, plufieurs fois ils ne
feroient plus Suiffes, mais efclaues de quelque e-

ſtranger:ainſi de meſme les Venitiens.   Ils ſe
ſont touſiours r'emparés côtre ces borneurs d'E-
ſtat,ils ont eſteint ces alumeurs de feu. s'il n'y eut
eu du côſeil tonſuré parmi nous,non plus que parmi eux,les armuriers, fourbiſſeurs. & quinquailli-
ers,ſeroit au roüet:leur gain ſeroit hectique,là où
ils ſont plus recerchés, que marchans de ſoye. On
vſe quaſi autant de fer à faire des cuiraſſes, que de
ſatin à faire des pourpoins. La Nobleſſ Françoiſe
ſont les eſcrimeurs à outrance,du clergé:& cependant,il n'y a goutte de ſang , qui ne couſte vne liure d'or à nos fleurs de lys: vne eſpée de gent-
d'arme couſte plus à entretenir, qu'vne douzaine
de cheuaux de labeur à nourir: voila à quoy nous
monte l'obſeruation de la ſacrée ſageſſe du Vatican. Tous nos papillons François ne ſont qu'arriere relais de ceſte ſapience conſiſtoriale , ce ne
ſont que les eſgouts:car le ſecret, le mouuant,le
leurre principal leur eſt caché , ils ne ſont que fermiers des intentions ſecondes,qui ne ſont que les
maſques des premieres , ils ſont adminiſtrateurs
de la ſurpeau , ils m'attachinent le branſle ſelon
qu'on leur ſonne dés le Capitole : mais ſans entendre ou congnoiſtre la notte,& ſouuent comme
Vrie qui portoit les lettres de ſa mort,ſans le ſça-
uoir:ainſi ces chefs mitrés operent l'adminiſtration du ſang & de la ruine de leur patrie , ſans en
pouuoir pronoſtiquer le deſchiffrement de la ca-
bale:on ſe ſert d'eux comme d'hommes à loage,
& ſouuent mal recompenſés de leur peine , encor
ne ſont-ils que trop glorieux d'eſtre ainſi bafoués,

trompés & eſtimés dignes de ſubalterner aux trõ-
peries du Capitole, car on ni employe que des hõmes ſoupples en habilité, il faut briguer pour y e-
ſtre admis, on leur fait curée de fumée, vous en voyez en ce Royaume de pauures mitrez crottez, des
mandilles croſſees des eſcafignons, & guettres my-
trees qui ahannent a lacquetter les bonnes graces
du nonce, qui ſe plaiſent a eſtre les maliers du Pape, ils ſont en ruict des faueurs romaines, la pluſpart foulant leur rangs, mettant en arriere la dignité de leur maiſon , on les eſbloüit de leur propre lumiere, ils en ſont ſi contets, qu'ils en creuēt
de vaine gloire, ils ſe croiēt d'eſtre bien pourueus
ſe rendans moins que ce qu'ils ſont. Nos Rois ont
plus de peine à battre & faire valloir le bon or
qu'eux , à donner cours à la reputation du cuire de
la ſainte empeigne qu'on leur alloüe en monnoye
de diaments, les rats mangent les chats: auſſi eſt ce
vn dangereux ſcandale que d'encourir les male-
graces romaines: car d'vn feſtu, ils en ſont vn pail-
lier, & cinquāte pailliers, ils les feront reuenir à la
cinquantieſme partie d'vn feſtu, quant l'exigence
les y porte , ſi fort ſont ils experimentez au ren-
renuerſement de toute ſorte d'affaires en tour-
noyant le mal en bien , & le bien en mal , ils ont
tant d'adminiſtrateurs , & œconomes de leurs
pourpenſemens , que toute la finance & puiſſance des Rois n'en ſauroit apreſter la dixieſme partie d'autant , ils ſont tellement affinez & affilés
en ce deſtroict qu'ils y ſont enchainez, hors de
toute liberté , comprenant le diſcours humains

G

car la plus part ne refuseroit , si le cas y escheoit,
de tremper ses mains dans le sang le plus priuilegié de la nature ou de l'estat , telle engence
n'est elle pas bien perilleuse.　Et toutefois ces
pauures courratiers sacresbenits sont estimez
moins que coupe-iarrets, comme clercs de mos-
quee, ou crieurs de horloge au dessus des tours à la
turquesque, moins que moutardiers qui s'amusent
à braire la moustarde, que d'autre qu'eux ont bro-
yé , ils sont si mousses & hebetez qu'vn si vil pris
semble monter par dessus leur seruices, par ce que
ils ont quelque germe d'escarlatte dãs la teste, qui
ne fleurira iamais : car pour vn que les Romains
salarieront, ils en tromperont vne douzaine.

Quand ils ont affaire de quelcũ, ils le font pourmener comme vn chien autour de la table, puis ils
iettent l'os à vn autre qu'ils voudront gagner. Ils
n'estiment personne , ils se iouent de la vie & du
seruice des hommes, & quand cest quelcun qui ne
leur est point bien vtile , vous les voyez peteler,
fouler au pieds, specialement les François & septé-
trionaux : ils n'en parlent entr'eux qu'indignemẽt,
& quand quelcun d'esgale condition les aborde,
ils se montent en vne mine glorieuse , se retirent
dans vn superbe silence ne parlent qu'en ciuilité
forcée, ils sont composez dauantage de dedain que
de respect, il y en a qui attribuent cela à vne plus
grande maturité , par ce que nous sommes plus
verdelets, eux plus rassis & mieux faits : mais encor
qu'ils ayent ie ne sçay quoy plus que nous, & qui
semble d'vn aloy mieux allié & plus recuit , aussi
dou-

doublent & triplent-ils l'opinion qu'ils ont d'eux
mefmes par deſſus celles, qu'ils ont de nous, cõme
ils n'eſtiment au monde que leur langue, ainſi n'eſtiment nation que la romaine, il n'y a que balour-
diſe par tout, hormis chez eux, ſommairement ils
ne reuerent perſonne qu'il ne craignẽt, ils foulent
ceux qui les craignent, ancienemẽt ils tenoient en
eſtime la Sorbône, quãd elle faiſoit teſte à leur vice, & qu'elle ſeruoit de ſcie & de lime à leur debordement: mais depuis qu'ils ſont deuenus recelleurs
& maquignons de ceux qui eſtoient ſous leur cõ-
treroole, & qu'ils ſe ſõt mis aux gages pour eſtre arbaleſtiers du Pape, au lieu qu'ils eſtoiét arbaleſtiers
de l'Egliſe: & qu'ils ſe font mis à la defenſe des a-
bus qu'ils auoiét accouſtumé de ſgorger: eux qui é-
ſtoiét la biblioteque de l'Egliſe, s'eſtãs faits mercenaires des protocoles romains, ils ſont deſcheus
de leur anciẽ bõnet, ce ne font plus docteurs, ce ne
font que doctiers, leurs eſchãtillõs de la foy qu'ils
portẽt ſur l'eſpaule, ont pdu le credit qu'ils auoiét
il ne leur ſert plus ſinõ que de bouquet ſur l'oreille, cõme aux cheuaux qu'õ meine au marché, ils ſe
font védus deux meſmes: autrefois ils brilloiét cõme eſtoiles du firmamẽt, auiourd'hui, on ne les ré-
garde que cõme eſtincelles de pedãterie, comme
s'ils n'eſtoient que pieces de manege, on les balce
cõme on veut, cõme potirõs, ores ils ſont les later-
niers du Pape, ſes tueurs de lumignõ. Quãd les chiẽs
voiét le loup ils s'accordẽt, il n'y a qu'é France ou
chaſcũ eſt partiſã de ſa ruine, il y a de tels officiers,
que s'ils voiét quelcũ qui ſe tourne en lumiere &

G ʒ

qui vueille briller à l'honneur eternel de ceſte cõpagnie, ils dreſſent leur machine, & ne faillent a
les errener: le Vatican craint ces eſueillés de ſor-
bonne, & à quelque prix que ce ſoit, ils recouurêt
des marchans qui ſtipulent de leur oppreſſion, &
ceſte peſte eſt ſi cõtagieuſe, qu'il y a des grãds qui
ſe vantent auec plus d'indignité que de bons offices d'y auoir part, ils y courent, comme au Iubilé:
choſe pluſtoſt digne d'vne robbe verte que d'vne
robbe rouge : car il ny a rien qui ne contraƈte de
la tare,& qui ne tresbuche à ſon declin,& ſur tout
les corps du monde , c'eſt la cour de Rome : &
comme les grands vaiſſeaux ont beſoin d'vn
grand oſſec , ou d'vne plus capable ſentine que
les moindres : ainſi nul n'a beſoin de tant de re-
ƈtification ni de purgation ſi efficaee , comme les
Romains , & cependant eux qui ne ſont compoſés que d'vn corps d'abus & de putrefaƈtion
vicieuſe,veulent recoudre, retrancher,limer,ſou-
der , reformer & refondre tout le monde ſe meſlent de preſcher ſans monter en chaire , ni eſtre
dignes de le faire.　Auſſi toſt qu'on les touche ou
qu'on fait ſemblant d'ouurir la bouche pour retrancher leur excroiſſance & ſuperfluités , ils ſont
dix fois plus ſenſibles que le ſentiment meſme
ils crient , cenſurent les cenſures , & le crie-
ment qu'on leur fait , ils aiment mieux eſtre incorrigibles que nettoyés , ils ne ſouffrent aucu
medicament , ni chyrurgie quelconque : ie n
m'en eſtonnne, puis que l'apoſtume ne veut qu'
la touche du bout du doigt ſeulement , là où v

peu

peut feurement toucher les autres parties du
corps:auffi font ils tout de boue &d'apoftumes de
toute efpece de corruption : ces plaintes là font
marques d'vn grand aueuglement en leur depra-
uatiõ, quoy qu'ils fe targuent d'Oza fur l'arche, &
& d'Ofias fur l'encenfoir , il y a bien a dire entre
vne arche,vn encenfoir,& vn corps tout infeé de
boue,d'apoftume,ceux qui rebouchent deuant fes
hueries font bien faillis de cœur , ce font des ian-
pagnotte, il eft vray qu'ils braffent de merueilleu-
fes impreffions , & fçauent defarçonner ceux qui
ne veulent fuiure leurs chace : car quand ils def-
couurent quelcun qui les efclaire de trop pres,qui
remarque leurs alleures,qui obferue leur eniãbees
qui a la doctrine plus efueillee qu'ilne leur faut,ils
furfaillent en frayeur , les chiens ne redoutent tant
l'eaubouillante,les ferpens la faliue de l'homme à
ieun , vous les voyez fredonner des efpaules , ou
comme des chats , qui ayãs efté frappés d'vn fouet
attaché à vne fonnette , autant de fonnettes qu'ils
entendét,courent, cõme fi c'eftoit autãt de fouets:
Luther les a fi bien remuez, cabaffez, & tellement
defaiuftez de leurs abus , que quand aucun parle
fans efchiuer les flateries communes aux autres,ils
craignent que ce ne foit quelque Luther:car encor
qu'vn Ieremie entrat au monde, pour les reprendre,ils feindroyent auffi peu de le condamner,que
les Iuifs,iamais les Prophetes ne furent tant perfe
cutez anciennement, comme le feroient auiour-
d'huy ceux qui fe prefenteroient deuant eux à
leur dire leur verité , ils ne leur pardonneroyent

non plus qu'Herode à Iean Baptiste.

Sauonarole duquel la parole estoit arriuée iusques à la prophetie à l a saincteté aux miracles en passa par le feu ils maintiénét ainsi leur incorrigibilité. Si Sainct Bernard estoit auiourd'huy au môde on luy feroit son proces s'il n'apprenoit à parler plus correctement. Quand ils rencontrent quelcun que brille & qui a quelque relief hors le commun des autres & qui s'adonne a esuenter leur trame, ou ils l'achettent à quelque prix que ce soit ou s'ils le trouuét imprenable trop encheri &trop homme de bien pour eux ils l'enuoyent au billon ils le perdent & n'espargnent aucun prix pour acquerir des faufetés controuées, ils le descrient plus bas que les outils d'vn gibet, & qu'on obserue les grands hommes ecclesiastiques d'estat, quoy qu'ils fussent papistes iusques à la *fadezza* y ayant perdu leur sel, morfilé leur iugement pour n'auoir neantmoins voulu suiure les opinions qui blessoyent l'estat, on les a retranchés ou contés du retranchement de la communion des gens de bien : vn vassal à qui on demandera la foy ou la vie, ou entree à l'extermination de son Roy, directement ou indirectement s'il la refuse sera conté de ce nombre la, telle loy font loyx d'iniquité, de malediction, d'esclauages infernals de vouloir seigneurier les esprits, baaillonner la verité, mener à la cadene, empoisonner le serment qu'on doit à son prince, reuolter les consciences contre Dieu, precipiter la raison dãs la brutalité : toutesfois enuers les simples

ils

ils mettent cela en dependance de religion, le concluent en article de salut, en maxime ordonnee du Sainct Esprit, telles propositions sont mortelles & arsenicales à vn estat : & comme l'homme meurt interieurement auant qu'exterieurement c'est ce que veut dire la face hypocratique & d'autres indices desquels le medecin collige la mort prochainement future : ils en ont des demonstrations asseurees comme mathematiques , ainsi les estats perissent premierement au dedans , lors que les subiects se desermentent ou se dessuiectissent , encor que l'exterieur soit encachetté, plastré , tapissé de feintise dissimulee , le fiel du cœur comme derriere vng escran offusqué du miel des leures : toutesfois c'est signe logical & demonstratif d'vn pietre succes à aduenir car cela ne reçoit aucune recepte ni medicament pour venir à guerison ils se sauuent (disent ils) dans le martyr : plusieurs grands statistes (si tant est qu'il y en ait autant & d'aussi bons, que de bons medecins) predisoyent de la face hypocratique de l'estat la conclusion qui en escherroit. Henry troisieme auoit vne autre computation il esperoit plus de guerison qu'il ne sentoit de mal , encor que le mal fust plus grand que son sentiment ni que son esperance. Henry quatriesme a transporté sa fiance à ceux qui pour le porter hors de ce monde se sont portés au cētre de la perfidie, a creu d'auātage à la necessité de effects de sa conuersiō ou reabilitation Romaine, qu'à l'infalibilité de sō trespas qu'il a par trop mis

en arriere quand Il se fust empesché de la moitié
du cours de celle-la , il se fut mis à couuert de
tous les dangers de celuy-ci. Voyla que luy couste
d'auoir voulu estre meilleur enfãt de l'Eglise Romaine , que pere des siens, que de son estat, & d'a-
uoir donné son oreille à ces prestoleries-la , s'il
eust gardé le pucelage de son conseil sans le mes-
loyer de tant de frocaillerie: ses resolutions eussẽt.
tousiours esté pointues , viriles, encercelées l'vne
dedans l'autre, de pareille vniformité , mais ils ne
veulent point receuoir de nostre sagesse, car ils di-
seut qu'elle est contagieuse à la leur : mais c'est la
leur qui rend celle des princes languide, la stupe-
fie comme si elle estoit metifue , demi-claustrale,
il estoit entier en toutes ses actions , s'il n'eust
esté que moitié en celles-ici, il seroit encor à present des nostres, il auoit vn exemple si presẽt à ses
yeux, de son embassadeur , la cafarderie duquel a-
uoit du tout empiré son acces , il mourut de son
antidote; il cerchoit sa guerison dans sa mort : la
moinerie fust l'aspic qui le ietta hors de ceste vie.
Il y a des serpents qui tuent en dormant , qui
amenent vn tel someil qu'on meurt dedans, ainsi
que la femme de Marc Antoine & Cleopatra royne d'Egypte. On a endormi ce pauure Prince,
pour le faire mourir, il a receu ce someil nonobstant les propheties de plusieurs qui luy ennon-
çoient combien il estoit mortel, encores qu'il eust
quelque raison de preuoir & iuger que c'estoit
vn cancer qu'il faloit repaistre , ou vne pierre
dans les roignos qui ne se peut point arracher
que par

que par lenitif:mais il ne se r'emparoit assez,il leur
donnoit trop du sien , leur action dominoit trop
aux siennes , la qualité de Roy deuant absorber
l'autre,à peine l'esgalloit elle: il pensoit plus souuent à mettre son froc, qu'à manier son sceptre,si
on pouuoit forger quelque astrolabe ou ephemeride politique dans lequel, comme dans le ciel,
on peut voir ou deduire le reiglement du cœur
des Estats , ou comme dans vne Grammaire , on
peut construire le regime de tous les cas qui arriuent en tous temps:on y seroit plus sçauant, mais
c'est vne science si flexible & casuelle , si sujette à
deprauation , & i'ose dire , si peu reduite en art
courant,que les plus fins y sont affinés,& y deuiē-
nent infirmes,voire malades:nous ne voyons gueres d'aphorismes si certainement politiques,com-
me ceux d'Hipocrates pour la santé , & toutesfois
il n'y a maladie ciuile qui n'ait son indication, son
Apoticairerie,sa Chyrurgie,outre qu'vn tel corps
n'est sans pouls & sans ses differences, mais on ne
le taste pas assez souuent : on laisse trop croupir le
mal sans remede, & les remedes quelquefois sont
trop cours,d'autresfois trop grands:il ne faut point
qu'ils soient trop ieune , trop vieil , trop mol, ou
trop violēt,l'applicatiō d'vn ieune remede est plus
sortable à vn vieillard,qu'à vn autre:car il peut re-
froidir le mouuement trop aigu , la violence trop
forte par son naturel accoisé & qui temperera par
son flegme toute esmotion fiebureuse:vn vieil remede profite d'auantage administré par la ieunesse,car s'il est trop lēt, elle le peut rechauffer de ses

bouillons , comme les vieux ne faillent que par
trop grande promptitude, il eſt plus irremediable
de ce coſté, que de l'autre, en cas qu'on ſi meſprê-
ne, le feu eſt plus actif, & laiſſe moins à refaire, que
la gelée : les fautes y ſont plus mal-aiſées à ſup-
pleer, il exploite iuſques aux cendres iuſques au
vent. L'experience donne touſiours des Conſeils,
aagés, & l'aage des conſeils experimentés , la ieuneſſe des conſeils debridés qui ont affaire d'a-
trempance, c'eſt vne ſageſſe indigeſte, ils portent
leur iugement chargé de crudité , il y a plus de
verue, que de ruſe : plus à redire, qu'à refaire: il eſt
aiſé de s'y trôper, ſouuët trop tard pour l'améder.

  Mais Vous, qui auez eſté preuenu de ſageſſe
deuant les ans, la ſuffiſance d'eſprit ayant precedé
la fermeté de voſtre corps, la ſolidité ayant deuancé la delicateſſe, la veuë eſt allée plus viſte que vos
yeux, voſtre courage que voſtre cœur : c'eſt en
quoy Dieu eſt admirable au ſouſtien de ſes images, & Lieutenans, enuoiant les loix à ſes Legiſla-
teurs, le droit à ſes Conducteurs: car ils ſont ſages
d'vn Code Royal & Diuin inſtilé de Dieu : rarement que la ſageſſe d'vn Roy ſe puiſſe mieux cultiuer que dedãs le propre meſtier de Roy, les pan-
dectes ne ſont point iuſtes trebuchets pour leurs
reſolutiõs, la hauteur de l'executiõ des péſées Roya
les, ſurpaſſe toute telle baue de Latin, pourueu que
le meſſage tõ ſuré ſi cõragieux aux Eſtats n'y porte
ſõ engeâce, on y verra des actiõs paſſant l'opinion
de ceux qui ſont couſtumiers de n e rien admirer.

  Mais, SIRE, que le monde vous eſtime heureux,
& en-

& encor plus heureux ceux qui sõt gouuernés par
le bon heur de voftre tres-grande fageffe : car en
premier lieu, vous eftes à deliure des ceps de dela
les mõts:Vous vous eftes defmeflé de leur conta-
giõ,vous n’eftes point obligé à prédre vos cõpar-
timés à la Romaine,ni de brafler à leur cadéce:ha!
que de repos , eftre hors de cefte foulle , les deux
tiers de voftre téps &de voftre cõfeil fe pafferoiét
à vous en entretenir,& à les entretenir,à les ouir:
ie ne fçty fi voftre Majefté prend point plaifir à fe
faire lire les remõftrãces que ceClergé fait auRoy
à chafque cartier de Lune qu’il leur préd: leur vie
n’eft fi cõtrainte,cõme leur parole,car ils couurét
leurs mœurs animales d’vn mãteau feraphique: ce
fõt difcours fãglés,nõ fi fort qu’ils ne fentét le fca
fignõ de cloiftre , n’eftoit qu’ils sõt madrés parle
dehors:ie m’eftõne qu’vne telle exhalaifõ ne rou-
git,puifq; l’air en chãge de couleur,& toutesfois,il
ne fe faut gueres deffédre ni plaider cõtr’eux:mais
à chair de chiẽ, fauffe de loup:en paroles fuccrées,
raisõs mufquées : il fe faut dõner garde de ne leur
dõner part au mefcontétemét qu’ils donnét, il les
faut toufiours reblãdir, leur donner vn congedie-
mét de velours,& cõme ils veulét toufiours pate-
liner & emmieller : il les faut bercer & endormir,
finõ,ils sõt dãgereux, cõme queüe de fcorpiõ,en-
cor qu’ils aiét beaucoup plus befoin d’eftre remõ-
ftrés,que celuy à qui ils rem õftrét: il eft biẽ necef
faire,que sõ cõfeil foit plꝰfage que le leur,&encor
qu’õ ne les croie pas:il fe faut biẽ garder qu’il s’en
dõnét garde,il n’é coufte que de la patiéce auRoy,
encor qu’vne heure de fa vie foit plus preticufe

qu'vn an de la vie d'vn mechanique : ie ne di de
labeur, car c'est l'oisiueté mesme, & toutefois c'est
vne rançon qu'on leur doibt pour auoir paix : car
si on s'oublie à les caresser, tout est perdu.   Il les
faut papelarder, aller au deuant, s'insinuer , autrement on est reputé Chrestien à gros grain, baptizé de gros sel , & ne valoir qu'vn demi Chrestien.
Ils vous reputent aussi deuots que vous estes, non
enuers Dieu, mais enuers eux.

Ce n'est pas assez de leur donner du passetemps,
de les tenir tousiours ioyeux & côté s. Il leur faut
faire bonne chere , donner vne forte vie à leur
cuisine , qu'elle soit membrue de toutes pieces:
Aussi est-ce la famine des Prouinces , ils apportent la disette, rendent la moitié de tout le peuple
ecthique; Ils attrofient le corps politic. Il y court
plus du tiers des finances à les nourrir, ou pour le
moins leurs satellites, chiens, cheuaux, oiseaux, leur
famille secrette & nocturne. Ils occupêt en France
le tiers des fonds & reuenus. Aussi le tiers du peuple en meurt de faim. On y void trois fois autant
de besaces, que d'habits de laine.

Chez vous SIRE , tout y est en mesure, & qu'on
se rememore par tout ou l'Eglise reformée commande: il n'y a la dixieme partie des pauures qui y
estoient , & si les ouurages sont de moitié à plus
vil prix. Il n'y a tant de vagabonds ni de vagabon-
des , outre qu'ils desbauchent la dixieme partie
des pucelages des lieux là où ils se retrouuent.
Tant de Prestolants & de testes emmorionnées de
drap , ne sont que vagabonds r'enforcés , ventres
creux,

creux, mains plattes, oifiues, & de faineants. Le reuenu du bien Ecclefiaftique monte en toute la
Chreftienté, à octante, voire cent millions d'or
par an. Le quart leur feroit encor trop, ains tel y a
à qui il ne faudroit pas la trentieme partie de ce
qu'il en poffede.   Il faudroit corriger ce poũuoir
Papal collatif, & mipartir cefte grande maffe, fatif-
faire à la iuftice, & aux fondateurs: car il y a appa-
rance, que fi lefdits fondateurs de ces biens gifants
ou affis au lieu où vit la Reformation eftoient viuants, ils feroient des noftres, Reformes comme
nous, comme nous en voyons beaucoup de leur
pofterité fe ranger à la profeffion Euangelique,
aimeroiét toufiours mieux, ains doiuent preferer,
felon Dieu & leur confcience, à prefter fecours
fubfidiaire à la vraye Eglife, que le porter à vne
Eglife eftrangere, telle qu'eft la Papifte. De forte,
que leur intention non feulement interpretatiuement, mais regulierement: non incidemmẽt, mais
directement ciuilement eft formelle à l'application de leurs biens à l'Eglife, laquelle ils profef-
fent, oubien ils l'ont cuidé donner à la vraye Eglife. La Romaine eftoit la fuppofée, eftoit comme
Lea, qui rauit la couche à Rachel. La Reformée eft
la vraye & indubitable, à laquelle ils ont pretendu
immediatemẽt d'offrir leurs biens, encor que mediatement la Romaine s'en foit faifie, c'eftoit en
attendant la Reformation, dans laquelle eft la faine & meilleur Eglife : & dans le fein de
laquelle fe doiuent verfer routes les pieces
dotales appartenantes à l'Efpoufe de Chrift :

de sorte que ce sera encor faire grace aux Papistes
de leur en partager quelque portion. Et ie ne sçay
si à la longue, on pourroit continuer en saine conscience , eux estans recognus preuaricateurs , seruiteurs adulterins d'vne Eglise toute falsifiée , il y
aura offense de leur suppediter nourriture en leur
tortuosité: mais ce sera en compatissant à leurs tenebres, non point en y ourdissant , & fournissant à
leur obscurité , mais par maniere de subuention
lenitiue , & par remedes anodins , on puisse les
r'amener à conualescence.   Outre que, *qui sentit
onus, & commodum sentire debet*: ils n'ont la charge
ni l'instruction des ames fidelles, au salut desquelles nos Pasteurs seruent, ils n'en doiuent receuoir
le salaire.   Ie laisse que le plus souuent , presques
tousiours , les Pasteurs Papistes sont sans merite
ni suffisance, si ce n'est à vitier, par mauuais exemples, tout le monde.   Ils gouuerneroient mieux de
la mou█████naille , que des Chrestiens , meilleurs
cheuriers, que Pasteurs : leur pedagogie est , ou
champestre, bacchique, ou cypriotte.

Venons aussi, que le Roy, non seulement tolere,
mais verifie par ses edits l'exercice de la Religion
reformée, leur communique ses charges, estant sur
eux l'authorité de sa protection.   Il doit donc
assigner nourriture & entretenement aux Docteurs d'icelle.   Et comme il leur fait part des autres droits communs à ses subiects, & qu'ils participent à la droiture des arrests de ses Parlements , aux ordonnances de son Conseil , & des
                                    Estats

eftats generaux, quand ils fe font tenus, & dedans
lefquels , & par lefquels ils ont efté approuués:
Auffi leur doit on faire part du droit qui les porte à entrer en proprieté , & faifine des biens ordonnés à la nourriture des miniftres& pafteurs,
laquelle fubuention fe doit leuer aux endroits où
font les difmes de ceux qui ne font papiftes : Ains
les fondations qui font fondues, retrouffées en tiltre de mittre, de croffe, ou de prieuré, doiuent e-
ftre mifes en portion à la fuftentation de la vie
de ceux qui y feruent.   Car l'adminiftration d'i-
ceux biens doit eftre appliquée à ceux qui font
affectés au falut des ames.

Outre que l'Eglife Reformée vit auec plus de
pureté , & deffert plus innocemment fa vie que
les autres.   Il y aura plus de vitieux & fcandaleux
Ecclefiaftiques en vn feul diocefe Romain qu'en
toutes les Eglifes Reformées de France,

Et puis ceft nous qui auons remis l'Efcriture S.
au iour & qui l'auons reduite en nature, traduit en
Francois fi pur que c'eft l'vne des belles pieces
de langage de toute noftre nation. La langue
Hebraique eftoit toute abolie , maintenant les
propofans ou efcholiers reformés commencent
auffitoft a entendre l'hebrieu comme à parler
latin. Outre les bonnes lettres,lefquelles vniuer-
fellemétviuent,& font plus cultiuées dedás noftre
Theologie,qu'en toute la Papauté. Nõ point que
raualions,ou grammatizions la Theologie, mais
nous reduifons à fon feruice (hors de toute fecularité) les langues dedans lefquelles elle nage &

se nourrit comme le poisson dedans l'eau. Tout
estoit en barbarie, auparauant leur arriuée. Ce
n'estoit que pedantisme, l'Escriture S. estoit toute páganisée, on l'espluchoit selon les reigles de
Platon & d'Aristote, sous certains formulaires
scholastiques & monachals, dont les termes eussent donné à penser, ains beaucoup à deuiner aux
Apostres. La Theologie estoit toute en esteulle
en chaume, en lembruches, nous l'auons renguai-
née dedans son vray estuy.

Et d'auantage on est bien asseurée, quand on di-
stribue à viure aux Pasteurs reformés, qu'ils l'em-
ployent à la necessité assignée par le deuoir, là ou
les papistes, distribuent tout à transgresser & oublier Dieu, & ses S. commendements. A quel propos vn Euesque ignorant ? ou s'il est sçauant il
sera tout regroigné de difformité vitieuse, fai-
neant, aura il quinze, vingt, trente mille escus,
soixante, cent, deuxcens mille ducats (comme en
l'Espagne) de reuenu. Les Apostres destesteroyét
vne telle cheuance, dont les propietaires, ou vsu-
fruictiers desuoyent tout à des cheuaux, oyseaux,
aux delices, les plus profondes & les plus molles,
le dis delices, & de vray le tiltre est de velour: car
la signification est toute criminelle & abominable.

Il y a le petit bercail, le petit populo qu'il faut
faire banqueter, & engraisser du sang de Iesus
Christ. Aucuns papistes s'en mocquent eux mesmes, ils nomment vne telle pepiniere) assauoir
l'engeance qui sort des prestres,) dauphins, par ces
qu' il

qu'ils font enfans de la couronne (difent ils.)
l'ay veu des bouches qu'on reputoit fort morti-
fiées s'en gaber ainfi. Bonté de Dieu quelle iuftice
canonique, y a il aucune legalité de deftourner
le bié des feruiteurs de Dieu, en fruftrer le mini-
ftereEccleffaftique pour en careffer vne telle fau-
cônerie. C'eft le defuoyer de fô vfage legitime,&
le bannir & releguer à celuy de l'offenfe de Dieu.

    Les autheurs des fondations reclameroyent
vne telle operation, ainfi difproportionnée à leur
bon vouloir , iufques non feulement deuant les
hommes, mais deuant les Tartares & Barbares.
Quoy qu'ils vouluffent eftre courratiers & pay-
eurs des infames exces des delices facerdotales,
& que leur efpargne feruit de fomentation & de
folde, autant de mortepaye qui font comme en
garnifon dedans la paillardife & lafciuette , ie
ne diray point feulement turquefque , mais
prefque digne du fupplice des cinq cités abif-
mées. De vray plufieurs de leur affemblées ne
font que paleftres d'iniquité , & ceux qui viuent feparés hors de congregation font enfans
de la mignardife. Ie croy que nos Eglifes feront
tref-bien fondées de former demande au confeil
du Roy,à ce qu'ils entrent en la diftributiõ des
fruicts dediées au falaire de ceux qui adminiftrét
le falut aux hommes, & aux ames, afin de venir
en portion dedans les abbayes, prieurés aux diz-
mes & autres fondations , à ce que felon la proportion de leur trauail fi legitime , il leur en
foit adiugé ce qui efchet dedans leur droict.

H

car le droit est Diuin, & c'est contre nature qu'on
donne recompense aux Papistes qui enseignent
l'alienation du seruice de Dieu , & quand ils en
fonderont vne instance tres-pressante, comme de
chose à eux deuë, tant par tout droit , que par la
conception , non-seulement interpretatiue , mais
ciuile ou canonique , & directe des fondateurs,
la naturelle clemence de l'esquité du Roy les
en dressera, selon la crainte de Dieu en laquelle il
vit, en l'indifference de la iustice qu'il rend à l'vne
& l'autre Religion, de ses subiects. Ie sçay que nous
n'aurons iamais tant de raison encor qu'elles soiēt
toutes de nostre costé, ou biē les meilleures cōme
eux d'euasiō, mais enuers ceux qui aurōt plus de cō-
niuāce, que nos aduersaires n'ōt de vice, & qui des-
roberōt au desçeu de leur zele, à leur zele impatiēt
du tēporisemēt, pour faufiller des couuertures de
dissimulatiō, sur ce que leur vertu abhorre, & ne
peut regarder qu'ē gemissāt: car la cōsciéce des hōmes d'estat, mais aussi du vulgaire qui cognoissēt le
noyau, & le cētre des deportemēts Ecclesiastiques,
tressaillēt d'horreur de voir vn deluge de vices ac-
cumulés si haut , qu'il monte iusques au ciel à en
crier vgēeāce à Dieu cōtre ceux qui les fomētēt, &
qui leur fournissēt pasture: car la richesse & grandeurs des Romains, c'est le bois c'est le soufftre qui
fait ardre ce feu. Ceux qui se mettēt en deffence à
couurir telles munitiōs deuroiēt entrer en horreur
& craindre l'ire de Dieu, panchante sur eux, qui au
lieu d'esteindre ce brasier, y iettēt de l'huyle , le
comblēt de naphte, qui embrase toute la chrestié-
té,

té,au lieu d'y apporter les ciſeaux , & le raſoir, ils
en ourdiſſent la trame,&ſont cōme les recelleurs,
promoteurs de tels deportements indagues. Que
s'ils y mettoient quelque retranchement correctif
qu'ils tiraſſent la paille &la fourniture qui nourrit,
vn tel incendie,ils les vérroiēt raualler & reuenir
en d'auātage d'innocéce qu'ils ne ſont.Car la corruption des mœurs a apporté , ainſ a empuanti la
meilleure partie de leur doctrine. Vn corps qui a
tant de graiſſe, n'eſt iamais ſain , mais ils aimēt
mieux, ſe faire feſte de la graiſſe,q̃ du ſang de I.C.
Ils aiment mieux ſe deſuiſager dedans le bon tēps,
que ſe rendre mortifiez en leur deuoir. Ce ſont
d'eſtranges deuidoirs de finance , lEgliſe eſt plus
riche que toutes les Monarchies & Princes ſouuerains. Vous diriez que le peuple n'eſt que leur
fermier , ſes rentes occultes & priuees montent à
preſque autant , ie parle des fondations , entretenement d'Egliſe,baſtimēt, nourriture de preſtre,moines.Sabellicus en ſes Æneades,dit qu'il y a
plus de 500000. Cordeliers au monde, qui eſt le
Prince qui puiſſe d'ordinaire nourrir,autant de ſes
ſubiects,leur general a quelquefois offert au Pape
trente voire quarante mille ſoldats de moines.Ha!
comme cela braquemarderoit la campagne. Il y a
d'eſtranges bruſquets parmi eux. Mais parlons
de l'intereſt public. N'eſt-ce pas vne trop grande
& affectee Seigneurie à vn eſtranger, que de laiſſer ſeigneurier ſur ſon bien,en ſa propre dition, à
tant de milliōs de rentes. Car il les a en ſa collatiō,
partāt il faut qu'ils diſēt *fiat*,celuy qui a le pouuoir

de conferer, oster, priuer par deuolu. Il peut transferer tout ce qu'il veut à tous ceux qu'il veut : &
de la pluſ part les cauſes ſe tirent & ſe traittent à
la rote à Rome.   Ils les ſentencient là par dernier
reſſort.

Ils n'ont garde de rien faire eſchoir, ſinon à
ceux qui ſont de leur deputation : & de beaucoup
de telles collations , les Annates leur appartiennent, c'eſt le reuenu d'vne année de leur beneſice,
& où ils ne donnent des annates , ils ſont monter
le prix des bulles ſi haut, qu'il va par dela ledit reuenu.   Il faut acheter ce plomb ſacré , non ſeulement à poids d'or, mais à poids de diamant.

Voyez combien voyla de moyens pour entrer
dans la fidelité du ſerment des ſubiects d'vn Eſtat:
car il y en a qui penſent de gagner beaucoup,
quand ils achetent à ſi bon marché leurs benefices, & tournent en ſeruice l'obligation qu'ils en
ont au collateur : c'eſt pour enfin ſe gagner vne
Monarchie toute puiſſante ſur la terre. L'Europe
s'oſte tous les ans pour cent millions d'or de ſeruiteurs qu'elle fait penſionnaires du Conclaue. Il y
a pour cent millions de correſpondance dedans le
cœur des lieux ou ſont ſituées telles fondations.

Ha ! que les pauures Princes ſont frappés de le-
thargie, de laiſſer ainſi eſpuiſer leurs finances, leurs
puiſſances, leur authorité : s'en laiſſer drapper par
les Romains , ſe laiſſer ſeurer de tant de beaux
ioyaux, de la collation deſquels ils s'acquerroient
des confidents : & confederés par d'autres, ce ſont
autant de deſſeruiteurs, qui ne portent leur cœur
qu'en

qu'en escharpe, & ne gardent que le reste de leurs
affections, à celuy auquel ils doiuent toute leur fidelité.   Ces messieurs les Collateurs conferent le
tout, comme droitement à eux appartenant. Car
ce n'est la nomination, mais la collation qui donne
le droit. Et asçauoir s'il ne leur en demeure tousiours le dix pour cét, voire du fin fond de ce qu'ils
donnent.   Ils sont assés songeards pour ne laisser
sortir vn tel fil de leur esguille. C'est l'ame de leur
sumptuosité: ce sont les esclats de leur charpente-
rie. Il est mal aisé qu'on manie de la graisse qu'il
n'en demeure beaucoup attaché aux doits , & puis
par le comput Ecclesiastique ils sçauent dedans
l'epacte rediger le nombre d'or outre les pensions
redoublées; car c'est le refrein de toutes ces belles
despesches la. Ie laisse qu'elles sont souuent r'ache-
tées au prix qu'il plaiſt à ceux, qui sans cela auroient moyen de les refreindre.   Cela recerche à
grands cris vne reformation.

Nous n'auons que faire de tels faucheurs. Il les
faudroit refaucher eux mesmes. Si les richesses de
la Cour Romaine demeuroient dedans les Estats,
elles feroient grand besoin aux pauures subiects,
sur lesquels on tond, on espraint, on pressorie telles superfluités. Ce sont des esponges si pleines,
qu'elles redoublent de regorgement de tous costés. Ceux qui en ont trop, seroient dechargés &
ceux qui ont disette, seroient rassasiés. Vne telle
purgation ou decoulement seroit bien salutaire au
public, elle seroit fort legale. Ils peuuent plus aisément supporter mille escus de taille , que le

pauure peuple dix: car l'argent ne leur couſte rien
à gaigner , & le pauure mercenaire n'a once d'argent, qui ne luy couſte vne liure de ſueur : à eux,
tous les iours leur ſont de repos.   Le pauure Ar-
tiſan, pour gagner vn iour de repos, en paſſe ſept
de gros trauail , & ſouuent ſon trauail ne luy vaut
ſa vie. Il faut qu'il en ieuſne la moitié, & eux, tous
les iours leur ſont feſtes de Paſque, hormis le menu fretin tonſuré qui ouure la boutique quand ſon
parroiſſien la ferme : car c'eſt lors qu'il hoche le
baſſin , qu'il appelle auec leur toxin le monde à
l'offrande & aux oblations : s'ils perdoient autant
aux iours de feſtes qu'ils y gagnēt, ils auroiēt deſia
coupé le Dimanche en deux , pour en mettre la
moitié hors de feſte, afin de ſe mettre hors de frais.
   Les Anciens Peres ne craignoient de liurer leur
ſang: ceux icy craignent plus de debourſer vn ſof,
que ceux-la de donner leur vie : mais à quoy penſent ceux qui doiuent trauailler au ſoin du public:
ie parle meſme à ces grands artiſans de Police.
Les maiſtres Politiques, ains l'eſquiere de toute la
police de toute l'Europe les Officiers de Sainct
Marc, qu'ils n'apportent la main pour reduire vne
diſtribution ſi peruerſe, & oſter vn tel peſle-meſ-
lange hors de la ciuilité de leurs Seigneuries , &
ordonner vne legalité, afin que chaſcun s'ē ſente:
car meſme, ſelon le calcul Romain, on ne leur doit
ſinon que le diſme des champs , on ne leur doit
que leur vie ſelon Sainct Paul, & leur entretenement Euangelique, non ſelon leur forcenerie voluptueuſe, non leur carroce, ni l'entretien de leur

garde

garde fimple,double à pied,à cheual.Cela ne chante pas,ils ne ſõt des Officiers de l'autel,on n'eſt tenu de leur liurer à manger: toutesfois au pis aller,
on ne leur deuroit nonplus qu'au premier Teſtament,où ils ſe contentoient de leuer le diſme.

Or icy ils ne ſe contentent pas du tier de tous
les biens des Chreſtiens , lequel encor ils redoublent : car il n'y a pas la cinquantieme partie des
Eccleſiaſtiques , qui viuent ou iouiſſent de ce
tiers:il faut que le pauure peuple ſoit encor chargé de nourrir & entretenir de cinquante Eccleſiaſtiques,les quarante neuf,Moines,Preſtres , Mandians,& autres.C'eſt vn fardeau qui ne ſe ſent pas,
mais qui affaiſſe & qui merite d'eſtre niuelé ra-
battu:car il eſt ſi peſant qu'il accrauante la pieté,&
aſſaſine la charité , laquelle ne ſe peut par apres
eſtendre iuſques aux intereſſés , ou de la parole,
ou de la honte.

Vn froc auec vne mine clauſtrale,vaut vne grande Rhetorique. Il ne faut que deux ou trois mots
pour peſer vne longue harangue aux aureilles des
riches idiots , là où vn pauure Bourgeois rougira
à deceler ſa penurie , & delà ſont contrainⱥs re-
courir à des vſages honteux, vicieux, condamna-
bles.

Celuy feroit choſe tres agreable au ciel,dignes
de louäges immortelles,aux yeux du public qui re-
duiroit telle ſuperfluité au niueau, en ne leur laiſſant que le diſme , recoure preſque les deux tiers
& demi de ce qu'il poſſede & qu'ils ont
ſouſtrait par blandices , maſquant leur pieté

H 4

d'vne mortification menteuse, se liant à des fausses obligations, auſquelles ils ne satisfont:car qu'õ
voye leurs regiſtres & fondations,ils ne satisfont à
la vintieme partie des charges qu'ils appellent (à
leur mode)pieuses , anneantiſſant en leur oiſiueté
les conditions sous leſquelles ils ont raui vn tel
bien.　Outre que on leur pourroit treſiuſtement
retrancher , d'autant que *datur beneficium propter
officium*,eux manquans d'offices,ſe rendẽt indignes
du benefice , le diſme ne ſe donne que pour trauailler.　On n'eſt point tant obligé de les nourrir
comme ils ſont obligés à ſeruir:le premier ne regarde que le corps, le dernier à l'hõneur de Dieu,
qu'ils abandonnent.　On ne doit la ſolde qu'à
ceux qui endurent la fatigue,& non aux paſſe-vo-
lents, qui ne ſont que paroiſtre à la monſtre , ſans
rendre aucun deuoir de leur ouurage : plus ont ils
de bien,moins ſont gens de bien: Dieu ne peut e-
ſtre bien ſerui, par des outils enueloppez & muſ-
ſez dedans tels obſtacles , c'eſt œuure de pieté de
leur oſter telles entraues;il eſt vrai,que ſi les charges Eccleſiaſtiques ne ſe donnoient qu'à la capacité & au trauail , de cent il ne s'en trouueroit pas
cinq , de ceux qui y ſont.　Auſſi voit on qu'ils ne
ſont gẽs de main,ou de labeur,mais tout eſperdus
languiſſans en delices voluptueuſes.

　Vn vieux pourpré ſe voyant atteint de caducité,
& d'vn aage prochainement mortel, voulant deſcharger la pluralité de ſes croſſes ſur vn ſien nepueu, lequel redoutant de ſe faire l'Eccleſiaſtique,
pleuroit,quoy mon nepueu,luy dit-il,vous pleurés
vne

vne femme, pour vne, vous en aurez cent : n'eſtoit
ce pas doctement interpreter (pour vn ignorant
qu'il eſtoit) le centuple que Ieſus Chriſt promet à
ceux de ſa ſuitte : auſſi s'en eſt dignement acquité
ce meſme nepueu: car tous les ans il paſſe ſinon la
ligne, au moins les tropique, car il eſt vertueux,
fort ſubiect à la diette : toutesfois encor a il at-
trapé à la fin vn dais ſur ſa cheminee. Ha ! que le
Papiſme eſt abondant de pareils garnemens, qui
ne demandent qu'à grimper les douceurs, qui ne
cerchent point tant à s'habituer dans l'Egliſe,
comme dedans leurs aiſés , pluſtoſt pour ſe gorger de bien , que non point pour rendre aucun
ſoing à leur vacation , auſſi les charges y demeurent languides, deſertes, executees par des ſouſ-
mercenaires qui ſont pluſtoſt forçats que prelats,
ils ni ſont qu'à loage , au gage de la mermite,
gens qui aimeroient mieux ſuiure la fortune d'E-
liogabale ou d'Epicure, qu'apprendre le meſtier,
duquel ils ſe meſlent, ils rebrouſſent tout au contraire de la piſte des Apoſtres ou des vrais officiers de Ieſus Chriſt, ils inculquent mieux la volupté , & l'Ateiſme par leur deportemens qu'ils
n'expriment leur vocations par leur enſeigne-
mens : la plus part n'ont point de langues pour
parler de Ieſus Chriſt , car vous les voyés diſſi-
pez dedans vne foule de toutes ſortes de vo-
luptez.

Ie ſçay vn prelat touſiours enuironné de tres
belles voitures, & precieuſes montures, que quand
ſes dioceſains voyent ſes cheuaux , ils diſent,

voila les estudians de monsieur nostre prelat , ce
sont ses nourrissons , ses enfans de college , ses
chiens , il les appellent ses pensionnaires , aussi
est il studieux d'estre biē affusté par tout à la maison , aux champs , il sçait voltiger à droite , à
gauche , en selle , en croupe , il ayme les Haras.
N'est ce pas opulemment Apostoliser , ce nest
pas à ce manege, là où Sainct Paul a dressé Tite &
Timotheē.

Ha! que Stella dans son liure de la vanité , a bien
raison d'affermer que Neron, Diocletian , & leur
semblables ont fait d'auātage pour l'Eglise, luy ti-
rant du sang, que Constantin , en luy donnant des
biens (encōr que la question en soit fort rioteuse)
c'est le harnois de leur dissolution, ce qui les a ha-
stez de venir à la desbādade. L'affliction leur seruoit de retrenchement , ils n'estoient si aisés à
rompre , les aises les font hannir à la desbauche &
dissolution , cestoit vn haure, vn abri, là où ils se
sont addonnez par apres à la prostitution , il les
faudroit circoncir & dramer leurs biens , pour le
moins le rendre esgal à tous , afin d'empescher
qu'il ni ait tant de mittes qui montent, qui rongent, tant de prestres , tant de *frati*, qui quaiman-
dent suprememēt, ils demandent l'aumone dedans
des besasses de velours , & le plus souuent font
plus moyenez que ceux qui leur tendent la main:
on deuroit bannir le salaire des messes & seruices, & que tout cela fust pris sur les fondations anciennes.

Quelle esquité d'aller faire l'offrande d'argent
& de

& de cires fous la ionglerie d'vn autel , ne diriez
vous pas que ce font des entremets de comedies
pour engluer les bourfes des fimples, n'eft-ce pas
vn leurre,que celui qui eft affamé nourriffe, celuy
qui ne bouge des feftins. Les Ecclefiaftiques,qu'õ
nourrit hors le reuenu de l'Eglife, couftent quafi
autant au peuple que les defmefurees fondations,
qui leur font affectees , ie les appelle defmefurees
à caufe de la valeur, mais auffi de la bonté, car le
refte des fonds,qui ne leur font rié, ce n'eft que le
rebut de ce qu'ils n'ont pas voulu,&qu'ils ont reietté. Ils ont retenu à eux, les affietes les plus de-
licieufes , comme pourront remarquer ceux qui
voyageant voudront paffer le temps a difcerner
les appartenances des vns , & de combien elles
paffent les autres. Bref toutes ces liberalitez
rendent la charité ecthique , & ont efté fouuent
(comme encor maintenant) fuiuies de la ruine des
maifons, qui ont fait telles largeffes, i'en ay veu
deuenir iufques à la lie aux cendres , & à la paille
qui s'eftoient laiffés deceuoir par telles badegui-
deries monachales, presbyterales:que fi on continue a les croire, il faudra à la fin que tout le refte
de l'Europe deuienne leur fermier & vigneron,
leur appetit d'auoir eft tout de feu,vo° diriez qu'il
font mordus du ferpēt Dypfas,frappez tournés en
alteration inextinguible, mefme au milieu de leur
yureffe. Ce font hommes de proye,de rauiffement
poffedez d'vne Orexie, voulumie morale qui met
tout leur repos en foibleffe,car on en voit de mefmes ceux dont parle S. Paul tous yures de bien,

qui aimét mieux regorger, que de satisfaire à leur
frere tout ectique, tout affamé: rien ne peut estancher leur appetit tousiours courroucé en tempeste, lequel ne cerche qu'à deuörer, ce qui monte ou
pluftost qui descend de la Cour de Rome: car c'est
vn vray college d'auarice & de conuoitise, où
toutes sortes d'inuentions se pratiquent pour tirer argent, comme si Iesus Christ leur auoit vendu, ou donné à ferme les offices du Nouueau Testament, & que les graces & faueurs qu'ils disent
qu'il font au Nom de Iesus Christ, deussent r'apporter quelque profit pecuniaire au mesme Sauueur. Combien ie vous prie de sommes se coulent
tous les ans aux annattes vacantes, preuentions,
resignations simples ou en faueur, recommendations, dispensations d'affinité, de consanguinité,
d'aage, d'ordre, de regularité, de vice corporel,
de *perinde valere* resignations, graces expectatiues, cas reseruès, benefices vaquants, reuoca-
tions, reuolutions, exemptions de iurisdictions, de
visite, creatiós de Prelats, Notaires, Protonotaires
Apostoliques, nonobstances, indulgences, pardós,
Iubilés, les indults des clercs seculiers, tollerance,
interpretations de bulles, sentences de rotes peni-
tenceries, dataireries & tout le reliquat des reigles
de Chancellerie, & passer par trente mains: mais,
afin que chasque Sainct ait sa chandelle, ou de
l'huile en sa lampe. Vous voyés par combien de fi-
stules, de pompes, & de souspapes artificieuses ils
espuisent les coffres de la Chresticnté: il est escrit
d'vn Pape qui estoit n'agueres,

Vendit

Vendit Alexander cœlos, altaria, Christum.
Emerat ille prius, vendere iure potest.

Ie ne sçay combien les autres ont rabatu d’vne
telle simonie. I’admire la perfection des Israelites
au prix des Papistes, *Exode* 36. tous les ouuriers qui
faisoiēt le Tabernacle, virent que les offrandes du
peuple, excedoiēt la mesure du seruice & de la des-
pence: ils en aduertirēt Moyse, lequel en aduertit
le peuple, afin qu’ils finissent leurs oblations: mesmes Moyse deffendit au peuple de plus rien offrir,
c’est bien vne condemnation violente, de l’insatia-
ble auarice des Papistes: au reste, il n’é fit point de
reserue pour le purgatoire, s’il y en auoit vn, il eut
desia esté en sa virilité, garni d’ames expiatiues, si
quelqu’vn auiourd’huy deffēdoit (à cause que le ser
uice de l’Eglise est assés fourni) qu’on n’y donnast
riē il seroit bruslable. Au Concile de Mayéce tenu
sous Charlemagne, il fut ordōné, que tous les biēs
qui auoiēt esté legués par testamēts aux Eglises, ou
aux Prestres, fussēt rēdus sans aucun preiudice ou
empeschemēt à leurs legitimes heritiers. Au Cōcile de Basle fut decreté qu’ō ne prēdroit d’ores-é-
auāt aucune pecune ou salaire en la Cour Romaine, pour quelq; cōfirmatiō que ce fust, collatiō, di-
spensation, ellection, postulation, presentationš
pour les benefices & benedictions, mesme pour le
pallium Archiepiscopal, qui est vn mātelet outre-
capuchōne, dōt les Archeuesques paradēt leur grādeur. Telle auarice leur fust interdite, & ce sous
quelq; pretexte ou espece que ce fust, de bulles, ou
d’annates, ou choses semblables. Le poure Concile

s'auança par trop, aussi l'ont ils bien defendu, car il leur defendoit le brout. Quoy? toucher à la gueule & à la gorge, asçauoir au passage de ceux qui ont leur ventre pour dieu, la cuisine pour religion, en leur ostant leur si grasse moisson, ils nont garde de se tenir à requoy qu'ils ne destruisent tels moissoneurs; tant s'en faut qu'ils pensét d'estre Chrestiens, qu'ils ne croiroient d'estre hommes, s'ils failloient à destruire ceux qui ont voulu ruiner leur paradis. Mais de grace, Iesus Christ nous a il vendu sa croix? nous a il passé en contract pecuniaire sa mort & passion? a il receu de l'argent pour mourir pour nous? pourquoy donc est ce que Rome vent si cher le reuenu de cest tressainte passion? pourquoy nous rançonne elle quand nous auons affaire de participer à l'effect des graces de Iesus Christ? ce ne sont plus graces, puis que son lieutenát les vend, qu'il se les fait payer à poids d'or & d'argent; ce ne sont plus benefices puis qu'on les recompence si cheremét: on ne doit rien au marchant duquel on paye la marchandise à son mot, on ne luy doit vn seul salut ou grandmercy.

Ha l'orde & abominable boutique que celle du Pape! ceux qui s'en meslét sót de la cohorte de Iudas, védre ce qui est inestimable, mettre Dieu & le pouuoir de ses graces en mercerie, voire à l'incát trafiquer en argent le don de sa passió & le confiner en negotiatió téporelle, le cóstituer en gabelle & en maltotage, c'est vn sacrilege, outre que c'est rendre I. Ch. roturier le mettre à la taille, có-
ferer

ferer au plus offrant & haut encheriſſeur le detail du pouuoir Ecclefiaſtique, n’eſt le vilenner,
vilipéder, fouler en mainmorte: ce n’eſt le traitter en Roy des Roys , ou Monarque des Empe-
reurs:tout le benefice du ſacré merite,de l’œuure
de noſtre redemption le Pape ſe l’eſt confiſque
entre ſes mains , il n’en fait la diſtribution,qu’à
ceux, qui luy donnent des Threſors en eſchange
& veut mal de mort à ceux qui luy contrediſent.
A tant il cenſure & conclud à extermination ce
pauure concile pour auoir voulu reuendiquer
ſa liberté des graces de Chriſt : c’eſt pourquoy le
Pape & ſes courtiſans le proclament illegitime
& baſtard.   Voila comme Rome abaſtardira
tous ceux qui voudrōt reformer ſa baſtardiſe: elle
fait ſur l’imitation de ceux qui eſtans forcenez
alienez de leur entendement veulent tuer leur
medecin. C’eſt en quoy les Venitiés ont directemēt biē fait d’enſuiure pluſtoſtMoyſe en la cauſe
d’eſtat que lePape,auſſi ne tiét il auPape qu’il ne
les decapita,mais il ne trouua point d’eſpee aſſez
forte & quand ils ſuiuroient Moyſe plus virile-
ment & que du decret du Cōcile de Baſle ils en
feroiēt vne ordōnance ioincte à quelq̃ police de
celle de Charlemaigne leurs louanges n’en ſeroyent que plus heroiques en retranchāt toute ſu-
perfluites ſuperſtitieuſes car eſtre politique en
fait de religiō, c’eſt eſtre vrayement religieux,les
excroiſſāces charnelles épeſchēt autāt l’accroiſ-
ſemēt ſpirituelq̃ la graiſſe ſuperflue la diſpoſitiō
du corps,c’eſt vn cor,vne verrue au pied à la maī
c’eſt meſcroire qu’eſtre ſi credule q̃ ne pourpen-

ſe vn homme pour ſon profit? Vn marchãt pour
faire valoir ſon deſtail ſouuẽt il vend vne piece
& en liure vne autre moindre : les medecins penſent plus à leur bourſe qu'à la ſanté d'vn malade;
l'aduocat aime mieux bien gaigner que bien plaider , ſatisfaire à ſa reputation qu'à ſa partie, à ſon
compte qu'à ſa cauſe.　Les Romains n'en ſont
point plus de conſciéce, c'eſt plus pour gaigner à
ſoy que pour ſauuer autruy, ce qu'ils inculquét eſt
pluſtoſt pris de la fagoue que de la ſyndereſe; ains
leur ſyndereſe s'inſcrit en faux cõtre leur procedure, ils ne ſont rien que pour en valoir mieux, ce
n'eſt point pour amẽder autruy mais pour engraiſſer leurs affaires, pour enfler leur bourſe ; leur attention eſt toute à la quinquaille: ils ne ſont ſi perilleux à ceux qu'ils moleſte nt qu'à ceux qu'ils flat-
tẽt il les faut tenir plus ſuſpects quãd ils nous prouoquent à les aimer, que quand ils nous contrai-
gent à les meſpriſer, il eſt impoſſible en les aimãt
de ne les point craindre , & ne ſe peut faire que
quand ils nous aiment, nous ne nous plaignions
d'eux : 　car c'eſt pour ſe preualoir de nous , que
ils permettent que nous　nons preualions auſſi
d'eux.　On ne peut nullment eſtre aſſeuré d eux
qu'en grand peril ; ains on eſt en beaucoup plus
de peril parmi toute leur aſſeurance, que quand
on eſt bien eſtoigné de leur ſeureté au milieu du
peril : toutes leurs cautions ne ſont que de certaines trahiſons. La negligence de ceux qui ſe laiſſent endormir de l'affeterie de leurs threſors in-
dulgẽces diſpẽſatiõs ne faut d'eſtre ſuppliciée d'vn
　　　　　　　　　　　　　　　　　　cher e-

ther efcot de plufieurs maux qu'elles trament en
queue. Contemplez cefte grande maffe de la cour
Romaine, c'eft la Cour des Cours, plus fplendide
que celle des barbares qui ignorent la mortification de Iefus Chrift ; ains que la porte du grand
Seigneur. Auffi la voyez vous tout enuahie rayó-
nante de cupidité, ardenté de charnalité, tout aif-
quillonnée d'auarice, effeminée de lafciueté, deco-
lorée de luxure, bourfouflée d'ambition ; mattée
d'enuie, abforbée de fécularité : & quiconque fe
veut exempter de ces bourbes tumultueufes, ie
parle de ces vices, piliers d'icelle court, il ne luy
faut aucunement adherer, ni a aucune emanation
d'icelle : car ils ne cerchent que la gloire du monde, ils s'efcartent de la mortification, il n'y a penitence ni refipifcence qui les puiffe gaigner, ils ne
font point crucifiez au monde, ni le monde auffi
ne leur eft point crucifié, ils dulcifient la croix, ils
l'embaufment, la fuccrent, la mufquent: Ils feruent
de monde au monde pour le rendre mondain, ains
le monde n'eft pas affez mondain ni glorieux
pour eux, auffi forgent ils iournellement de nouueaux formulaires de mondanité. Il y a plus de
mondanité à Rome, qu'il n'y a au cœur de l'Idolatrie : Ils ne fentent rien de Bethlehem ni du
Caluaire, Ils tournent tout cela en profanation,
de ce monde ils en font l'autre monde, la modeftie en eft bannie, la pauureté en eft eftrangée elle
y eft en horreur, le mefpris du monde y eft foulé tãt s'en faut que l'humilité y foit exaltée, qu'elle y eft humiliée au deffous des pieds: Ils voyent

I

impatiemment & ne pratiquent iamais la patiē-
ce:la charité y eſt toute ternie & incognue , la
mondanité y eſt tellement mignardee, que Ieſus
Chriſt y eſt tout en horreur , tout en amertume,
vous y voyez tout en malicieuſeté , point de
ſapience Chreſtienne , elle eſt toute engloutie
dedans la ſageſſe terreſtre , auſſi tout y eſt viſ-
queux, lubrique , plein de hameçons , c'eſt le
precipice des ames , la gehenne des corps , tout
y eſt en vanité , en affliction d'eſprit , l'eſprit y
eſt en defectuoſité , il n'y eſt qu'en infection &
tromperie,ſans eſperance de refection , ou reparation,c'eſt vn goufre de mer où peu ſe ſauuent,
& ou tous Ecclesiaſtiques, au moins la plus part,
le gros d'iceux, s'engouffrent en perdition : Ils
n'offrēt iamais leur peine que pour ſe mettre hors
de peine, ou pour auoir dix fois autant de biens:
Ils ne diſēt iamais vray que pour plus aſſeuremēt
mentir , n'entrēt en deuotion que pour ſortir en
proſtitutiō. Voulez voº voir ce q̃ noº couſte Rome à entretenir,côtez ſupputez cōbien noº couſte la Meſſe à nourrir. La Meſſe ceſt l engeance,
c'eſt la lignee,elle à eſte produite de l'enfātemēt
de Rome , elle n'eſt point du creu du cœnacle de
la Paleſtine , ou Ieroſolymitaine , tant s'en faut
qu'elle ſoit Chreſtiéne, elle eſt ſeulemēt Romaine,elle n'eſt point Apoſtolique, c'eſt vn proſelite
papiſtique , c'eſt la marionette du Pape , c'eſt vn
pot pourry attourné de lambeaux de religions
eſtrangeres, c'eſt l'ouurage de leur inuention , la
Meſſe c'eſt la famine des pauures , l'appauuriſ-
ſement des riches, la confuſſiō des Chreſtiens, vn

tour

tourbillon de guenilles frippées, frippõnées pa-
piftiquement emballottées à la decifion du nouueau Teftament.

Ils n'y ont pas mal employé leur peine, vn prince cõme en Frãce pourroit entretenir vne armee
de deux cés mille hõmes d'eftat, ou de guerre, qui
ne luy çofteroyent tãt à repaiftre cõme la Meffe.
Encor qu'il ny ait parole en la Meffe qui ne foit
anceinte de quelque confpiration cõntre l'eftat
de ceux qui luy donnent à manger, qui luy donnent le couuert. C'eft vn fardeau infupportable
aux fleurs de lis, qu'vn Roy feroit puiffãt sãs tãt
de chenilles, de mittes, ou de loups, qui portét face de pafteur: vrays Egyptiens, ennemis des pafteurs. Les Roys par Ariftote au 8. des Politiques
font appelles pafteurs. Que ce Royaume feroit
fleuriffant au lieu qu'il eft fleftri entrepris du tier
ains de la moitié de fon corps par cefte influence
capitoline qui ne tafche qu'à rẽdre le bon Frã-
cois acephaliques feruiteurs d'vn Roy de trauers
qu'ils appellent indirect ;. par deffus leur Roy
droit & legitime, & pour mõftrer ꝗ c'eft vn corps
qui a des membres, infatiablés, c'eft qu'auffi toft
qu'on a impetré la teincture Romaine cefte tref-
chere laine plus chere ꝗ foye ni ꝗ diamãt, il faut
pouruoir le cardinal de 18. ou 20. mille efcus d'af-
ſeblage de réte afin de faire refplẽdir l'entretene-
mẽt d'vne ſi puiffãte dignité, affauoir ſi les Apoftres ne valloiẽt pas mieux, & ſi leur qualité n'eft
pas pl⁹ feigneuriale ꝗ le cardinalat, & pourquoy
donc Chrift ne les pourueut il d'vn tel appanage
il eftoiẽt vrays chreftiés & ceux icy sõt fuppofes.

que si on ne le fait il n'y a point de paix auec Ró-
me.   Helas nos premiers peres se contentoyent
bien de moindre pension. Le bon S. Pierre ne des-
pensoit pas cent liures par an, encor fort mal as-
sinees assauoir sur ses veilles & predicatiõs. Sainct
Paul ne vouloit viure que du labeur de ses mains,
la prouision de leurs disciples n'estoit qu'à la bié-
ueillance & en la deuotion de ceux que leur pieté
mettoit en serueur , la liberalité des premiers
Chrestiens n'auoit autre actiuité que celle qu'elle
reçcuoit du bon exemple de ces bons pasteurs là.
Qui est ce prince souuerain qui ayant voulu voir
vn homme auquel pour nourrir son ventre il failloit autant de viande qu'a vn quarteron d'autres,
Ce qu'ayant verifie de ses yeux le condamna à la
mo rt , disant qu'il ne faudroit qu'vn cent de tels
gourmands pour affamer vne prouince.

Ils ont les biens en recommandation , aussi ont
ils l'assouuissement de la delicatesse de leur chair.
Nous en auons bien de dela les monts estant
pontificalemét porte par deca q sçauét empruter
leurs delices sur la liberté de l'air, qui leur est plus
nouueau au prix de l'Italie. Ils s'en donnent au
cœur ioye iusques aux gardes, deux cousteaux en
vne guaine , la courraterie se trafique en mesmé
sang, & depuis peu vn certain s'est gagne le pourpre à faire des poulets mitrez: C'est vne diuersité bien bigarree en vn mesme subiect , qu'estre
page de Cupidon & surintendant, des fabricatiõs
du Sainct Esprit , & monter par ceste orniere à
estage des transcendans encor que la nature n'ait
rien

rien remôté,en luy cela eſt plus fortuné que meritoire plus Romain qu’Eccleſiaſtique , plus de
ligne que de droit , ou d’aucune valeur,cela eſt
plus tyraniquement papizé qu’Apoſtoliquemēt
fauorizé , ce n’eſt vn guerdon mais vne corruption : voila leur comportement de donner des
chappeaux à ceux , à qui il faudroit vne galere,
c’eſt tout vn ils ſōt propres à leur manege,ſeruēt
à l’accompliſſemēt de leurs deſſeins.Ce ſont corruptions deues à leur corruptibilité , de tel pain
ſouppe, l’eſprit ſe fond en la chair & comme ils
entreprennent tous les biens , enuahiſſent toutes
les delices , auſſi ſe veulent ils emparer d’hommes propres à ſe meſler dedans toutes les affaires
ils ne ſe contentent de commander aux biens, ils
veulent les corps à eux; l’induſtrie meſme eſt leur
penſionaire. Ils ſe conſtruiſent des forts dedans
nos forces , & rendent les demarches d’vn eſtat
eſclopé , de l’vn ils paſſent à l’autre, tant que ces
grands maiſtres d’eſtat , Rois du golfe Adriati-
que ſe contiendront dedans le bon heur de la
difference & pureté de leur gouuernement ſe-
queſtré d’auec ces commiſſaires là, ils ſeront à
couuert, s’ils relaſchent tout tombera en partia -
lité & ceux qui imiteront vne telle ſequeſtration
ne ſeront tenus heretiques non plus qu’eux. C’eſt
vne grande inuʼolablete que d’entretenir ce retrenchement d autant que le papiſme engendre
la paralyſis dedᵃns l’eſtat , car leur aſcendant &
conſtellation artificiele les porte à en remarque
ſi parfaictement les ioinctures afin d’y enferre

& faire couler la farraſſe de leurs humeurs , qu'ils
n'ont repos, qu'ils ne les facent clocher, broncher,
afin de le faire marcher ſur l'appuy de la puiſſance
qu'ils fortifient des maſures de ceux qu'ils ont e-
ſtropiés où couchés en ruine, ioint qu'ils ſçauent
donner le croc-en-iambe & le ſault du Breton,
tourner le vent au viſage de quiconque ne leur
garde le diſme, voire le quint, voire la créſme de
ſa fidelité , pour le moins ils en veulent auoir vn
paſſepar tout, ou quelque trauerſe ſuſpendue dedans le cœur, de tels meſtifs:il ne s'en trouue guere qui ſe veulent meſler dedans , ni attendre
leur meſcontantemét dedans le ſien, quoy que fru-
ctueux à l'Eſtat:ains encor que le meſcontantemét
des vns, ſoit au plaiſir des autres : chaſcun le craint
on s'eſcarte de la fourniture qu'on luy doit. Il n'y a
guere d'hommes qui ait le front aſſez fort pour
leur oſer demeurer ſuſpect. Il s'en trouue qui s'en
purgent auec tant de detriment de leur ſincerité,
qu'elle en demeure toute contrefaite. Ha!qu'il s'en
trouue peu d'imprenables & qui ne ſe laiſſent petarder de ceſte ſorte,qui n'aime autant eſtre auan-
turiers Romains, que François bien affranchis, ils
en ſont affolez. Ce leur eſt vn crime de n'eſtre criminels , on les tient fort innocents d'eſtre ainſi
coulpables : ce leur eſt louange d'auoir ce blaſme,
ils cuident trouuer plus de refuge en ceſte preuarication,qu'en la droiture de leur fermeté.

Ha!que ſi le conſeil des Roys eſtoit mis au blu-
ter,qu'on y trouueroit de tels meſtif penſionnaires d'eſperance, marchants du cœur de leur ſince-
rité:ce ſont ames mi-parties, recelleurs de trahi-

sons, facteurs des desseins, faulsement intitulés A-
postoliques, apostats François, s'ils sont Papistes
quand il faut estre François , s'ils sont Romains
quand il faut estre Anglois : on peut estre tres-
Chrestien en demeurant tousiours bon François,
Se peut faire aussi que les Souuerains soient recelleurs eux mesmes de tels gauchissements , car ils
ne doiuent iamais conferer ni oster chose ou charge quelconque à ceux qui les approchent à la persuasion d'autres que des plus affidés & entiers, qui
sont tous d'vne piece, tous d'vne couleur, sans variation de teinture à leur seruice, fuir comme pe-
ste arsenicale & tres mortelle , le choix des char-
es qui se fait par des appetits destournez à l'e-
ranger, r'enuoyer ceux qui portent les paquets
comme fauteurs d'intelligences sinistres ou pensionnaires qui font collationnés à l'original des
passions de ceux qui sont desuoyés de l'Estat, vrais
mercenaires des desseins qui ne tē̄ēt qu'à subuer-
siō, qui, peut estre, deuāce leur cognoissan ce, mais
nō l'intētiō, si nō premiere, à tou le moins seconde
de ceux à qui ils affermēt leur intercessiō. artifice
trop peu curieusement apperceu, iaçoit que iournellemēt practiqué, digne d'vn supplice renforcé,
car quelq;fois on verra par 10. ou 12. ressorts subor-
donnez l'vn à lautre de degré en degré , enleuer,
desmouuoir vn bō seruiteur en insinuer d'autres,
nō tels qu'il les faut, mais selō les fautes preueuēs
dans le credit qu'ō leur procure: ce sont superche-
ries qui accusent d'insensibilité ceux à qui ils se
iouēt, rendēt indignes d'vn meilleur seruice ceux

aufquels il fe liure pour les tromper.

Les grands deuroient auoir quelque rempart contre ces perfidies:il faut eftre de bon hait, pour ne point deuenir Hiurida. Il eft vray qu'il faut auoir vn vifage bien courageux , pour faire tefte à vn efclat pourpré en vn Confeil.

Les vns par imbecillité de confcience , autres par la fublime actiuité des inftructions dont on les bat : autres par particulieres pretentions ne peuuent fe tenir fi droits, qu'ils ne pauchent ou fe mettent hors de deffenfe , s'entretenant priuatiuement,depuis qu'ils entendét entonner quelque reclame de dela les monts , d'où quelquefois leur fortune eft natiue ; autres qui ont des œufs Romains dans le ventre, qui en achetteroient la coupaille, au pris des deux tiers du ferment qu'ils doiuent à leur patrie: mais fur tout qu'il n'y a rien qui paffe ces grands factionnaires moulés au ftile du Conclaue. Ils eftudient toute leur vie, & ne font autre tous les iours , que de s'alambiquer fur les formes qu'il faut tenir à fupplanter vne brigue contraire. Ils ont des Pedagogues qui ne ceffent de veiller à l'Arithmetique , & en faire des extraicts, pour fçauoir deuiner l'iffue de leur conduite

Ce font les parangons en toute forte de ftratagemes d'Eftat. Toutes leurs pretentions font captiuées dedans les confins de l'Election Papale.Ils en ont quafi reduit les procedures en art , & conclufion demonftratiue.Les Antecedéts de nos fiecles n'ont rien veu de plus rufé , pour briguer.

la con-

la conduite de plusieurs suffrages, lesquels sont
secouez, chassez, à outrepasser tante sorte de finesse. Aussi ils font, desfont, refont, les Papes en
iouât (par maniere de dire) à cloche pied en mesme instant auec tant de soupplese en mesme côclaue, qu'on diroit presque que c'est plustost illusion, que vraye negotiation. Aussi en sçauent ils
l'algebre, qui est vne Arithmetique réforcee pour
faire monter celuy qu'ils desirent à l'exaltation
de leur voix traduisant la discussion des opiniôs
qu'ils font voltiger inuisiblement. Ils sont merueilleusement affilez pour en fendre la presse des
autres & plaser la leur, ils ont des vistesses inimi-
tables à supplanter ce qui leur desplait. Les plus
enracinez de bigotterie entre eux ne peuuét croire que dedans tant de sens humain y ait aucune estincelle de l'esprit de Dieu. Vne subli-
mité si charnelle, des desseins si mondains, &
temporels ne peuuét apporter non plus deca que
dela les mons beaucoup de sanctification. La
sanctification se contente d'estre prudente non
cauteleuse, d'entreprendre sagement non de sur-
prendre impudemment; d'aller le grand chemin
nô de tendre ses filets à la trauerse, d'estre serieu-
se non captieuse, deuotieuse non contentieuse,
d'estre dedans l'Eglise non pardessus l'Eglise,
il luy est indifferent d'obeir ou cômander, pourueu que ce soit en Christ, de donner son opinion
sans rendre les autres esclaues de la sienne, d'estre
à vn chacun plustost que rendre vn chacun à
soy. Les trop grands subtilites sont fort domma-

geables aux eſtats , où il faut eſtre plus ſerieux
que pontilleux , s'affermir pluſtoſt que ſubtili-
ſer la verité. Le Sainct Eſprit ne procree point
auec tant d'attirail de conſiderations enuieuſes,
toutes de cuir & de chair , Il ne ſe cognoit
à authoriſer les monopoſes , ils ſont ſi achar-
nes , qu'ils deſaduoueroyent le college des A-
poſtres, s'ils ſe portoyent à pontifier ceux qu'ils
veulent reietter , & ne croyent nullement à
la ſimple procedure dont vſoyent les anciens
en la ſainĉteté de l'election des paſteur de l'E-
gliſe.

Car la gradation de leur vœu eſt recercher
ſi auant dans les entrailles , Ie ne dirày de la
ſapience, mais pluſtoſt ſupplantation & fallace
humaine qu'on diroit que c'eſt pluſtoſt pour
creer vn caliphe d'Egypte qu'vn pontife de Ieſus Chriſt. Sil'election de Sainct Mathias euſt
eſté ſi factieuſe elle n'euſt iamais produict vn
Apoſtre.

Vous diries , que quand ils vont à ceſte action
que c'eſt vn eſcarmouche des ſuffrages riolés, pio-
lés, les electeurs ſe ripent l'vn l'autre, ſe riſſollent,
ſe friſent, ſe rigolent & en ſe riuant ainſi les clous
l'vn l'autre il ſe trouue en fin vn Pape monté de
toutes pieces. Ne voila pas de belles dragees pour
apriuoiſer l'eſprit du ciel: l'eſprit de Dieu ne veut
eſtre ainſi bahuté parmi tant de tournoyemét ils
ne ſe côſacre point à tels ſafraniers de côſciéces.
Le Cardinal Alanus q eſtoit l'vn de vos ſubiects,
s'eſtât vne fois trouué au côclaue à l'electiõ d'vn
Pape, ou il auoit obſerué des exces reprochables,

tant

tant aux mœurs qu'à la police , car encor que les
portes foyent fermees , toute recreation delicate y penetre pour faire vie , & chere lie,s'efcria
entrant à remôltrer les autres, *ficciné eligitur fum-*
mus Pontifex , eft-ce dedans cefte belle vie, la ou
on fait l'elect. ō du Pontife, mais auffi luy hafta on
le pas,il mourut à la romaine,car tels caufeurs que
cela doiuent prendre au pluftoft congé de la bande,c'eft de telle piece qu'ō a accouftumé de fe feruir, enuoyer autour des Princes,hommes redigez
à toutes fortes de fublimité corrompue , madrez,
verfez en practique d'eftat,ce qu'il y a d'Ecclefiaftique en eux eft pourri , eft englouti,abforbé en
profanatiō,la plus part hommes perplexes tonfu-
rez par le dehors, cauterifez par le dedans, qui ont
l'ame baudroyee,deprauee à toute propofitiō ferpentine,faulfets cōpofés d'vn dehors renuerfé : ils
feroient plus edificatifs à tous , à ne paroiftre qué
leur breuiaire,non eftre en cancre, qui ne paiffent
qu'en chair viue du mōde:les Papes feroiēt beaucoup mieux de n'enuoyer , qu'Embaffadeurs laiques,& de laiffer,*fecularia fecularibus* , & non par
homines qui funt alterius abolla. Ceft ce qui rend la
court romaine fi effeminèe vicieufe , monftrueu-
fe , prodigieufe en delicateffo : car ils font dedans les cours où ils apprennent a eftre fubor-
nez , fuborneurs deuiennent prophaneurs male-
difiés , & de tres-mauuaife edification : car quoy
qu'ils fe couurent : on voit toufiours l'eftin-
cellement de leur desbauche , ce qui eft encor
de plus mignonnement mignart,&pour monftrer

comme ces gens là iouuent aux efchecs de ceux
qui ne les honorent que trop, c'eft qu'apres
qu'vn nonce ou embaffadeur à parfait, doublé,
triplé fon triénal, bafté, acheué le terme de fa legation, marchandife pluftoft ou negotiation, pédant lequel fourdemét muettemét ils ont enerué
fappé l'authorite Royale, mais foubs vn vifage
immacule machiné, eftabli l'authorité Papale,
faignát d'eftaier la Roiale, car ils y vont pied à
pied en tapinois pour faire que le fpirituel deuore le temporel le religion l'eftat, apres auoir tout
brafcadé & placé mille efquadrons de moines en
bataille car ils fót la hóté de la modeftie des hómes & la mort de l'hóneur des fémes ou ils font
les gluots du Pape vray limiers Romains les vns
feruét de drogue les autre font les reiftres & tous
en general ne fredonnent que pour faire la mu-
fique du Pape, apres qu'ils font affeures du ieu de
leur mine, qui neva que cóme la touche d'vn horologe infenfiblement, mais toufiours exploitant
en deriuát ils abordét ils aduancét mais en tor-
tuát, ferpétát ils trouuét moyé par perfónes in-
terpofees & infaillibles, car cóme vn Nóce ou legat, en defpit qu'il en ait efte forcé de marcher
droiét en befoigne, par ce qu'ils ont vn fecretaire
affidé du Pape, qui eft cóme vn cótre Nóce, qui
s'informe de fa part, cóme le Nóce de la fienne,
de tout ce qui fe paffe, & quand les pacquets ou
nouuelles fót vniformes on y adioufte foy, ainfi
ils n'employét iamais perfóne au tour des grands
fans par deffous main leur ioindre vn recors afin
de n'eftre trópés: dóc par perfónes qui n'oferoyét
faillir

faillir à peine de la pareille, ils s'insinuët & font
couler dedãs l'oreille des Roys, la necessité que
leur courône auroit d'vn tel seruiteur mais pluftoft d'vn deffaufileur d'estat au confistoire, au
conclaue & par ainsi insistent à se faire obliger
promettãs de se rédre partisans si on leur impetre
le chappeau, car il tiénent pour vn affront insu-
portable & pire que la mort qu'vn hôme retourne de Frãce apres auoir vaqué en la legation, sãs
obtenir vne telle recôpése. Et par ainsi ils ne laiffent rié à entamer à fin de ne boirevne telle indignité. Le Pape qui cuide grãdemét profiter(car il
pefe fa laine au prix des fleurôs de la courône, à
laquelle il accorde le presét)eft bien aife de faire
d'vne pierre deux coups, d'obliger l'espee d'vn
prince souuerain, & recôpéfer celuy qui a fubfé
mis le trafique le bien du foutterain & qu'il employe, apres auoir fait cognoîftre l'ineftimable
valeur de ceft affublemét vetueux, difãt qu'il l'a-
uoit dedié à d'autres defquels il le detournent,
pour en faire plaifir à fa malefté, car ils fôt l'eau
benite miellee, ils fcauent dorer l'oreille des princes, & qu'ils aymét mieux mefcôtéter tout le refte
du môde qu'elle, car ils font fèblãt d'eftre forcás
lors mefmes qu'ils s'accomodent mais pauures i-
diots péfôs nous que fi ce Neophite tyrié ne noⁱ
auoit bié fãglé, bié bãdé, mis tout l'eftat en figure
de côpromis alteré vn chacun à fuiure le Pape,
pluftoft que Dieu ni le Roy que le Pape fe laiffe-
roit choir vn tel guerdô hors des poings: mais ils
fcauét bié ce qu'ils fôt car il faut tenir cela pour
axiome Royal, autãt de Nôce, autãt de chauffe-

trapes qui ne tachent qu'a enclouer les membres
de l'eſtat trente embaſſadeurs royaux à Rome ne
ſcauroient effectuer la trentieme partie de ce que
executent ces operateurs de conſcience, ils viennent chats bruſlez , mais ce ſont chats ſauuages
qui deſpeuplent nos garenes , ils enfilent tout de
leurs grifes, cancers domeſtiques , les parins de
tous nos maux,& ont vn artifice de faire venir la
groſſe taye aux yeux des plus ſubtils , ils nous
gaignent de nos armes meſmes;nos eſtats ne ſont
point gouuernez profondement.

Iamais les roys ne doiuent procurer l'auancémét
de ceux qui ont vne curieuſe & profonde cognoiſſance de leur gouuernement ; car le degré qu'ils
acquierent donne credit à leur aduis , & au recit
qu'ils font de la cognoiſſance qu'ils en ont , car ce
ſont quadrás d'eſtat dedans leſquels le conſiſtoire
nous voit aux quatre coins&au milieu,ils les mettent en perſpectiue à celle fin de ſe rendre toutes
nos affaires diaphanes & tranſparentes.   A ce
propos vn grand Monarque de noſtre aage entreprenant ſur ſa conſcience , ne craignant d'intereſ-
ſer la crainte de Dieu , ne laiſſoit iamais viure
ceux qui auoient ſerui à porter lettres de creance
qui regardoient le centre de l'eſtat , il s'en de-
faiſoit inuiſiblement bien toſt apres , auſſi n'en-
uoyoit-il qu'hommes qui auoyent gaigné tels ſa-
laires;vne eſpice,vne mine,vn ſecret d'eſtat éué-
té c'eſt tout vn. L'étree d'Egypte eſtoit defendue
nõ ſeulemét aux eſtrágers mais meſme aux Romains , du temps de Tybere , de crainte qu'en
reco-

recognoiſſant l'oportunité du lieu neceſſaire
à la ſuſtentation de Rome, on y braſſa quelque ma-
chination, l'entree en couſta la vie à *Germanicus*.
Le ſecret en vn conſeil y fait autant que la ſageſſe,
ſans celui la, celle ci, ſe de-iauelle, & coule en diſſolution, le ſecret eſt le biē de la prudēce, c'eſt pourquoi Dieu à voilé les penſees de nos cœurs: car autrement ils en couſteroit la moitié de la vertu, &
comme le ſang meurt incontinent, qu'il eſt hors
des veines: ainſi la veine d'vne bonne affaire, c'eſt
le ſecret, s'il ſort de ſa veine, incontinent elle meurt, vne bonne affaire veut eſtre reſerree
touſiours: auſſi vn Prince ſçauant en ſon meſtier
garde tout ſeul en ſon cœur la moëlle de ſon cón-
ſeil, comme vn homme n'eſt pas homme parfait, tant qu'il puiſſe engendrer: auſſi la pierre
de touche, ou le chef d'œuure, pour ſçauoir ſi
vn Prince doit paſſer maiſtre iuré de ſon meſtier, ceſt de quinteſſentier, garder ſon conſeil à ſoy meſme, que les plus intimes qui luy ſeruent, ne cognoiſſent iamais que la ſurface, &
non ou ſe rap porte ce qui leur commande, le
pourpoint ne doit ſçauóir dequoy eſt la chemiſe d'vn homme d'eſtat: il faut qu'il ſe ſerue
de ſa langue, non comme d'vn truchement de
ſon cœur, mais comme du voile, ou de l'eſcran
de ſon ame, ou de ſes penſees, que la langue qui
accuſe les autres, enſeueliſſe & deſigure en toute autre ſorte de rapport, ce qu'il veut faire.
Le ſecret eſt vne tres-forte citadelle, qui rend
vn affaire, vn conſeil, vn eſtat imprenable, vn Prince qui eſt bien paſſé à ce maneſge, ſe peut aſſeurer

d’eftre le Prince des Princes:il n’y a aien qui erné
ni qui caſſe tant les forces d’vn pays , que quand il
eſt ſuiect à eſtre eſmouëllé, qu’il s’eſuente par
quelque langue mal-couſue,qui exale & tranſpire
ſe laiſſant crochetter les penſées par la curioſité
d’autruy.

Vn germe eſuenté ne ſe peut noüer ou incorpo-
rer:ſi Rome n’auoit tant eſuenté & ſauouré nos
affaires , nous ſerions maiſtres de deux ou trois
Royaumes de ſes voiſins , & au lieu que la France
eſt à l’aumoſne en pluſieurs endroits de ſes membres, nous viurions en noſtre aiſe de ce qui les fait
pourir en delices:ce n’eſt ſans ſuiect , que la nature y a monté de ſi hautes barrieres entre deux,
pour monſtrer que ceſte nation eſt funeſte à ſes
voiſins,& que l’vn ſe doit paſſer de l’autre : mais,
ils ſont ſi friands de nous voir,de nous auoir, ſi curieux à guigner droit les aduenues par où ils nous
peuuent attraper , ſi actifs à mediter les moyens
que par le meſme que nous les obligeons,ils nous
perſuadent qu’ils nous obligent & cerchent de
s’approcher quand la raiſon nous commande de
les fuir. Leur flatterie ſurmonte noſtre vtilité,&
comme leur domination range la noſtre,ainſi leur
aduantage s’aduantage ſur le noſtre, leurs plaiſirs
ſoubsmettent nos neceſſités. Quand ils ſortent
d’auec nous,ils trouuent moyen de n’en bouger,&
quand ils nous tiennent, ils nous captiuent , encor
qu’ils ſoient bien eſloignés: ils ne laiſſent de nous
coſtoyer.Leurs maximes domptent les noſtres.

Certes,quand vn Ambaſſadeur eſtranger ſort
d’vn

d'vn Royaume , si le Prince d'aupres duquel il se
part le pouuoit abisiner en vne oubliance vniuerselle ou exil perpetuel , ce luy seroit vn grand ad-
uantage:car en tous Estats il y a des ouuertures de
surprises que les estrangers, sur tout les Romains,
qui ne buttent à autre chose,remarquēt mieux que
les naturels du pais:comme quand le Capitole fut
surpris par vn sentier obserué par les gēs de Bren-
nus,duquel les Romains ne s'estoient iamais donné de garde, sans doute qu'ils peuuent bastir mille machinations. Henri III.recogneut,mais trop
tard,combien luy estoiēt ruineuses telles procura-
tiōs qu'ō luy auoit persuadées.Et puis,quelle folie
de pēser astreindre vn Cardinal à son seruice ? car
aussi tost qu'il est affublé de ce chappeau Tyrrhiē,
ceste laine a vne propriété d'engēdrer vn œuf de
Papaute , comme s'ils estoiēt enfantés, engēdrés
du Pape.Chascū pretēd de l'estre,nō pas cōme au
Royaume,l'vn apres,ou au deffaut de l'autre, mais
l'vn deuāt l'aute,& par dessus tous les autres.Ils se
mettēt tous en brigue & pour la fortifier,ils y seroiēt entrer (si mestier estoit)nō seulemēt le sang
des Roys,mais celuy duquel ils sōt engēdrés.Ils ne
pardonneroiēt à l'hōnneur d'aucun pere ou mere
qu'il eussent.C'est vn trafic perpetuellemēt exor-
bitant:car depuis qu'vn hōme est en ceste teincture,il ourdit sa trame,forme ses habitudes,employe
toutes pieces,afin de se tracer la voye au souuerain
degré , & d'empoigner le Pontificat au pardessus
de ceux qui les veulēt empescher,ou d'y faire paruenir celuy duquel ils se promettent la dispositiō,

K

tellement , qu'ils ſe languaient, s'affinent, ſe corrompent les vns les autres , afin d'enrichir l'iſſue
de leurs deſſeins en l'election future , encor que
future de bien loin.

Les moindres Cardinaux en ſont vne bonne mã-
geoire, ils tiennent banque annuelle ſur leurs ſuffrages,au Pontificat aduenir , ils en tirent de bonnes nippes,& dedãs,& dehors l'Italie.Ce ſont pieces de queſte Royale. Tel y a qui fait beeller ſon
ſuffrage des quatre coints du monde , autre qui le
promet à tout le monde , & ne le garde que pour
ſoy:& de penſer qu'vn Roy leur entre en conſide-
ratiõ,c'eſtſe trõper cõptant,s'ils n'y ſentẽt de l'intereſt,& encor le mettẽt-ils à l'incant : le premier
qui en aura affaire,ils ſe mettront en danrée à leur
profit.La vie desPapes eſt quelquefois plus eſpiée
que celle d'vn dragon.Ne croyez-vous pas que dés
maintenãt il y en ait deux ou trois tous preſts ſous
la courtine deſignés pour ſucceder à celuy-cy ? &
vn tiers ſans le reſte de tout ce college qui ramage
pour l'eſtre,& qui quitteroit pluſtoſt l'eſperãce de
paradis,que l'eſperance de l'eſtre.Le Pape meſme
veille & fait bõne ſẽtinelle ſur ſõ boire & mãger,
& au reliquat de ſa cõuerſation,cõme s'il eſtoit au
milieu d'vne troupe d'aſpics,de baſilics, craignãt
les ẽbuſches de ſa vie: car ils ſçauẽt que la vie d'vn
Pape eſt moindre à leurs competiteurs, que la vie
d'vn mulet.Au Iubilé, qu'ils appellent , l'an mil ſix
cẽts, n'y en euſt il pas vn qui ſe cõfeſſa d'auoirfait
perdre la vie à trois Papes , & cõme le Penitãcier
luy refuſa l'abſolution,ſãs au prealable en receuoir
la per-

la permiſſiõ particuliere du Pape: Le Pape deſirãt
par le moyen du confeſſeur de ſçauoir les moyens
meſmes d'emboucher & languayer auec toute ſauuegarde d'impunité, l'autre n'y voulut iamais cõ-
ſentir à eſtre deſcouuert, digne condition d'vn tel
empoiſõnneur, il ſe fuſt argué de méſonge: car ne
pouuant tenir ſa perſonne ſecrette, malaiſément
euſt il tenu ſes entrepriſes couuertes:& encor que
ie le tiéne d'vne bouche qui a biẽ du credit ſur les
aureilles d'autruy, malaiſémét puis-ie croire qu'vn
hóme qui s'eſtoit tellemẽt eſloigné de l'humanité,
puiſſe s'approcher ſi fort de la repétance:toutefois
qu'il ne s'en approchoit qu'en s'en eſloignãt, cer-
chãt Dieu loing de Dieu, ſa miſericorde dans l'aureille d'vn pecheur, qui n'eſt ſinon heberge du peché, en tout cas, ſi fut-il ſage de ſe bien celler, car
la foy, non ſeulemét de trente Papes, mais dẽ trẽ-
te Cõciles, ne l'euſſét empeſché de payer l'améde
tout le lõg de la perte de ſa vie, car eux qui tiennẽt
la clef de la verité & du méſonge, du ſerment &du
periure, en peuuét laiſſer ſortir & entrer ce que-bõ
leur plait. Voila cõme ceux qui font faire iniuſte-
mẽt le procés aux Princes, par autre voye iniuſte,
on leur fait le leur. Il en meurt d'auãtage par pro-
curatiõ, que par maladie naturelle. Il n'y a vie au
mõde ſur laquelle il y ait tãt de deſſein, que ſur celle de ces gẽs là: Ils n'õt pas eſté vingtquatre heures
ſur la ſelle Pontificale, que leur vie ne laſſe tous
les Electeurs, meſme le peuple Romain s'en
laſſe auſſi-toſt, depuis qu'ils ont congnu vn
Pape, ils ne demandent qu'à en recongnoiſtre

K 2

vn autre. Le peu de ſoin que les Cardinaux ont
des Papes,argue le peu de confiance qu’on doit a-
uoir aux Cardinaux pour l’aſſeurance des Rois,
mais ſommes nous balourdes:il nous font accroire qu’ils nous ſont neceſſaires , & c’eſt de nous
qu’ils ont incomparablemét affaire,ſans que nous
puiſſions faire aucune choſe d’eux , ils nous ſont
ſuperflus excrementeux. Les prouinces qui s’en
paſſent,ſont fleuriſſantes, opulantes, celles qui en
ſont attelees, ſont affaiſſees, auachies , delabrees,
ils en ſuccent toute la moüelle , ils en tettent tout
le ſuc, & le meilleur laict, leurs conſeils ont ie ne
ſçay quoy de niellé , qui ne s’aillie point auec la
ſanté de l’eſtat. Cela rend les corps tabides qui en
vſent,corrõpt leur bonne ſeue,& ceux qui en ſont
charmez,n’amendent point, perdent leur enbon-
poinct. C’eſt vne ſuperfetation de conſeil, ou de
ſageſſe, qui ſouſtrait toute la vertu œconomique
de l’autre. Ils nous couſtent beaucoup ſans nous
rien valloir.Eſt-il poſſible que s’il ne plaiſt à Rome , & que ne dependions de ſes bonnes graces,
que les ſacrements, la grace de Dieu , le paradis
nous ſera bouché,& qui ſont ces horoſcopiers qui
nous veulent faire accroire que Ieſus Chriſt n’eſt
de ce pays icy,& qu’il eſt ſeulement du leur? Ieſus
Chriſt ne ſe renferme pas comme cela dedans telles gens,en danger qu’on ne le changeaſt au paſſage,ou en quelque hoſtellerie,comme ils ont deſia
fait en la meſſe. C’eſt pourquoy ce ſont planteurs
de fariboles, ils ſont tout autant eſloignez de toutes les faueurs de la diuinité que nous,ſans ce qui y

eſt de

eſt de ſur plus d'vn grand eſloignement. Ils ont
autãt beſoin que Dieu leur ſoit propice que nous.
Ils ſont les plus indifferens & ambigus , de quel
coſté ils tireront que nous.Ils ſont plus mercenaires d'ambition,que de leur ſalut.Dieu leur eſt biẽ
moins que leurs pretenſions,leur deuotion ne loge qu'apres leur auancement.Ils ne recognoiſſent
Dieu , qu'apres qu'ils ſe ſont fait recognoiſtre de
tout le mõde , qu'il intimidẽt auec tant de fanfare,
de proſopopee & d'equipage, nous en payons v-
ne bonne partie. C'eſt à nos deſpens qu'ils ſont ſi
braues,ils font bonne chere de nos ieuſnes , ſi les
deux cent mille eſcus qui paſſent d'ici à Rome annuellement , car qu'on calcule bien par les articles peu auparauant mentionnez (on y enuoye encore d'aduantage)eſtoient employez à vn millier
de bons capitaines qui ont merité d'eſtre recom-
penſez : car leur vaillantiſe les a portez à meriter
cela du public cinq cents eſcus de penſion par an,
ils fouleroient la pance à tous ceux qui veulent,
que nous les craignions , & qui craignent de nous
craindre. Cependant nous faiſons les eſtropiez à
l'ombre de S.Pierre, mais c'eſt celuy du Vaticã,&
non celuy de Ieruſalem. Si Tite ou Thimothee e-
ſtoient au monde,qu'ils vouluſſent briguer la Papauté, il les debouteroient. Il faudroit bien qu'ils
euſſent d'auantage de credit , qu'ils n'en auoyent
du temps de S.Paul, pour entrer dedans ce benoit
& ſacre college. La chancellerie & les ſeaux de S.
Paul,qu'ils gouuernoient,ne ſeroient vn prix aſſez
valable , ni vne marque aſſez authentique pour

leur faire gagner le chapeau Romain. Ie crois auſſi qu'ils ſeroiét plus chreſtiés que ceux de maintenant, & qu'ils deſdaigneroient de s'arreſter à vne
telle chifonnerie, à vn haillon non nouuellement
inuenté pour eſuenter ceux qui le portent,ie l'appelle haillon,par ce que cela eſt releué du college
des conſeillers & conſuls qui enuironnoient les
premiers Empereurs, comme nous deduirons en
la pourſuite du traité ſuiuant.   Ce n'eſt l'Egliſe
qu'ils cerchent, mais les biens, mais eux meſme:
auſſi rédét ils les prouinces eethiques atrophiees,
leur raiſon d'eſtat mange les noſtres. *Si ſerpens ſer-*
pentem deuorauerit,fit draco. C'eſt la lepre,le ſang
pourri des eſtats, ils en corrompent tout le ſang
genereux. Durãt ces troubles,vn legat à Paris paſſant par les rues,le pauure monde affamé de pain,
s'agenouilloit aſſolé de ſes benedictious, iceluy
croiſant l'air de ſa main deſſus leurs teſtes, diſoit
à ſes familiers proches de luy. *Si populus vult de-*
cipi,decipiatur, & la deſſus rendez vous tributaires à ces gabeurs la, qui vſent de ſarcaſme apres
vous auoir mortellement perſuadé la ruine ou ils
les auoiét precipité,& dãs laquelle ils les ſoulóyẽt.
  Ha que s'ils euſſent trouué quelque fente pour
faire couler telle irradiation dedãs voſtre Royaume, cõbien de pauures Anglois euſſent eſté ſacri-
fiez,combien de nobleſſe eſgorgee, voſtre royaume ne ſeroit plus vn royaume,mais vn cimetiere,
Il euſt chãgé de Roy, encor plus ſouuent que le
noſtre, le pis que ie voye, c'eſt le deſeſpoir, nous
ne ſommes pas ſur le chemin d'améder nous cou-
                                        rons

rons grand erre, ſi Dieu ni m et la main à nous en-
trecouper la gorge dans la meſme pedagogie : &
que la France voye ſi elle à encor autant de ſang,
comme elle en a verſé depuis trante ans , car ie ne
ſçay combien il lui en couſtera moins,cela eſt fatal
à ce pauure royaume de gager & cherir les cauſes
& les meres de ſa ruine,& de ſes Rois auſſi,& d'e -
ſtre architecte,au lieu d'eſtre deſtructiõ de ſa ruine. Mais n'eſt-ce pas trop aſtrologuer & offencer
la Maieſté d'vn loiſir ſacré d'vn ſi grãd monarque
ſi ſalutaire, ſi neceſſaire.Si Dieu vous euſt fait naiſtre du tẽps des Prophetes,voꝰ euſſiez'eſté l'vn di-
ceux,quoille pere de paix,l'eſpoux des muſes le ſur
intendant de Minerue,qui fait plus de ſon tranche
plume,que ſes predeceſſeurs n'ont auec leur eſpee
que ſi la voſtre eſtoit commandee d'ãbition, vous
pourriez marier voſtre courõne à beaucoup d'autres,mais voſtre ſageſſe eſt ſi legale , que vous ai-
mez mieux le repos des Chreſtiens, que l'auãtage
de vos armes:ceſt pourquoi les bons Chreſtiẽs ſe
donnent peine de vous,noſtre vie en ſon repos ne
reſpire que par le voſtre,noſtre franchiſe n'eſpere
qu'ẽ la voſtre: comme pluſieurs yeux preſtẽt leurs
veilles àvous preſecuter, les noſtres feroiẽt repris
d'ingratitude,s'ils ne s'affectionnoient à debouter
ceux la de leur diligence , & encor que ſoyez l'vn
des meilleur cõſeil de l'Europe,ſpecialemẽt en ce
qui regarde l'Euãgile reformé,neãtmoins l'œil ne
ſe peut voir ſoi meſme,nous qui voyõs encor ruiſ-
ſeler le ſãg des playes de Héry le Grãd, & qui n'õ
ſçauriõs eſtãcher les larmes de nos yeux qui auõs

K 4

fourni noftre fortune,& prefque noftre vie à l'intereft de fa mort, craignons d'offenfer le foin que
nous nous deuons , fi nous ne portons les mains
& la vie mefme , s'il y efchet , pour empefcher
qu'vn tel rempart que vous , ne foit entamé , &
puis nous craignons de rompre l'aife qui nous
faifit de voir voftre fouueraineté abfolue , im-
pollue : les autres Rois ne font fouuerains qu'à
dix pour cent : car le Pape poffede la moitié
ains les trois pars & demi des cœurs dès fubiects des autres Rois , & s'il faloit fonner le toxin , à vn bout pour fauuer le Roy , & à l'autre
pour fe courber deuant la pantoufle du Pape , le
premier fe trouueroit du tout defpourueu : l'effay ne s'en eft que par trop veu és ligues prochainement paffees en France , & depuis en la prife
de Ferrare , outre qu'autant d'Ecclefiaftiques en
vn Royaume,ce font agens morte-payes Romai-
tes, vn Pape mal difpofé côtre leur patrie les portera en croupe iufques au brandon pour y mettre
le feu: mais tant de fuite qu'ils trainent apres eux
par les oreilles,par la confcience,par la confeffiõ,
& par les chaifes ou ils font danfer le branfle , tel
qu'il leur plaift de le fonner,& puis autant de mo-
naft res,autant des citadelles eftrangeres,il a fallu
que Henry le Grand en fes conqueftes ait planté
autant de fieges , & liuré autant de batailles qu'il a
rencontré de chapitres,ou de cloiftres. En téps de
paix,la plus part font pfeudopacifiques,qui au befoin produifent plus de feditions que de bonnes
mœurs, ou de religion en la penfee des idiots qui

doit

doit eſtre vn implacable creue-cœur à ceux qui
ont du courage:car vn bon Roy n'eſt moins ialoux
de ſon ſeptre,qu'vn mari de ſa couche qui ne peut
rien voir de-miparti,cela cuiſt aux yeux plus ame-
rement,que de voir aupres de ſoy vn ſecond mari commander &aſſuiettir l'honneur de ſa femme.
I'aimerois mieux donner la clef de ma bource,que
la clef de mon ſeptre,ſi i'en auois vn,il vaut mieux
eſtre moins & eſtre tout , qu'eſtre tout & ne l'e-
ſtre qu'à demi , quoy n'eſtre Roy que par ſubro-
gation ne l'eſtre que par ſubſtitution , ce n'eſt e-
ſtre Roy , que de ne l'eſtre que par des legations,
il n'eſt pas ſi faſcheux de perdre ſon bien que recognoiſtre vn maiſtre en ſa maiſon, quand il n'en
doit point auoir : quiconque recognoiſt vn iuge,
perd ſa ſouueraineté,il fond ſa courône dans la recognoiſſance,& perd ſon ſeptre dans ſa ſubieƈion
aƈuelle,potentielle,telle qu'elle puiſſe eſtre, quicôque peut eſtre par ſon adueu depoſé,eſtabli,re-
ſtabli , porte vne couronne ſans ſouueraineté, eſt
ſouuerain ſans iuriſdiƈion, ou bien elle eſt eſclo-
pee,vne iuriſdiƈion iuriſdiciable, partant hôma-
gere,nô royalle,inclinât à l'eſclauage,reſſemblant
en quelque eſpece la ſubmiſſion du vaſſal,telle iuriſdiƈion n'eſt pure , elle n'eſt à 24. carats, il y a
de l'alloy eſträger,tout homme ſubieƈ à proſcription,eſt ſubieƈ à punition. La proſcription eſt
vne eſpece de confiſcation,celle ici vne punitiô,&
partant ſubieƈ à vn autre fiſque, donc hommager
d'vne autre ſouueraineté,&ainſi moins,voire quaſi rien de ſoy meſme, il abuſe donques du nom de

souuerain au preiudice de son souuerain ; par ainsi les roys sont criminels de leze maieste : & puis qu'on peut confisquer les biens on peut aussi confisquer leur corps , car c'est vn droit tout de mesme origine & naissance , glissant l'vn de l autre: voyes ie vous prie l'abominable & tresinfame absurdité,que la personne des roys soit submise à estre suppliciée,& à passer par loix souueraines & estrágeres , par les mains d'vn bourreau;ainsi il ni a point de vray roy au móde que le Pape,qui n'est suiect à personne , & les payens qui n'ont encores recognu la papauté. Les roys sont miserables, malheureusement conseillez d'estre sous la captiuité poultronne d'vn ioug qui les mastine cóme cela, c'est permettre que leur sceptre adore vne sauate c'est estre roy sans royaume, souuerain sans souueraineté,auoir vn royanme sans subiects, puis qu'ils sont subiects à vn autre plus grand que le roy,qui les peut maudire , confisquer corps & biens quand,cótre son obeissáce,ils porerót obeissance au roy;c'est vne souueraineté sans pouuoir puis que le pouuoir despéd d'vn autre qui le peut enleuer,trásporter en vn autre.Il vaudroit mieux perdre beaucoup de murailles & portes de villes que de perdre la porte & la muraille du cœur de tous ses subiects ; ce sont pertes dautant plus grádes qu'elles sont cachées,plus irremediables qu'elles sont certaines,cela est iniurieux , ce n'est estre roy que de l'estre par repercution & nó par effect c'est dans le cœur de ses subiects qu'il doit tenir son premier throsne absolu s'il veut estre roy ab-

solu-

folument , car d'eftre roy des leures feulement
de ceux qui ne le recognoiffent en leur ame que
foufroy, & qui ne le reuerent en leur cœur , qu'au
pied du Pape, ou comme hommager des volontez
d'iceluy , c'eft eftre moins que tiercelet de Roy, à
peine telle royauté vaut elle le tiers d'vne bonne
lieutenance royalle, principalement des Indienes
efloignees de ces entre- coupeurs de maiefté. Cer
tes les fubiects ne font la difme de ce que doit e-
ftre vn fubiect qui n'ofe craindre le Roi de crainte
qu'ils ont du Pape , qui ne craignent d'offencer le
Roy, de peur d'offécer le Pape, dãs l'ame defquels
on ne trouue aucune reueréce, que dãs celle qu'ils
portent au Pape, & qui ne font françois que par ce
qu'ils font papiftes , & qui cuident de n'eftre affez
Chreftiens s'ils ne font plus romains que françois
& s'ils n'oublient le ferment qu'ils doiuét au Roy
au pied de l'indifferéce des cõmandemés du Pape,
ne pefant s'ils emanent de la bouche d'vn hõme,
ou d'vn Pape , ne confiderans fi ceft de par foy ou
de par Iefus Chrift, qu'il parle s'ils viennent de fa
cõfciéce ou cõcupifcéce, de fa charge, ou de quelq;
emácipatiõ, fi pour fa cõuoitife ou pour leur falut,
fi ceft pour les cõmander, ou pour les fauuer pour
les retenir à foy pluftoft que de les donner à I. C.
conturbata funt gentes, & inclinata funt regna, il n'y
a riẽ qui diminue & cõfonde les royaumes, &trou-
ble la foy hõmagere deüe aux Rois : certes vn Roy
fur tels fubiects n'eft pas beaucoup de ce que doit
eftre vn Roy , c'eft quafi eftre Roy en porte marotte,tels fubiects portét vne obeiffance affuiéttie
à vn autre commandement fuperieur. Le Roy ne

leur eſt rien ſi le Pape ne veut. En verité,vn Roy
doit eſtre ialoux de l’entiereté de ſes ſubiects, &
s’il ne l’eſt, il ne merite d’en auoir, puiſqu’il ne les
aime qu’en ce partage mitoien : car , comme la
fiebure eſt ſigne de vie , ainſi la ialouſie eſt ſigne
d’amour , & tout homme qui n’eſt ſubiect à la ialouſie (quand la matiere s’y preſente) ne merite
qu’on l’aime , puis qu’il ne ſçauroit aimer : auſſi
voyent-ils quelque fois en la defectuoſité ou ſeruice de leurs ſubiects , à combien monte la faute
qu’ils ont commiſe de n’auoir cultiué la foy de
leurs ſubiects s’en rendans ſouuerains ſans y ſouffrir aucun maiſtre ne compagnon : c’eſt vne engeance qui prouigne bien loing , quand on n’y regarde pas aſſés prés ; & vne faute qui deuient incorrigible quand elle a pris pied; car vous tireriés
pluſtoſt la vie que le deuoir d’vn homme qui en
ceſte ſorte papalize : ils ſe perſuadent qu’en prati-
quant telle felonnie, ils rendront vn grand ſacrifice à Dieu,ils en font la clef de la creance: ils penſeroient eſtre damnés,s’ils auoient failli à meriter
de l’eſtre, en ſe reuoltant à leur ſouuerain, de ſorte que ceux qui ſont deliurés de tels corriuaux,
doiuent diligemment entretenir ceſte virginité,
& empeſcher que leur ſceptre n’adultere , ou
pluſtoſt leurs ſubiects, en faillant à la perfection
de la recognoiſſance d’iceluy. Quelle temerité au
Pape de commettre vne telle intruſion , ſans que
Ieſus Chriſt luy en ait iamais dit ou parlé vn ſeul
mot, c’eſt prononcer arreſt de luy meſme à ſoy
meſme. Que la creance du monde eſt folle , de ſe
proſti-

proftituer à fi vil prix:car le Pape n'a pouuoir,que
ceque fa parole luy en donne ; & lors on luy peut
dire,*tu teft. monium perhibes de te ipfo,* perfonne ne
fe peut rien donner à foy-mefmes : il abufe entierement du credit que nous donnons à fa parole:
mais , à qui en parle-ie? à vn Prince qui en fçait
tout le mouuant. Auffi l'auez-vous bien monftré,
car vous auez coupé la langue à ce tres-prolixe
parleur qui vit en fa parole , meurt en fes efcrits,
dont le berceau leur fert de tombeau.

Ce qui n'a point de tefte, eft fans raifon : & ce
qui eft fans pied,eft fans durée. Voftre huile de talk
a defteint fon efcarlate. C'eft vn plaifant Orphée,
mais funefte Moyfe.

Sainct Paul n'a garde de luy eftre tant obligé
pour auoir prefché fes Epiftres , comme Pindare
pour auoir couru de bien loin apres le ieu de fes
Cantiques. Ce n'eft que le finge en fa vieilleffe,
de ce qu'il faifoit en fa ieuneffe. Ses difcours portoient barbe , mais maintenant que poil folet : Il
faifoit mieux lors qu'il ne faifoit rien , ou guere
mieux que cela. Le vulgaire luy a liuré vne grande
reputation,& à bon marché. Il feroit d'auantage,
fans le Marianifme qu'il debite en ingredient de
confcience,encor que ce n'a toufiours efté la fienne,& qu'elle ne deuiendra iamais de cefte doctrine:& fans la police de fa condition , il demarche-
roit tout à l'oppofite.

Le retrograde & l'afcendent de fes opinions
paffées,c'eft l'orizon de fon aduancement, l'ourfe,
l'aimant des trauaux de beaucoup d'eftudiants de

ſon parti n’eſt autre que le randon du cõmun, l’im-
petuoſité du vent courant, leur ſert de trebuchet à
ſuiure & accepter ce qu’ils doiuent croire, ce n’eſt
tant le bien du public qu’ils procurent que le bien
qu’ils eſperent de tirer du public, & que l’auarice
craint de perdre. Ils parlent ſelon le monde, mais
ils croient ſelon eux-meſmes. Ce qu’ils gardent à
dire, vaut bien mieux que ce qu’ils diſent. Il y a biẽ
plus de ſageſſe en leurs penſées , qu’en leurs diſcours: mais, cõme il n’y a que Cæſar & que Xeno-
phon pour diſcourir pertineminent des entrepriſes Martiales, & affaires guerrieres, par ce qu’ils e-
ſtoient Martiaux & excellẽment grands guerriers,
autant capitaines que doctes, & qui ſçauoient auſſi
bien manier les armes, que la plume : auſſi il n’y a
que les Roys pour deffendre le droit des Roys, &
vous, par deſſus les doctes, & entre tous les Roys.
Auſſi luy auez vous fermé la bouche & r’enuoyé à
l’hõneur de ſon ſiléce, abandõnnãt l’iniuſtice de ſõ
opinion à la force de la voſtre , qui eſt celle des
Chreſtiẽs, qui n’ont iamais practiqué & qui croyẽt
fermemẽt que Dieu a deffẽdu l’homicide. Vos raiſons eſtoiẽt mõtées, non ſeulemẽt ſur la ſciéce des
hommes, mais ſur l’authorité d’vn Roy autãt aimé
des Muſes, cõme cheri de ſes ſubiects, qui a mõſtré
la faueur de Minerue, en acculant le porte- Mars de
la furie du Vatican. Ce deteſtable ſentiment de la
tuerie des Roys eſtoit ci-deuãt couru cõme furieux
& ceux qui en eſtoient, comme chiens fols, pour le
moins entre les moins ſéſez, ce n’eſtoit qu’vn Mercure volãt depuis la ſecte des Marianiſtes, où la toute con-

te côfite de Rhetorique lardée de lãbeaux, trãſva-
ſez d'vn traiƈé qu'vn certain Cardinal a fait à ce
ſuieƈ,ils l'ont fixé,paſſé en fondation articulée,en
preceptes ſi auãt, qu'il a plus de credit que la def-
féſe de l'homicide. Ha! que cela eſt deplorable que
tãt de grands perſonnages ſe rendént mercenaires
d'vne telle effuſiõ de la vie des Roys, eſtre les Her-
cules de la doƈrine de leur mort, pluſtoſt que de
leur conſeruatiõ. C'eſt mal harpé, Dieu & la Frãce
y ſõt trop interſſez. Mais qu'eſtce de la grãdeur du
courage de tels hõmes au lieu de les fortifier,les dĩ
minue: N'en auõs nous pas veu en Frãce qui auoiét
l'eſprit & la lãgue tréte fois mieux mõtée que ceux
qui les menoiét ſur les rangs: neantmoins,ſous vn
fol ombrage de quelque legation future en ſonge
ſeulement,d'Auignon ou *à latere:*mais encor ſous
vne plus radotteuſe attente d'oiſeler quelque voix
au Pontificat,ils ſe ſont proſtituez & eſraillez à
tous paſſants, cuidans de pipper en ſe laiſſant pipper à des cornarderies qu'ils tournoient en ſaulce
de Canõ de foy,encor que ce ne fuſſe que reinſure
d'erreur & acheminemét d'ambitiõ par le deſtour
de la perfidie.Ils tendoiét leurs filets pour attraper
les filets de ceux deſquels ils vouloiét eſtre la priſe
&le trophée,pluſtoſt que d'acquerir la viƈoire de
leur pretentiõ, car ils en demeuroient deffaillis en
chemin. C'eſt vne vacatiõ bien corrõpue que celle
de ce monde là,ſoit qu'on en conſidere les mœurs
ou qu'on en examine la doƈrine , & qui ont
beſoin d'vne purgation heroique , d'vne fonte
tres efficace. Malaiſément y pourroit-on eſplucher quelque choſe de bon , ſinon tout couuert

& englouti de peruersité. On a beau les carder de
la plume , ils en deuiennent toufiours plus bour-
rus,ils ne fe cognoiffent pas : leur veue eft toute
couuerte de cataracte,ils font tant enyurés de leur
corrupion, qu’il n’y a moien de les defenger hors
de la chaire de peftilence.

Ha ! que les Apoftres vous carefferont , lors
qu’arriuerez deuāt Dieu, voyant la peine que prenés de reftablir & ne rien relafcher de leur faincte inftitution. Vos louanges contiendront en foy
tous les tiltres heroiques de ceux qui ont voulu
reintegrer la Religion de Iefus Chrift. Ha ! que
Sainct Pierre vous feroit fidel ami, fi auiez reduit
tous les preuaricateurs de la foy au vray fentimēt
d’icelle : & pour faire cela , il faudroit enfermer
tout le Confiftoire *à capite ad pedes* dedans l’inquifition , & puis faire paffer cefte fauffe inquifition,par la vraye : & s’ils ne veulent viure dedans
les filets de Sainct Pierre, les ietter dedans les liés
de Sainct Paul. Ils fe iactent comme Sainct Pierre , iaçoit que leur deportements foient les ge-
meaux du Soudan d’Egypte en desbordements,ou
de Vefpafian, ou Heliogabale Romains. Ils ont
plus d’a couplemēt au fommet de l’empire idolatre,qu’au berceau de l’Euangile : & fi auiez fait
reuoquer le formulaire de ces grandeurs cadu-
ques & imaginaires intrufes dans le miniftere Romain,à la fincereté que deuroit auoir leur profef-
fion:fi ces breuets,bules, defpefches, eftoient e-
fteintes & reprifes en la fondation de Sainct Pierre, lequel n’euft iamais efcrit, finon pour dreffer
vn pro-

vn protocle des tiltres oubien de la sagesse & pieté dont doiuent vser ceux qu'ils sçauoient qui s'esblouiroient en degenerant à l'outrecuidance de leur deification , car quiconque change de stile, change d'enseignement.

Quiconque change de tiltre , change de qualité, voire de maistre , regimbant à la regence de ceux qu'il doit tres-religieusement imiter.

Il y a autant à dire entre le stile & les tiltres de Sainct Pierre , & ceux des Romains de ce temps, comme entre le bon & le mauuais larron , l'vn reiettoit, l'autre confessoit Iesus Christ. Sainct Pierre se nomme & escrit en tres profonde simplicité, l'autre en tres haute, & tres-maiestatiue curiosité, l'vn escrit comme disciple , non seulement de Iesus Christ, mais des Apostres; & l'autre comme Empereur des Empereurs , ou comme s'il estoit protocole de Dieu le Pere , ou comme si Sainct Pierre n'estoit que son page , & les Apostres ses valets de pied : aussi la parole de Dieu ne marche qu'au pied de la sienne : car le Pape presidant ou ses Legats pour luy , (car le plus souuent il le desdaigne) en vn Concile general on place la Bible couchée à leurs pieds , comme le Chancelier se seant aux pieds du Roy seant en son lict de Iustice.

La parole de Dieu , voire Dieu mesme , ce leur semble, n'est que le Chancelier du Pape.

C'est pourquoy Dieu vous a suscité , afin de le releuer en ses droits, luy faire rendre son honneur empescher qu'il ne soit ainsi violé, cabassé ce dessus dessous.

L

Que cela est irreligieux de voir vne maiesté eter-
nellé, infinie, infiniment incomprehensible, ainsi
appauurie de gloire, auilie d'honneur, par ceux
qui ne font trafic d'autre chose que de leur beatitude & sainéteté qui se proclament les Dieux
procteteurs de l'honneur de Dieu, qu'ils tirent
tout à eux sans crainte de l'en frustrer.

I'en ay veu d'affectionnes au recouurement de
cest honneur, & qui auoyent des eslans de la droiture de la verité & qui estoyent marris de voir
mettre la gloire de Dieu en oubli dessoz les pieds
pour adorer celle des hommes qui estimoyent
d'auoir trouué vn remede plein d'efficace, s'ils
separoyét la cause du Pape d'auec celle de l'Eglise
mesme ont voulu persuader à quelques vns d'en
former quelque directoire addressát à vostre maiesté: mais helas! ils ne voyent pas que l'Eglise sert
de recepissé aux excremēts de la papauté, que c'est
la sentine de toute leur radotterie, l'extraict des
pensees pontificales, quelle est toute confite, ains
que ses nerfs & ligaments ne font renouez que de
la lie de ce pouuoir fabuleux. Que ce n'est qu'vne
decoction de la corruption de leur vie qu'elle est
forgee en forme de bouclier pour couurir leurs
erreurs & que le Pape est plus l'Eglise que l'Eglise mesme, plus l'Eglise que S. Pierre & le sancte
college Apostolique : l'Eglise s'est toute desfaite
pour le faire, elle se dement de crainte qu'il ne viē-
ne à mētit encor que la plus part de ses verites ne
vaillét g ueres mieux que mésonge, car le Pape ne
croit à l'Eglise il faut que l'Eglise croye au Pape;
lu

luy seul est infaillible & elle seule peut errer. & se
persuade on follemét que l'Eglise a pl' affaire du
Pape, que le Pape de l'Eglise: & que l'Eglise estãt
hors du Pape est hors d'elle mesme, & que le Pape
écor que hors de l'Eglise, ne laisse d'estre Pape. La
pl' part aimeroit mieux perdre l'Eglise que le Pape, ce qui mõstre que l'Eglise de ceste cõposition
n'est plus Eglise, ce n'est que courraterie, maqui-
gnonage, monopole, elle est si haillõneuse, qu'elle
ne se peut refaire estãt de tant de fripponerie, elle
ne peut estre legitime qui est pire qu'vn Manser
qu'vn monstre Hiurida, ou Minotaure, il la faut
toute pressurer mais calciner, & toute refondre dãs
la nostre. C'est cõme vn vieil habit tãt vsé, rappe-
tassé de diuerses couleurs auquel on ne voit pl' rié
de la premiere estoffe. Ainsi Iesus Christ excellé-
tissime architecte, professeur, composeur d'Eglise
l'ayant mis à son comble, les Romains l'ont voulu
attiffer afuster sur d'autres montures, la harnacher
d'autres accessoires profanes, accoustrements té-
meraires, adionctions monstrueuses qu'il faut esbrecher: quelles mains precipitees de vouloir corriger, ou s'esgaler aux eternelles, pensant les corriger & faire mieux que luy ce quil a parfait, &
vouloir accomplir ce qui ne receuoit plus d'accõ-
plissement. C'est à vous donc d'y remedier en
dressant les yeux sur Ezechias, Iosias, Iosaphat, &
autres bons Rois, qui ont fort bien releué le
seruice de Dieu qui alloit perissant, sçachant
que le droict des Rois du nouueau Testament
n'est empiré depuis l'ancien; car Iesus Christ

n'eſt venu que pour confondre l'orgueil , & pour
dreſſer les trophées de l'humilité & obeiſſance,
l'ayant ainſi ordonné à tous les ſucceſſeurs de ſon
Euangile.

Les Rôys de l'Ancien Teſtament auoïent *ius vi-
tæ necíſque*, droit de vie & de mort ſur les Souuerains Pontifes de la premiere Loy.

Le glaiue du Prince luy eſt donné en main,auſſi-
bien pour la correction de ceux qui manquent à
l'Euangile,comme à ſes Loix: car ſon pouuoir ne
luy eſt accordé ſeulement pour rectifier les hommes enuers eux-meſmes,ains pour les rectifier enuers Dieu & ſes ſaincts Commandements auſſi:
Eſtant tenu de retrancher par iceluy glaiue toutes
ſortes d'abus , non ſeulement de ceux qui ſe comment contre la police,mais meſme contre le Chriſtianiſme. Voyez ce que Sainct Paul en a rememoré au chapitre trezieſme de l'Epiſtre aux Romains
diſant,que ce n'eſt ſans cauſe qu'il porte le glaiue,
y comprenant meſme la punition des offences
contre Dieu,où il ne s'excepte , & n'exempte pas
vn des Apoſtres : que s'il en auoit dit la trentième
partie autant de l'Egliſe de Rome, ha! quel eſtendart on en eſquipperoit:mais l'humilité,la ſimplicité,eſt l'eſtendart des Apoſtoliques.

C'eſt le monde renuerſé , Ieſus Chriſt a dit,ap-
prenés de moy à eſtre humbles, leur boutique ne
doit eſtre que d'humiliation deuant tout le monde,r'enuoyant à Ieſus Chriſt leur honneur: car Ieſus Chriſt ne donne ſa gloire à perſonne : ſi quelqu'vn l'vſurpe,c'eſt de la regence de celuy qui diſoit,

soit, *ie monteray, & seray semblable au tres-hault,*
c'eſt idolatrer les hommes, qui ne vaut pas mieux,
ains quaſi pis que donner l'honneur de Dieu à Iupiter, car l'vn n'eſt non plus Dieu que l'autre.

Le Pape dit, qu'il eſt Lieutenant Diuin, Chancellier de la vie, & de la mort des Roys, laquelle il
porte en ſa bouche, en ſa volonté, & de ſurplus, re-
ceueur des hôneurs deubs à l'Eternité, ou à l'Eter-
le humanité du fils de Dieu. mais où eſt ſon breuet, où ſont ſes patentes ? ce ſeroit quand il en auroit, *Vicarius oneris, non honoris*, ſon Lieutenant
pour luy rendre ſeruice & faire acheuer la groſſe
beſoigne de l'Egliſe, non point pour receuoir ſa
gloire ou luy tollir ſon honneur, car ce ne ſeroit
rendre ſeruice à Dieu, mais faire le Dieu luy-meſme, ce ſeroit pour eſtre colloqué à donner exemple de ſubmiſſion, non pour enfreindre la iuriſdiction donnée, homologuée, par Ieſus Chriſt meſme, par Sainct Pierre, par Sainct Paul, & rechargée
en pluſieurs endroits de l'vn & l'autre Teſtament,
car le trenchant de l'eſpée des Roys n'a point de
limitation, ſpecialement quand il eſt queſtion de
l'amendement ou propagation du ſeruice de Dieu,
car Dieu n'a donné les armes à garder) qu'aux
Roys & Princes ſouuerains, ſans exception d'aucun Eccleſiaſtique. Quoy donc? le Pape abuſera le
monde auec ſa mitre, ſe ſeant en ſa peruerſion, per-
mutant en idolatrie le ſeruice Diuin ſans que perſonne oſe gronder, il faudroit eſtre ladre & punais
deſtitué à la Turqueſque de tout ſentiment de côſcience Chreſtienne, pour l'endurer. Vn homme

qui n'eſt que de limon, de terre , de la fece & de
l'excrement le plus grôſſier tiré de la terre,
ſe faire compagnon & corriual de Ieſus Chriſt,
car Chriſt eſt chef inuiſible,luy ſe proclame le ſeul
chef viſible , ains Dieu en terre, on y adiouſtoit
chef miniſteriel , mais ils ont cenſuré ce pauure
mot,comme baſtard, derogatif à la Deité Papale,
car il ſe dit Dieu en terre tout-puiſſant , la cauſe
des cauſes , qui peut faire quelque choſe de
rien.

Quãd il va dehors,il eſt mõté ſur la plus precieuſe hacquenée du mõde & fait porter l'hoſtie qu'ils
appellétvray Chriſt,ſus quelq;vieil mulet,qui marche & bronche touſiours deuãt luy,cõme ſi Chriſt
eſtoit ſõ cãmerlingue,ou ſõ cãerade qu'il recommande auec la mule au palefrenier:car le Pape eſt
trop grãd Seigneur pour luy faire l'honneur de le
porter.

Au reſte , il ſurpaſſe tous Empereurs & Monarques qu'il peut faire,& deſſaire comme vers de
terre,autãt que le Soleil ſurpaſſe la Lune, il interprete ces deux lumieres crées en la Geneſe, l'vne
eſtre le Soleil,*id eſt*,le Pape , la Lune,eſt l'Empereur ſõ valet de pied,ſõ eſtaſier,ou pour le plus ſõ
homme de fief , mais il les outrepaſſe tant qu'ils
ſont d'hommes ſur la terre , autant que l'or le
plomb,le diament le verre : il eſt plus que Moyſe,
ni que les Prophetes, ni que tous ceux de l'Ancien
Teſtament,plus que Sainct Paul, ni que les Apo-
ſtres:Dieu,non pas hõme,plus que tous les Saincts
n'ont eſté en terre, & plus en terre que les Anges
ne

ne sont au ciel , & plus que Lucifer en Enfer : il peut disposer, dispenser les quatre premiers Conciles vniuersels , aller contre les paroles de l'Euangile, chastrer, augmenter, changer , diminuer , esteindre toutes les parties de l'Ancien & Nouueau Testament.

Il y en a qui sont tellement encapuchonnés en la creance du Pape , que s'il disoit qu'il faut croire à vne autre Escriture qu'à la Bible , ils croiroient plustost au Pape , qu'à Dauid qui dit, que la parole de Dieu doit demeurer eternellement, s'il vouloit bannir & aneantir l'Euangile de Sainct Matthieu, mettre en sa place celuy de Sainct Bartelemi tout apocrife , ou estouffer celuy de Sainct Marc, pour reduire en son lieu celuy de Sainct Thomas qui est tout reprouué , ils n'auroient faute de plusieurs millions de Secretaires d'Estat , qui signeroient plustost sous sa volonté , que sous les Euangelistes de Dieu , qui est vn blaspheme infernalement execrable.

S'il vouloit oster le Dimanche , mettre le Mecredi en sa place , remuer le iour de Pasque , fouiller & alterer toutes sortes de constitution Chrestienne : qu'il voulust changer la Cene en vn autre Sacrement , chascun l'adoreroit sur son suffrage : certes ie trouue qu'vne telle creance n'est point vierge , mais tres impudique, tres-impudante, tres mecreante, dire qu'il n'est subiect à personne, qu'il peut rompre toutes les Escritures , toutes les reigles Apo-

ſtoliques,qu'il eſt par deſſus toute loy , tout droit,
toute raiſo,naturele ſurnaturele, par deſſus la foy,
& la religion qu'il la peut bouleuerſer, retraindre
amplifier ſans qu'il ſoit loiſible à perſonne,que ce
ſoit de s'équerir meſme de pêſer,beaucoup moins
de le contreroller , pourquoi il fait ceci ou cela,
quant bien, il condãneroit iournellemét vne infinité d'ames en enfer , ie trouue que c'eſt tenir le
monde trop orphelin de raiſon & de cognoiſſãce,
autãt lui vaudroit oſter l'vſage,nõ ſeulement de la
parole,mais du diſcours,de la conſciéce:pour moy
ie ne ſçaurois croire qu'on doiue eſtimer vn hõme ſage qui diroit tout cela de luj. On punit meritoirement,les Atheiſtes & ceux qui ſont atteins
de leze maieſté diuine & humaine en premier
chef.Pour moy ie ne voy aucun crime qui y puiſſe
toucher ſi auant, comme ceux qui ſont infectez de
l'opinion que ie viens de remembrer ſeulement
en paſſant,il n'y a point de crime capital au mõde,
ſi celuy n'en eſt vn, l'ignore comme s'excuſeront
deuant Dieu , ceux qui ſont d'vne telle conſpiration ſi idolatre : toute la cour celeſte aura ſubiect
de leur reprocher , pourquoy auez vous adoré celuy qui nous a foulz aux pieds?Ils diſẽt,quoy que
par erreur,que Conſtantin le Grand qui gaigna ce
nom, à n'eſtre guere grand,& en perdant le iugement de ſa grãdeur,fuſt le premier,qui politique-
ment,afin que ie ne die factieuſement , donna cõ-
mencement à ceſte confrairie , il euſt bien mieux
fait de mettre les eſpaules du Pape ſoubs les ſiennes, quand iĺ mit les ſiennes ſoubs la hotte du Pa-
　　　　　　　　　　　　　　　　　　　　　pe,

pe,il n’auoit aſſez de force,pour ſe creer vne reputation noüuelle, qui correſpondit à ſon ambition
effrenee,voulant faire parler de luy par deſſus touſ
les anciens Ceſars,il ſe tourna à vn autre fond, tel
que lui perſuada ſon imbecilité, qu’il crea mere
de iactāce,afin d’entrer dās l’hiſtoire par vne breſ-
che,non precedément pourpenſee, digne pluſtoſt
d’vn failli de cœur,que d’vn courage imperial. Iamais Empereur ne s’eſt aduiſé d’vn tel auachiſſe-
ment de gloire, pour en faire naiſtre vn môde de
gloire,& mener ſa grādeur en triôphe : mais auſſi
eſtoit ce Côſtantin,il gauchiſſoit apres le gauchiſ-
ſement de ſa mere,c’eſt la tranchee qui a mené les
autres à faquiner,porter la marrotte au brodequin
du Pape, baiſer l’eſtrieu, embraſſer la mule, la
mener par la bride, qui ſont toutes actions per-
uerties d’honneur,de grandeur & de raiſon. Ie me
ſouuiens d’vn grand Monarque,deſia auāce en ſon
aage,il lui print appetit d’apprendre la langue Latine,vn certain ſeigneur luy dit hardiment, Sire,
il vaudroit mieux apprendre,*typto* qu’*amo*,ſi l’Empire romain n’euſt iamais tant laiſſé paillarder ſon
amitié,auec celle de ce benoiſt ſainct ſiege, il ſeroit encor fleuriſſant, & tout debout, là oû il eſt
tout en l’ébruches,&en maſure,&n’é pmet qu’autant à tous ceux qui imiterõt la fadeſſe de ces iadis
Empereurs. Pauures papilogues que vous prenez
de peine à vous trôper,i’ay pitié de vous voir tant
ahanner apres de ſi enormes impoſtures & dece-
ptions fallacieuſes que vous eſpouſes vne logique
non d’argumentation,mais de peruerſion,ce n’eſt

vne adreſſe, mais vn rebours de verité toute ſub-
reptiue en ſurprife, elle n'eſt raiſonnable mais a-
nimale, non ſpirituelle, mais toute maſſiue corporelle, illatiue d'abſurdité, vous penſez que le ſeul
Pape ſoit heraut de voſtre ſalut, & perſóne ne l'eſt
du ſien, que celuy qui l'eſt du voſtre. Ieſus Chriſt
n'eſt-il mort que pour le Pape, & pour ceux a qui
il voudra en faire part, au contraire Ieſus Chriſt
n'a pas eſpandu la moindre goutte de ſang pour
luy d'auantage que pour vn autre, mais qu'elle in-
ſtructió ſe rendre maiſtre du ſang de Ieſus Chriſt
que perſonne n'en oſe diſtribuer ni participer à
aucune diſtributió, que par ſes mains ils croyét au
Pape, comme ſi le Pape auoit de ſon ſalut de reſte
pour en faire part au noſtre, & que le noſtre ne
fuſt que le relief du ſien, ou quelque aumoſne qu'il
nous fit de ſa bource, & tandis il eſt plus en peine
du ſien, eſtant combatu, ains interinant apoſtoli-
quement le ſoufle de tous les vents de la mondanité, qu'il aſſeoit en meſme ſiege quand & lui, voir
s'il pouuoit, quád & S. Pierre. Ce qui luy rend ſon
ſalut plus ombrageux que le noſtre, c'eſt vn axiome que la verité ne refuſera beaucoup à paſſer,
qu'il y a autant de Papes que d'Empereurs damnez en enfer, quand meſme on ne les voudroit
meſurer, que ſelon la proſtitution de la vie & des
meurs des vns & des autres : car il ſe trouue, ſi on
reuoit le paſſé, d'autant diſſolus Papes qu'il y ait
iamais eu d'Empereurs, & des Empereurs auſſi
droits, en leur charge que pluſieurs Papes qui ont
veſcu : & dequoy donc ſert la caution de ceux qui
n'en

n'en trouuent point pour eux , & qui sont eternellement executez faute de payement , faute de
salut, faute d'ame.

L'Abbé de Tiron fust plaisant en vne responce
qu'il fit à Henry troisieme , lors qu'il refusa d'accepter de sa main vn des premiers archeueschez
de ce royaume. Le Roy s'enquerant de la raison, il
dit que iamais il n'auroit charge d'ames, voire dit
le Roy,& vous estes Abbé,n'auez vous pas charge
des ames de vos moines ? non respondit des
Portes, car ils n'en ont point. Ie ne veux pas dire
que ces gens la n'en ayent, mais ie croy qu'elle est
vn peu plus deprauee, elle n'est si pure que la nostre. Elle contient bien plus d'infection que nous.
Le monde est pletoré , parce qu'ils sont cacochi-
mes, ils eniambent sur la contagion pestilentieuse , ils n'ont point de dextre, ils gauchissent tous
à la diffamation, ils sont deprauez, deriuez hors de
toute meschanceté , la cheute de tous les humains ne vient que de la leur. C'est vne vraye
suppuration de tous vices , mettons que quelques
vns du vulgaire du papisme,valust ou fust excusa-
ble,à cause d'vne simplicité erratique , aueuglee,à
laquelle le colorement des abus a creué les yeux
toutesfois cest chose aueree,que le Pape,ses papillons & papillonneaux,Cardinaux, Euesques, Abbés &autres,telle demembrure de Iesus Christ,ne
vallent grand cas , ie parle pour la plus part, qui
sont degradez de la demarche d'vne droitte conscience. Il y peut auoir des disciples de Gamaliel
& de Nicodeme par tout: mais pour la plus grand

part ils n'ont aucune portion de leur vie sēblable
à l'Euangile , encor qu'ils en facent quelque religiõ,c'eſt plus par pretexte que par profeſſiõ:meſ-
me ils en interdiſent la lecture,parce qu'il cõbat
leur vie & leurs œuures,auſſi font-ils d'vne damnation plus creuſe & pis qu'heretique , ils viuent
au contraire de leur conſcience. C'eſt vn grand
reproche aux princes d'eſtre les gardiens (l'honneur m'empeſche de dire receleurs)de telles diſtractions euangeliques.Les Papes font des puiſſances mondaines le bouleuart &cõme fortereſſe
de leur corruption,au lieu que les rois deuroient
les ſequeſtrer de ſecularite,& les releguer dans le
nouueau teſtamēt,cõclure leur vie dans la meſme
vie des Apoſtres & non point les laiſſer deietter
ou fomēter leurs extrauagãces:c'eſt à eux de niue-
ler l'Egliſe:la reformatiõ du chef & des membres
d'icelle ne leur couſteroit vn ſeul coup d'eſpee ſi
ils en eſtoiēt bien d'accord,ains cela les cõbleroit
de gloire & de courõne deuãt Dieu & les hõmes.
Mais ſe tenir debout deuant la mule,tãtoſt age-
nouillé le viſage en terre frotter des leures le brodequin ſacré cõme s'ils eſtoiēt bien honorez d'eſtre ſes frottebottes , & qui n'aſpiraſſent pour le
plus haut & ſouuerain degré que d'atteindre la ca-
pitainerie de ſes gardes:cela ſēt ſõ cœur deſcheu
de plus bas que ne doit eſtre le cœur d'vn vray ſoldat,auſſi cognois-ie des princes qui pluſtoſt que
porter en main la bride de c'eſte diue mule choi-
ſiroient à porter des cornes:i'en ſcay d'autres qui
ont accolé ceſte S. eſcarpe mais en rechignant &
qui

qui euſſent bien mieux aimé croire le deuoir de
leur courage en mouſchant , en crachant deſſus,
que luy ſacrifier ceſte amoureuſe oblation. Iuſques à quel auiliſſement,ie vous prie, eſt portée la
deuotion qu'on a en Ieſus Chriſt. Ie crain qu'à la
fin on mene les Chreſtiens iuſques au noyau de la
diue chaiſe papalement percée,

Ha ! pauure Chriſtianiſme iuſques à quelle ſa-
uatterie es-tu reduit ? de mettre en relique toutes
les ſauattes Pontificales.Ils mettent l'accompliſſement & le feſte de la perfection de la Loy de noſtre Seigneur Ieſus Chriſt en ce malottru baiſer
puant & infect:que tous les vices ſe ſoient aſſem-
blez à couurir vn homme.Ils ſont expiez,pourueu
qu'ils aillent leſcher de ſes leures le chedrotin de
ce diuin eſclot , & qu'vn homme ſoit le meilleur
Chreſtien & le plus Apoſtolique:s'il a horreur,où
qu'il meſpriſe comme vne fredenne de ſe courber
à ceſte papelarderie , autant vaudroit qu'il ne fuſt
Chreſtien , car au ſommet de la pantoufle giſt le
feſte de l'examen de la perfection du Chreſtien,
& encor n'y admet on que des bouches precieuſes de ſang Royal,ou d'extraction genereuſe. Il
ſuffit aux autres de les adorer de bien loin. Voila
en quelle ruine eſt tombé le pauure Euangile de
Ieſus Chriſt tout reduit à la philautie d'vne vieille
ſauatte Papale.I'atten que bien toſt quelque ue-
tieux à ſes beatiſſimes pieds compoſera vne re-
crue de quirielle aux litanies.

Il n'y a pas long temps qu'vn bon Eueſque , qui
n'eſt pas loin de nos quartiers , vne veille de

pafque apres la confecration des huiles , & pour-
menant en proceffion au tour des fonds baptif-
maux commença à braire parmi l'inuocation des
autres Sainéts Sanéte oleum ora pro nobis, Sanéte
Chrifma ora pro nobis , il y alloit d'auffi bonne
foy qu'autour des feftes du Noel precedent en recitant l'epiftre de Sainéct Paul, au lieu de multifa-
riam, il crioit , multifarinam multifque modis lo-
qutus eft Deus , Ainfi fur le fond de quelqu'vn
de ces lunes prochaines nous allons voir quelque outrapaffé extatiquement paffionné fubiet &
feodal du marofquin de cefte diue chauffure qui
l'échaffera letaniquemêt, afin q̃ ie ne dife, lunati-
quement au centre du cœur de ces belles inuocations en difant Sainéte pantoufle, Sainéct efcarpin,
Sainéct efclot, Sainéct marroquin , Sainéte fauatte,
Sainéct ortueil, Sainéte ongle du Pape , priez pour
nous &c. quelle vergogne de fe laiffer ainfi fordi-
dement perfuader & porter la creance qu'on ne
doit qu'à Iefus Chrift iufques à vne befogne fi vile, & infeéte, ie vous iure que cela eft extrememêt
neceffiteux à eftre redreffé , que fi on les pouuoit
amander par tout le refte, ha que de redreffements
s'enfuiuroyent par toute la Chreftiente & hors
d'icelle, le môde n'eft infipide que de leurs fadef-
fes, s'ils eftoyent reéctifiez le refte des humains en
iroit tout droit. C'eft à quoy tous les Monarques
de la Chreftiêté deuroyent confpirer à la louange
de Iefus Chrift & côpofer quelque remonftrance
efficace pleine de reduéctiõ afin de ramener le lieu
tenãt à la difcretiõ de fõ chef principal Ies̃ Chrift
sãs doute que le miroir de la vie des Apoftres n'eft

la vie du Pape ni, le miroir de la vie du Pape, neſt
celle de Ieſus Chriſt ni, des Apoſtres.

Il y a plus plus de diſſemblance qu'entre vn hő-
me & vn ſinge , quelque eſtreƈte que ie donne à
mon eſprit, Ie ne trouue aucune religion ou ſalut
en ceſte pantouſle theatrale & ne puis récontrer
ſa mule entre les outils du nouueau Teſtamét. Car
ſi elle eſt ſi canonique pourquoy Sainƈt Auguſtin
ne l'a il meſlé en quelque coin de ſes recognoiſſances, ou Sainƈt Ieroſme en quelque entre deux
.de ſes eſcriuains Eccleſiaſtiques.   Mais le plus
grand creuecœur que i'y voye pour les vrays
fidelles & qui fait pleurer mon cœur à larmes de
ſang ceſt de voire telles gens endurcis en marbre qui s'ingenient touſiours d'auantage à recuire
ce tres dur endurciſſement, penſez vous qu'eſtant
conuoquez aux Conciles ils marchent à s'aſſem-
bler auec deſir de correƈtion , au contraire ils ſe
chargent de force tiſſure de maxime d'inquiſition , afin d'exterminer le premier homme de
bien que voudra entamer la parole d'aucune
reformation au lieu de porter vne indifference &
de garder quelque place nette pour y receuoir
les perſuaſions du Sainƈt Eſprit.   Ils tournent
leur cœur en enclume & ſe pouruoyent d'op-
piniatriſe aceree , à laquelle ils vouent & enfer-
ment imprenablement , leurs anciennes opinions ſerpentines , veneneuſes , qu'ils eſtiment
vn millier de fois d'auantage que la parole ni de
Sainƈt Paul , ni des Euangeliſtes , ni de toute
la Sainƈte Eſcripture , laquelle ils eſtiment par
deſſous la bourre ou le fouarre , ſi elle n'eſt

tamifee en forcee au fauon de leur folle interpretation. Et quelque congregation de concile qui fe
face s'il n'y a vn plus grand nombre de meilleurs
Apoftres qu'eux, il n'en faut attendre qu'vn fol a,
hurtemét d'incorrigibilité auquel ils font achar-
nes incorpores pluftoft mourir que d'en demar-
rer ou de s'en defmembrer. Il n'y a fi pietre Euefque qui en vne telle congregation ne s'eftime en
fon erreur auffi infaillible que le Sainct Efprit, &
aimeroyent mieux voler & efclatter tous en pieces que de reintegrer l'Eglife en fa premiere pureté.

Ils fe fortifient de hayes fi efpeffes d'erreur, &
fauffeté, qu'il eft impoffible de les fauffer, encor
qu'ils ne fe defendent qu'en prevarication & pertinacité. Il faudroit quelque grande defolation au
Chriftianifme fur tout à la ville de Rome qui la
perde entierement, autrement elle eft perdue,
Quelque calamité affez puiffante pour la refondre
& l'arracher hors de cefte foule, de cefte fonte de
corruption.

Le Pape aimeroit mieux fe dechriftianifer que
fe depapizer, Plufieurs Cardinaux choifiroient
pluftoft la ruine de leur baptefme que de leur
chappeau, aimeroyent mieux qu'on leur euft ofté
le nouueau Teftament que leur mitre. Leur creace eft ecthique, elle n'eft graffe ou en bon poinct
que de cuifine, la plus part de fes pauures fommiers Romains croyent que le chriftianifme foit
beaucoup moindre que la papauté, auffi le Pape
commande au Chriftianifme & le Chriftianifme
n'oferoit

n'oſeroit ouurir la bouche pour rien cõmander à
la papauté;car le Pape eſt le ſicle, l'aulne, le poids,
la meſure de tous les conciles & non la parolle de
Dieu:ie vous laiſſe à croire tel aſſemblage de planettes errantes , qui ne ſe peuuent fixer qu'à ce
premier eſſieu fautif, variable: teſmoin le changement depuis les Apoſtres iuſques icy;qu'eſt-ce
qu'ils peuuent arreſter de bien ſalutaire.   Ie croy
qu'en attendant que quelque bras paroiſſe du ciel
aſſes fort , pour rompre tant de barrieres, froiſſer
tãt d'obſtacles qui ſe remparent contre la verité,
l'expediant ſeroit de donner ſouuent des deffis
publics pour la conuocation d'vn concile à demi
general,qui ſeroit en forme particuliere mais ouuert à quiconque ſe voudra meſler par dedans, là
où ſe trouuaſſent cinquante , plus ou moins,des
mieux verſez de l'Egliſe Reformee qui parleroiẽt
& autant des plus doctes Romains & qu'on ne ſe
partit du ſeuil des Eſcritures Sainctes , car c'eſt la
vraye matrice de noſtre religion,elle porte ſuffrage pour nous : car, pour exemple,nous enſuiuons
le papier terrier de l'Egliſe,l'Eſcriture S. qui meſ-
cognoit le purgatoire,qui eſt le premier & principal treteau de le meſſe & ſans lequel elle clopi-
neroit fort & peuteſtre dõneroit toſt du nez en
terre il a eſté 4600. ans peu mois ſãs que perſóne
s'en ſoit ſouuenu , ni que les Patriarches , Roys,
Prophetes du VielTeſtamét(qui pour la plus part
eſtoiẽt riches & d'vne naturelle &charitable pro-
péſió à leur ſãg predecedé)ni que les Apoſtres &
ſacrez ſecretaires d'eſtat de I.C. au N.Teſtament

M

en ayēt fait remēbrāce ni recōmēdatiō d'vne seule
eſtincelle eux qui eſtoyent tous grouillās de pieté
emſlābés d'vne tres feruēte charité q̃ recōmando-
yent auec tant d'ardeur la Colleĉte & le ſoing des
pauures ſe fuſſent ils ſilourdemēt oubliés de la re-
cōmandatiō des treſpaſſez qui ſont cent fois plus
preſſez de neceſſité & extreme douleur que les vi-
uās, mais ils recognoiſſoiēt qu'il ni auoit aucū ſō-
demēt & qu'ils ne pouuoyēt parler du Purgatoire
qu'en fauſſeté & ſuppoſitiō, inuentée & ſouſtenue
par les Payēs & Idolatres: aſſauoir maintenāt ſi mille ou douze cent ans meritent qu'on leur ait plus
d'eſgart & de creance qu'à quatre mille cinq cens
ans & ceux icy rēplis d'autheurs ſacrez, treſſacrez
à l'infallibilité, car enuoyez de Dieu expres pour
annōcer aux hōmes tout leur ſalut & les redreſſer
en tous les mēbres de charité ou ils eſtoyēt fautifs:
ce que i'allegue pour obuier à ce que arguent nos
aduerſaires cōtre cela que *à negatiuis non fit argu-
mentatio* qu'on ne peut argumenter d'vne propoſition negatiue, qui diroit Cæſar en ſes cōmantai-
res n'a point dit que Craſſus ait eſté tué par les
Parthes donc le conte qu'on fait de tel mort eſt
faux. Il eſt bien vray qu'vn tel argument eſt de-
feĉtueux principalemēt en matiere d'hiſtoire, ou
de moralité : mais eſtant queſtion des heros &
trompettes de noſtre ſalut qu'ils nous euſſent
caché vn point ſi expres, & neceſſaire à pratti-
quer comme eſt le Purgatoire, cela n'a aucune
couleur ni de vraye ſemblance, on en pourroit
argumenter autant des commandements, ou

articles

articles de la foy : car ils pourroient dire , que cela n'eſt pas dedans le decalogue , ou
le ſymbole dont Dieu ne l'a point dit autre part
& neantmoins nous tenons pour aſſeuré qu'vn tel
argument puiſé de la negation en ces endroits là
a autant de vigueur & de concluſion neceſſaire,
comme s'il eſtoit tiré de la plus roide demonſtration de tout Ariſtote , & le meſme deuons nous
croire en la matiere de la negation du purgatoire,
car tous les autheurs ſacrez ne pouuoient rien oublier , & leur eſtoit impoſſible de laiſſer au bout
de leur plume aucun point neceſſaire à la creance
de noſtre ſalut.   Vn ſeul autheur de l Bible vaut
mieux que dix mille fois autant d'Autheurs tels
qu'ont eſté depuis douze cent ans, car il ſont tous
fautifs.

Sainct Auguſtin en ſes recognoiſſances, confeſſe & reprend fort ſtudieuſement ſes fautes &
menſonges, & en commet quelquefois d'autres,
ie ne di point menteries, car celuy qui ment, c'eſt à
ſon eſcient, mais celuy qui menſonge , penſe dire
bien droict, or eſt-il , que quand les Prophetes ou
Secretaires ſacrez euſſent voulu , ſi d'auanture
c'eſt choſe poſſible à des Saincts perſonnages de
vouloir omettre, ou tordre la verité, le Sainct E-
ſprit euſt tourné leur plume à les en empeſcher.

Les autres non ſacrez, voulans & ahannás, à dire
la verité, ſe ſont plongez en erreur fort ſouuent.
Ce n'eſt ſans droict que les Eſcriuains ſacrez, ſont
appellez Prophetes, aſſauoir voyans, ils voyēt iuſques meſme au plus profond de la nuict leur veue

mettoit le bras iufque dedans le futur: les yeux du
Sainct Efprit fourniffoyent au bout des leurs &
leur à aidé à retrencher toute obmiffion, les môn
dains quelque clair percés qu'ils foyent fuffent ils
trampés en metaphifique tresmontant astrola-
bialement Aftrologzazu, ne font qu'aueugles au
prix de ceux icy que font limees, ceux là ne voyét
que par leurs yeux & ne puifent leur verité que de
leur bouche ou de leur cœur, quelquefois dirigé
par l'Efcriture: mais les diuins efcriuains vont à
l'emploitté de la fourniture de leur pluine iufques
à la bouche & au cœur du Sainct Efprit, iufques à
cæst ocean inepuifable de tres diuine & eternellement incomprehenfibl verité, d'où toutes defe-
ctuofité font fort bannies, & neceffairement retranchees. Touchant maintenant l'epilogue & le
fommaire de leur religion affauoir l'Eucharistie,
tous les pertes des quatre ou cinq premieres fi-
ecls l'ont expliqué non par realité, mais par la
figure & le fignifié & ne fe trouue aucun en tout
ce circuit d'annees qui l'ait exprimé en fes efcrits
formellement comme ils interprettent faufemét
& le veulent faire penfer au monde. Gregoire de
Valentia l'vn de leur principaux pouruoyeurs
& munitionnaires, fur la troifieme partie de
Thomas (comme ie le deduiray plus amplement
ci apres) confeffe formellement que les anciens
ne l'ont interpreté que par la figure, qu'on le
voye, il eft ainfi. Et qui pourroit gaigner fur eux
comme il faut maugré eux qu'ils aduouët que les
peres des quatre ou cinq premiers fiecles apres
Iefus

Iefus Chrift ont eü autre opiniõ qu'eux, ce feroit
bleç r mortellemēt leur caufe car vous tires de la
quil ni a tranfubftantiation ni facrifice reel , mais
vne fimple commemoration : & en ceft endroit
contr'eux, autant de peres autant de codes, voire
autant de Moyfes, puis qu'il les mettent au deffus
de l'Efcriture Saincté, autant de fiecles, autant de
prefcriptiõs auſāt d'additiõs qu'ils õt faiĉtes autāt d'euiĉtiõ pour preduc r quils tēdoyēt à corruptiõ il me f mble que nous s'õmes en ceft article
fur eux cõ ne le foleil de luing fur la neige car in-
ſtrināt ce chef principal , vous mettez toute leur
preftriffe & autels en maſure que fi cefte verifica-
tiõ pouuoit entrer en quelque verifimilitude re-
cognue la moitié de la France fe decamperoit de
cefte idolatrie, & de vray ſi durāt les cinq premiers
fiecles quelqu'vn eut expliqué (ceci eft mõ corps)
par la verité il eut efté tõ ſané de Capharnaifme,
il eftoit auffi errõné & cefuré de l'interpreter par
la verité fous la figure comme auiourd'huy de le
croire dās la figure ſās y admettre la verité, on en
peut dire autāt des images, ou de prier les faincts
comme du Purgatoire : car fi c'euft efté vne chofe
bien vtile ou fort religieufe l'Euangile ou les A-
poftres l'euffent touché ou infinué, mais les ayant
laiffé tõber en õmiffion ils les ont mis en cõdāna-
tiõ. Pour l'authorité du Pape, elle doit deriuer &
eftre fondee fur l'authorité du premier & moitie
du fecõd fiecle lefquels fe sõt oublies d'en parler
& le nouueau Teftamēt qui en eft muet, les voila
dõc aux abois de ce cofté là & pour leur traditiõ

M 3

il la faut rēuoyer aux cōmentaires de la metamor-
phofe d'Ouide: vne parole nō efcrite ne vaut non
plus qu'vne chimere car *de ijs quæ non funt & quæ
non apparent, idem eft iudicium.* ie croy que des lã-
gues biē efmoulees & preparees leur feroyēt boire
& fauourer dedans leur propre adueu vne grande
partie de la hōte de leur fauffeté & ni a moyē qu'ils
fe puifsēt couurir de ces poincts. Touchā les autres matieres cōtrouerfees on y pourroit admettre quelques peres anciens mais auec force limitation car ceux qui font fubiect,à errer ne font propres à reformer l'erreur,il n'y a ḡ les autheurs facrez & primitifs qui ayēt ce paffe droict ,ha qu'vn
tel exploit,S I R E, qui donneroit plus de lumiere
en l'esbauchant d'auantage, feroit digne de la memoire, que la pofterité promet auoir de vous:vne
telle tafche vous regarde fort directemēt,car vous
eftes l'oint & l'efleu deDieu il vous a choifi pour
le retabliffemēt de faverité,il vous femōd pour e-
ftre fon fecond *vim patitur* il faut que vous ref-
pondies pour luy à garant, que voftre parole pleige la fienne & que faffiez rengorger au papifme
l'outrage de fes traditions , qui a forcé & enleuē
la virginité à l'efcriture.

Il n'y a prince en la Chreftienté qui ait foufte-
nu tant d'affronts de la papauté que voftre maiefté: vous voyez comme il fe bandent à voftre de-
termination en efpargnāt le Turc d'auātage que
vous: rien ne leur eft fi pretieux que de vous perdre d'autant que vous roidiffes a la confirmation
de la parole de Dieu.

Cæ

Car non seulemēt il sont enuenimes côtre vous,
mais contre tous les fidelles seruiteurs que Iesus
Christ a parmi les vostres,à la fongade non seulement ils vouloyent abolir vostre personne , mais
tout le sang royal,mais tous les gens de bien habiles à succeder ou à donner conseil à la succession,
& au resteblissement de l'estat , afin qu'iceluy e-
stāt orphelin de discretiō & de directiō,ils en fussent deuenus maistres comme rats en paille. Ils
abusēt de vostre debōnaireté, Henry 4. si est four-
uoyé,son trop de clemēce, a fait place au rēcontre,
qui luy a hasté le pas. Il ne faut ceder aux improbi-
tez, cest estre humain enuers son estat que de luy
tirer le mauuais sang, il faut euacuer le sang ladrifié, lors qu'il y a quelque humeur pourry il le faut
abolir & estancher la source: ce seroit cruauté &
deuenir homicide d'alaiter la gangrene, il faut extirper ce qui nousveut faire mourir cest estre tres-
clement que c'estre inhumain à l'endroit de ceux
qui pouriettēt le sac de tant de pauures innocents
à qui il cousteroit la vie si le glaiue de la iustice ne
va au deuant de tels executeurs; partant le prince
doit pouruoir heroiquement d'execution publique & exemplaire, pour deterrer & rebrous-
ser l'enuie de ceux qui abandonnez au desespoir
ne cerchent que mourir dans l'extinction du sang
Royal; que peut on inferer que troubles sacage-
ments confusions , qui sont attachees inseparablement à l'esclandre de son prince , c'est estre
fort debonnaire que d'estre sanglant à preuenir
telles occurrēces c'est estre grād hôme d'estat que

de ruiner les piliers de son estat, quant ils sont en
peril eminent, souuentesfois vn peu de clemence,
que le chatouillemét de la vaine gloire, nous pro-
uoquera de pratiquer, afin d'estre celebres, & trotter sur les liures des critiques parleurs a occasion-
né de grandes & sanguinaires cruautez.

Il y a des maladies d'estat qui ne se peuuét vein-
cre en bien. La seuerité est le correctif, qui rend la
douceur piquáte & agreable. La douceur ne se doit
qu'à l'innocence, mais la seuerité est deue à la difcipline, c'est son ame, c'est sa vie. Il ne faut point
que la clemence commande à la discipline, car elle
la rend trop ployable, ni la douceur à la seuerité,
d'autant que c'est la faire ceder à la phisionomie
que porte son naturel, qui est de diriger droitement sans se tordre & se prester à vne difformité
bossue.

Et quand la necessité de nostre conseruation ou
le gauchissement des affaires nous defend de nous
roidir, c'est assez que la seuerité ne soit point ri-
goureuse, ou qu'elle se cache sans dementir la necessité de son deuoir, pourueu qu'elle se contienne dedans le deuoir de la iustice. Ie sçay que le
pouuoir de la vengeance doit estre adouci, & celuy de la iustice maitenu, que si l'extremité la veut
pallier, ce soit en le bridant, non point en se sous-
mettát, en eschiuant, & non point en obseruant ce
qu'il y a de trop d'humanité & de courtoisie en
vn naturel royal comme le vostre. Et comme la
bride est subordonnee à l'esperon: ainsi ceste mo-
deration ne doit iamais estre destituee des guillons
pour

pour l'efchauffer & pouffer en auant, quand elle fe
veut alantir par trop.

Vous eftes Roy facré, benit de Dieu & qu'il cõ-
ble iournellement de benedictions nouuelles &
manifeftes; ne luy cachez point voftre efpee , ne
luy rendez point à vuide & fans profit. Ce bel e-
fprit empyree qu'il a accompagné d'vn fi grand
nombre de graces en vous; il les vous a feulement
preftees à l'dminiftration du gouuernement de
fon peuple & à la conferuation de fon Eglife &
de fa verité dedans iceux; il vous a doué d'vne cõfciéce & d'vn courage incõparable, afin non feulement d'en vfer confcientiufement , comme
vous faites, mais auffi indubitablement & ardem-
mét quand il faut boucher les precipices qui nous
menacent en vous menaceãt. Pardonnes à ma ferueur fi elle m'encourage iufques à ces parolles
vous eftes fi important à toute la caufe & aux gẽs
de bien que ce feroit eftre courratier de fa propre ruine que celer la crainte qui nous efprend
preuoyant ces occafions fi ruineufes.

Vous eftes l'efperance , fi aucune y en a d'vne
bonne reduction à reformer tout deuoyement
Ecclefiaftique , & en tout cas vous eftes le bras de
l'Eglife, tous les fidelles vous tendent les leurs, la
refurrection de l'Euangile gift en voftre fourreau
finon a tout le moins la determinee protection
d'iceluy, vous eftes leur roc & rempart, finon de fa
reftauration, au moins de l'innocence de fa continuation , vous deuez eftre l'eftonnement contre
toute inuafion , vous eftes le pilier & firmament

terreſtre de la duree de ſa pureté, pendant noſtre
ſiecle, le defenſeur ou le bouclier des reliques du
caluaire, & la creche, il y en a encor ſept mille, voire encor plus de ſept milliõs qui n'ont donné leur
genouil à Baal, qui tiennent leur cœur droit encor
que le port du corps ſoit vn peu fourchu, ie parle
d'aucuns qui ſont meſtifs, dont les œuures voiſi-
nent, couſinent vn peu au monde, mais l'ame ne
laiſſe pas d'eſtre droite à Dieu, & à ſes oracles : la
crainte qu'ils ont de faire tort à leurs affaires, fait
que le corps fait ce tort à leurs ames, que d'eſtre
difformes à leur rectitude.   Dieu vous a donné à
ferme la force & les armes, en outre vous à depat-
ti vn haut & extraordinaire ſens commũ pour cognoiſtre le tribut qu'il en demande : auſſi n'auez
vous accouſtumé de rien eſpargner à l'honneur
de ſa diuine & infinie maieſté. Chaſcun voit la rente iournaliere, que voſtre pieté luy rapporte des
dons qu'auez reçeu de luy, & ceſte humble recognoiſſance que vous luy en faites, en prouoque
d'autres plus-plantureuſemẽt profonds, leſquels il
fait deſcẽdre ſur vous. Ie fay trop d'hõneur à ceſte
piecelette de l'offrir à vos pieds, ains de luy faire
porter ſur le front voſtre nom ſacré tres auguſte,
qui illuſtre ce qu'il touche, comme vne roſe de
diament, ou comme vn flambeau qui ſerue de phare à mon trauail. I'ay refuſé toutes ſortes de vers
de louãge & recõmandatiõ par mes amis à la teſte
de mõ liure: car vne Æneide de toute ſorte de cõ-
poſitions & d'anagrãmes ne me ſeroit ſi illuſtre &
fauorable, que la dignité du nom d'vn Prince ſi di-
gne-

gnement portant couronne, comme vous faites
la voftre. Ie ne deignerois appeller cefte piece d'e-
ftude vn prefent, elle eft trop mince, mais pour
vous declarer l'exquife reuerance que ie porte à
voftre Maiefté & le pouuoir entier qu'auez fur
mes eftudes, qui ne cerchent qu'a s'efgaier dedans
les veilles les plus laborieufes que i'y pourray
fournir à apprefter quelque piece digne de la grã
deur de voftre nom & de l'extreme defir que i'ay
d'eftre capable de l'annoncer & en eftre le heraut,
vouant corps & biens entierement à l'hõneur de
vos cõmandeméts fuppliant voftre Maiefté d'accepter ceft efchantillon d'effay de la franchife de
ma plume laquelle fe tiendra infinimét glorieufe
ou de vous pouuoir plaire, ou d'efprouuer la cé-
fure d'vn prince fouuerain non feulement dans
fon eftat mais ches les mufes, au pied duquel ie
porte pour en difpofer tout ce que Dieu a fait
eftre

Voftre tres humble, tres-fidelle
tres obeiffant à tout iamais,

ANTHOINE FVSI.

LE FRANC-ARCHER DE LA VRAYE Eglise,

CONTRE LES ABVS ET enormités de la fausse.

LIVRE I.

DE LA DIFFICVLTE QV'IL y a de despouiller vne Religion erronée.

CHAPITRE I.

'ERREVR empiete & accroche pertinacément, de qu'il a vne fois accosté: estant esloigné de lumiere, il se voile dedans son obstination, il veut imiter la verité, il emprunte ses habits & se desguise comme si son excellence en estoit Dame fonciere, & Princesse souueraine de la Raison, elle n'estant qu'vne paillarde, s'atiffe en femme d'honneur: elle deffend ses droits qu'elle allegue, comme s'ils estoient de droiture, & ils ne sont que d'iniustice & de fouruoyement.

Sainct Paul, au cinquieme Chapitre aux Ephesiens

siens dit, ayant despouillé le mensonge, parlés en verité
chacun auec son prochain, car nous sommes membres
les vns des autres. I'ay creu Sainct Paul, ie me suis
vaincu moy-mesme, & encor plus que moy, mesmes ie porte ma victoire à l'oreille de tout le monde à la face d'vn chacun i'ay vaincu l'erreur qui me
vainquoit: i'ay abbatu le fardeau qui m'oppressoit:
i'ay auté à l'me des-aueugler par la grace de celuy
qui a fait l'œil du ciel, & qui a reparé à l'homme
l'œil de l'homme quand il l'a perdu, si bon luy semble.

Ie sors donc des tenebres, pour marcher à la lumiere: ie renonce aux mensonges, pour me donner à la verité: ie ne la puis celer en estant partici-
pant, aussi suis ie tenu de l'esclairer à vn chacun:
i'abandonne les Philistins, où tout est confus & a-
bisme en deprauation de fausseté, de religion tardi-
tiue, de tradition d'irreligion.

Ie me viens rendre au peuple de Dieu, & ioindre
ma profession aux pieds de ceux à qui il a departi
sa cognoissance. I'ay fait vn grand passage, foulé de
grands obstacles. Ha quel chaos entre le Lazare &
l'Epulon, entre le sein d'Abraham & l'abisme de
perdition. Combien de rempars il m'a fallu eniamber, qui se presentoient deuant moy comme
autant de forteresses inexpugnables: qu'il y a de
peine à desmenager, qu'il est douloureux d'escorcher sa vieille peau: qu'on court de risques à se
desbourber du marescage pestilent de la papauté.
La verité me paroissoit, mais comme en bluettant & par estincelles seulement: comme Iacob

Genes. 35. auec le bras hors du ventre seulement,
signe de la future naissance.   Enfin vn iour a serui
de regent à l'autre , le suiuant s'est rendu truchement du precedent, la nuit seruant de commétaire
à l'autre nuict qui la deuãcee, m'a rendu à la cõ lu-
sion du trespas de mõ erreur. La cõfusion a engédré
l'horreur à celuy mesme qui le trafiquoit , sinõ i-
gnorãment du tout, innocémment en quelqz partie.
La nuict qui seruoit d' spesseur tenebreuse pour
noircir & cõfondre tousiours d'auãtage: le messãge
des tenebres a enfaté ou indigné l'aube du iour, &
par iceluy point ie suis arriué à la latitude du midi
de la sciéce practiciéne de la foy: de sorte, que la mi
nuict s'est trãsformée en midi, le doubte en demõ-
stration.   De là où ie viens, tout y est esgaré , vne
creáce brouillõnee, redoublee de diuers lambeaux,
que les hommes y ont remastiqué au dessus & au
dessous de l'ouurage de Christ, & y ont tellement
farassé , que tout ce qu'on voit en icelle religion,
est estranger, adapté par les hõmes , sent son vieil
Adam, plustost que son nouuel homme: on n'y voit
rien qui soit instituê de Dieu , tout y est depraué
en la couuerture & en ses entrailles, tout y est faussé, c'est vne religion plustost d'vsage, que d'institution, frippée , non emologue, vagabonde , sans signature , toute apocryphe , elle n'est autantique
qu'en sa carcasse, toute transformée , elle est plus
frayée qu'aprouuée , plus aprouuée qu'elle n'a de
probation, toute en nom , en appellation , rien en
essence. Le dedans n'est que de foin, le dehors n'est
que de masque, comme les pommes du lac de So-
                                                        dome,

dome,colorées&belles par deſſus leurs cottes,ver-
reuſes & corrōpuës dedās le corps, dedās le cœur:
il n’y a riē de fraternel auec I.Chr.ni les Apoſtres,
plus d’allegatiō, que de legitime ſouſcriptiō: il les
frequentēt de la lāgue, les ſuiēt à l’imitatiō,toute,
grouillante de ceremonies , ethique de ſainĉteté
enceinte de toutes fraudes , eſcartée de toutes ſincerité,ce ne ſōt que morceaux eſtrāgers qui la cō-
poſent,vn vray gage de biſarrerie , genealogie de
falſificatiōs errōnées,dās la Moſaique, il n’y auoit
riē qui ne fut interiné parMoyſe,iuſques au moindre acouſtremēt, iuſques au plus petit mouuemēt,
iuſques quaſi à cōpter les buches de bois du ſacrifice,les grains de parfun & d’encement.En la Chre-
ſtiēne on y doit riē admettre,que ce que les mains
de Ieſus Chriſt y ont mis,ou ce que S.Pierre a ad-
uoué par eſcrit,ou ce que S.Paul & les autres Apoſtres nous ont mādé par leurs Epiſtres,ſelō ce qui
eſt pourtracé dedās le plā des SS.Euāgiles,car c’eſt
là où elle a eſté formee, & ſelō ce auſſi qu’ō la doit
reformer. En la Romaine,vous n’y voyez rien de
de tout cela, tout cela y eſt tracé,cancelé , c’eſt vn
gouffre de preuarication, ie ne ſçay ſi ie doibs dire
humaine ou infidelle, voylee de grādes diſſimula-
tiōs,toute remōtee d’oſtētation, tranſie d’affeĉta-
tiō,cōuertit la penurie de ſes preuues en cruautés,
toute ſāglāte au lieu de debōnaireté,qui pourchaſ-
ſe la volonté des hommes iuſques à forcer le meſpris qu’ils en font , & doiuent faire auĉc plus de
menaces & d’horreur, que de franche Rhetorique
ou perſuaſiō,n’y oubliāt l’artifice du fard lequel eſt
ſi poignāt,qu’il muguette&rauit le cœurs ſimples,

iufques dedans la ferme mefcreance qu'ils en ont,
& fans qu'ils s'en apperçoiuent : elle eft toute
affaitée, atournée de faux teint, duquel elle fuborne
iufques aux mieux intelligens : fi induftrieufe
en fes ambufches, qu'elle deçoit les plus aduifez: fi
hagarde & effrontée , qu'elle rauit à l'aide de fes
ftratagemes le lieu apparent de la vraye Efpoufe.
Elle m'auoit amufé, desbauché, fes flagourneries,
commandoient à mon iugement ; encor que ie
voyois bien qu'elle flagournoit, mais ie l'oubliois
dedans fon artifice : fes delicieux attraits regen-
toient l'aduancement du progrés que ie defirois
faire dans l'acheminement de quelque autre chofe
de meilleur, ie n'auois veu la vraye Religion , que
par dehors, à l'enuers & dedans le recit des aduerfaires : ie n'auois ietté ma veüe fur elle, que lors
qu'elle eftoit, fur le redos, nou flottant en haute
mer: ou fi ie l'auois vifité fur les lieux, ie ne l'auois
confideré que par les murailles : en la furface, fans
penetrer dedans fes entrailles , ou en alambiquer
aucune decoction : & lors, tout armé de plufieurs
antidotes & preiugés , ie ne l'auois tant veu auec
la raifon, qu'auec mon profit, pluftoft pour en enrichir mes difcours, que pour en apauurir mon erreur. Ie ne l'auois confideré comme vne Religion,
mais côme vn fpectre côtr lequel i'auois à combattre: ie ne m'é approchois qu'é m'é efloignât : ie
ne m'y addreffois, qu'é m'é r tirât: ie n'auois garde
d'en colliger la droiture, puifq; ie ne la regardois,
qu'é la liborgnât de trauers: ie ne la voyois que côme vne hoftie, que ie dediois à facrifier pluftoft à
la

la cuisine , qu'aux bonnes graces du Pape , prenant ses bonnes graces , pour sa cuisine : car sans
l'vn , il ne se soucie guere que deuienne l'autre.
C'est plustost pour se maintenir que pour maintenir ce qu'il la maintient. Ie trauaillois donc plu-
stot comme apprentif & manœuure de ses desseins, que comme maistre de ce que ie refutois, &
que ie refutois plustost auec l'art qu'auec la cognoissance, auec plus de dialectique que de raison:
finalemét auec plus de routine que de ferme opinion, plustost pour faire ma charge, que mõ salut,
auec dessein de complaire, plustost que de m'améder, auec plus de fanfare, que dè solidité, pour me
monstrer plus docte, que religieux , afin de suiure
ma vacation, non ma vocation.   Et quelquefois,
*videbam aliam esse legem in membris meis , repu-
gnantem legi mentis meæ.* Ce que ie faisois n'estoit
à ma discretion: mes actiõs n'estoyét point la derniere expression de ce que ie preuoyois, (mais de
bié loing,) qu'il faloit croire: ie le voyois plustost
entialement, ou vaguement, qu'indiuiduement, en
enigme, qu'en propre espece, d'ou i'endurois par
fois des bourrades de ma conscience , qui ne pouuoyent prendre pied sur certaine maxime que i'a-
ualois sans mascher, lesquelles ie ne pouuois passer
sans saulter , ny les dissoudre sans coupper, il eut
falu tout deschirer pour les decoudre , ie ne les e-
xaminois au pois du discours, mais de l'accoustu-
mance: le randon du commun, m'enleuoit hors du
fonds de ma pensee. Ie n'aulnois mes voiles qu'à
l'experience aueugle, ie ne sçay si iose dire à l'opi-
N

niaſtriſe hebetee de ceux dedans leſquels ie vi-
uois.Les treſſaillements de doctrine, qui m'aſſail-
loyent ſur certains articles , iuſques meſmes à me
donner la gehenne bien eſtroittement,ie les con-
fondois par vne oppreſſiõ, pluſtoſt turbulãte que
heroique,dedans la foule des actions qui me déro-
boyent à moy meſme , & m'eſtrangeoyent parmi
le vulgaire,i'eſtois plus à l'occaſion qu'a ma iuſtification,plus au paſſage qu'a la retraitte, ie regardois d'auantage ce qui me regardoit, que ce qui
m'eſtoit neceſſaire , i'aimois mieux eſtre ce que
i'eſtois que de commencer à eſtre quelque choſe,
ie me deſplaiſois de ce que ie ne me pouuois deſplaire : ie preferois vne vielle ſauaterie frippée,
raplecée, au nouueau Teſtamẽt de Ieſus Chriſt:ie
me perſuadois d'eſtre au centre , à peine eſtois-ie
en la circonference: ie viuois en la mort, ie craignois de mourir au chemin , ou à l'arriuée de la
vie:i'eſtois comme l'enfant qui eſt enferré & vit
comme en liberté dedans la mort : comme l'enfant enfermé dedans le ventre de ſa mere,comme
dans vne bouteille d'eau,eſtãt ſorti dehors ſi vous
le mettez dedans l'eau comme il viuoit où il e-
ſtoit,il meurt incontinãt:ainſi i'eſtois en vie hors
de la vie,& ne ſcaurois meintenant trouuer la vie,
là où la vie me vĩt trouuer:i'auois ſi grãd' peur de
ſortir de la vie entrant dedans la vie,que ie preferois la mort, de ma vie à la vie dedans laquelle ie
debuois viure:i'eſtois quaſi conuerti ſans conuerſion,à Dieu ſans eſtre en Dieu, parce que i'eſtois
en moy ſans eſtre à moy, i'auois peine à ſortir de
moy,

moy , pour me liurer à celuy auquel ie croyois
d'appartenir , ie craignois de manquer de foy, à
ceux qui n'en auoyent point , & de mostier à ceux
qui m'auoyent priué de moy mesme, & qui n'euf-
sent priué de ma vie , s'ils euffent preueu que ie
les voulois priuer de moy. Ie redoutois autrefois
d'estre trop seuere à l'endroit de la cruauté , &
d'offenser le iugement de ceux, qui n'en auoyent
non plus que de conscience, ie faisois ferme d'encourir la calomnie de ceux qui estoyent sans honneur, & de rencontrer le blasme de ceux qui ne
peuuent estre que faussement loués , iacoit que
tout m'encourageast,i'estois tout en frayeur,i'ap-
prehendois d'estre esclaue en ma liberté, i'auois
si grand' peur d'errer , que i'aimois mieux viure
en erreur que de ne point errer du tout: en fin ie
me suis tant abusé que ie me suis desabusé,à force
d'errer ie suis venu au bon chemin,ie me suis des-
trompé, comme moy & d'autres estions aprés à
me tromper encores dauantage.   Finalement à
force d'estre persecuté ie suis deuenu tres conso-
lé, i'ay rencontré la lumiere dans les tenebres, la
vraye liberté dedans l'atroce captiuité, la bonne
grace de Dieu dedans la furieuse rage de mes ennemis , le Soleil de iustice au milieu de la tres-
inique, tres-artificieuse obscurité de l'iniustice : Dieu m'a enuoyé sa verité au milieu de
la troupe de plusieurs faux tesmoins : Dieu
m'a tendu sa main fauorable iusque dedans la tyrannie des hommes , & m'a donné le droit iugement du salut de mon ame , lors que les hommes

se perdoient pour me perdre : il m'a affisté quand
les miens m'ont abandonné , & au feur que ie
m'endoctrinois, au contraire de ses rayons: il m'enuoyoit par le miniftere de mes aduersaires , des
eftayes qui m'enleuoient au pardeffus de moy-
mefme , & de la puerilité de mes inftructions , &
qui bandoient l'adolefcence du principe de ma recognoiffance, iufques au dedans de l'efclair de l'affeurance de fa verité.

D'autres-fois ie me roidiffois à fouler aux pieds
la deteftable hypocrifie, de la vie debordée de ceux
qui fe difoient eftre les poids de ma iuftification,
& la verge de ma direction, qui eftoient eux-mefmes plus coulpables que la coulpe mefme , autant
reprehenfibles que le peché mefme, iuftes en couleur, en rapetaffement de couuerture , mais tous
vermoulus & fiftulés au dedans: ceux-là feruoient
comme de hippomoclions au Sainct Efprit, pour
me roidir & canonner mon vieux haillon d'opinion toute endurcie de vieil tac & fuif ou graiffe
adamique, à peine que ie ne die ferpentine.

Ha! que i'ay eu de peine à m'affranchir de cefte
peine , qu'elle force il m'a fallu pour me forcer:
fans les antiperiftafes de mes ennemis, defquelles
il a pleu à Dieu de fe feruir, comme d'organes, iamais ie n'euffe rencontré la fimpathie de la vraye
Religion: en fin i'ay tant affailli & petardé mon
entendement , que ie me fuis emporté d'emblée,
mais fortifié de l'acier tout-puiffant du bras eternel : car c'eft l'organe admirable auquel ie doibs
l'adoration de cefte recognoiffance.

C'eftoit

C'eſtoit ma reſolution de ne me iamais eſcla-
uer ſous l'obeiſſançe d'autre Religion. Ie craignois le deſaprentiſſage , & de deuenir eſcholier
de mon erreur , & qu'il ne m'enſeignaſt ce qu'il
eſtoit,tout au contraire de ce que i'eſtudiois. Ie
cerchois la verit é dedans le menſonge , la rectitude dedans le forlignement, la reformation dedans
la diſſolution,de me reigler dedans le deſordre. Ie
voulois en me reſerrant dedans l'eſprit du monde,
en eſpreindre celuy de Dieu,& quand Dieu m'enuoyoit de ſes traits,ie les rebouchois quaſi deſpi-
tant la force des eſguillons de ſa clarté, par la longueur de mon iniurieuſe rebellion. En fin il a fallu
preſter le colet. Ie me ſuis rendu ne pouuant plus
repouſſer la feruer des furieux aſſaux de la verité,que ie ſentois triompher en moy de mes rebelles affections.   Et iaçoit que tout le monde eut
conſpiré contre moy , i'ay conſpiré contre leur
conſpiration , & me ſuis arraché des pieges preſques ineuitables,qu'on m'auoit tendu. Ie me ſuis
eſcorché de ma peau,retranché de ma chair,quitté
mon ſang.

Ie laiſſe mes biens qui m'ont eſté volez,eſtrouſ-
ſez. Toute ma conſanguinité & affinité s'eſt conuertie en fiel arſenical , le reſpect en opprobre:
l'intelligence en monopole: l'amitié en embuches
mortelles : l'aſſiſtance en rauiſſement:ce ſang eſt
tout en apoſtume , ceſte alliance en deſconfiture,
toute en ſolution de continuité , voire de con-
tiguité , entierement non ſeulement deſliee ou
decercellee,mais deffutaillee,deſiauelee.

Au lieu de m'aider à conseruer, aucuns d'eux ont
aidé à me fourrager sur mes despouilles : à me pi-
corer aussi inhumainement que la barbarie de
mon aduersaire, quasi pis que tartares me courent
comme vn chien fol : passageroient volontiers les
barrieres de ma conseruation, dont l'effort n'en est
que selon la permission de la toute-puissance Diuine, pour y esgorger ma côuersion, n'eussent volontiers barré le chemin de leur corps , empli vn
fossé de leur sang, machiné des obstacles auec leurs
vies, afin d'obtenir l'interdiction de la mienne,
tremblante, peu asseurée parmi la leur. Ont quasi
essouffé l'air commun des souspirs qu'ils ont ietté de leur regret particulier : ont noyé leur visage de larmes , & pour remplir le mien de confusion , n'ont espargné aucune inuention depuis six
ou sept ans qu'il se doutoient de moy: dont la fermeté de l'erreur dedans lequel ils sont endurcis,
leur a peu donner aduis.   Ils eussent stipulé de
leurs moyens pour m'oster le moyen de la verite
reconnue.

Mon sang donc se vouloit deffaire, de crainte de
penser à soy, en pensant à moy, & craignoit tant,
& auoit telle horreur de penser à moy , qu'il ne
pensoit point à soy. Se vouloit aneantir en moy,
afin de ne tenir chose aucune de moy , essayant
d'effacer mon nom iusques dans ses veines , encor
que ma vie soit la veine la plus aisnée de la leur.
Ils voudroient essayer volontiers à perdre la moitié de la leur, pour me faire perdre toute la mienne. Leur vie n'estoit plus ma vie , ains la mienne
deuenoit

deuenoit leur mort, & ma mort leur sembleroit si
douce, qu'ils la gouteroient comme leur vie. Mon
sang mespriseroit la mort pour s'asseurer de la
mienne: il aimeroit mieux mourir en moy, que viure en la vie de mon changement. Ce n'est donc
plus mon sang ni le repaire de ma vie, c'est l'obstacle, l'entraue de mon sang & de ma vie. Ce n'est
point mon sang, puisqu'il me veut tirer hors de
mon bõ sens, & que ma vie est le regret de la leur,
& que ma vocation à Dieu me met chez eux en reprobation, & que la folie de leur superstition veut
cõfondre la sagesse de mon instinct, courber en replis de reuocatiõ la droicture de ma directiõ, puis
s'enfláme cõtre les flámes du S. Esprit, & se veulẽt
desrober à la nature, par ce que Dieu m'a desrobé à
leur opiniõ: veulẽt rẽuerser la nature en eux, par ce
que Dieu a rẽuersé l'erreur en moy, s'oublier d'eux
mesmes, par ce que le S. Esprit m'a fait penser à
moy: ils pensent d'estre perdus, d'autant que ie suis
sauué: ils trouuẽt le tombeau, ce leur semble en ma
naissãce, ma regeneratiõ est leur trespassement: ils
croyẽt de rẽcontrer leur condãnation en ma iustification: ils sortẽt hors de la foy qu'ils me doiuent,
d'autant que ie suis entré en celle que ie doibs à
Dieu: ils aimẽt mieux hair ce qu'ils doibuẽt aimer
apres Dieu qu'aimer celuy qui les cherit plus,
qu'aucun de ses ennemis ne l'a iamais haï ou persecuté. Ils sont allienez malicieusement de celuy
qui les aime naturellement, & qui craindra autant
d'offenser la nature, que d'espargner à mettre,
comme il doibt & fera tousiours, sa vie

pour la leur. C'eſt dedans ce lien naturel, qu'il faut
que meure le reſentiment de pluſieurs iniuſti-
ces tortiõnaires & violentes, que m'ont fait aucũs
de ceux qui les debuoyẽt empeſchẽr. Ie laiſſe en
arriere vne partie, vn aduerſaire qui eſtoit verita-
blemẽt, *virga Aſſur, virga Domini*. Dieu ſe ſert
des idolatres à punir les Chreſtiẽs, *ſalutem de i-
nimicis noſtris, & de manu omnium qui oderunt nos*.
Le Diable a ſerui de ſtimulateur à noſtre ſaluatiõ
il ſolicitoit Herode, Pilate, les executeurs du crucifiemẽt, il le faiſoit infernalement, ſataniquemẽt,
tout cela eſt reuſci en chef de redẽption, ainſi toute l'humeur Herodienne Pilateſque qu'on a ache-
té contre moy, s'eſt conuertie à ma conuerſion.
  Meſmes iuſques la, qu'vn certain ſubſtitut legataire de preſque tout mon bien, qui debuoit pleiger ma vie de la ſiẽne, parce que ie luy auois pleigé ma foy, auec deux ans de captiuité, & l'intereſt
de beaucoup de reuenus, & de plus de quatre mille eſcus de moyẽs que i'ay mieux aimé perdre que
perdre la parole que ie luy auoit donnée, lequel a
abandonné ſa foy à la perfidie, aimant mieux mẽ-
tir à ſon ſerment & à ſon Prince, qu'à ſon auarice,
quitter ſa preudhomie que le tort qu'il m'a fait. Et
moy i'ayme mieux quitter à l'oubliance vn ſouuenir qui luy ſeroit pernicieux, & qui le feroit deſchoir de ſon aubeine que de me venger de ſõ ingratitude, encor que mon droit fut vigoureux de
crainte d'eſtre acculé à vn trop grand retardemẽt
ſur ma vocation, & qu'vne ieune plante s'arrache
auec vne main, me desfiant de mes forces ie luy ay
quitté

quitté vn beau ieu, son guain m'estoit engagé,
ie luy ay quitté tout pour peu d'argēt: ie me suis
resioui de le resiouir, aussi prenoit il aduātage de
ma cōdítiō, luy seul estoit biē aise de ce q̃ plusieurs
pleuroyēt à me voir quitter mō viel Adā; aussi a il
vsurpé par emblée, ce qu'il n'eut iamais gaigné
par sa doctrine, si ce n'est en la chiquane, qui est
le principal liure, auquel sa tōsure est hōmagere.
Certes ie me fusse fié en luy de ma vie, cepēdāt il
en estoit ennemi, iusques à se ioindre & accorder
à ceux qui me la vouloyēt faire perdre, & à cōmu-
niquer estroittement auec vn aduersaire implacable, qui me picquoit, qui me couroit, auec des fa-
çōs desbaptisées, deschrestiēnées, cōme s'il eut e-
sté espris de quelque licātrophie, m'a tellement
tenu de pres, que sans me donner loysir de combattre le residue des obstacles qui restoyent à ma
conuersion, il m'a contrainct de les saulter plustost
que de les passer, de les aduouer auant que de les
recognoistre, par sa perditiō, il m'a ietté en lieu
de saluation. Il auoit tellement aiusté la direction
des eres que ie debuois tenir, qu'ineuitablement
il m'a fallu ioindre dedans les toiles. Le S. Esprit
s'est serui de sa furie pour me garantir de celle de
Rome, laquelle ie ne pouuois non plus decliner
que l'Abbé du Bois, ains ce m'a esté vn tout-puissant moyen pour rompre toute sorte d'obuiation.
Ianº le Pheresié auoit vne apostume incurable, furieuse, ēt douloureuse dedās le corps, il en cher-
choit la fin dedās sa mort, en fin il se precipita au
danger où il reçeut vn coup mortel qui le guerit

& par le deſtour mortel de ſa ſanté il retournat
en vne ſi heureuſe ſanté , auec laquelle il veſcut
pluſieurs bonnes annees qu'il eut encor de
reſte.

Ainſi ceux qui m'ont cuidé ruiner, ont ſerui de
moyen pour m'aduancer , ceux qui m'ont cuidé
perdre m'ont fait ſauuer , i'eſtois perdu ſans leur
perdition:leur iniquité a operé mon ſalut.

Ie n'euſſe iamais prononcé tant de verit, dedans ceſte œuure ſous vn autre œuure qu'on m'a
impute l'extinction de l'vn, eſt la production de
l'autre : l'autre eſt la racine de celuy icy qui ſer-
uira de ſalutaire remonſtrance à ma partie ennemie afin que Dieu l'illumine & que en recognoiſſant le deuoyement de ſon ſalut , la batiffol-
lerie de ſes ſottes ſuperſtitions, la bouffonnerie
ſacree de ſes exceſſils deportemèts,à vne deuotiõ
cõtrainte & enragèe,pl' artificieuſe que chreſtiéne,plus papiſte que ſalutaire: nous nous penſſions
embraſſer (en ſe deſembaraſſant de toute ces fauſſes fraternités)en meſme vnion de reformation de
vraye & nõ apoſtee ſainteté de vie abiurát la papauté &rechriſtianizát,changeát les curieuſes ſin-
gularités dont il veut eſtre eſtimé , meſpriſer le
monde en vne ſerieuſe ſolidité de la procuration
de ſon ſalut , dedans le vray chemin de ceux
qui ſont certainement enfans de Dieu , c'eſt
donc de quoy ie le prie auec autant d'affection,
qu'il m'a porté & me porte encor de haine , ſi
Dieu ne l'a touché. Ie luy euſſe dedié ceſt œuure,
mais i'attens le profit quelle ſera pour luy en de-

dier

dier vn autre entretant ie luy prie d'eſtin-
dre dedans le bien que ie luy ſouhaite l'amertume de ſon fiel ſi tant eſt qu'il ne ſoit adoucy,
cependant qu'il adore l'eternelle diſpoſition,
& qu'il recognoiſſe que comme Dieu m'a aidé
ie le veux aider , & eſpere que dans peu de
temps il confeſſera que ma conuerſion eſt vn
des plus ſinguliers traicts de l'eternelle proui-
dance, par laquelle , toutes choſes cooperent & ſe
tournent en bien aux eſleus.

Encor qu'à la verité , ceux qui m'ont pourſuiui
ce n'a eſté que deuant par derriere, ils n'eſtoyent
qu'adminiſtrateurs des intentions d'autrui , d'autât que ie me ſuis môſtré fort heroique à crier ſur
la recerche, qu'on debuoit faire de la mort du Roy,
& l'abolition qu'on debuoit procurer d'vne ſi pe-
ſtilante doctrine, ſurquoy ie fis pres de cêt quarê-
te predicatiôs, apres icelle mort , qui ne côcluoiêt
qu'à machiner des obſtacles, pour à l'aduenir obuier à tels eſclandres : vne ſi grande liberté dont
i'vſois, fut deſplaiſante à ceux qui nageoient dedans l'aduantage que leur aportoit la priuation
de la vie de ce Prince. Neantmoins ie n'eſtois entré en telle reſolution de parler qu'auec l'aduis
& inſtigation de beaucoup de gens de bien , &
bons Francois , qui deſploroyent la miſere & la
captiuité à quoy eſtoyent reduites les bonnes a-
mes , & qui n'oſoyent dire leur opinion en vne
choſe ſi neceſſaire. Outre que ie n'entrois en tels
diſcours que par le debuoir de mon ſermêt car il
n'y en auoit qu'vn autre qui s'eſtoit ammorti en la

douceur de la court,& moy de la profeſſion requiſe,& mangeant du pain du Roy, qui fuſſions tenus
d'inuectiuer à l'abolition d'vne ſi deteſtable maxime. Et encor tant d'vn coſté que d'autre, mais
ſpecialement en ma vocation , qu'on m'ait voulu
rebrouſſer, i'ay ſubſiſté imprenable, imployable
à trauers mille foudres d' ſlachez contre moy , qui
n'ont ſerui, qu'à me deſſiller les yeux pour les ouurir à ſa cognoiſſance,laquelle i'adore,& cheri cõme l'eſpouſe de mon ame,le diamant de mõ cœur
le treteau de mon eſperance,& laquelle i'honnore
& tiens d'autant plus pretieuſe,que i'ay eu peine à
la recouurer,à m'en inueſtir : car comme i'arriuay
à l'emboucheure pour deſcouurir l'étree de ceſte
belle perfection, ie faiſois frime de la gouſter petit à petit,ie m'y reſolu,& puis ie la ſauourai.Mais
ie n'eſtois pas encor ſatisfait, ie la peſois & eſpi-
nochois auec les moindres grains du trebuchet de
mon entendement, pour voir ſi ie m'en pourrois
ſauuer, ie me mis apres pour verifier , ſi c'eſtoit
quelque choſe de vrai ou de ruſé ſi elle eſtoit faite
ou contrefaite,née ou apoſtée,ſi c'eſtoit dufard ou
de la nayfueté. En fin ie la trouuai ſi droitement a-
iuſtee à l'eſcriture & aux anciens , qu'il n'y auoit
moyen de rien trouuer plus à l'auenant , & mieux
proportionné,ie fus contraint de l'auouer pour la
vraie piece de IeſusChriſt,quelle n'auoit eu autre
protocole que les Apoſtres quelle n'eſtoit inuentee. mais certainement alignee ſur les traces apoſtoliques, il n'y a rien de plus ou moins, que ce
qui eſt contenu dedans le nouueau teſtament,tou-
te la

te la confeſſion,& ſelon les Euangiles,les Epiſtres
S.Paul & d s autres Apoſtres,elle eſt ſi iuſtement
tracee,qu’il n’y a rien à rapiecer ou retailler, l’ar-
gumentois eu moy meſme ainſi:Si Ieſus Chriſt ne
ſe contentoit que nous fiſſions ce qu’il a dit , il le
deuoit dire,ou nous le faire commander par ſes A-
poſtres,en nous conformant au plan, & à l’alignement de ſes Apoſtres, nous ne ſçaurions faillirent
gardant le meſme chemin qu’eux , en croyant ce
qu’ils nous ont annoncé purement, pour paruenir
à l’heberge, là où ils repairent : non ame trouuoit
repos en ceſte aſſiete.   D’autre coſté ie voyois le
pourfil de la romaine toute chargee de fauſſes ruſes fardees,toute bourrue,faraſſee,entaſſee d’eſcume,de mouſſe,de ſuye,du tēps,& de l’aage des hōmes , qu’elle ſentoit plus la vaſe ou balieure des
ſiecles,que le berceau de l’Euangile , l’eſcafignon
papal,que le lauemēt des pieds,des Apoſtres,la cō-
tagiō des hōmes,que l’eſclat de la pureté de Bethleem : elle eſtoit plus tranſuaſee qu’eſclaircie, elle
ſentoit l’excrement de la curioſité de l’ābition romaine,pluſtoſt que la mortificatiō ducaluaire,plus
toſt vne maſure,que le rafraichiſſemēt du baſtimēt
du nouueau teſtamēt,qu’elle puoit la fralaterie des
Papes , d’auantage qu’elle ne fleuroit l’innocence
des diſciples de Ieſus Chriſt:quelle eſtoit tellemēt
faictiue, qu’elle en eſtoit toute debiffee,cōtrefait-
te,percluſe,ſon beau teint naturel qui eſt tout ter-
ni chargé de ſurcrouſte de tant de faux fard , fauſſe
petaſſe,que ſa couleur naturelle y eſt toute perdue
toute enſeuelie.Elle ſembloit à vne fēme,laquelle

se seroit enueloppee le col auec toutes les chaisnes
d'or, & atourné la teste & sa cheueleure de toutes
lespierreries dû pont au change à Paris: tellement
que les carcans & ioyuux du col, luy passant les es-
pauls,& montant iusques aux oreilles: mesmes la
figure de sa teste estant ombragee, decirculee,fait
perdre le iugement, si c'est vne vn. teste, ou vne
mostre d'orfeurerie , si c'st vne femme ou quelque monstre prodigieux. L'Euangile auec tous les
haillons que les Papes l'ont remontee, est comme
Dauid qui ne se pouuoit manier dedans les armes
de Saul, il estoit plus a lextré à ruer sa fonde,qu'à
brandir ou d'arder du fer. Ainsi la religion est plus
efficace en sa pureté: car le reste n'est ni euangelique ni religieux, l. sadditions forestieres lui ser-
üent non seulemet de meslange, mais aussi de corruption. Et comme vne femme dont la beauté seroit ainsi violee, ce seroit vne beauté sans beauté,
vne couuerture , plustost qu'vne parure, vne moquerie,plustost qu'vn aioliuement. Ainsi tant d'e-
quippage ceremonial , ne resent rien de la virginité chrestienne. C'est despuceller l'Eglise, la faire paillarder auec la secularité: tant d'assemblages
touffus , d'equipages humains, parroissent plustost vne derision , qu'vne demonstration de religiõ,semble plustost pour masquer ses rides, que
pour declarer la douceur de la delicatesse des atrais
de l'estédue de son cuir,autant d'vlceres que de ra-
piecemét:tant de bandages monstrét ses blessures,
tãt de cicatrices,recouuertes,raboblinees d'acessoi-
res estrangers , enseignent ses playes receuës tant
d'em.

d’emplaſtres, ſes naureures, la pluſpart des adiun-
ctions qu’on y a adiouſté, ce n’a eſté que pour re-
maſtiquer l’alteration de la honte, à laquelle le
changement & variation des hommes l’auoit aſſo-
ciee.

Laiſſons la là comme vne vraye bifferie Romaine, d’Eſpouſe de Ieſus Chriſt deuenue la concubine des Papes, là où eſt conculqué & foulé aux
pieds tout ce qui eſtoit de l’honneur du meſme
Seigneur Ieſus Chriſt : elle ne contient plus rien
qui aboutiſſe à ce qu’elle eſtoit au premier ſiecle,
elle eſt toute confite & concree de nouueauté
contigue à la ſecularité, peruertie en idolatrie.

La Reformée eſt repriſe à la iauge du fondement des Apoſtres, & quiconque luy ſera intime,
& la niuellera auec le gouſt de ſon cœur, & la con-
trepeſera à l’Eſcriture, laquelle eſt l’orient fondamental d’icelle, c’en eſt le moule, c’en eſt la forme
& le vray charactere dreſſé en l’Imprimerie de
Ieſus Chriſt.

Quiconque en ſe deſmeſlant de toute opiniaſ-
triſe , & d’vn preiugé eſtourdi qui ſe creue les
yeux ſoy meſme, Quiconque auec vn deſir affiné
de ſon ſalut s’en acoſtera, trouuera que c’en eſt la
vraye route, & le grand chemin Royal, battu, fraié
par les Apoſtres , qu’ils n’en ont iamais tenu, ni
ſceu d’autre. Quoy que barguigne au contraire
l’accariaſtriſe dreſſée en replicque de contredit,
par l’ennemi de la nature humaine, ou ſes aſſociez
Romains , qui ont complotté vn contrefort à leur
damnation, pour empeſcher le monde de penetrer
& par-

& paruenir à fon falut.Et quiconque ne fe mettra
en arme contre le S. Efprit , & ne fe feruira de la
foy des preftres pour preuue de la fienne , ains
en fera l'effaifur le ferment quil a à croiré aux
Euangeliftes & à S. Paul , fauffant fon gouft en la
lecture de leur efcrits,fans imploration de la grace & affiftance de Dieu.

Il ne faudra à fe fentir faifi & occupé de finde-
refe,& compunctiõs,il fe defaueuglera, & corro-
borera les yeux de fa fapience, il verra comme S.
Paul que la porte de la lumiere fera ouuerte à fes
yeux , comme s'ils eftoient laués des eaux de Si-
loe.L'entree de la maifon de Loth luy fera mon-
ftree en S.Icã 4.Il verraChrift au milieu de foy,il
fe verra au milieu du royaume des cieux,& le Royaume des cieux au milieu de foy mefme , lequel
on ne peut recognoiftre à trauers tant de bigarrures forcenées, comme vne femme habillée en
homme, ou vn Chreftien habillé à la Turquefque , ne fe peut que mal aifement recognoiftre.
Ainfi l'inftitution de Chrift broyee , mefloyée a-
uec beaucoup d'auantage de ceremonies infti-
tués par les hommes , & comme vne efpee enueloppee dãs fon fourreau,ne peut toucher ou naurer celuy qu'elle atteint: Ainfi l'Euangile recou-
uert de tant,d'accouftreméts à luy externes & incognus,il fecularize pluftoft qu'il n'euangelize,il
mondanize, pluftoft qu'il ne mondifie , il'hurte,
mais il ne naure point : il n'eft point penetrant
iufques à la diuifion de l'ame auéc l'efprit, comme
il faut qu'il foit felon S. Paul.

Les

Les Enfans d'Israel ne pouuans supporter le
foudre esclairant qui brilloit sur la face de Moyse,
Moyse fut contraint de se couurir d'vn voyle, afin
de mitiguer l'actiuité des rayons de son visage, qui
esblouissoit en estonnement la populace d'Israel.

Ainsi l'Euangile voylé de couuerture mise en
parade, fourragée hors l'Eglise, & au loing des entrailles de Iesus Christ, diminue son efficace, la
desguise, tourne son fil en morfil, rabbat & é-
mousse son taillant, espointe sa pointe, hebete les
attraits de ses traits, d'Euangile le profane en
mondanité, d'histoires sacrees le tourne en compte de secularité, le rend compagnon des histoires
du Pape, des fables de Rome, le reduisant en ligne
esquipolente, au commentaire du Talmud.

Le Talmud a plus de consonance auec l'Escriture Saincte, que la tradition Romaine auec le
nouueau Testament, & qu'on voye la lecture du
Zoar, qui en est vn membre, on le verra costoyer,
s'apparenter de bien prés auec les pieces qu'il touche de l'Escriture, où il est alligné pour le moins
de quelque ombrage : il y est ombragé, sinon en
corps, en fantosme : mais pour les traditions de
Rome, les images, la priere des Saincts, le purgatoire, la messe, tant s'en faut qu'il s'y en trouue aucun fantosme, ou vestige, ains des deffenses & for-
clusions formelles, comme nous verifierons par
les originaux, au discours suiuant.

Qui est-ce qui renoncera à la creance Apostolique, sortât de leur maxime, dedans lesquelles nous
nous debuons serrer, pour se desuoyer & estre pe-

O

lerin dedans les hoſtelleries des conſtitutions Romaines : deſnaturées d'auec l'Euangile , d'vn autre idiome que la parole de Dieu, d'vn autre liurée
que les premiers Diſciples, que les Apoſtres abiu-
reroient, s'ils les rencontroient, ils les euſſent fou-
lées, ſi on leur eut preſenté : la poſterité ne doibt
deroger à vne telle aineſſe.

Ce ſont eux qui nous ont porté la marque du ſalut, inſtituée par I. Chriſt, ceux qui s'en acoſterôt,
ſe verrôt effacer la marque de la Beſte, canceller
le caractere d'impreſſion erratique , & deſuoyée,
& le vray *Tau* des enfans de Dieu ſe graduer , &
mettre en etiquette , au frontiſpice de leur entendement. Les liens de l'hereſie rompus , le vieil
homme en fuite: le nouuel Adam viuifié en ſon a-
me , r'aieunir comme s'il auoit repaſſé par le ventre de ſa mere, il s'aperçeura r'afraichi, non ſeulement d'vne nouuelle peau , mais d'vne nouuelle
vie il ſentira, comme à taſton , l'affluance de la
grace de Dieu, la manne de ſa douceur luy r'empli-
ra le gouſt, il ſera tout refait de lixir, tout raffraichi
d'années, reuenu en la ſaiſon printanniere de ſon
aage , comme s'il auoit, banquetté ſon ſaoul du
fruict de l'arbre de vie, qui effaçoit la vielleſſe. Sa
decoction eſtoit toute de ieuneſſe , rebouchoit le
Kalandrier, r'enuoyoit la caducité, l'eſmouloit en
fraiſcheur d'adoleſcence, en verdure d'aage, luy ra-
battoit ſa grimaſſe chenue, la vermeilloit d'ardeur
& de toute apetiſſante vigueur, tournant la ſeiche-
reſſe, en vne ſucculante teincture, luy oſtoit le paſſé le conuertiſſoit en futur , luy deduiſoit ce qu'

auoit esté, luy r'enuoyoit les années qu'il auoit paſſées au deuant de ſes pieds, pour les repaſſer, eſloi-
gnoit le chagrin du tõbeau, faiſoit démarcher l'hõme, le realambiquoit, iuſques à ſon berceau, voyre
preſques au ventre de ſa mere, tant il rehauſſoit le
viel vſage de tous ſes mẽbres, qu'il rebeluſoit d'vn
nouuel interieur, anterieur à ſoy-meſme, prepoſ-
ſant ce qui eſtoit poſtpoſé, preferant ce qui eſtoit
deferé, rapportant ce qui eſtoit outre, & outré, re-
maſtiquant d'vne nouuelle fonte ce qui eſtoit deſ-
guingandé, reuirant ce qui eſtoit reuolté, rebrouſ-
ſant la face mortelle & hippocratique en lineā-
ments vitaux, rempli de promeſſes d'vn grand
comble d'années ſuiuantes, remettant le cœur au
cœur, les entrailles qui ne regardoient qu'à ſe
deſentrailler, ſe refraichiſſoient à vn retour gra-
tieux dedans leur rengregement.

L'homme qui ne tendoit qu'à ſe defutailler, ſon
ame toute remaſtiquée, qui ne verſoit qu'à ſe deſ-
ioindre, & ſe deſmarier en deſfaiſant le contract
de ſes eſpouſailles d'auec ſon corps, eſtant toute
deſfauſillée, ne tenant plus qu'à des meſchants
petits points, eſtoit reiointe, recollée, ramaſſon-
née, remariée de nouueau, ſes liens reſerrés, elle
eſtoit recramponnée, reſoudée en ſa iointure auec
vne infuſion acerée & diamantine, prouenant de
la liqueur de ce fruict bié-heureux, lequel ſe tournoit tout en baulme de vie.

La vie des hommes qui eſt comme vne lampe
remplie d'vne huyle exquiſe, au feur que l'huyle

s'vſe, la vie ſe diminue. I'ay veu d'excellents Medecins , leſquels ſçauoient predire la determinai-
ſon de leur vie , laquelle ils proclamoient entre
leurs familiers , diſants qu'ils ſentoient bien qu'ils
n'auoient plus guere d'huyle en leur lampe , &
qu'ils ſçauoient, qu'ils auoient peu à viure, ſi on eut
peu ſonder quelque petit gargouilli ou ſouſpirail
en quelque endroit de leurs corps , & qu'on eut
peu recouurer de ceſt elixir ſublimatoire, de ceſte
huyle balſamique d'impreſſion vitale , pour en
faire vne embrocation , & l'inſtiller par dedans ce
petit tuyau, ou par quelque autre grondane , pour
en faire vne gouttiere , ſinon d'annees, pour le
moins de mois, ou de ſepmaines, c'euſt eſté pour
leur donner quelque alongement de duré , quelque reſpit à leur vie. Mais cela ne reçoit point de
pieces , elle n'eſt ſubiecte qu'à la decretion , elle
n'obeit qu'à la diminution, non à l'augmentation:
elle ne peut apprendre, ſinon qu'à déuiure, & non
à reuiure, à amoindrir, non à reparer ſa ſanté. C'e-
ſtoit vne quatrieme maniere de proprieté , qui
n'appartenoit qu'à ce ſainct fruict , qui figuroit la
reſtauratiõ qu'on gramoye autour de la grace delaquelle nous parlons , qui fait rencontrer ceux qui
en ſont reſondus , perfectionnez en accompliſſement de Chreſtienté, qui les renouuelle, auec non
moins de reparation en leur ame , que le Lazare
rencontra de refection en ſon corps reſuſcité.

De certain

De certains meſtifs , qui ſe cachent en l'exercice de religion eſtrangere, craignans d'eſtre d'eſcouuerts en la leur, & que la religion romáine n'eſt compoſee que de fripperies,

CHAPITRE II.

I'ay remarqué vne bonne partie de ceux qui hantent la confeſſion chez les Papiſtes eſtre Nicodemites, ou Gamalieliſtes, ils frequenteét ceſte fredaine la , non point pour beſoin qu'ils croyent qu'elle leur face, car il n'y a que les ceruéaux blecés qui ſe le perſuadent:mais à cauſe de la rapidité du vulgaire dur & ignorant , & qui d'vn rauage impetueux emporte les ſages , & engloutit ceux qui ſe veulent mettre en deffence , ou qui ſe veulent arreſter à les arreſter & à les rebrouſſer:dont il aime mieux eſtre le iouet , ou pluſtoſt ſe iouer de ſon erreur,que d'eſtre le trophée de ſes victoires. Il luy donnent donc leur geſtes, abandônent leurs contenance pour papelarder. Ceſte mine leur ſert d'enuelopoir,& d'approbation , pour ſe parer contre le murmure & contradiction. Mais cependant ils cômandent ſouuerainement à leur intention qu'ils retiennent dans leurs ames,& laquelle les retient dedans leur deuoir. Ie n'ay gueres veu d'hommes d'eſtat ou ſignalés iaçoit que quelques vns ont paſſé dedans mes paſtis qui ne ſoit muet en la reuelation de ſa conſcience:ils vôt à l'oreille d'vn preſtre comme à vn leurre cou-

rant , duquel il faut pluftoft paroiftre , qu'eftre;
pluftoft pour gaigner tefmoignage , & paffer à
couuert, que pour executer l'action prefante ou e-
ftre des leurs, pluftoft pour auoir efté deuāt le preftre, que pour s'eftre confeffé à luy.   Auffi ne vi-
uent-ils qu'en phantofme exterieur , & non en
vraye religion finon qu'en l'interieur ; ils viuent
en celle qu'ils croyent & hors laquelle ils viuent
& non en celle qu'ils practiquent: celle qu'ils practiquent par dehors n'eft qu'vn fpectre pour ba-
lourder l'idiotifme populaire.   Ils ayment mieux
Dieu que l'oreille d'vn preftre criminel , auquel
ils s'adreffent plus pour pallier que pour conferuer leur religion ;   cefte action n'eft qu'en la furpeau c'eft vne induction illufoire , plus pour fe
monftrer que pour demonftrer fcientifiquement
fon opinion: car comme difent quelques vns plus
communicatifs, àquel propos iray-ie entreprendre de liurer bataille pour la deffaite de ce monftre de confeffion , i'aime mieux faire hommage
à vne oreille , que ie rends fourde aux penfees
de mon cœur ; cependant mes affaires paffent à
l'ombre fans eftre heuttees, d'aucun contreroolle
par dedans le monde. Iay autrefois merueilleufement aftrolabié fur ces ames indifferantes,
quand ie les voyois officier en defmarchant
pluftoft , en s'efcartant , qu'en prefentant la
moëlle de leurs fautes lefquelles ils gabionnoyent
tantoft en efchinant , tantoft en rebrouffant,
f'elant toutes les demandes de negatiues : car
les plus fortes refponfes , pour les circonftances,
                                              & rei-

& reiterations, n'estoyent qu'en ce mot de nom,
duquel mesme il se seruoient en toute specifica-
tion, n'annonçans rien qu'vn determinement,
en se cachant dedans ce qu'ils disoient, mettant
leur reuelation en suite, recellant leur vie, mesme cognue, dedans leur parole incognue. Leur
religion dedans vne irreligion, & quelquesfois
se descouurans beaucoup, en se couurant par
trop.

De vray, du commencement i'estois fort apprentif en ces destours diuersifiez. Vn temps à
esté, que la reception de telles personnes me
gehennoit l'esprit, car ie coulpois mon insuffisance de la grandeur de leur capacité, dont i'e-
stois incapable, croyant que leur silence veint
de ce que ie ne sçaurois assez bien parler, ou
que ma vertu ne fust assez forte, pour faire des-
charger leur infirmité : mais auec le temps, ie
recognus que c'estoient des ames pleines de religion, qui se vouloient sequestrer de la fausse,
& qui vouloient souder ou voiler auec vne fein-
tife courante, ceste sequestration, iceux voulans rentraire si subtilement ces deux pieces,
qu'en cachât la cousture, elles ne semblasset qu'v-
ne, & encor pour en cacher l'vne au dessous dé
l'autre, dedans laquelle elle estoit enchassee, côme
dedans vn estuy, c'estoit pour viure à l'escart, mais
plustost se peslemesler par tout sans se choquer
côtre les cornes de personnesc'estoit se desguiser
sans desguisemét, se trãsformer sansse disformer,
sans se distraire de sõ vniformité, & ainsi satisfaire

O 4

à leur conscience , en mettant en pratique celle
d'autruy.

C'est vne religiõ fort vniuerselle entre les courtisans,& quelques marchands , ceux qui negotient
l'honneur & les finances, sont pour la plus part de
de ceste assiete sans en forclorre ce troupeau feminin,qui cache les pieges,ou se voudroient enfiler les depositaires du promptuaire de leur secret.
Elles gardent infiniment à dire en ce qui est de
l'inconstance de leur fragilité.Elles consignét dãs
la faculté retentrice de leur discution,ce qui est de
leur fluidité.

Il n'y a que d'estre bien constipé de la langue,
& ne point prostituer l'ame de ses fautes à ceux
qui n'ont point d'ame en leur salut , & qui la
plus part ignorent tant leur ame , que leur salut ; voire dea se brusler à la chandelle , mettre
son honneur en compromis , l'enfermer dedans
le flux de bouche , ou se donner à manier aux re-
flections d'vn prestre , qui prostituera ma nudité à la face de ses ruminations.

Il est impossible qu'il n'en face à dix ans de
la commemoration , & qu'il ne reserue à repasser dans ses pensees de haut goust , ce que
ma trop facile liberté luy aura reuellé , quoy?
que ie luy aille troubler l'honnesteté de l'opinion qu'il a de moy , effacer l'innocence de la
lumiere , dans laquelle il me regardoit , laquelle estant noircie,ie deuiens tout machuré,il ne me
guigne , que soubs ce reuerbere d'obliquité que
ie lui ay descouuert en ma confession , cest pourquoy

quoy les fémes ne racontét iamais que cinq pour
cent de ce qui est contenu dedans leur conscience.
Ce n'est seulemént au tour de la confession qu'ils
se tapissent & desguisent hors la lumiere du commun, mais mesmes s'approchant de la Cene des
papistes ils n'en reportoyent que le pain. Ils l'af-
sortisoyent de leur creance à part, assauoir que le
vray corps de Iesus Christ y estoit mais si charnellement ou spirituelment, reellement present
ou par foy, cela leur estoit indefini. Ils s'en rap-
portoyent à ce que Iesus Christ en auoit prede-
terminé, ils se contentoyent de croire la chose, la
façon leur estoit vague sans s'y lier, pareillement
du Purgatoire, ils s'en remettoient à ce qui en e-
stoit, disant qu'ils n'estoient tenus d'en fournir ou
creer preuue aucune, par mortuaires ou autres
celebrations funebres pour les trespassez, aufquels toutesfois ils assistoyent indifferemment,
pluftost à cause des loix de la vie humaine, que
d'aucune religion qu'ils pensassent y estre attachee. Quant à la Messe ils la frequentoyent non
tant pour l'approuuer, que pour y offrir leur voeu
à Dieu, & pour luy rendre la deuotion qu'ils estoient tenus de contribuer. I'ay quelquefois ruminé
cóme pouuoit faire Nicodem' qui ne vouloit perdre só estat, ni descheoir de credit enuers les Iuifs
apres le Iudaisme aboli, neantmoins estre Chrestien & viure Chrestiennement dedans iceluy.
Cela est difficile à interpreter, comme aussi mal-
aise à obseruer vne Religió dásvn autre, enchasser
la legitime profession dedans vn autre toute

diuerſe qui ne luy ſert que de fourreau : car d'approuuer le Pape ou les Eccleſiaſtiques, ils les tiennêt pour parties ciuiles , membres du commun, deſquels ils ſe ſeruent en la place de ceux qui ſont à deſirer, & ſe ſatisfont eſloignez de leur vraye ſatisfaction. Ils vont, ils courent iuſques hors de leur ſalut, cercher leur ſalut, leur creance hors de creance. Sauuent leurs opinions contre celles des hommes : ils vont droit en errant font leurs exploits dedans le deſarroy d'iceluy , & leur profeſſion hors de leur profeſſion.　Ils ſe meſlangent à contrepointer vne autre mixtionnée de toutes ſortes de r'appiecements : car le Papiſme n'eſt qu'vne trouſſe indigeſte controuuée en coquinant autour des rongnures des autres.　Il n'y a guere d'autres Religions dont elle n'ait eſté enuieuſe, & dont elle n'ait deſrobé quelque degré à ſoy , ſe haillonnant du beau reueſtement de ſes voiſines qui l'entouroient: auſſi n'eſt-ce qu'vne criblure de Iudaïſme, Paganiſme, & Mahometiſme: vn hochepot fait de toutes ces verſures , vn pot punais, pot pourry, de tous ces reliefs là.

Ils n'ont iamais ſceu croupir vn ſiecle ou demiſiecle ſans innouations , ſans additions, & ſans ſoubſtractions : en y adiouſtant du leur, ils en oſtoient autant de ce que Chriſt y auoit mis: car pour ſe faire conuoiter par deſſus toutes autres choſes : elle a voulu auoir ce que les autres auoient , & encor quelque choſe par deſſus , s'eſtant compliquée de tant de chiffonnerie ramaſſées , tant s'en faut qu'elle ſoit Eſpouſe

qu'elle

qu'elle n'est pas seulement l'arriere bru du ciel.
Vous y voyez vn abbregé de Iudaïsme pour estre
toute incorporee de ceremonies : car ils mettent tout en morgue & beau semblant , vne religion theatrale consommee en representation,
outre qu'ils tiennent à merite & gloire , de tuer
voler , incommoder , cercher les occasions de
ruiner ceux de la Religion reformee. C'est la doctrine des Iuifs qui enseignent qu'ils sont tenus,
ayant l'aduantage d'vn precipice de tuer , empoisonner, destruire les biens ou la vie des Chrestiens , d'y employer la leur , pour l'executer:
Elle aussi toute plongee d'idolatrie , car le
moins qu'ils y adorent c'est Dieu , l'adoration
duquel ils partagent aux os, aux cendres, reliques
des hommes trespassez , ausquels ils batissent autels , chappelles , temples , seruice, cultes , festes auec plus de fredonnement d'orgues , chant
de cloches, qu'ils carillonnent en plus grande celebration & plus saincte frequentation qu'à Dieu
mesme , & puis tant d'images mises si espes-
ses , que ceux qui ont frequenté les temples
Payens , entrant aux Romains , croyent qu'ils
seruent à des Payens , parce que les images
sont de mesme que celles de leurs faux Dieux.
Car ils n'adorent pas le bois , ou la pierre
dedans Iupiter , mais Iupiter dedans le bois, ou
la matiere dont il est estoffé, comme font ceux qui
adorent Iesus Christ dans le crucifix , les saincts
dans la taille de leurs images. Elle a aussi vn
grand rapport & communauté auec la turquesque

tant à cause de certaines ceremonies particulieres,
de lampes ardentes iour & nuict, de Religieux vagabonds & imposteurs, comme aussi pour la poli-
gamie & incestueuse pluralité des femmes , non
seulement entre les laiques, mais en la pluspart des
Ecclesiastiques où les lasciuetés sont plus communes, qu'entre autant de Turcs.

Qu'il suffisoit de laisser la Religion en mesme estat
que IESVS CHRIST l'auoit
instituée.

CHAPITRE III.

NOstre bon Maistre, Architecte, & Professeur
de nostre Religion, sortant de ce monde , l'a
laissée accomplie montee de toutes pieces, moulée
dedãs son propre caractere bié calfutree, estouppee
de tous costés, calibrée à sõ moule, sur lequel il l'a-
uoit cachettee, cadenacee, hors de toute caducité
car apres l'auoir taillee, forgee, arondie: il l'a marquée de ses seaux en sa chancellerie , il l'a alliée,
terminee, fixee : il n'est loisible de la bricoller, re-
charger, reborder , luy donner vne autre carrure,
ou rondeur, la marqueter d'vn autre coin, ou alterer , puis qu'il l'auoit bondonnée , il ne la faloit
plus esuanter, il l'auoit blocquee contre tout passa-
gé &aduenue, par où l'alteration y pouuoit entrer,
à la Croix il ferma le pas en prononçant *consum-*
matum est, tout est accompli.

Ha!

Aquel propos donc outrepasser ses seaux de seeller la religion , laquelle il a si bien cachettée, pour y faire des additions estrangeres & d'outre-mer: elle est assés brillante, esclattante, des paru-res dedans lesquelles Iesus Christ l'a formée, sans la charger de faux brillans, ou d'autres rayós plus esteincelants. Qui est ce qui voudroit oster à vn si excellent & tout-puissant ouurier le prix qu'il a emporté sur les autres , embrassant, ma-chinant sur la composition qu'il a fait vne perfe-ction d'vn plus haut estage.   Car tout ce qu'il a fait est à haute fustaye, ne se peut remonter d'vne excellance plus tres-montante.

Qui est ce qui voudroit entreprendre de la brandir plus droitement à nostre salut , ny de la balanger d'vn poix plus aiusté. Il ne se peut trou-uer boutique ou ouuroir, où nous nous puissions plus facilement sauuer que dedans ses preceptes. Il a mis la religion à son fin bout , il la chassée iusques à son dernier caract , la sublimé au plus haut faiste , il la mis en la plus haute exaltation: de son zenith , il n'y a affineur quel il soit qui la puisse repurger d'auātage. Toutes les autres aug-mentations ne sont que bourelleries , la voulant mieux & plus poupinement estoffer, ils l'estouf-fent : on ni peut rien ioindre sans la barbouiller, desuisager la face que Iesus Christ luy a donnée, Et cependant nos papicoles ou romanifacturiers, l'on bossuée, rembourrée, enfagottée de tumeurs estrangeres.

Elle est embalée de leur inuention faussaire , ou
d'autre

d'autre nouuelle confecration, voulant confacrer la confecration de Iefus Chrift auec mille fortes de croix , dont ils croifonnent par gefticulation mimique,& ridicule l'autel , & les autres inftruments qu'ils font allé recercher bien loin hors de Iefus Chrift , pour en corrompre fes mifteres ; les profanant par folles penfées , dont ils fe perfuadent d'eftre meilleurs mefnagers que Chrift. Cela eft vain,glorieux d'y apporter tant de bombances.

Nantmoins on l'a toute violée , mefloyée, de corruption , l'emmanchant , l'encornant dedans d'autres pieces , qu'ils ont fait boutoner rebourioner, par autant de nouuelles boutades, bourfoufflées humaines qui font autät de bouillös de temerité,ains däs la Religiö de Iefus Chrift ils y ont enchaffé plufieurs autres pieces de Religions d'hommes & de femmes , en leuant le nom de Religion que Iefus Chrift a donné à la fienne pour le porter à celle de Francois,Dominique,Auguftin, Sœur Claire, Sœur Colette , fe voulant efcarmoucher à fe monftrer meilleurs ouuriers & faire quelque chofe de mieux que efusChift.Mais certes ce font de beaux emplaftres qu'ils ont fait. Ils ont donc entretaffé vn troffeau de Religion, pluftoft pour alterer qu'illuftrer,obfcurcir que perfectionner , auachir que releuer, efteindre qu'afranchir la vraye Religion de IefusChrift:Car comme l'eau affadit le vin ainfi la Religion des hömes celle de Dieu,Ie laiffe tant de cöciles particuliers, prouinciaux, canös traditiös,
carefmes,

caresmes, festes , ceremonies & autres obseruatiõs
pontificales. Ce sont autant de diuerses institutions ou de Talmuth, ou d'Alcorans diuers.

Ce qui est parfait n'a besoin d'ornement. Iesus
Christ nous a laissé vne Religion parfaicte , elle
n'a donc affaire d'autre ornement ni perfection.
Il nous a laissé la Cene & le Baptesme, parfaicts
donc le Baptesme n'a affaire d'huile , sel , saliue,
chresme, insuflation , la Cene n'a besoin de tant
de procedures, Antecedents, Consequents, tours,
destours, pourmenades & tant de bigarrures comme celle dedans quoy ils l'ont enueloppée. Les
regles de Iesus Christ sont assez fortes pour la
perfection , sans que les hommes prennant l'audace , de les oser perfectionner d'autres encor
plus forts, & les encloistrer dedans des murailles
Bon Dieu le fils de Dieu nous auroit-il laissé
vne Religion à demi commencée , vn embrion
lourdement esbauché , vn reiettont de Religion
grossierement crayonné !

Ce seroit vne Religion sans Religion, s'il n'en
auoit iette que le pourtraict , ou laissé seulement la carcasse sans nerfs , sans muscles,
sans filaments, sans chair, sans veine , sans sang
ni surpeau. Nous auroit-il laissé moins qu'vne
ame sans vie , moins qu'vne vie sans operation , ains lemesme sans foy mesme : reproche
non seulement insolent , mais criminel , fait
à Iesus Christ. Quoy ? qu'il n'eust la volonté
d'assaisonner la regle qu'il nous donnoit pour viure chrestiennement ? ou qu'il n'eust eu en son

magasin de sapience eternelle de quoy la rebestir
& y faire des enuelopoirs. Que s'il eust creu que
telles enchasseures eussent esté salutaires au profit
des ames, il l'eust bien enuironné d'vne cheuance
qui eust eu autre lustre, que les langes & guenilles
que ces Messieurs les papistes y ont apporté des
autres Religions contraires & estrangeres. Iesus
Christ auroit fait beaucoup plus d'honneur au
vieil Testament qu'il a donné par escrit de toutes les moindres ceremonies qu'il vouloit y estre
obseruées.

Les Apostres se fussent bien oubliés de n'en
laisser aucun memoire à la posterité, sur tout S.
Pierre qui en deuoit estre le premier & principalement chargé de tels memoires, ou instru-
ctions, mais Sainct Paul enseigne tout au contraire aux Galates troisieme, où il est question de sa
mission & iurisdiction à prescher l'Euangile. Il
dit que Iaques Cephas assauoir S. Pierre & Iehan
qui sembloyent les colomnes de l'Eglise ne luy
ont rien appris ou apporté d'aduantage, Où il
faut remarquer que si Iesus Christ eust laissé
quelque instruction pour mettre en addition à
la Religion, ceux icy en eussent eu la distribution,
mais S. Paul ne donne pas à S. Pierre d'auantage
qu'aux autres. Il ne le nomme pas seulement le
premier. Il le couche seulement le second comme indifferent en authorité auec le reste des A-
postres, lesquels tous n'auoient autre charge sinó
que de publier & planter la Religion en l'institution que Iesus Christ leur auoit laissée.

Et

& fpecialement il dit, *nihil mihi contulerunt*, quaſi
difant, ils ne m'ont rien enfeigné de nouueau : que
s'ils euſſent fait femblant d'y mettre quelque chofe du leur, comme de faire les Papes, il les eut bien
ramaſſé , que s'ils en euſſent eu quelque charge
particuliere de Chriſt, vne feule ordónance certaine de leur part, euſt eſté autant à prifer que toutes
leurs Epiftres : auſſi euſt elle eſté bien plus neceſ-
faire, ils nous auroient lourdement abufé , s'ils
s'en eſtoient oubliés, mais qu'ils n'auoient gardé,
c'euſt eſté fe rendre pedagogue de Chriſt que
d'adiouſter d'autres commandements fur les fiens,
outre que c'euſt eſté *actum agere* , faire vne chofe
ia parfaicte.

IESVS CHRIST auoit prononcé *confummatum*
eſt en la Croix: il auoit mis le feſte à la Religion,
Le Nouueau Teſtament eſtoit au deſſus de fon
horofcope: autrement, les pauures premiers Chreſtiens eſtoient bien defmontez d'auoir vne Religion nuë, desbraillée, defpennaillée, portant forme
d'vn fchelet, ou d'vne Religió brute, gourde, rab-
boteufe, en maſſe , fans auoir paſſé par la fie & le
rabbot.   Ce luy feroit trop de reproche, vn iniurieux opprobre à Chriſt , de dire qu'il euſt laiſſé
vne Religion en Chaos , fans forme ni fuffifance
de falut. Que fi elle eſtoit fuffifante, comme eſtant
procré e du Profeſſeur du falut des ames , que ne
la laiſſe-on en l'affiete où Iefus Chriſt l'a inſtituée?

S. Cyprian dit, *Adulterari poſt Dei manus oculi*, à
caufe du fard qu'on met deſſus.   Qui eſt la main

temeraire , qui vueille corriger la main de Dieu,
reformer la Religion qu'il a formee? n'eſt-ce pas la
desfaire que la refaire? luy oſter que luy adiouſter?
c'eſt honnir les mains de Dieu, que de vouloir em-
bellir ſon ouurage, par celuy des hommes: aſſauoir
ſi la Religion que les Apoſtres ont exercee ſelon
que Ieſus Chriſt leur auoit laiſſé, n'eſtoit pas plus
nette, ſaincte, diuine, que celle d'apreſent , ſi elle
n'eſtoit pas auſſi ſuffiſante pour duire à noſtre ſalut. Que s'il eſt ainſi, il faut donc retrancher le reſte
comme vne concurrence ſuperflue, temerairemét
adioutée, comme vne vaſe excrementeuſe.　C'eſt
vouloir affiner ou ſublimer l'or par delà le vingt-
quatrieme carat, eſtre de ceux qui aferment qu'on
le peut chaſſer iuſqu'au trétrieme, mais on ſe moc-
que d'eux. Comme l'Eſſence conſiſte en l'indiuiſi-
bilité, ſi on la varie, elle change de defihition: Ainſi
la Religion, ſelon qu'il a pleu à Ieſus Chriſt l'inſtituer, il n'y faut rien remuer: car on ne peut faire v-
ne eſſence mieux que la nature, & ſi vous y adiou-
tez, c'eſt vn ential par accident: On n'y peut rié ad-
iouter qu'il ne paroiſſe vne verrue ou ſuperfluité,
ce que les hommes y ont meſlé, ce n'eſt qu'apoſtume, cela eſt excrementeux , il le faut purifier, tant
de commandements, obſeruations hors l'Eſcriture, faire des appentis de Religion, cela rend la Religion hermaphrodite, de double eſpece, ſi non de
double ſexe, Chreſtienne & Humaine , Spirituelle
& charnelle , ſurnaturelle & temeraire.　Tant de
commandements　& obſeruations adioutées par
deſſus les Euangeliques empeſchent , l'obeiſſance
　　　　　　　　　　　　　　　　　　　　　& ob-

& obseruation qu'on doit au commandement de
Dieu ; si on n'auoit que l'Escriture Saincte & l'E-
uangile à apprendre & à s'y conformer, les Chrestiens seroient plus Chrestiens. Sçauroit on celebrer la Cene plus droitement qu'en la façon que
Iesus Christ l'a administrée, auroit il trahi la deuotion, n'en enseignant que la dixieme partie de ce
que les hommes en deuroient apprendre. A quoy
sert tant de nouuelle boulengerie, & eschansonne-
rie qu'on y a entassé, ils l'ont tellement bouffie,
qu'ils l'ont toute enseuelie.

   A quoy donc tant de lambeaux d'encourtinages
ceremoniaux, & autres singeries affaitées, dont les
Papistes tapissent ceste action? N'est-ce pas vouloir esclaircir la lumiere, chauffer le feu, fortifier la
toute-puissance, vouloir impudemment regeter &
rendre plus sage la toute diuine & eternelle sapiēce? Quoy!quelle folie, de penser seruir Dieu plus
sainctemēt, par des façons apostées, que par la diuinité des siēnes, ou biē ostāt sa façon, pour y admettre la nostre. Les ceremonies du Papa, sōt elles plus
sainctes que celles de la simplicité que I. Chr. nous
a enseignées. Ceux-là meritēt-ils plus d'authorité
que luy, sera-ce Rome qui nous reprochera au iour
du iugement de n'auoir gardé ses ceremonies, ou
Christ qui nous condānera d'auoir quitté les siennes, pour establir les leurs. Est-ce point pour cela
qu'ils defendent la lecture du N. Testament, par ce
qu'il y est tousiours parlé de la Cene, & iamais de la
messe; & eux veulēt tousiours parler de messe, & bā-
nir la Cene, encor qu'il y ait aussi peu de messe en

la Cene que I. Ch. a celebrée, que de peche au ciel
ou de SS. Anges en enfer. On n'y trouue non-plus
d'adoration, ni de Saincts, ni d'image, ni de pantoufle Romaine, ni de Purgatoire, ni de Reliques,
ni de quatre téps, ni de Karefme, ou de confeffion.

La Saincte Parole de Dieu purgée, n'a point ces
fauffes encloueures là, ce font pieces pluftoft politiques qu'Euangeliques, ce font pilotis qu'on a
preparés pour fe fonder pluftoft, que pour rendre
les hommes meilleurs, pour les diftraire, que pour
les retirer à Iefus Chrift, lequel (ou fes Apoftres)
en euft touché quelque mot, fi cela euft efté, ie ne
dis neceffaire, mais profitable à l'Euangile.

O! c'eft icy qu'ils s'efcriment comme Maiftres
de fale, à toute outrance de leur *Tu es Petrus*, c'eft
leur plus fort chafteau, leur donjon qu'ils tiennent imprenable, c'eft la plus forte place en laquelle ils fongecreufent ceft efquipage fouuerain,
ce droit diuin, pour treffaillir & monter, non feulement au deffus des Empereurs, mais des Apoftres & de Iefus Chrift: c'eft d'où ils prennent fubiect d'efcremer cefte authorité fur-diuine, c'eft là
où, comme en vne forge, ils maquinonnent la fabrique d'vn pouuoir baftard prodigienfement gigantefque, fuperieur à l'Euangile & au Nouueau
Teftament: mais certes, quiconque manierabien
cefte hapelourde d'interpretation qu'ils luy donnent, ils trouueront bien toft que le titre eft
moindre que la prefomption qui fait contre eux
& que fi on en deuoit paffer par les loix de
Iuftinian, où il eft requis titre tres autantique,
tref-

tref-ample en telle matiere où eſt ſõ cõtract, ſon
droiĉt ſõ aĉtiõ iln’en a aucune chartre:l’inſtitutiõ
des Roys , le tiltre de Maieſté ſouueraine qu’on
leur dõne eſt fõdeé en pluſieurs en droiĉts de l’Eſcriture S. ſpecialement au 13.aux Rom. où l’Apoſtre les recommãde ſans affaitterie ni affeĉtation.
Il leur eſt commandé de faire iuſtice de tout le
monde quand il eſt meſchan t,mais où eſt il commandé au Pape de faire iuſtice des Roys,ni d’vſer
d’vne telle ſurſouueraineté qu’il a vſurpé ainſi
faute d’archiues & devalables enſeignemẽts il doit
eſtre cõdamné car il n’en a aucun ſimple ou ſolẽ-
nel,ni cõieĉture digne de foy & d’authorité:il n’y
a aucun tiltre de depoſt ou de garde il veut qu’on
l’adore parce qu’il le prononce mais on n’en fera
rien s’il ne monſtre ſes paucharaes.

Quelle villenie de ſe mettre en la place deDieu
ſans y eſtre enuoye ou eſtabli , s’y placer de ſoy
meſme,ſans doubte que les Chreſtiens ſeront repris de Dieu d’auoir receu vn marmouſet , vn
griffon en ſon lieu, vn faux pere en la place d’vn
vray peré , vn mercenaire courtiſan pour le
vray pere de famille,vn faiſeur de pouppeé au lieu
du createur. Il s’habille luy & ſes ſuppoſts en pou-
peé quand ils vont à leurs attelier que diie eũ
pouppeé mais en commediant,au lieu de celebrer
des myſteres ils farcẽt des comedies & les Chrẽ-
ſtiẽs l’approuuẽt cõme ſi c’eſtõit Ieſus Chriſt, hãt
quel peché quel remord de conſcience, cela ſouffre
vn reproche de toute puiſſante cõfuſion. Il n’y a
ſi pauure iuge gueſtré qui eſtant hors d’intereſt,

ne les exterminat, voire fuſſe au tribunal Turqueſque deuãt les plus remiſſibles quelqu'enuie qu'ils
vſſent de preferer le ciuil au criminel Sãs dout ils
ſuccomberoyent à tous les intereſts qui ſont du
train d'vne cauſe ſi maieſtatiue & ſouueraine. Ie
ſçay que pluſieurs cõmétaires poſterieurs de quelque ſiecle aux Apoſtres monſtrent bien qu'ils ne
ſont pas les premiers trõpés, mais ils ne prouuent
point qu'ils ne ſoyent treſ lourdement trompés.
Il n'y a que Ieſus Chriſt & ſes Apoſtres qui puiſſent verifier, authoriſer ceſteſpouuantable & in-
determiné pouuoir par eux vſurpé. Mais S. Paul
n'en auoit il point ouï parler ignoroit il le nouueau Teſtament la practique de ce *Tu es Petrus*
luy eſtoit elle point recommandee? Toutesfois
il s'oppoſe, fait teſte à Sainct Pierre, il le rabbroue
ſingulieremét aux Galates deuxieme. Il ne le re-
cogſnoit point plus qu'vn autre. Sainct Pierre
meſme en parle comme s'il n'en croyoit rien &
comme s'il eſtoit reglé en meſme eſgalité auec
les autres Apoſtres.

Ie ſouhaiteroys que le Pape euſt vn peu de l'eſprit de S. Pierre, afin de luy ſubmettre ſon pouuoir, ou que S. Pierre euſt eu l'eſprit pontifical
Romain, car il l'euſt decidé auec Sainct Paul,
& en cas de quelque valeur il euſt interiné la publication de ſes droits treſ ſouueraines. Mais S.
Pierre eſtoit trop homme de bien, & les Apoſtres trop vertgeux, ou pour couurit en ſilence
les appartenances de Ieſus Chriſt, ou bien pour
ſe les tellement attribuer.

Comme

Comme S. Pierre n'auoit accoustumé de rien
taire qu'au profit de l'Euangile & de sa charge,
aussi n'eust il sceu prononcer des chimeres vice-
dealles, que Iesus Christ eust detesté si on luy en
eust parlé: les eust réuoyé au dela de la honte qu'il
filt à la mere & aux enfans de Zebedee qui ne de-
mandoyent que la droicte ou la gauche , mais
qu'eust il dit si on luy eust demandé le haut bout,
sa place mesme, voire sa tout e puissance?

Les heresies s'auançoyent du temps de Sainct
Iehan, il n'a iamais rien renuoyé ni fait mention
de Papalité, ou de chose qui en approche, il a parlé
de Sainct Pierre comme de son meilleur ami,
mais non comme de l'outre-souuerain à la Chrestienté.

De l'inestimable tort qu'on fait à Dieu, de defendre
la lecture des Sainctes Escritures, & que
de là vient le mespris qu'on
apporte au comman-
dement de
Dieu,

CHAPITRE IV.

IE pense que les enfans de Noé iubiloyent mõ-
tant dedans le retrenchement de l'arche estant
asseurez de l'euasion du deluge , ainsi Israel sortant d'Egypte à l'issue de mer roug voyant les
flots montez, liez en haye, fermes comme rocher de part & d'autre, se rompre tout à coup, &

abifmer les Pharaonites qui les pourfuiuoyẽt, eux
qui cerchoyent l'entrée à la terre de promiffiõ, la
vraye terre de promiffiõ c'eft la S. Efcriture où
naiffent toutes fortes de geraces & enfeignemẽts
eternels, C'eft l'arche de Noé où les vrays Chreftiens fe fauuent contre le deluge d'erreur qui a-
bifme toute le monde.   Le lordain fe rebrouffa
vers fa fource, tous les fages politiques enfeignét
que pour reformer vn eftat il le faut reuoquer &
rebrouffer à l'origine de fa premiere fondation
pour empefcher le precipice par où il court à fa
diffolution. L'Eglife eft toute defguingandee. Il
n'y a aucune marque de diuinité, tout y eft en for-
faicts, refauattee de lambeaux, haillonneufe, hon-
teufe, proftitué à toute fauffeté.   Quel moyen de
l'amender & luy faire perdre toute cefte tare ainfi viciee. Il la faut rappeller à efte premiere piece.
La vraye iauge de l'Eglife ceft l'Efcriture. Les
Philofophes difent que *Rectum eft index fui & obliqui* ce qui eft droit fe demonftre & encor plus ce
qui eft oblique. Vn niueau appliqué à vne muraille fi elle eft biẽ droite il en affeure, fi elle eft tor-
tuẽ ou qu'elle face coude il le demonftre auffi. Le
premier mobile eft la mefure de tous les mouue-
ments, l'eternité du temps , la parole de Dieu, le
reglement de cãlle des hommes la contagion defquels ne fe peut ofter que par l'adiuftement d'i-
celle. Mais quoy? que cela eft pitoyable d'eftre incorrigible de ne fentir mais de fe plaire en fon
mal, reietter condãner les medicamẽts, Helas Dieu
eft interditlen la romanerie fes oracles sõt prohi-
bez

bez. Il eſt defendu de luy parler ni de l'eſcouter,&
au ſimple peuple de ſçauoir ce qu'il luy dit. Car il
ne luy peut parler qu'en certain latin apoſté incognu à cent à mil pour vn. On eſt cenſuré, reputé
criminel d'inquiſition non ſeulement à lire mais
auoir chez ſoy le liure de la parole de Dieu. Ceux
qui le fôt ſont excômuniez &ſi on le deſcouure ils
ſont rigoureuſement chaſtiez:ah gens rebelles au
Sainct Eſprit! Apocalypſe 1. Bien heureux eſt
qui lit & ceux qui oyét les paroles de ceſte prophetie,&qui gardét les choſes qui y ſont eſcrites.
Notez c'eſt vne prophetie ppheriquemét eſcrite,
Il faut fouir le ſens biē creu x deſſous la letre. C'eſt
la derniere piece ſacree de la parole de Dieu,
qu'on ne peut lire ſans benediction car ce mot de
bienheureux ſignifie benediction ſur celuy qui lira & gardera ce liure, & puis voyez ſi les maledi-
ctiôs du Pape ne ſôt temeraires & infernales qui
defend, excômunie,maudit,ce que Dieu cômande
& benit.

Les premiers liures qu'il a enrollez au Catalo-
ge des liures heretiques, eſt la Saincte Bible en
langage vulgaire comme ſi Ieſus Chriſt,les Apoſtres & Prophetes eſtoyent la doublure,le reuers
ou pluſtoſt l'accompliſſement des maledictions,
de Balaà qu'en cuidant nous donner vne doctrine
de benediction , il luy en euſt ſcappé vne toute
contraire de malediction & que le Pape fuſt de-
puté pour en eſtre le correcteur , & neantmoins
Dieu eſt ſa parole & la parole de Dieu ne ſe peut
corriger non plus que Dieu:& côme Ieſus Chriſt

hantoit auec tout le monde : ainſi ſa parole doit
eſtre leuë & maniee de tout le monde, en toute lãgue , maugré les prohibitions de qui que ce ſoit.

Chriſt & les Prophetes , n'ont il pas parlé &
eſcrit en langue vulgaire & praticienne , non en
langage occulte & ſcholaſtique , ſa parole , ſes
ſermons , tout eſt populaire : les Prophetes &
Euangeliſtes n'ont eſcrit aux eſcholes , ou pour
les ſeuls Theologiens , mais aux moindres , au
menu fretin , à la lie du peuple , autant qu'aux
doctes , tant s'en faut qu'elle nuiſe , c'eſt l'antidote de la mort , elle deſempoiſonne du peché,
& de l'hereſie. Ieſus Chriſt la pleige , diſant que
c'eſt vn pain de vie : elle eſt chaſte dit Dauid , car
elle enſeigne la chaſteté : mais ce n'eſt le deduit
des romains : c'eſt vn argent purgé ſept fois par
la fournaiſe , il eſt impoſſible de la monder ni
trouuer choſe plus pure en nos ames. Comme le
ſucre ayant eſté affiné par ſept fois , ſe tourne en
pierre à la huictieme , & ne reçoit aucune purgation plus outre , ainſi il eſt impoſſible de repurger la parole de Dieu , elle eſt ſans lie, ſans vaſe,
plus claire , plus nette que les cieux , que les a-
ſtres : il n'y a rien à blutter ni à tramiſer.

Et cependant la defendre ainſi malheureuſe-
ment , comme ſi Ieſus Chriſt auoit marqué ſa
parole d'vn coin adultere , lequel ſeruit de faux
fourreau pour nous l'adminiſtrer , ou comme
s'il auoit ſemé des baiſers de Iudas dans icelle : ou
emprunté de l'enuie du premier ſerpent , ou de
l'affection odieuſe de Satan pour meſler dedans

ſes oracles, afin de nous y pipper, ou qu'il euſt de-
ſtiné de nous perdre dans noſtre ſalut, comme ſi ſa
parole n'eſtoit la creſme de noſtre ſaluation, l'extrait de l'eternelle & toute puiſſante infinité de
Dieu conuertie en vraye pharmacie pour noſtre
gueriſon, ou qu'il y euſt meſlé de l'haleine du baſi-
lic, parmi le ſouffle du Sainct Eſprit, & que l'E-
uangile de Ieſus Chriſt receuſt pour ingredient
celuy de Satan, ou que l'Antechriſt euſt infuſé du
trouble de ſon aduenement dans les bonnes nou-
noulles que Ieſus Chriſt nous a apportees, ou que
noſtre ſalut fuſt hors d'icelle, & elle en inimitié a-
uec noſtre ſalut, comme ſi elle eſtoit contraire à
nos ames, de meſme que la maladie à nos corps, ou
que Dieu fuſt hors de ſa parole, ou qu'il l'euſt có-
poſée d'erreur, & que la Bible ne fuſt que le perroquet du Pape, & que le Pape l'appriſt à parler in-
ſenſement, & qu'elle ne ſçeuſt que dire ſans eſtre
chiflée du Pape: cóme ſi la parole de Dieu, n'eſtoit
en Dieu, ou que ce fuſt moîs de faute d'oſter la vie
de l'ame, que celle du corps, aſſauoir le pain charnel: le pain, la vie de l'eternelle, que celuy de la téporelle, & q̃ Dieu fuſt preuaricateur & corrupteur
de la pudicité des femmes, & de la fidelité des hómes, & comme ſi le Pape eſtoit plus hóme de bien
que Dieu, ou que la parole de l'vn fuſt moins forte
que les canons de l'autre, & que Gratian fuſt la rectitude des Prophetes, Rome la mere de nos ames
& que Dieu les vouluſt ſuborner au peché.   N'eſt
ce pas arguer Ieſus Chriſt de trahiſon, comme s'il
eſtoit dou ble, & de malicieuſe cautelle, & que ſa
parole fuſt au gage de Satan pour luy amener

des hostes, le rendant officier de la mort eternelle
luy qui n'est venu mourir, que pour sauuer ce qui
estoit peri, comme s'il estoit mort pous nous faire
mourir, ou de crainte que ne fussions sauués, ou
comme si sa parole estoit la voye d'vn loup garou,
luy qui est l'agneau de Dieu, qui n'est venu que
pour payer, abolir, rachetter le peché du monde.
Et à quel propos donc defendre sa parole, lui qui
nous commande de ne bouger d'icelle? De vray
il faut obeir à Dieu d'aduantage qu'aux hommes,
& non au Pape d'aduantage qu'à Sainct Paul, aux
Prophetes, & à toute l'antiquité de la Bible. Mais
quoy? obeir en telle prohibition à Rome: comme
si Rome estoit S. Paul, & l'Euangile, & que Sainct
Paul, & l'Euangile fussent Rome, ou comme, si
tout homme romain, ou chef souuerain papistique
estoit Prophete & Apostre, & par dessus les A-
postres, & que les Prophetes Apostres, Euangelistes fussent vn esprit menteur, demoniacle: car on
ne defend point de parler aux Demoniacles, comme on defend de parler à Dieu en ses Escritures.
Dauid selon leur dire auroit bouffi des fumees dio-
nisiaques qui luy estinceloient par les yeux en disant, *lucerna pedibus meis verbum tuum*, comme si
Dieu prohibant la parole oiseuse auoit prohibé la
sienne.

Ceux qui defendent la lecture des edicts & ordonnances royaux sont coulpables de leze Majesté, l'iniure grande, & quel blaspheme côtre Dieu,
que de mettre sa parole parmi les liures des here-
siarches, magies & d'enchantements. Ie ne m'estô-

ne

ne point, s'ils foulent ainſi ceſte tres-ſainĉte parole, veu qu'ils ne font point plus d'eſtime des S.
commandements de Dieu : car ils practiquent l'i-
dolatrie, ne faiſant nõ plus de compte du premier
commandement de Dieu, que de celuy de leur valet. Dieu defend l'idolatrie, & ils adorent vn morceau de pain, l'os de la iambe d'vn mort : ils idola-
trent les images, les reliques des ſainĉts, plus qu'ils
ne reuerent Ieſus Chriſt. Les images qui ont fait
tant de tort à Dieu, & en font encor auiourd'huy
tant à ſon honneur, detenant en cecité, d'aduantage
des neufs parts du monde qui ſont idolatres, adorant pour Dieu le bois & la pierre : cependant on
les meſle en adoration de foy, on les colloque en
miſtere de religion. Cela ſent le paganiſme, Dieu
vengera la malice d'vn tel idiotiſme.

Dites moy n'eſt-ce pas vne idolatrie qui abeſtit
les plus doĉtes, que d'adreſſer ſon inuocation à
vne choſe brute, à la brutalité meſme, ains qui eſt
vn chemin par delà toute brutalité. Celuy ne ſeroit-il pas idolatre qui dreſſeroit ſes prieres au
bœuf, & à l'aſne de la creiche pour en tirer quelque propitiation. N'eſt-ce pas encores plus be-
beſtialemẽt crié en l'himen publicque & ſolénel-
le qu'ils chantent quinze iours deuant Paſque au
temps qu'ils appellent la paſſion, commeñeant
Vexilla regis, dedãs lequel cantique ils adorẽt toute pierre ou bois, toute taille ou peinture figuree
en croix, les inuocant afin de receuoir d'icelles fa-
brications figurees, augmentations de iuſtice, &
pardon de leur coulpe, en diſant, *O crux aue ſpes*

*vnicâ, hoc passionis tempore, auge piis iustiam, reis-
que dona veniam*; ie te saluë ô croix esperance v-
nique, dedans ce temps de la passion, augmente la
iustice aux pieux, & dône pardon aux coulpables.
Ie vous laisse à penser la raison qu'il y a de haranguer d'vne denotion si profonde à vne creature
qui n'a ni ouye, ni veuë, ni sens ni entendement:
& quand elle sçauroit parler, elle renuoyeroit telles prieres au tout puissant, auquel seul appartient
d'estre nommé esperance vnique, & de déliurer
la iustification, & de pardonner aux pecheurs.
On pourroit présenter pareille requeste, pour le
moins quiconque voudra homologuer telles prieres, il faudra aussi qu'il interine celle qu'on fera
au bœuf & à l'asne de la creiche, & à l'asnesse qui
porta I. Christ, lors de son entree en Ierusalé: car
on pourra former vne remonstrâce sur ce ton, S.
Asne sois propice à ce pauure peuple asnier, comme Tertullian & Tacite disent qu'on appelloit les
premiers Chrestiens asniers: & pourroit-on aussi
haranguer en la mesme façon aux cloux qui ont per
se, & au marteau qui les a coignés dâs le corps de
I. Christ: & par dériuatiô à la main, au bras qui
a frappé les coups : car sans la main & le coup les
cloux & la croix n'eussent serui d'instrumêt à nostre redemtion. Ie passe les epithetes titulaires
qu'ils dônent à la Vierge Marie l'appellant royne,
mere de misericorde, nostre esperâce veu mesme,
qu'elle n'a sceu se iustifier & a falu qu'elle ait receu
misericorde & vie d'ailleurs: elle eut blasphemé
si elle eut eu esperance en elle mesme, elle n'en
auoit

n'auoit point d'autre, finõ la cõmune des Chreftiẽs,
affauoir Iefus Chr. que fi elle eut colloqué fon e-
fpoir en elle-mefme, cõme nous faifons le noftre,
elle eut defobei à Dieu, car il n'y a que Dieu feul re
met les pechés, Chrift eft le feul agneau qui les ô-
fte du mõde. Il n'eft iufques aux pieds du Pape qu'õ
adore en le baifant cõme le propre pied de Dieu,
& fouuent il peut arriuer que c'eft le pied d'vn reprouué, pprietaire d'enfer. De vray les images fõt
vn reliquat, c'eft la lie du paganifme : car les premiers operateurs de l'ambaffade de I. Chr. ne vou-
lãt d'vne extremité à l'autre, trainer les pauures I-
dolatres afin de né les perdre en chemin, à l'exẽple de S. Paul qui fit circoncir Thimotée, ils leur
laiffoient quelques idées de leurs Idoles qu'ils a-
boliffent par apres felon l'accriffement de l'Euangile. Mais fentant le gain des offrandes, chandelles neufvaines, pelerinages, ce qui amenoit des
fondations de feruice & autre pagoderie chinoife,
qui auoit mutilé tout le monde.

L'amour du gain ayda à frauder la confcience
du reffentiment de fon erreur, lequel fe defequil-
lonna & rendit familier à vne pieté traueftie de
connoitife, attribuant à Religion tout ce qui
accumuloit les richeffes des officiers de la Religion qui donnoient la cenfure qu'ils en deuoient
faire, à l'auidité du profit qu'ils en tiroient.
Et ainfi, la perpetuation des images eft fille
de l'auarice des Pafteurs, des Chreftiens,
Et ainfi ils fe font ferui de degré pour monter à vn blafpheme execrable, en adorant

l'image de Dieu, de la mesme adoratiõ que Dieu, encor que Dieu ne se puisse imager & que l'image ne puisse estre Dieu: c'est pourquoy ils sõt doublement idolatres en donnant l'adoration deüe à Dieu seul, à vne image fausse & menteuse. Ie yeux que leur adoration se rapporte au principal but: toutefois ils ne font qu'vne adoration des deux, assauoir du bois & de Dieu, & l'image est tousiours la premiere adoree & de latrie auec Dieu mesme: ainsi de dulie pour les Saincts, reuerant premier leurs images qu'eux mesmes: ouy mais dires vous, ce sont les liures des ignorants, Il est vray, ce sont aussi liures ignorants qui ne parlent point, qui ne corigent point, mais enseignent à idolatrer: c'est pourquoy il faut oster aux ignorants tels pedagogues ignorants, & ne leur dresser tels achoppements, car *Tu ne te feras aucune semblance*, dit Moyse, *dece qui est au Ciel, & en la terre*.

Il y auroit moins de danger, à ce faire des hieroglifiques, comme les Egyptiens ou des chiffres ou caracteres, comme les Chinois, sous chascun desquels ils cognoissent chasque chose, ou par signe, comme expriment les muets, lesquels on pourroit peindre sans adorer. Il n'y a moins d'inconuenient à l'intercession des Saincts, laquelle n'est aucunement exprimee en l'escriture, comme si Dieu n'estoit pas plus sainct ou plus puissant que les saincts ou que son bras fust si court, qu'il ne fust assez long pour nous aider sans l'addition de celuy des saincts, comme s'ils auoient quelque chose à donner

ner que Dieu ne peut donner fans eux ou qu'ils
penetraffent par tout & fuffent d'aduantage nôs
peres que Dieu , ou comme fi les merites du fils
de Dieu eftoient foibles & fa es fans les leurs,
comme s'ils eftoient mediateurs du mediateur,
ou qu'ils nous peuffent rendre propice le propiciateur,& que leur mifericorde feruift d'efchelle
pour efcalader & paruenir à celle de Dieu tout
puiffant qui eft infinie , la leur n'en eftant qu'vn
petit rayon.

Comme fi Dieu auoit à faire d'vn maiftre des
requeftes qui luy expofat nos fupplications , qui
luy libellat nos demandes , qui digerat le defmef-
lement de nos acclamations pour fon oreille , le
rendit plus mol, car ils la detrem pent de begni-
nité,à ce qu'ils difent , ou pour rendre nous pri e-
res plus entrates à fon ouye: car elles fe partat de
nos brouches,font pointées de trauers,mal aron-
dis,elles ne fe fçauent tourner du biais qu'il faut
qu'elles foyent dardées.elles coucheroyet à l'huys
s'il n'y auoit vn fourrier qui les apointat, ou bien
ne cognoiffant l'attention de Dieu , il leur faut
quelque introduction , côme aux Embaffadeurs
eftrangers qui ne font introduits au Roy que par
vn Seigneur des plus fauorifé de la Cour.

Mais comme il y a la pierre Salpa , qui attire à
foy le bois:l'aimant le fer:l'eftomach de poule qui
digere la pierre : celuy de l'autruche qui cuit le
fer:Ainfi l'ouye de Dieu efpie, attire nos prieres,
cuit , digere , tout ce qu'il y a de dur à excufer,
& rectifie , ce qu'il y a à corriger , en choifit

l'effeﬆ de l'exaucement, à noﬆre plus grand pro-
ﬁt duquel il eﬆ impatiemment deﬁreux, n'ayant
affaire d'aucun gaignedenier pour monter ou retourner, ou porter deuant ou derriere, afin de luy
preſenter nos petitions. C'eﬆ luy qui nous inſpire de le prier parce qui aime paſſionnement &
ne peut durer ſans nous faire du bien.

Et encor que cela ſoit permis aux viuants de
prier les vns pour les autres, c'eﬆ pour conforter la charité, nourrir la foy, mais au ciel ils
n'ont à faire de tous ces ſubſides là. Les Sainﬅs
n'ont plus d'yeux corporels, ils ne voyẽt par iceux
rien que de ſpirituel ou eternellement celeﬆe,
outre que les yeux ne voyent que par le miniﬆe-
re des phantoſmes & eſpeces receuës.

Or eﬆ il que Dieu eﬆ jaloux de ſa gloire, &
qu'à luy ſeul appartient de nous aider & de
nousvoir dés l'autre vie. Ouy mais diſent ils, Gregoire le grand dit qu'eﬆ ce que ne voyẽt ceux qui
voyent celuy qui voit toutes choſes. Il faut donc
que quand d'icy on prie les ſainﬅs que Dieu leur
diſe & reuele, Pierre, Paul voila vn tel qui te prie
que tu me pries pour luy.

Quelle cacophonie, quel circuit, quelle pourme-
nade de prieres, elle s'adreſſe premierement à S.
Pierre, mais Dieu la recueille & la porte à
Sainﬅ Pierre, & Sainﬅ Pierre la reporte à
Dieu, car il luy preſente, & Dieu la rend à
Sainﬅ Pierre toute reſpondue, interinée, ou eſ-
conduite. Et puis Sainﬅ Pierre la rend à Dieu,
afin de faire tenir l'effeﬆ à celuy qui a premierement

ment formé la priere.   Vn homme seroit noyé
dix fois auant l'arriuée d'vn si long secours.

Ouy mais disent les autres , nos Anges les
portent aux saincts , Cela est faux car Iob en son
13. chapitre ,   parlant de ceux qui sont trespassez, luy qui estoit versé en la vie & au voyage
des bons & mauuais Anges pour auoir iouy de
leur colloque quelque fois dit, sans exception, Si,
ses fils sont nobles il ne le sçaura point , & s'ils
sont chetifs il n'en entendra rien. Outre que
en Esaye chapitre soixante quatre , vers. seize,
Abraham n'a rien sçeu de nous , Israel ignore en
quel estat nous sommes, à tant, sois nous propice,
toy mesme. Neantmoins les sainctes de l'ancien,
Testament sçauoient autant de nouuelles de ce
monde que ceux du nouueau.

Et en l'Ecclesiastique neufuieme , Les morts,
ne sçauent rien, leur amour, leur haine , leur enuie
est ia perie, ils n'ont plus nulle part au monde, en
tout ce qui se fait sous le soleil , de sorte qu'ils
n'affectionnent plus qu'a s'occuper en la gloire
qu'ils iouissent.

Sathan vray poison de la pureté de la doctrine
chrestienne touchant l'oraison à tousiours affolé
les Ethniques pour les faire adorer , & prier les
creatures excellentes , encor qu'aux Romains
chapitre premiere, la sempiternelle vertu & diuinité de Dieu ait esté suffisamment manifestée,
aux Gentils:car ce qui est visible sert de chiffre de
tableau, d'indice , ou dictionnaire pour y comprendre ce qui est inuisible en Dieu.

Q 2

Toutésfois en Sirac 13. ils se font forgés, imprí-
més des Dieux de feu , de tourbillon , de vent,
de deluge des eaux. Comme la nature tiré & forme de l'eau des poiſſons: Ainſi la malice des hommes à contrefait Neptune, Vulcain, Pluton, Ceres,
Bacchus , des elements & des choſes elementees.
Gardés vous bien dit le 19. du Leuitique de vous
tourner aux idoles ou Dieux de fonte. 1. aux Corinthiens 10. fuyés la reuerence des idoles. En So-
phonie, 1. Ils ont adoré iuſques à la gendamerie
du ciel , Il reprent icy l'adoration des Anges. Et
au 14. v. 20. Les Ethniques ont adoré les hommes
come Dieu, N'eſt ce pas ce qu'on fait aux Sainčts?
au 13. 10.

　Ils ont appellé Dieu les œuures des hommes,
l'or, l'argent, les inuentions artificieuſes, & ſimili-
tudes d'animaux. N'eſt ce pas le train de nos papi-
róques, quand ils papelardent le bois, la pierre, le
papier veu qu'au Deuter. 6. tu adoreras & ſeruiras
feulement à Dieu. Oſee. 13. En moy ſeul giſt toute
l'eſperãce de ton aide. Daniel 6. ver. 27. Il eſt ſeul
ſauueur & liberateur. 1. a Timothe chap. 2. Il n'y a
qu'vn ſeul mediateur de Dieu & des hommes, qui
s'eſt donné en redemption pour tous. Hæbr. 9. Il
eſt mediateur. Et 7. viuant interpellant d'ordinaire, ſon pere pour nous. 1. Sainčt Iean chapitre 2.
Si quelqu'vn à offenſé , nous auons vn aduocat
enuers le Pere , Ieſus Chriſt le iuſte , &c. Et
qui luy oſera voler ceſte qualité, ou la rompre &
l'attribuer mediatement ou immediatemēt, toute
ou la moitié, ou en partie à quelque Sainčt hõme,

que

que ce soit, veu que tout homme est miserable pecher, né en iniquité, destiné aux enfers, si la misericorde de Dieu par son election preuenante ne l'en
preserue : y a-il homme si effrené, qui ose establir
ses decrets contre l'expresse parole de Dieu prea-
leguée, laquelle nous ordonne de ne recognoistre
qu'vn seul Mediateur Iesus Christ?

Comme la nature tire & forme de l'eau & des
autres elements par la corruption d'icelle des
poissons & autres animaux aquatiques. Ainsi la
malice des hommes a tiré du seruice & culte de
Dieu des Neptunes, des Vulcains, des Plutons, &
autres faux Dieux qu'elle s'est formée. Leuit. 19.
*Gardés vous bien de vous tourner aux idoles, ou
dieux de fonte.* En la 1. aux Corinth. 10. *Fuyés la reuerence des idoles.* Ce que mesprisant la Papapo-
stasie, contre l'expresse parole de Dieu, à l'imitation des Payens, s'est formée milles sortes de dei-
tailleries, leur rendant l'honneur, & souueraine a-
doration deuë au tout-puissant, s'agenouillant deuant la peinture & fonte d'iceux. Et à quel propos
respandre des prieres en l'air qui extrauaguent
sans que personne les loge : & puis à des creatures,
comme si le Createur nous manquoit , comme si
Dieu n'estoit infiniment misericordieux, ou qu'il
ne fut point par tout, comme s'il ne nous escoutoit
& ne voyoit nos prieres premier que les Saincts,
comme s'il ne les pouuoit ouyr ni perceuoir, si les
Saincts ne les portent à ses oreilles, ou que ses o-
reilles vomissent nos prieres, si elles ni sont sirin-
guées par d'autres que par Dieu mesme, ou com-

me ſi Dieu ne pouuoit faire du bien à ſes creatures,ſans que les Sainᶜts y meſlaſſent du leur:com-
me ſi la paternité des Sainᶜts eſtoit plus douce &
pitoyable que Dieu meſme, adreſſant à iceux,chã-
delles,encés,adorations,feſtons, feſtes, ſeruices &
autres ſortes d'idolatrie, du ſeruice deſquels il n'y
a que Dieu qui en ſoit capable:outre qu'on ne doit
inuoquer que celuy en qui on croit,& de l'aide duquel nous attendons ſoulagement.

Il n'y a que Dieu en qui on croit,Matth. 11. *Ve-
nez à moy ô trauaillez & chargez,(&) ie vous ſoulage-
ray.*Ouy,mais(dira quelqu'vn)on chemine aux aureilles desRoys par les mignons qui en ont la poſſeſſion fauorable,les Sainᶜts ſont aimés deDieu,&
nous en ſommes plus eſloignez qu'eux , leur pouuoir y a dõc plus de credit que le noſtre. ie reſpós,
que les Róys n'ont les oreilles par tout, elles ſont
plus courtes que leur ſceptre, incapables de courir
par toute leur domination:les officiers ſeruẽt d'eſ-
chaſſe,de lunette, d'arbaleſtre , pour les faire ouir
de loin,la plus part ignorans de leur deuoir , & de
la neceſſité d'autruy,ſi elle ne leur eſt portée &ex-
primée : encor faut-il que ce ſoit par des langues
mouëlleuſes , adoucies & trẽpées de courtoiſie &
familiarité:car les Princes ſoupçonnent & friſſonnent à la face de ce qui leur eſt deſ-accouſtuné,ou
incognu : & en ce cas on s'addreſſe à ceux qui ſont
comme les conciergcs de leurs intelligences, auſquels ils ont liuré la clef de leur ouye, & ont donné en maniement le pouuoir de leur faire entendre la diſette de ceux requierent leur charge,mais

il n'en eſt ainſi de Dieu, car il eſt infini & infiniment miſericordieux & miſericordieuſement par
tout.   La bonté des Sainƈts n'eſt rien au prix de
c'elle de Dieu, c'eſt ſeulement vn rayon d'icelle, &
puis en S. Iean. 4. *Nul ne vient au Pere que par moy
qui ſuis la voye, la verité, & la vie.* à la ſeconde à Ti-
mothée 2. chap. *Ieſus Chriſt eſt vnique moyenneur
entre Dieu & les hommes.* premier des Roys chap.
8. *Dieu ſeul cognoit les cœurs des hommes.*   C'eſt
pourquoy, les Sainƈts ne peuuent cognoiſtre les
noſtre : leurs aureilles ne peuuent eſtre atteintes
de noſtre voix.

Nous pouuons bien prier les vns pour les autres
tandis que nous ſommes ſus bout par deça.   Et
pouuons bien ioindre toutes nos clameurs en vne
flamme, pour l'enuoyer tout d'vn coup à Dieu:
nous nous voyons & entendons les vns les autres,
& pouuons bien partager noſtre charité, l'inſtillât
en nos prieres, pour la faire deſcendre ſur nos
confreres : & ainſi les prieres qu'ils prient pour
tous : mais ce n'eſt qu'en paſſant pluſtoſt qu'en
s'arreſtant, c'eſt pour l'exercice de la charité
pluſtoſt, que pour donner comble à nos ſou-
haits.

Quand nous prions Dieu les vns pour les autres,
nous le prions au nom de Chriſt, & en la Papen-
haſerie on le prie au nom des Sainƈts, qu'ils font
compagnons de la mediation de Dieu.   En Sainƈt
Iean ſeziefme chapitre, Chriſt recommande que
les oraiſons ſe facent ſeulement en ſon nom. Aux
Aƈtes 4. chap. Il n'y a autre nom de ſalut qui aiȶ

vertu de ſauuer, ou d'aider au ſalut corporellemẽt
ſpirituel , ou ſpirituellemẽt corporel que celuy là.
Meſmes ſa Papéhourderie ſe ſert des Sainſ&s pour
app iſer&adoucir I.C. cõme s'il y auoit quelqu'vn
plus pacifique & miſericordieux, que Ieſus Chr. ou
cõme ſi IeſusChriſt pouuoit emprunter des autres
hommes de la bonté & debonnaireté, Sainſ& Iean
3.& 12.   *Le Pere n'a point enuoyé ſon fils pour iuger,*
mais pour deſployer ſa miſericorde. A quel propos
donc proceder , comme s'il eſtoit iuge horrible,
implacable ? C'eſt renuerſer la nature de la foy, &
du Nouueau Teſtament. En Sainſ& Iean 6. *Ie n'ay*
garde de chaſſer dehors celuy qui vient à moy: comme
en S. Luc. 7. Il donna abolition à la Magdelaine,
playda ſa cauſe. En S. Matth. 6. Se fondit tout en miſericorde ſur ceſte trouppe au deſert qui eſtoiét cõme ouailles ſãs Paſteur, nõ ſeulemẽt vn à vn, mais,
peut-eſtre, par cẽteine de milliers. En S. Matth. 20.
deux aueugles. En S. Marc, vn ſourd & muet. En S.
Luc 7. en regardant le ciel il pleura de compaſſion
ſur l'ẽfant mort de la veſue. En S. Iean 12. le Lazare
mort fut arrouſé de ſes larmes, & reſuſcité : par ce
qu'écor que ſoyõs ſourds, rebelles à ſes inſpiratiõs
aueugles à ſes miracles, morts à ſa grace, ains ennemis mortels d'icelle & de luy, il pleure, il prie, met
tout en œuure, iuſques à ſa toute-puiſſance , pour
nous recõduire dedãs la reſipiſcẽce, & faire r'ẽtrer
au chemin de l'eleſ&iõ eternelle qu'il a fait de nous
& pour rebrouſſer ceſte idolatre ꝓpãſion. Il a ra-
broué, non ſeulement la priere des Apoſtres, comme
me à la mere des enfans de Zebedée , vous ne ſçauez

uez que vous demandez, dit il. Et S. Matth. 15. il
respondit fort rudement à ses Apostres , qui le
prioient pour la Cananée. En S Matth. 12. on luy
veint annoncer, que sa Mere & ses Apostres le de-
mandoient à la porte : allez, dit il, de quoy vous
meslez-vous , de porter la parole pour eux? ceux
qui font la volonté de mon Pere , me sont autant
qu'eux. Et S. Iean 2. comme renuoya il sa mere, qui
le prioit pour le vin des nopces de Cana de Galilée? de quoy t'empasche-tu, dit il, mon heure n'est
point encor arriuée. Et Iean Baptiste dit, ce n'est
point moy Iesus Christ, allez à luy ie ne suis ce que
pensés, & ne suis digne de le deschausser : ainsi au
mesme Cana, la mere réuoye, addressez vous à luy
& faites ce qu'il vous dira. Aux Actes 10. S. Pierre
dit à Corneille le Cétenier, tu m'aderes, leue toy,
car ie ne suis qu'vn hôme pauure pecheur, sás doute qui le redargua aspremét: mais l'Euágile n'ayãt
que des cóclusions & thesés, n'estãt qu'vn sommaire des grãds chapitres, & plátureux discours de Iesus
Chr. & de ses Apostres, il nous la isse à recueillir &
amplifier, les illatiós & cósequéces qui s'en peuuét
exprimer. Aux Actes 14. en la ville de Listre, ayãt
gueri vn boyteux, ils amenerent des taureaux pour
sacrifier, appellãt Paul Mercure & Barnabas Iupiter, ils deschirerét leurs vestenéts, se despitans de
sainct zele voyás ces hómes esperer en eux , criãt
miserables, que faites vous idolastres? nous ne só-
mes qu'hommes, que poudre. Que diroiét ils, s'ils
voyoiét tant de ceremonies accumulées au despla-
cemét du nó de Iesus Chr. sous l'institutió dü leur?

Apocalyp.19.S.Iean fut censuré par l'Ange disāt, ie ne suis que seruiteur, officier comme toy & tes confreres, adore seulement Dieu.

Car il n'y a que Iesus Christ qui soit mediateur immediat ou sans moyen, propiciateur sans receuoir propiciation de personne, qui a souueraine authorité sur toutes les demandes qu'il faict qui voit tout, qui sçait tout, nos prieres estant formees sont plustost deuant luy, que les rayons du soleil à son leuer n'est icy bas en terre. Les autres saincts, iaçoit que glorifiez, ne sont establis en aucune banque ou ils puissent auoir correspondance de ce qui se passe, ni des requestes qu'on leur addresse.

Les Prophetes du premier Testamēt n'ont prie les Patriarches, ni les Apostres les Prophetes, ni les Disciples les Apostres depuis qu'ils ont esté decedés. Ie laisse les festes des saincts & d'Apostres qu'ils obseruant beaucoup plus curieusemēt que le sainct dimanche auec beaucoup plus d'obseruation que celles qui appartiennent à Dieu, auec carrillon de cloches, appareil de lampes, & de lumiere, musique, orgues & autre sorte d'ingrediēts pour mōstrer que Dieu ne merite pas tāt d'aduancemēt que les hōmes, qu'vn patrō de perroisse a plus de credit que Dieu mesme, & qu'il est moins violable que luy. Et toutesfois le dimanche est la vraye festé. Il n'y a que luy qui merite la peine d'estre feste, ni qui soit de vray cōmandement. Les autres sont festes apostées cōtrefaites, sophistiques qui tiénēt plº d'idolatrie q̃

de

de pieté,& qui font plus errōees que Chreftiénes
qui enfeignent à oublier Dieu , pour donner fon
culte aux hommes: Ce font feftes qu'on met en la
place des feftes de Dieu. Que dirōs nous de la ca-
nonifatiō des faincts? c'eft vn ruiffeau qui decoule
des idolatres , fur le patron defquels c'eft formé
le papifme faifant des tiercelets de Dieu , ains des
Dieux tout a fait : ains les prifant plus que Dieu.
Il y en a qui croyent que Dieu ne peut pas ce que
peuuent les Saincts ; car s'eftant adreffés à Dieu
pour quelque maladie , & depuis à quelque Sainct
par la rufe de Satan qui leur forme vne fauffe idee
femblera leur auoir donné guerifon : tels vilipen-
deront le remerciement qu'ils en deuroyent faire
à Dieu , & le porteront à celuy qui,à leur opiniō,
les en a guerri,fans que Dieu s'en foit meflé , ou
parce qu'il pouuoit ce que Dieu ne peut pas : &
en cela plus idolatres que l'idolatrie mefme , car
les payens ne faifoient que des fous-Dieux ou demi-Dieux en regnoiffant toufiours vn fupreme
qui furmontoit& preuenoit toute façon humaine:
Or ceux ici ne fe contentent point de fe faire des
feconds Dieux , car ils les font marcher , & les a-
dorent deuant Dieu mefme.   Comme il y a deux
ans ou enuiron qu'eftant apportee vne eftole
laquelle auoit cheuauché en crouppe le col &
les efpaules du defunct cardinal Charles Borro-
mee icelle fut portee en proceffion , & adoration dans vne quaiffe ou corporalier auec en-
cēs & force luminaires,par le Curé de la parroiffe
S.Iaques de la boucherie à Paris,qui la tenoit haut

esleuée entre ses bras seló la methode qu'ils portét,& font adorer l'hostie qu'ils appellét le corps
de IesusChrist.Il marchoit au milieu de l'Euesque
du lieu,& d'vn autre Euesque forastie,& se solen-
nisoient en ceste fausse solennité. Ils estoient plus
errans qu'ils n'auoient d'erreur, ils se moquoient
d'eux mesmes,leur consciéce ne faisoit pas ce que
leur corps faisoit , leur creance estoit tout autre
que leur cótenance. Cependant ceste pauure moutónaille de parroissiens,qui aime ces circuits agir-
tés,& s'estudie à obseruer des iangleries,se iettoit
de genoux par où passoit ceste fastueuse relique,
qui n'estoit pas relique:car autrement tout le paué
de Milan par où a marché ce Cardinal,& qui a approché de son corps, autant que ceste belle piece,
ainsi deifiée,se deuroit mettre en relique. Ie m'es-
bays comme on n'a mis ses bottes , & sa mule en
relique. Ie crois que si on eut amené la mule dudit
Cardinal en processió en la place de ladicte estole , qu'on eut esté assés fol pour l'adorer , & faire
comme ce pauure peuple qui se hurtoit la poictrine d'vne main courroucée,& furieuse contrition,
adressoit ses prieres à ceste bandoliere, ie dis ceste
saincte estole,redoublás leurs sanglots,afin d'impetrer d'elle quelque faueur ou remission. Auoiét
ils point peur que leur Dieu qu'ils tenoient em-
prisonné,sous la clef dãs la tourette du ciboire sur
l'autel,n'entrat en ialousie,se voyant frustré de son
honneur , qu'on liuroit à vn vieux haillon desrai-
sonnable & insensé , la manie des hommes desuoyés aux extremités, porte leur souuenance , iusques

ques dans l'oubliance du vray Dieu, pour fiācer en
ſa place les plus viles de ſes creatures. Mais dites
moy meſſieurs les vaiſſeaux mitrez, ſi on vous apporte l'vn de ces Iours la chaire percée, qui a touché bien plus pretieuſement, & neceſſairement ce
corps, ou ſon pot de chambre, le feſtoyerez vous
auec ces belles careſſes ſacrées? Car l'atouchement
plus familier & ſingulier, leur à bien infuſé plus de
ſanctification , ce qui doit captiuer d'auantage la
volagerie de voſtre adoratiō. Ha! que de vaſe, que
de lie erratique , mais pluſtoſt ambitieuſe , toute
religieuſe d'irreligion dedans vos penſées. Qu'il y
a de marc dedans vos intentions , vos conſciences
ſont toutes enceintes de veſſe , & de bougrand,
vous en ſerés celebrés en la ville qui eſt au chef
du monde.   Telle matoiſerie , porte quelquefois
plus de fruiɛt d'ambition baſtarde , que ne fait la
vraye ſainɛteté.

   Quant au troiſieme commandement , y a il iamais nōm ou parole pour vile qu'elle ſoit qui ſoit
plus vilipendée que le nō de Dieu. Chez les Turcs
ou les infidelles, Ieſus Chriſt n'eſt point plus abo-
minablement blaſphemé que delà les monts.   On
ſera pluſtoſt puni d'auoir appellé vne garce par
ſon nom , que d'auoir prononcé en toute execration infernalement deteſtable, le ſainɛt Iehoua. Le
pariure chez les Caſuiſtes eſt mis en abſolution,
mais ils le reſoluent encor en indifference, & ſous
le benefice de l'equiuocation, il eſt reſolu en vertu morale reputé fort Chreſtien , entierement E-
uangelique qui eſt vn blaſpheme que les damnez

ñi leurs gouuerneurs ou maiſtres d'hoſtels ne
voudroyeht pas ſigner. La foy iuree, diſent ils, ne
ſe doit garder aux heretiques , ils font rompre
le ferment aux ſubieﬂs des Rois leurs en donnent
abſolution , ains les exterminent en toute ſorte
de maledicﬅion s'ils ne violent , & foulent aux
pieds le ferment à leur Prince encor qu'il ſoit naturel , & qu'il n'y ait rien de ſi fort que la nature
ou ce qui y participe. Neaptmoins quand monſieur le Pape commande qu'on trahiſſe, qu'on vô-
de ſon Prince, qu'on luy face la guerre, c'eſt eſtre
traiſtre à Dieu , ſi on deſobeit à la trahiſon commandée par le Pape, il excommunie ceux qui com-
muniquent au ferment qu'ils doiuent à leur Roy,
auſſi ſe dit- il plus fort que la foy, preſtée à Dieu,
& à la nature , il eſt par deſſus , il a pouuoir de la
rompre & de faire, que Dieu le trouuera bon.
Qu'vn homme vienne du milieu de ceux qui ſont
tres-peſtiferez, s'il ſe peut former vne idee, qu'il
ne porte point de mauuais air, quant & ſoy ils luy
conſeillent de pouuoir iurer ſans aucune ſyndereſe à la porte de la ville, qu'il n'y a point eſté, Chaſcun qui a voyagé delà les monts, ſçait combien de
beaux baſtiments, s'eſt edifié le blaſpheme en vne
infinité de rencontres ou les mots y ſont choiſis
exquiſement pour annoncer la noumeauté de tel
poiſon. A l'inuention dequoy les hommes ſont
fort ingenieux à anticiper plus d'eſprit qu'ils
n'en ont, pour amplier les richeſſes des finances du
blaſpheme, qui eſt ſi execrablement paruenu, qu'il
ſurmonte ceux des damnez : toutesfois quaſi im

puni

pumi comme les louanges de Dieu , mais les
louanges de Dieu y font recerchees , & ignomi-
nieufement chaftiées , car fi vn homme à Rome
eft furpris en chantant vn pfeaume de la verfion
reformée, il eft fur le chant trouffe à l'inquifition,
& les blafphemes font outrepaffés en filence , &
chez les grands prelats hors d'Italie , on careffe-
ra publiquement vn langage orné de iurements,
comme fi les iurements eftoient les aftres bril-
lants de la parole & l'atiffement du difcours , le
cel, le fucre d'vn beau parleur : ains chez eux v-
ne langue ne fera réputée de haut gouft , fi elle
n'eft fleurie de l'affaifonnement du nom de Dieu,
violé execrablement : mais fi on fait tant que de
toucher au chant , ou au texte des louanges de
Dieu faites par Dauid , telles langues font efti-
mées maranifées , comme vn air empefté , au
lieu que les blafphemes font vn air mufqué , la
ciuette de leurs difcours communs , mais les
pauures pfeaumes en rime vulgaire font mille
fois plus deteftables que les figures , & les dialogues de l'Aretin.

Le Pape a defendu l'vn , Dieu qui n'eft rien au
prix du Pape, a defendu l'autre. Pourquoy eft ce
donc que le Pape ne fera pas pluftoft obei que
Dieu : c'eft blafpheme de blafpheme , digne
engeance l'vn de l'autre. Le blafpheme eft fauorifé , reçoit entree , & eft reçeu en toute compagnie Ecclefiaftique, fans qu'aucun prenne la parole pour la defence de Dieu , ains il fera careffé

d'attention & des bonnes graces d'vn chafcun, &
les pfeaumes & cantiques facrez, feront fiblés, re-
leguez en ex cration, liu és pour feruir de viande
au feu. Vifitons le cinquifme commandement,
nous y trouuerons Dieu autant mefprifé comme
aux autres.

Le deuoir paternel ne fe peut efteindre par aucun pofitif, parce qu'il eft naturel. Le pere chés
les anciens Romains, pouuoit vendre, & donner
fon enfant à la mort. Selon les plus fainéts Schola-
ftiques on ne peut baptifer l'éfant d'vn payé maugré fes parens., encor qu'en l'article de la mort.
Mais quoy? eux oftent l'enfant au pere, enfeignét
l'enfant à eftre rebelle, à fe defrober à fes parens.
Il vaudroit mieux auoir engédré vn dragon, qu'vn
enfant rebelle. Ce qu'ils rauiffent l'enfant, ce n'eft
tant pour ofter l'enfant, que le bien à l'enfant &
à la famille: n'eftiment le corps que pour le bien,
le falut de l'enfant que pour celuy de leur cuifine:
c'eft plus pour s'enrichir que pour le fauuer, pour
auoir des biens que des hommes, ou des fainéts,
L'enfant eftant vne goutte de fon pere, vne brá-
che de fon humanité. Ils defendent ce que Dieu
commande, ils fappent l'honneur de Dieu, en e-
fteignant l'hôneur que l'homme doit à fon pere:
l'vn fert d'efchelon pour l'autre. L'homme s'efpreuue en rendant l'honneur qu'il doit à fon pere
pour rendre par apres entierement felon fes forces celuy qu'il doit à Dieu & comme fus l'amour
qu'on porte à fon prochain on effaye à porter l'a-
mour qu'on doit à Dieu, ainfi de la reuerençe
qu'vn

qu'vn enfant rend à son Pere, se forme l'execution
de la reuerence qu'on doit à Dieu. Et comme vne
fille qui a esté tres-obeissante à son pere, fera vn
tres bon mesnage à son mari: car l'vn est porteur
de l'autre: le premier cautionne le second. Aussi y
ne fille reuesche à ses parents, ne sera iamais
que griesche & discole à vn mari. Ainsi d'vn enfant
peruers à son pere, il ne s'en peut dresser vn bon
religieux enuers Dieu.

La pieté ne peut naistre de tels monstres: d'vne
desobeissance formelle deuë à la nature en premier chef, ne peut sortir que la substraction de
l'obeissance qu'on doit à Dieu. Dieu ne se peut
plaire à contredire ce qu'il a ordonné à rompre ce
qu'il a soudé, à desmembrer ce qu'il a incorporé,
rauir l'enfant à son pere, c'est destrousser Dieu de
l'obeissance qu'on doit à son commandement. Il y
eut enchassé quelque clause, s'il l'eut voulu rendre
temporel, occasionnel, ou conditionnel: mais il luy
adioint vne promesse de durée, pour monstrer
qu'il veut qu'il dure tousiours: c'est vn commandement renforcé, qui a part à la premiere & seconde table.

Philon Iuif dit, que la table des commandements
estoit en deux pieces, & qu'au pied de la premiere
il y auoit l'honneur deu au pere, & en teste de la seconde, la recompense qu'il promettoit, comme si
c'estoit de double droit, ou doublement diuin: non
seulement diuin & naturel d'vn lien doublement
concatené; & que puis qu'il s'en estoit reserué la
recompense qu'aussi en auoit-il osté la dispensa-
R

tion à tout autre qu'à luy, par conſequent, ſacrilege
inexpiable, de faire des conſtitutions qui outrepaſſent Dieu en ſes commandements : Mais quoy?
deffendre, ſur la foy de Sainct Hieroſme, l'obſeruation de ce que Dieu & la nature ont ordonné ſi e-
ſtroitemēt, vilipēder Moyſe, fouler le Decalogue,
ſe gaber de l'Euangile, pour vn ſeul mot où S. Hieroſme, peut-eſtre, achoppé: car il entendoit parler
des enfans qu'on vouloit deſtourner de l'idolatrie:
ſans doute, que s'il eut penſé au niueau, au fardeau
de l'amitié naturelle qui donne le branſle à ce cōmandement, & auquel Dieu a donné cours à la nature pour atteindre à ſa grace, l'ayant voulu acerer
de la force de ſon ordonnance, il ſe fut régé du coſté du reſpect que l'enfant doit à ſon pere.　Il n'y a
apparēce qu'vn ſeul mot de Docteur reçoiue plus
de puiſſance, que les liens de la nature renforcée du
commandement de Dieu : & quand Dieu n'auroit
point cōmandé aux enfans d'hōnorer leurs parēts,
la nature auoit aſſés de forces pour en inſinuer l'o-
beiſſance, & y obliger tout le monde. La nature ne
repugne pas moins à la deſ-obeiſſāce des peres, que
à dōner le vuide, le ciel s'eſclatteroit pluſtoſt, que
de permettre qu'aucū eſpace ſe vuidat en la nature : c'eſt pourquoy auſſi Dieu a voulu faire paſſer
par la chācellerie de ſes cōmandemēts où il a ſeellé
de ſa bouche & interiné de ſa parole le deuoir paternel des enfās vers ceux qui les ont engēdrés: ce
qui eſt biē plus vigoureux, qu'vne fētaiſie reueſtuē
de melancholie enfumée monaſtiquement, & d'vn
hōme qui habilloit clauſtralemēt toutes ſes pēſées.

Iaçoit

Iaçoit donc que S. Hierosme ait dit , *foule tout ou-*
tre ton pere, foule tout outre ta mere, outrepasse-les , nō
seulement en courant , mais en volant droit à l'esten-
dart de la Croix; c'est vne vnique espée de pieté, que
de s'accruauter en ceste affaire. Ie dis que ces mots
ne sōt sortis de la bouche de Dieu ou de la nature,
ausquels S. Hierosme & sa doctrine doit obeir, sur
peine d'estre desnaturé & expulsé des graces de
Dieu. Quoy? que la voix d'vn homme seigneurie à
deux si hautes & puissātes souuerainetés, dōt l'vne
est toute puissāte, l'autre quasi inuiolable, luymes-
me ne le voudroit signer, s'il y eut repensé , il eut
prié d'estre excusé , ie m'estōne de ceux qui plustost que l'accuser de s'estre mespris , aimēt mieux
l'imiter en vne oubliance, & deuenir refractaire au
sentimēt cōmun, que de tenir le chemin de to⁹ les
siecles, ains du siecle des siecles , & de l'œconome
ou administrateur d'iceux. Ils aimet mieux grom-
meler des batifolades, que d'entrer au vray sēs par
où S. Hierosme a cheminé; car luy-mesme n'estoit
moine, ni cloistrier. Ils preferent d'estre censurés,
que d'empescher leur pere de l'estre: & pour iustifier que S. Hierosme a seulement voulu inciter les
Payens à se faire Chrestiens, & non les Chrestiens
à se rendre moines , c'est qu'il les exhorte seulement de suiure la cornette de la Croix. Les Chrestiés qui y sōt desia, n'ōt affaire de passer à la moinerie pour s'y ioindre , en tout cas il exorte les
Chrestiés à estre en Iesus Christ, mais is non à estre
piedescals , ou escaffignon de Moine , que si
le paradis n'estoit que pour tels ripailleurs ,

boucaneurs , rongeurs de viuants , mangeurs de
trefpaffés: Les Apoftres, les Difciples,les troupes
qui fuiuoient Chrift n'y auroient point de part:
Les Romains, Corinthiens,Philippenfes,Theffa-
loniciens,& autres aufquels S.Paul & les Apoftres
efcriuoient , en feroient forbanis , car la moinerie
n'auoit encores fceu recouurer de fage femme
pour fe mettre au monde.

Quand au fixieme commandement, ils femblêt
des vrayes Megeres à abandonner le fang des poures Chreftiens à la tuerie. Il vaudroit mieux eftre
coulpable de tous les crimes du monde,que doub-
ter des entreprifes de la Papauté, oubien de chan-
celler tant foit peu en faueur de ce qui contrarie à
ce commandemét, mefme quand ils exigent la rupture de la foy des fubiects contre leur Prince naturel,en caufes obfcures, toutes de fiel,de feu,d'a-
mertume,d'embrafement , de fauffes impreffions:
ils mettêt la pauure Europe fouuent en fracas, en
pieces,en morceaux. Ils fôt nager la Chreftiété dâs
fon fãg,ionchét la terre de tant de pretieux ioyaux
racheptez du fang tres pretieux du fils de Dieu,
qu'ils attisét,mettét en flãme, pour cepédant faire
leurs affaires.Ce qu'ils pourroient pacifier auec vn
miel paternel,ou auec vn téporifemét politique,ou
vn peu de diffimulatiõ neceffaire, attédans de pied
coi la faifõ pour radouber les affectiõs indifpofées
ils y emploiét de la violéce,des orages,des foudres
à tout enfanglãter. Il n'eft pas permis mefme à vn
hôme de biê,à vne faine côfciéce,d'ouurir la bouche pour dire qu'il n'eft permis de tuer les Roys,
ou que le Pape ne peut defeparer ou profcrire leur

vie ou leurs sceptres. Car l'Inquisition brandit son
cousteau à la face de quiconque sera si fidelle hommager, que d'auancer la parole pour soustenir son
Prince.   On luy fera esclorre iusques au poil de sa
teste, en coniuratiõ cõtre luy mesme. L'absolutiõ
est toute preste pour toute enormité, fut elle d'As-
phalte, Pantaple, assauoir des cinq citez englouties
du feu du ciel: pourueu qu'il coniurêt en leur detestable doctrine: mais ceux qui se mettent en opposite deffense. On conuertit mesme le sang de Iesus
Christ en embuches: sa mort pretieuse à l'emblée
à l'encontre de tels personnages, mais aussi faut-il
quitter tels parricides, plustost que la verité, ni que
la manutêtion qu'on doit à la sustentation des SS.
commandements du Tout-puissant. y à-il maxime
qui iamais merite d'auantage de restitution morale diuine , que la persuasion que se donne le Pape, que comme il peut faire & desfaire les ieusnes
& les iours de feste, encor que les Princes laics en
puissêt instituer & destituer selon l'histoire profane & sacrée: ainsi il peut faire & desfaire les Roys,
car le Pape croid qu'il peut oster tous les ieusnes
de l'ãnée, ce qu'ils prouuêt biê, car en caresme il n'y
a pas la dixieme partie du cõsistoire qui le garde,
ils trainent toutes les delices du charnage & de la
charnalité dedãs le caresme, ils l'obseruêt en transf-
gressiõ qu'ils paliêt en dispêsatiõ, ils ont des Medecins à gage qui interinêt quelq; catharre cõtre-
fait, authorisent quelque debilité forcée, attestent
sur la foy de Gallien quelque douleur mensongere, rapellent les reliquats de quelque maladie

dés long témps perie, va au deuant pour faire ha-
ſter la crainte de quelque inconueniant futur, fort
mal-aiſé à arriuer, il n'y a ſouuenance du paſſé, ni
preuoyance du futur, quelque arriere que ſoit lé
dommage de l'vn & l'autre qui n'être en conſidé-
ration pour ruiner le careſme ſur la table de l'im-
petráτ. Il n'y a riē ſi facile à Rome, que d'obtenir
permiſſion d'vſer de la viande tous les iours deſ-
fendus de l'année. Comme auſſi des feſtes, le Pape
ſe dōne à entédre de les pouuoir multiplier ou ab-
ſorber & mettre à neant, celles qui ſont deſia créés
ſelon l'exigéce de ſon iugemēt, à ſon bon plaiſir; &
que, cōme il peut obliger & deſobliger les Chre-
ſtiēs aux ieuſnes & aux feſtes ſelon que bon luy ſé-
ble, ainſi qu'il peut lier & deſlier la foy des ſubieꝗs
& congedier la liberté à toute perſonne qui luy
plaira pour les reuolter ou aſſubieꝗir en foy de
Royauté au premier venu; & que, comme en changeant le bouchon d'vne tauerne, la meſme tauerne, & le meſme vin ne bouge, demeure touſiours
en ſon Eſtat, ainſi changeant de Roy, c'eſt touſiours le meſme Eſtat, & les meſmes ſubieꝗs:
& qu'auſſi toſt que le Pape a prononcé l'abdication ou deſtitution d'vn Prince, ceux qui le recognoiſſent, pechent mortellement, en ſentence
d'excommunication irremediable, ſi auſſi toſt ils
ne fleſchiſſent deuant celuy que la diue pantoufle a
releué en ſa place.

Le rauiſſement de la Couronne de Nauarre
n'eſt fondé que ſur vne verue Pontificale:
Ils traitent les Roys, comme les Pedants
traitent

traictent leurs disciples au fouet : ainsi ceux-ici
par leurs escrits & publications cathedrales, ils enseignent l'obeissance papale, à peine de l'assassinat
ou de la clementine de Sainct Clou , ou d'estre
chassé comme velliaque renegat: & y en a qui ou-
trepassent au dela de Mariana. Ils sont comme les
maquignons qui sont tousiours sur leurs cheuaux
auec le fouet en teste & en queüe. Le Tollard est
encor plus dicret, car quand il veut briser ou des-
capit er quelquun il cache la barre & les ferements
de son seruice: mais ceux-ici les solénisent aux o-
reilles des potentats, & de tout le monde, par cinq
cents plumes, autant de langues, qui les suiuent le
preschent, l'enseignent, comme vne loy fondamé-
tale non seulement d'estat, mais de religion : non
seulement canonique : mais plus que preeuange-
lique , car pour en decouronner les Rois , ils le
touronnent par dessus les Epistres des Apostres,
S. Pierre & S. Paul qui cómande le contraire au 13,
aux Romains, ne voila pas vn braue desfaiseur de
feste de vuider ainsi les throsnes , ietter d'autres
Rois en moule , comme & quand il luy plaist , &
puis laisses les faire sás leur lier les mains, vous ver
rez s'ils ne vous couppent les bras, & s'ils ne deca-
pitent vostre Royaume.

Si les Venitiens se feussent laissé eniamber leur
opinion de telles radoteries , sans opposer le
fer ou l'espee de Sainct Paul , à la forcenerie
d'vne telle clauauderie , on les cocuoit tout
à fait , leur estat s'en alloit à la pedagogie

du capitole, mais ils s'arracherent les cornes qu'on
auoit commencé à leur faire par la vuidange de
certaines humeurs peccantes, autrement ils n'euſſent eſté, que les mercenaires du Vatican: que diſ-
io, autant de Senateurs, autant de main-mortes : ie
penſe que le Turc leur feroit meilleure chere que
le Pape n'eut fait. Le glaiue de l'inquiſition tranche iuſques à la racine , & ſi Veniſe euſt eſté vne
Monarchie, on l'eut deſia decolé de ſon chef pluſieurs fois : auſſi redoutent-ils à Rome d'auantage
les Republiques que les Monarchies, car il eſt plus
aiſé d'en abuſer vn ſeul , que d'en tromper pluſieurs: ils en ont bien pluſtoſt eſpouuanté vn, que
d'en eſprendre pluſieurs de leur terreur panique.
Quaſi toutes les Republiques de deça les monts
ont donné congé à la papauté, & celles de delà n'y
troyent que ſous bon gage: ils ſe contentent quád
Dieu les pardonne ſans ſe ſoucier du Pape. Quant
à la grace de Dieu , ils la recerchent autant que
bons Chreſtiens doiuent & peuuent faire , quant
aux bonnes graces du Pape, ils les laiſſent courir à
ceux qui en ſont plus affamés qu'eux, auſſi eſt-ce
la ſanté de leur eſtat , de n'eſtre point ialoux, &
n'entrer point en ruit de telles graces funeſtes, en
fin à quiconque les adore.

Iamais l'Empereur & l'Empire ne ſeront aſſeu-
rés, iuſques à ce qu'ils lui ayent enuoyé le libelle
de rupudiation , alors la Germanie quittera tout
peril de tumulte qui ne peut leur arriuer que de la
trop grande familiarité que les Romains ont auec
eux, principalement quelques Potétats d'entr'eux.
Tou-

Toute l'eſtude de Rome n'eſt qu'à endoctriner
par leurs ſatellites, leurs amis d'Alemagne à reué-
diquer l'authorité du Pape, iuſques dedans le ſac &
les cendres de ceux qui ſont à couuert contre luy.
Ils ne ceſſent de ſapper & miner, afin d'en venir à
chef : que ſi on à pitié du ſang de tels operateurs
d'iniquité, ils verront que pour vne goutte qu'ils
eſpargnerõt, il faudra expier la faute auec vn ſeau
du leur:s'ils s'y oublient, ils verront comme ils ſeront attrappés. Ils ſont marqués en lettre rouge,
ioint que Rome met en indulgence pleniere de ſe
tremper les mains iuſques au coude dedans la vie
de ceux qui l'ont quittée: car ſur les Rois ou Princes qui l'ont voulu gauchir ou eſchiuer tant ſoit
peu, ou qu'on ſoupſonne de fourlignement, on à
eſtabli vne carnaſſerie par loy, par edict bullé, plus
inuariable que la loy ſalique, mais plus inuiolable
que le Symbole, plus fort que le commandement
qui defend de tuer, le veulent ſoubſcrire de leur
vie, ſeeller de leur ſang, comme article qui marche par deſſus la dignité du martire, encor que telle doctrine ne ſoit que la boucherie des Rois, le
couppegorge de leurs ſubiects.

Le baſtiment du cimetiere pour enſeuelir leurs
couronnes & leurs Royaumes: à la verité c'eſt s'enyurer du vin de ſa tauerne, & s'en faire par trop à
croire, eſtendre l'auſne plus longue que le drap,
leur pouuoir n'eſt ſi grand que leur executiõ, c'eſt
meſurer le velours à la pique, leur pouuoir à leur
licentieuſe authorité, leur action au deſbordemẽt,
non à leur legitime iuriſdiction. Comme? vaga-

bonder à effacer les Rois, c'est exceder, s'enyurer
de sa vocation. Ils seroient bien empefchés de
monftrer vne thefe en l'efcriture qui contienne
abfolument & clairement vne telle hypothefe.
C'est proceder trop outrement au maniement
de fon rafoir, entrer trop auant dedans la chair viue.
Les Rois s'efueilleront quelque iour, & feront
paroiftre qu'il n'y a faute aucune qui ne puiffe excufer auec le trenchant de leur efpee, & que telle
faute qu'on leur impofe, doit redonder fur le chef
de ceux qui les machinent dedans leur ambition,
& qui en expriment la nourriture de leur pretention. Venons au feptiefme, Rome recognoift la
paillardife plus que le mariage, auffi eft elle moins
recerchée, elle cenfureroit les cenfeurs. C'eft le
catechifme dequoy fait leçon la nobleffe, & quafi
tous ceux qui en retournent. Il femble qu'ils n'a-
yent rien récontré de plus droict, mieux debité en
leur chemin, que cela. Elle eft en ce lieu là en fa
plus grande exaltation, au plus fort de fon zenit.
Les Turcs s'en cachent plus qu'eux, les idolatres
en rougiffent, eux s'en esbaudiffent, *abiit non modo
in morem, fed in laudem.* Ils y mettent le deffi comme les feptentrionaux au vin pour faire carouffe,
ils mettent des prix pour lefquels les marchands
de gras double s'ingenient de mettre des nouuelles leçons en leur manege. Qui en voudra fçauoir
la maiftrife, doctorerie, iufques où telle depraua-
tiõ eft graduee, qu'il life Sanchez en fon traicté *de
matrimonio,* lequel a voulu non tant commenter,
comme furmonter, non tant reprendre que monftrer

ſtrer la paillarde aſnerie de l'Arretin , iaçoit qu'il
fuſt des plus verſés , & comme le Doyen des ingenieux de ceſte faculté.   Mais il n'auois mis ſon
bras ſi auant , ni entré en tant de colloques à l'expreſſion des matieres exorbitantes de la penitencerie , comme Sanchez qui y paſſe le ſurpris de
tous les autres,il regente toutes poſtures pour e-
ſtaler les eſtalõs au repere d'iniquité, horreur à le
péſer. Les Dames quittent ſouuent les amours de
Ronſard & de d'Amadis,pour empoigner la ſomme de Benedicti cordelier , auſſi voit on chez tels
hoſtes , les ſoubreſauts de lubricité mieux qu'en
Rabelais,ni qu'en part du monde.   Qu'elle apparence ? que ces gens qui veulent faire croire qu'ils
ſont des minieres de chaſteté, des puits ineſpuiſa-
bles de reiglement de pudicité , & cependant
vomir vne telle cacochimie , vne iliade de tant
d'impuretés : mais en bonne foy eſt-ce à faire
aux preſtres de mettre leurs nez dedans les courtines du mariage , ou d'eſtre les ſecretaires de la
negotiation de tout ce qui ſe paſſe en la bordele-
rie.Ils y fourrent la moëlle de leurs penſees,d'vne
freneſie ſi effrenée , qu'il n'y a rien de ſi affiné : ils
ſeignent des cas , pluſtoſt metaphyſicalement que
moralement excogitez.   La poſſibilité de la plus
ſuperlatiuement ſaffre & bruſlante lubricité , n'o-
ſeroit monter à tel eſtage.

Vous voyez la dedans des ruſes de ceſte pourriture la , dequoy tous les piliers de bordel ne ſe
fuſſent iamais aduiſez,ceux qui en voudront dreſſer boutiq; trouueront la dedãs,&dequoy gaigner

leur vie & de quoy perdre leurs ames.Les escrits
des payens n'ont iamais si licentieusement penetré en ceste abomination,comme ces beaux architectes financiers de luxure , ils ont furieusement
amplifié ses dimentions , acquis beaucoup de nouices qui estudient sous eux. Ils en ont amorcé la
practique crayõné de nouuelles postures, entichi
de tablatures cyniquemét excogitees & tref iniquement publiees : iamais Venus n'a receu plus
d'hommage d'aucun que de leur science. Le trai-
ôté de Sanchez est vne vraye bibliotheque de Venus,tels escrits ont fait & feront plus d'escholiers
de paillardise que toute la penencerie de Rome,
n'en a fait ou fera de chasteté; Il y a bien mieux de
quoy apprendre,qu'à fuir le peché : quand tous
les a utres liures de paillardise feroyent finis,abis-
més ils font plus que tres suffisants pour la resu-
citer:Ils y ont enchassé des formes,formalités,ma-
terialités , cathegories , transcendences, toutes
fraisches , toutes nouuelles.

La charnalité la pedreastie y est depeinte en sa
peripherie : si Horace ou Martial reueuoient ils
feroient de belles Odes & Epigrammes sur ces
operateurs qui les ont voulu sener: en cinq cents
Martiales ouHoraces ,il n'y a tát à roigner à chastrer comme en vne page de ce dernier autheur.

Cela est bien catarreux subiect à caution. Ie
m'estonne que le Pape ny donne quelque ordre.
Mais est ce point aussi en faueur de ce commandement qu'il defend à ceste pauure race tonsuree
de paticiper en aucune façon au lien de mariage.

II

Il les deuroit pluftoft feurer de la paillardife &
de la difcution de tous les euenements d'icelle(car
c'eft par la qu'ils entrent en humeur) que de leur
defédre l'ailné de leur facremét:c'eft le plusvieux
de tous les myfteres les plus autentiques , le
mieux piloté : toute la nature humaine doit eftre
baftie là deffus.   C'eft le fommier de la generation humaine ; c'eft l'arbre qui porte les fruicts
qui doiuent viure eternelement au ciel.   Et toutefois on perfecutera auiourdhuy vn pauure moyne,ou vn pauure preftre (qui penfant de bien faire s'y voudra enlacer)tres cruelement,iufques au
feu, pis que s'il auoit commis tous les pefches
precedents qui ont occafionné le deluge .Et
qu'vn prelat nourifle trente haras de concubines
entremeflees d'incefte, d'adultere:quand mefme
il feroit *Omnis vtriufque fexus* du canon Pafcal
qu'il paffageroit fes delices par l'vn & l'autre pole,au ponant,au leuant en fele & en croupe;on ne
s'en fmerueillera non plus que de voir vn coq au
milieu de fes poules : c'eft *delictum commune* , il
ne laiffera pour tout cela d'en porter le pourpre
au pardeffus de fon rang & de fa courfe. Voila
comme ces meffieurs baniffent les edits de Dieu
brifent l'architraue de la nature humaine , donnent paffeport à la corruption du fainct commã-
dement de Dieu , encor que le mariage foit
plus naturel & plus diuin que la papauté : neantmoins le Pape l'interdit , quand & à qui il luy
plaift , & toutefois comme il ne peut ofter la
moitie de la femme au mari auffi ne peut-il ofter

le mariage à la moitié, n'ya quelque partie des
hommes que ce foit, furquoy fe fondera le
Pape en oftant ou prohibant ce que Dieu à
donné, ordonné aux hommes. Le mariage
n'eft du droit papal, il eft du droit diuin, nous
en deuons l'inftitution non à Rome, mais au paradis terreftre: le Pape y a-il mis quelque chofe du
fien? pourquoy en veut il ofter ce qui eft de Dieu
& y laiffer entrer ce qui eft de Satan, afçauoir le
concubinage, defplacer le cõmandemẽt de Dieu,
pour placer le peché en fon royaume:car vousvo-
yez ceux aufquels on ofte le mariage fe veauter
en adultere & fornication, tefmoin l'Isle d'Elba
en Prouance, la ville n'eft habitee que de mari-
niers & de pefcheurs, lefquels en certaine faifon
de l'annee eftant alléen nauigation ils trouuerẽt à
leur retour la plus part de leurs fẽmes enceintes,
fur quoy ils fe ruerẽt fur l'Euefque & les Chanoi-
nesqu'ils maffacrerẽt.Et d'autãt que par les canõs
eft ordonné que quand vne ville a tué fon. Euefque elle doit demeurer à tout iamais priuee du
fiege & du titre d'Euefché,la Cathedrale fut trãf-
portee à Graffi qui eft vn'autre petite ville au
mefme pays: que fi chafcun eftoit auffi curieux
de venger le deshonneur comme les Prouençaux,
il y a peu de villes en France où n'en fut arriué
de mefme:car cefte preftraille endefue apres telle
venaifõ fur tout quãd il ne leur coufte riẽ à nourrir,ils ayment à pondre au nid d'autruy,ils iubilẽt
quand ils peuuent planter *gratis* leur fceau quelque part, & fouuent les femmes cerchent tels
pioniers

pionniers grace mĕt refaicts bien de relais & puis
le voile de deuotion, l'eſtude de religion , cache,
couure,tout ce qu'il y a de ſaffre en ces belles pre-
ſteuſes: A tout le moins on en forme des excuſes
& puis de crainte, de ſcandale,il faut coucher tout
le mal en ſilence , voyla le fruict qu'apport le
cœlibat, le Pape ne peut non plus bannir le mariage que le Bapteſme.

Et pourquoy veut il priuer de ce tuyan de
grace, de ce ſacrement nouueau comme ils l'appellent celuy à qui il fait extremement de meſtier. Certes c'eſt brandir la coignee papale vn
peu trop haut, porter ce pouuoir effrené iuſques
dans l'affranchiſſement inſtitué de Dieu , interiné par Ieſus Chriſt , dedans les fondements
de la nature. C'eſt vouloir deuirginer tout ce
que Dieu a planté en ſa fille qui eſt la nature.

Et encor que la neceſſité de reparer ceſte breſ-
che & en rendre ceſte conceſſion aux preſtres
ſe ſoit fait ſouuent ſcandaleuſement ſentir iuſques meſme à faire arder & bruſler dedans leurs
panneaux ceux qui occupoyent la ſouueraineté
de ce tres haut ſiege. Helas ! il n'y a pas encor
demi ſiecle que l'Europe le regardoit en confuſion tout en fournaiſe ardente,en ſuffrée de paſſion amoureuſe neantmoins , ils ont mieux aimé
tréper obſtinemĕt en ceſte dánatió que de pour-
péſer à quelque bő amandemĕt & retourner à la
reception de ce qui auoit eſté ſi temerairement
tronque.   Aeneas Siluius qui deuient par-

apres Pape dit Pie II. difoit que plufieur s grãdes
raifons auoyent ofte le mariage auxp reftres, mais
qu'il yen auoit de beaucoup plus grãdes pour lefquels il le leur failloit rendre. Dieu fit bien de
reculer le Ciel de la terre autrement le Pape euft
ingeré fes loix au deffus des Anges.

Helas!on a banni le mariage pour en lieu d'vn
mariage loger mille inceftes, adulteres, pollutiõs,
auortements : l'air des cloiftres en eft tout empe-
pefté, puant de pourriture. Il vaudroit mieux que
cinq cents preft res vefcuffent chaftement foubs la
regle de mariage qu'vn feul commit adultere, incefte, ou autre facrilege : Romme dit au contraire
que cinq cents adulteres, inceftes, facrileges, valent moins qu'vn feul mariage de preftre: mefme
tireront la courtine fur telles desbauches à les
receler, & encor que Sainct Paul ait dit qu'il vaut
mieux fe marier que brufler, & ce fans excepcion
d'aucun, ils difent au contraire, qu'il vaut mieux
que mille fe bruflent, que de permettre qu'vn
feul fe marie & encor que le fage tefmoigne que
nul ne peut eftre continent finõ celuy à qui Dieu
en fait la grace, neantmoins brufler, concubiner,
adulterer, inceftuer, en pantaple à la mode des
cinq cités abyfmees eft plus fauorable que le mariage inftitué de Dieu, ordonné par Iefus Chrift,
honnoré, confirmé par fa prefence, mais afçauoir
fi Monfieur le Pape pourra defendre à la dixief-
me partie du monde d'eftre baprizé comme il interdit le mariage à cefte pauure moinaillerie &
s'il pourroit auffi ordonner, qu'on ne fift la Cene
qu'auec

qu'auec le vin, comme il ordonne qu'on ne se cõ-
munie qu'auec le pain , en oſtant le calice: c'eſt vn
vray chaſtreur de ſacrements: ou s'il pourroit in-
ſtitueraux fémes de dire la meſſe, & d'ouïr les cõ-
feſſions : ou vne femme auoir pluſieurs maris, ou
vn mari pluſieurs femmes : ou s'il pourroit inſtituer qu'on ne daptizat qu'en eau douce , inuali-
dant celuy qui eſt fait d'eau de mer , parce quelle
eſt ſalee , s'il ſe trouuoit quelque vſure ou quelque auantage d'eſtat à gaigner , il ſauueroit telle
maxime dedans la defenſe de la foy comme ils
font du mariage clandeſtin leſquels ils declarent
dedans leur Concile de Trente ſoubs peine d'hereſie deuoir eſtre valables par le deuant , mais
d'oreſenauant ils les caſſent, inualident ſoubs peine d'anatheme: peut eſtre comme diſent quelques
vns n'eſt ce qu'vne commination & vne nouuelle
inſtitution , mais aſçauoir ſi par ſa puiſſance vice-
dealle il peut deſtituer le mariage d'vn Allemand
fait auec vne Polonnoiſe , comme aucuns d'eux
veulent fauſſement annuller le mariage d'vn papiſte auec vne reformee : s'il luy monte de teſte
il eſtablira quelque iour que nul Flamand ou Eſ-
pagnolſe puiſſe marier auec vne Angloiſe, qu'elle
apparéce, les mariages clãdeſtins ont eſté valables
entre eux par l'eſpace de quinze on ſeize céts ans,
comme eſtant authoriſés de Ieſus Chriſt, diſent
ils , maintenant doncques ils deſauthorizent Ieſus
Chriſt en deſauthorizant ledit mariage , C'eſt
rebrouſſer trop eſfrontement ſur l'authorité &
parole du ſouuerain paſteur primitif , mais quoy

S

ils en font vne eftriuiere vne peau de cheurota
qu'ils hauffent, eftendent, racouriffent, abaiffent,
felon que le rate leur demange vne telle clande-
ftinité, fuppofe qu'il efchoit correction ou quelque troncation appartenoit au droiĉt ciuil plus
toft qu'au droiĉt canon, mais le pauure Iuftinian n'eft plus qu'vn mouton qui feconde d'aduantage qu'il, ne prime Gratian : Ce Salmonee
l'ont tout concaffé ce n'eft plus qu'vn porter de
de Marotte, vn batteu de fonettes deuāt ces pro-
pitiatoires d'erreur. Au Concile de Trente fuft a-
gitee la queftion de démembrer la carefme & en
enuoyer la moitié deuant Noel en lieu des ad-
uents, on remontra le defaut de la puiffance papale lequel on couurit en difant que fi on def-
placoit vne partie de ces iours tres feriaux que
l'autre partie s'en iroit apres, mais on luy deuoit donner des remonftrances auffi, efficaces aux
autres endroits precedents, là où il s'eft fouuent
mefpris en toute temerité.

Venons au neufufieme commandement, nous
y trouuerons vne auffi pietre obferuation qu'aux
autres, ils combattent la verité dés bons tefmoi-
gnages iudiciaires à force d'equiuocation. L'e-
quiuocation c'eft le cimetiere de verité elle n'y
repofe qu'en cedre toute calcineeà la reuerfe fub-
tilifes en collufiō, rebrouffee de preuaricatiō tellement criblee qu'il n'y en refte que le fon & porte en croupe par vn esbrechement faulfaire, qui le
met en degradation toute contrarieté en foy mefme. Il n'y a parole qui ne foit enceinte d'vne tra-
                                                    hifon

hison tracée en embusche, bandee au trebuschet,
pour faire broncher c euxqui appuyeront leur
creance, iln'y a aucun Si qui ne soit moucheté,
griuelé, tachet ,dvn *Non* & au côtraire chasque
Non porte vn *Si* entre ses espaules, ie trouue tel
langage bien tigneux, l'equiuocation aussi est
le merreau, ou le passe-par-tout de tout periure
ou mésonge: c'est vne selle à tous cheuaux, femme
publique à tous passants, forme à tous pieds,
c'est la bullette qui circonstantie de legitimation
ce qui est bastard, toute perfidie marquée de
ce coin passe en fidelité d'obseruation, car disent
Messieurs les Papimanes, les choses qui regardét
le tref cœleste tref puissant Scarpone de l'Atlas
Romain ils ne sont tenus d'vn seule syllabe, n'y
d'en desgorger d'vne seule lettre, ou autre sorte
de notte deuant homme du monde, & ainsi re-
fugtiés dedans leur taniere equiuocale, on les
perd de veuë dedans telles cauillations ainsi ca-
uerneuses, ils deuiennent amphiuies, toute affirmation ou negation leur est en indifference, ils
tournent sur se piuot leur conscience de touts
costés, c'est vne syntaxe à voltiger à toute main,
par tout téps, par tout cas, à construire tout regime coucher le nominatif pour le genitif, l'ablatif
au lieu du datif, le vocatif au lieu de l'accusatif,
coucher le fils pour le pere, prendre rauir de ceux
à qui ils doiuent, blasmer l'innocent, sauuer la
perdition, auec ses vaisseaux ils passeuol-
tent du centre à la surface, de cœur en pique,
ils tournoyent & font iouster les mensonges

l'vn contre l'autre ils entortillent le vray dans
le faux, les reuirent & tourneboulêt l'vn furl'autre ils enclauêt le *Si*, pour y plâter & faire germer
le *Non* , ainfi font que le pere de l'affirmation
foit la negation , qu'vne contradiction ferue de
matrice à fon oppofite, & fçauent fi bien tefton-
ner ces deguifements là qu'ils femblent façonéts
au tour de la raifon , & cependant ce ne font que
tourbillons de mauuaife foy , circonuolution de
langue pleine de tortuofité ferpentine , pour fe
rendre vifible & inuifible à fa parole, auoir char
allant, char venant; aller droit en retrogradant,
retrograder en paffant outre , biaifer fans aller
de cofte, s'enfuyr en s'approchant , fe monftrer
en fe cachant , dire le vray en mentant , garder
vn ferment en fe periurant , noyer la verité
dans le mefonge , la lumiere dans les tenebres,
mefloyer l'enfer auec le paradis , Dieu auec
le Diable , car Dieu eft verité , lumiere qui
efclut toutes tenebres , & le Diable eft pere
de menfonge , & pere des tenebres , ce font
ingrediens de l'efchole des equiuoques où ils
mafquent l'vn auec l'autre , & où on habille
le periure & la felonnie en ferment de fidelité , l'equiuoque du beat pere Sainct Francois eft
venerable quand interrogé par certains officiers
de iuftice pourfuyuants certains voleurs affaffins
qui s'eftoyent mis à la fuyte ils luy demanderent
s'ils auoyent point paffé en fon chemin il iura
qu'ils n'eftoyent point paffez par là entendant
qu'ils n'eftoyent point paffez par dedans fa manche

che où il auoit mis son autre main, c'est iouxte l'e-
quiuoque de Cain quand Dieu luy demande conte de son frere Abel qu'il venoit de massacrer, suis
ie dit il le gardien de mon frere, ainsi Giezi à Eli-
z é 4. des Roys 5. qui luy demandoit où il auoit
esté il respondit qu'il n'auoit bougé de là , il entendoit qu'il n'auoit bougé depuis demi heure ou
vn quart d'heure qu'il estoit arriué , en cor qu'il
eust receu vn grand prix de Naaman,

Aux Act. 5. Ananie & Saphira croyoyent qu'e-
stant leur bien ce qu'ils auoyent vendu ils en
pouuoyent equiuoquer & soubs entendre de la
moitié qu'ils cacherent à Sainct Pierre , neantmoins la punition les talonna tout sur le champ,
ha que ceste meschante & fallacieuse Sophisti-
cation à esté practiquée durant la ligue , les
chaires des predicateurs grouilloyent par mi-
liers contre la reputation de nos Roys , comme celuy qui portant en chaire à saint Mederic
à Paris des chandeliers dorés artistement
faits en Satyre criant que c'estoyent les demons ausquels Henry troisieme sacrificoit en
oyant la Messe , d'autant qu'on les seruoit sur
son autel n'estoit ce pas imiter la femme de Pu-
tiphar qui portoit le manteau du pouure Ioseph,
pour tesmoigner l'adultere qu'elle luy imposoit
en sa personne, ainsi Genes. 37. les freres de Ioseph
portoyent la robbe de leur frere qu'ils auoyent
vendu, teinte du sang d'vn agneau pour verifier
ou plustost falsifier qu'il auoit esté deuoré des
bestes sauuages. Ces deux faux puants boucs de

vieillards contre la chaste Susanne la chargeant
d'vn vilain adultere , s'estant fourbis des Sophis-
mes odieux à Dieu , Dieu les a punis , comme
Architophels 2. des Rois chap. 17. & Aman
Esther 7. comme les trop grands subtilitez boy-
uent tout le sang d'vn bel esprit , ainsi elles hu-
ment tout le suc d'vne bonne conscience , cela est
irreligieux, puis que desreiglé: confus , puis que
desordonné , estant en inegalité il est en iniquité
de conscience.

　Venons au dixiesme & dernier commandement , la concupiscence des Ecclesiastiques est
sans borne , sans limite , sans barriere , sans
fond , & sans riue : il n'y a bien plus conuoité
que celuy des vns par les autres.

　Le bien d'Eglise est le plus entretaillé de
tous les autres & des quatre parts les trois sont
iniquement possedées , ou leur canon, regle de
chancelerie , bulles & decrets sont faux ou la plus
part d'entre eux sont simoniaques confidents,
excommuniés, exterminés , exterminables de la
communion ou communication des hommes
encor que souuent ils s'y tiennent attachés par
les femmes, si on resout leur stipulation sur tels
niueaux , vous les verrez entrer non par la porte
mais par des locarnes, enfondrures,& faux tuyaux
apostez qu'eux mesmes condamnent & censurent
en toute malediction il n'est iusques à leur souuerain chef qu'ils appellent entr'eux qu'il n'y entre
quelquesfois par escalade ou qui ne petarde la
muraille pour se preparer le passage si on calcule
leur

leur bancque ce n'eſt que courraterie,c'eſt vn vray
change , vne vraye foire , les entrées y ſont toutes
par *do, vt des* : ce ſont les deux poſteaux. de leur
chemins,ou par des contraux encore plus imbecilles & onereux:le tiers du fond Eccleſiaſtique porte
le bouquet ſur l'oreille: preſques tout y eſt à l'enchere,c'eſt vne ſubhaſtation touteſfois à requoy,il
y a trop de quatre yeux.La plus part de tel bien eſt
litigieux,ou au petitoire , ou au poſſeſſoire:les iuges & les ſieges mangent plus de la dixieme partie
des biés d'Egliſe de Fráce,les Eccleſiaſtiques ſont
grands verminiers , grabeleurs, qui ſçauent mieux
euiter le defaut des Cours,que celuy de leur vocation, ils ſont conſommés en chicanerie , diſſipés
hors de leur routine , tous en deſarroy , ſçauent
mieux faire vn exploit qu'vn proſne, de cinquante
l'vn ne ſçauroit bien faire vn catechiſme , & de
cinquante il ne s'en trouuera pas vn qui ne ſçache
verminer & tirer vn procés à la queuë : au reſte,
touſiours aux embuſches : ne ſe voyent que d'vn
œil de cheueſche, nocturne,gris,tortu, malade du
bien d'autruy, palliants la chaſſe, ſe meſlants de ve-
nerie beneficiale.

Ils enrichiſſent les banquiers à force de deuolu
qu'ils acheptent ; & encor que les trois parts des
biens d'Egliſe de France ſoient ſubiects à deuo-
lution , n'eſtoit que ceux par deuant qui ils doiuent paſſer, en ſont entortillés. Au reſte, iamais
vous n'aués veu vn Eccleſiaſtique ſaoul , encor
qu'aucuns regorgent à creuer:ſont touſiours aux a-
guets, comme le chat ſur la ſouris , vous les voyés

paſſegriſoner au pied d'vne cour à eſpier quelque
emblée comme s'ils eſtoient deſnués de tout , ils
aſſaillent les paſſages & hauts chemins: tendre encor leurs filets, ils ſont touſiours à l'affuſt, voir ſi
rien paſſe , ſi rien coule, pour luy donner le croc,
grands remaſcheurs de penſées & d'eſperances,
ſouſtiendront auſſi effrontement vn refus , ſans
pource perdre courage, en recercheront encor pluſieurs autres

Les renards n'ont point tant d'aſtuces à guetter
les poulles: ils emmoncelleroiēt volontiers toutes
les Abbaïes , emmitreroient d'Archimittes tous
les Eueſchez. S'ils n'ont huict ou dix rateliers, chaſcun deſquels vaille yne douzaine de telles pances
que celles qu'ils portent , leur cuiſine leur ſemble
orpheline & haillonneuſe. Ils ſouhaittent autant
de benefices qu'il y a de poiſſons dans le lac de
Geneue. Leur appetit ne ſe peut combler autrement.

Au lieu d'eſtre ſeruiteurs de Dieu, ce ſont chauſ-
ſetrappes d'Egliſe & de Palais: ſçauent mieux officier à la porte d'vn Procureur , qu'à l'ombre de
leurs clochers: pluſtoſt dignes d'eſtre nourris de
foin, que d'ambroiſie: vrais elephans aux choſes de
Dieu, muets comme poiſſons, aueugles, terreſtres
comme taupes, aiment mieux le ſon des plats, que
d'vne leçon: auſſi ont-ils l'abdomen recuict, en ſul-
phuré de Bithume , de Naphte, d'Aſphalte , qui
n'eſcume que d'aiſe, *venter æſtuans mero , facile de-*
ſpumat in libidinem.

Ils ſont bouffis de tumeur chancreuſe, vrays cheuriers

uriers, satyreboucquaux : leur porte, leur cabinet
grouïlle de facturerie vitieuse, de pouruoyeurs,
gibboyeurs, vendeurs de gras double, hommes,
femmes, qui courent en queste, à la chasse, pour
leur retrouuer à experimenter iournellement des
nouuelles pieces de giste, & à quelque prix que ce
soit, disent-ils.

Il n'y a que de mourir d'vne belle espée. Aucuns
d'iceux pourrissent, & tombent en piece. Sortant
de leur conuersation familiere, il se faut rincer la
veuë & l'ouyë, voire le fin fonds du cœur : pour le
moins, prendre de bonnes purgations vomitiues
d'oubliance, & relancer tels formulaires par quelque deuote lecture & catechese. Ils empuantissent
les quartiers de leur retraitte. Il n'y a sorte de pudicité qu'il n'escaladent: ils y sont funestes en desastre.

Vn homme marié se contente de son Espouse,
ils en changent plus souuët que de chemise. Il leur
en faut d'auantage qu'à Mahomet. Ceux ci viuent
sur le commun.   Il leur en faudroit bien autant à
change & rechange toutes les sepmaines. Ce sont
estranges aides à Maçons, ils hantent & plantent
par tout, maistres desnoüeurs d'aiguillettes, tel y a
qui est *omnis vtriusque sexus.*

Ils sont de haut nez, se fourrent par tout, tournent tout en garêne, leurs yeux sont tous trempez,
leurs cœurs tout degouttans de luxure, meslent
leurs pechés auecques toutes les beautés qu'ils
rencontrent, font des saillies sur icelles. C'est le
musque de leurs yeux, la mignône de leurs esprits,

le Dieu de leurs souhaits. Qui seroit anatomie de leurs ames, on les descouuriroit toutes empastées de plaisirs charnels, leurs humeurs sont côcrées de vapeurs exhalées, d'eau forte & d'eau ardente, leur metaphysique est de bien proprement dicter vn poulet: c'est ce que nos plus sçauans mitrés sçauent faire plus exquisement, c'est là où leur callioppe flageolle le mieux, leur plume ne donne vie qu'à ce qui n'en deuroit point auoir. Ils ne sçauent chanter, qu'où ils se deuroient cacher; la gloire de leur estude, gist en leur confusion, & les autres qui secondent en grandeur, voire qui les priment, sinon en science, en armes, & lustre de leur maison, dedans & dehors ne sçauent que poulletter, mignonner le papier doré, auec vn ancre trempé, gommé, de ciuette, & d'ambre gris : cependant, vous les voyez recoquillez dessous leur test de dignité, fendre l'air, & y respandre de grands croisons sur les yeux de ceste pauure badauderie, qui pense que ce soient des formulaires de manufacture celeste: mais ce sont les mesmes mains, qui n'agueres au parauant, ont fouïllé, & peut estre, tost apresferõt anatomie des plus belles garénes du pays: ils sçauent mieux dire que faire; mais quoy? dire vn Pseaume, ou vne Epistre de S. Paul, non, mais vn prologue Cypriot, vn sonnet ambassadeur des flammes qui les picquent, quelque Epigramme chaloureux, riant, hagart, plein de feu gregeois, qui estincelle, & qui ne cerche qu'à allumer du feu. Ils sont plus vitieux qu'officieux, suiuent d'auantage ce qu'ils doiuent detester, que ce qu'ils doi-

uent

uent protefter, courent, ou ils doiuent fuir : font
fçauants en ce qu'ils doiuent ignorer:ignorants au
fentier de leur deuoir : choppent, & feruent de
pierre de fcandale,pour la plufpart.

Ce ne feroit iamais acheué, c'eft chofe incomprehenfible, que de rememorer combien les
Saincts commandements de Dieu font auilis deuant eux, iceux eftant vn extraict de toute la Parole de Dieu, il ne fe faut eftonner, s'ils foulent fi
enormement la Saincte Bible.

Ariftote dit,que le fils eft vne goutte, ou deco-
ctiõ du pere:la Theologie c'eft vne goutte ou decoction de l'Efcriture Saincte, l'Efcriture eft le
noyau de l'Eglife, ou l'Eglife eft le noyau de l'E-
fcriture Saincte. L'Efcriture Saincte eft l'efquier-
re,le compas,la balãce, le poids, l'aulne,la forme,
le pourpris de l'Eglife. C'eft le ficle du Sanctuaire,le poids du Roy.C'eft le germe de la Sapience.

Nos fatellites Romains adherent à Satan, ils tachent d'en efteindre la frequentation,comme l'autre en a toufiours procuré l'abolition.   Au quatrieme des Roys, chapitre vingtdeuxieme,verf.8.
Les Preftres d'Ifrael, fous les impies Manaffes &
Ammon, negligeans de lire le Deuteronome, le
laifferent perdre.   D'où vient l'erreur des Saddu-
ceens, de ce qu'ignorants l'Efcriture,ils difoient,
Act.23. qu'il n'y auoit Refurrection, ni Anges,ni
efprits. Si on eut toufiours bien hanté l'Efcriture,
& qu'on fe fuft tenu iouxte & cofte icelle,la fuper-
fluité abufiuePapiftique,n'eut entré en fi grand re-
gne.Deut.17.18.eft cõmãdé au Roy &auMagiftrat
de lire laBible. Ie crains q̃ tels officiers fouuerains

ne se trouuent fort arriere de compte, ne maintenant l'execution que Dieu a donnée en leur pouuoir, ains, au mesme lieu, il recommande que lors
que le Roy sera assis en son throsne, il le lise tous
les iours de sa vie, afin qu'il apprenne à craindre
Dieu. Ie ne m'estonne point s'il y a si peu de sceptres craignans Dieu, veu qu'ils s'esloignent si fort
des ingrediens si necessaires à vne crainte si precieuse. Matth. 23. Christ tanse les Scribes & Pharisiens. Hypocrites, dit-il, Vous fermez le Royaume
de Dieu deuant les hommes, vous n'y voulez entrer, ni laisser entrer les autres, comme le chien
du iadinier, *canis ad præsepe*, qui ne veut ni
foin ni herbe, & empesche les autres d'en vser. Il
n'y a piece de liures chez les papistes, que les
grands lisent & sachent moins que la saincte Bible, les grands l'ignorent, ils rougiroient deuant
les petits qui en sçauroient d'auantage qu'eux. En
Sainct Iean 5. il leur donne la lecture de l'Escriture Saincte, fueillettez les Escritures, car la
vie eternelle y est couchee. Elles portent tesmoignage de moy. 1. Thessal. 5. Ie vous adiure par le
Seigneur, que ceste Epistre soit leüe à tous les
saincts freres. Ie di que ceste seule parole à plus
d'authorité que tout le Concile, non seulement de
Trente, mais de trente mille tels fantassins, que
ceux qui composoient ledict Concile. Iouxte aussi
ce qui s'ensuit aux Goloss. 4. Ie vous prie que ceste
Epistre soit enuoyée à ceux de Laodicée pour la
lire, & celle des Laodiciens à vous aussi, pour la lire. Qui est monsieur le Pape, qui auec son coman-
dement

dement veut rompre ceste priere, ce mandement
Apostolique? 1.Ieā 2.*Ie vous escri, ô Peres, ô ieusnes
adolescens, ô enfans.* Il veut donc que son escriture
soit leuë & maniée par toutes sortes de personnes,
il l'enuoye au salut d'vn chascū. Les freres d'Epulē
estoient laiques, & on les renuoye à l'escole de la
lecture des liures de Moyse & des Prophetes. Aux
Actes 8.l'eunuque de la Roine de Candace en son
coche lisoit Esaie, & mesmes qu'il ne pouuoit entendre, sans en estre repeu par celui qui le bapti-
sa:ce qui authorise & sert de passedroit, à quiconque se voudra assouuir de la S. parole de Dieu,
Pseau.19. La parole de Dieu est lucide,elle esclaire les yeux.2.S.Pierre 1.La parole de Dieu est cōme vne lampe qui luit en lieu obscur , iusqu'à ce
que l'estoile du matin s'esleue en vos cœurs,&que
vous parueniez à vne plus grande cognoissance de
Dieu. 1. Thess.5. Gardez vous bien de mespriser
les Propheties,esprouuez sur icelles toutes choses
& retenez ce qu'elles vous enseigneront estre bō.
aux Coloss.2. Voyez qu'on ne vous deçoiue par
Philosophie,ou vaine tromperie,selon l humaine
tradition. En Esaie 12. Puisez ioyeusement de la
fontaine d'Israel.En Isaie 66.afin que vous puissiez
tetter, & vous remplir de ses mammelles de con-
solation , & puissiez regorger de toutes les delices
de sa gloire. Au Deuter.31. Moyse commanda aux
Leuites , de mettre le liure des saincts Escrits, au
costé de l'Arche de l'Alliance, & au 7.an de le lire
à tout le peuple,sans aucun excepter. Ce tressainct
liure adiré par le nonchaloir des prestres impieux

eſtant retrouué, fut leu par le commandement du bõ Roy Ioſias publiquement; à le face d'vn chaſcũ Eſdras greffier le leut à tout le monde. En l'Apocalypſe 1.ch. 5. Iean ouit vne grãde voix cõme d'vne trompette, d'autant qu'il faut publier à ſon de trompe la lecture des faicts & reuelations du ſouuerain. Au meſme lieu, il recommande au meſme Apoſtre, d'eſcrire ce qu'il voyoit, & l'enuoyer aux 7. Egliſes d'Aſie, aſſauoir l'annoncer I tout le peuple Aſiatique. Qui ſont ces pygmees qui ſe veulẽt agrandir par deſſus Dieu, defendant ce qu'il commãde, eſtouffant ce qu'il publie? Voyez ſi la moindre lettre de tous ces paſſages n'a pas plus de pouuoir & authorité que trente mille indices, & autres reigles, dõt ils ſeduiſent & intimident diaboliquement par leur cenſure infernale, ceux qui s'approchẽt de la lecture de la S. Bible? Vous voyez cõmẽt elle eſt recommãdee par tout, ſans aucune precaution. Seroit-il poſſible que Dieu nous euſt donné des pierres au lieu du pain, vn ſcorpiõ au lieu d'vn œuf, car ils deffendent l'eſcriture Saincte, comme ſi elle eſtoit toute de pierres, toute de venin, de ſcorpion, comme ſi elle eſtoit le cheual de Troye, & que Ieſus Chriſt fuſt le Cinon, pour nous trahir & nous liurer à l'effuſion de ſang, ou que Ieſus Chriſt fuſt vn pariureur, à ſon eſcient, mais lui, qui a iuré de nous dire & enſeigner la Verité, nous voudroit il tendre les toiſes, pour nous prendre au menſonge, & mettre au labyrinthe d'erreur? luy ſeul qui eſt la parole, auroit-il meſlé la ſouueraine pureté de ceſte parole parmi

quel-

quelque foy Grecque,ou Carthaginoife? Que cefte mefine bouche treffacrée puiffe fouffler chaud
& froid? ou comme dit Slaques, doux,& amer,
qu'elle portaft l'eau en latin, & le feu en françois?
Que le langage de noftre bop Pere,fuft la fingerie
de noftre falut? le contrefaifant à noftre ruine?
qu'il continft la conniuence de noftre malheur?ou
que ce fuft vn fepulchre blanchi ? portant noftre
falut en tefte , & la mort eternelle en fon cœur?
Ce font contrarietez irreconciliables en l'ame de
ceux qui auront quelque pieté. Ceux pariurent
leur foy,qui adiouftent foy à telles illations,&aux
prohibitions qui fe font côtre les Edicts de Dieu,
quafi en confequence de telles confequences.

   La parole de Dieu eft vn theatre , duquel
chafcun fe doit approcher , pour y voir tout ce
qui appartient au demenement de fon falut.Quoi
donc, Dieu n'auroit-il licentié l'honneur d'icelles
qu'aux doctes ? ains, il garde fes deuis familiers,
pour les cômuniquer aux fimples. Matthæ.Ie vous
remercie mon Pere de ce que vous auez caché ceci aux fages,& l'auez reuelé aux petits. Il faifit les
fimples idiots principalement de fes fecrets. La
Sainct Bible , c'eft fa fecretairerie, dedans icelle
il falue la fimplicité , pluftoft que les mignardes
fubtilitez. C'eft là où fon efprit tafte nos ames,&
nos ames taftent la pureté de fon efprit , dont
l'Efcriture Saincte eft toute garnie & dreffée. La
preffe des rayôs de S.Efprit s'y recognoit fans aucun deftour, ni fans qu'elle entreprenne de fe hafter à prédre la racine, & fe ruer d'auâtage fur les

habiles que ſur ceux qui ſont ſeulement de naiue-
té. Elle s'ouure du tout à ceux-ci , & s'entrebaaille
ſeulement à ceux-la, dautant qu'ils reçoyuent purement ce qui deſcoulle d'icelle , ſans le tourner
en ſtratageme. Les doctes en caracollent le ſens,
les grands en ſont mille cottes mal taillees, l'aſſu-
iettiſſant comme les Papiſtes à l'obeiſſance de leur
occurrence, la tournent en chance & vſure temporelle , taſchent d'en baſtir leur fortune , plus
que l'accompliſſement de la verité de Dieu , la
naurent pluſtoſt qu'ils ne la declarent, les agneaux
y nagent, & les Lyons s'y abyſment. Les petits s'o-
bligent & en adorent ſa Majeſté, ſçachants que celui qui la donné, l'a donnée à celle fin que chaſcun
l'acceptaſt à la plenitude de ſon ſalut, qui y eſt enueloppé, & qui nous enuahit par icelle. A tant, entrons hardiment dedans ces ſaincts oracles, equip-
pez d'vne ſi precieuſe munition , liurons leur nos
oreilles , & noſtre creance en toute reuerence &
adoration : Dieu le cômande, & faut que ce ſainct
commandement , abyſme & deuore toute autre
ſorte de ſottes prohibitions contraires. Nous deuons ouurir l'oreille à l'œil du ciel , qui nous contemple en pieté , pluſtoſt qu'aux fauſſes defenſes,
qui nous retiennent ſi pertinacement en perditiô.
Cheminons donc hardiment dedans ceſte voye, le
Tout puiſſant nous garentirà de toutes menaces,
qui nous en veulent repouſſer.

L'hôme Chreſtien eſt pleigé & comblé de toutes ſortes de douceurs, hantant la parole de Dieu,
il eſt rendu certain de ſon ſalut, la receuant purement

nent mille fois d'auantage , que de toutes ces Pa-
ternités qui la peruertissent en cas de conscience
humaine, elle qui est toute de conscience diuine.

Tous ces liurets spirituels ne sont que locarnes & larmiers, par où entre seulement vn fantosme de vraye lumiere: mais la Parole de Dieu est le
vray soleil de iustice. Qu'vn chascun donc se iette
dedans l'instruction du Testament de son vray Pere : tous les hommes du monde ne nous en sçau-
roientqu'iniquement empescher,quoy qu'on nous
vueille deffendre d'estudier le lãgage de la maison
de Dieu , ou d'ouyr ce qui luy plaist de nous mander,ou declarer.   Qui est-ce qui peut deffendre à
Moyse,aux Prophetes,auxApostres,à IesusChrist,
de se faire lire ? Qui est-ce qui nous peut accuser
deuant l'accomplissement de leur commandemẽt?

Ne voyons-nous pas que ce sont esprits reprou-
uez? recelleurs de la perdition de ceux qui leur o-
beissent?anges de la parole de Saihan?lequel les instigue,sçachant qu'il n'y a parole dedans l'Euangile,Vieil ouNouueau,qui ne porte quelq; verité ẽ-
manée du ciel empyrée,ains veritéRoyale,bastie à
l'edification de la vie eternelle? Il n'y a verité qui
ne porte vn mystere de salut en sa bouche, & ceux
qui sont ennemis d'icelle,nous en veulent reculer.
Que si nous en approchõs, iamais la face de nostre
mere n'a dõné tãt de cõsolatiõ à la nostre, comme
nous en receuõs en lisãt Dieu , car Dieu est sa Pa-
role:les delices des amours celestes du Cantique
desCantiques de Salomon se retrouu ẽt dedans les
ames qui sont cõfites dedã s la Bible:c'est l'vnique

T

miroüer , sur lequel nous faisons l'examen de nostre perfectiõ. C'est la reigle la plus souueraine de
toutes celles qui se meslêt d'êseigner. Nul ne peut
enseigner auec plus d'exaltation, & ceux qui la de-
stournêt, c'est à deslein, par ce que leur honte y est
si expressemêt imprimée, qu'ils la doiuent deffendre de crainte de leurs vices & mensonges , qu'ils
aimêt mieux suiure que l'Escriture Saincte. Car iamais l'homme ne lira attentiuemêt l'vn & l'autre
Euangile, Vieil & Nouueau, qu'il n'y rencontre v-
ne pleine detestation de la luxurieuse bombâce de
la Cour Romaine, cõtraire & ruineuse à l'humble
simplicité de la vie de Iesus Chr. & s'il failloit que
le Pape composat vne Euangile de sa vie , halque
de finesse, que de ruse machinée , contraire & opposite au déportemêt de nostre dictateur souuerain! Iamais Apothicaire n'a veu de si estranges *qui*
pro quo, comme de la vie du Pape & de sa Cour en
eschange, ou cõposée auec celle de I. Chr. & de ses
Apostres. Le Nouueau Testamêt dément leur vie
autãt de fois qu'il y a de periodes: aussi est-ce le liure le plus efficacieux qui soit au mõde, pour la cõ-
uersion , & faire retourner les pecheurs , & pour
faire recognoistre l'erreur de la Papimanie.

Si vous persistez en ma Parole (disoit Iesus Christ
en S. Iean 8.) *vous cognoistrez la verité , & la verité
vous affranchira.* S. Iaques 1. ch. *Receuez en douceur
la parole plantée en vous, laquelle peut sauuer vos a-
mes.* Vne ame se peut cent fois plus aisément sauuer en lisant la Parole de Dieu , qu'en escoutant
cent predications fastueuses à la façon Romaine:
car

car ils la tordent en mille façons desfigurées : c'est
pourquoy Iesus Christ defend tant, qu'on ne suiue
la doctrine & les loix des hommes, en son Eglise,
assauoir le traditions humaines, voire, dit S. Paul
aux Gal. 1. Quand elle seroit portée par la bouche
d'vn Ange expres descendu du ciel, il nous doit e-
stre en execration. Il se faut tresbien garder donc
de sortir de ces saincts pastis, à peine d'estre
maudits & excommuniés de Dieu, comme infailliblement sont ceux qui croient aux censures, &
excommunications des hommes, quand elles sont
au preiudice de la franchise de la Parole de Dieu:
& se faut bien garder de faire paillarder son o-
reille, ou sa creance, auec telles defenses Papisti-
ques, en excommuniant hors de nostre intelligences, toutes sortes d'interpretations estrangeres, à
peine d'estre courratiers de la barbarie brutale,
dont sont desmenés tels flagorneurs; autrement, tu
t'ostes de Dieu, si tu t'ostes de sa Parole. Aime tu
mieux craindre de recognoistre leur putrefaction
par l'Euangile, pour la detester, qu'affectionner tō
salut en Iesus Christ, pour le gaigner ? Il faut donc
fouller aux pieds tous les vents bouffis de contradictions infernales, & sur tout en s'appliquant à
ceste eternelle & diuine liqueur celeste, conseruer
la liberté de nostre iugement espuré de terrestreité, non offusquée d'aucun scrupule temeraire & infernal, donner son ame à former à Dieu, par le feu
de son Sainct Esprit, dans la fournaise de sa Saincte
Parole, & n'estre si temeraire de renuoyer à
Dieu, ou fouler aux pieds l'instinct duquel nous

nous sentons aiguillonnés : car nous luy rendrons
vn tres horrible compte, si nous ne cõposons nostre salut selõ l'infaillibilité de la reigle qu'il nous
preséte à receuoir dedãs l'estuy où luy-mesmes l'a
enfermée;c'est là où il a estallé ses oracles eternels.

La Bible c'est l'attelier de l'Esprit de Dieu, duquel il faut que nous approchions nos consciêces,
si nous voulons qu'il trauaille dessus. Que dõcques
toute parole vulgaire & profane soit exterminée
de nos bouches , pour y loger les hymnes diuins
qui arrousét nos ames d'ambrosie spirituelle, d'instruction eternelle : ie parle des Saincts Cantiques
de Dauid, qui sont vn abbregé de toute diuinité &
cõsolatiõ spirituelle:ce sont des esseins,ou ruches,
des germes d'amorce deuotieuse,qui nous tournét
en abstractiõ de la chair,&nous sublimét à la côté-
plation de l'eternité ; & qui en les chantant auec
speculation mortifiée au monde, abbreuuent nos
ames de tant de douceur & souësueté supernelle,
qu'il n'y a que ceux qui s'y baignent souuent, qui
puissent bien conter le fruict inenarrable qu'ils
apportent à ceux qui les speculent profondement.

DE LA TRADITION.

CHAPITRE **V.**

L'Ennemi de la nature humaine est tellement enuenimé contre icelle , qu'il s'efforce mesmes
d'empester son salut , en y entant l'arsenic de la
mort eternelle , qu'il verse par le mensonge des
hommes,qui luy sert d'outil à infecter la verité de
Dieu

Dieu. En S.Matth. 13. il surseme la zizanie au châp
où est le bon grain , & veut estouffer la bonne se-
mence. Au Cant. 2. il larde les lis de forces espines.
Ce que preuoyant Moyse, au Deuter. 28. ordonne
qu'on se garde bien de decliner tant soit peu des
commandements qu'il propose , ni à droicte ni à
gauche, c'est à dire , qu'il ne faut verser dedans la
Parole de Dieu, aucune parole des hommes , non
seulement de ceux qui sont sinistres & idolatres,
mais mesmes, quand ils seroient Prophetes, s'ils ne
sont exprés enuoyés de Dieu : c'est ce qu'il entend
par la dextre, & ce que S. Paul entendoit aussi, quãd
il nous defend de prester nos oreilles , sur ce suiect, mesme aux Anges de Dieu. Iosué 23. Recom-
cõmande au peuple d'estre soigneux à garder tout
ce qui est couché par escrit dedans le volume de la
Loy de Moyse, sans se detracquer de riẽ, ni à droitte,
ni à gauche: c'est dequoy Dieu se plaint en Ieremie 8. disant, ils m'ont delaissé, moy qui suis fontaine d'eau de viue, & ont fouy des cisternes fonduës
& dissipées, qui ne peuuent retenir aucune eau; car
telle est la parole des hommes, toute pleine de desmentis en soy-mesme , conferée à la Parole de
Dieu , remplie de toute verité, confirmée par son
infallibilité. En Esaie 55. *Mes pensées ne sont point
vos pensées , & mes voyes ne tiennent ni ne releuent
rien de vos voyes.*

Qui a fait le Papiste si hardi, que d'vne main bla-
phematoire se vouloir mesler d'en faire vne sauat-
terie, & d'vne Religion Diuine, en faire vne Religion humaine , & destourner le foin de la creche

T 3

en fáfare & ‚pſopopée, telle que ſe glorifie auiour-
d’huy le Vatican? Aux Coloſſ. 2. v. 20. Si donc vous
eſtes morts auec Chriſt , quant aux radiments du
monde, pourquoy vous charge-on d’ordonnances
côme ſi vous viuiez au monde, aſſauoir , ne mange
ne gouſte, ne touche point, qui ſont toutes choſes
periſſables par l’vſage, eſtant eſtablies, ſuiuant les
Commandeméts & les doctrines des hômes, leſquels ont toutesfois quelque apparence de ſapien-
e en deuotion volontaire & humilit d eſprit, &
en ce qu’elles n’eſpargnent nullement le corps, &
nont aucun eſgard au raſſaſiement de la chair.

L’Apoſtre môſtre icy euidément ſon zele côtre
la deuotion ſuperſtitieuſe de quelque ferueur in-
diſcrette, qui vouloit baſtir ſon ſalut, par quelque
Interpretatiô, qui auoit apparéce de deuotiô, mais
neantmoins hors le ſtyle de l’Eſcriture, & qui n’e-
ſtoit côforme en rien à ce què I. C auoit inſtitué,
ains , par vanterie humaine vouloit inſtituer des
nouueautez, ſemblables à celles dôt ſont originaires celles de quoy nous parlons.

C’eſt ce que Moyſe defédtât au Deut. 4. Gardez
vous biê d’oſter ni d’adiouſter vn ſeul mot à mes
paroles, c’eſt à dire, Gardez vous bien d’adiouſter
vne autre façô de faire à celle que ie voꝰ enſeigne
ni d’enchaſſer la religion que ie vous enſeigne,
en vne autre Religion, ou de l’alterer par quelque
façon que ce ſoit, iaçoit, qu’elle vous ſemble plus
religieuſe. Ce qu’il declare au meſme Deut. 11.
Qu’vn chaſcun ſe garde bien de faire ce qui luy
ſemble

femble meilleur , mais qu'il fe contente de faire
ce que ie te cõmãde, fans y riẽ mettre , ou ofter.

L'Ancien Teftament eftoit le crayon du nou-
ueau.En Ezechiel 22.v.26.Dieu fe plaint des Preftres qui ont mefprifé fa loy. En Ierem.23. Ils ꝑ-
lent la vifion de leur cœur ; ils profetizẽt des méfonges en monNom.Et en autre lieu, il dit,Encor
que les Prophetes difẽt,ꝗ la Loy de Dieu eft auec
nous, Toutefois Dieu refpond , ils ont operé le
menfonge.Le ftyle des Scribes eft tout menteur.
Ce qu'on pourroit croire auoir efté ꝓphetique-
mẽt dit des PredicateursPapiftes,dõt la meilleure
part fõt matoys,cageois , oifeleurs d'applaudiffe-
mẽt humain,qui mettẽt leurParole en traffic,leurs
langues venales. Ils ne puifent ce qu'ils difẽt que
dedãsleur bouche , n'ont garde de l'aller cercher
iufques dans leur cœur , ou de mefurer ce qu'ils
font à ce qu'ils difent ce qu'ils croyent à ce qu'ils
annoncent ce qu'ils prefchent n'eft ce qu'il
veulent dire,c'eft pluftoft par ce qu'ils s'en font à
croire que pour en verifier ce que croyẽt ceux qui
les efcoutent.C'eft pluftoft pour fe mettre en valeur,que pour eftre herauts de leur cœur, pour fe
vanter,que pour exalter I.C.Ils s'esforcẽt pluftoft
de s'annoncer que de l'annoncer; ils fe feruent de
luy,& de leur miniftere, cõme d'vn courratier de
leur ambitiõ;ils amadoüent les hõmes,les galon-
nent par les aureilles.

Toute la ligue defunéte n'eftoit baftie que par
l'afséblage des confpirations de tels Prophetes,
qui fe conoiffent à fripper les plats , courtifans

de Ceres & Bacchus , & aucuns grands amouſtil-
leurs de mignonnerie,porteurs,d'aiguillons , ſuc-
crés fourrageurs irreuocables.

Finalement , la Parole de Dieu ne les compoſe
pas,mais,ils la compoſent à leur plaiſir.Ils ont vne
autre game , pour chanter en chaire que celle de
l'Eſcriture Sainſte, Tout contraire à ce que recommande Sainſt Paul aux Col. chap.2. verſ. 18.
Que perſonne ne vous maiſtriſe à ſon plaiſir,
par humilité d'eſprit, & ſeruice des Anges , s'in-
gerant es choſes qu'il n'a point veües,eſtāt temerairement enflé du ſens de ſa chair. Eux auec vn
faux pretexte d'humilité ſeignent l'adoretion des
Anges,ou quelque Reuelation apoſtate,enflez de
preuarication,charnellemēt apoſtée, ſous le manteau de l'eſprit , abuſent les oreilles de ceux qui
leur donnent creance. C'eſt ce que l'Apoſtre *aux*
Gal.1.ch.v. 6. recōmande,qu'on ne ſe laiſſe point
trāſporter arriere de celuy qui nous a appellez en
la grace de Chriſt en vn autre Euāgile , cōme fait
iournellemēt la Papauté,recuiſant dedās la falſifi-
catiō de ſes Interpretatiōs,la lumiere des rayōs du
S.Eſprit;& de l'Euāgile deDieu,en façōnent vn E-
uāgile Romain, cōme ſi le Pape eſtoit le Regent,
la Grāmaire,& la Rhetorique , là où la Parole de
Dieu va à l'eſchole,pour ſçauoir ce qu'elle dit:ou
qu'il en fuſt le Diſtiōnaire & le Calepin,cōme s'il
mettoit la Parole de Dieu, en la bouche de l'Euāgile ; ou qu'il fuſt la toiſe & la tablature d'iceluy;
ou l'Euāgile de l'Euāgile ; ou l'Apollon des Prophetes & des Euāgeliſtes.Cōme s'il n'auoit à fai-

re de l'Euangile pour se sauuer, & que l'Euangile
eust necessairemēt affaire de sa bouche, pour estre
veritable. Ce sont cacophonies absurditez, cōme si
la lumiere auoit à faire des tenebres pour s'esclairer; le sauueur du pecheur pour se sauuer: Dieu, de
l'hōme, pour estre Dieu : cōme s'il estoit le S. Esprit du S. Esprit, & que sans luy le S. Esprit ne fust
que fable. C'est luy, duquel *en la I. à Tim. 4.* il est
dict, L'Esprit dit manifestement qu'aux derniers
tēps, certains abandōneront la foy, estās attētifs à
l'esprit d'erreur, & à la doctrine des diables, en
hypocrisie, defendās le mariage, & cōmandans de
s'abstenir des viandes. Ne voila pas le Quaresme
& le cœlibat, auec tant de faux vœux qui errent
au iourd'huy par dedans l'irreligion Papistique, de
quoy l'Apostre a fait cōme des Ephemerides, nous
commandant de les euiter. *Et aux Gal. 4.* Maintenant que vous auez cognu Dieu, ains, que vous e-
stes conus de Dieu, cōment est ce que vous vous
tournez aux choses infirmes & aux elements affamez au seruice desquels vous vous voulez derechef mettre. Voila cōme l'Apostre condamne les
Inuentions humaines.
Nous deuōs preferer la Religiō de l'Escriture au
seruice du bon plaisir des hōmes. En S. Math. 15.
hypocrites que vous estes, Esaye a bien prophetizé de vous, en disant, Ce peuple m'honnore des
leures, mais ils ont le cœur bien loin arriere de
moy; ils m'adorēt sans cause, enseignās la doctrine & les cōmandements des hōmes plustost que
les miēs. Voila là où reuiēt leur Traditiō, laquelle
n'est

n'eſt qu'vn fourreau de toute fable, metamorpho-
ſe groteſque, là où chaſcun met ſon apologue ; ils
la font germaine , ſortir du meſme germe que le
l'Eſcriture ; C'eſt pourquoy il fut commandé à A-
braham de chaſſer la ſeruante & ſon fils Iſmael,
hors de ſa maiſon , figure de ce que doyuent faire
les fideles à l'endroit du ſiege Romain, & de ſon
Euangile baſtard, aſſauoir ſes Traditions, qui ſont
comme Amon, qui viola ſa ſœur Thamar.

Il y a autant de diſtinction entre l'Euangile &
la Tradition, qu'entre la chaleur naturelle & celle
d'vn febricitant , car celle là ſemble au chien qui
garde ſõ troupeau, &icelle cy au loup qui le deuore & le diſſippe. C'eſt comme le mariage & le cõ-
cubinage:autãt à dire qu'entre vn vray Roy, & vn
Roy de Tragedie,entre Amphitruon & Iupiter,
Sozia & Mercure de Plaute , cõme entre Tite Liue
& Æſope, l'vn autheur d'hiſtorie l'autre de fable.

La tradition eſt vn enfant changé en Nourrice,
Ils s'en ſeruent, pour confondre l'Eſcriture: L'vn
eſt Iacob l'autre Eſau. Crainte de tomber en defaut
quand ils ſont contumacés, arguants interpretatiuement l'Eſcriture d'incapacité,& de iuriſdiction,
conteſtans comme des fins tres peremptoires. Ils
appellent du S. Eſprit aux hommes; entreiettent
des incidens , peur deſappoincter l'Eſcriture S.
& font cõme les voleurs,ou guetteurs de chemins,
leſquels eſtant apperçeus en la pleine & raſe cã-
pagne ſe ſauuent dedans les foreſts , ou parmi les
roches pleines de precipices , comme ces ſaincts
perſõnages,la plus part fleſtris,fouettes,eſſorillez
bannis

banis de France & d'Espagne,qu'on nomme Poi-
trinats, qui se yont sauuer dedans les Pyrenees ,a-
fin de s'y tenir imprenables;ainsi nos Papilogues,
parce qu'ils sont descouuerts en la plaine des
saincts escrits , & que la saincte parole de Dieu
est le supplice de leur côdemnation , c'est deuant
icelle qu'il faut qu'ils souffrent l'execution de lar-
rest de la verite de D.eu,demeurants muets, absy-
més , confondus en la honte du silence;c'est pourquoy ils la fuyent,& se sauuent dans les forests &
precipices de l'opinion erronnee des hommes ,&
s'establissent dedans les Peres , & autres anciens
Docteurs, lesquels ils rauissent à eux de biais ,ne
les empoignant qu'à gauche,ignorants qu'vn seul
verset de l'Escriture S. a plus d'authorité que
tous les hômes,& que toutes leurs bibliotheques:
& que la parole des hômes, quand il y auroit cinq
cents Augustins, autant d'Ambroises, & de Basi-
les,n'est fille de la parole de Dien qu'entant que
elle y adhere , & que c'est vne tissure qui n'est de
pareille filure:& que la parole de Dieu doit estre
les filaméts,les nerfs,le sang,& les vaines de la parole des hômes s'ils veulét estre docteurs de l E-
glise:ie me trôpe car,*non est volentis neq; currentis*,
chascũ hôme de biẽ qui est scauãt peut estre docteur en l'Eglise:mais pour estre docteur de l'E-
glise faut estre canonizé par le S.Esprit&speciale-
mẽt appellé de Dieu côme sont les seuls autheurs
du V.& N.Testa. Quãt à S.August.il est docteur
en l'Eglise mais non de l'Eglise : qui veut estre
docteur en l'Eglise,doit analogiser sa doctrine,se
lõ la parole de Dieu portee par lesDD.de l'Eglise

autrement, c'eſt la parole du Diable, quand meſme
elle viendroit de la bouche d'vn ſainct, puis qu'elle ſouille & deſment, & ruine la parole de Dieu. Et
iaçoit que la parole des hommes flatte exterieurement la parole de Dieu, neãtmoins elle la tourmente interieurement, principalement celle des
Romains, la reclamant par charge contraire, la cõ-
traignant à releuer de la leur, à laquelle ils veulẽt
que Dieu face foy & hommage en ſa parole, à laquelle ils impoſent ſilence, ſi la parole des hômes
ne lui ouure la bouche, en fermant la bouche de
Dieu dedans la leur: autrement, ils ſont tellement
enfiellez, qu'ils luy deſrogẽt toute authorité, ſi elle
ne prent creance de la leur, tranſvaſant & verſant
la fiance, qu'on doit auoir au teſmoignage de
Dieu, pour l'aquerir à l'authorité de la leur, &
ainſi confiſquent par felonnie la verité ſaincte,
pour la mettre en la main de leur vanité profane, comme ſi leur parole eſtoit fiancée au Sainct
Eſprit, & que le Sainct Eſprit n'euſt autre eſpouſe
que leur menſonge.

Ce ſont conceptions chancreuſes, gangrenées,
pleines du chaut mal de concupiſcence, qui ne ſe
reſent riẽ de la chaleur vitale de la verité de Dieu.
Mais ils appellent leurs tradition parole nõ eſcrite: & qui a iamais leu vne parole nõ eſcrite? Quãd
tout le monde eſt endormi, où eſt telle parole, ſi
elle n'eſt eſcrite? S'il n'y en a rien d'eſcrit, il n'y a
point d'obligation à le croire, car on n'eſt tenu
qu'à ce qui eſt contracté par deuant notaire, meſme il y a cenſure portée dedans leurs Canons, ou-
de

crets , à quiconque en faict d'importance croira
aux lettres du Pape, ſi elles ne ſont bullées:c'eſt le
Teſtament Nouueau qui ſeele noſtre creáce,hors
ce qui eſt reuelé en icelui , nous n'en ſommes redeuables,qu'à ceux qui y conformes,& non à ceux
qui en ſont difformes par nouuelle conſtruction
qu'ils baſtiſſent deſſus.

Ie m'eſtonne que ces gens qui ſe diſent la pureté meſme,neantmoins veulent iudaiſer. La tradition eſt neé parmi les Iuifs , laquelle a enfanté
les reſueries couchees au Talmud:ils ſe feignoient
d'auoir pluſieurs eſpeces de traditions , qu'ils appelloient *Caballe* , car c'eſtoit vne reception de
ſecret, par l'ouyé,ſans eſtre par eſcrit. Eſdras en
fait mention au 14.chap.de ſon 4.qui eſt Apocry-
ſe , là où on void vne bibliotheque de volumes
mentionnez, qu'ils ont depuis tourné en fables,&
encor auiourd'huy les doctes Hebrieux, qui s'approfondiſſent en l'eſtude, remarquent deux eſpeces d'icelle,la premiere, ils l'appellent *Coſmologie,*
qui explique toutes les choſes ſouſlunaires,creées,
naturelles, celeſtes, expoſant tous les ſecrets de la
Bible,par raiſon Philoſophique,ſemblent tomber
en meſme degré auec la Phyſique de Salomon,qui
diſpute des l'Hyſſope, iuſques au cedre du Liban,
des choſes naturelles,animales,ſouſterraines. Il y
a vne autre eſpece, qui s'appelle *Mercaua,*qui eſt
de la ſublimité diuine,de la vertu des Anges,con-
téplatiõ de leurs nõs, & eſſences,s'effigie en marques & en chararcteres ſur l'eſtendue des ames
& intelligences ſpirituelles quelles qu'elles ſoiét,

& d'icelle en naiſt vne autre eſpece qu'ils appel-
lết Theomãtique,à perſecuter des myſteres,noms
pantacles de la treſ-haute infinie Majeſté deDieu,
les creuſer & approfondir , & celuï, ſelon les Hebrieux , qui a graui & treſmonté iuſques là , à des
vertus ſublimes , treſvoid les entrailles de tout le
paſſé & preſent, met ſon bras iuſques biế auãt dedãs le futur,voire iuſquesà ſa lie,à vn pouuoir trãſ
cédãt les intelligéces,marche tout droit par deſſus
tout ce qui eſt ſousdiuin.AinſiMoyſe perpetra ſes
miracles,Ioſué brida la carriere du ſoleil. Elie in-
uoqua la deſcente &l'efficacé du feu du ciel,repaſſa
l'éfant du delà de la mort iuſqu'ế ce mõde. Daniel
boucla la bouche aux lyõs , les trois enfans rebou-
cherent les pointes du feu de la fournaiſe. Ie voudroy biế ſçauoir iuſqu'à quel degré de ces ſuſdites
mõte la tradition de nos papeſigues,car nous n'en
voyõs point de ſi ſçauãs ne de ſi puiſſãs;nous y voyõs force temerité,de grãds erreurs,rãt de déuoye-
més qu'il n'eſt pas poſſible de plus. Ils enſeignent
pluſtoſt l'atheiſme q̃ la creãce en Dieu, car ils de-
fếndết de croire en icelui, que ſous l'interprétatiõ
de la parole des hõmes. Les Iuifs croyoyết teme-
rairemết, & d'auãtage qu'il ne leur eſtoit cõmãdé
offroiết leurfoy à des bagatelles,qu'ils eſpluchoiết
des nõs,des ſyllabes,& des lettres de l'Eſcriture S.
batiſſoiết des myſteres ſur la figure & diſpoſitiõ&
variation des caracteres de l'Eſcriture, & delà venoit vne profõde abſurdité, qu'ils deriuoiết d'vne
cabale à autre.Ils auoiết telle car inte de laiſſer oiſi
ues les moĩdres parties,voire les plus petits points
de

de l'escriture, qu'ils mettoiēt tout en besongne, &
en empeschoiēt mille radoteries. Ce qui les a ob-
scurcis de beaucoup d'erreur. Nos idolatres Romains se conseruēt dedans l'autre extremité:ils ne
veulēt riē croire de Dieu, si la folie de leur sens ne
le deuine, & si leur s'ēbler humain n'ē est d'accord.
Or est ce que tout hōme est mēteur, dōc tout ce
qu'ils disent de leur sens n'est mēterie. On les doit
dōc m'escroire par tout, s'ils ne parlēt dedās par la
parole de Dieu. C'est vn grād blaspheme que d'o-
ser dire que la parole de Dieu n'est veritable, que
sous la cautiō de la parole mēsongere des hōmes,
& que ce que Dieu dit n'est point soluable, s'il n'est
plaigé & garēti par ce que disent les hōmes. Et s'é-
fuiuroit que la parole de Dieu ne pouuāt estre plus
droite que sa reigle, ni plus vraye que son compas,
nous serions r'ēuoyés de l'incertitude au mēsonge
de nostre salut:ce sōt maximes d'apostasie, punissable du feu, de pātaple, voire eternel. Est-il plus raisonnable que Dieu acquiesce à vostre sens, ǭ vous
à Dieu, en sa parole? le debouter de ses oracles, afin
de les retracter en vostre aduis? Esa. 6. cōfesse que
ses leures sont pollues, & les vostres, seront elles
cherubiques, seraphiques? Iere. au 1. ch. disoit qu'il
ne sçauoit parler, par ce qu'il estoit enfant, &
vous estes les Moyses de Moyse, les pedagogues
de S. Paul? Ains vous estes des blasphemateurs, disans que l'escriture est polluē, que ce n'est qu'vn
enfāt, qu'elle ne sçait parler, vous la nettoyez, voꝰ
estes sa langue & son lāgue. S. Mat 5. Christ disoit
à ses S. secretaires & escriuains, ceux qui estoient

du conſeil & de la publication de ſon S.Euangile,
vous eſtes la lumiere, mais il ſe meſprenoit, ce ne
ſont que tenebres, c’eſt vous qui eſtes le fallot &
la lampe de ſes myſteres. En S. Luc 10. il appelloit
encor les meſmes le ſel de la terre, mais à voſtre
iugement, ce n’eſt q̃ fadaiſe, ſi vous ne ſalez ce ſel,
& ſi vous n’aſſaiſonnez ceſte ſaueur. Et quád en S.
Matth. 28. il leur commande d’aller enſeigner ce
qu’il leur auoit ordonné, vous defendez leurs en-
ſeignements, s’ils ne ſont ordonnez & bouffis par
les voſtres.   Et quand en S. Iean 7. il diſoit que ſa
doctrine n’eſtoit pas ſa doctrine, mais, que c’eſtoit
la doctrine de ſon Pere qui l’auoit enuoyé, il deuoit dire, que ſa doctrine n’eſtoit pas ſa doctrine,
mais que c’eſtoit la doctrine inuentée par les Romaniſtes, & figurée en tradition. Aux Hebrieux 1.
Dieu a parlé aux Anciens par ſes Prophetes en
pluſieurs ſortes & manieres en ces derniers iours,
il a parlé à nous par ſon cher fils : mais l’Apoſtre
s’eſt oublié de dire , qu’il faloit que la parole de
Dieu parlaſt à la parole des hommes, afin d’eſtre
appellé parole Dieu.

Ieſus Chriſt defend à ſes Apoſtres, de ſe faire appeller Maiſtres, Matth. 23. & ceux ci ſe veulent faire appeller maiſtres des maiſtres , Rabbins des
Rabbins, les Moyſe des Moyſes, l’Euangile des E-
uangeliſtes, comme ſi S. Paul n’eſtoit que la gloſe
de leur texte, ou que leurs cõceptions fuſſent l’ame
du texte de S. Paul. Mais S. Pierre rabroue excel-
lemment telles reſueries, mettant vn emplaſtre à
telles freneſies temeraires, en ſa 1. ch. 4. Que celui
                                                    qui

qui parle, qu'il parle la Parole de Dieu, & non point la parole du Vatican ni de la Papesse Ieanne.

La pucelle d'Orleans auoit plus d'authorité que tous ces dragomatis là ouy, mais en Sainct Iean 14. il promet l'esprit de verité, qui les enseigne, comme voulant dire, qu'il y auoit d'autres points fondamentaux à enseigner que ses Apostres deui-neroient ou concouroient, estans remplis de l'Esprit de la Pentecoste.

A cela ie responds, que l'Esprit des Apostres estoit encor dur, & n'estoit disposé à endurer, & à suiure Iesus Christ par le chemin de la Croix; par où par apres ils furent acheminés, & y coururent tres-volontiers, de sorte que la fripperie de sem-blables passages, tordus, appliqués en toutes de-prauations, pour faire batailler l'Escriture Saincte contre elle-mesme, estant bien recognus, donnent tousiours plus de preuue à l'edification de l'Escri-ture Saincte, qu'au credit que nos aduersaires en veulent tirer par force: car, pour bien dire, la tra-dition de nos pantoufliers, c'est vne Hiurida, la fille à cent peres, le raccourcissement de l'Euangi-le, la regratterie de l'vn & l'autre Testament. Chasque Pape y a mis son emplastre, c'est la honte & prostitution de l'Escriture Saincte, la ca-dene, ou ils l'ont mis en esclauage: sans elle le Pape ne seroit Pape: c'est la courratiere qui maquigno-ne ses abus; le seul obstacle qui empesche le retour de l'Eglise à la pureté Euangelique. Mais, qu'ils sont insensés, d'appeller l'Escriture insensée, sans

V

leur tradition, que son sens, ou le sang de ses veines est venimeux, qu'il tuë, & met à perdition ses
adherens, s'ils n'en sont les truchemans, comme si
la Parole de Dieu estoit de quelque Tollard,
l'esprit qui y respire estoit l'halene de quelque
Basilisque, ou l'escume d'vn loup garou, & chien
enragé. Si les brutes sçaupient parler, ils desmen-
tiroient tels opprobres.

Dieu par Sainct Paul nous dit, que sa Parole est vn glaiue à double trenchant ; ceux-cy
en font vne allumelle endentée comme vne
scie.

Est-il possible que l'eternelle clairté puisse
supporter d'estre bouchée par ces aueugles?
car s'ils n'estoient aueugles, ils ne chasseroient
point la lumiere, pour faire place à leur aueuglement. Pour le moins ils tesmoignent, que
leurs yeux sont louches, obliques, en conuul-
sion de regard, detenus d'vne paralysie gout-
teuse, qui a les muscles tout relaxés de concupiscences, qui a le nerf optique tout bitreux,
de fuliginosités & d'exhalations charnelles, vo-
luptueuses, qui leur engendre vne obstruction
d'humeur visqueuse, sensuelle, passionnée, si
mortelle d'ambition, qu'il en est tout en con-
tusion, & s'ils en voyent, ce n'est qu'en e-
spece nebuleuse, frontiere de la nuict, ains,
par delà, si tenebreuse, qu'elle surpasse quasi
la palpation des tenebres d'Egypte : leur humeur crystallin est tout en suffusion, concre-
tion d'auarice, formée en cataracte pecuniaire

re:leurs yeux font atrofiés de la mauuaife humeur, qui amaigrit & eftouffe la bonne toute
craffeufe, & la craffe ronge comme vne rouille,
qui mange la feue de la delicateff oculaire, ils ne
voient que de chair, qu'il s'efforcent de conclure dans le finage de l'efprit, qu'ils veulent
efgaler & mettre au par deffus de Sainct Paul,
& des Prophetes : car le Pape, à ce qu'il dit,
peut defdire Sainct Paul, corriger Moyfe, cenfurer les Apoftres, eftablir, reftablir, amor-
tir les Efcritures, les bannir, ou interiner, les
declarer authentiques, ou apocryphes, radier,
exterminer tous les anciens Conciles, & ce par la
plenitude de fon pouuoir. Et qui eft ce fallot qui
veut porter de la lumiere au Soleil?

Naués vous iamais veu vne pie difputer de fon
chant contre celuy du Roffignol, voire contre le
chant du Sainct Efprit? N'eft ce pas la charrue
qui traine les bœufs? Toute cefte venerable antiquité des Saincts Efcrits, donnée par grande faueur aux hommes, pour les enfeigner, & ces hommes perdus & precipités veulent enfeigner à l'E-
fcriture ce qu'elle leur doit enfeigner? recorder la
leçon au Sainct Efprit, luy affifter de confeil, comme peu fçauant à faire fes leçons. N'eft-ce pas
vouloir affujettir le Sainct Efprit aux hommes,
fubiuguer fa profeffion à la noftre, le rendre foup-
ple & ployable à noftre doctrine? Que des petits
atomes s'ofét ainfi iouër à leur Souuerain, l'atter-
rer au deffous des pieds de la dilection humaine.
Cela doibt eftre en execration. Quel Creue-cœur!

de voir qu'à Rome les pasquils & diffamations ne
font tant defendus, comme la Bible. On met à l'Inquisition, pour auoir leu la Bible, & non pour a-
uoir fait des pasquils de diffamation. On reçoit
louange & benediction, pour croire l'interpretation, & obseruation de la tradition des hommes;
On est heretique, pour obseruer l'Escriture, selon
que Iesus Chrift l'a enseignée, nonobstant que,
comme dit Tertullien, que Iesus Chrift n'a point
dit qu'il estoit la coustume ou la tradition, mais
qu'il estoit la verité, d'autant qu'il luy faut plustost croire qu'à la tradition accoustumée.

Monseigneur le Pape croit au contraire, il mau-
dit & excommunie ceux qui porteront autant de
respect à la teneur de l'Escriture Saincte, qu'à sa
tradition : aussi dit-il, qu'il est l'astre de Iesus Chr.
que c'est luy qui illumine le texte de son Euangile, lequel il attiffe & atourne de sa doctrine, en
masquarades, luy donnant vn attirail profane & i-
dolatre, comme la suitte de la messe, purgatoire,
les images, les Saincts ; comme si le Sainct Esprit
deuoit receuoir censure, & prendre attestation
des hommes, abbaisser son authorité deuant le
throne de leur iustice. Ne diroit on pas, qu'ils sont
attitrés de l'enfer ?

Iesus Chrift nous a promis de nous enuoyer son
Sainct Esprit, & on nous le veut faire quitter,
pour receuoir celuy que la temerité du Pape veut
loger en sa place : comme si l'esprit du Pape pouuoit deuancer l'infinité de l'Esprit de Dieu : autant
à propos que si vne escreuisse prenoit vn lieure à

la

la courfe: vouloir par fa maffiueté plombée & ter-
reufe de fa tefte charnelle gaigner le deffus de la
fublimité de ceft efprit fouuerain, infini, de Dieu.
Cela (fans comparaifon) me fait fouuenir du renard, qui vouloit aller plus vifte que l'efpreuier;
pis que celuy qui auec vne mefchante corbeille
où naffe de iongs vouloit flotter & voler plus vifte, que les fuftes les mieux equippées de tout l'Occean.

Il y a vne reigle en droiæt qui dit, que *de iis que
non funt & non apparent, idem est iudicium*. Leur
tradition eft vne chymere, qui ne gift, qu'en l'erreur des hommes, vne felle à tous cheuaux, vraye
preuarication, où on fait adulterer le falut des
hommes.   Qu'eft-il befoin de tradition à l'Efcriture, non plus qu'à la Loy?

La Loy dit, qu'il faut punir vn larron, vn meurtrier, vn fauffaire.   Il ne faut point de tradition
pour la declarer.   Faut-il vne tradition à vn Cordelier, pour declarer la reigle de Sainæt François?

Vn fils fuit de poinæt en poinæt le Teftament
de fon Pere, fans demander vne parole non efcrite pour l'interpreter.   C'eft en ce beau recoquillage, où naiffent ces belles queftions de l'in-
fuffifance de l'Efcriture, accufans les Prophetes
d'imbecillité : Mais, comme les œuures de
Dieu font parfaiætes, auffi fa doætrine parfaiæte.
Son Euangile n'eft ni æftiomené, ni atrophié,
n'a befoin d'homme, pour luy feruir de Protocolle, comme s'il eftoit orphelin de cognoiffances

V   3

ains c'eſt la cenſure de ces beaux Cenſeurs, la lime de ces limes ſourdes, la coupelle, où ſe doit fondre en fumée le faux alloy des conſtitutions humaines & baſtardes. Ce ſont des vrais emballeurs, qui mettent Ieſus Chriſt au pillage dedans leurs decrets.

Et, afin que quand nous voulons nous lier à la Parole de Dieu, & en faire bouclier expiatoire contre les expreſſions reprouuées de la Papimanie, on ne nous obiecte, ſinon que nous ſommes condamnés & rendus patibulaires par les Conciles, & ainſi nous exterminer par fins de non recepuoir, il conuient ſçauoir, que les Conciles ne peuuent condamner Dieu, ni expugner ſa ſaincte bouche.

Les Conciles n'ont ſageſſe que par deriuation, & que ce qu'ils en colligent de l'Eſcriture Saincte, laquelle leur preſte ſon luſtre & ſon niueau. Que ſi ceux qui ſont au Concile y meſlent par trop de ſens humain, & qu'ils vueillét rendre morne & effeminé l'aſtre venerable de la verité celeſte, & qu'ils vueillent changer le Caluaire au Pyrée, & placer Athenes dans Hieruſalem, s'eſloigner du Mont de Sion, pour impoſer leurs inuentions au Sainct Eſprit, il les faut deſdire par la Parole de Dieu: vn démenti donné par icelle, eſt plus fort que tous les Topiques & Elenches d'Ariſtote.

Mais, voulés vous voir leur condamnation, c'eſt qu'ils aimeroient mieux perdre l'vn & l'autre Teſtament, que le moindre canon de tant de Conciles

nouueaux

nouueaux, qui n'ont point encor de barbe, & n'en
portent que le poil follet, ainſi que leur endeſuerie
de Tradition à laquelle ils dōnent Seigneurie & ſouueraine authorité ſur la volōté de Dieu, couchée en ſa parole.

Mais qui a donné ce pouuoir fabuleuſement
fabriqué au Pape, d'inſtituer l'Eſcriture S. hors la
Bible, ou vne Bible hors la parole de Dieu, ou
d'inſtituer la Parole de Dieu hors l'Eſcriture
Saincte, & de creer vn Canō humain, auec puiſſā-
ce diuine, hors le Canon diuin, & d'inſtruire les
hommes Chreſtiens, ſortir hors la Parole de Dieu
& le Nouueau Teſtament, & entuer en ce qui eſt
des hōmes pour s'y ſauuer plͧ infailliblemēt qu'en
celle de Dieu, qui eſt ſon Euāgile? Eſt-ce pas inſtituer vne verité qui eſt plus certaine que Dieu en
ſa Parole, puis que celle-là eſt le Canon & le
formulaire de celle cy? C'eſt l'Euāgile du Pape qui
efface celui de Dieu. C'eſt mettre Dieu en tutele,
qu'il n'oſe ſe parler ſans la caution des hommes.
Eſt-ce la Raiſon que la Parole de Dieu cede au
Pape? Ouy, mais, diſent-ils, Ieſus Chriſt leur annōce qu'il a beaucoup de choſes à leur dire, qu'ils
ne pouuoyent pas porter, pour maintenant iuſqu'à la miſſion du Sainct Eſprit, lequel leur deuoit
tout reueler. Cela ſe doit entendre, d'autant qu'il
leur prediſoit que tous deuoyent ſouffrir ſcandal-
le; & s'il leur euſt reuelé le martyre à quoy tous
eſtoyent deſtinez, cela les euſt rendus floſchés
& abbattus de courage. Leurs oreilles eſtoyent trop molles, pour porter de ſi picquantes

nouuelles, & y a asseurance que cela ne s'entendoit
que de leur martyre. Leur creance estoit desia in-
formé des autres mysteres les plus forts à croire.
Ils sçauoyent l'Incarnation, la Trinité, les Miracles, la Grace, la Sainte Cene, qu'il leur deuoit administrer. Ils estoyent endoctrinés profondement
en l'vn & l'autre Testament.

Ce sont là les faistes & sommités les plus espineux
de toutes les difficultés de la Religion, à laquelle
ils estoyent versez, non seulement doctrinalemét,
mais prophetiquemét & Apostoliquemét, au desso'
desquels, tous les autres ne sont que de manne,
plus aisez que Alphabets ou petits Rudiments.

Et quant au passage de S. Paul, où il dit qu'il dis-
posera du reste à son retour, leur commandant
d'obseruer ce qu'ils auoyent appris de luy par
parole, ou par escrit, cela s'entend touchant quelque ordre, ou discipline, exterieure, nó essentielle,
dont les circonstances sont infinies, & non de
quelque Article de foy, comme resuent nos aduersaires, des Images, du Purgatoire, prieres des
Saincts. S. Paul n'eust il c faillii de faire memoire, en quelque part de ses escrits, de chefs si capi-
taux que ceux là, s'ils eussent merité de trouuer
place en nostre creance? Mais sçachant l'idolatrie
qui estoit couché dedans ce point, il s'est bien
esloignée de les mettre en credit, car il les a foulé
dedans le silence d'oubliance.

Et afin qu'on sçache de quel enfantement sont
nais les abus, i'en alligueray de plusieurs points
de leurs Traditions quelques vns de ceux, qu'ils
disent

diſent que Dieu leur a chucheté en l'aureille Car
ils affirment que leurs Traditions ſont le mari de
l'Eſcriture Sainɛte ; laquelle autrement ſeroit ve-
fue, Ils depoſent que la Tradition c'eſt le piedeſtal , la baſe principale de la Religion Romaine;
Que c'en eſt le cœur, la moëlle , que l'Eſcriture
n'eſt que le marcaſite , la Tradition ; le metail
affiné, celle-là que la teſte de mort, ou le marc rebuté, celuy-cy l'eſprit, quinteſſencié, ains la teinture, qui quinteſſencie , & rend valable l'Eſcriture.

Mais , tant s'en faut , qu'on verra au doigt & à
l'œil que les Traditions commettent rapt, & violent la virginité , paillardẽt par force auec l'innocence de l'vn & l'autre Teſtamẽt, & en engendrẽt
la prodigieuſe monſtruoſité hermaphrodite, dont
eſt compoſée la Romanigolderie, d'autant que la
Tradition eſt fille de l'Inuentiõ d'erreur, cõtrou-
uée par l'eſprit errant des hommes ; elle cheuauche l'Eſcriture , & la formache , tournant vne
Sainɛte Religion en Irreligion , pour en faire
vne Religion ſuperſtitieuſement contrefaiɛte,
par des conſciences profanes & irreligieu-
ſes, deffigurées en l'idolomanie par hõmes nõ authoriſés vſurpateurs de l'authorité de Dieu, auquel ſeul appartiẽt la creatiõ des ediɛts de ſõ ſeruice, n'eſtant licite à perſonne , pas meſmes aux
Apoſtres d'inuenter aucun culte eſtranger , ou
d'innouer, alterer, ceux qui ſont, reçeus & vſitez
de la façon de Ieſus Chriſt.

C'eſt crime de leze Maieſté, au premier chef,
de rien refaire aux edicts de ſa Maieſté ſans ſon
authorité. I'ay horreur d'ouir que ce Pharaon Romain veut que les niaiſeries & bagatelles de ſon
Egliſe ſoyent plus grandes en Authorité que
l'Eſcriture Saincte ; preferant ſa Synagogue à la
Parole de Dieu ; ains pluſieurs interpretes du
droict Canon diſent qu'il peut ordonner contre les Epiſtres de S. Paul, déroger aux ordonná-
ces d'iceluy, diſpenſer contre le Vieil & Nouueau
Teſtament.

    Il me ſemble que c'eſt tranſporter execra-
crablement l'homme par deſſus Dieu. Sainct Paul
aux Galates, L. chap. denonce eternelle damnation à quiconque contreuiendra à ſa doctrine,
Antonin rapporte en ſa ſomme de Martin V. Pape, qu'apres auoir conferé auec les plus habiles de
ſa Synagogue, diſpenſa auec vn certain d'eſpou-
ſer ſa ſœur germaine, ce qu'Angelus de Clauaſio
a ſuiui en ſa Sôme, & Boerius, au 20. de ſes Côſeils.

    Il diſpenſe d'entrer en ſon ſang, ce qui eſt ex-
preſſement contre Moyſe contre la nature, pluſieurs Payens en ont eu horreur : aux endroits i-
dolatres on punit de feu telle outrageuſe côcupiſ-
cence, c'eſt forcer les barriers du reſpect qu'on
doit à la nature, quoy? forligner dedás ſes entrailles & de ſes entrailles en tirer d'autres entrailles
ſe meſloyer dedans ſes veines, dedans ſoy meſme,
c'eſt violer ce qui nous doit eſtre inuiolable rôpre
l'integrité que nous deuôs à la nature, à la loy. Et
pour monſtrer que le Pape n'eſt ni Moſayque ni
                                    naturel

naturel, ni Euangelique, c'est qu'il brise, foule tous ces droits la, il est le Protocole à les esbrescher par son authorité.

Mais, voyons vn peu, comme ces mal-heureuses traditions sont la boite de Pandore, dont fluent toutes corruptions, abus, superstitions : c'est la boucherie & saccagement du vray Christianisme, lequel ils ont changé aux iongleries suiuantes, conuertissant tout ce qu'il y a de vertueux en ceremonies plustost propres à des farçeurs, qu'à l'exercice des Pasteurs, qui ont charge du salut des ames.

Maniés ie, vous prie, les vnes aprés les autres, celles que ie vous allegueray au petit Registre suiuant. En premier lieu, les autels positifs, portatifs, les pierres d'Autels dont ils vsent, sur des tables de bois pour y celebrer leurs messes, car leurs messes seroient bien moins messes que les autres, si elles n'estoient celebrées sur telles pierres d'autels. Mais, pourquoy ont-ils choisi vne pierre plustost qu'vn bois ou qu'vn fer, veu que la croix sur laquelle Christ a esté immolé, estoit de bois, comme aussi sa couronne d'espine, les foüets de sa flagellation, les cloux, le fer de la lance, n'estoient de pierre, elle deuoit plustost estre de fer, car il n'y a eu que luy qui ait penetré dedans les veines, & touche au poinct du cœur de Christ: & notés qu'il y a de grosses censures sur ceux qui osent dire la messe sur vn bois sans pierre, comme estant le merreau de la messe, & toutesfois,

Chriſt celebra la cene ſur vne table , ſi ce n'eſt
qu'ils vueillent qu'il ſe ſoit couché à terre ſelon la
maniere de manger & prendre le repas chez les
Turcs. En quelque ſorte qu'ils prennent leur tradition, elle eſt contre la tradition, car puis que le
preſtre repreſente Chriſt, il deuroit imiter ceſte
action, ſelon la traditiue des anciens, & la traditiõ
des ſaincts eſcrits. L'ablution des Autels, le laue-
ment des pieds, le Ieudi oré, l'abſtinence de chair
& autres viandes aux iours defendus. La creation
des acolytes, les adorations des croix, images, reliques, ſtatues, & idoles, les agnus Dei, qu'ils appel-
pellent , formez de cire , auſquels ils attribuent
quaſi pareille vertu qu'au vray agneau de Dieu.
leur grande chemiſe blanche, qu'ils appellent aube, l'amict, roquets, ſurplis corporaux, purifica-
toires, nappes ſimples, doubles, triples, paremets,
tentures, autelages où ils celebrent leurs meſſes, &
pretendus ſacrifices, la conſécration, dedication
d'iceux autels, bruſlés, croiſés en les cõſacrãt, car I.
Chriſt ne conſecra rien auant la conſecration du
pain. leurs meſſes angulaires, anniuerſaires, tren-
taux, neuuaines, l'eau beniſte particuliere, & gregorienne ou papale, où ils mettent cendres, ſel, &
vin. Celle des fonds baptiſmaux aux veilles de
Paſques & de Pentecoſte , où ils font decouler de
la myrre, & de l'encens, proceſſionnans à l'entour
auec pluſieurs ſortes de harangues, & de remõſtrã-
ces qu'ils font à ceſte eau, afin qu'elle ſoit ſaincte
& vertueuſe, la benediction des palmes à Paſques
fleuries , & de l'aſne qu'en quelque lieu on meine
en

en procession, la fermeture des portes de l'Eglise,
où on faict vne petite tragicomedie deuant icelle,
priant les hommes , comme si c'estoient des diables, frappans la porte auec le pied de la croix, qui
sont toutes cageolleries demoniales , les croix
qu'on fait de buix , pendant qu'on chante la paf-
sion, auec des tons bigarrez, plustost par risee, que
par efficace de conscience. Ils disent que les buits
gardés, & les croix faites pendant le seruice, a vne
forte vertu contre le foudre. Les aspertions d'eau
benite qu'on fait les Dimanches , & en quelques
lieux tous les iours, les auemaria qu'ils ont cõposé,
& qu'ils sont coustumiers de sõner au soir, à midi,
au matin, & d'en reciter trois à chasquefois.   Le
salüe regina, attribuant à vne vierge, ce qui n'appartiẽt qu'à Dieu. La sonnerie de la veille du iour
des morts , l'obseruation du seruice qu'on y fait,
les bains & aspersion d'eau , qui se font en crotef-
ques par les Eglises. Les cloches, le baptesme d'i-
celles , la consecration episcopale , mitre , crosse,
gands, agneau, bottines: la consecration sacerdotale, auec les frictiõs d'huile, la degradation d'iceux
auec tonsure , rasure , la profession des moines &
moinesses , auec leur voile , benediction de chandele , de pains benicts , les heures canoniques
matine , laude , prime , tierce , sexte none, le caresme prenant, les cendres, dont ils frottent la teste, par mommerie , les chasubles, chãdeliers, lampe ardente , la communion sous vne seule espece,
le chresme ou l'onction des enfans au baptesme,
& des adolescens en la confirmation, la fable qu'ils

difent , que le diable n'a point de pouuoir fur
ceux qui ont affifté à l'eau benite ou qui portent
fur eux, quelque morceau de pain benit du Dimanche precedant , ce preferuatif leur durant toute la femaine.

Enfeignent auffi que le diable ne peut tenter
aucun de forcellerie , qu'ils ne luy ait arraché le
chrefme de deffus le front , qu'il y a reçeu au baptefme. Le tabernacle , & le ciboire qui fert de
geolle , où ils detiennent leur Dieu prifonnier:
Leur proceffion ou adoration du pain en leur
Theophorie , où auec vne pompe Perfienne ils
portent leur Dieu à l'esbat: La confeffion auriculaire: la reprefentatiõ qu'on fait en quelquesEgli-
fesCathedrales à la Pentecofte,de certain pigeons
qu'on fait voler artificiellement par l'Eglife : au
iour des rois,vne eftoile, à la Natiuité d'vne cref-
che & vn enfãt,qui sõt façõs comiques & theatrales,comme au iour de Pafques; à matines,à la meffe,ils font venir les trois maries, auec des boittes,
ce qui fent fon faltinbanque , pluftoft pour faire
badiner que pour mettre en ferueur la deuotion du peuple:Les gardes qu'ils font le Ieudi oré,
aux fepulchres,qu'ils elabourent auec plus de vanité , que de fincerité plaçant des homes armez , de
crainte que les images , la taille , ne s'enfuyent,
i'en ay veu en Italie, qui armez de pied en cap, ne
bougeoient du pied de leur fepulchre fans boire,
manger, fans dormir : c'eft de là qu'ils ont tiré
l'origine des quarante heures,qu'ils tiennent leur
facrement fur l'autel en pompe , & quelque predicateur

dicateur d'y prescher vn quart ou demi heure.

Les confrairies des penitens, couuerts selon que disoit monsieur Poncet, celebre predicateur à Paris, d'vne peau de souris, faisans vne esquadre de mascarades spirituelle, les vns s'estrillans les espaules auec des rosettes d'argent, ou chaines de fer, par ostentation plustost que par reuolution de conscience, mesmes s'en est veu quelqu'vn, parmi ces maupiteuses flagellations qu'ils se donnoient eux mesmes, iurer & maugreer le nom de Dieu, lequel conserue s'il luy plaist, les yeux & les oreilles qui en pourroient tesmoigner.

D'autres d'oubloient ou fourroient la glande ou long bouton du bout de la corde de la discipline, d'vn gros long tuyau de plume pour rendre vn coup resonnant, afin de iacter plus illustrement leur penitence, & quand le sang tombe de la flagellation, ils ont de la maluoisie dont auec la bouche, ils arrousent le bout de leur fouet, afin de multiplier l'apparence de l'effusion. A Gennes le mesme Ieudi oré pour monstrer la grandeur de leurs casasses, assauoir de leurs familles, ils font des compagnies de tels flagellants, où ils font venir tous leurs fermiers ou clients couuerts de sacs, & passent en cest esquipage deuant les fenestres de leurs maistresses, y repassant plusieurs fois en se massacrant haschant la chair de coups pour leur faire honneur : i'oubliois que le sac du maistre de la troupe est de fine toille batiste ou linon auec les boutons d'or &c.

La Confecration du Cierge Paſchal , auec les gros grumeaux d'encens, qui y doiuent eſtre enchaſſes. La Confecration des Moins, Moineſſes, Images, Sepulchres, Medailles, Chappellets, Roſaires, Grains Benicts, le Cordon S. Francois, appliqué ſur la chemiſe, ou ſur la chair nuë des femmes , par les benoiſtes mains de quelque frere frappard Cordellier.

Les Indulgences de la Croix; L'adoration d'i-celle au Vendredi Oré , les beaux preſens qu'on luy fait d'or & d'argent au baſſin , comme ſi elle auoit bien le ſentiment , pour en remercier ces braues prodigues, la dedicace des autels, des temples, auec tant de façons ſuperſtitieuſes, que cela ſemble pluſtoſt quelque repetion magique, que non point vne action Religieuſe.

Les Feſtes de la Croix ; Les Letanies du iour S. Marc, les trois feſtes des Rogations , la defenſe qu'on y fait ſous peine de damnation de conſciēce, des viādes que Dieu a permiſes. quelle rudeſſe, Dieu m'a donné des viandes, le Pape me les oſté, & ſe les dōne car il ne garde les ieunes , vne infinité de iours de feſte, qu'on dedié aux hōmes; cōme à des demi-Dieux, ou il eſt defendu ſouuēt ſou peine d'Excommunication de trauailler , & gai-gner ſa vie honneſtement: mais non d'yurogner brellander, blaſphemer.

Les Annuels qu'ils font pour les morts , diſan Meſſe chaſque iour, vn an durant ; meſme le iọ de Paſques celebrant l'office des Morts, à chaſqu

Me

meſſe allant ſur la foſſe, auec vn goupillon, reſpan-
dre force eau benîte , ſur la lame de pierre où giſt
le treſpaſſé , comme ſi ceſte eau ſuffiſoit à deluger
& noier l'enfer.

Les oblations qui s'y font de pain , de vin , d'argent, de cire, de feu, de quoy Monſieur le Prieur
chante. *Requiem* à l'autel, *Gaudeamus* au lict & à la
table, & *ſuſpiramus* quand on eſt trop long temps
au monde à ſe bien porter.   Ils n'ont iamais plus
grand plaiſir à viure , que quand les hommes ſe
plaiſent à mourir , ils treſſaillent d'aiſe, quand ils
voient leurs cloches ſonner la fanfare des treſpaſſés , meſme le iour des Roys, aprés auoir ietté le
ſoir force cris de vin aprés le Roy de febue pédant
qu'il boi t; le lendemain encor tous embruinés des
fumées, qui leur ont exhalé en la teſte du fond des
bouteilles qu'ils ont ſi bien ſucé toute la nuict.

Les femmes portent à l'offrande des chandelet-
tes, où il y a del'or, myrrhe & encens. Ceux ou celles
qui ont eſté Roys ou Reines, portent vn petit tor-
tis de fleurs ſur la teſte.

La bigarrure des veſtements Sacerdotaux riollés
piollés , conforme au prouerbe qu'ils publient
de la chandelle des Roys.

Ils doiuent eſtre reſpectueux à l'autel, n'y porter
qu'habit de couleur & façon modeſte , & l'vn &
l'autre ſent ſon eſuenté, vne compoſition colorée
de rencontre bizarre, cela ſent ſa verue ſacrée venant d'vne humoriſte religion , ou d'vne ſallotte
uotion.

Ils penſeroient eſtre Plagiaires, s'ils auoient dit
X

la meſſe d'vn treſpaſſé , couuerts d'vne chaſuble
verde,ſi elle n'eſt noire.

Les iour des Martyrs,ou des Apoſtres,les ornements doiuȇt eſtre rouges,des Confeſſeurs verds,
Les Cardinaux les iours qu'ils mangent blanc,vȏt
veſtus de rouge:les iours maigres,vont habillés de
violet,ce ſont couleurs de ieunes commeres ou de
chaſſeurs plus que de Prelat. Les Eueſques ſe ve-
ſtȇt de violet,doublé de rouge,au ec les chappeaux
doublés, bordés, cordonnés de verd, auſſi n'en
voyés vous gueres qui n'aient le cerueau fourré de
gayeté, ie veux dire, qu'il y en a qui portent encor
le poil follet ſous leurs calottes.

Les Roys portent le dueil en violet,Les Roynes
toutes veſtuës de blanc.Ie laiſſe les Tuniques,Dal-
matiques,chaſubles,auec leurs grands orfroys,leur
eſtole,manipule, cordon, ceinture. Il y a pour le
moins ſix vingt ou 150. ſortes d'habits Religieux
d'ordre diuers ; de capuchons,de frocs, & d'autres
ſcapulaires,& entortillements fantaſques,leurs calottes, bonnets quarrés,&autres ſortes de capeli-
nes,dont ils parent leurs teſtes:& tout cela en ſanctification,croyant que cela non ſeulement ſancti-
fie leurs corps;mais les maiſons où ils demeurent,
mais les yeux qui les voient , & les doigts qui les
touchent. I'en pren à teſmoin le manteau du Beat
Pere Sainct François , dont les Dames de Paris
ſe font recouurir , afin d'eſtre prolifiques en
enfans.

Item, la coniuration des corps poſſedés, & auſſi
des Eſprits , ſoit qui entre dans le corps, ſoit ceux
qui

qui viennét és maiſons,les parfumát là où ils chā-
pionnét,s'armét de cuiraſſes cõiuratoires, d'armes
cõiurées,ains feées magiquemēt cõſacrées de cõſe-
cratiõs quaſi aſtronõmiques,ains ſuperlatiuement
aſtrales , pour cõmander aux cõmandeurs & gou-
uernants qui tournent les cieux: car,ie m'imagine,
ꝗ les demõs ſõt en la nature , cõme le ſoüillons en
vne cuiſine,auſquels on deſtine le tournement des
broches ; & l'aduancement des boüillons : ainſi,
les broches qui cuiſent & rotiſſent la meureté des
fruicts de la nature,ce ſõt les cieux tournez par les
demons ; & partant , ils les combattent de pluſieurs ſortes de fumieres,d'herbes,de ſoulphre, de
galbanum , aſſa fœtida , & autres ingredients de
puanteur,croyans de deſplaire aux eſprits,leſquels
en badinant auec tels coniurateurs exorciſtes , ſe
ioüent comme vne nourriſſe auec ſon enfant qui
ſe prend à pleurer , faignant d'eſtre bien bleſſée
par le coup que ſon enfant luy a donné,ainſi quand
ces beaux peres exorciſtes frappent le poſſedé, a-
uec leur benoite eſtolle qu'ils font ſeruir en flagellation, le demon crie par la bouche du poſſedé,
comme ſi on le tourmentoit ſur vne roüe , mais
c'eſt pour ſe donner du paſſetemps , & ſe faire e-
xercer de ſingeries deuant ſes yeux pour ſon plaiſir: Et ainſi,les interrogatoires & colloques qu'on
fait auec le diable, qui paye telle curioſité de bour-
des , qu'ils donnent pour le loage des oreilles de
ceux qui l'eſcoutent ſi volontiers : l'eau benite
qu'on leur fait boire , la chair de bouc benite,
qu'on leur fait manger , l'eau Gregorienne,

qu'on leur fait aualler, les Reliques, Croix, Agnus
Dei, qu'on leur fait porter. Ils s'en iouent afin que
les creatures possedées seruent de badins ou de
pouppée à la curieuse simplicité des regardans, ou
comme vn iangleur se sert de marionnettes qu'il
fait danser & parler, afin de gaigner argent : ainsi
Satan se ioüe dedans les corps possedés , pour en
badinant auec les hommes acquerir familiarité, &
gaigner les ames: L'extreme oction , auec l'huile,
les croix,& autres sortes de prieres:Le Feste Dieu
qu'ils appellét, les confrairies qui ne sont rié autre
que monopoles,& de l'Estat & de la Religion, le
Breuiaire, le Diurnal, le Heures de la Vierge Marie, du S.Esprit, de la Croix, les matines 1.2.3. No-
&turne, les trois leçons, les 9. leçons, les Respons,
versets, antiennes, repetition d'antiéne, de versets,
Les Pseaumes faicts à l'honneur de la vierge , luy
attribuant toutes les grandeurs deuës à Dieu, tournans le Pseautier tout à sa louange, les hosties, grádes petites, figures partagées à la messe , en trois,
les letanies , faites sous 50. ou 60. inuocations du
nom de I.C. diuersifié. Item, les letanies de la vierge Marie, luy attribuans tous les Epithetes deubs à
I.Ch. Item, les letanies des SS.Ce qu'ils veulent authoriser de l'antiquité, ne s'apperceuans point que
les Peres penitens, en la faueur oratoire de leur de-
clamation , parloient à ces Saincts , comme vn
homme , qui en iouant parle à sa boule , la priant
d'aller droit, ou d'abbattre quelq; bois qu'il desire.

Ainsi le Portier, qui a vn office des 4. Mineurs,
qu'ils instituét ridiculemét, en presentát & faisant
em-

empoigner vn trousseau de clefs,desfquels ceux q̃
les reçoiuét ne seruét iamais: Aſçauoir ſi les Cardinaux Euefques & autres Prelats ont iamais ſerui
d'huiſſier à ouurir ou fermer les portes de l'Egliſe
On ne voit aucun de ceux qu'on ordonne exercer la function des quattre mineurs;c'eſt vne mar-
moterie pluſtoſt pour plaiſanter que pour ſpiri-
tualizer ; baſte que par cela croyent reçeuoir vn
ombrage , qui eſt comme vn ſigne qui crayonne
l'endroit où par apres , les characters des autres
Ordres ſuiuans ſe doit aſſeoir.Il y a la tonſure,qui
precede,ſans laquelle follement les Iuges croyent
qu'vn homme eſt incapable de poſſeder aucuns
biens d'Egliſe.

C'eſt vne ceremonie des plus papicolantes &
des plus Papimaniées , car ſous couleur que la
main Epiſcopale luy a esbarbé auec vn cizau E-
piſcopiſe vne douxaine de cheueux hors du ſommet de la teſte, & embouché dedans le col vn ſur-
pli retrouſſé,vn tel eſt cenſé , reputé, du ſerment
de Clericature , receuant par ceſte diue & primo-
geniale ceremonie,aptitude d'obtenir & deuorer
tant de poſſeſſions Eccleſiaſtiques , qu'il pourra
attraper,& ſans cela,fuſt il Pape , il ſeroit deſpapi-
zé. C'eſt vn ioüet indigne de la vacation ſerieuſe
de tant de celebres Iuriſconſultes,qui neantmoins
font eſtat de telles vetilleries.

Ie laiſſe le couronnement des moynes,car cela
eſt comique , digne marque d'vne teſte folle, car
entre les Payés, ceux qu'on vouloit faire paroiſtre
ſols, (ſelon que dirõs cy-apres) on leur rognoit

X 3

la teſte comme cela tout à l'entour.

Mais, que dirai-ie de la couronne des Eueſques, tournée de la grandeur d'vne palette de chirurgié. C'eſt pour leur euaporer la ceruelle, quand la teſte leur fume.

Auſſi ſont ils ſuieɗs à des demangaiſons capitales, ils ont ſouuent le ver coquin en teſte ils aiment à coiſſer, ils ne peuuent viure en leur peau ils en cerchent touſiours vne meilleure, ils fretillent d'ayſe, d'appetit, tantoſt de colere ou bien de concupiſcence, il n'y a quaſi celuy qui ne voulut obeir & faire hommage iuſques aux enfers pourueu qu'on le fit commander & receuoir hommage au Capitole.

Celle des Preſtres n'a que la quatrieſme partie de ceſte capacité, ſeulement de la grandeur d'vne piece de 20. ſols, pour monſtrer que la grandeur du caraɗere Epiſcopal eſt comme vn palais, celle du Sacerdotal, n'eſt que comme vn logis ordinaire, celle du diacre & du ſous-diacre, ce ne ſont que caſemattes, & eſchauguettes; s'il faut de ces marques pour denoter le caraɗere, ils les deuroyent commander à ceux qui ſont initiez du Bapteſme, & qui depuis ont reçeu la Confirmation, mais ce ſont autant de chimeres, de phantoſmes, à quoy ceux qui ſont trauaillez de la haute maladie rongiroyent d'auoir penſé. Meſmes, ils tondēt des pauures vierges, quand ils les deſlient, ou pluſtoſt quand ils les proſtituent dedans leurs Cloiſtres, les couurāt d'vn voile, qui eſt cauſe que par apres elles ſe deſuoilent publiquement, leur profeſſion

leur

leur donnant vne Barbette au deſſous du menton,
qu'ils appellent leur mari, qui les deſmarie ſouuët
d'auec Dieu & leur honneur, pour ſeruir de ſcandale & d'opprobre, à leur condemnation.

Ce Ieune Quadrageſimal , les Quatre Temps,
les Vigiles, en des endroits, comme au Dioceſe de
Troye, & par toute la Flandre , on mange du formage en Quareſme, En celuy de Straſbourg on y
mange des oeufs, en Italie, il eſt defendu, à peine
de l'Inquiſition, & d'eſtre cent fois plus ſeueremét
puni que pour chair de femme ſi on s'eſtoit gor-
gé par paillardiſe ou fornication, ou adultere, voire pour auoir ſeulement manie , ou mangé du
beurre, ou du fromage. En pluſieurs lieux ils ſont
en deſbat , s'il eſt loiſible en Quareſme d'vſer de
formage Plaiſentin ou de Milan , d'autant qu'il eſt
faict ſãs cailler, mais ſeulemét à la Chardõnerette:
En l'Eſpagne il eſt loiſible de manger tous les Samedis de l'année les iſſues des Animaux qu'ont
tue à la boucherie, comme tripes, teſtes, pieds, de
beuf, veau, & mouton. A Louuain, & au Dioceſe
de Malines , tous les Samedis ils vſent de graiſſe,
au lieu de beurre, à confire & apreſter leurs viandes. Les vns iuſnent, ne mangeant qu'vne fois le
iour, autres faiſant vne bonne collation à la Romaine, force ſalades, pieces de four & autre deſſert
ils font des collations à haute fuſtaie.

Les Caſuiſtes decernent que pourueu qu'vn
homme ne ſoit que deux heurs à table, il ne romp
point ſon iuſne, Que quand il ne boiroit qu'vne
douzaine de bouteillées de vin d'Eſpaigne,

& aux Regions,là où on boit du laict,pour du vin
comme en Affrique)là où le lait de Chammeau
leur fert de breuuage , ils le font officier pour le
vin,quand ils en boiroyent cinquante pottees, le
ieufne ne laiffe point pour cela de demeurer entier.

Ie laiffe les Images en platte , peincture,
releués en boffe , encores que celles qui font en
relief,foyent d'vne fort vieille tradition.Toutes-
fois , il femble que le Concile de Trente les con-
demnoit volontiers: toutes les Religions nouuelles & Renouuellées n'vfent que de plattes pein-
tures,en leurs Temples & autels. Il viendra quelque pofterité,qui deftruira la platte peinture auffi
bien que ceux icy fe font fantafiez feulemét contre les Reliefs.

Les Euangiles de S. Iean qu'ils pendent au
col,auec leur fermaillets de reliques , d'os de
morts,de vieux habits,qu'ils appellent desSainéts,
auec leur cire cremée qu'ils appellent *Agnus Dei*
le Nom de Iefus,& le bois de la Croix.Si celuy qui
a efté debité depuis douze cens ans, eftoit tout en
vn môceau,il y en auroit affez pour fournir à l'ar-
chiteéture d'vne douzaine de Louures il s'en trou
ueroit affez pour baftir plufieurs arches de Noe,
comme des Cloux du Crucifiement il s'en conte
iufqu'à 15.ou 20.qu'on adore de latrie. Ainfi du S.
fuaires , on en nôbre en diuers lieux , iufqu'à 7.
ou 8. Il faut qu'à ce compte , il y ait beaucoup d'i-
dolatres refpandus par le monde. I'obmets la façon des Grecs , de confacrer auec du pain leué,

fe diftinse distiguant de la Romanigolderie , peut estre, pour obuier aux inconueniens idolatriques de plusieurs Prestres , qui faute d'hostie, & de peur de perdre le prix de la vente de leur Messe , ont fait vne hostie de papier, & consacré en icelle, la faisant adorer au peuple.

La Cour de Parlement à Paris a condamné à mort, & fait executer vn Prestre de Nemours, qui ne celebroit la Messe iamais qu'auec du papier, arondi.   I'en ay veu d'autres , qui faute de vin, ne consacroyent que de l'eau au calice.   Ha ! Que ces pauures Papicoles sont aisez à manier dedans vne foy si corruptible & si corrompüe , d'autres qui ont communié, & donné des hosties non sacrées au lieu des sacrées aux communians, les ayant confondües sur l'autel, ou prennans l'vne pour l'autre en la Sacristie.   Les Inuocations qu'ils font aux i-mages, aux bois, comme celle là, *O Crux, Aue spes vnica,* se recommandant à vn bois, qui n'a ni ouye, ni veue, ni ame ;   Ainsi en l'Adoration des Reli-ques, qu'ils celebrent cóme si c'estoyét des corps viuans, n'estant que de pourritures, Les Hymnes, les louanges desrobées à la gloire de Dieu, pour les liurer à l'idolatrie des hommes , à l'imitation des Poetes Payens, qui solemnisoyent en ceste fa-çon leurs faux Dieux, les vestemens diuers, en má-dilles racourcies, allongées, de leurs Diacres, ser-uans à la Messe, les tours, destours, gesticulations, tant d'eux que du missifique.

Il semble vne Charlatannerie tantost muet-te, tantost parlante , Item aussi la Lecture de l'Epiſtre , la Proclamation de l'Euangile , en Latin, où perſonne des Aſſiſtans n'entent goutte. La couſtume d'aucuns Cheualiers , qui entendant la lecture de l'Euangile, tirent leur eſpée à la moitié du fourreau.

L'inſtitution de tant d'Ordres de Cheualeries, de S. Iean de Ieruſalem, des Templiers, de S. Iago, de S. Lazare, & de ſemblables façons, tant de lampes d'or , d'argent, ardentes nuict & iour deuant les autels & Reliques , cela ſent ſa Lune enſeigne du Turban: Les Tenebres, la Confeſſion des Cloches , faiſant ſemblant qu'ils les enuoyent le iour du Vendredi Sainct ſe confeſſer à Rome , & ainſi font en ſilence tout ce iour là , ny ayant en toute l'année autre Dimanche, ni iour de repos pour elles que ce iour là Les Tartauelles Cliquettes, clochettes de bois à l'imitatiõ des ladres, pour exercer leurs Lieutenãs pẽdant leur abſẽce pretenduë, l'extinctiõ des cierges, & le tintamarre tumultueux qui ſe fait à la fin deices tres-feriales matines : Les Meſſes, qu'ils fõt pour les vifs & pour les morts, les Meſſes qu'ils dedient à la Couronne d'Eſpine , aux foüets, à le flagellatiõ, & aux Cloux de la Croix, au Prepuce de Ieſus Chriſt, & la Meſſe ſeche, & Trõquée qu'ils diſent au Vendredi Oré, elle n'a ni teſte, ni pieds, ni cœur ; Ce n'eſt qu'vne demie carquaſſe, Auſſi mettent ils vn tronquement de veſpre, pour former ſa partie poſterieure, mais le iour de Paſques, qui eſt ſãs entrée, elle n'a point d'Antiuodium. Ils n'ont ſçeu trouuer introite qui y puiſſe ſeruir.

Il y a

auſſi payent-ils tels esbreſchements de pluſieurs gorgées d'Halleluya.

Il y a de plaiſantes robineries, à quiconque voudroit eſplucher toutes leurs matachineries : Les meſſes, pour les expeditions de la guerre, pour la caualerie, infanterie, pour les voyagers par terre & par mer, pour leurs femmes en couche, pour leurs releuailles, pour leur engroſſement, pour la peſte dediée à Sainét Sebaſtien, à Sainét Roc, qu'vn Pape n'agueres viuant cabaſſoit vn iour, diſant, c eſt demain la feſte de *Meſſer Rocho*, outre, pour la fiebure tierce & quarte, & pour mille autres eſpeces de rencontres ; car ces gents là ſont plus attachez à leurs graiſſes, & à leurs ventres, qu'à preſcher le texte de la verité : leur ſageſſe doit la bouche & les mains, comme vaſſalle de la pecune, & comme le feu, fait ſoupler le fer ; ainſi, il n'y a rien qu'ils ne diſent, pourueu qu'on l'achette, & qu'on les paye bien ; car ils ont vn cœur tout particulier aux broches, & à la cuiſine, comme à dire des meſſes, pour vn porc, pour vn cheual malade, pour vne vache qui n'a point de laiét, pour vne poulle qui ne fait point d'œufs : ou à Monſeigneur S. Anthoine de Pade, afin de les retrouuer quãd elles ſont adirées: & en quelques endroits ils menet leur vaches, aſnes, & porcs à la proceſſion, à l'hõneur du S. dõt ils inuoquẽt la faueur & propitiatiõ ſur le beſtail, ce qui eſt fort familier en Poiétou & Limouſin: ils les fõt meſmes aſſiſter à la meſſe, c'eſt vne deuotiõ biẽ cheualine, biẽ brutale, toute aſniere, de pors: quelle freneſie de vouloir faire part

de la chreſtiété aux beſtes. Ie laiſſe les meſſes qu'ils
diſent, pour la ſatisfactiõ des pechés, faiſant à croire qu'ils ont payé Dieu de pluſieurs années du purgatoire, & meſmes des peines eternelles, dont ils
eſtoiẽt redeuables, & auſquels Dieu n'oſeroit plus
demander, ceux qui les payent bien de leur meſſe.
Car ils diſent que leur meſſe eſt le foudre & l'orage qui foudroye eſclabuſſe, canonne poudroye en
cẽdre tous les pechés, & toutes les redeuances,
ſur leſquelles il y pourroit auoir executiõ de leurs
biens, ou de leur corps en l'autre monde. Ne voila
pas de gentils vergalands, mais excellés muſniers,
car ils ſçauent des recéptes pour empéſcher que
iamais l'eau ne tariſſe au moulin. La meſſe c'eſt le
ratellier des preſtres, leur boutique, leur ouuroir,
talque ces artiſans de meſſe ſont grans eniauleurs.

 Ie paſſe par deſſus les Biſcantares, dont il y en a
nombre à Paris, leſquels apres auoir miſſifié de
bon matin à ſaincte Geneuieſue, courent grand
erre à noſtre Dame des Vertus, là où ils doublent
leur iournée; car la iournée d'vn preſtre, c'eſt ſa
meſſe, quand il en dit deux en vne matinée, il met
deux iournées en vne: encor y en a il qui enfermẽt
vn bon deſieuner entre deux meſſes. Mais, à quel
propos le iour de Noel, chanter trois meſſes, pluſtoſt que le iour de Paſques? Ils diſent qu'vn homme qui reçoit vne hoſtie, en ſe communiant, exploite tout autant, & que ceſte ſeule lui ſert, comme s'il en receuoit cinq cens, & que cinq cens ne
lui apporteront d'auantage de profit ſpirituel que
la moitié d'vne ſeule.

Vue

Vne messe doit seruir spirituellemét tout autant au prestre, comme s'il en disoit cinq cens. Que si c'est que l'Eglise s'en engraisse, & qu'elle en vaut beaucoup mieux, ils ont tort qu'ils n'occupét leurs prestres à en celebrer depuis vne minuiét iusques à l'autre, ce seroit vne bonne boutique que la prestrise, elle vaudroit mieux que celle d'vn financier.

L'institution des chappeaux des cardinaux, est tout Pseudo-Apostolique: c'est la corruption de l'Eglise & des Estats. Plusieurs vendroyent Dieu pour s'en mettre vn sur la teste. Les Protonotaires Apostoliques, Soubs-dataires, Caudataires, Cameries, Coppistes, & Cinq cêts autres vermineries, qui sont côme charançôs, mittes, qui rôgent la Chrestienté en la Chancellerie de Rome, les Cardinaux de la barette noire, qu'ils appellét, assauoir les auditeurs de Rotte, Les Officiaux, Promoteurs, la Secularization de la Moinerie, lors qu'ils ont mis dedans le monde ce qui estoit hors du Monde, assauoir les quatre Mendiants, qui sont multipliez en autres branches, qui sont venus depuis à leur imitation. Ils trouuent qu'il n'y a ferme ou metairie de meilleur reuenu, que la besace, ils fiancent Christ pour espouser la guenille.

Le monachisme est entré en corruption depuis la publication de ceste solitude, & depuis que les moines sont entrez au monde, le monde est entré plus auant chez les moines, que chez lui mesme. La folie des indulgences, c'est vn bon trafic, qui apporte force vsure à nos ras, & tonsurez. Ils ne les

donneroient pas pour le meilleur de leur Sacrement. Cela fait fouuent bataillonner, le toxain de
gueule, ils les ont attachées à vn petit morceau de
bois, fait en Patinoftre, ou à vn morceau de brôze,
fait à medaille, ou de cire, feulement en les regardant, où en prononçant quelque mot, on fait reial-
lir les ames dés le purgatoire, iufqu'à la vie eternelle. Il eft impoffible d'eftre damné, fi on en eft
chargé de quelque piece en mourant , ils les reuerent , comme eftant de plus grands pris que le
facrement du Baptefme & de la Cene. O abus, des
abus! d'imputer la valeur du fang de Iefus Chrift à
telle farlouze! c'eft bien farfoüetter la vertu de fa
paffion , que d'attribuer la vertu de l'effufion de
fon fang à telle badinerie , cela reffent fon ioueur
de paffepaffe.

Mais venons aux iubilés & indulgences, dequoy
on n'auoit nulles nouuelles , il y a quatre cens ans.
On ne parloit iamais du Pape en chaire, les chreftiens ne fçauoient pas s'il y auoit vn Pape au môde, & afin de faire parler d'eux, ils ont efté bien aifes d'inuenter cefte belle rubriche. Mais les autels
priuilegiez, l'inuention en eft toute cadette, nos
Peres n'auoiét iamais ouy dire qu'vne meffe diĉte
en vn autel , euft vertu de vuider vne ame du purgatoire, pluftoft q̃ diĉte en vn autre dedás la mefme Eglife. L'inuentiõ auffi des ftatiõs, & les pelerinages des fept Eglifes de Rome , là où il y a des
fondics & magazins d'indulgences , de cinquante,
foixáte, cét mille ans, qu'õ gaigne tout à la fois feulement à plier le genouil, ou à hurter fa poiĉtrine
d'vn

d’vn bon coup de poing. Quelle imposture ils enseignent que le monde finira dedans 15. cens ans:
car il ne doit durer que 6.ou 7.mille ans au plus,&
qu’à la fin du monde le purgatoire cessera : car ces
annees d’indulgences se rapportēt sur la remission
de celle qu’ō a merité d’expier en purgatoire : s’il
falloit puiser ces indulgēces la dedās la bourse du
Pape, il s’empescheroit biē à estre si falot à les di-
stribuer d’vn tel eslargissement : il n’y a rié ou paroisse sa munificēce royale, tāt qu’à ce bel estalage
de bagatelles:c’est vne des couches où enfāte leur
auarice, que si l’interinement de chasque centaine
d’ānées despēdoit de cinq sols de gabelle tirée de
sa bourse à obtenir l’effect du pardō,il manderoit
aux chrestiēs,sauue qui peut,cela ne me me regarde poīt.Vous ne voyez iamais q̃ la bourse du Papé
passe les mōts,&tādis qu’ils pourrōt espuiser quelque liqueur argētine ou solere. Dieu n’oseroit rié
demāder à aucun qui aura esté purifié par semblable decret. Ie ne sçay si S. Augustin,& les anciens
eussēt voulu seruir de leurs opiniōs à telle fadaise.

La prohibition de la celebration des Nopces, au
Quaresme,auāt Octaue de Pentecoste:Prier Dieu
par cōpte,auec des dizains,auec trois,quatre,cinq,
neuf patinostres,les Octaues de Pasque, de Noel,
de toutes les festes de Noel , de la Pentecoste,
Toussaincts, &c. Pourquoy plustost les octaues q̃
les dixaines, ou q̃ les douzaines,l’obeissance canonique,tāt de decrets,decretales,bulles,breuets cē-
sures cōtre l’ordōnāce deS.Pierre,qui deféd de do
miner parmi le clergé. La iurisdictiō des moines,

ayant quaſi puiſſance de vie & de mort, ſur ceux
qui font profeſſion chez eux, empoiſonnant, fla-
gellant , enchainant les pauures chreſtiens qui ſe
veulent tant ſoit peu ſeruir de leur iugement, ou
de la raiſon naturelle, lors qu'elle eſt meure, (car
on les encloiſtre en ieuneſſe)ils les gehennent iuſques à la mort,les faiſant mourir à force de iuſner
& de ne point manger, qui eſt tout autant comme
ſi on les eſgorgeoit. C'eſt oſter ſon officè au magiſtrat , & priuer le public des membres qui lui
appartiennent,le baſton de la iuſtice ne doit point
eſtre mutilé ou multiplié en ceſte ſorte, ſans aucũ
appel, ſans aucun reſſort.

La vie &mort de Ieſus Chriſt tournée en archi-
comedie, ou en tragœdie patriarchale , demenée
tantoſt par les rues & carrefours,ſur les theatres,
dedans les Egliſes iuſques à en polluer la chaire
de verité , ou en Italie ils iouent des comedies ſa-
crées:l'election de certain patrõ, comme les marchands ont pris S.Michel , les roſtiſſeurs l'Aſſum-
ption ou S.Laurent,les frippiers la Trinité:L'etimologie en eſt plaiſante,c'eſt qu'ils diſent qu'é ce
qui eſt frippé, on y void les fils : La ſeconde perſonne de la Trinité c'eſt le fils , ainſi ils ont pris
la Trinité pour patron , à ce que le fils,face profiter leur fil frippé. La compoſition de l'aue-maria,
eſt ioculatoire,il y a queſques années,qu'eſtant en
Lombardie, il y a vn mont au ſommet duquel en
15.ou 16.chappelles diuiſées & baſties en relief, la
vie de Ieſus Chriſt , auec vne architecture fort
ſomptueuſe & delicate , La Vierge Marie y eſt à
ge-

genouil, qui prie són fils, tenant vn chappelet pendu à sa ceinture, auec force Aue-marie, & l'office de Noftre Dame, ouuert dedans fes mains; le lieu s'appelle Varalde.

La Couuerture des Images voilées de linges, tout le long du Quarefme, C'eft pourquoy ils ont tort de nous reprendre de ce que nous les códemñons puifque eux mefmes les banniffent & les cachent au temps, (parmi eux) le plus Sainct eft reformé: les Pelerinages, qui fe font en plufieurs cartiers, mefmes profanes, l'an 83. qu'on ne voyoit autre parmi la France, que *dealbatorum agmina*, des efcadrons veftus de blanc. Ils portoyent ce qu'ils appellent le S. Sacrement; Et comme ils pelerinoyent à 12. ou 15. lieues de leur heberge, pendant qu'ils difnoyent, ils mettoyent leur fainct ciboire deffus le buffet parmi les voires, & fouuentesfois le foir, ils fe mettoyent à chanter, & à danfer à l'entour du lieu, ou il repofoit. Les veilles qui fe faifoyent la nuict des feftes, ont efté inftituées temerairement & defendues par apres, à caufe des paillardifes qui fe commetoyent par ceux qui veilloyent.

C'eft l'origine des Ieunes, parce qu'on les a remplacé pour les veilles. La Creation du Purgatoire, incognu à Moyfe aux Prophetes, aux Apoftres, & à tout l'Ancien & Nouueau Teftament.

Il faudroit vn Traicté particulier, pour en defchiffrer tous les Abus. La Confecration des Rofes d'or, que le Pape enuoye aux Roynes, lors de leurs efpoufailles. Ainfi des berceaux & langes

qu'ils enuoyent pour les aiſnez des Roys ; La Benediction du S.Baſton, de la Confalõnerie, de la S.
Egliſe. Iamais le Roy defunct, Henry I V. n'a e-
ſtrillé perſõne ſi à propos, ni fait tãt deſchec auec
ſes armes, que ſur ceux qui eſtoyẽt munis de ceſte
baſtonnerie là. Mais auſſi à propos du baſton de la
Cõfrairie de la Cõception de Noſtre Dame, l'ay
veu qu'on y enuoyoit des vieilles par riſee , pour
l'arreſter, & puis on leur faiſoit des petites que-
ſtions comœdiãtes, aſſauoir, ſi elles auoyent encor
à faire du baſton de la Conception.

La benediction du Sel, ſoit pour l'vſage des ener-
gumenes ou pour la cõfection de leur belleeau benite, les diables ſeroyẽt bien poltrõs, & dignes de
paſſer ſous les fourches Caudines, & d'eſtre diſmés
s'ils redoutoyent telles mõmeries geſticulées: les
Satisfactiõs & amẽdes pour les peches, les Encens,
Encẽſoirs, Choppinettes, Patenes, Calices Lãpes,
L'Aigle, qu'ils appellẽt, où ils poſẽt le liure à chã-
ter, les Cierges allumez, dõt ils courõnẽt l'enceinte de l'Egliſe, aux veilles , & iours de dedicace.
L'encenſemẽt idolatrique, qu'ils font aux pierres
des autels, à la pierre, au bois des images taillées,
La Tranſubſtantiation, auec ſon train dreſſé d'vn
equipage , qui à la ſuitte d'vn liure entier pour
tout ſpecifier.

Ha! que de harnachement, que d'attirail il
faudroit vn demi Calepin pour en exprimer toutes les nomenclatures ; & pour preuue que tous
ces ingredients ne ſont chreſtiẽs c'eſt que l'actiõ
ſacramentele de Chriſt, fut celebrée par Chriſt en
Siriac

Siriac,& tous les termes nominatifs de tels outils
sont Payens tirés du fond de la Grece, ou des entrailles de la Latinité , pas vn n'est selon le langage qu'on parloit en Ierusalem aussi la destruction
de Ierusalem est trop anciéne, & le poil de la Messe trop folet , trop ieune,ils ont roigné &escres-
mé la nomination des instruments qui seruoyent
aux sacrifices Payens faits au Diable, pour en faire
des attiffemens ceremoniaux des ornements nu-
ptiaux à la Messe ce qui monstre quelle est fort
cadette , & qu'elle n'est sortie de mesme ventree
non pas seulement de mesme ventre auec la Cene : elles ne sont point germaines ains d'vn porfil diuers,leur phisionomie à vn port tout diuers
celuy de la Messe est hagart.aussi est ce vne chose idolée:la Saincte Cene est toute saincte en simplicité,d'vne simple saincté, sans aucun couroñe-
mét de bragardise pelerine, ratissée de l'infidelité,
ballieures de sacrificesSataniques,dont ils ont co-
loré,encercelé, cest pauure proselyte de Messe.

Les Bannieres , qu'ils portent aux Proces-
sions, & qu'ils mettent en portenseigne au dessus
des Eglises,en dedicace, comme si c'estoit pour
aller en fanfare guerroier, cela est emprunté de la
fanfauronnerie des infideles lors qu'en bataille
ils crioyent *feri,feri*, tue , tue, où ils guindoyent
leurs panunceaux ou cornettes , brandillantes
pour se faire suiure.

Le Coq, la Croix qu'ils mettent au dessus
des Clochers , L'Eng aissement qu'ils font aux
enfás au Baptesme,aux adolescés en laCõfirmatiõ

Les eſtrennes,ce qui vient de la Deeſſe Strenne, que les Romains adoroyent. L'inſtitution du Roy Boit , cela a eſté pris des feſtes de Bachus auquel on ſacrificoit en yurognant & proclamãt *io Bache* d'autres qui ont pris Noé pour Bachus , d'autant qu'il planta la vigne , ils en celebrent la feſte auec feſtons,pampres,& force carouſſes : la Souche de Noel.Les Licences,& degrez de Theologie,comme Principiants,Bacheliers courants , Bacheliers fermes,Docteurs en Theologie,Abbez,Abbeſſes Prieurs Reguliers,Prieurs Commandataires,Abbez,Tonſurez,Croſſez,Mitrez, Châtres,Doyens, Princiers,Eſcolatre,Sous-Chantre ; Les dignitez Cannoniales , & dix mille autres ſemblables farfanteries,à quoy il n'y auroit point de fin. Ce ſont deſtructions d'offices de vaine gloire, degrez de contention pluſtoſt que de trauail,le tout pris ſur l'alignement imité des officiers , qui ſeruoyent aux temples des idoles.

Que diries vous donc de ceſte belle Bourſoufleure Myſterieuſe ? Ce ne ſont que phantoſmes vollants,deuiſes fantaſtiques,perpetuelles ſaquineries de la Chreſtiété Gétilizée,Machinatiõs farcineuſes,qui eſtrãglét la ſincerité de la Religiõ.

Ha!Qael fardeau aux gens de bien , qui s'y ſousmettent!& cependãt,c'eſt le vét ſpirituel, ce diſét ils,qui enfle le balon de l'Eſcriture,mais,pluſtoſt, q ſacqueboute la Religiõ, en faiſãt vne farraſſe de paganiſme ils ont eſcremé les liures ceremoniaux des infideles pour en adouber ceſt hermaphrodite deMeſſe,en eſquipper la môture du reueſtemét

de ces

marmitons d'officiers , & puis ils conroyent, en
baudroyant sur ce beau moule, l'interpretation de
la langue diuine, ils disent que c'est ceste forte haleine , sans laquelle la trompette de l'vn & l'autre
testament demeureroit muette. Le Pape est le
trompetteur, mais syncopé trompeur trompé, cela n'est il pas homerique, poetique , on en habille-
roit des comptes de fée : le sang & les veines de
ce corps est tout coulant de fables plus esopiques
que mosaiques, ou Prophetiques, rien d'Apostolique, il y a plus de verve, que de bon sens, de fantas-
quinerie, que de discipline salutaire , & cependant
ils en font la bibliotheque viuante du S. Esprit , le
ratelier de sa sacrée Sapiēce: C'est mesurer l'aulne
au drap, & nõ le drap à l'aulne, l'vnité au nombre,
& non le nombre à l'vnité. La mesure à la chose
mesurée, la reigle à la chose reiglée : C'est mesurer le corps selon le pourpoinᵈ , & non le pourpoinᵈ, selon le corps. Et quelque piedestal qu'ils
veulent bastir de leurs traditions, qu'ils disent e-
stre plus certaines que l'escriture , il est aisé de
leur monstrer , qu'il n'y a rien de si changeant
& fluide , la corruption s'y campe plus germai-
nement qu'ailleurs.

Tertullien, liure 1. contre Marcion, & au liure de
la couronne du soldat , dit que de son temps on
mettoit en la bouche du baptisande laiᵈ & miel. S.
Hierosme contre les Luciferiens , dit qu'on vsoit
de laiᵈ & de vin en son quartier à l'ēdroit du mesme. Cyprian dit en son liure de l'onᵈiõ du chresme, que tout hõme le iour de la Cene, au prealla-

ble de s'approcher d'icelle, estoit tenu de se lauer
les pieds. Denis Areopage dit , qu'on iettoit de
l'huile sur les trespasses auec le goupillon. S. Augustin, qu'on ieunoit & faisoit abstinence chasque
mercredi de la semaine : toutes lesquelles traditions ont esté retranchees , & mises hors d'vsage,
comme la trine immersioh, assauoir, plonger trois
fois, les enfants qu'on baptisoit, dedans l'eau.

Les Apostres du commencement de la primitiue Eglise, ne baptisoient qu'au nom de Christ,
mais depuis, ceste façon fust desrogee, qu'il n'est
loisible de baptiser, qu'en l'expression des trois
personnes.

Et puis que nous voyons, que toutes ces choses
ont esté abolies, parce qu'elles sont hors de la pa
role de Dieu , en vertu de quoy nous en sommes
desobligez : pourquoy deferera-on d'auantage à
choses aussi legeres, qu'on peut voir au catalogue
peu auparauãt denõbré:ains l'Escriture S. nous enseigne mesme, à ne deferer aucunemét aux tradi-
tiõs, car du cõmécemét il estoit ordõné que le frere espousast sa sœur germaine. Les enfans d'Adã
se fussent rendus coulpables de damnation eternelle , & rebelles au cõmendement de Dieu s'ils
ne se fussent mariez l'vn à l'autre.   Et le sainct
Roy Ezechias ne brisa il pas le serpent de bronze
encor qu'il fust erigé per l'ordõnane du Seigneur
dautã: qu'on en abusoit? Mais, parce que c'est peu
de chose de ce qui est des authoritez alleguees ie
les multiplieray.

Clemént at 1. de ses tapisseries, dit qu'il a appris
par tra-

par tradition que Christ n'a presché qu'vn an.   I-
renée en son 1. liure, dit que ceste tradition est e-
manée des heretiques. Le mesme Irenée au liure
2.dit que les anciens lui auoiét rapporté que leurs
ancestres auoiét oui dire à S. Iean que I.C. n'auoit
pas moins de 50.ans lors qu'il fut crucifié. Ce qui
est debouté de la creance commune auiourd'huy.
Clement au 6.liure de ses tapisseries, dit qu'il a appris par traditiõ, que comme la loy seruoit de pedagogie aus Iuifs , ainsi la philosophie aux Grecs
pour venir à Christ , ains que quelque vns se sont
sauuez par dedans la philosophie. Le mesme au 2.
liure, dit que par la tradition, les hommes ne sont
receus qu'vne fois à penitéce,apres leur baptesme,
& que s'ils retõbent en peché,la 3.ou 4.fois, il n'y
a plus aucune radresse pour eux. Le mesme au liure 4.tient que les supplices eternels prendront
fin apres ceste vie:mesme au liure 7.dispute, qu'il
n'est pas loisible au Chrestien,qui veut estre parfaict,de iurer,ni de plaider,ni deuant les Saincts,ni
deuant les Payens

   Origene en ses liures *de principiis*,où il expliq
les chefs de nostre religion , met en preface, que
tout ce qu'il veut dire n'est q̃ de traditiõ Apostolique,&toutesfois,ces liures la sont deboutés par le
christianisme.Epiphane en l'heresie 64. dit que la
doctrine des traditions en est tref-absurde. Basile
au 27 du S.Esprit, dit qu'on ne prioit de son téps,
sinon que la face tournée vers l'Orient,& que dés
la veille de Pasques , iusqu'à la Pentecoste , on ne
s'agenouilloit iamais, on estoit debout en l'Eglise

en priant. Ignace en l'Epiſtre 4. aux Philip. defend
de ieuſner le Vendredi. Celui qui y contreuiendra
eſt meurtrier de Ieſus Chriſt. Epiphane ſur la
fin du liure de l'hereſie, dit qu'il eſtoit commandé
de ieuner la quatrieſme ferie, par ce qu'vn tel
iour Chriſt mõta au ciel: & toutesfois les Romains
la celebrent le Ieudi qui eſt la cinquieſme ferie.

Tertullié & Hieroſme cõtre les Luciferiens, dit
que ceux qui eſtoiẽt baptiſés, s'abſtenoiẽt de toutes ſortes de lauemẽts quotidiens, par toute la ſemaine ſuiuante. Epiphane, au lieu prochainement
allegué des hereſies, dit qu'õ ieunoit de ſon tẽps,
la ſemaine auant Paſque, *in ſiccorum eſu*, on ne mã-
geoit ĝ pain, ne beuuoit que de l'eau, & quelques
fruicts ſechez au ſoleil. Et que c'eſtoit la couſtume
qu'on ne ieunaſt point entre Paſque & Pentecoſte. Gregoire au liure 7. de ſon regiſtre, epiſtre 63.
dit que les Apoſtres ne conſacroient l'oblation de
l'hoſtie, qu'en recitant la patinoſtre, de ſorte ĝ les
Apoſtres, au dire de ce Pape ne diſoient la mẽſſe,
ains ils l'auoient r'enfermée dedans la ſeule patinoſtre. Meſmes les enfans s'approchoiẽt de la cõ-
munion : Les reliefs & pouties des hoſties briſées
qui reſtoient de demeurant, eſtoient données aux
enfans. Cyprian au liure *de lapſis*, & Baſile en l'epiſtre *ad Ceſariam*, dit qu'õ liuroit l'hoſtie entre les
mains de ceux qui vouloiẽt faire la Cene, qu'ils en
emportoyent pluſieurs en leurs maiſons, les re-
ceuoyent à leur volonté, ce ſeroit ſacrilege coulpable d'vn couppemain, de toucher l'hoſtie par
les laics chés les romaïs, toutesfois mõ ſieur noſtre
mai-

maiftre le Pape en difpenfe,côme fur le precedent
exemple , la Roine d'Efcoffe eftant prifonniere,
gardoit vne boifte toute pleine d'hofties confa-
crées,qu'elle prenoit à fa volonté. Toutes lefquelles façõs de faire eftás tõbées en friche, ie m'eftõne que nos aduerfaires,veulẽt attribuer tát de fer-
mcté à la traditiõ,veu qu'elle eft fi eflancée au declin,c'eft vn accouplemét mal ageácé,que de vouloir faire efpoufer la fermeté du Nouueau Teftamét à l'inftabilité coulãte de traditiõ.Et pour tout
cõprédre ce qu'ils ont cõpris, il faudroit plufieurs
liures:car de leurs additiõs,dõt ils chargẽt, & n'õt
autre cautiõ que la traditiõ, on en machineroit v-
ne demie bibliotheque:car ils ont cõmenté,& autre part cõpendié les myfterieufes façons de faire
des religiõs de Satã , pour en atourner & traucftir
laleur,& de ces cõmentaires ainfi faugreneufemét
embalés,ils en veulent cõmenter l'Efcriture faincte,preferant vn tel relais vicieux , tout vicié d'a-
poftafies aux couftumes apoftoliques , defquelles
l'efcriture fainéte eft le pourtracement , auquél la
primitiue Eglife s'aiuftoit fi eftroitemét qu'on re-
marquoit les lineaments de l'vn dedans l'entiereté de l'autre, leurs dimentions eftoiét contraéées
fans fe furpaffer d'vn feul trauers de filet.   Chrift
n'a pas feulemét cõmandé le myftere, mais auffi la
mefure de la façon,laquelle on ne peut refaçonner
ou desfaire fa ftature,laquelle eft comme en fcul-
pture au modelle de la fainéte pancharte , où il a
couché le plan qu'il n'eft loifible (fur peine d'a-
tentet)de borner: le debordement en eft blafphe-

matoire, il n'eſt loiſible de ſe licétier à le reſtrecir
ou à eſlargir:ſa capacité eſt modoyée , de ſorte que
en voyāt le myſtere, c'eſt voir l'ame de l'eſcriture,
& en liſant l'Eſcriture Sainɛte,vous voyez ſa chaſſe,ſa geſine,ſon encoulure,toutes ſes membrures:
l'Eſcriture eſt le pourtraiɛt &le myſtere eſt le miroir,l'vn eſt engeance de l'autre,le myſtere porte
l'eſcriture , & l'eſcriture porte le myſtere, le tout
en concordance d'vn meſme frontiſpice,ſans lambeaux de bigarrures additiõnées,cõme rapportent
nos aduerſaires,qui authoriſent egalemēt leur additions au plan foncier de l'inſtitution , aſſeant en
meſme rang,ains colloquant en degré plus bas l'e-
ſcriture ſainɛte que la tradition.

Qu'elle lignée en penſent ils auoir? Ils croyent
d'en tirer vne expreſſion deifique, & qu'vn tel lié
eſt expiatoire de toutes ſortes d'erreurs & digno-
rances,encor que ce ſoit l'ignorance meſme:car de
dire que la tradition eſt le Ciel , l'eſcriture eſt la
Terre , que celle-ci fuſt le zero , & celle la le vray
chiffre,c'eſt par trop auilir,&rendre eſclaue vne ſi
ſouueraine maieſte. C'eſt blaſphemer contre le
Principe qui eſt la parole , & icelle parole eſt non
ſeulement de Dieu, mais Dieu meſme. Outre que
la parole deDieu demeurāt eternellemēt:la tradition eſtant ſuiette à eſtre degradée , & en banniſſement , qu'il n'en peut arriuer qu'vne engeance
hermaphrodite,& prodigieuſe.

Sommairement L'Eſcriture S.eſt le papier
terrier de l'Egliſe,dedās lequel eſt cõtenu le douaire , & toutes les appartenances de l'Eſpouſe de
Ieſus

Iesus Christ, tous les Articles y sont couchez de sa propre main, ou de ceux ausquels il l'a dictée des son Cabinet, ou Tabernacle Eternel.

Malheur, trois fois malheur, à quiconque y tournera ou destournera vne seule panse, ou jambe de lettre, aytremét qu'elle est couchée. Elle porte son sens en sa face, só cœur en sa bouche; elle mesmę en soy mesmes sans qu'il faille sortir d'icelle pour la bien entédre. Elle porte sa bouche, quāt & elle, pour se dóner à conoistre. Cest la Regente, qui enseigne les Rudiments, pour la construction & declaration de toutes ses difficultez.

Il n'y a point de tenebres en icelle, qui n'ait tout côtre soy vne lápe, vn phare, vn soleil, qui l'esclaire tout incontinét. Dānation eternelle à ceux, qui lavoudrót preuenir d'aucū autre droict, que celuy qu'elle porte, & exprime elle mesmes. Il n'appartient point à aucune coustume priuée, de s'eriger ou apparier auec elle, en Souueraineté, de Droict Sacré: Car comme les Edicts & ordónances Royaux esteignét & absorbent toute coustume quelle quelle puisse estre dedans le Royaume, Ainsi l'Escriture S. est comme le code des Edicts & ordonnances de Dieu, estouffe & aneantit toute Traditió, toute coustume humaine. Il n'y a aucun Cócile qu'elle ne formarche, & renuerse: cóme le Decaloge va roiddemét, abbatát tout ce qui luy est opposite, ou qui luy veut faire teste, Ainsi les S. Escrits accablent & auachissent tout ce qui n'est póint de leur conformité, & qui veut demeurer en Independance d'iceux.

DE LA SVCCESSION ET *ambition de la Papauté.*

CHAPITRE VI.

L'Eglise tantoſt longue & ample, tantoſt courte
& eſtroicte, aiſée, ou angoiſſée, reſpanduë par
Royaumes & Prouinces, ne s'eſt iamais indiuiſiblement liée à aucun certain lieu, perſonnes, ou ſucceſſion ordinaire, mais à la ſeule doctrine Euangelique, & au legitime vſage des Sacrements. Ie dì
qu'elle n'eſt neceſſairement attachée aux lieux: car
autrement elle deuroit demeurer en Hieruſalem,
& au Caluaire, en Nazareth, ou en Bethlehem;
c'eſt ſon berçeau, & ſa natiuité, ſa première forge,
où elle a eſté renouuellée par la fabrication de Ieſus Chriſt ſon vnique architecte : & ſelon la doctrine des Papilogues, le Pape peut eſteindre le
ſiege de Rome, le conuertir en ſimple plebanie,
& faire refleurir ſa triple mitre à Gentilli, ou à
Vaudrelan, ſi quelque arreſt de la Cour de Parlement, par quelque appel d'abus, comme ſes iuges
ſouuerains en tel cas, ne luy inhiboient au contraire : voire il peut permuter ſon Eueſché de Rome,
& porter quant & quant la ſouueraineté de ſa pantoufle à celuy de Bourdeaux, ou de Tolete: car qui
pourroit deſnier ceſte liberté à vn pouuoir tout-
puiſſant & abſolu, comme eſt le ſien. Elle n'eſt
auſſi obligée à aucune ſorte de perſonnes, comme
dit Sainct Paul, En Ieſus Chriſt il n'y a exception

de

de Iuif ni de Gentil, autrement, elle ne fuft iamais
fortie d'entre les mains du Iudaifme: car ils en ont
efté faifis comme les premiers depofitaires.   Ce
font les trefaifnez de noftre creance. Elle a tout le
monde & toutes les perfonnes pour fon champ, là
où elle peut eftre plantée & prouignée , par ceux
aufquels Iefus Chrift l'a donnée à ferme , fur la
charge de leurs ames , comme à fes fideles vigne-
rons & laboureurs: Et comme, felon nos aduerfaires, le Pape peut permuter fon benefice, auffi s'en
peut-il deueftir , & en emparer par refignation à
tel que bon luy femblera : ains, ie di d'auantage,
qu'ils doiuent tenir & opiner , que le Pape peut
fupprimer le benefice, ou l'office de la Papauté, &
conuertir fa Monarchie en Ariftocratie, fans qu'elle reçoiue aucune alteration en la pureté de fes
fondements , d'autant que fa rectification ne gift,
qu'en l'obferuation de la pure doctrine de l'Euangile, là où confifte fon vray repaire, c'en eft l'vnique & incomparable niueau , & pierre de touche,
& non la fucceffion perfonnelle des hommes : car
elle eftoit vraye Eglife du temps de Iefus Chrift,
& Iefus Chrift fucceda à Melchifedec , apres plufieurs centaines, voire quelques milliers d'années,
fans circonftance du lieu, ni des perfonnes, qui ont
rempli l'efpace d'entredeux. Pfeaume 110. *Tu es
Preftre eternellement* (felon que le predict le har-
peur diuin) *iouxte l'ordre de Melchifedec.*   La Synagogue des Iuifs a eu la vraye fucceffion , & Caï-
phe a fuccedé à Aaron: mais , eftoit-ce la vraye E-
glife, puis qu'elle a reietté fon chef Iefus Chrift?

Pour monſtrer que la ſucceſſion n'eſt infaillible en la variation de la doctrine. L'Egliſe Grecque, ſelon nicephore, a ſuccedé aux Apoſtres, & ſelon Bellarmin, depuis Conſtantin, qui deuroit meſme eſtre reputée plus certaine, d'autant que les Grecs ont touſiours tenu & conſerué l'occupation de leurs Patriarchales.   Le Pape y a inſeré l'interruption de 70. ans, qu'ils ſe ſont retirez en Auignon. Outre que les Grecs ſont inuariables en la ſucceſſion des perſonnes, côme auſſi ont eſté les Arriés.

Or en l'Egliſe Romaine , il y a eu ſucceſſion d'heretiques & d'idolatres, comme de Marcellin, qui encenſa aux idoles. Iean 22. qui a eſté tenu heretique de la pluſpart de leurs meilleurs Theologiens , pour ne faire auſſi mention de la Papeſſe Ieanne. Les Iuifs auſſi, qui ont touſiours ſuccedé à Abraham ſelon la chair, & ſelon vne bonne partie de la doctrine: mais non ſelon la foy; par ce qu'Abraham ſe reſiouiſſoit d'vn ſouhait tresplantureux de voir le temps , & d'eſtre preſent à la perſonne de Ieſus Chriſt. Ce que les Iuifs ont renié, & ſe ſuſſent volontiers creué les yeux , pour ſe déporter d'vn tel benefice.

Il ne faut donc prouuer la ſucceſſion vraye par les perſonnes, mais par la doctrine: car comme naturellement, ainſi ciuilement, & Eccleſiaſtiquemét il y peut auoir pluſieurs enfans ſuppoſez, auſquels, n'appartient, encor qu'ils apprehendent, & entrét en la ſucceſſion de leur pere, côme pluſieurs ſuccedét, ſoit maternellemét, par côuétiôs ſtipulées, prent le nom de leurs Anceſtres, au defaut des ligues maſcu-

masculines. Autres possedent par emphitheose, la longueur & diuersité des temps, ayans abismé & englouti les memoires & documēts en vertu desquels les vrais heritiers deuroient rentrer en leur possession;Elle demeure aux estrangers, sans que ceux à qui elle appartiét, y puissent iamais retourner. Et pour les mesmes raisons, il en arriue autant pour le chef des substitutiõs,lesquelles,apres auoir trainé longues années,faute de courage,de moyés, ou de suffisante instructiõ,les heritages deschéent à ceux ausquels ils ne doiuét nullemēt appartenir.

Bon Dieu ! combien de Papes sont entrez à l'exaltation de ce siege,non par la porte, ni par la fenestre,mais par des locarnes,par la cheminée. Les vns y sõt venus par achapt, lesautres sõt sortis iusqu'outre la nature,versla regiõ d'enfer à emprũter des forces hors de ce monde,pour s'y apprester le chemin.   Et ne faut pas faire grand voyage sur le preterit,sans y rencontrer de tels esclandres.

Le Concile de Constance tronqua & radia trois Papes,qui se destruisoient l'vn l'autre,par Anathememais,sans aller si loin , ni aussi,sans s'arrester si prez:& par delà, & par deçà iceluy Concile , quasi iusques tout contre nous , il est facile d'adiuster la iustification requise à verifier ce que ie di.

Que s'il est veritable que les contracts de confidence & de Simonie , aneantissent la valeur de la collation & possession de telle illegitimatiõ;& que les decrets,& censures fulminées contre tels trafics comprennent, & tresmontent la personne du Pape : Ie ne voy point de quelles armes vallables

ils puiſſent defendre leur ſucceſſion , tant de fois
esbreſchée,& n'y eſchet d'alleguer la Loy, *Barba-*
rius Philippus , qui ordonne, qu'vn certain eſclaue
ainſi nommé, par ſupercherie, eſtant entré en l'office de Preteur , les Romains , & les Loix , defen-
dants tres ſeuerement la reception & la validité,
de ce qu'vn tel perſonnage pourroit executer, ordonnerent neantmoins par icelle Loy, que les iugements par luy prononcez tiendroient.　Ce que
nos aduerſaires ne veulent aucunement admettre,
pour y obeir , diſans, que le diademe imperial eſt
ſuiet à la ſainĉte pantouſle , & que le Canon commande aux Loix,& que les loix ne peuuent aſtrein-
dre ceux qui ſont en la liberté de la Loy de Ieſus
Chriſt.

　　Mais,paſſons outre.　Les Empereurs Romains
ont la ſucceſſion,encor qu'ils ſoient hors de l'Empire: ainſi les Papiſtes p ourroient auoir la ſucceſſion,(ce que non) encor qu'ils ſoient hors de l'E-
gliſe.　Les Abyſſins ou Abexins , ſe iaĉtent bien
fort d'auoir la ſucceſſion de Salomon, encor qu'ils
ſoient fort eſloignez de la ſucceſſion de ſon
Royaume.

　　Oſorius, au troiſieme liure de ſon hiſtoire d'E-
manuel Roy de Portugal , raconte qu'en la Sierre,
qui eſt vn grand circuit de pays enfermé de monta-
gnes au delà de Cochin & du Calicut:les Portugais
remonterent vne Egliſe formée quaſi à la Romaine,où il y auoit Cardinaux, Prelats, Archidiacres,
Egliſe,Meſſe,Chandelle, Seruice, Purgatoire,Le-
thanies,Inuocations de Sainĉts,& prouuent qu'ils
ſont

sont descendus de Sainct Thomas Apostre, où ils
ont trouué le sepulchre, & le corps dedans. Toutesfois, ces années dernieres, comme se void par
vn liuré imprimé, tourné en François, de toute ceste negotiation. Menesez Docteur de l'ordre des
Augustins, Archeuesque de Goa, les censura &
corrigea plus de la moitié de leur Religion, comme grouïllante de doctrine heretique.

Les Iacobites, Cophtites, Chrestiens de la Coin-
cture, Georgites, Armeniens, Nestoriens, & vne
vingtaine d'especes de Chrestiens de l'Orient,
dont se voyent vne partie, qui habitent & deser-
uent au sepulchre en Hierusalem, se vantent, &
prouuent raisonnablement qu'ils ont la succession
Apostolique, & plus ancienne que la Romaine, laquelle neantmoins les anathematise, & puis qu'ils
ne se veulent laisser vaincre de la succession d'autruy, plus franche que la leur, pourquoy veulent-
ils vaincre tout le monde, auec la succession d'icelle?car il ne faut qu'ils cuident se preualoir du nom-
bre:car il y a plus de Chrestiens Grecs, que de Papistes : Dedans la seule ville de Constantinople
on en peut nombrer iusques à deux cents mille.

La succession donc ne porte necessairement la
foy & la foy se peut reprendre & refleurir sans
succession.

Quand Elie crioit qu'il estoit tout seul, il luy fut
respondu, qu'il y en auoit encor sept milles qui
n'auoient fleschi le genoüil deuant Baal. Ceux-là
incognus à Elie,   ient sans successiõ, car Elie en
eust sceu quelqu   se, s'ils eussent esté dedans la

Z

matrice apparente de l'Eglife. Il ne faut donc citer
vne letanie d'oftentation , de Papes en queüe l'vn
de l'autre , ni mettre fur les rancs cefte longue la-
niere de l'antiquité fuceffiue , car on alleguera l'e-
ternité , dans laquelle la Parole de Dieu demeure
enchaffée, & laquelle vit eternellement. Que s'ils
citent la toutepuiffance du Pape, & nous auffi l'infinité de Dieu. C'eft chofe affranchie dedans la
cognoiffance des hommes , que les Turcs refpe-
ctent plus l'Alcoran, les Iuifs le Talmud , que le
Pape la Bible , laquelle feule engendre la bonne
doctrine: la vraye fcience de falut , ne fe doit defi-
ner par autre part. Ce font chofes difpariées, &
qui ne s'inferent point neceffairement, côme il eft
impoffible qu'il y ait vn fils qu'il n'y ait vn pere,
mais la fucceffion peut eftre feparément, comme
auffi la bonne doctrine fans icelle. Elles ne font
paralelles , elles peuuent fubfifter & faillir l'yne
fans l'autre. L'vne ne naift neceffairement de l'autre, car fi la doctrine n'infere pas la fucceffion, ni la
fucceffion auffi la doctrine. Ceux de Goa, l'Euefque
de Lima , au Peru, ou de Mexico , n'ont point de
fucceffion : car auparauant eux, ils n'auoient iamais
eu d'Euefque , ni de Docteur, ni de doctrine Romaine. Comme auffi la fucceffion des Orientaux
fchifmatique, eft feparée de la verité: c'eft auoir di-
fette de bonne preuue , que de les cercher hors du
fonds naturel : car fi vous cerchés icy la doctrine
dedans la fucceffion , pourquoy ne l'allés vous
point foüiller en l'Eglife des Grecs , ou bien des
autres Leuantins fufnommés. Et encor qu'en

Hierufa-

Hierusalem, Antioche, en Afrique, la succession ait
mancqué, ce n'est point dire pourtant, que la doctrine ait mancqué quant & quant la succession; car
elle peut viure allieurs.   La doctrine consiste en
soy, & peut continuer en beaucoup d'ames, qui la
retiennent sans succession.   Iob cognoissoit Dieu,
sans succession, parmi les Payens, où il estoit
nay.

Peutestre que ceux d'Athenes, ayans esleué vn
autel, au Dieu incognu, ils adoroient Dieu, sans
succession. Ouy, mais (disent-ils) où monstrerés-
vous que nous ayons varié, car si nostre succession
est entiere par tout, il n'y eschet aucune tare, elle
est exempte de censure.   C'est à tort qu'on nous
croise, & qu'on nous condamne.   Cela est hors de
propos, car ceste belle couuaille de traditions, que
nous auons cy dessus inuentoriée, c'est ce qui a
courbé la Religion, & qui l'a iettée à l'escart hors
de ses ioinctures.

C'est de la lie meslée parmi sa clairté, c'est
la defalquer de sa premiere membrure.   Outre qu'eux mesmes confessent & cottent, comme ils sont vn corps emballé d'abus & d'erreur; car ils nous confessent qu'en tel temps vn tel
Pape a adiousté *l'Introite*, vn autre y a enchassé le
Kyrie, vn autre les Images, les Saincts, vn
autre le nom de Transubstantiation, l'office
des morts, la Toussaincts, l'abrogation des
deux especes, les ieusnes, les veilles, l'eau
benite de Pentecoste, cierges benicts, cloistres, moines.   Et ce grand abbateur d'ames,

le Cœlibat, qui gaine les neuf parties, dont les dix font le tout, en damnation eternelle.

Eux-mesmes sont tesmoins de leurs deriuations graduelles, iusques au sommet de la cancellerie, ou effacemement des mysteres de Dieu. Ils se condamnent d'Abrogation par leur multiplication, de soubstraction par leurs additions. Ils sont condamnés d'impostures & de malediction. Par le dernier chapitre, de la derniere Escriture Saincte, en l'Apocalypse, ceux qui chargent ou diminuent, la minute de la Religion, sont de criminel defaut. Ils la font tátost en peau de cheurotin, ou à l'estriuiero, hauffent, baiffent, au profit de Pluton. Ils sont comme les Franciscains, qui Papalifent, & adorent l'emologation de la pantoufle. Ils reuerent d'auantage leur Reigle, que l'Euangile : car par leurs reuelations somnifiques, ils sont admonestés de la garder *à litera ad literam*, sans aucun comment, ni cas de conscience.

Le pauure François n'auoit qu'vn seul habit, ils luy en ont forgé vne vingtaine, lesquels tous debattent à qui appartient, la vraye succession de ce Pere beat Chascun condamne son compagnon, & tous les autres, d'estre impieusement deuoyé, & de s'estre immolé en deriuation erronnée, qui merite pluftoft vne cessation & pœnitence, que non point vne continuation de Feste.

Si ce pauure champeftre reuenoit au monde, il relegueroit tous ces praticiens hors de la subalternation de son ressort, & ne voudroit comprendre tant de distractions haillonneufes, soubs l'vnité

de

de ſes lambeaux. Mais, par ce que ſon leg teſtamentaire a eſté caduquement entretenu , il s'y eſt en-
tremeſlé ie ne ſçay quelle veine lenitiue, de la rudeſſe de ſes Reigles. Cela a lezé la naifueté de ſon
habit , qui a eſté tranſpoſé en anticipation de
quelque petit aiſe corporel, duquel on la voulu remedier pour le rendre, ſinon vn peu plus faitif,
au moins plus tolerable , ou plus tolerablement
amiable.

Si Ieſus Chriſt, ou Sainct Pierre , retournoient
en ceſte vie, ils en feroient tout de meſmes , ſur
tant de ſucceſſionnaires , ils les libelleroient tous
au billon, & les deſcharneroient de ce leurre. Tel
penſe eſtre en droicte ligne , qui ſe trouueroit
hors de la liaiſon de ſon opinion : car Ieſus Chriſt
n'a point eu tant de liurées, comme ceux-cy en ont
accumulé par leurs faufilures de nouueau Chriſtianiſme. Ils ſe font comme Sauueurs & Redem-
pteurs, de ceux qui ne ſeront iamais de leur adiu-
dication.

Que penſés vous qu'ils feroient de ces truche-
mants ou dragomans, qui donnent quatre, ou cinq
cents interpretations à l'Eſcriture par leur ſuper-
fœtation baſtarde de la verité du Sainct Eſprit, ſur
lequel ils adiouſtent les leurs , prinſes de leurs
teſtes.

Ils eſtabliſſent vne nouuelle, effrenée , meſlée
parmi d'autres incompatibles dans la vieille. La
non eſcrite deſroge à l'eſcrite , iceux ſe faiſans
ſauueurs du Sauueur. Iaçoit qu'ils ſe meſprennent
grandement, pour en baſtir vne ſucceſſion corpo-

relle, d'autant que la vraye succession est toute spirituelle.   Ouy, mais(nous alleguent-ils)les Apostres sont la teste, vous estes les pieds, la succession
fait le corps. Si vous estes sans succession, aussi e-
stes vous sans corps. Ie respons, qu'il n'y a comparaison entre vne succession corporelle, & celle qui
est spirituelle. Que comme l'ame *est tota in toto, &*
tota in qualibet parte corporis, ainsi la Religion, est
toute entiere en quelque assemblée que ce soit,
Outre que la verité est toute en soy ; l'Escriture
porte son corps , au dessus du desuoyement des
hommes. Quoy donc? vne succession erratique pri-
ueroit le droict des enfans de Dieu?

Par mesmes Reigles qu'ils ostent le droict de
la Religion aux Grecs & aux Leuantins : aussi tout
de mesme nous les en deboutons : car tant de sa-
uatterie rappetassée de retaconnement de Traditions vieilles, nouuelles, les vnes fresches, les autres toutes auies, rances, vermolües, meritent bien
d'estre en sequestration, iusqu'à ce qu'elle ait esté
belutée par quelque bon tamis, d'autant qu'ils deboutent toutes les autres Religions , par confrontation d'homme à homme , d'erreur à erreur, &
entreprennent la correction des autres, eux-mesmes, qui sont incorrigibles , & qui ont beaucoup
plus à faire d'estre corrigés; mais nous les deboutons de leurs gradations successiues, par comparaison fondamentale, Prophetique , Euangelique,
Apostolique.

Il leur est impossible de collationner leur Religion Papistiquement allaictée à l'Original,
car

car ils trouueront des feces, de la vase, de la terre,
dix fois plus qu'il n'y a de bonne Religion dedans
l'originel. Mais nostre Religion est bien propor-
tionnée, Il n'y a rien ni de trop long, ni de trop
court, ni de trop plein, ni de trop vuide. Car nous
n'auoüons rien que ce qui est exprimé, & n'expri-
mons rien que ce qui est escrit,

Nostre Religion donc est vn pur Exercice de
la Parole de Dieu, sans voir les saincts Escrits,
en contemplant nostre Religion, on peut deuiner
ce qui est dedans les Saincts Escrits, & en regardãt
les saincts Escrits on y void la lettre & le cõment,
le corps & l'ame du regime que nous tenons
au seruice de Dieu. Mais, pour nos aduersaires,
ils y ressemblent aussi peu que S. Pierre à Simon
Magus, que Moyse à Iannes, & Mãbres, qu'Hero-
des à S. Iean Baptiste. Car dedãs la Parole de Dieu
vous n'y voyez point de Purgatoire, de Confession auriculaire, de Messe angulaire, de Iubilé,
ni d'Indulgence, à quelque exstraction qu'on les
vueille remõter iusques par delà S. Augustin. Les
Bisayeuls de nos Ayeuls en ont veu l'accouchemét.
Il y a donc bien plus à dire entr'eux & la pure discipline Euangelique, qu'il n'y a entre le fer & ma-
chefer. Ils n'ont retenu que la lie, laquelle encor
ils ont embourbée de plusieurs alienations Pontificalement inuentées. Ils se sont guedez d'apostasie & de doctrine profane. Ils ont tourné ce S.
Esprit, en Esprit Plutonique. Et mesmes ils ne
sont que pretẽdus successiõnaires, car il n'y a Pape
qui n'ait alteré de plusieurs ingrediés, la Creance

de ſon predeceſſeur. Il ne ſuccede pas tant à celui qui le deuance, côme aux Meſlanges, aux nouueaux Articles, aux Canons eſtrangers, leſquels il
veut authentiquer, comme par droiĉt de Natura-
lité, voulant faire le Prophete, l'Apoſtre, ou Euã-
geliſte, il compoſe de nouueaux chapitres, pour
adiouſter l'amplification, qu'il voüe à la Bible de
ſes Predeceſſeurs, Bible hors de la Bible, Parole,
hors de la Parole de Dieu, Chriſtianiſme, hors du
vray Chriſtianiſme.

Voila comme ils ont fait vne gradation
d'erreur, qui les a mis (en ſortant hors de la vraye
Creance, pour entrer dedans la leur) hors de doute, qu'ils ne ſont plus en droiĉte ligne de ſucceſſion. Que s'ils n'en doutent, ou pluſtoſt, s'ils n'en
ſôt certains, c'eſt pluſtoſt faute de foy que de raiſon, faute de ſciêce, que de côſcience, faute de Religiõ, que de demôſtration, rêdant la ſucceſſion de
l'Egliſe, qui eſt toute ſpirituelle, & quinteſſenciée
par l'Eſprit de Dieu, en l'Eſcriture, toute maſſine,
corporelle, terreſtre ; de diuine, ils l'ont rendüe,
humaine, d'Apoſtolique, ils l'ont decretalizée,
couchee en leurs extrauagantes, qu'ils appellent,
ils l'ont enchaſſée dedans la fanfare des Payens.
Sans auoir aucune direĉtion, ſur les pas de S. Pierre, ou de S. Paul, mais ils ont plus de preuue, pour
perſuader qu'ils ſont Empereurs, ou rauiſſeurs
de leurs grandeurs, que pour monſtrer qu'ils ſont
Petriſtes, ou Pauliſtes. Car ils ne tiennent ni la
vie, ni la doĉtrine, ni le nom, ſinon que de trauers,
& en eſcharpe, ni le ſtile, ni les mœurs de ſes
ſainĉts

sain&ts Apoftres. C'eft vne intrufion , vne inuafion;leur fucceffion n'eft aucunement fondamentale.

Il y a 4. ou 5. ans qu'il y auoit vn Religieux
Grec,à Paris qui n'auoit mal eftudié. On luy prefchoit de fe reduire à l'Eglife Romaine, Il refpondit,Ie veux enfuiure S Pierre ; que le Pape ref-
femble à S.Pierre,& ie luy adhereray , autrement
pluftoft Turc.Leur orgueil luciferien eft caufe du
renuerfement de tout le Chriftianifme en ce pays
là,& de l'accroiffement du Turc.

Iamais l'Eglife Romaine n'a fçeu durer dedans
fa peau , comme elle n'a fçeu yiure dedans la doctrine Apoftolique , fans y preferer la machina-
tion de la fienne, & engloutir celle là de celle icy,
auffi n'a elle fçeu iamais compatir auec perfonne.
Elle a voulu tout empieter , & pluftoft tout perdre que rien perdre , pluftoft abyfiner que tant
foit peu ceder à ceux qui euffent deferré entierement à l'honneur , s'ils euffent voulu tant
foit peu ceder ou téporifer.Le fchifme des Grecs
fortifie les pretenfions Turquefques. Ils n'ont
point tant en horreur l'Alcoran , que la Grandeur, & les Traditions Romaines. Auffi y a-il
grand parentage entre la pernicieuferé de l'vn
& de l'autre ; & tout cela vient de l'Exaltation
Pharaonique de la Romanigolderie.

Ils font fi verueux, que tout les fafche. D'vn
moucheron,ils entrêt en caprice, & font fi faffres
& fmillans , (encor qu'ils le fçachent bien tem-
porifer & mettre en ouurage,)qu'ils regimbétent

autant contre leurs amis que contre leurs ennemis, leurs voifins, que les eftranges, contre ceux
qu'elle appelle fes enfans, elle n'a point de choix
pour fe mettre à fon aife & pour tout auoir. Elle
gourmande iufques au fonds d'enfer tous ceux
qui ne portent leur col à la cadene, & qui n'a-
baiffent leur bouche à lefcher fes ongles ; & les
gros orteils de fes pieds.

Les Grecs penfent de fe bien fonder en raifons quand ils renafquent contr'iceux: Car ils ont
en telle horreur telle façon de faire, fur tout lesvo-
yant enuironnez de bombans, fanfares, & profo-
popees Paganefques, qu'ils fauueront pluftoft vn
Turc, qu'vn Chreftien Latin, & difent la raifon,
que là où il y a tant de pôpeufe iactâce & de vaine
fecularité, le Chriftianifme y eft tout eftouffé. Auffi S. Pierre ne fe mefloit que de fô Euangile. Ceux
icy fe meflent de tout le môde & de to' fes freres.

Ils aiment mieux que leur fucceffion dreffe fes
paffades apres celuy-cy, qu'apres ceftuy-là. Ils
ne fe contentent d'eftre officiers en la Bergerie
de Iefus Chrift, ils veulent regenter les courônes,
eftre les Roys des Roys; & fe font feruis du Throfne des Empereurs, pour enuahir celuy de Dieu,
qu'ils nomment le Sainct Siege. Mais, c'eft la dif-
location pluftoft du fiege de S. Pierre, pour y em-
boiter ou enchaffer celuy de Neron. Et au lieu du
Siege de l'Eglife militante, y colloquer la faftueu-
fe & plus qu'ignominieufe maiefté d'vne Eglife
triomphante. Car c'eft en derifion de la mort de
I. Chrift, racine fondamentale de leur pretenduë
vice-

vicegerẽce. Cela a d'auantage de physionomie a-
uec les triõphes du paganisme, où tout estoit mené en cadéce, qu'au sainct tombeau du Sauueur du
monde. S'il faloit que le Pape, par ordonnance de
Dieu, couchast vn Euangile de luy, & de sa Cour, il
s'y trouueróit autãt à dire entre lui & le Nouueau
Testament qu'entre la natte, & de la toile d'or. Et
cependant ils font les houbreaux angeliques, & ils
ne sont que souillons d'idolatrie. Qu'il seroit bon
voir vn tel Euangile hormis qu'il seroit dolét, par
ce que trop testonné.   Il seroit treßé de subside,
troyage, d'imposts, & vn euangile salé, plombé, mis
à l'enchere, au rang des bulles romaines, là où les
trespassements & mortuaires seroient à la banque
à vsure :   Les Sacrements en routine, de censiue
errante iournaliere, vn Euangile, treteau de cuisine, tout bacchique, veautrage de broches & de
l'eschefritte.   Ses boyaux ne seroient que de trip-
pes & de bons ceruelats, cauiats, boutargues. Ils
s'en seruent plus que des petits poissons, & des
pains d'orge de l'Euangile.   Ce seroit vn euangile
tout de velours & de venaison. S'il y a à veiller ou à
ieuner, ce seroit pour le menu fretin, cela est viãde
à pauures gẽs. I ls portẽt la serrure, & la clef en ses
mains de quaresme, & des 4. tẽps. Les bõs biberõs
entreroiét en chaleur seulemét à le voir. On yuer
toit force rimaille de leur tradition fantastique,
poetique.   Il y a plus de rapport entre les Empereurs d'auiourd'huy, ores que quasi à la carcasse de
l'Empire, & les primitifs du passé, qu'être le Pape
& S. Pierre.   Il y a autant de distance entre le siege

d’auiourd’huy,& celuy de S.Pierre, comme entre le paradis terreſtre , & les halliers dedans leſquels Adam garda ſon ban , gaignant ſa vie à y eſtre laboureur , comme entre les ciboulles d’Egypte, & la manne qui tomboit du ciel, pour repaiſtre Iſrael.

Que s’ils nous appelſent religionnaires,nous les appellons ſucceſſionnaires,ils n’ont qu’vne ſucceſſion morte, imbibée d’vn faux ſuc ceſte vne feinte , pluſtoſt qu’vne ſucceſſion , elle eſt corporelle terreſtre d’erreur à erreur,ſucceſſion erronée,car il y a bien plus de ſucceſſion en noſtre religiõ qui eſt la vraye , qu’il n’y a de religion en leur ſucceſſion,toute meſtiue d’irreligion frippée, rappiecée de toute rappetaſſeries,

Quelque partie toute vermoulue & carcaſſée de ſucceſſion corporelle leur eſt demeurée,mais c’eſt à nous la fleuriſſante & la ſpirituelle. On ne recognoit la ſucceſſion de la ſemence d’Abraham,qu’é la conformité des actions,qui ſont de meſme taille,de meſme parage. Eux ils ſont tous diſtinguez de façons alienées des Apoſtres, d’vne pedagogie eſtrangere,qui eſt d’vne deſconueuance deſmeſurée auec iceux.

Ils retranchent la religion, & en naturaliſent les alienations qu’ils rempliſſent de rappiecem[e]ts eſtrangers,par la ſucceſſion, & nous retranchons la ſucceſſion,laquelle nous eſpurons dedans la naïfve doctrine de la religion.

Vn dernier degré de ſucceſſion renouuellée dãs la repriſe de la vraye religion contient par emi
nenc

nence,tous les autres lesquels vous dites que nous auons perdu.

C'est sans nous detraquer de l'ame ni de l'esprit mettons que nous ayons formarché le corps, c'est sans preiudice de ce qui le fait viure. Pour le mois nous nous tenons à la creiche, & recognoissons la pauureté de Iesus Christ. Il ne vouloit pas seulement auoir vn° pauure cheuet pour reposer sa teste, encor qu'il eust dix mille legions d'Anges, qui lui eussent basti vn palais plus grand que la Iudée, ou que tout l'enclos du monde.

C'est vn grand affront, & qui deuroit faire rougir, voire mourir de honte, les superlatiues superfluitez romaines. Le pouuoir de S. Pierre, doit estre le moule & formulaire de celui des Papes. S. Pierre en son style, ne se vante ni de souueraineté ni de Lieutenance Generalle de Dieu.

Pour moy, ie croy que S. Pierre n'estoit point Pape, ou que le Pape à renié S. Pierre, beaucoup de lieües, & de grands pays plus outre que S Pierre ne renia Iesus Christ. Outreplus, que S. Pierre a bien monstré à Rome, qu'ils ne pouuoient estre plus gens de bien que luy. S. Paul luy resiste en face, parce qu'il estoit digne de reprehension, & ce en matiere sacrée, parce qu'icelui estant confirmé en la grace du S. Esprit, ceux ici ne l'ayant peut estre iamais goustée, ont beaucoup moins d'auantage, que ce sainct personnage, lequel souffroit humblement qu'on raccourcist de ses defectuositez, & ceux ici ne peuuent pas souffrir qu'on les espousse auec la douce austerité, ou l'austere douceur du

ftyle du deuot S.Bernard. Auffi fe vante-il d'eftre
fort grand perfonnage.Ie paffe l'inferiorité des E-
uefques,qui ne font que les Argoulets du Pape,ou
les enfans de cœur de fa chapelle. Encor ne font
ils pas dignes d'y porter les chandeliers.Efpluchõs
les vn peu,ou feulement fans les efplucher,faifons
couler cõme par maniere d'aquit , la hauteur fouueraine des maximes furmageftatiues de cefte
Toutepuiffante vicedeité.Elles font parties dedãs
les decrets,partie dedans les liures du droict canõ;
partie dedans les docteurs qui les en ont tiré.L'vn
eft que Conftantin à donné tous les Royaumes au
Pape.*C.Conftantinus dift.96.c. 14.* tous ceux qui regnent, c'eft par le pouuoir du Pape , ainfi Bofius
de iure naturali, diuino & ecclefiaftico , lequel dit
auffi que le Pape eft feigneur du monde. Le Pape
peut tranfporter tout Royaume d'vne nation à
autre,felon fon bon plaifir.

　　Au decret Gregorien liure 1. *tit. 6. de electione
cap.34.Venerabilem.*Iefus Chrift à commis à Pierre, c'eft affauoir au Pape tous les droits du royaume terrien, & du celefte, de forte qu'il n'y a rien
de refte pour les parlements , ni pour les monarchies , & tous les autres droituriers font de fefte,
puis que tels romanimanœuures les deliurent de
l'œuure de la fageffe. Auguftinus Steuchus Eugu-
binus au liure de la dõnatiõ de Cõftãtin,dit q̃ tous
les Rois font vaffals du Pape , i'ay autresfois fou-
haitté de voir vne armée de dix mille hommes
toute de Rois & grands Monarches , car il porteroit des cœurs gigantefques affauoir Royaux,gros
com-

comme des tours dedans des corps de soldats:mais
le Pape ne veut point de vassals qui ne portent la
couronne,& qui ne soyent maistres de quelq; grãdes monarchies,car les vassals des Rois ne sont que
de petits moucherons,ne sont pas dignes, ni assez
grãds seigneurs pour estrevassals duPape. Au reste
quãd ils parlét d'estre au siege,ou bié d'yseoir,c'est
assauoir d'y dominer,cõme si tout le monde estoit
main-mortable,car il pense d'assuiettir à leurs orteils & aux ongles de leurs pieds , les hõmes, c'est
d'vne façon bié plus creuse, & d'vn vassalage bien
plus auachi qu'au par dessous les Rois,ils pésent q̃
Dieu leur à cedé & trãsporté toutes les deptes de
ses creatures,&cõme nous nous deuõs à Dieu,des
la surpeau iusques au neát,car il nous à tiré de l'escaille du neát,& nous a vessié & boursousflé com-
méçãt dés vn petit iallet de terre mõté en ame vi-
uãte de toute piece,voila vne grosse sõme de deptes,dequoy nous sommes tenus à Dieu,le Pape ne
veut rié receuoir des hõmes,si on ne luy fait hommage de tout cela. Il atellemét charmé le mõde sur
le sõmetoutage d'vne si extrauagãte domination,
qu'il y en a qui sõt si lasches de le recognoistre dés
le rié iusques à toute souueraineté p ses merreaux
qu'il veut faire valoir,ses decrets,decretales,edits,
cõstitutiõs humaines,extrauagátes mésonges,cor-
rupteles,canõs,bõbardes & autre semblable mercerie romanifacturée,tout cela n'est que la cõposi-
tiõ du hanap mystique de Babylone , mais passons
outre sans y mettre tant d'arestes , assauoir sans y
mesler tant de citation:car quiconq; hesitera, qu'il
s'approche,on le menera par la main,par les yeux

s'il est sillé au recouurement de ses paupieres, outre ce que les doctes le sçauent, les autres le croiront si ils veulent, mais ce sont maximes recueil-
lies de mot à autre desdecrets, ecretalles, & autre
semblable frelaterie papepiloguee dedans leur canõ. Ils disent dõc que le Pape est cõstitué de Dieu
sur les nations & royaumes. Ie pense que iamais
homme ne sust plus endemené qu'il est, s'il falloit
qu'il gardast prison en cas de faux & imposture,
iusqu'à ce qu'il eust produit son breuet & prouisiõ
il n'en trouueroit iamais l'issue.

Item qu'il a la monarchie de l'vne & l'autre
puissance, temporelle & spirituelle. Item, qu'il faut
croire par necessité de salut, que toutes creatures
sont suiects au Pape, mais ie vous prie si ne voila
pas vn nouueau *Credo* & cependant ils font ce
Credo icy l'ayeul de celuy des Apostres, car il ne
regente que sous l'estendard de cestuy cy : il n'est
pas si necessaire à salut de croire la somme du
Credo que de croire les trois couronnes, & l'obeissance aux gros orteil du Pape.

Item qu'il faut que l'Empéreur preste au
Pape serment de fidelité. Item, le Pape a superiorité par dessus l'Empire : & quand l'Empire est
vacant, il succede à l'Empereur, ce qu'il n'entend
point spirituellement, & en cas de la superiorité
des ames, mais corporellement & temporellement. Ne seroit il pas bon voir vn monstre prodigieusement ainsi habillé auec les couronnes &
habits imperiaux vestu & chaussé au par dessus
de la Papale. Le Pape ne seroit il pas bien reuestu

de porter en vne main le Sacrement qu'ils appellent sainct, & à l'autre main l'espée & la boule, à
sçauoir le monde imperial.

Innocent III. deuant l'Empereur Constant II.
discourut fort hardiment, disant qu'il y auoit deux
lumieres au ciel, le Soleil & la Lune, que le Pape
estoit le Soleil, l'Empereur n'estoit que la Lune,
ie vous prie de ratiociner vng petit, & vous colli-
gerés comme il foule l'Empereur: La Lune est
espouse du Soleil, le Soleil est le chef de la Lune,
c'est le Soleil qui engrossit la Lune, la Lune n'est
enceinte que du Soleil, & tout ce qu'elle rayonne
& verse d'influence icy bas, c'est par emprunt
qu'elle fait au Soleil, elle sert comme de matrice,
ou comme de iointure, d'icelle se sert le Soleil,
comme d'vn manœuure, ou d'vn porte-faix, selon
laquelle de son pouuoir capital deriue ici en bas
sur les espaules d'icelle, comme d'vn laquais ou
chambriere, il nous enuoye par ce chemin là sa
vertu, & ses operations vitales: & par ainsi, l'Empereur ne seroit que le substitut, ou la matrice du
Pape, ou son manœuure, qui executeroit toutes ses
traditiues, son laquais & sa chambriere, porteur,
operateur des executions versées en ses mains
toutes positiues, par ce pouuoir souuerainement
superlatif.

Item ils disent, qu'il est chef de l'Eglise comme
Iesus Christ, or est-il que Iesus Christ est chef de
l'Eglise eternel & vniuersel, le Pape donc ne sera
point chef ministeriel. Aussi ont-ils cesuré ce mot
dedans le liure de Richer Docteur de Sorbonne.

A 3

Coton a effacé ce mot en la seconde Edition lequel il auoit attribué au Pape en la premiere de son institution.

Item ils disent que le Pape est souuerain en terre, par la communication qu'il fait de son droit & de sa puissance , & qu'il y a ceste difference entre Iesus Christ & le Pape , que Iesus Christ est le chef de tous ceux qui ont esté, sont, & seront en l'Eglise: mais le Pape n'est chef que de ceux qui se trouuent en terre , pendant la seance de chasque Pontife.

Ceste distinction la, est mal háchée ; car l'Escriture ne l'a point engendrée: outre que Iesus Christ est vn chef tousiours viuant , tousiours & en tout lieu viuant & present, & viuifiant son Eglise, laquelle il gouuerne dés le ciel , comme le Soleil de sa couche regente le centre de la terre; ainsi Iesus Christ qui a tendu son tabernacle ou pauillon dedans le Soleil, ne pourra-il pas regir l'Eglise, qui est au monde?

La prouidence de Dieu , dedans laquelle toutes choses sont enchassées regit , & manie toutes les creatures dedans leur estre ; car il n'y a aucun estre qui en soit independant: or est-il que Iesus Christ est doüé de la mesme prouidence,& comme la diuinité n'a affaire d'aucun chef pour l'administratió ou departemét de sa prouidence,encor moins I. C. pour l'administratió de sa puissance en son Eglise, car elle va du pair auec sa prouidéce: car si le conte des arbres , & des cheueux de nos testes, sont à la charge de la prouidence de Dieu , laquelle luy en
doit

doit rendre conte hors la lieutenance des mains du
Pape, le Pape n'est point chargé du conte des cheueux de nos testes , à plus forte raison la mesme
prouidence qui conduit tout cela, maniera le chemin de nos ames sans l'interuention de Monsieur
le Pape, elles sont d'vn autre alloy , & d'vne fonte
plus faitiue que les cheueux de nos testes. Quelle
impudence de se dire compagnon de Iesus Christ,
& que Iesus Christ luy communique son pouuoir?
côme si le pouuoir du Pape estoit bien necessaire
au pouuoir de Iesus Christ? Outre ce, il se dit l'E-
spoux de l'Eglise, l'Eglise est Espouse de Iesus Ch.
qui a iamais veu que le Lieutenant du Roy se dise
mari de la Royne? C'est vn terme blasphematoire,
& tres-iniurieux, voire ignominieux surnaturellement à l'honneur de Iesus Christ. Iesus Christ dit,
qu'il sera auec nous iusqu'à la fin du monde, le Pape luy veut imposer vne application ; comme si
l'Eglise estoit vacante en viuilité, & puisque Iesus
Christ est present , où est ce qu'il a renoncé à la
surintendance & office de gouuerner son Eglise?
Et à qui est-ce qu'il a donné lettre de Vicariat, à-
sçauoir si le legat d'Auignon entre en sa charge de
legation sans porter ses mains garnies d'vne
bonne prouision bien authentiquement seellée &
plombée, autrement ce seroit vne intrusion criminelle, si criminelle, qu'elle seroit toute d'inquisitiô
autât de fois cêsurée, qu'il faudroit de mots pour la
rhabiller. Il n'y a si petit vicaire, ou official d'Euesque, voire mesme Doyen rural , qui s'ose ingerer
en sa charge , sans vn escrit bien valable &

A a 2

bien signé, & cependant le Pape n'en a point luy-
mesme : Et en ce qu'il allegue qui fut dit à Sainct
Pierre, qu'il repeust ses ouailles, nous monstre-
rons cy aprés par l'authorité de Sainct Paul aux
Galates troisieme chapitre , que cela ne s'entend
que de l'Eglise des Iuifs, & que Sainct Paul estoit
plustost Pape, par ce qu'il estoit chargé de l'Apostolat enuers les Gentils. Mais poursuiuons l'estalage de leur tres solennels axiomes.

Le Pape n'est sujet à aucune sorte de loix.

Item, le Pape , selon la plenitude de sa puissance
peut dispenser sur tout le droit , de sorte que le
Pape pouuant dispenser sur tout le droit, peut dispenser sur les fornications, sur les larçins , sur les
adulteres, sur les mensonges, sur l'homicide, & sur
toutes les iniquités, par ce que tout cela est contenu & prohibé dans le droit.

Item, Le Pape de puissance absoluë fait tout ce
qu'il veut, cela s'entend de toute inciuilité, à sçauoir qu'il peut rendre ciuil & iuste toute ce qui est
inciuil, & iniuste.

Item , le Pape ne se peut soufmettre au Concile
general.

Item , le Pape ne se peut soufmettre à personne.

Item, le Pape ne peut estre iugé par aucun homme que ce soit.

Item, le Pape de sa puissance absolue peut deroger à toute sorte de loix , en les ostant du monde.

Mais la presomption de ceste maxime ! Le
Decalogue est vne liste des loix naturelles , &

diui-

diuines , qui ne reçoit aucune preſcription , &
neantmoins ne l'excepte pas, comme ſi le decalogue eſtoit ſubmis tellement à ſa main, qu'il le peut
abroger & abiſmer dans les flammes eternelles.

Item le Pape en obmettant l'Inſtitution de
ſes anceſtres , peut transferer l'Empire de nation
en nation , c'eſt luy qui en fait l'election s'il veut
qui le confirme, qui le reprouue, qui le couronne,
qui le ſacre, & qui l'oinct.

Item le Pape eſtant affranchi de toutes les loix
ne peut eſtre accuſé d'aucun.

Item le Pape ne peut eſtre accuſé de ſimonie.

Item le Pape ne peut eſtre accuſé d'adultere.

Item le Pape excommunie ceux qui veulent
cognoiſtre de ſes lettres & mandements.

Item le Pape en ce qu'il veut, ſa volonté luy
ſert de raiſon, & n'y a perſonne au monde qui luy
puiſſe dire, pourquoy fais tu cela? voila des theſes,
& concluſions impudentes, extrauagantes, ſacrileges, tres-puniſſabl s, elles ſentent l'atheiſme car il
ſemble que la tranſlation de la toute puiſſante diuinité ſoit faite à ſon humanité, & qu'il n'y ait autre Dieu que luy. On n'en a iamais tant dit de I. C.
La modeſtie de I. C. eſtant en terre, n'euſt reçeu
telle prerogatiue, de crainte de deſedifier l'exemple qu'il baſtiſſoit de ſon humilité. Mais ce n'eſt
pas tout. Ils chantẽt en leur Meſſe, *Tu ſolus ſanctus*,
que Dieu eſt ſeul ſainct, Or le Pape ſe fait appeller *Sanctiſſimus* , on l'appelle la Saincteté meſme.

Aa 3

Il ne ſe contente point d'eſtre ſainct côme Dieu,
puiſqu'il ſe fait appeller tres ſainct, non ſeulemét
il veut eſtre plus ſainct que Dieu, mais plus Dieu
que ſainct:Il ſe nôme d'ordinaire tres-ſainct pere,
pere tres beat, tres heureux, qui ſont menteries
tres impudentes;car il y en a pluſieurs,qui pour ceſte tres beatitude là n'ont laiſſé & ne laiſſent eternellement de roſtir au flammes d'enfer, & par deuant tous les papirogues, ce n'eſt vn article de ſoy
neceſſaire à ſalut de croire que tous les Papes ſoyent ſauués. Il deuroit laiſſer ce tres ſuperlatif à
Dieu,auquel il l'enleue, ſur lequel il l'vſurpe pour
ſe le donner,& luy eſtre non ſeulement ſemblable,
ains il eſleue ſon throſne de pluſieurs eſtages par
deſſus le ciel,où S. Paul fut raui, voire par deſſus
l'Empyree,& par deſſus les cieux des cieux,pour ſe
rendre admirable au ſupreme ordre des Anges, nô
ſeulement redoutable aux ſupernelles dignités de
la terre,c'eſt de quoy il arpente tout le môde,pour
l'arraper à ſoy. il rauit le nom deu à I. C. ſeul chef
& Monarche de l'Egliſe de Dieu par tout le monde vniuerſel,preterit & futur, en deprauant la doctrine d'iceluy pour la verſer dedans la ſienne,inhi-
bant les ordonnances du Tout puiſſant par ſes traditions humaines,qu'il appelle Canoniques, parce
qu'il en fait des Canons pour Cannoner & mettre
en cendre la reigle des reigles, ſe desreiglant autãt
de fois qu'il veut reigler l'infallibilité de celles qui
ſont indruiables,corrompât l'incorruptibilité, de-
mentant l'eternelle verité, mettant au méſonge ce
qui ne ſe peut varier:ce q̃ S.Paul predit au 2. Theſ.
                                             qu'il

qu'il se recôtreroit vn enfant de perdition qui s'e-
xalteroit par dessus tout ce qui se recognoist , &
s'esleueroit côme Dieu,& quand S. Math. 16. v.18.
il no⁹ allegue les propos du fils de Dieu, Tu es pierre,& sur ceste pierre &c. d'autât que S. Pierre auoit
respondu en la personne de tout le college Apostolique de laquelle confession & adueu leur entendement & la foy qu'ils auoyêt espousé estoit redeua-
ble à l'Ambassade de ce legat eternel,c'est qu'il vou
loit colloquer le principal pilier de son Eglise, nõ
sur la personne vnique de S. Pierre , car S. Pierre en
eust laissé quelque remembrance en ses Epistres,
mais en la confession faite au nom de tous ses Collegues, non pour luy donner vne primace, ou vne
authorité plus patriarchale qu'aux autres qui pro-
fessoyent la mesme côfession que celle dõc S. Pierre estoit seulement le herault , prestant seulemét sa
bouche à l'adueu & côfessiõ de ses compagnõs qui
offroyent leur sang & leur vie à la mesme dòctrine,
tesmoin qu'en Math 18. la parole & le pouuoir que
I. C. leur donnoit s'estendoit sur toute la côpagnie,
en disant tout ce que vous lierés sur la terre, se lie-
ra pareillemét au ciel, mettant le pouuoir qu'il leur
laissoit au pluriel , & de fait S. Luc. 22. sur le debat
de maiorité de prelature,il leur respondit ceste cô-
tention pourroit auoir cours entre les Gentils &
mondains,mais entre vous le plus petit, est autant
que le plus grád,la grádeur ne côuiét qu'à celuy qui
est moindre,le cômádement n'appartiét qu'à celuy
qui obeit le mieux, celuy sera le metropolitain general,& vniuersel , qui en aura le moindre sétimé

& qui aura le plus d'humilité: aussi autre part, pour
marque de sa Papauté, il leur donne le merreau de
l'humble soupleſſe, & debonnaireté, il ne le leur
a fait aucune leçon pour cõmander, ni pour regir,
mais il veutqu'on aille cercher leur ſouueraine
authorité dedans leur profonde abiection, & leur
ſouueraine dignité dedans l'exemple tres efficace
de leur aneantiſſemẽt: Dieu n'a ſçeu ſouffrir ceſte
arrogãte ſublimité au ciel, & luy eſt encor plº que
tres odieuſe en la terre, mais par deſſus toute choſe en ſon Egliſe. Quoy? faire le Lucifer, & dire, ie
ſeray ſẽblable au Tres haut en la vicairerie de I. C.
& vouloir homologuer ceſte creãce par deſſº l'interinement du Symbole, c'eſt s'oublier, & reduire
les chreſtiẽs, à vne oubliãce blaſphematoire du re-
ſpẽt corporel & ſpirituel qu'ils doiuẽt à l'eternité, car nous ne deuõs recognoiſtre autre ſuffragãt
que l'ayeul ſouuerain de la chreſtiẽté qui eſt I. C.
S. Pierre l'auoit biẽ graué cõme dãs du marbre en
ſa memoire, quand en ſa 1. chap. 5. il ſe nõme cõſe-
nieur, aduertiſſãt lesAnciẽsCoapoſtoliques de repaiſtre le tropeau à eux cõmis, ſansvſurper aucune
dominatiõ ſur ceuxqui ſõt l'heritage duSeigneur,
ſeruãs de patrõ à tout le troupeau, là il defẽd aux
Eccleſiaſtiques la cõtrainte & gain auaricieux. Ha
quel exẽple depatrõné nous dõne ceſte Papanha-
ſerie! On n'y apprẽd ſinõ qu'à s'enorgueillir, & à i-
miter ou appeter les degrés pour marcher à toute
contention de maiorité. Et au 2. chap. de la meſme
v. 25. il nous recõmãde I. C. Eueſque de nos ames,
& nõ la Papimanie, & au ch. 5. v. 4. il appelle I. C.
prin

prince des Pasteurs S. Paul Ephes. c. 1. v. 22. il appelle I. C. prince de l’Eglise, Or le Pape ne veut seulemēt estre son substitut, il maintiēt qu’il est chef
non ministeriel, mais capital, & tellemēt enfelonni-
ni en ceste enflure dont il a la ceruelle toute
boursouflé, qu’il n’y a moyē de le detraquer de ce
detraquemēt, ni luy desfōcer ceste persuasiō n’est
ce pas estre folastre de son ombre ? Il ne se cōtēte
d estre l’encoigneure de l’Eglise, mais veut estre
le faiste du faiste, le sōmet du sōmet, & se maintiēt
par force ou par engin, iusqu’à y perdre l’esprit &
l’ame cōme fit Boniface. 8. & plusieurs autres ses cō-
pagnōs, tāt de ses ācestres, q̄ de sa posterité; & ce q̄
est plus à deplorer, est que ceste persuasiō a tellemēt suppedité le Christianisme, qu’il en est tout
affole. Ils ont la teste si bardée de simplicité quils
y eniēbēt la perte de leur vie, hōneur, & biēs. C’est
estre trop enhazé en vn axiome si enorme, afin q̄
ie ne dise forçené, de saisir & impatroniser vn hōme au dessꝰ de S. Pierre, & de I. C. mesme, mesme
sans argumēt aucun, ce qui ne se peut faire, ni mesme cōtrefaire par la suite de ceste venerable, & primitiue antiquité, cela est entré & entassé sur l’idolatrie de l’Empire, l’endelechie, perfectiō, de ceste
imperfectiō, où l’ame de ceste desroute est née de
la ialousie qu’ils ōt engēdrée de la grādeur des Em
pereurs, sur les erres d’vne sainctete factieuse, ils
les ont ruinés, & se sont bastis de leurs mazures &
materiaux, plꝰ curieux de se rēdre Empereurs des
Empereurs, que vrays pasteurs des ames rachetées
par la sang de I. C. tāt s’en faut qu’ils soyēt dedans

le pli du feruice des feruiteurs de I.C.côme ils fe
calibrér, puis qu'ils s'esblouiffét par deffus le premier ange en fa lumiere, les Empereurs fôt deuenus fauuageons, moins que fermiers de l'Empire,
le Pape eft le maiftre du parterre, & s'y eft fi biã
interiné qu'il a enfeueli tous ceux qui ont fait fé-
blãt de l'en defguerpir, ou feulemét regimber, ac-
cablant de foudre enfoulphré, versant toute forte
e'exterminatiõ fur quicôque reniflera au côtraire
ne prenât garde qu'il fe reuolte côtre fõ maiftre
pedagogue. S. Pierre eft le precepteur de Papes,
maugré lequel ils alienent le domaine de I.C.qui
n'eft fuiet,ne porte prefcriptiõ: la fouueraineté de
I.C. eft hors le cõmerce des hômes; le patrimoine
de fa courône ne fe peut approprier qu'à luy, &
fãs patéte expreffe, car le Pape n'en peut môftrer
aucune valable de fõ benefice,il a tort d'ainfi em-
menoter le môde. Il y euft vn impofteur depuis
quelque têps qui fe difãt fils de Charles 9.fut executé à mort , par arreft de la Cour:ains celuy qui
ces ans paffez penfoit d'auoir fuperfluemét veri-
fié qu'il eftoit fils duPape fut puni du dernier fup-
plice.Et le Pape qui fe dit general de l'Eglife ains
roy,mais Empereur du chriftianifme eft toleré côme s'il eftoit du lignage de I.C. apprehã ãt l'heredité de fonEglife,efpoufe de I.C.côme en eftãt
feigneur:&là deff⁹ il entre du fpirituel au téporel;
il empiete les courônes pl⁹ familieremét ĝ I.C.ne
feroit,s'il eftoit en terre:c'eft ce que Dan.11.caf-
feure,difãt que l'Antechrift iettera fa main fur les
terres,que la terre d'Egypte ne l'efchappera &c.

le paff

le paſſage ſcandaleux de la Cour Romaine a faict perdre au ſang de Ieſus Chriſt toutes les prouinces Leuãtines & Meridiõnales, & fera encor abyſmer l'Egypte, c. tout le mõde à cauſe de ſõ inõdatiõ, en Dan. 11. 36. il ſe glorifiera cõtre tout Dieu, & parlera de ſoy magnifiquemẽt contre le Dieu des Dieux. En la 2. Theſſ. 2. il contrariera, & ſe leuera par deſſus tout ce qui eſt appellé, ou adoré comme Dieu, & ſe ſiegera au milieu du temple de Dieu, ſe portãt cõme s'il eſtoit Dieu. Ieſus Ch. nous en dõne vne cautele pour nous reſtreindre à ne liurer noſtre creance à telle piperie. En S. Luc. 17. 20. Le Royaume de Dieu ne viẽdra point auec l'obſeruatiõ, àſca. auec põpe royale, car il eſt fondé en toute ſimplicité, & non point en vne curioſité ſi recerchée que la Romaine. S. Paul nous le deſchiffre, reiglãt les pas à ceux qui ſe veulẽt aſſeoir en la primitiue imitation de Ieſus Chriſt Souuerain Eueſque & Primat de l'Egliſe. Ceux qui ſont de Ieſus Chriſt, crucifient leur chair auec leur vice & concupiſcence: Or les Romains, la couronnent d'vn triple diademe, en la plus grande & abominable conuoitiſe qu'il eſt poſſible d'excogiter.

Ce n'eſt point ſeruir Dieu, Luc. 1. en ſainateté & iuſtice, ains en profanation & tyrannie s'oubliant qu'il n'a aucune trace, ni chemin battu d'aucune part des Anciens: S'il le prend ſur S. Pierre, Sainct Pierre & S. Paul luy ſont entierement contraires: ains les autres Apoſtres: car aux Actes chap. 15. verſ. 13. Sainct Iaques preſida & non Sainct Pierre au Concile Hieroſolimitain, & aux Galates

2.ch. il conste que S. Paul administreroit l'Euangile aux Gentils, & S. Pierre aux Iuifs. Galat. 2 8. côme ils virét que l'Euágile du prepuce, assauoir des
Gétils m'estoit cômis côme celui de la circôcisiô
des Iuifs à Pierre. Celui qui estoit tout puissant sur
Pierre à l'apostolat de la circoncision, estoit aussi
tout puissant sur moy à celuy des Gentils: de sorte
que le Pape n'estant que par S. Pierre, & ne iusti-
fiant sa succession que par le passage de ceste pierre fondamentale, il s'ensuit qu'il n'est Pape, que
sur les Iuifs, & qu'il doit aller cercher sa primauté
parmi eux, dont on voit l'abus de ces maistres e-
scrimeurs qui veulent tirer sur eux ce, *tu es Petrus*
en S. Matth, 16. comme si c'estoit vn edict publié
pour la souuaraineté du Pape, mais les edicts du
Roy ne sont courts, ni aussi ceux du tout puissant,
en matiere si precieuse que celle là. Quand il luy
pleust d'instituer l'establissemét du grand prestre,
en la premiere loy, ce fut auec des ordonnances de
plusieurs periodes estédues en plusieurs chapitres
& toutesfois le pouuoir du Pontife souuerain e-
stoit tellement limité, que sa vie, & son honneur,
estoit sous la disposition du Roy: que si au Nouueau Testament, Christ eut eu affaire d'vne vicai-
rie en souueraineté pontificale, il en eut exprimé
la creation, & eut compris la capacité, de son authorité en formulaire, authentiquement specifié:
iceluy ayát promis de ne nous laisser orphelins, ce
qui seroit arriué sans le soin de sa paternité: & n'e-
stant au pouuoir d'ame qui viue de nous pouuoir
rédre vne prouidéce si paternelle, & douxcoulante

que

que la sienne, il s'ensuit qu'il n'a resigné sa charge
à personne, & qu'il n'a constitué aucun en son lieu
& qu'il occupe luy mesme, la preuoyance du regime, lequel le Pape luy veut embler, pour s'en emparer. Quoy? il s'en fait autant à croire, sur ce petit
morceau de periode là, comme si le Nouueau Testament n'estoit fait que pour agrandir la papauté
& luy faire amasser les thresors.   Iesus Christ ne
l'eust constitué general sur son Eglise , ayant re-
streint sa generalité seulement sur les Iuifs. Sainct
Paul n'est point meteur, car il l'a voulu reduire en
ce passage là   , & tous ses successeurs aussi dedans
les limites de sa legation.   De ce passage aux Galat. s'aide à destruire l'opinion erronée de ceux qui
veulent que S. Pierre ait vescu 25. ans dedans Rome. S. Pierre n'estoit point preuaricateur, & n'eust
voulu abandonner en desertion la vacation à laquelle il estoit appliqué par Iesus Christ autour
des Iuifs, & le pouuoir de S. Pierre ne pouuoit re-
scinder , ou vsuper celui de S. Paul sur les Gentils:
car il estoit Apostre , & par excellence appellé A-
postre comme S. Pierre , outre que l'authorité A-
postolique n'est suiette à aucune autre authorité,
& partant que le Pape aille presider aux Iuifs: nous
nous contentons de suiure S. Paul. Ouy, Mais n'est-
ce point la vraye Eglise que la romaine? Ils ont le
vray Baptesme, le Symbole, & la Bible. Ie respons
qu'ils ont le vray baptesme, cõme les Samaritains
auoyent la circoncision sans estre la vraye Eglise,
comme vn larron qui a sur ses espaules le manteau
& la liurée d'vn homme de bien qu'il monstre , ce
n'est point à dire qu'il soit cest homme de bien la,

ou que le manteau luy appartienne. Ils ont le baptefme exterieur, mais non l'interieur, la vie du
baptefme c'eft la iuftice imputatiue de I. Chrift,
& la faincteté renouuellée par icelle. Ce n'eft point
aflez de marcher d'vn pas egal auec l'element exterieur, l'ame d'iceluy, & l'interieur ceft le principal, autrement la vie eft nulle. Quant au fymbole,
ils l'ont de parole, mais ils le niét de fait, car pour
leur Dieu, ils ont vne idole, leur Chrift n'eft qu'vn
faux Chrift, voyés comme ils l'ont change en vne
idole à la meffe. & quant à la parole de Dieu qu'ils
ont, elle côfifte plus aux fens, & en l'intention
du Sainct Efprit portée par icelle, que non point
en l'efcorce de la lettre, & en la fauffe tradition
qu'ils ont, ils l'ont voirement & la gardent, comme
vn phare, & vne l'anterne qui contient & garde le
flambeau, non pour foy, mais pour les voyagers, ce
ce n'eft point pour leur fynagogue qu'ils gardent
la Bible, mais pour les feruiteurs de Dieu qui font
cachés parmi eux. Ouy, mais ils alleguent le côfentement de toute l'antiquité, à quoy ie refpons qu'é
matiere de foy le côfentemét d'autruy n'eft point
neceffaire pour fô integrité. S. Pierre & S. Paul ont
eu diuers aduis, fans que pourtant leur doctrine ait
efté maculée. S. Paul & Barnabas fe font feparés, de-
meurás neátmoins infeparables pour leur creáce,
Pierre Alexãdrin & Melite ont grãdemét eftriué.
S. Chrifoftome & Epiphane fe font efcarimouchés.
Ierofme à inuectiué côtre Auguftin & Ruffin. Cy-
rille auffi & Ieã d'Antioche & Theodoret. Clemét
Alexãdrin en fes tapifferies fe plaint ĝ les Iuifs &
Payens

Payés ont fouuét reproché aux Chreftiés qu'ils n'e
ftoiét d'accord par enfemble, mais le côfentement
neceffaire côfifte au côfentemét du vrai feruice de
Dieu par la parole d'icelui, la feule vnió au côfentemét au feruice de Dieu exterieur, ne peut arguer
ou decider de la verité d'icelui, comme auffi toute
forte de defvnió & partialité n'eft pas quất & quất
vne marque de fauffe religió, la pl° part des Turcs
& idolatres fốt tres-vnis en leur tres-fauffe creace
& quant à ce ᵍ les anciés, ou quelques vns d'iceux
loũét l'Eglife romaine, c'eft par ce qu'aux années
primitiues, elle auoit gardé plus de pureté, nó que
le S. Efprit y fuft plus attaché qu'aux autres, mais,
parce qu'elle eftoit plus eminéte nó par foy, mais
par la fplédeur de l'Empire, & ᵍ c'eftoit à Rome
où les grâds perfonnages s'addốnoiết, & qu'il y a-
uoit plus de docteurs qu'ailleurs, outre qu'ố l'appelloit Eglife vniuerfelle, par ce qu'elle eftoit catholique, afc. côforme à l'vniuerfalité appartenáte
au feul Sauueur I. C. qui en eft le vrai chef, ils la ce-
lebroiết dôc côme la plus proche & la plus notoire, & qui mettoit peine de fe maintenir en pureté,
nó point qu'elle fuft plus fouueraine, ou plus em-
periere ᵍ les autres Eglifes particulieres. Au refte
la fucceffió romaine eft toute incertaine, auffi incertaine ᵍ le droit humain, le droit humain reçoit
chãgemết, ainfi l'Eglife romaine. C'eft ce ᵍ dit Cy-
priã en fó epiftre 54. *côfuetudo fineveritate vetuftas
erroris eft*, la couftume fans verité, ce n'eft autre
qu'vne erreur enuieillie, c. la fucceffió fás l'efcriture
& encor ᵍ la fucceffion mãque de plufieurs cêtei-
nes d'années, on fe peut toufiours reprendre à la

verité de l'escriture, sans que pour cela il y ait aucun manquemēt en la religion. La femme de Martin Guerre ne laissoit d'estre sa femme, & luy son mari, encor qu'il y eust eu interruption en ce mariage par vn imposteur qui l'vsurpa en la longue absence dudit Martin Guerre, le côtrefaisant & se disant estre lui mesme, mais au retour dudit Martin Guerre, elle fust reintegree à son premier & vray mari. L'interruption de la vraye religiō, par vne bastarde, & faulce succession, ne doit arguer vn auilissement d'icelle, non plus que l'interruption du vray mariage par l'habitation appostee d'vn concubinage faulsé sous forme de vray mariage, cela ne le corrōpt, ni dissout, encor qu'il semble le desapointer & mettre en reuolution, toutesfois il se rehabilite à sa restauration. Qu'on prenne vn Turc, qui soit intelligent, & qu'il mesure le corps de l'Eglise papistique & le nostre auec celuy de l'Euangile, on verra bien tost, lequel dès deux aura mieux de symmetrie, & reuiendra mieux à l'enchassure du N. Testament. Et quiconque voudra manier & voir de prés l'apostasie de la papauté, & qu'ils sont deserteurs de la profession qu'ils proclament : qu'il lise au long l'Epistre du premier Pape, de celuy qu'ils choisissent eux mesmes, pour le fondement, & la pierre de soubassement des Papes, vous y verrés vn chaos beaucoup plus grand qu'entre Lazare & Epulon, ce n'est plus que la sciure, ce n'est que la limaille, ce n'est qu'vne marastre qui a le cœur tout de marbre, encor qu'il se propose des enonciations

ciations incestueuses, car il se dit l'Espoux de l'E-
glise, le pere de sa mere, & dit que l'Eglise qui est
sa mere, est son Espouse , & dit, qu'elle qui est sa
mere, est sa fille , & qu'il en est le pere , & neantmoins , selon Tostatus Abulensis, l'vn des principaux Docteurs d'entr'eux, & que mesme Pererius
sur la Genese dit, que *est annumerandus, vel dignus
annumerari quatuor priscis Ecclesiæ Doctoribus*,
qu'il est digne d'estre nombré entre les quatre
premiers Docteurs de l'Eglise, iceluy dit par tout,
que le Pape est enfant de l'Eglise, membre de l'E-
glise, disciple de l'Eglise , & toutesfois il s'appelle
le fondement de l'Eglise, le firmament de la foy en
la 11. session du Concile de Constance.   Aussi ne
veut il receuoir aucune leçon de qui ce soit , car il
fait leçon à la Bible, & si le Concile se veut mesler
de luy remonstrer quelque chose, il sera censuré, &
ceux là seront condamnés d'heresie, qui diront que
la sagesse du Concile soit plus grande que celle du
Pape , ou qui diront que le Pape doit obeir au
Concile: il me semble que ceste opinion est toute
contumace à la raison, & que c'est tout de mesme,
que si vn disciple contumaçoit son maistre, ou cōme si vn mēbre vouloit occir son chef, ou cōme vn
enfant qui rebelle à sa mere , & autant de fois que
le Pape reiette & mastine l'authorité du Concile,
il foule aux pieds sa mere, s'establit par dessus son
chef, & veut faire la leçon à son maistre. Pourquoy
sera il moins suiect à la correction d'vn Concile
qu'vn Roy à la sienne? car si quelque pauure Prince
souuerain se mesprend le trauers d'vn poil en la

creance de quelque point Romain, on luy enleue-
ra sa couronne , mettra son Estat en proscription,
on publiera en forme de croisade le catechisme
des assassins, & ne sera receu à remission, qu'il n'ait
souffert publiquement à trompette , & à carillon,
vne bône double renforcée sustigation sur ses ho-
moplattes idque en musique, chantant le *miserere* à
hautbois & violon. C'est traitter auec trop de supplice les enfans, & Connestables de Dieu, Iesus C.
reçoit l'ouaille errâte sur ses espaules tres-dignes,
& non auec ces ridicules appressions d'honneur:
telles ceremonies sont quasi Turquesques, elles re-
sentêt le faubourg de Barbarie , la vraye reuersion
gist au cœur, non au patelinage tragique de telles
compositions theatrales dechiffrées en ostétation
de chimagrée estrangere , plustost qu'en fruict de
penitéce Euangelique, & cependant les Pap s mesmes peuuêt s'outrecuider & tressaillir en dix mille
sortes d'exces d'Estat, en transgression de Religiõ,
violât Dieu & toutes ses appartenances, sans vouloir estre contreoollé ni en rendre conte à personne, alleguant vn pouuoir sans pouuoir, se mettât
par dessus les Roys , comme si les Roys n'estoient
que leurs frottebottes , & cependant la mesure de
l'inegalité est fort disproportionnée : car le Roy
cõme Roy, specialemêt en France, est sacré & oinct.
Le Pape, cõme Pape, n'est oinct ni sacré, ains seulemêt suffragié, porté à son throsne seulemêt par la
pluralité des voix. Or est-il, que la dignité sacrée
est plus precieuse & à respecter, que celle qui n'est
que suffragiée ou vocale , & cepédant, il veut estre

la

la mesme dominatiõ, encor que le Roy soit plus sacré que leur autels, diacres, & sousdiacres, & pour
marque de ceste cõsecration, c'est que quãd le Pape dit la Messe deuãt luy, il faut que le Roy reuestu
d'vne Dalmatique en Diacre, chante l'Euangile, &
toutesfois, cõme si le Roy n'estoit que sõ spadassin,
il faut qu'il soit prest à mettre l'espée au poing, où
la regainer autãt de fois qu'il luy en dõne le mãde-
mẽt, autremẽt, il le met au fil du glaiue de l'Eglise: pauures courõnes, que vous estes, pupilles d'hõneur, orphelines de courage & de valeur, cela sẽt sõ
apoplexie de cœur, de deliurer le sang humain à la
poste d'vn Prestre. Ouy, mais il dit qu'il a le pouuoir de Iesus C. & c'est ce que nous craignõs, disẽt
les Roys, car auec vn tel pouuoir il nous pourroit
escacher, & despouiller de nos courõnes & royautés. Ie responds que c'est vous qui aués ce pouuoir
mieux que luy: Le Vieil & le Nouueau Testament
en sont tous grouillans de preuues, on en a cõposé
vn cẽt de liures: c'est au Roy, en fait d'armes, à cõmander aux Ecclesiastiques, la discipline desquels
gist dedãs le pouuoir de leurs armes, cõme la febue
dedans sa gousse, ou la noix dedans sa coque, & son
tuyau. Les Roys sont les Conestables, qui portent
le glaiue de iustice, de la part de Dieu: ils en ont le
breuet du ciel, enregistré, interiné en plusieurs
lieux du Nouueau Testament: ce qui ne se peut
prouuer de celuy du Pape. Ce n'est gloire ni
loüange, ni honneur aux Roys, de le se laisser rauir hors des poings, ou de laisser commander
à leurs armes victorieuses vn piedescalze, qui n'a

aucune homologation des fiennes, qui doit pleurer & prier , & non aller ou enuoyer au fang & à la guerre, comme dit leur Canon , *arma Sacerdotum fiunt preces & lacryma.* Que s'il a le mefme pouuoir de Iefus Chrift , il fe peut auffi bien facrifier que Iefus Chrift , il peut auffi bien conftituer fon corps au facrement de l'autel, en oftant celuy de Iefus Chrift pour y mettre le fien, auffi bien que Iefus Chrift euft peu ofter le fien, pour y mettre facramentellemēt celuy de S. Pierre, car il ne confte pas par la parole de Dieu qu'il luy foit plus defendu de faire ceci , que permis de faire le refte qu'il fait: fi le Pape auoit conftitué qu'on confacreroit & facrifieroit fon corps & fon fang en la place de celuy de Iefus Chrift, comme eftant tout-puiffant vicedieu, la papimanie eft fi abfurde qu'il s'y troueroit autāt d'adorateurs, comme il s'en trouue à celuy qu'ils difent de Iefus Chrift , comme les Empereurs mefmes qui fe font laiffé commander par la bigotterie , ont flefchi à lefcher le gros orteil de cefte fupreme faincteté, corrompre leurs fceptres, laiffé attrapper & emiamber leurs throfnes, & toutesfois, comme les Papes difent que les droits des Papes font inalienables , de mefmes auffi ceux de l'Empire & des Roys: mais quoy! les Roys donc fo laifferont-ils arracher le fceptre de leur poing, enleuer de leur fiege , comme les pauures Empereurs? c'eft eftre pis que lapin ou lieure emmorioné. Mais, de quel front peuuent les Papes retenir vne temporalité , car les Empereurs n'ont point de droit à demembrer leurs Couronnes , ils font

toufiours

toufiours pupilles;ainfi les Papes toufiours tenus à
reftitution.Quiconque mange l'oye du Roy, de là
à cent ans il en regorge la plume.   C'eft contre la
fucceffion du vœu de S.Pierre, à la porte du temple , il refpondit à l'eftropié qui luy demandoit
l'aumofne , ie n'ay & ie ne doibs auoir proprieté
aucune d'or ou d'argent,ie te donne ce que i'ay,le-
ue toy au nom de Dieu, luy rendit la guerifon de
fes iambes: auffi fa charge eftoit pour l'office de la
foy,& non pour la fabrique de l'argent. C'eft dequoy fes fucceffeurs deuroient eftre ftudieufement
& tres curieufemét eftoffés , pluftoft que de voul-
limie deuoráte,qui engoule tout le mõde,ou eftre
cõme Moyfe pluftoft,que cõme Pharaõ:Moyfe aimoit mieux viure en l'abiection des fils de Dieu,
que fe harnacher Pharaoniquement à l'Egyptien-
ne,mais la piece de ce premier drap là , eft faillie,
ce n'eft que bougran, veffe, lie , ce ne font plus
qu'hommes,il n'y a plus d'Apoftres,ce ne font que
mercenaires,il n'y a plus de Prophetie,l'efprit s'en
eft allé , la chair nous eft demeurée , il ne refte
qu'vn mafque hypocritique tout en irreligion , ils
prefchent determinément le merite de la iuftification & des bonnes œuures,neantmoins ils ne releuent & adorent que les inuentions Payennes &
prophanes,iufqu'à porter les triomphes d'infidéli-
té dedans le fiege qu'ils appellent de Sainct Pierre,comme fi c'eftoit piece & membre de Religion,ains il en font vn ingredient de creance , car
ils tiennent l'adoration du facré pafturon & brodequin auffi neceffaire à la perfuafiõ du Chreftien,

Bb 3

que les images, ou la priere des saincts, voire que
l'incarnation de Christ, & le pauure S. Pierre ne
porta iamais que des sandales:ie pense qu'il estoit
si pauure, qu'il n'vsa iamais de guestre ni de sabot:
& n'ayez peur qu'ils soiēt allé cercher leurs cornes
qu'ils portent sur leurs testes mitrees, ou mitres
cornuës dedans des balieures, ou sur les fumiers:
mais ils en ont deu stu l'honeur de la nobless,&
le diademe des Roys. Ancienne̅n ẽt les pennaches
des hômes heroiques estoiēt de corne, mesme les
premiere couronnes des roys(cõme se voit es anciens monuments) stoiēt toutes encercelees de
corne,cõme d'autant de trophees que leur valeur
auoit emportee au prix de leur vie,sur leurs ennemis:& d'autant qu'ils estoient plus anoblis, ils
portoyent des cornes plus releuees & plus precieuses.　　Mesmes aux armes des plus anciennes maisons septentrionales, comme nation
moins mobile aux changements, & toute endurcie en leurs vieilles & anciennes coustumes,
vous y voyez des cimiers armés de corne,pour
marque de leur exaltation : nos fripelipes Romains qui ne veulent rien que de glorieuse menterie,les ont detroussé de ceste belle & glorieuse
remarque,mais plus carree, imitans de bien loin
celle des ellans, ou asnes sauuages du mesme Septentrion pour faire sçauoir que leur mitre en
sa contagion (y a il rien si caduque que ces
vieux precepteurs de mondanité) guerit du
mal caduque mais ce n'est pas du plus mauuais que nos mitrés cornus sçauent guerir
parce

parce qu'eux mesmes ne se peuuent garder de
chopper , & s'ils guerissent des pechés (à ce qu'ils
disent,) eux mesmes n'en sont gueres sains.   Les
Rois ferment leurs couronnes de bandage par
dessus , car il n'appartient qu'aux souuerains de
porter des couronnes closes par enhaut, les Princes non souuerains portent couronnes dans leurs
armes , mais ce sont couronnes ouuertes, ceux ici
les ferment, & font la closture de deux couronnes
par dessus , afin de monstrer qu'ils sont trois fois,
assauoir infinimét supremes, & d'vne toutpuissan-
te souuaineté, & qu'ils sont non seulement com-
paratiuement Roys des Rois, mais tres superlatiuement Empereurs des Empereurs.   Ce siege est
totalement paganisé , si les Empereurs Chrestiens tenoyent autant des mœurs de Sainct Pierre , comme les Papes tiennent de la sumptuosité
& desbauche des Payens , ils seroyent cent fois
plus religieux que Rome.

   Ains que diray-ie , il ne faut point aller iusques
à l'antiquité iusques aux idolatres pour y refuter
les faux dieux : car nous en auons autant que de
Papes, qui foulent aux pieds toute humanité, comme s'ils estoient tout de diuinité. S. Matth. ch. 23.
Ne vous faites point appeller Rabbi , & eux se
font appeller Dieu : car quiconque est tres-
Sainct est Dieu.   Outre que il faict office de
loup auec vne horrible rapacité , se couurant
d'vne peau d'ouaille , il monstre les cornes
d'vn agneau , mais qui sont plus cruelles &
meurtrieres , que celle de la Licorne & du Rino-

cerot, reniflant vne haleine de Dragon, & iaçoit
qu'il se nomme le vray pere, le gardien, l'Ange le
Dieu tutelaire de l'Eglise, il la picore, fourrage,
saccage, il s'appelle seruiteur des seruiteurs de
Dieu, s'ablecte, mais de la langue seulement, ce
n'est que pour se moquer, c'est par ironie, car il
n'y a rien si puamment glorieux ils sont tous pu-
naix de gloire, ha quel donneur de faux leurre, &
de canart à mbitié! Il s'appelle le valet des seruiteurs de Dieu, & il est si rogue & si fastueux, que
Satan, auec ses camardes d'enfer, qui sont d'vne
propriete tres-orgueilleuse, auroit beaucoup à e-
studier pour y gaigner autant d'auencement que
luy, Satan n'a iamais fait pis que se faire adorer
côme Dieu, encores est ce en cachette, & quelqs
fois il dône gloire à Dieu, *demones credunt & con-
tremiscunt,* & autre part, *Iesu Nezarene quid veni-
sti ante tempus torquere nos*, ils le recognoissent
pour leur Iuge : mais le Pape iamais ne donne
gloire à Dieu, il garde tout pour soy : le Diable craint les Chrestiens redoubte les gens de
bien, le Pape les tourmente, & rençonne mesme
les siens, il ne donneroit pas vne bulle sans payer.
Voyez donc quelle creance il merite de gaigner
sur la persuasion des Chrestiens, veu qu'au titre
d'honneur il est si grand preuaricateur, mesme
que si quelqu'vn fait mine de seulement fauori-
ser à ceux qui s'opposent à ses entreprises & tur-
bulentes inuasions, il le voüe à perdition, le frappe de malediction, le liure à Satan, le desempare,
il le consacre comme anatheme, au fer, au feu temporel

porél & eternel, foufleue tout le monde, mefloye
ciel & terre, tonne, efclaire, foudroye fi on veut
brider fon auarice, il fe remonte, parle en dieu des
dieux, en cyclope des cyclopes, tout l'efquadron
d'enfer ne fçauroit vomir plus de furie qu'il fait,
il darde le pere contre le fils, monte le fils contre
le pere, forge, embrafe, guerre, tumulte, rebellion, faccagement parricide : ne voila pas vn
braue feruiteur des feruiteurs de Dieu ? voyez fi
cela conuient au titre qui s'arroge, fe nommant
l'ayeul de pieté, pere de la patrie, pere tres fainct
fouuerain patriarche de religion, faifant tous fes
rauages, neantmoins fous le nom fpecieux de
l'Eglife, tout ne luy eft rien. Il mene les Rois
en leffe, & n'eftoit que Dieu eft infiniment plus
mifericordieux, que le Pape n'eft ambitieux, il ex-
termineroit toute l'Europe à fa perdition. Ha! que
fi le Pape eftoit fi vierge d'orgueil, comme il
l'eft d'humilité, il rendroit tout le monde Angelique, l'Eglife toute Euangelique, là où il
la fait toute adultere de feruice du Dieu.

L'origine qu'il a commencé dans le ciel aux
mauuais Anges, luy qui fe dit vice celefte, vice eternel, vice infini, afin que ie ne die vice
tout puiffant, foit qu'on defmembre fes attribus
en deux, ou qu'on n'en face qu'vn mot, il faut
auffi qu'il participe à la fublimité de ce vice genereux qui n'affaille proprement que la grandeur
des hauteurs, il defcend d'enhaut, il repaffe à
fon origine, afin que ceux qu'il trouue affortis
de mefme naturel, il les affortiffe de mefme rui-

ne. Le Pape qui se tresmonte par dessus les Anges, est orgueilleux par dessus les Diables, il en croit l'obseruation aussi naturelle que des commandements de Dieu, ainsi il donne lettre de noblesse à l'orgueil, il a des bras de bronze pour oppresser, il n'a pas les forces d'vn moucheron pour patienter, il est tout de commandement, point d'obeissance, rien de recognoissance pas à Dieu mesme, tant s'en faut à son Eglise, ou à la parole, il est hagart à forcer le monde, à engarier les puissances terriennes, truand à recognoistre sa dureté, rebelle à toute saincteté, il prefere le stile de sa chancelerie, à celuy des Prophetes, il n'en fait non plus d'estat, que du bourdonnement d'vne guespe, ou du recanement d'vn mulet, tant s'en faut qu'il se vueille endoctriner des remonstrances de Sainct Bernard, qu'il veut que Sainct Paul endoctrine la science qu'il a de la iustification aux pieds de la construction de ses merites & bonnes œuures pretendues, sa superbité est la Roine de toutes les superbités du monde, & comme l'orgueil est la mere de tous les vices, aussi est-il le pere de toutes les ordures de la Religion Romaine, le regorgement de l'honneur qu'on luy fait luy engendre la dureté de ceste tumeur, il rehausse sa saincteté par dessus tous les saincts, comme s'il estoit plus sainct que toutes les gens du monde qui ont esté saincts. Iean Baptiste, & les Apostres ont esté bien saincts, & toutesfois on ne les a iamais appellé la saincteté, aussi est-ce vne saincteté toute chancreuse d'ire
d'en-

d'enuie, de iaulouzie, d'auarice, desguisee selon le
paganisme & l'infidelité. Aussi n'ont ils garde de
peindre S. Pierre auec ceste triple tiare, & la chappe qu'on a desrobee aux Empereurs : tels harna-
chements sont d'vne inuention de beaucoup plus
ieune mais non plus modeste que la Papauté.

Les premiers images de S. Pierre, & de ceux
qu'ils disent auoir esté ses successeurs, sont bien
esloignees de ces mômeries là. Que Iesus Christ
ou S. Pierre seroyét ridicules d'estre attourés de
telles bardes, Ils se côtentét de peindre S. Pierre
auec vne grosse clef, laquelle il faut adorer, côme
s'il estoit serrurier, ou vendeur de clef; & toutesfois de ce temps là, les serrures n'estoyent pas encor en credit ; car Pierre Belon rapporte qu'auiourd'huy mesme en Iudee & Palestine, ils ne se
seruent que de serrures & loquets de bois aussi af-
seurés que les nostres, mesme leur enuie d'agran-
dissemét, & de fraterniser auec le Tout puissát est
tressailli si haut, qu'ils ont enseigné à leurs pein-
tres de reuestir Dieu le Pere des restes du Pape à
celle fin que ceux qui voyét en la figure de la Trinité Dieu le Pere vestu côme le Pape ils portét au
Pape le mesme hôneur qu'ils font à Dieu le Pere,
côme si ce n'estoit qu'vn des deux, ou que le Pape
luy fust côpaignon d'office, ou côme s'il estoit Pere de Iesus Christ ou que l'vn fust autant que
l'autre. Ie crains qu'en fin tel blaspheme n'irrite
le Ciel, & que la patience de Dieu se voyát ainsi
desfiée ne face entrer Dieu en sa vengance, à l'extermination, d'vne telle abominatiô, car il domine

comme s'il estoit le premier fondateur , traffique nõ comme facteur, ains comme legataire, heritier testamentaire contraint, & reçoit foy & hommage plus que Iesus Christ mille fois , encor qu'il ne puisse faire paroistre d'aucune resignation ou presentation : ie dis qu'on le renuoyera porter son siege Papal en Ierusalem , ou en Antioche, car il ne tient que par precaire , ains d'vn titre encor plus inferieur celuy de Rome : pourquoy il le faut enuoyer en ces lieux qui sont arides, qu'il les arrouse vn peu de son sang , aussi y a il long temps qu'il n'a esté semé , il est temps qu'il pense à l'aller vn peu labourer. C'est de quoy ils se sçauront bien garder , ils ont trop d'artifice de dissension &d'enuie pour opposer à ceux qui leur voudroyent souhaitter le profit d'vne telle tasche.

Ils imiteront bien plustost les frissons de S. Pierre que le feruetur de S. Paul , & se sçauront bien armer de la fuitte presupposée du martyre de celuy là à Rome, que des souspirs de celuy cy, qui ne respiroit iournellement qu'au martyre, si le faut il faire quelq; tout reüenir, & luy procurer vne salutaire reuolutiõ, tout est perdu si on ne le fait vn iour tourner en reuolutiõ, il ne deuiendra iamais S. Pierre, si on ne met rez pied, rez terre tous ses attouts sacrileges, estrangers, qu'il porte en capharderie, plustost qu'en dignité , pour faire idolatrer plustost que pour en seruir Dieu, halque toutes les Eglises doiuent verser des ardantes prieres deuant Dieu , afin d'enuoyer vn Empereur

reur, qui soit capitaine de ses esleus , cependant
que l'Allemagne est en la teinture de la reformation Euangelique , afin qu'elle luy prestre les
mains toutes entieres, sans partialité, car c'est le
refuge cauteleux du pere de la pantoufle , que
quand aucun redemande le sien , de susciter des
querelles contre luy & le faire accabler par d'autres : c'est d'où vient le nom quand aucun demande vne chose iuste , l'autre qui s'esloigne de toute
satisfaction , suscite vne fougue cauteleuse appostée , afin de diuertir à neant la demande qu'on
luy fait , on nomme cela vne querelle d'Alleman,
parce qu'autant de fois que l'Empereur a voulu
rentrer aux droicts qu'on luy a raui , le Pape a
tousiours fait naistre des sousleuemétsen les bras-
sant par tous les coins de l'Allemagne.

De l'Infallibilité.

CHAPITRE VII.

POur targuer tous les desuoyements execrables
de ce siege ainsi temerairement vsurpé ils se
parent de l'infallibilité du Pape , lequel toutesfois est aussi subiect à engendrer des fautes , qu'à
engédrer de la vermine ou de la galle aussi prest
à mourir en son ame par ses peches, comme en sa
personne par la mort corporelle, & puis que lePape meurt, mesmes en sa Papalité, car il ne s'en effigie en sa creatió aucun charactere cóme ils fei-
gnét & côtrefont sur le Baptesme, Confirmation,

& Preſtriſe. La qualité de Pape ne paſſe point ceſte vie,elle demeure à l'emboſcheure de l'autre,
ceſt vn tamis ſi deſlié que ces grãds ſommiers de
charge,n'y peuuẽt riẽ faire paſſer de leur cheuãce
les roys ne portãt riẽ de leurs courõ̃nes par dela,
il faut qu'ils ſe deſcourõnẽt au paſſage,cõme auſſi
le Pape ſa tiare, & ſa calotte, il faut qu'il porte ſa
teſte nue , encor ne l'y peut il porter qu'elle n'ait
eſté calcinee paſſee par la vermoulure , & par la
cendre, pour eſtre remaſtiquee & remontee en la
meſme eſtoffe de ſa chair, ſelon que Iob l'a ante-
prophetizé de la ſiẽne *ſcio quod redẽptor meüs viuit
& in carne mea,videbo Deũ ſaluatorem meü & oculi mei conſpecturi ſunt.* Il vouloit cõfeſſer & delaiſ-
ſer vn catechiſme de l'immortalité de l'ame , luy
redreſſant ſon fourreau,diſant que ſon recẽpteur
eſtoit en vie,& qu'il verroit apres ceſte vie,en ſa
meſme chair , de ſes meſmes & propres yeux ſon
Dieu,ſon ſauueur.On dit qu'au temps de Chriſo-
ſtome on voyoit encor les reliques du fumier ſur
lequel Iob auoit fait ſa retraite durant ſa perſe-
cutiõ &nudité,mais d'aucune relique de ſon corps
il ne s'en fait aucune mention,cõme auſſi de celles
des Patriarches, que les enfans d'Iſrael portoyẽt ſi
religieuſemẽt en la tranſmigration de l'Egypte en
Chanaan,car depuis que noſtre ame eſt deſuſtail-
lee elle abandône ſon corps cõme vne vieille ſu-
ſtaille à la merci de la fonte de la nature, ſans qu'il
en periſſe aucune poutie, Dieu ſçaura ſi delicatement ſaſſer , lors qu'il faudra remembrer las chã-
bres garnies du baſtiment de noſtre ame , que les

                                    meſmes

mefmes parties de terre qui aurõt ferui à la veuë
fe reïicarneront dedans les yeux, fe cartilageront
dedans les oreilles, s'allongiront en poil, s'endur-
ciront en os, s'efpongieront en poulmõ, fe molli-
fierõt & s'adextrerõt à toutes les autres proprietés à quoy elles font recerchees par l'vfage rein-
tegré de la main du tout puiffant là où les Papes fe
trouuerõt defche⁹ en la corruptiõ fautiue,   quoy
la nature a attaché noftre trefpas , & puis qu'ils
font d'vne chair, d'vn corps fi tédre, & fi eflofgnés
d'infallibilité , que penfent ils de leurs ames, ne
font ils iamais atteints & vaincus, d'ire, d'enuie de
conuoitife & d'auarice , les vices font comme le
fouldre ou comme la pefte, ils ne choififfent point
& n'efpargnét non plus les roys & les princes que
les bergers, & fimples hofpitaliers : ainfi tout de
mefme les Papes, qui n'ont aucune immunité, priuilege, ou paffe-droiĉt en leur perfonne ou en leur
vie à l'encontre du fouldre , & de la pefte , auffi
n'ont ils rien qui les cautionne des fautes de la
confcience, *labi, errare, nefcire, decipi humanum eft*,
c'eft vn des appé rages , qui fuit immortellement
en cefte vie mortelle que broncher , faillir,
ignorer , eftre trompé , n'y a perfonne qui ne
face hommage à toutes ces defeĉtuofités , noftre
imbecillité en eft vaffalle, particulieremét le Pape
lequel eft fubieĉt à toute forte de corruptiblité,
mefmes iufqu'à celle de Iudas , que la grace A-
poftolique n'a fçeu conferuer , le Pape eft moins
confirmé en grace qu'il n'eftoit : la grace de
l'Apoftolat le confirmoit d'auantage que l'ele-

&tion pontificale, où il n'y a receptiõ de grace que par opinion vſurpee, laquelle peut eſtre entame la verité, que ſi la qualité de Pape eſt naturellement corruptible, pourquoy nõ mortellemẽt fautiue & pecherefſe? elle eſt auſſi peu infaillible qu'incorruptible. Alexandre le grand (reſpondant à ceux q luy oignoient les oreilles de miel, en le ſtabinãt de pluſieurs hautes adulations, qui le treſmontoiẽt Iuſques en diuinité, comme ſi ſes ſubiects euſſent eu grand tort de ne l'encenſer, & parfumer comme vn Dieu) dit, qu'il cognoiſſoit au vin, aux ſẽnes, & au ſommeil qu'il eſtoit homme. Qui interrogueroit Platine il reſponderoit, qu'ils ne ſont pas ſi grands hommes, comme grandement hommes, & qu'ils n'ont executé tant de hauts exploits, comme de vilaines fautes, que les reprimendes qu'ils meritent, ſurmontent les louanges qu'on leur donne, qu'il y a bien plus à amẽder qu'à imiter, à craindre qu'à ſouhaiter aux perfections qu'on leur attribue, & moralement ils ſont auſſi pernicieux que profitables au public, ils ont touſiours eſſayé de faire leurs affaires, au prealable du ſalut des ames, que s'ils ſont infaillibles, pourquoy nõ incorruptibles? Nous liſons des Rois Ingas du Perou qu'ils durent apres leur decés en leur tombeau, l'eſpace de deux ou trois cens ans ſans changer de teinture, ni ſãs eſtre eſgratignés d'aucune vermoulure, vn homme viuant ne ſera ſi long temps ſans pecher, comme vn homme mourant ou deſia mort ſans s'empuãtir, car l'homme mourant en ceſte diſſolution harmonieuſe, ou en ce

deſma-

desmariage du corps & de l'ame , relasche des vapeurs & exhalaisons contagieuses,comme la chandelle,quand elle vient à faillir,qui empuantit toute vne chambre, ce qui est indiqué par icelle mesme quand on la vient à moucher , ainsi quand on
vient à purger le corps humain,il debonde en fœ-
tidité.

Ce n'est rien des exhalaisons puantes du corps,
au prix de celles de l'ame.   C'est vne source qui
boüillonne de faute , groüille de peché , fourmille
d'erreur,& en viuant,& en mourant, d'autant plus
que les concupiscences regnent en nous , qui sont
les meres pecheresses,elles nous enfantent de moment à autre des pechés,contre quoy Messieurs les
Papirogues n'ont aucune barriere,ou passedroit il
n'y a point d'armure morale impenetrable,il n'y a
point de conscience humaine imprenable au peché, & tout homme qui se pourroit garder de pecher , s'empescheroit de vieillir & d'estre mala-
de:le temps,l'aage,ne luy chageroit le visage : son
visage seroit vn Kalendrier trompeur , à quiconque voudroit s'amuser , comme au repertoire de
ses années:il seroit tousiours vnanime,il y arreste-
roit la ieunesse & l'adolescence, aussi fermement,
que si elle estoit grauée en marbre & en acier : la
decadence que le nombre & la charge des années
nous enuoient naturellement , n'est produit que
du dechéement de nos consciences , par ce que
nous sommes pecheurs en nos ames,nous sommes
aussi mortels en nos corps.

Que si le Pape estoit infaillible, son menton ne

porteroit iamais de poil blanchi durant sa Papauté, son visage ne se surrideroit d'auantage, la
pointe de sa veuë ne s'esmousseroit, le catarre
& le flegme ne se multiplieroit en sa teste, ni en
son estomach : mais, ce qui vaut mieux que tout,
il ne seroit tenu d'entrer en conte auec Dieu, touchant sa charge, ni de luy demander pardon de ses
fautes : il ne se confesseroit iamais, il seroit asseuré
de son salut, ce seroit vn article de foy, que tous les
Papes seroient sauués, par ce que tous seroient
Saincts, & toutesfois y en a qui ont esté scismati-
ques, autres heretiques, autres idolatres.   Qui
sont ceux qui n'ont esté ambitieux, auaricieux,
choleres, charnels, addonnés à l'aduancement de
la chair & du sang qui leur appartenoit ? N'a on
pas esté contraint quelque fois abroger ceux
qu'on disoit y estre legitimement appellés?

Gerson a fait vn excellent traicté *de auferibilitate Papæ.* On voit en plusieurs de leurs Docteurs,
qu'ils sont sujects à toute sorte de vices : mais, ie ne
sçay quel vice est si grand, que celuy qui veut ô-
ster l'infallibilité à Dieu, pour la donner à vn
homme, ou qui veut rendre vn homme Dieu, en
le faisant, par imposture infallible ; & qui croit
que ses verités sont plus asseurées que toutes celles qui ont esté prononcées par les Peres de l'vn
& l'autre Testament.

Or ie di, qu'il y a plus de suffisance & de sagesse
dedans le moindre des Prophetes sacrés, que dedans le Tymbre de tous les Papes, depuis Sainct
Pierre, iusqu'à la reuelation du fils de Dieu,
& que

& que le moindre verſet des Prouerbes, ou Sapience de Salomon, merite vne plus profonde
creance, que tous leurs Canons, Decrets, & autres
ſemblables fantoſmes d'Eſcriture qu'ils canoni-
ſét d'vne ſeule authorité Apoſtolique, engloutit &
abſorbe toutes les ligues papales, paſſées & futures.
Il vaudroit mieux perdre tous les Conciles, Decrets, Canons, Bombardes & Salmonées, que le
moindre verſet des Pſeaumes. Mais, comme ſeroient infallibles ceux qui ne ſont infalliblement
crées, mais deſquels on peut preſuppoſer que leur
creation ſoit erronnée? car il ne s'eſt encore ſceu
verifier, que la creation d'aucun Pape, que ce ſoit,
fuſt legitime, ſans auoir encouru aucune ſupercherie. Ie ne diray point d'aucune verification mathematique, ou demonſtratiue, mais meſmes morale; car moralement & metaphyſicalement, on
peut arguer & trouſſer en doubte l'intention des
electeurs, à ſçauoir ſi elle a eſté en nature, s'ils n'ót
point contrefait leurs paroles au rebours de leur
volonté: car, comme entre eux, le Bapteſme adm-
niſtré, ſans que celuy qui baptiſe ait l'intention de
baptiſer, ou le mariage contraćté, ſans que les parties contrahantes, ayent l'intention de ſe marier,
ou bien meſme leur hoſtie conſacrée par la parole
d'vn homme qui aura eu vne intention toute contraire à la conſecration, àſçauoir qui aura eu intention de ne point conſacrer, la conſecration
ſera nulle, comme auſſi le Mariage & le Bapteſme ſont nuls, & ne tirent leur valeur que de l'intention formelle ou virtuelle du miniſtere

d’iceux , ainſi qui ſçait ſi les Electeurs du Pape ont
point eu vne contraire intention à ſon Election:
car il n’y a perſonne qui voye le maniement de
l’intention , ſinon Dieu & l’homme qui la manie,
& d’abondant, qui ſçait ſi les Electeurs ſont point
marchandiſe de leurs ſuffrages?la pluſpart ne donneroient point leurs voix à vn homme duquel ils
n’eſperaſſent ou vne mitre , ou vne croſſe , ou vn
chappeau pour leur poſterité , ou pour ceux qui
leur touchent de chair & de ſang. Or donner ſon
Election à tel prix, c’eſt ſimonie mentale, & ſou-
uentesfois reelle , par ce que ceux qui ſont eſleus,
s’entendent cabaliſtiquement, promettent ſpirituellement, deuotieuſement , ou interpretatiuement l’homologation des vœus de ceux qui les
portent à ce ſupreme eſtage de dignité. Comment eſt ce que la vie peut eſtre eſpurée, qui ſort
d’vne naiſſance ſi vicieuſe , ou ſi ſuiecte à eſtre vi-
tiée?

　Vaſquez Colonnel & principal tenant du parti
de auxiliis en ce grand Conſeil qui fut tenu à Rome, où tous les plus habiles Eſpagnols & Italiens
eſtoient aſſemblés , eut bien la face ſi resoluë,que
de publir deuant tous , que ce n’eſtoit article de
foy,que Clement V I I I. fuſt Pape, ou que ſon Election fuſt iuridique , auſſi fallut il qu’il gaignaſt
bien toſt au pieds:ſi le Bariſcle l’euſt peu attrapper,il y auoit vne chambre toute preſte à l’inquiſition , où il euſt eu loiſir de cuuer la ferueur de ſa
ſcience , & de desboüillonner ſon Eſprit , encor
que la propoſition qu’il auoit prononcée,fuſt fort
droicte,

droiƐe, & irreprehenſible, meſmes au iugement
de ceux à qui elle deſplaiſoit.

Comme pourra, ie vous prie, infallibiliter les
Conciles, celuy qui n'eſt infalliblement Apoſtolique, & qui ne peut eſtre infalliblement eſleu, il eſt
impoſſible à tous les humains de rendre la creation d'vn Pape ſi certaine, qu'elle ne vacille & ne
ſoit douteuſe, & au pouuoir du premier Monarque
à qui il en prendra enuie de l'en debouter, & luy
faiſant changer de place, mettre vn autre en la
ſienne, teſmoin le diſcours qu'en a fait *Nouus ho-*
mo, c'eſt vn auditeur de Rome, qui approfondit aucunement les virebouquinages du Conclaue & des
ſuppoſts du Papiſme, lequel n'eſt tant à approuuer qu'à le ne point ignorer, il ſemble vn peu paſ-
ſionné, ſes parreins en ont cuidé eſtre en grád peine, il leur euſt quaſi valu mieux auoir craché vn
morceau de leur lágue ou de leur luette, que de l'a-
uoir fait paſſer en impreſſion: mais baſte, qu'il deſcouure les couuertures trompeuſes qu'on negocie
au traffic de la creation des Papes

Que ſi leur Election eſt ſuieƐe à preuarication,
& que leur creation ſoit vague & incertaine: cóme
eſt-ce qu'vne telle incertaineté me rendra certain
d'vne telle infaillibilité: car s'il n'eſt infalliblement
crée, il eſt infailliblement ſuieƐ à errer: il eſt auſſi
certainement fautif, comme ſa creation eſt incertaine & ſuieƐe à eſtre fautifue : & comme il
n'y a point de demonſtratió de ſa creation, auſſi
n'y en a-il point de ſon infaillibilité : & comme
perſonne n'oſeroit leuer la main à Dieu & acer-

tener sur sa damnation , que le Pape soit legitimement créé, aussi personne ne doit croire sur sa
foy qu'il ne puisse errer & mentir , luy mesme ne
sçait au vray, s'il est Pape legitime, comme sçaura-
il qu'il ne peut faillir ? Il se le peut persuader moralement , mais il ne le peut sçauoir logicalement.
Sainct Pierre le sçauoit conscientieusement , par
demonstration Theologique : car Christ l'a-
uoit chargé de paistre certaines ouäilles , principallement entre les Iuifs, comme nous auons dit.

Quant aux autres ses pretendus successeurs, personne n'y doit adiouster foy , sans bonne caution
& bien soluable : Mais eux-mesmes en leurs e-
scholes Theologiques, sçauent que la capacité des
dons de grace , est assortie à la taille des dons de la
nature , & que *quicquid recipitur , ad modum reci-*
pientis recipitur , on ne peut faire tenir deux muis
de vin en vn seul muis : vn naturel qui est foible,
ne peut point porter grand charge , si ce n'est la
grace qui rend la nature impeccable, il est impossible qu'elle ne soit en grande subiection au changement & à faillir , & que l'homme qui est Pape
est autant suiect au peché & à l'erreur , comme
celuy qui est priué de ceste qualité : car la Papauté, tant s'en faut que ce soit vne grace gratifiante,
que mesme ce n'est point vne grace gratuite:
car ce n'est point vne grace de Dieu , mais des
hommes , outre que Dieu ne fait aucune nature
raisonnable naturellement impeccable : toute l'eschole de Theologie consent à ceste
propositiõ. Barthelemi Medina sur la 1 2. de Tho-

m　a

mas le preuue largemēt, la nature du Pape est rai-
sónable, elle n'est dõc point impeccable, ioint que
la nature du Pape est humaine , entée, inſérée en
l'hõme cõme elle est aduétice, auſſi elle emprúte,
& tiré toutes ſes propietés & fonctiõs de l'hõme
qui en est le porteur en prope prouiſion, & cõme
il faut que la nourriture paſſé par le ſauuageon ſur
lequel la greffe est entee n'y pouuãt paſſer ſãs acquerir beaucoup de pprieté d'icelpy ſauuageon,
laquelle est portée au branchage, & cõmuniquée
aux fruicts de l'arbre , & comme le pain mãgé
par vn chien, par vn loup, vne ſouris, d'vn cheual,
ſe tourne en chair de chiē, loup, ſouris, ou cheual,
ainſi ceſte infaillibilité preſuppoſée, antéé, paſſée
en la nature d'vn hõme faillible, ſuiect à mëſõger,
deuiēt fautifue, errante, auſſi faut il que l'infallibité qu'ils attachent à la qualite du Pape paſſe par
l'indiuidu humãin qui porte icelle qualité, les fõ-
ctiõs pduictes par ceſte infallibilité doiuēt eſtre
adminiſtrees par l'entendemēt, volonté, & autres
facultes corporelles de celuy qui est Pape, leſquelles parties ſont toutes hõmageres de la coulpe &
de l'erreur & est impoſſible que l'infaillibilité ſe
trouue en l'vn ſi elle n'est auſſi bien originelle de
l'autre. Eux meſmes aduouēt qu'vn Pape cõme Pape peut s'abuſer *errore facti* par erreur de fait, Ils
tiennent que ce n'est article de foy que ceux qui
ſont par eux cãnoniſés, ſoyent ſaincts ou glorifiés
au ciel, car diſent ils , il est impoſſible qu'il y ait
error iuris , mais il y peut auoir *error facti* , c'est
q̃ le Pape ne ſe trõpe iamais quãd il a decerné, &

mis entre les demi Dieux vn homme duquel par
plufieurs informations il aura cognu la faincteté,
miracles & bonne vie, c'eft chofe deüe que la ca-
nonifation,(felon qu'ils veulent)à vn perfonnage
ainfi doüe, mais puis que les tefmoins fe peuuent
tromper,ou par impofture , & illufion, ou parce
qu'eux mefmes fe laiffent tranfporter par autre
efpece de paffion, ils peuuent dire plus ou moins
que la chofe dont ils parlent,n'eft grande, & ainfi
efleuer , ou raualler l'equité de la fentence qui eft
prononcee fur le fommetoutage de leur depofition , mais qui n'apperçoit que cefte diftinction
eft androgyne : côme eft ce qu'il n'y auroit point
erreur de droit, veu que le droit n'y eft point ob-
ferué, les informations fur la vie d'aucun font ap-
pellees informations , d'autant qu'elles font in-
formés iufques au recollement & confrontation
de la partie auec les tefmoins, & alors elles font
formées , & quand il y auroit cinq cens depofi-
tions de tefmoins , le iuge ne peut prononcer
aucune fentence là deffus s'ils ne font confrontés
à la partie & fi la partie ne confeffe, autrement ce
feroit vne iniquité iniurieufe.

Or eft il qu'aux canonifations il y a des codes
de depofition de tefmoin, mais fans aucune confrontation , comme eft il poffible donc que le
Pape puiffe prononcer vn canon en chofes furna-
turelles dont le fubiet feroit reprehenfible en
chofe morale & iuridique : car fi vn iuge auoit
condamné ou abfous vn homme de cefte forte,
il meriteroit de dechoir de fon office.

Outre

Outre que comme ils croyent que les tcſmoins
ſepeuuent abuſer en leur depoſition , auſſi tout
demeſme les iuges en la computation des miracles : pourquoy le Pape qui n'eſt que iuge comme ceux icy ne ſe pourra il fouruoyer declarant
comme certaine & ſaincte la vie d'vn homme
qui peut eſtre incertaine & profane , comme luy
meſme le ſçait : car il ne doute point qu'il ne
puiſſe eſtre trompé par les teſmoins , & pourquoy ne ſe peut il tromper luy meſme qui n'eſt
que le reſultat des teſmoins , car les teſmoins
ſont les premiers iuges , ſon iugement ne doit
eſtre prealable à la depoſition des teſmoins;
leur depoſition eſt le niueau & la forme des
iugements de la canonization : le Pape n'y voit
que par les yeux d'autruy , les teſmoins luy ſeruent de guide , leſquels eſtans ſuiects au menſonge , auſſi l'infallibilité Papale ſera ſubiecte
à eſtre menſongere : vn aueugle qui conduit
l'autre ſont ſuiects l'vn & l'autre à chopper, à
tomber , tout de meſme en la confirmation d'vn
concile, cela eſt conforme à la diſcuſſion des docteurs,leſquels le plus ſouuent s'outrepaſſent, ou
de preuention , ou de fauſſe habitude,ou de vaine
complaiſance , ou d'oſtentation , ou parce qu'ils
n'ont point aſſez , eſtudié, diſcuté leurs raiſons,
ou celles qui ſont contraires , ou parce que les
parties eſtans abſentes , perſonne n'a oſé viuement prendre leur droit à debattre , ne ſe voulans rendre ſuſpects gratis.

Ce ſont autant d'articles ou de ruiſſeaux de tré-

perie au Pape, il se trompe luy mesme en decretãt
vne saincte certaineté, ou vne certaine sainĉteté,
en vne chose qu'il sçait, qui peut estre fallacieuse,
car il n'en oseroit leuer le main à Dieu, ou iurer
sur le salut de son ame. N'auõs no⁹ pas de ceste Catherine de Portugal, qui a esté reputée tres sain-
ĉte, faisant plusieurs sortes de grands miracles,
mais ce n'estoiét que sorceleries & illusions, elle e-
stoit ordinairemét apperceue en ses priers esleuée de pl⁹ d'vne toise en l'air sãs qu'aucune chose
la soustiét, elle inrposa à tous les pl⁹ habil-s deuotieux de l'Espagne, Louys de Grenade mesine tres
versé en categorie fust deçeu par l'espace de 2. ans
qu'il la cõfessoit, & la reputoit saincte cõme les autres: si elle fust morte en ce temps là, sans doute
qu'elle fust esté canõnisée, on luy eust dedié feste,
& seruice diuin, comme aux Apostres & à la mere
de Dieu, ledit Grenade apres ce terme cõmença
à douter. & à esplucher la vie de sa penitente, & se
reuenant cõme d'vn profond sommeil, il se reco-
gnut coulpable d'illusion, & que toutes les merueilles de ceste Catherine, n'estoyent qu'artifices
diaboliques, que c'estoit vne Magiciéne qui auoit
charmé sa cognoissance, il en mourut de regret, &
icelle pour tout chastimét fut condãnée à finir ses
iours au pain & à l'eau entre quatre murailles. Le
Pape mesme qui estoit Gregoire 13. luy decernoit
desia vne feste & des prieres, luy enuoyoit dedans
des breuets particuliers ses recõmendations aux
prieres & oraisons de ladite saincte presupposée,
elle trõpa ceste infaillibilité Papale, & puis allez
vous fier à la creatiõ des festes qu'ils publient an-

nuellemēt de persónes q̃ peuuēt estre pires q̃ celle dōt nous venons de parler, & neantmoins il les
glorifient d'vn seruice de diuinité. Mais d'où est
l'issue ceste infaillibilité, a-il quelque reigle qui le
dresse, & à laquelle il est si fermement lié qu'il ne
puisse ployer, s'il auoit pour enchasseure la iustice
originelle de nos premiers peres, mais cela ne les
a peu empescher de vaciller, ils ont trebuché aussi
lourdement que iamais fit creature s'il estoit enté
ou bien si son ame estoit entée dedans l'ame d'vn
Ange confirmé en grace, ou en l'existence d'içe-
lui, ou bien s'il estoit colé en l'infaillible incorruptibilité du ciel, car le ciel ne cede à aucune defe-
ctuosité, ou bien si le roulement de sa vie estoit pa-
ralellé sur le roulement du soleil, car le soleil ne
decline iamais, (si ce n'est peut estre à la rencontre
de quelque Iosué) d'vn seul trauers d'ongle, ou
d'vn cartier de poil, ou bien qu'il participast à
l'immobilité des mesmes cieux apres que le liure
sera ployé, que le repos de toutes les creatures ge-
neratiues & corruptiues, sera mis en publication
au iour du iugement, ou bien sans aller si haut, ne
voyager si loin, s'il estoit aussi immobile que le
centre de la terre qui ne faut iamais de son assiete,
ou s'il auoit quelque redressoir, qui le remist en e-
stat, & l'arrestast en consistence diamantine asseurée, qui ne preuariquast iamais, & ne se laissast violer par la paillardise de l'erreur, ou bien s'il auoit
vn Ephod ou rationel embousché en sa testiere, là
où sont enchassés Vrim, & Thumin, c'est de quoy
deuoit estre emparé le souuerain Pōtife en paroiss-
sant deuant Dieu pour obtenir de luy responce

& dans lequel se reuerberoit la volonté de Dieu,
ou comme en vne môstre d'horloge faiten cylin-
dre , laquelle rapporte par son ombre ce que
le soleil lui recorde par sa lumiere, ou bien comme vn horloge monté de roués , là où on void en
petit volume le grand volume du mouuement du
ciel & des astres, ou comme paroit la siebure en la
cadence du poux, là où elle se declare par vn brâsle
outrageux, monstrant par ce desreiglement combien elle a desreiglé l'harmonie sympathique de la
nature, ou mesme comme le mouuement de la lune, qui môstre sa varieté, estât inuariable à varier,
sans faillir, tousiours de mesme, en variant de moment à autre le flux & le reflux de la mer, ou comme en vn miroir se graue sans burin ni entamure
aucune , l'espece du corps qui luy est obiecté , ou
comme le regard du fer, qui tourne son œil du costé de l'astre predominant à la femme du Septentrion qui est l'aimant, ou la calamite, ou comme en
vne mappemonde toute la geographie , & quelquefois chorographie est retroussée en fort peu
d'espace , ainsi dedans ce pectoral enuers ces pierres d'Vrim & Thumin par repercussion diuinement sublimée s'insinuoit le réflechissement des
pensées surastrales de la diuine volôté inclinée sur
ce peuple, comme de nuict il leur donnoit vne co-
lonne de feu au desert , de iour vne nuée de rosée
pour raffraichir les aiguillons tres-poignans de
l'ardeur solaire, ainsi Dieu se cachoit en la nuée dedans le buisson , parmi le feu , entrant en colloque auec le Pere Moyse pour luy pourtracer les
                                        desseins

desseins de sa volonté, & comme dans nostre sens
commun se conçoit l'idée de tous nos sens, lesquels engendrent incontinent, des especes communes, filles des especes particulieres qu'ils ont
tetté des obiects corporels à eux opposés, &ce par
vne vertu prolifique, generatiue, d'engeance specifique & commune, ou bien comme nostre esti-
matiue a des contrepoids, qui representent ciuilement, moralement, œconomiquement le fardeau ; ains elle est toute de trebuschet qui sçauent
peser iusques à vn seul grain : voire iusques à la minime partie d'vn festu & grain de sable, en rapportant le poids de ce que chasque chose desmesurement ou grande, ou petite, peut valoir : oubien
comme le poison mis en quelque liqueur versée
en vn hanap de porcelaine, change de couleur deuient violet, produisant vne resonance desharmo-
nieuse, ainsi le propitiatoire par vn son pneumati-
que ou æolique spirituel, ou mesmes à la façon
des hydrauliques, par vne concussion aërienne, ze-
phyrienne, eueuse, ou meteorique, incitée de vapeurs, ou exhalaisons spirituelles ou corporelles,
venantes de l'air, ou de quelque intelligence,
duquel la commission estoit chargée de ce seruice, formoit vne resonance confuse, dedans laquelle il grauoit vne signification distincte
qui s'insinuoit à l'entendement, plustost que
l'ouye ne l'apperceuoit, auec vn miracle naturel
à l'organe qui parloit estant muet, ou bien
Dieu auoit donné à ce pectoral vne vertu corre-
spondante, comme par lettre de change, au mou-

uemét des resolutions qu'il prenoit sur Israel,
comme les cercheurs de metaux , apres s'estre es-
garés de la veine , laquelle estant interrompuë &
fouruoyée de quelq; gros rocher ou caillou , iceux
estás aculés, ils apprennent par ces móstres horló-
giaires de quel costé s'enfuit la veine pour la poursuiure, ainsi le peuple d'Israel, s'estant enfui hors la
miniere des saincts commandemens de Dieu , eu
stans arroutés dans la rebellion du desir qu'il auoit
de leur salut, reuenans au sentiment de leur perte,
pour rompre leur banqueroute, ils s'approcholét
de ce propitiatoire, de cest Ephod Vrim & Thumin , des douze pierres qui y estoient enchassées
où chasque tribu selon son inscription , voyoit ou
son declin ou son auancement, & apprenoit les erres qu'il luy falloit suiure : car ils voyoyent comme l'Apologue ou la reddition de l'infinie bonté
de Dieu sur le mouuement de leur salut , & tant
qu'il se tenóient proches d'icelles , ils cheminoy-
ent tout droit. Ioseph dit que ceste vertu esclattante & relatiue de l'indice de la supernelle volonté, se ternit , & petit à petit se perdit deux cens
ans auant l'aduent du Sauueur, & ce par la paillardise du pontife & des prestres qui auoient la charge de ces diuins oracles, que quand Rome seroit
douës de telle faueur du ciel, & qu'elle seroit garnie de telle piece , dans laquelle comme en vn indice , s'obserueroit la relation signifiante les decrets dedans lesquels nous deuons marcher à l'o-
beissance du Toutpuissant , ie dis à l'obeissance
non seulement specifique & indiuidue , les gran-
dis

des charnalités, conuoitiſes abominables impu-
nément executées en ceſte Babylone, l'en auroit
deſia deſchaſſé : ie ne ſçay comme ce ſiege n'eſt
cinq cens fois reduit en cendres, s'il eſt vray ce
qu'en diſent pluſieurs hiſtoires des embraſemens
execrables, qui n'y ont que trop monté, & touteſfois ce n'eſt rien de toute ceſte certitude teſtamentaire ancienne au prix de l'oracle que ſe vante le Pape d'auoir : il penſe d'auoir vn eſprit bien
plus familier que Socrates qui tient ſes pas en cõ-
duitte, qui enfille l'arroy de ſes penſées, ſans
qu'elles ſe puiſſent boſſuer ou tordre. Ha ! comme il eſclatte haut le *ſcrinium pectoris*, le caſſe-
tin de ſon cœur, car c'eſt vne forge où repoſe le
marteau, & le coin de la verité, il penſe a-
uoir plus de verité en ſa gibbeciere, qu'il n'y
en a d'enfermé dans les cœurs de tous les Anges,
& ordre hierarchique, il eſt le reſignataire, ains
celuy qui porte la lanterne deuant Moyſe, & qui
eſclaire toutes les propheties, iuſques meſmes
aux Apoſtoliques. Mais c'eſt berluer le monde,
ie ne ſçay comme il ſe trouue aucun docte qui ſe
laiſſe ainſi berner : il a des meſchantes guenilles, &
langes de ſageſſe qui ne vallent point la peripate-
tique, ni meſmes la platonique, elles ſeblent plus-
toſt l'epicurienne, & cependant il les veut faire
autant valloir que le propiciatoire, & ce ne ſont
que petits grapillons de droit qu'il refond en canon dont il larde ſes reſponſes pour les monter
en decrets. Et de vray il y a eu plus de Papes niais
à Rome, que de Preſidents au mortier en France.

N'en a-on pas veu qui meritoyét encor de payer
leur bec-iaune : i'ay en ma vie abbouché deux Papes, peu auparauant leur promotion à la tiare,
mais ils ne sçauoyent parler latin , il falloit que
d'autres leur composassent leurs theses , ou leur
apprestassent leur theme, quand ils deuoyent pro-
poser en public , ou parler deuant quelque habile
homme. Ie sçay qu'il s'en est veu plusieurs ausquels on eust refusé le bonnet pour passer docteur
en Sorbonne, & neantmoins allez vous persuader
que c'est l'estoille de toute la gentilité, & de tout
le monde, qu'il sert de guide aux aueugles pour les
conduire à la creiche , & qu'il n'y a que luy qui
sçache le chemin de Bethleem , que c'est le docte
des doctes , que sa calotte couure plus de science
que tous les bonnets de docteur du monde. Cinquante Augustins , cinq cens Thomas ensaquez,
emballés n'en sçauent la cinqcentiesme partie de
ce que le Pape en sçait. Ha!qu'il y en a de ces
maistres souuerains , qui ont bien plus de teste
que de science , plus de bonnet que de ceruelle,
plus de titre que de doctrine, plus d'authorité que
de merite.Ie ne doute point qu'il n'y en ait beaucoup qui ne seroient iamais reçeus à l'office de
President en aucune Cour de Parlement de France,parce qu'il faut estre de poids & de touche , &
auoir bien du sang aux ongles , on n'y entre pas
par election il faut autre chose par dessus , on y
passe par des examens,lesquels surpassent la capacité de beaucoup de telles testes. Mais n'auons
nous pas veu des Cardinaux qui sont en prochai-
ne

ne puiſſance à ce tres-haut ſommet d'eſtage, &
qui meſme ont receu des ſuffrages tendans à la Papauté, qui pour toute humanité, philoſophie, droit
ciuil, canon, & Theologie ne ſçauoient que leurs
heures de la croix, encor chocquoient-ils les mots
qu'ils ne pouuoient prononcer ſans broncher? c'e-
ſtoit vn plaiſir de leur entendre bertourder leur leçon matutinale, les mots esbrechés, ſyllabes eſcor-
nées s'entreheurtoient cliquetans, fronçoient les
longues, bandoient en toute extéſion les ſyllables
briefues, c'eſtoit vn latin bretonnant à engendrer,
vn ris deſployé tout en rigolerie. Quels batteurs
de ſonettes de vouloir accumuler cela en infallibilité, ils s'excuſoient qu'ils ne ſçauoient prononcer
les accidents, ainſi appelloient-ils les accents, &
n'auoient de ſageſſe Pontificale que ce qu'ils en
beliſtroient parmi leur œconomie, iuſques à en-
iaueller les buées à l'inſtinct de ſon auarice, conter
ſes cottrets, deliurer ſes fagots à vendre, car il ne
s'en fioit à perſonne.

Il y en a aſſés qui ſont paruenus iuſques auſſi
haut que cela, leſquels, quand ils parlent, on ne
ſçait s'ils beellent, diſcourent en geays, pluſtoſt
qu'en hommes. Telles baueries ſont eſtimées Pro-
phetics, eſtans prononcées dés le ſiege ſanctifié.
De moins que bergers, ils deuiennent plus qu'au-
gures, qui preſidoient & deuinoient toutes choſes,
renuerſans tout le futur dans le preſent, & en telle
ſouppleſſe de veüe intellectuelle, qu'ils s'appro-
choient iuſques au milieu de ce qui eſtoit impoſſible d'eſtre autrement qu'eſloigné, & toutesfois

D d

l'infaillibilité du sacré pasturon surmarche par dessus tout cela. Ie dis que le Pape se veut incorporer la rectitude des chartres du Sainct Esprit, se la donner en appennage, comme s'il estoit l'armoire & la garderobbe, où se reserrent les secrets de la prouidence, & eternelle predestination.

La supernelle sapience n'est qu'vn appenti de sa sagesse, comme s'il auoit contracté, ou estoit allié en sorte estroitte consanguinité auec l'impeccabilité des hommes glorieux, confirmés au ciel, ou arpenté & extrait en peinture les minieres de la metaphysique moralisée en Theologie miraculeuse dedans sa teste, comme s'il estoit l'*alpha* & le porte-enseigne des premiers principes de la Theologie, se fait reuerer plus que les tables de Moyse, fait respecter la douceur de sa voix, non comme vn nectar Platonique, mais comme la Parole infinie de Dieu; & encor que leur conclaue & chancelerie soit reuestue de cabasseurs, frippelippes d'Estats & de finances: neantmoins, ils sont fort grossiers dedans l'imbecillité de leurs charges, ce qu'Esaïe se plaint au ch. 56. de leur aueuglesse, disant de l'Eglise, que toutes ces guettes sont aueugles, ils ne sçauent rien, ils sont tous chiens muets, qui ne peuuent abbayer, dormans, gisans, & aimans à sommeiller, ce sont des chiens goulus qui ne sont iamais assouuis, ce sont des pasteurs qui ne sçauent rien entendre, ils se sont tous tournés à leur train, vn chacun à son gain deshonneste. Ne voyla pas vne belle anatomie de la Romanigolderie. Malencontre, dit Ezechiel au 7. ch. confirmant ce propos,

viendra

viendra sur malencontre, & y aura rumeur sur rumeur, ils demanderont la vision au Prophete , la
Loy sera perie arriere du Sacrificateur, & le conseil arriere des Anciens. Et en Osée 4. Tu trebu-
cheras en plein iour, & le Prophete aussi trebuche-
ra auec toy de nuict, & i'extermineray ta mere (à-
sçauoir l'Eglise Romaine) : mon peuple est destruit, par ce qu'il est sans science , pour ce que tu
as rebuté la science , ie te rebuteray, afin que tu ne
n'exerces plus la Sacrificature , puis que tu as oublié la Loy de ton Dieu , moy aussi i'oublieray tes
enfans. Et en S. Matth. 15. Laissés les, quittés les, ils
sont aueugles , capitaines & guides des aueugles.
Aux Galates 1. Ils sont anatheme, enseignant autrement que les Apostres , & toutesfois, ils se iactent d'infaillibilité , & de ne pouuoir iamais pecher, & ils se confessent tous les iours, ils se iettent
au pied du Prestre à cercher l'absolution de leurs
pechés : voire mais, disent les Docteurs papirogues, ils pechent comme hommes, ils mensongent
comme Docteurs , mais non comme Souuerain
Pôtife, car il est inuariable en la verité. Cela est bié
catarreux, ie pêse q̃ si cest hôme Docteur deuient
sol, q̃ la qualité de Pape qu'il porte, ne sera gueres
sage, si Boniface deuiét malade sâs pouuoir guerir,
le Pape sera incurable, & si Boniface est implacable,
on ne pourra appaiser le Pape : mais pourquoy
cest homme pecheur Boniface ne s'accoste-il de
cest homme infaillible, & si sainct, afin de ne pouuoir pecher ? pourquoy ce Docteur ne deuient-il
Papiste, afin de ne pouuoir errer? Ce Pape est bien

D d 2

peu charitable, qu'il ne veut communiquer ceste
infallibilité à soy mesme, comme la peut-il communiquer à tout vn Concile , à tout le monde de
dehors, puis qu'il n'en peut cheuir pour soy mesme ? si le Pape est infallible, il est meschant de se
laisser pecher comme homme: c'est pecher contre
le Sainct Esprit, que d'offenser Dieu, estant surnaturellement infaillible : c'est estre meschant de
gayeté de cœur, & partant irremissiblement, & par
consequent, il est tres faillible, car il n'y a point de
meschanceté sans erreur , outre qu'il est recelleur
de soy-mesme au peché, ou pluftoft courratier d'i-
niquité, & celuy qui ne peut corriger sa conscience, comme purifiera-il l'entendement de tout vn
Concile.

　Ceste infaillibilité est aueugle & ignorante sans
le Docteur: car c'est le Docteur qui porte le falot,
la lanterne deuant le Pape.　Le Pape va à l'eschole
du Docteur , la doctrine du Docteur est la reigle
de l'infaillibilité papale. Le Docteur tout illuminé
de sa doctrine , neantmoins est encor fautif, mais
l'infaillibilité papale est indeuiable, impeccable: ce
sont des extremités ridicules en vn mesme sujet:
car l'homme, le Docteur & le Pape, ne sont qu'vne
mesme personne indistinguée l'vne d'auec l'autre,
mesmement, quant à l'entendement & volonté:
car il n'y a qu'vne volonté qui serue au Pape , au
Docteur & à l'homme qui est Docteur & Pape.
Que s'il est infaillible en vne de ces trois regions , il faut que ceste infaillibilité se coextende iuques au bout des deux autres : autrement

ment il s'ensuiuroit que le Pape comme Pape ne pouuât faillir, ne peut estre damné, Dieu seroit donc iniuste d'enuoyer vn homme impeccable au feu d'enfer, iaçoit que l'homme , & le docteur pechassent, outre qu'il y a bien affaire de deuiner quand il parle lequel c'est de ces trois qui
parle, si c'est l'homme Boniface, le Docteur, ou le
Pape: aussi quand il mange ; de mesme quand il se
pourmene , n'est ce pas partir vn poil de cheure
en quatre que de mettre tant de personnes en
vne seule personne? N'est ce pas lanterner, & a-
buser les Chrestiens, que de les engourdir de ces
fausses & insupportables demembreures errati-
ques, distinctiues de syncerité?

Bucanan en son histoire fait mentiõ d'vn certain hõme qui vescut en Escosse, iumeau iusques à
l'ombilique il auoit deux testes, deux dos, quatre
bras, mais à l'ombiliq; il se ioignoit & retournoit
en vn, l'vn se disputoit contre l'autre, se choleroit
iusqu'à se vouloir battre , vescut iusqu'à 28. ans
que l'vn vint à mourir, l'autre aussi deuint ta-
bide.

C'est quasi tout de mesme de nostre homme
pecheur infaillible : ne semble-il pas que ce soit
deux ames en vn corps, deux volõtés en vne ame,
l'vne ferme comme vn rocher, l'autre lasche cõme
vne tripe, l'vne imployable comme vne enclume,
l'autre legere comme vn roseau? Il en faut encéser
l'vne cõme toute diuine , abominer l'autre cõme
toute d'erreur, & l'vne enchantelee, ou enchassee
dessus ou dedans l'autre, l'vne est mal entalétee, au

prix de l'autre. Celle qui eſt interinée au bié, vaut beaucoup mieux, que celle qui eſt bleſſée, & enuahie de l'autre. C'eſt vne biſarrerie, paſſefilonnée d'vn incroyable meſlange, & ce qui eſt plus admirable eſt que ceſte premiere ne pululle, & puiſſe boutionner ſon impeccabilité dedans l'autre, ou y produire quelque petite puſtule de ceſte purification ainſi aſſeurée.

Mais qui a iamais veu vn tel Geryon, vne ſemblable enfourcheure, c'eſt auoir la ceruelle en four cheſiere à deux voire à quatre poinctes, l'vne diamantine, cœleſte, ſolaire, Angelique, Seraphique, allignée en droicture incroyable, l'autre poincte qui n'eſt qu'vn chaume pourri, tout de papier bruſlé, moins, qu'vne aiguillette mouillée, qui ſe courbe, adore, ſe caſſe, & ſe romp deuant le moindre vice, qui la voudra combattre? Ha! quelle emboiſture. Il n'y a aucune diſſemblableté en toute la nature, viſage ſans viſage: Ian° n'en auoit point tãt. Eſt ce l'homme qui eſt enchaſſé dedans le chaſſis de l'impeccabilité Papale, ou l'impeccabilité qui eſt encloſturée dedans l'hôme? voila vn affuſtage bien bigarré, vn homme totalement peccable, & totalement impeccable, qui n'a qu'vne faculté volontaire, vne faculté entendementaire, l'vne & l'autre ſeruent de fourreau à ces qualités plus oppoſites & diſtantes que nous ne ſommes aux Antipodes: Ains qu'vn pole n'eſt à l'autre, c'eſt vn merueilleux hermaphrodite. Mais auquel parlés vous quand vous parlés à ce viſag? qui ãt de nous mõſtrer vn Pape de toute piece, il nous appoſte vn

pro ige

prodigue môstrueux & incroyable, sãs qu'ils puis-
sét prouuer ceste impeccabilité : ils ot tãt de peine
à la piloter; ils ne trouuent aucune colomne assez
forte qui ne s'auachisse dessous; ils n'en ont aucune
preuue masle, ce sont coniectures recerchées, qui
meurent d'elles mesmes en naissant, plus ridicules
que serieuses : pour n'estre accables d'absurdité, ils
se sauuét dans des absurdités encor plus absurdes,
de crainte de se démentir ils se démêtét; démeu-
rent demantelés & descouuerts, côme désnués de
probabilité raisonnable deuant des propositiõs si
desraisonnables, qu'il y faut plus de polissure, qu'à
tailler vne pierre, de diamant totalement brute.

Ils cuident se garantir dedans des monceaux
de paroles totalement abbruties ; Ils se trouuent
si estourdis quand il faut decerner vne maxime,
de foy; ils ne sçauent duquel costé tourner, côm-
me à la congregation *de auxilys* qu'on fit à Rome
les années passees, on auoit accumulé les plus
beaux & souuerains esprits de la Theologie,
la plus leuree de l'Europe, pour decerner
ceste grande question de l'efficace de la grace:
car les vns disoyent que c'estoit Pelagianisme
que d'adherer au franc arbitre, & luy accorder
quelque cooperation à l'ouurage de son salut,
les autres disoyent que c'estoit Caluiniser, que de
dôner tãt d'efficace à la grace qu'elle surdominast
à la volonté. Ils se huyoyent de part & d'autre, &
crioyent scandaleusement, à l'heretique, à l'heretique, tant que le Pape voulant fixer ceste questiõ
pour la mettre au ratelier des articles de la foy, il

Dd 4

ordonna vne conferance toutes les femaines, des
Theologiens fufmentionnés, par l'efpace de quelques annees, &-ce à grands frais : mais le pauure
Seigneur s'eft trouué fi efbahi & fi efbloüi, fon infaillibilité tellemént defpitée contre c'efte matiere , qu'elle n'a voulu prefter aucun de fes reffors, pour ioüer la prononciation refolutiue de
ce different , & ont efté contraints de diffoudre ce
confeil, & renuoyer tous ces Peres qui eftoient là
conuenus chafcun à fa cathedratique.

Mais touchant la queftion de la conception de
la Vierge Marie: les Iacobins, eftoient extremement ftomaques contre les Francifcains. Les Sco-
tiftes fe mettoient en armes côtre les Thomiftes.
Le 8. Decembre iour de la conception , c'eftoit
vn plaifir que de les entêdre debagouler. Les Cordeliers prefchoient que les Thomiftes eftoient
heretiques : le Iacobin tout au contraire cen-
furoit comme vne herefie infernale, la cenfure
du Scotifte: vous euffies entendu le matin vn pref-
che d'vne liurée , & l'apres-difnée vn autre qui
tournoit tout au contraire, & qui battoit en ruine le premier. Les Papes eftoient bien eftonnés
là deffus : car ce font des puiffans corps, l'vn
d'iceux eft bien plus fort que l'infaillibilité, auffi
le Pape ne s'ofa il iamais mettre à l'efpreuue contre eux : il renuoya ce different à la paternité du
concile de Trente , qui n'en a ofé efclatter fon
aduis , mais feulement il a interpofé vn petit
foudre benit inhibant à l'vne & l'autre partie de
fe cenfurer , & ainfi il a manifefté la lafcheté de
                                              fon in-

son infaillibilité, de crainte d'estre descouuert,
& de faire quelque faux pas : il a mieux aimé
vſer de poltronnerie, que de ſa ſageſſe, maintenant vous voyes l'vn & l'autre de ſes ordres ſe
baſtir des poternes dans les maximes vniuerſel-
les de l'eſcriture auec des cenſures ſucrées, toutes
d'eau roſe, afin de ne point irriter la rigueur de
leurs aduerſaires ſur ceſte conception immaculee
qu'ils diſent de la Vierge Marie, l'allant edifier
de grand matin deuant le iour, ſelon Dauid à
leur aduis, corrompat cependant Sainct Paul,
& l'Eſcriture, en pluſieurs lieux, qui dit que nous
ſommes tous nais enfans d'ire : mais c'eſt leur ordinaire de fauſſer, & esbreſcher à leur poſte,
quand il leur deſplaiſt en quelque endroit de l'Eſcriture, & parce que l'Eſprit de Dieu eſt ſi debô-
naire, qu'il endure tout & ne ſe venge pas, ils ne
luy portent pas le reſpect qu'on a fait aux Tho-
miſtes, leſquels on a plus reſpecté que l'Eſcriture : ils ſont contre l'Eſcriture, l'Eſcriture eſt
formellement contre eux : mais on a beaucoup
mieux aimé craindre de leur deſplaire, que d'o-
beir aux paroles formelles de l'Eſcriture Sainte.
Voila le prouin de ceſte belle infaillibilité papale. Ie m'aſſeure que qui le laiſſera dire, & qui
fera ſemblant de le croire, il nous impoſera quelque ſanctification de ſa perſonne, dedans la matrice des ſuffrages du conclaue, lors qu'il fut conceu à la qualité du ſiege, qu'il appelle ſainct, &
qu'il n'aura point de honte de preferer ceſte ſanctification eſtrangere à celle de Ieremie à celle

de Iean Baptiste,ou de la Vierge Marie , lefquels
felon qu'ils difent ont efté fanctifiés dedans le vě-
tre de leur mere , & n'ont iamais pefché mortellement, ains feulement venielemēt:voire à la fan-
ctification des Apoftres car ils affirmēt que depuis qu'ils furent fi plantureufement abbreuuez
des eaux du Sainct efprit , ils n'ont iamispeché
mortellement , & encor s'ils ont peché venicle-
ment c'a efté rarement & difficilement : qui font
blafphefmes;car il ni a perfonne qui ne foit fuiect
à pefcher, voire le plus iufte fept fois le iour , &
quelque iufte que foit le Pape, encor que fouuen-
tefois il nous donne bien à croire du contraire, il
eft fuiect à pecher, ie dis le Pape comme Pape eft
beaucoup plus pecheur en fon cœur, & en fa parole,en fes decrets & refolutions,que n'eftoit Ieremie , Iean Baptifte,ou les Apoftres. Ce feroit
vne arrogance,non feulement papale , mais luci-
feriéne,que de fe vouloir preferer,& arroger plus
de certitude que ces tres-grands , & tres fainčts
perfonnages, quoy qu'en difent les oracles pro-
ferés des labyrinthes recoquillés de la papimanie,
qui ne fçauroient tant iuftifier leurs opiniõs, que
de parer Honorius 1.qui fut declaré monotelite
au Synode 6.au cõcile 2.de Nice.Leõ 2.en l'Epiftre à Cõftãtin qui fe trouue à la fin du 6.Synode
met en toute execratiõ pour n'auoir illuftré l'E-
glife d'vne doctrine apoftolique mais pluftoft cõ-
taminé par fon herefie. Gratiã dift.40.ch.*fi Papa*
dit que le Pape peut defuoier de la foy .Lyra fur S.
Mat.c.16.dit que plufieurs Pontifes Romains ont
defuoyé

deſuoyé de la foy.

Gerſon au traitté qu'il a fait *De auferibilitate Pa-*
pa, aſcauoir s'il eſt loiſible de depoſer le Pape, dit,
que tant le Pape que l'Eueſque ſont deuiables de
la foy, & ainſi inferieurs aux Conciles.

Antonin Archeueſque de Florence 3. p. Sum. 23.
titre. c. 4. dit, qu'auſſi-toſt que le Pape eſt heretique, il ſe doit tres-iuſtement depoſer. Panorni-
tain au titre *De. electione*, au paragraphe *ſignificaſti*
dit, que le Concile peut depoſer le Pape, & en la
diſtinction 40. ch. *Si Papa*, dit qu'aux choſes con-
cernantes la foy, la parole d'vn homme priué eſt
preferable à celle du Pape, ſi ceſt homme priué eſt
meu de meilleure conſideration & authorité du
Vieil & Nouueau Teſtament.

Le Concile de Conſtance appelle le Pape Benoiſt heretiq, ſchiſmatique, deſuoyé de la foy. Celuy de Baſle en l'Epiſtre 3. Synodale dit, que la ſeule Egliſe ne peut errer, & que ceſte prerogatiue
d'infaillibilité n'a eſté attribuée à perſonne, ſoit
Ange, Homme, ni meſme Souuerain Pontife : aucuns deſquels ſont tombés en hereſie.

Æneas Syluius, depuis fait Pape Pie II. au liure 1.
des faits du Concile de Conſtance dit, que ſi l'opinion de ceux cy eſt veritable, qu'on ne puiſſe con-
uoquer le Concile, ſans le mandement du Pape,
quel remede y aura-il ſi le Pape eſt meſchant
homme, s'il trouble l'Egliſe, s'il perd les ames,
preſche contre la foy, & abbreue d'hereſie ſes ouailles? Catharinus & Alphonſe à Caſtro tiennent
e meſme.

Platine dit que Liberius fuſt heretique Arrien.
Bellarmin au liure du Pontifé Romain le veut excuſer, diſant que ce fuſt interpretatiuement,& de
volonté ſeulement, parce qu'il permit la condãnation d'Athanaſe,& communiqua auec Valens,&
autres Arriens,parquoy on le debouta du Pontificat. Ie n'aurois iamais acheué, ſi ie me voulois preualoir de tous les autheurs papicoles, qui ont deſ-
menti ceſte infallibilité, & qui l'ont canonné en
ruine,cenſuré comme heretique. A qui croira-on
ſi on ne croiſt au meſme de ſoi meſme? Æneas Syluius parloit du Pape, comme de ſoy meſme, car il
l'a eſté. Que s'il en falloit venir aux actions de la
vie des Papes, bon Dieu qu'il y auroit à ratiſſer!
Les vices happent les Papes au collet, & à la conſcience auſſi hardiment que le moindre de leurs
camerlingues, les maladies ſpirituelles ne reſpe-
ctent aucune qualité,temps ou lieu, non plus que
les corporelles:mais Benoiſt 8. qui entra au ſiege
en Renard,regna en Lyon, & mourut comme vn
Chien, c'eſt l'epitaphe que les plus Chriſtianiſés
de la papauté remembrent de luy: Iule 2. voulant
faire la guerre aux françois,ſe trouuant ſur le pont
du Tibre profera haut & clair, or ſus,puis que les
clefs de S.Pierre ne nous ſeruent de rien, deſgai-
nons hardiment le glaiue enrouillé de S. Paul, en
iettant ſes clefs dedãs le Tybre,deſgaina ſon eſpee
iurant de reduire toute la France en vn cimetiere
& Leon 10.qui reſpondiſt à Pierre Bembe ſon ſe-
cretaire, qui alleguoit vn iour quelque choſe de
l'Euangile,il eſt,dit-il,aſſez notoire,quel profit &
auanta-

auantage a'apporté à nous & à noſtre compagnie
la fable de l'hiſtoire de Chriſt. Eſtant defendu à
Iule tiers par ſon medecin de manger chair de
porc , ſelon que le rapportent Pantaleon & Paul
Verger, i'en mangeray, dit il, en deſpit de Chriſt.
Le meſme eſtant courroucé de ce qu'on luy auoit
mangé vn paon froid, qu'il s'eſtoit fait reſeruer, il
vomit quelques blaſphemes contre Dieu.   Vn
Cardinal de ſa table repart , que c'eſtoit peu de
choſe pour ſi fort courroucer ſa ſaincteté : Dieu,
dit il, s'eſt tellement courroucé pour vne pomme
qu'on luy auoit cueilli de deſſus vn arbre, qu'il en
banit nos peres & toute leur race, & moy qui ſuis
ſon vicaire , ne me ſera-il pas permis le meſme,
pour vn paon qui vaut pluſieurs milliers de pommes? Alexandre 6. fuſt fort infaillible, quand ayant
fait appreſter des bouteilles exquiſes , mais em-
poiſonnées ; pour attrapper en vn feſtin certains
Cardinaux , deſquels il vouloit desfaire le monde,
luy meſme y fuſt pris, & en mourut par l'indiſcretion de l'eſchanſon.   Son fils Cæſar Borgia y fut
attrappé, mais ayant fait euëtrer vne mule, ſe four-
rant dedans, ſua ſon poiſon, & euada. N'eſt ce pas
le meſme Alexandre , duquel eſt compoſé ce di-
ſtique,

Hîc iacet in tumulo Lucretia nomine ſed re
    Thais, Alexandri filia ſponſa, nurus.

Il auoit les roignons bien eſchauffés de s'enſou-
frer autour d'vne piece de chair ſi priuilegiée. C'e-
ſtoit ſa fille , ſa belle fille , & deuint encore ſon a-
moureuſe. Pierre de Vineis raconte d'vn autre Pa-

pe qui empoiſonna vn Empereur dedãs l'hoſtie de
la meſſe. I'ay horreur de l'exemple ſuiuant encor
qu'il n'ait eſté commis par vn Pape, ça eſté par vn
qui papaliſoit. Ie parle du liure qui ſe voit encor
imprimé à Veniſe chés Troianus Xanius à la
louange de la Sodomie , & compoſé par Iean de
Caſe Florentin Archeueſque de Beneuent. La ſe
voyent pluſieurs vers à l'honneur d'iceluy deteſtable peché, l'appellant œuure diuin. Pie quatrieſme, n'eſtoit infaillible , quand il bannit tous
les bourdels, & femmes maluiuantes de la ville de
Rome. Pie cinquieſme ſon ſucceſſeur , entendant par le rapport du conſeil de la penitencerie,
que dedans Rome on n'eſpargnoit aucun degré de
conſanguinité , aucun ſexe maſculin ou fœminin
ni eſpece , brute ou autre des creatures de Dieu,
il enuoya des gibboyeurs par tout pour repeupler
la ville de Rome de beſtail Cypriot. Adam a-
uoit cinquante fois plus de certaineté , que ceſte
infaillibilité n'a d'aſſeurance, ce n'eſt qu'vn titre
de flatterie , vn chatouillement pour faire rire
le Pape à ſon aiſe. Vn petit ſcrupule de iuſtice o-
riginaire vaut mieux que toute ceſte pedanteſque
impeccabilité , laquelle eſt née dedans les ve-
rues ſcholaſtiques , la iuſtice eſtoit vn pilier d'a-
cier , ceci n'eſt qu'vn petit morceau de chaume , vn leurre d'oiſon de chaſſe , & nonobſtant
ce , Adam pecha. Toute l'Egliſe à l'abſence de
Moyſe , en la preſence d'Aaron , à la fonte du
veau d'or. Le conſeil Sanhedrin qui eſtoit de ſeptante ou ſeptante deux , tous les plus ſçauans du
peu-

ple de Dieu , condamnerent Iesus Christ à mort.
Où est l'infaillibilité de Sainct Pierre , lequel est
redargué par S. Paul? Nos aduersaires voyent assez
combien l'imposture est lourde, aussi n'ont ils gardé de canoniser les Papes pour leur seule infaillibilité. On feroit des liures bien forts & espais des
fautes originelles des Papes , qui monteroient à
dix fois d'auantage que leurs louanges. Les Monarques & Princes laiques ne commettent point tât
de fautes qu'eux. Leurs actions sont plus innocen-
tes.   L'estat des Papes n'est qu'à les decouronner
pour se deifier, enrichir leur sang, & ternir la Chrestienté. Le sang du chef & de ses membres principaux est beauconp plus pourri que celui des mondains.   Autre part *rectum est index sui & obliqui.*
mais ici c'est au contraire, *obliquum est index recti*,
& auec ceste obliquité, il fausse souuent ceste cui-
rasse d'infaillibilité , quoy qu'il vueille couurir sa
faute de la faute des conciles , qui faillent en luy
croyant, cent fois d'auantage qu'en luy mescroyât:
mais c'est l'effect de la flatterie dont les oreilles
papales sont souuent patelinées, luy faisant accroire le contraire de ce que ses fautes luy persuadent.
Ouy, mais Sainct Augustin en l'epistre à Marcella
dit que Ciceron se vante de n'auoir iamais laissé
eschapper parole qu'il eust voulu reuoquer.   Ce
n'est pas vouloir estre trop sage, que de le vouloir
estre autant que Ciceron, c'est dequoi S. Augustin
se moque, disant que l'opinion de Ciceron est plus
croyable d'vn fol tout à fait, que d'vn sage parfait.
LePape se vante d'estre le trepier delphique , le

Prophete Sybillin , qui paſſe en ſageſſe Adam,
Noé, Abraham, Moyſe, Dauid, Salomon, les Prophetes & Apoſtres meſmes , comme ſi les Anges
n'auoient que ſes reuerſures : de ſorte, qu'il n'eſt
point diſciple de verité, par ce qu'il l'a gourmande , elle eſt meſme reprehenſible par ſa ſageſſe
qu'il vante eſtre toute pleine d'arriere-boutique,
& de fondriere d'impeccabilité.

C'eſt auoir beaucoup de ſageſſe, de croire qu'on
n'en a pas aſſés. C'eſt eſtre infallible, que de croire
qu'on eſt tres fautif. Le Pape ne deuiendra iamais
ce qu'il ſe dit eſtre, tant qu'il croira d'eſtre ce qu'il
n'eſt, & ne peut eſtre. C'eſt vne grande ſcience, que
de cognoiſtre ſon ignorance. Celuy eſt hors d'imbecillité, qui ſe cognoiſt eſtre imbecill ; & quiconque meſcognoiſt ſon imbecillité , il en eſt vaſſal &
eſclaue : car il ne s'en peut garder, il eſt pis qu'icelle , puis qu'il eſt au deſſous de l'obeiſſance d'i-
celle.

Il eſt impoſſible que l'infaillible ſapience ſoit a-
uec vne infallible preſomption. La vraye ſapience
ne regne qu'en la deffiance de ſoy meſme. Que s'il
eſt plus que Salomon, il n'a que faire de demander
ſageſſe à Dieu, ni les Chreſtiens de prier Dieu a-
fin qu'il l'inſpire , ou qu'il luy departe ſon Sainct
Eſprit : car celuy qui eſt infallible, n'a affaire d'aucune choſe d'auantage.

Ce que i'y vois de plus errant, c'eſt qu'il l'a tient
auſſi certaine , comme ſi elle eſtoit cautionnée de
la ſageſſe de tous les Anges , comme ſi elle eſtoit
parallelle auec l'incorruptibilité du ciel , ou l'im-

mortalité

mortalité de l'ame.   De l'ignorance naissent deux
filles, le doute & la fausseté. L'ignorance est d'autant plus pernicieuse qu'il y a moins de doute, la
grandeur du doute destruit l'ignorance, & la fauf-
seté est d'autant plus miserable qu'elle est essoig-
nee de cognoissance.   Le premier pas pour sortir
de l'ignorance c'est de douter, & quiconque ne
commencera à douter rarement commencera-il
à sçauoir. C'est faire l'asne sauuage, que de penser
d'estre infaillible, & ne pouuoir guarder de mentir, se confesser d'estre menteur, pescheur, car
omnis peccans est ignorans, dit Aristote, il est impossible de pescher sans ignorance.   Il approuue
la lumiere pour les tenebres, l'opposite pour son
contraire, & l'ambiguité pour la droiture, il est
bien plus tolerable deuant Dieu d'estre sot en
humble simplicité que presumptueux en sa doctrine.   Quiconque pense d'estre infaillible n'excu-
se personne, parce qu'il donne tel trait à sa suffisance qu'il se persuade d'auoir droit de reprehé-
tion mesme sur ceux qui sont irreprehensibles.
Il mesprise tout le monde, parce qu'il croit que
personne en tout le monde ne luy ressemble cóme
fait le Pape qui n'estime les roys que comme des
naquais, ou pauures affamez de sagesse, qui toutesfois poisent beaucoup d'auantage qu'eux si on
les aulnoit à la verité.   Mais il croit qu'il y a autant à dire depuis son infaillibilité à la sagesse des
rois, que du mouuement du ciel au mouuement
d'vn balon.   Iamais Dieu ne cesse d'allumer celuy qui se cognoist auoir faute de lumiere, & ce-

luy qui penſe d'eſtre la lumiere ſans en auoir faute
il eſt totalement oppoſite de la lumiere, car il parle du cêtre des tenebres. Ie croy que le Pape craindroit de ſe perdre, s'il eſtoit contraint de preſter
& leuer la main à Dieu de ſon infaillibité.　Ie ne
penſe point qu'il peuſt trouuer vn hôme de biê, ſi
ce n'eſtoit quelq; ratier hypocondriaque, qui ſur le
meſme gage en vouluſt teſmoigner auec luy. C'eſt
dequoy on collige que quicóq; péſe d'eſtre entie-
remêt ſage, eſt plus de moitié fol, ou biê meſchant
ou preuaricateur tout à fait.　Ce n'eſt pas peu ſçauoir que de ſçauoir que nous ſommes fort ignorás
C'eſt eſtre entierement ignorant que de penſer
tout ſçauoir.　Quiconque penſe tout ſçauoir, eſt i-
gnorant de ſoy meſme, & ne ſçait ce qu'il ſçait ou
qu'il penſe de ſçauoir. Et quicóq; eſt ignorant de
ſon ignoráce eſt ignorât de toute ſciéce, & quicó-
que ſçait beaucoup, ſçait auſſi qu'il n'ignore ǵ trop
Il eſt impoſſible de rien ignorer à celuy qui recognoiſt ce qu'il ignore. La cognoiſſance de ſoi meſme, eſt principe de la cognoiſſance de ſon ignoráce. Il eſt impoſſible que celui viue ſans ſcience qui
cognoiſt qu'il n'a que peu ou point de ſçiéce, vne
fidelle ignoráce vaut mieux qu'vn temeraire ſçauoir & vaut mieux ne rien ſçauoir, que de faillir à
recognoiſtre ce qu'on ne cognoiſt point. Qu'il y a
de diſtance entre l'œil d'vn hibou & d'vne aigle,
d'vne taupe & d'vn linx.　Celuy qui penſe d'auoir
bonne veuë eſtant aueugle eſt doublement aueugle.　C'eſt la plus grande faute que puiſſe auoir vn
grand que d'eſtre preſomptueux. Il ſe pert, & tous
ceux qui croient à ſa preſóptió. C'eſt dequoy les

Romains sont fort entachés sur ceste preuaricatiõ
d'infallibité: Ils aimẽt mieux dãner tout le mõde
q̃ de se sauuer seuls, trõper autrui que de se trõper
eux mesmes : faillir que de faillir à estre en faute:
mal croire que de croire leur mecreãce. Ils aimẽt
mieux croire à leur trõperie, q̃ de croire leur trõperie, trõper autruy, que de penser qu'ils se trõpẽt
en trõpãt les autres, ils aimẽt mieux faillir en leur
infaillibilité que de se persuader qu'ils sont infaillibles à faillir, & que leur infaillibilité, c'est la plus
grãde faute qu'hõme du monde puisse auoir. C'est
estre incorrigible iusques à l'extremité, cõme celuy qui est mortellement malade qui veut qu'on
croie qu'il se porte bien, ou cõme cest Athenien
lequel monté au haut du port de Pyree, se persua-
doit d'estre roy de tous les vaisseaux qu'il voyoit
arriuer dedans le port, & à peine auoit-il vne pa-
nettiere pour luy sauuer ses aumosnes.

La dignité du cardinalat, & quelque
choses aussi des Euesques.

CHAPITRE VIII.

LE cardinalat est la plus ieune, & la plus cadette
de toutes les dignités de la papimanie, elle est
inquiline, plus forestiere q̃ domestiq; plus cõtrefaite, q̃ naifue: il y a plus de gloire que de deuotiõ,
plus de superfluité q̃ d'vsage, de bobãce q̃ d'insti-
tutiõ legitime, elle est toute mestiue, elle est com-
posee de fripperie , elle s'est poussée par le ren-
uersement des curés & Euesques, elle s'est bastie
de leur reuersure & excrement. C'est vne dignité concubine qui rauit aux vrayes leur suc, sa grã-

Ee 2

deur ne vient que de celle qu'elle a picoré ſur l'vn
& ſur l'autre. Ce ſont les ribleurs de l'Egliſe Romaine, vagues indiuidus par deſſus tous les autres,
& ſi ne ſont rien moins de ce que ſont tous les autres. Ils ſont plus qu'ils ne deuroient eſtre, parce
qu'ils ſont moins qu'ils ne ſont, ils ſont ſans eſtre.
Ce ſont offices créez en l'air, offices ſans officiers,
ou pluſtoſt officiers ſans offices, ou bien officiers
& offices ſans qu'ils ayent rien à officier, car on ſeroit bien empeſché de butter à quoy giſt l'occu-
patiõ d'vn Cardinal. Ce ſont les tufs & les verrues
de la romanigolderie. Ils n'ont aucune vacation de-
terminée, ſi ce n'eſt la fáfare, & la proſopopee d'é-
peſcher & ſeruir d'eſcharde aux eſtats & prouinces, làoù ils ſont appliqués. S. Pierre eſtoit il ſi mal
appris, ĝ de ne s'eſtre aduiſé de tels sõmiers pour
ſe deſcharger. Ouy, mais nonobſtant tout cela, ils
ſont cõſeillers du Pape. Le Pape eſtoit bien decõ-
ſeillé, il y a 1000. ans ou bien 500. qu'il eſtoit deſtitué de tels porteurs de ſageſſe, & d'autres qu'eux,
n'en ſçauroient-ils donner au Pape, & eux meſmes
n'en ſçauroiẽt ils donner ſans eſtre Cardinaux? Le
Cardinalat les rend il plus cõſeilleurs? Ceſte qualité eſt elle plus infuſe en ſageſſe pour penſer ſagement, ou pour mettre ſa ſageſſe en auant? Leur
ceruelle eſt elle teinte en plus haute couleur? ie
m'eſtonne que tous les ſages ne ſe font Cardinaux
ou que les Princes ne procurent d'auoir leur conſeil tout de Cardinaux, puis que le Cardinalat eſt
la mámelle de la ſageſſe, & que la ſageſſe ne veut
choiſir pour ſon repaire autre que ceſte conditiõ.
Mais

Mais certes le plus souuēt ils sont biē plus Cardinaux que sages, ils rougissent biē plus de ne l'estre,
que d'estre Cardinal. Il s'en voit qui ont bien plus
faute de sagesse q̃ de grādeur. Si leur sagesse estoit
seulemēt en la teste d'vn simple docteur ou artisā,
on la reputeroit fort familiere & vulgaire : mais
d'autāt qu'elle est plus voyāte, & qu'elle est en son
lustre, portée par l'ābition, aussi acquiert elle plus
d'estime parmi les iugemēs moins estimés ou à e-
stimer: iamais les Papes ne furēt si mōdains, si des-
cōseillés, & si peu Ecclesiastiques, q̃ depuis qu'ils
ont dressé vn tel cōseil: outre que parmi eux s'ē est
trouué quelques fois qui n'auoiēt esté que ramas-
seurs de fumiers tournés en essence de principauté
dedās quoy ils erigēt leur cornes, enflent leur cre-
stes, mōtēt sur leurs ergots auec vn fast sourcilleux
totū nutu tremefecit Olympū: ils se demesurēt d'auec
leurs mesures, & pēsent si indignemēt d'eux, qu'ils
croiēt que leur dignité vaille mieux que toutes les
dignités de la terre, ils sont moindres que clercs, &
ils veulēt presider aux Euesques. Ils se tiēnēt tout
côtre le Pape, cōme s'ils estoiēt tiercelets de Pape
ils ne quitteroiēt la part qu'ils pretēdēt à la papauté pour vne moitié de leur bras. Ils se glorifiēt en
la maiesté d'vne cōditiō qui est sans cōditiō, s'es-
blouissent de l'esclat d'vne tref-grāde grādeur, qui
n'est grāde qu'ē petitesse, c'est vn neant qui est en
grādeur qu'ils estimēt tellemēt grāde qu'ils la met
tēt hors de toute grādeur. L'homme est sept fois
plus grād que son pied, eux sōt sept mille fois plus
grands qu'eux mesmes: s'ils ont quelque grādeur,

Ee 3

quelque vacatiõ, ce n'eſt qu'vſurpation Qui leurą
dõné l'authorité ſur l'electiõ de la lieutenance de
I.C. qu'ils appellét?car elle eſt plus ieune que l'E-
uãgile de plus de huict ou neuf cẽs ans. Telle electiõ touche au ſouuerain paſteur primitif, regarde
l'authorité diuine qui n'a cõſtitué perſonne en ſa
place pour donner vn gouuerneur ou lieutenant
ou vn double mari à ſõ Egliſe.S.Pierre n'a iamais
recognu vne telle fanfarõnerie. Il y en a qui damét
bien plus haut entre les mieux ſenſès des Romaniſtes,& qui croient qu'vn Pape eſleu par vne cé-
taine d'Eueſque ou Paſteurs Eccleſiaſtiques auroit bien plus d'authorité, & y auroit vn plus grãd
droit à la papauté que n'en peuuét dõner les Cardinaux. Mais eſt ce I. C. qui leur a ordõné de mettre des Papes ou de lui ordonner vn cõpagnon en
ſa couche,ou de n'eſlire aucun Pape, qui ne ſoit de
leur corps,& de leur nation? Car encor qu'il ſoit
Eueſqu∍, Archeueſque, chargé, bardé de toutes
les prerogatiues & paſſe droits de leur bigarrure,
neantmoins s'il n'eſt Cardinal ou Italien , il s'en
torchera la bouche: car aucun ne taſtera de ce ſouuerain morceau de dignité qui ne ſoit pourueu de
telle cõdition. Ieſus Chriſt n'a iamais penſé à eux.
Le bon S.Pierre , ni cinquante de ceux qui ſe diſent ſucceſſeurs n'y ont iamais ſongé.La primitiue
Egliſe,& pluſieurs centaines d'annees qui ſuiuent
apres n'en ont rien cognu. Sainct Ieroſme en de-
nigre le prouin,quand il parle,ſe cholerant contre
le clergé Romain , diſant qu'il obſeruoyent vn fa-
ſte trop org, peut eſtre commençoient ils à
bour-

bourjonner, mais ce n'eftoyent que petits apren-
tifs qui menaçoyent defia de la defolation
que deuoit apporter aux gens de bien l'acroiffe-
ment tres-redoutable d'vn tel principe. Il n'y a
pas deux cens ans que mefmes les Abbés ne leur
vouloyent ceder, les Euefques de France ne leur
veulent donner aucun rang parmi eux, ce qui fe
voit aux affemblées & enterrements, là où on eft
contraint de leur preparer des places indifferétes
perfonne des plus anciens Euefques qu'eux ne
veulent aller apres eux, car s'ils cedent en vn
lieu pourquoy non en l'autre, comme aux eftats
derniers, en la fale où eftoit l'affemblée du clergé les ieunes Cardinaux eftoient affis au deffus
des plus anciens Euefques : ainfi de mefme lors
qu'ils prefident à la reddition de leurs comptes,
à marcher par les rües en vn conuoy, ou autre
folemnité ils occupent les premiers rangs mais
arriuant à l'Eglife les Euefques ne les veulent
reçeuoir en ceft ordre fuperieur, tellement qu'ils
on eft contraints leur apprefter, tapiffer, chaires,
oratoires à cofté de l'autel, eft ce qu'au temple
leurs mitres leur donnent plus de confcience
& de courage, ou qu'ailleurs ils font plus politiques & moins verueux, ou que les plus anciens
& mieux aduancés craignent d'affoiblir le degré
des pretenfions qu'ils couuent fur cefte qualité? iaçoit que c'eft les recognoiftre en les mefco-
gnoiffant ainfi, ils leurs deuroitent faire tefte
par tout, ou leur ceder par tout autrement c'eft
en quoy fe trompent meffieurs les Prelats, car ils

Ee 4

leur cedent en ne leur voulant ceder; car telles places ainſi preparées ne ſe donnent qu'à perſonnes
ſingulieres , & de rare exception *ac ſi oſſent egregy*,
comme s'ils eſtoient hors du troupeau commun
du reſte des autres prelatures. I'ay veu qu'en l'obſeruation des places qu'on leur donnoit , il y auoit
aſſez à remarquer pour en contenter vn Prince
ou vn Roy, auquel on euſt voulu aſſigner vn rang
honorable par deſſus les autres. C'eſt bien la verité que leur iuriſdiction eſt ſans pouuoir , & qu'ils
ne ſçauroient foüetter vn chat en l'Egliſe. Ils ſont
deſtitués de toute aſſignation , à quoy ils ſe puiſſent appliquer, il n'y a rien de vacant.

Tous les offices de l'Egliſe Romaine, ou toutes
les vacations ſont tellement empreſſées d'officiers , qu'ils s'empeſchent & ſe heurtent l'vn l'autre, & ne ſçauroit-on à quoy adiuſter le Cardinalat: c'eſt vne dignité tres-hermaphrodite, ains, que
di-ie, moins qu'hermaphrodite: ils ne ſont ni ſeculiers, ni Eccleſiaſtiques, ni de Ieſus Chriſt , ni de
l'Empereur, ni de Sainct Pierre, ou de ſes premiers
ſucceſſeurs.

Ils ne ſont point Euãgeliques, ni Apoſtoliques, ni
meſme du pouuoir de la creation du Pape; car il n'a
autre pouuoir en la creation des dignités ſacrées,
que celuy que Ieſus Chriſt a exercé , & qui ſont
mentiontionnées en Sainct Paul ; car luy-meſme
n'eſt autre que cela, Paſteur ou Eueſque: Or eſt il,
qu'ils ne ſont ni Paſteurs , ni Prophetes , ni Docteurs, ni Eueſques, ni meſme Preſtres : ils ne ſont
donc rien du tout. Le Pape les peut reuoquer, ou

eſteindre

esteindre totalement, mais non la dignité pastorale ou Episcopale, Doctorale, ou mesmes autres dignités mentionnées par S.Paul, le Pape ne les peut
esteindre, les Papirogues tiennent que tous les
Papes & tous les Conciles ne sçauroient despre-
strer, ou oster le caractere à celuy qui a receu
l'ordre de Prestrise, tant s'en faut qu'il puisse e-
stouffer ou abbroger l'ordre pastoral de l'Eglise.
Aux Conciles, si les Cardinaux ne sont Legats, ils
ne seoyent & n'ont rang, que selon leur promotion à l'Episcopat. Iesus Christ qui n'a laissé
que l'honneur de la subiection, & la gloire de l'o-
beissance aux siens, ne prendra iamais de bonne
part, qu'au lieu de prendre la route des seruiteurs
de Dieu, qui n'a ses erres qu'en l'humilité, & en
l'auilissement de sa personne, ils estudient au chemin pour apprendre à estre Roy des Roys. Le Cardinalat n'est point de la censiue de l'humilité, tous
ses ressorts ne se meuuent que d'arrogance, ce sont
les Antipodes des Apostres, des poultres ou som-
miers de l'ambition Romaine, qui eniambent sur
la souueraineté laique & seculiere, car ils se donnent vne prerogatiue, qu'allant par les chemins en
quelque pais qu'ils soient, rencontrant vn criminel mené au supplice de la mort, luy portans leur
chappeau cardinalesque sur la teste, cela luy vaut v-
ne grace, indulgence pleniere, vn iubilé, il le faut
liberer à peine de toute malediction.

I'ay souuent ouy dire, que si le Roy ou la Rei-
gne auoit vn tel rencontre en son chemin, qu'il
deuroit marquer sa souueraineté par vn tel bene-

fice de grace : mais ie ne l'ay iamais veu practiquer.

Quant aux Cardinaux, ils tiennent que tout leur
est deu;ce sont estouffeurs de modestie,collation-
nés à l'original de toutes licentieuses delices , ausquelles ils sont collés , ils sont les colysées de la
corruption de l'Eglise , tout leur entregent n'est
que de mondanité , ceste excellence qui recerche
tant de respect , il faut que le respect regorge de
ceux qui les abordent , ce n'est point la force de la
vertu qui exprime ceste reuerence,mais vne vanité superflue, qui offusque le iugement de ceux qui
les honorent : l'Ecclesiastique ne doit receuoir
honneur,qu'à cause de la vertu de sa charge Eccle-
siastique:Ceux icy,c'est à cause de l'excrement de
mondanité,d'vne superfluité accessoire & glorieuse,glorieusement desdaigneuse. Si quelque homme vertueux approche de trop prés de la familiarité de leur fast qui est sans familiarité (car il se
veut tirer hors du commun) il est composé d'infidelité , il est extrait des conseillers Payens , qui e-
stoient vestus en robbe rouge autour des Empereurs idolatres:vne telle memoire se doit plustost
fouler que recognoistre , enseuelir que releuer,
oublier qu'estre mise en parade, condamner qu'a-
dorer,car le respect qu'ils requierent des humains,
ressemble plus à vne adoration , qu'à l'honneur
qu'on doit à la vertu:Et s'il falloit habiller la vertu
de ses attours,ce ne seroit point des attours, ou de
la liurée du Cardinalat : car il n'y a rien de si dis-
semblable.

Ces

Ces escarlates sont tro bisarres , trop esperlucates , c'est vne couleur de Carabin ou d'argoulet, cela est tout aussi seant, que si vn Prestre alloit habillé de iaune,ou de colombin:cela leur vient tout aussi bien, qu'à vn gendarme , vn bonnet de Prestre ; ou à vn Prestré , vn pennache sur son bonnet;ou comme vn hoqueton de vert , auec vne halebade , ou quelque plume de coq,sur l'espaule de quelque maistre solanique : tels habits bastards,en mesme condition , luy viendroient comme sa toque bastarde,portée,replatie à la Iuifue,ainsi qu'ils les portent encores au-iourd'huy par toute l'Italie.

Ie croy que le premier qui changea le noir en rouge,fut autant moqué, comme le monde estonné de voir vn Apostolique ainsi trauesti : Ce sont les premiers qui publiquement ont corrompu la liurée ou couleur que portoient les Apostres : car les Moines (si quelqu'vn en auoit d'autres que de noir)estoient couuerts de solitude.

Les Docteurs de l'Vniuersité de Louuain , aux grandes festes,portent leurs bonnets & leur hipomide (c'est vn chapperon qui leur couure toutes les deux espaules)d'escarlate violette.

Anciennement les Docteurs de Sorbonne alloient vestus de ceste couleur se trouuants aux assemblées solemnelles de ladicte faculté. Leur principal Bedeau , encores auiourd'huy , marche deuant eux tout vestu de violet : quelques bons compagnons d'entre eux l'appellent le corbeau violet.

Il faut cercher l'origine de telles houbill.s ainſi colorées dedans l'inſtitution & progrés des doctoreries & graduations , comme auſſi des habits desRecteurs de l'Vniuerſité, auec leurs procureurs veſtus de rouge , comme auſſi les Docteurs Canoniſtes & Medecins , leſquels portent meſme couleur.

Or ſi quelqu'vn me dit,ceſte couleur vous eſt ſi eſtrange , & toutesfois les Preſidents des Parlements & Cours Souueraines l'ont choiſi pour leurs liurées. Ie reſpons, qu'anciennement les Iuges Souuerains eſtoient ſouuerainement Capitaines , c'eſtoit dedans le corps des Conſuls,Senateurs, Orateurs,ou Aduocats, qu'on alloit choiſir des Capitaines & commandeurs d'armées : Ils eſtoient grands Iuriſconſultes , & grands Capitaines.

Auiourd'huy que le naturel des hommes eſt racourci , les eſprits des hommes retrecis leur capacité n'eſt plus ſi plantureuſe, vous ne voyés que rarement , qu'vn grand homme de lettres , ſoit grand Capitaine. La moitié du naturel ou de l'eſprit des Anciens faiſoit & valoit autant comme vn homme tout entier du iourd'huy. Ou les grands Capitaines ſont de peu de lettres , & les grandement ſçauans ſont largement couards & poltrons: ce n'eſt point que la plume & les lettres rendent les armes mouſſes: c'eſt que les hommes ſont acagnardés , & ne ſont plus ſi genereux au trauail: ce ſeroit au dechet de la profondité de leur eſtude, s'ils ſe meſloient aux armes , comme
alachir

alachir la vaillentise que de la tremper en science:
la plume au poing , se leur semble, rend le bras
moins pesant à frapper, vne langue delicate à parler est trop molle pour combattre , pour commander ; Minerue effemine Mars, Mars rend Minerue trop grossiere & champestre: de sorte donc
que pour estre bon capitaine il faut estre bon carrabin.

Les Anciens Senateurs ayant commence aussi
tost d'estre Carabins qu'escholiers, soldats qu'Aduocats, ils portoient la robbe comme aduocats, &
le rouge comme carabins ou Capitains. Assauoir
si nos Cardinaux leurs ressemblent en la moindre
de l'vne ou l'autre partie: le Cardinalat donc n'est
qu'vne gloire escumeuse, ou vne escume de gloire , des pelotons d'auarice destinés à tout auoir,
à tout empieter , tout esparpiller, alienés de la
route & de l'equipage de la croiche & du caluaire,
car là il n'y a q pauureté , icy qu'vne dignité indigne pl°d'indignité cét fois que les gés de bié, n'en
reçoiuét d'indignation, ce ne sont le soubassemét
de l'Eglise, mais le faiste d'ostentation qui appartient plustost à la frontiere de Constantinople,
qu'au chœur du cenacle de la Péthecostes. Ils seruét de pauot effrené pour endormir tout le monde. Iesus Christ n'a iamais entendu de faire des
principautés ou royautés , dans l'office du ministere de son Testament il a expressement defendu les dominations. S. Pierre a rengregé les mesmes defenses en ses Epistres, de vouloir seigneurier , est signe de ne vouloir appartenir, ou estre

des leurs. Iesus Chriſt n'a donné exemple que de
s'agennouiller deuant les pieds de tout le monde,
& ceux-cy ne péſent qu'a porter leurs pieds, leurs
ongles , & leurs orteils pour les faire entrer au
baiſoir en adoration de tout le monde , vne telle
inueſtiture n'eſt point emanée du ſermon ni des
actions que S. Iean & les autres Euangeliſtes reci-
tent de Ieſus Chriſt en ceſte ſacrée ſerée de ſa
capture : & voulés vous voir comme ils tournent
l'agonie de Ieſus Chriſt au iardin des Oliues , ils
en ont teint iuſqu'au velour des patins ſurleſquels
ils marchent , iuſques au damas de leur chaire
percée, iuſques au ſatin des brodequins , deſquels
ils ſe chauſſent, habvillenie adulterée , c'eſt bien a-
dulterer l'imitation de Ieſus Chriſt. Ils fuyent
d'entrer a la droitte lice, & ſe cachent dedãs leurs
grandes chappes faictes à la Grecque non à l'A-
poſtolique, C'eſt eſtre practicien du reſſort de Damas, où on perſecute les Chreſtiens, pluſtoſt que
de Behtleem où ils naiſſent , ils ſont plus Hero-
diens que Nazariens.

Ils demembrent l'Egliſe pluſtoſt qu'ils n'en
ſont membres, diſſipent ſa cheuance, pluſtoſt que
de meſnager les biẽs de la paſſion de noſtre chef.
Ils ne ſont point de l'Egliſe, car le Pape n'a aucun
pouuoir de creer aucune vanité ni ſecularité , ni
image ou ſemblance d'icelle. C'eſt vne entrepriſe, vne nouueauté , vne qualité qui ne peut point
eſtre ſacrée, car le Pape ne peut point inuenter de
nouuelles conſecrations, Il ne peut point ordonner que toutes ſes actions ſoyent ſacrées , elles
ſeroyent

feroyent fuiettes à adoration , (ie parle felon la
doctrine des Papiftes) car autrement fon leuer,
coucher, veftir, defchauffer, repaiftre, pourmener,
touffir, gauffer, iniurier, purger, feroyent facrés,
mais la creation d'vn millier d'officiers temporels , tant de fes domeftiques que de fes eftats,
à fçauoir fi cela eft facré ou prophane , laique
ou Ecclefiaftique, parce que le Pape a mis la main
à la creation d'iceux.

Ce n'eft point autre chofe de l'office des Cardinaux, ancor qu'ils foyent priuilegiés , furboffés,
en exaltation de demi-Dieu. Le moindre Diacre,
ou bien en parlât en langage Ægyptien Romain,
le plus petit tonfuré ou accolite a plus de paffe-
droit qu'vn Cardinal , car, felon eux , c'eft vn appareil au facerdoce: mais le Cardinalat eft vne fur-
clericature fantafiée, inuentée en toute fuperflui-
té, qui ne peut eftre appariée à aucune fymmetrie
de toutes les charges de la premiere Eglife ; ains
c'eft vn defuoyement de toutes les vertus Apoftoliques, vn parangon d'ambition , fi ce n'eftoit
qu'on prit le Cardinalat pour office de pafteur ou
curé ; car encor auiourd'huy en la ville & faux-
bourgs de Sens en Bourgongne, il y a 8 ou 10. curés, lefquels eftans appellés annuellement aux affemblées Synodales, ils font appellés par le nom
de Cardinal, qu'vn tel Cardinal, pafteur d'vne telle
paroiffe ait à comparoiftre &c. c'eft la teneur des
mandements qu'on leur fait , auffi anciennement
n'eftoyent ils que curés des paroiffesde Rome. Au Concile 6. de Carthage le clerc Romain

eſtoit ſeant apres l'Eueſque : Onuphrius au liure
du Cardinalat dit que le Cardinalat eſtoit vn degré à l'Epiſcopat, que s'ils ſont ſeulement ou en
vn ſouſdegré au Curé, pourquoy les fait on mettre au degré ſur Epiſcopal ? C'eſt en quoy on peut
remarquer la grouillonnerie de ceſt eſquadron
Romain.

Ils maintiennent auec tant de bandage & roi-
deur, que les Eueſques ſont de 15. coudées par deſſus les Preſtres, plus que Preſtres renforcés, car ils
ſont à triple eſtage, Ils ſont atteints du port de
deux couleurs plus qu'iceux, à ſçauoir du violet
& du verd, & cependant ils releuent & ſiegent
moins que Preſtres, mais dorés de pourpre eſcar-
latine Cardinaleſq; en Pōtificalité, & deualent les
pauures Eueſques iuſques au deſſoꝰ de leurs pieds,
cōme ſi ce n'eſtoit ꝗ valetaille, cela eſt ordinaire,
quād le Pape tiét chapelle à Rome, les Cardinaux
ſont colloqués en des ſieges theatralemēt eſleués,
les pauures Eueſques, mitrés, crocés ſōt aſſis ſur de
mechants petits marchepieds tout à terre, comme
les enfans de chœur de noſtre Dame de Paris, ce
ſont pluſtoſt des ſelletes que des ſelles. Miſerab-
les Eueſques qui ſe ſont laiſſé ainſi coccuer de
leur rang, on en feroit autant aux Apoſtres, car
ils n'eſtoyent qu'Eueſques, & toutesfois le Pape
n'eſt point Pape parce qu'il eſt Cardinal, ou Cardinal des Cardinaux: mais parce qu'il ſe dit Eueſque des Eueſques, & ſelon la Romanigelderie on
peut eſtre Pape ſans eſtre Cardinal, mais non
ſans eſtre Eueſque, la premiere choſe quon fait

apres

apres son election , c'est de l'Episcopifer s'il ne
l'est , & d'autant que le souuerain honneur qu'il
possede luy arriue de ce qu'il est souuerain Euefque,& non souuerain Cardinal,il deuroit faire redonder cest honneur sur ceux qui sont de l'assiete
de son souuerain Episcopat,& non sur vne qualité
forestiere,artificielle ; car non seulement les Cardinaux sont moins qu'Euesque , mais moins que
Curés,ce ne sont qu'o en chiffre,ce ne sont qu'om-
bragés ou fantosmes , qui n'ont aucune vraye parure de noblesse & dignité , ce sont spectres de
fausse ordination,ce n'est qu'vne escorce toute en
faux teint.   On les cree le plus souuent à 14. & 15.
voire à douze ans,auquel aage les Canons interdi-
sent toute charge & dignité Ecclesiastique,& toutesfois ces pauures Euesques portent la marotte
deuant eux; comme s'ils estoient simples estaffiers
de l'Euangile , & eux Princes du sang de nostre
Seigneur Iesus Christ. Ils sont toutesfois si esloignés de la croix,du sang & des afflictions de Iesus
Christ,si contraires en leur vie à la conduitte de la
sienne,& de celle des Apostres.S.Pierre abandon-
na ses filets à poissons , & leur tourna le dos pour
pescher des hommes , ses biens estoient d'humilité,de patience. S.Paul delaissa ses heritages, foula
toute seigneurie , pour seruir aux hommes en seruant à Dieu, ainsi firent tous les Apostres, afin de
seruir plus parfaictement à celuy qui n'estoit venu
qu'au seruice des hommes en la verité dont il e-
stoit le messager en l'œuure de nostre redemption.
   Tel y a en la souueraineté de ce sacré college,

Ff

qui n'a iamais ieufné , fort peu aumofné , à peine
fçait-il prier Dieu., & par où il faut commencer:
qui n'ont iamais fait acte d'Apoftres ni de Difciples , & qui ne font en la balieue du Chriftianifme,ou ne portêt autre marque de Chreftien,que la
teinture dont ils font couuerts:fi tant eft que cefte
teinture foit Chreftienne, elle ne fent point tant
le Baptefme,que le paganifme:la Paleftine, que le
Tyrien, ou Sidonien : auffi le plus fouuent, & la
plufpart d'entre eux ; font plus hommes, qu'hommes de bien:plus Cardinaux,que Chreftiens:beau-
coup moinsEcclefiaftiques,que Cardinaux: ils ont
plus de couleur, que d'effence : plus d'apparence,
que de realité : & cependant ils ne penfent pas e-
ftre hommes feulement , ils s'eftiment de la hie-
rarchie des Anges : auffi font-ils veftus d'vne plus
belle couleur que les Roys n'en portent d'ordinaire.   C'eft chofe rare que de voir vn Cardinal
parler à vn pauure, ou foüiller la gibbeciere pour
les aumofner, & *cum fimplicibus fermocinatio eius,*
les colloques familiers de Iefus Chrift cerchoient
pluftoft telle efpece de perfonnes, que les Roys &
les Princes.En S.Matth.11.il en faifoit fes familiers
en fonConfeil eftroit,leur communiquoit fes plus
grands fecrets.   *Que tout arbre,*difoit Iefus Chrift,
*que mon Pere n'a point planté,foit coupé , & ietté au
feu.* Et pareillement,*tout arbre qui ne porte point de
fruicts,foit arraché,& bruflé.*C'eftoit contre le Cardinalat que ce Prince , autographe des Chreftins,
parloit.C'eft fur ce Canon que ceux de Tours for-
merent l'article dont leur cayer eftoit chargé aux
Eftats

Eſtats derniers , qu'il n'y euſt plus de Cardinaux
en France,c'eſtoit vn article profond,& qui ſe par-
toit de quelque conſommé homme d'Eſtat , qui
s'arreſteroit plus à la definition qu'au definit , à
l'eſſence qu'au titre : à ce qu'ils cauſent , qu'à ce
qu'ils ſont:mais, ils deuoient auſſi medicamenter
la playe;car quiconque oſtera les Cardinaux, ſe fera oſter la vie , ils oſteront la France à la France
s'ils peuuent .Vn de ces chappeaux là a plus de rebras qu'vne couronne, ce ſont des chappeaux mo-
narchals qui ont vne queüe venimeuſe quand ils
ſont eſchauffés, ils ont plus de puiſſance au monde
que hors du monde , en la chair qu'en l'Euangile.
Mais,il faut requerir le Pape de ſatisfaire à la conſtitution,qui ordonne que de dix en dix ans on aſ-
ſemble le Concile general.   Les Papes craignent
telles aſſemblées de peur qu'on n'y trie leur vie au
volet; & le premier article qu'on y deuroit eſplucher,ce deuroit eſtre ; Aſcauoir ſi l'Egliſe eſt bien
pourueuë de chef, & apres auoir racouſtté le chef,
venir aux membres.

Au premier Concile qui ſe tiendra,il y faut pro-
poſer l'extinction de ceſte ſuperfluité cardinaleſ-
que;c'eſt ce que tous les Eueſques, s'ils auoient du
ſang aux ongles, & s'ils ne trafiquoient le carnage
de leurs mitres,deuroient pourchaſſer. Ils ne peuuent retourner à leur authorité que par ceſte vuidange, & s'ils ne font litiere du cardinalat. Mais,
d'autant que la pluſpart des intereſſés ſont rendus
muets à la ſouppe , & à ronger les os pluſtoſt qu'à
abbayer & defendre & eux &leur troupeau,afin de

denigrer, ce mauuais conseil , & de desanger la
Chrestienté de tout l'appast de la corruption de
tous les Estats de l'Europe : (car il n'y a aucun prelat, en toutes les Prouinces à qui on ne face couuer en esperance quelque faux germe du Cardinalat.) Il seroit expediant & cela seroit braue, si sa
Majesté d'Angleterre , de Dannemarc, ou autres
Seigneurs Potentats de l'Euangile reform e vouloient honorer les mieux merités des Ecclesiastiques du Cardinalat , à celle fin de mettre à bas, ou
de rigoller ces beaux iambages de l'Eglise Romaine', ces puissantes architraues s'ils n'estoient
vermolus.   Nos Roys qui conferent les mitres en
nommant aux Eueschés, pourquoy ne pourroient-
ils conferer des chappeaux, aussi bien que des mitres, car il n'y a rien de sacré ni de priuilegié , ains
il pourroit faire vn Edict qui seroit bien souuerain, qu'il n'y eust point d'Euesque qui ne fust Cardinal en France , & luy mesme solemnellement
cardinaliser, reuestant de ce camail par ses mains,
ou par celles de son grand aumosnier ses seruiteurs qui luy en sçauroient gré, & la foy de ses Ecclesiastiques en sera plus pudique, moins amoura-
chée de delà les monts: (car, ainsi comme elle se
comporte à l'ordinaire , elle n'est point chaste,
elle est impudique :) Aussi-bien le Roy les nourrit, car les Romains, mieux auisés que nous , ne
nous enuoient leurs beneeictions qu'en l'air & en
papier: au plus fort , ce n'est que parchemin , & il
faut que nous leurs ennoyons les nostres en pierreries, en fin or , ou pour le moins en bon argent.

Quand

Quand Monſieur le Nonce ou Ambaſſadeur s'en
retourne , il faut extremement obſeruer à le renuoyer content & luy faire preſent de quelque excellent buffet complet de vaiſſelle d'argent, & encor vermeil-doré : que s'il vaut moins de cinq ou
ſix mille eſcus, à peine daigneront-ils le regarder,
ils ſe plaindront qu'en France *non ſono ſeno pedoc-*
chi, c'eſt choſe arriuée quelque fois. N'ayés crainte
qu'ils ſoient balourdes comme nous , & qu'ils
nourriſſent leurs eſpions & penſionnaires en
France à leurs deſpens , comme nous faiſons aux
noſtres ceux qui nous ſeruent à Rome : vous ne
verrés point qu'en toute l'Italie il y ait vn François pourueu d'aucun benefice, comme il ſe trouue
des Romains & Italiens qui rongent & commandent aux noſtres en France. Mais, quelqu'vn dira,
qu'en inſtituant de ces proſelytes pourprés , ce ſeroit adherer , & eſtre ſinge des deprauations Romaines. Au contraire, ce ſeroit ruiner ceſt ordre ſi
funeſte, & inſupportable à la virginité, iaçoit que
cantonniere de l'Egliſe Romaine, & au ſeruiçe des
Roys. Ce qui a ruiné l'ordre de la cheualerie de l'e-
ſtoile en France, c'a eſté qu'on l'a conferé iuſques
aux archers du guet: Anciennement ils eſtoient
plus reſpectés que les cheualliers du S. Eſprit , ou
de S. Michel : auiourd'huy il eſt aboli dans ceſte ra-
caille d'officiers. Sans doute que les Venitiens deuroient conferer le cardinalat à ce braue champion de Minerue, frere Paul, que ie pourrois appeller meritoirement le ſecond de S. Paul , certes
ſes adherans luy pourroient bien tenir compagnie

s'il plaiſoit à la Seigneurie les honorer de telle diŝ
gnité , pour recompenſer le collier que la Romanigolderie fit porter au pauure frere Fulgence, iaŝ
çoit que reuolte , mais ce fut pour leur reſpect,
qu'il fut ainſi manigolde : & me ſemble que les
Princes font trop vil marché, & qu'ils mettent en
litiere l'honneur de leur maiſon , de ſouſmettre à
celuy de ces beaux chappeaux. Ils ſe l'oſtent , pour
en honorer la maiſon du Pape, ce qu'ils ſont , le
Pape ne les ſçauroit, ni faire, ni desfaire : car encor
qu'il puiſſe donner quelque petit reuenu , & fief
temporel erigé en Principauté qu'il garde pour
ſoy & pour les ſiens, pluſtoſt que pour autruy, il ne
peut conferer la nobleſſe de la generoſité de l'extraction, & vn Prince qui s'auachit de tant que de
couronner la couronne de ſes armes d'yn tel beguin ſe decouronne, & rend ſa dignité meſtiue, &
eſchancrée , deuient compagnon , & poſterieur à
vn tas d'eſcaffignons , piedeſcals , balieure de
Cour & de Cloiſtre, apres leſquels il faut qu'il ſui-
ue, à marcher en rang: qu'vne principaute renforcée de tant de degrés ſouuerains , comblée de couronnes ſur couronnes dont ſon ſang eſt extrait &
deriué (ie parle de pluſieurs heroïques cardinali-
zés) ſelon les branches de l'arbre genealogique,
planté dans l'eſtoc de ſa naiſſance , la ſuppediter &
rendre comparſonniere d'vne indigne dignité fa-
buleuſe, & chimerique.

C'eſt eſtre Prince en chiffre , & à taſton , par
idée porter ſon rang au deſſous d'vne telle racail-
lerie. C'eſt eſtre maquignon du dechet de ſon

Iuſtre

luftre , le faire deuenir en roture , fon luftre
dis-ie tout de fouuerainete en fon origine &
progres.

Godefroy le Ierofolimitain fe fuft bien foucié
de ce beau harnois là , digne falaire des pedans
& courbineurs de cour Romaine. Il y a autant
de diftinction entre ces Princes forgés , adulte-
rés, finon à la hafte , à la douzaine , & les vrays
Princes , comme entre le Cercle & le tabourin,
le bouchon , & le vin de la tauerne , vn chappeau
de paille,& vn tiffu de tres fin Caftor,comme entre Diane & fes chiens.

Le plus fouuent ce ne font qu'afnes rouges,
quelquesfois eftallons caparaffonnés de violet.
N'en a-on-pas veu qui ont penetré par les ingredients de concupifcence , en la faueur du Dieu
des iardins ,   autres par le Dieu des enfers Pluton , autres par des autres organes plus inhu-
mains & irraifonnables ; vne rubreche que les
Romains obferuent pour attaindre à cefte dignité.

Ils achetent pour quarante ou cinquante mille
efcus d'offices qui feruent d'apaft , & d'autant
que la coifure de cefte diue heaumerie, rend toute forte d'office & benefice vacant deuolutif à la
chambre Apoftolique ; le Pape & fes mignons,
les Princes de fa faueur , & de fon fang , perfua-
dés par vne fi graffe curée, conferent le chappeau
à Monfieur l'ambitieux , lequel incontinant
auec le credit de fon efcarlate fe remplume

Ff 4

d'autres biens au double , foit par penfion eftrangere,ou beneficial , ou par autre forte de griue-
lée & corruption à quoy ils font tout-puiffants,
auffi eft␣c en defpit de la couronne d'efpine de
Iefus Chrift que tels princes de balle ont efte
forgés. Il y a quelque temps qu'vn certain de cefte
benite farraffe faifoit porter par vn fien Camer-
lingue deuant foy cefte fienne myftique barrerté
rouge dès la porte du Louure , iufques à la chambre du Roy, fur vn couffin de velour. Il n'euft plus
fallu que le clerc de la paroiffe auec fa cloche fo-
nante, & fa torche allumée marcher deuant comme ils font à leur fainct Sacrement.

Ie laiffe que la plus part font faifis , voire ab-
forbés du peché qu'ils appellent *delictum commune* , delict commun , d'autant qu'il n'eft que
charnel, auffi eft il *minoris culpa* , mais *maioris
infamiæ* , Thomas dit , encor que deuant Dieu
maxima culpa , la tres-grande coulpe c'eft l'ambition , laquelle auiourd'huy n'eft point contée
en ligne de peché ou d'infamie , car c'eft le germe de la preuarication des Anges qui ger-
mouille, ains produit en toute defmefurée inuafion cordiale en leurs entrailles l'appetit canin
de l'*imperium* , ainfi nomment ils la maiefté
de cefte triple tiare archipapale , car ils forment
la reduction de leur vie à ce graduel, pour paruenir par efcalade de fouppleffe au faifte de ce
gouuernail , fe contraignans dans des manieres
politiques qu'ils tapiffent de bonté de mœurs
renuerfées n'en ayant que la furpeau & vn faux

teint

teint ideal , qui serue à les faire monter à l'es-
sort, à s'adapter à vne telle creation. Ils ne se soucient point du corps de la vertu , car si on vient
tant soit peu à effleurer ce masque , ce ne sont
que pates pelues transposition de tenebres traue-
sties par fripperie en Anges de lumiere.

Il y en a de si obeissans aux instincts elabourés
d'ambition , qu'ils stipuleront du Paradis auec
l'asseurance du pourpre , ou du siege pretendu
souuerain , voire ils en contracteront auec le
gouuerneur des abysmes , & pour leur orexie,
auaricieuse volonté de tout enuahir sur les biens
de l'Eglise , cela leur est aussi triuial qu'il leur
est messeant : car vn bon benefice à vn homme
de conscience , bon Ecclesiastique est autant
qu'vne selle à vn cheual , vne femme à vn mari,
il en a souuent de reste , si l'interpretation est veritable de ceux qui tordans Sainct Paul quand
il dit qu'il faut que l'Euesque se contente d'vne
femme, ouy disent ils, c'est à dire , que l'Euesque
ne doit auoir qu'vn benefice , car ils n'ont iamais eu de femme, disent ils. Le Pape peut aussi
peu dispenser de deux Eueschés , ou de tenir
deux Abbayes, que de se marier à deux femmes,
& toutesfois la plus part sont non seulement bi-
games, mais polygames plus que Mahothmet, qui
auoit onze femmes & se vantoit de les practiquer toutes en vn heure. Il y en a qui ont plus
de 20. benefices , quand ils en auroyent troisfois
autant, ils les mettroyent tous en besongne.

Le bruit courut aux estats derniers d'vn prelat

qui s'y trouua , qui auoit plus de 80. que benefices que penfions. Nos yeux ont veu prochainement vn prelat qui poffedoit 17. Abbayes fans plufieurs prieurés, fans fon Euefché , & fes eftats chez le Roy , fans fon Oeconomie qui valoit autant que tout cela. Vn homme ne fauroit boire en deux verres tout d'vn coup & ces gens-là mangent à trente ratelies tout à la fois.

Ce train là eft fort fcandaleux. On ne fouffre qu'vn officier ferue en deux cours fouueraines; car il ne s'eft veu qu'on aye permis à vn mefme d'eftre Confeiller à Grenoble , & à Rouen , à Diion & à Rennes , chacun rebuteroit vne telle enfourchure , la monftruofité eft plus grande de voir vne tefte cheuauchée de tant d'encornure de mitres , l'vne fur l'autre : voire mais c'eft *propter decorum , ad ftatus decentiam.* Ie dis qu'ils doiuent fuiure la decence de Iefus Chrift , qui alloit à pied & n'auoit pas vn pauure cheuet pour repofer fon chef, Sainct Pierre n'auoit aucun manoir que fa gondole encor la quitta-il. S'il retournoit auec fon maiftre en cefte nudité , il faudroit qu'il oftaft fon chappeau au pied de fes pretédus fucceffeurs, qui rougiroyét de s'accõpagner ou donner le haut de la table à vn fi pauure mendiant : auffi font ils tous fecularifez & prophanes , ils ont quitté les parures du crucifiement de I. C, qui n'a iamais efté d'aduantage en fon Empire fouuerain en ce monde qu'au sõmet de la croix, fi S. Pierre euft fenti tant de bandages, & de diuers metaux fur fa pauure tefte il eut bien toft

toſt renuerſé vn tel accouſtrement, & ſi les Apoſtres voyoient vne telle chimere ainſi accouſtrée,
ce ſeroit bien lors que *putarent phantaſma eſſe,*
ils diroient que c'eſt vn ſantoſme du monde inferieur. Les Princes ont eſté beaucoup moins politiques & artificieux qu'eux, ils ne deuoiét iamais
alloüer ceſte grandeur trop hagarde, nullement
deuote, qui ſert de fardeau inſuportable à l'eſtat,
au conſeil, aux finances, ains à l'Egliſe : car il faut
qu'il ait la lippee pour ſubſtáter vne ſi peſante grá
deur. Mais peſons quel emolumét cela apporte à
la courône. Premieremét il ne rend l'honneur de
Fráce plus ſolénel: car ils ne ſót officiers de la courône, ains ils ne ſont de ſes ſubiects. Malheur de
par Rome à quélque roy que ce ſoit qui ſeroit ſi
hardi, pour quelque deteſtable abomination qui
pourroit eſtre de mettre la main pour punir vn
Cardinal: outre que la Fráce ne laiſſe d'eſtre auſſi
françoiſe, ſa reputation auſſi ronde, & accomplie
ſans iceux qu'auec iceux. Ains ce ſeroit vne ſubli-
me reputation, marque d'vne gráde habilité ſi elle
oſtoit telles chenilles de ſon foier. Ouy, mais encor eſt- ce la grandeur d'yn roy, de voir ces grands
hommes auec leurs ſaies & houbilles rouges, en-
uironner ſa perſonne. Ie reſpons que ſi cela donne
du contentement à l'agrandiſſement de la gloire
royale, qu'on inſtitue au Chancelier & à ceux du
conſeil eſtroit de ne paroiſtre iamais en public ou
ailleurs ſans porter & eſtre veſtus de la liurée de
leurs charges. Le Chancelier porte encor vn degré
par deſſus : car il charge ſur ſa teſte le mortier de

toille d'or, qui ne compete aux Cardinaux qui ont
raui ceste haute couleur aux consuls & senateurs &
capitaïes, ou generals d'armées d'auātage, ausquels
de droit naturel, elle estoit attribuée: encor que la
sage modestie de ceux du souuerain conseil de
France la quittent pour le noir, & ne s'en couurent
qu'aux actions de celebrité royale. Les anciens
conseillers & senateurs Romains la portoient
coustumierement, & d'autant que les Empereurs
d'armée se tiroyēt de leurs corps, & qu'ils portoiēt
vn cœur de vaillantise tref-soldatesq; il faisoiēt es-
clater ceste qualité dedans ceste couleur haute-
ment rayonnante, & parce qu'ils estoient aussi o-
rateurs releués, profonds practiciens de rhetoriq;
tref hardis porteurs de toute sorte de causes, qui
sçauoient captiuer vne celebre audience, sous la
discretion de leur langage esbloussoiēt les aigles:
& les linx de leurs raisons, ils vestoient sur leurs
espees vne robbe d'Aduocat ou de President ainsi
colorée. Nos Cardinaux begues, & mousses, ignorans & poltrōs se cognoissent à enuoyer à la guerre, à faire espreuuer la vie, & le sang des chrestiens
l'vn contre l'autre, dequoy ils ne voudroient tourner le pied, c'est assez qu'ils ne bougent de là rotisserie, & de leur aise : & quand il faudroit parler,
ha! que le plus habillé d'entre eux seroit empesché s'il faloit qu'il portast quelque cause en parlement. Ils ne seruent que de charge, tout ce à quoy
ils sont bons, c'est à faire honneur au Pape. Et cōme c'est honneur à vn grand Roy d'auoir subiects
& seruiteurs par tout, ainsi est ce vne excellentis-
sime

fime gloire au Pape d'entretenir tant de deuotieux
fubiects au centre de tous les eftats. Mais ie trouue que le Pape eft beaucoup plus habille homme
que les Rois en deux poincts : c'eft que les Cardinaux font fubiects naturels du Roy , & toutefois cent fois plus fubiects affectés , & obeif-
fants au Pape qu'au Roy : car ils ne donnent de
leur fidelité au Roy , que ce que le Pape ne veut
poinct. L'autre poinct, c'eft que le Pape les entre-
tient contre nous , pour luy chés nous, à nos tres-
grands defpens, fans qu'il luy coufte vn liard, ains
ils tournent l'eau au moulin vers Rome , ce font
les matois, les narquois de l'Eglife Romaine, c'eft
non feulement *fundi noftri calamitas* , auffi tout à
leur dire, c'eft la grefle des pauures. On donneroit
à difner à dix mille purgatoriés , de ce qu'il faut
pour couurir la table d'vn Cardinal : auffi le purgatoire regorge tellement depuis qu'ils font venus fus terre, qu'il euft fallu trouuer beaucoup de
crottons pour encauerner ces pauures ames em-
preffees, encaquées comme harans faute d'eflargif-
fement , parce que les meffieurs gourmandét tout
leur foulagement, au lieu de faire dire des meffes
& des vigiles, frippent & mettent tout en cuifine,
ils habillent les cheuaux de la deliurance de ces
pauures gens. Il eft vray que la bonté de noftre S.
Pere y a remedié par la creation des indulgences,
& par les autels priuilegiés, grains benits, medailles, ce qui a diminué leur regorgemét. Ie m'eftône
de tât de batteurs de fonnettes qui font au môde,
& que le môde eft plus fubiect à croire aux bafte-

leries qu'à la parole de Dieu:mais le monde mon-
-die,follie du tout incorrigiblemēt.C'eſt biē choſe
aſſeurée que la teīture de ce pourpre couſte beaucoup au mōde, & qu'il faut de grādes fināces pour
luy dōner à manger , & cepēdant c'eſt vne qualité
Cardinaléſque,plus politiq; que ſacrée,plus ciuile
que chreſtienne, moins ſacrée qu'vſurpée,plus de
curieuſe inuētiō,que de creatiō vtile & neceſſaire.
Le Pape a beaucoup d'auātage oublié qu'obſerué
de ſon deuoir en mettāt ſus vne telle celebration,
halq̃ Dieu ne noˢ enuoye-il quelq; S.Paul qui parle auec ſō authorité cōtre ces faux Apollōs,ces Ce
phas idolatres qui ſe font idolatrer.S.Paul ſe cole-
roit deſia par eſprit prophetiq; preuoyāt telles futures impoſtures qui deuoiēt emaner ou regorger
de ceſte toute-puiſſante vicedeité. Ouy,mais diſēt
ils,ce ſont les gōs,les poles & aiſſieu du S.Siege.Si
cela eſtoit I. C.ou les Apoſtres les deuoient auoir
plātés,inſtitués,on leur deuoit mettre la parole en
la bouche , & la cōmiſſiō en la main,faute dequoy
ils ſōt preuotables cōme impoſteurs:ains lesPrin-
ces laiques ſouuerains qui peuuēt inſtituer des Ba-
rōnies & principautés, des iours & feſtes chōma-
bles d'abſtinēce &ieunes cōme ſe voit en l'hiſtoire ancienne ſacrée & prophane,peuuent auſſi bien
creer des Cardinaux comme le Pape,car il ne leur
eſt non plus defendu que permis au Pape , ains les
cōſeillers,clers des cours ſouueraines,voire les lai
ques auſſi deuroiēt porter perpetuellemēt le bonnet rouge , auſſi biē qu'ils portent quelquefois la
robbe , car c'eſt leur propre habit , ayeul de c luy
des Cardinaux,lequel n'eſt que la ſingerie du leur,

&cefte couleur eft de l'appartenãce des iuges fouuerains & marq; de leur iudicature, ils ne deuroiét
iamais pronõcer fouuerainemét que dedãs la couleur de l'habit, duquel ils sõt proprietaire, car c'eft
la marque dediée par les Romains à leur charge.
Les Cardinaux ne la portét qu'à faux titre, imaginaire, par anticipatiõ presõptueufe, ils ne font iuges fubalternes, tãt s'é faut q̃ fouuerains, eux mefmes font fubiects fans auoir aucune authorite fur
la rote de Rome. Dedans le mortier de toile d'or
q̃ porte vn chancelier eft comprife la valeur d'vn
millier de tels chappeaux, car c'eftvn office d'efsé-
ce, celui ci n'eft qu'vn office de curieufe concupifcence, les Rois deuroiét reparer le circuit de leur
throfne à la façõ des Empereurs Romains, qui n'y
mõtoiét ou paroiffoiét iamais, fans eftre enuiron-
nés de plufieurs fages, portans cefte couleur. Bon
Dieu! faut il aller à Rome demãder cõgé de fe veftir de la liurée du Pape pour charger l'efcarlatte,
tiét-il à ferme du ciel, la regéce des teintures, que
les fouueraĩs ne les puiffét affecter à leur volõté à
q̃ leur sõblera bõ. Ouy, mais difét-ils, cõme le feul
foleil trefluit à trauers toutes les creatures, & fait
luire toutes les lumieres, ainfi ces clartés efclairent
de la leur toutes lumieres & dignités ecclefiaftiques. Cela feroit bõ à croire, fi elles sõtoiét le foin
de la creiche, ou la myrrhe du crucifiemét de I. C.
ou fi la parole de telles dignités auoit 20. fois autãt
de fageffe que les autres, on y gaigneroitvne partie
de fon argent, mais fouuentesfois ils diminuent la
fageffe de l'Eglife, ce font des tueurs de mortification, qui foulent l'humilité, erigent l'ambi-

tion, mettent tout en confufion, gens fans iurifdi-
ction, fans territoire, fans atteliers plus vagabôds
que domeftiques, car le titre des Eglifes dont ils
fe calibrent à Rome eft trop indigne à leur grãdeur. Ils l'eftouffent de celuy de leur famille ; ils
le voilent, & fe noment d'vn titre profane & feculier. Ils n'eftiment le titre de leur paroiffe Romaine, car ils ne font que curés, & encor bien pe-
tis curés: leur diftrict eft fort eftroit : fouuent ils
ne font que capellans, ils reputent à des hôneur
d'eftre intitulés fi maigremêt: ils rougiffent quand
on les appelle de ce nõ là tant s'en faut qu'ils foiêt
mitrés, que cinquante tels titres ne valent pas vne
bonne mitre : que s'ils fe tenoient à ce qu'ils font,
ils n'auroyent garde de paroiftre fi defmefurés,
auffi ne font ils que confondre l'Eglife, confondre l'eftat.

Ils en aboliffent la fageffe & la direction dedans
le leurre de la leur. Il y a de forts habilles hommes entr'eux qui ne s'eftudient qu'à mettre en
caballe tout vn confeil, tout vn royaume par des
refforts intellectuels, & eftourillés ils alligent
foubs-main fourdement les affaires, ils n'ont
garde de fonner les tambours à prendre des lie-
ures, comme en France, mais ils operent par des
machines magnetiques, muettes fans langue, fans bruit, que ceux qui font de la partie, à
iouer leur roolle ne le fçauent pas, ils couchent
les perfonnes en iour, fans qu'ils s'en donnent,
garde ce font des dangereufes pieces de harnois
d'eftat.

Tout

Tout le mal que ie desirerois aux Romais, c'est de
tels conseillers mi-partis, ils seroient bien tost en
masure , de telles lumieres les auroient bien tost
offusqués. Quand il n'y auroit iamais eu de Cardinal , l'Eglise n'en seroit que d'autant plus Eglise,
qu'ils sont moins Ecclesiastiques, aussi peu Ecclesiastiques sont-ils que vrays Apostoliques, ils res-
sentent plus les muguets laquetans, plus la Cour
& les grandeurs que la simplicité des Apostres, ou
l'abdication de la mondanité. Ils sentent la violette, flairent le parfun, la ciuette des Dames plustost
que l'amertume de l'abbruuoir de Iesus Christ. Ils
aiment mieux estre sans Eglise , sans Iesus Christ,
que sans eux-mesmes : s'ils auoient la centiesme
partie d'esprit qu'ils ont de chair, ils tourneroient
toute la chair du monde en esprit, mais ils donneront tousiours cent liures d'esprit , pour vne liure
de chair : aussi leur chair est si massiue , qu'elle est
presques toute Payenne, & faut qu'elle soit trainée,
non comme Elie en vn char de feu, mais à l'imperiale, comme si le paradis se gaignoit par les merites d'vn carossé plustost que par ceux de Iesus Ch.
ou comme si Iesus Christ estoit monté en carosse
pour monter au Caluaire, ou pour monter au ciel.
Iesus Christ portoit ses miracles & predications à
pied, & prioit le monde pour les receuoir. Ceux i-
cy sont mótés en caualiers de la table róde, royale-
ment equippés, trainés comme demi-dieux. On les
prie, encor n'en peut-on rien obtenir. Il n'y a pas
long temps , qu'vn de ce souuerain Senat mourut,
qui n'auoit iamais fait qu'vne predication en son

Gg

Diocese Archiepiscopal , dont il auoit eu & re-
cueilli plus de cent mille escus. C'est vendre la Bible bien cher, encor pourueu qu'elle ait esté de si
Bible plustost que de sa teste, car il se seruoit quelquesfois de l'vn pour l'autre , & nonobstant telle
cherté , il estoit encor plus edificatif que ceux qui
n'ont iamais baillé aucune parole de salut à leur
bercail , car il s'en trouue parmi eux qui sçauent
mieux faire vn poulet qu'vn prosne, qui se plaisent
plus à l'Estat qu'à l'autel , à se faire & deuenir ce
qu'il n'est, qu'à apprédre ce qu'il doit faire & doit
estre; & qui préd plus de goust à estre hors de soy-
mesme, qu'à estre droit & se bié cóporter chez soy
mesme, peu versé en l'vn aussi bié qu'é l'autre, il ne
faut attédre que versure par tout. Ils ne se sauuent
qu'é aimát ce qui les perd, & ne haïssét que ceux q
ne haïssét que leur haine, ils refuserót plustost vn
refus d'hóneur contraire à l'acquist de leurs ames,
qu'ils ne s'acquiterót des quittáces que I.Ch. leur a
faites. Ils se végerót d'vne remóstráce cóme d'vne
végeáce, que quelqu'vn aura innocémét cerché sur
eux, q ne salairerót ceux qui n'ót voulu iamais rié
tant que de le meriter, & qui ne se souciét de rien
moins, que d'é estre satisfaits, mais ce sont esprits
trauersés, qui ne se contétét d'aucú contétemét, &
qui ne se laïssét iamais de monter, encor qu'ils arri-
u taux endroits d'où ils ne peuuét attédre qu'à e-
stre precipités. Certes l'Eglise auroit beaucoup gai
gné si elle auoit perdu telle liurée de persónes, elle seroit bié plus Ecclesiastiques, s'ils n'eussét esté
Ecclesiastiques, leur splédeur la ternit, leur hauteur
l'amoin-

l'amoindrit, leur amplitude l'estrescit, l'aurãt qu'ils
fleurisset elle se flestrit, *Omnis gloria filiæ Regis ab
intus.* Ils amortisset & enseuelisset la mortificatiõ,
aussi sõt-ils habillés en pain de sucre de douceur &
volupte. Ils sçauet mieux la cabale du mõde, que le
train des disciples de Iesus Chr. voyager dedans la
chair, que se seeller dedãs l'esprit, valent incõpa-
rablement plus au mõde qu'en l'Eglise, ils pensent
que sans eux les affaires de Dieu ne se sçauroient
faire, que c'est beaucoup d'hõneur à l'Eglise de passer par leurs mains, que Dieu auroit sans eux de la
peine à maintenir ses droits, ils pensent d'estre pl⁹
seruiteurs de Dieu qu'ils ne luy rendent de seruice,
mais ils sõt trop acharnés, il les faudroit decharner
dematerieller. Ils sont trop addõnés aux dons de la
chair, ils leur preparent des reposoirs en leurs
cœurs à l'exclusiõ de ceux de Dieu, ils sõt plus addõnés à l'extesiõ de leurs excés, qu'à ramasser leur
pésée à la reformatiõ. Ils sõt plus superficiels que
serieux, plus corporels que cordiaux. Ils ont plus
d'õbre ɋ de corps, plus d'instinct que d'expressiõ,
plus d'impression que de refrain: se sçauet mieux a-
bãdõner ɋ fermer, deuier de la droiture, ɋ s'ébau-
cherà biẽ faire, sçauet d'auãtage se cõmuniquer a-
uec le mõde, ɋ se cõtraindre enuers Dieu. Ils sont
caillés, cõcreés d'abondãce, massifs de terrestreité,
affaissés d'hõneur, ils n'õt faute que de n'ãquerẽt.
Ils sõt poussifs de trop d'aise qui les met en mesai-
se, ils en sõt si hors d'haleine, qu'ils ne s'en peuuẽt
reprẽdre, l'Eglise auroit beaucoup accreu de ses di-
mẽsiõs, si elle n'eust esté ensemecée de cardinalité.

Il y euſt eu d'autres aſtres bons & ſalutaires qui
euſſent rayonné plus prolifiquement à l'augmentation de ſon ſalut,auſquels ceux icy ont obuié &
ſerui d'obſtacle : car ils ne font qu'empeſcher le
monde de bien faire,voire à la Romaine. Ce fut à
force de crier contre eux , que ce braue Prophete
Hierofme Sauonarole ſe fit executer par le feu à
Florence.   Ils auroient bien affaire d'vne telle lime que S.Bernard,ce ſeroit leur coignée. Ha! comme il les martelleroit , pourueu qu'ils le peuſſent
endurer,car ils luy feroient faire ſon procés. Ie ne
doute point qu'ils n'ayent empeſché beaucoup de
gens de bien qui euſſent eſté d'auſſi grande efficace que S.Bernard.   Ce qu'ils ont profité à l'Egliſe
Romaine, c'eſt qu'ils l'ôt incorporée de beaucoup
de graiſſe,l'ont rendue plus corpuléte que celeſte,
plus maſſiue,nõ plus aſtrale.Ils l'ôt courbée au lieu
de la redreſſer:leur influéce n'eſt ſublimatoire,mais
fecale,l'Egliſe n'en eſt plus Egliſe, mais bien plus
Romaine,deuenuë mondaine,moins eſpouſe, plus
vagabonde,moins arreſtée,libertine, moins diſci-
plinée,d'vne pedagogie d'extrauagante irregulari-
té,elle en eſt diminuée de cent pour 20. ſa liqueur
deuotieuſe eſt fondüe en craſſe,en eſcume potage-
re.Elle eſt toute oleagineuſe, l'onctiõ du S.Eſprit
eſt tournée en tache pluſtoſt qu'en ſauon,tournée
en verſure de tenebres pluſtoſt qu'en eſclair de ſa-
pience.Elle engédre des flottes de graiſſe,pluſtoſt
que des aiguillons de compunction , ils ont desbauché les operations du Sainct Eſprit. Ils les ont
miſes à l'encant de la ſecularité, baſte que leurs
penſées ſont vrays lardons de cuiſine.

Ils sont comme l'escume du pot, encor que ce soit le pire de la marmite, elle tresmonte par dessus, elle couure tout ce qui est dessous, ainsi ils couurent & oppriment tout ce qu'il y a de bon dedãs l'Eglise. Ha! que l'adultere de leur grandeur a fait de mal, laquelle estant enuié e par la ialousie des Euesques, ils aiment mieux les imiter que biẽ faire, & croyent de faire leur deuoir, sortans de leur deuoir, pour adherer aux debanches de la Cardinalité, & par ainsi ils ont souuentesfois plus d'offices que de peine, plus de charge que de soin.

Ils sont plus à eux qu'à ceux qu'ils doiuent estre. Ils sont plus dehors que dedans leur charge. Ils ne la sentent point. Ils ont des charges sans en estre deschargés. Ils y succombent sans y succomber, elles ne leur pesent encor qu'elles accrauantent, Ils sont dispos encor qu'affaisés, elles sont souuent bien plus larges que leur espaules, Ils s'endormẽt en veillant, ce sont sentinelles sans sentiment, lesquels ne taschent point à leur talche, qui se tordent hors de leurs erres, se suiuent plustost que de suiure ce à quoy ils sont attachés, qui estudient hors de leurs estudes, s'addonnent à s'abandonner, plus de mitre que d'Euesque ou qui soit de mise, plus Euesques d'ornement que de fait, de cuisine que d'effect, plus mercenaires qu'ouuriers plus au gain qu'à l'ouurage, tousiours à leur aise, iamais à leur deuoir, ordinaires à leur ratelier, & fort rarement à leur attelier.

Toutesfois comme il y a de toute taille bon

chien, auſſi y en a il eu parmi eux qui on deſgoiſé
la verité ; la plus part en partie , fort peu entierement : & s'en trouue encor auiourd'huy que s'ils
oſoyent dire leur penſée, ils reedifieroyēt vne partie de ce qui eſt ʉsbreché, mais la crainte d'esbrecher leur fortune les arreſte en l'esbrechemēt de
leur conſcience, comme Caietan, aux yeux duquel
la verité brilla par la bouche de Luther, ſi Luther
euſt eu quelque chappeau de meilleure teinture,
que la Romaine, ou quelque croſſe bien maſſiue
à luy donner, il euſt mis en diſſolution ſa reſolutiõ. Ce grand Cardinal, le coryphee des doctes de
ſon tēps qui auoit esbloui la lumiere de ſon ſiecle
Picus Mirandula, ſur les mille theſes de toute ſciē-
ce propoſées par celuy-cy il ſe laiſſa rauir la parole
de la bouche, ſinon que la cognoiſſance que Dieu
luy dõnoit, l'euſt cõfondu. Il ſe trouua ſi de court
qu'il ne ſceuſt en tout le reſte de ſa vie regaigner
l'hõneur qu'il perdit diſputant contre Luther, ni
peut eſtre le repos de ſa conſciēce cõtre les doutes qu'il y cõçeut, il eſtoit ſuprememēt verſé aux
relations de Thomas, ſe iouoit des formalité de
l'Eſcot, mais outrepaſſé par les accens des Grecs,
& apprentif aux poincts des Hebrieux, barbare au
Latin, ne compoſoit qu'en queſtion, & ne parloit
qu'en *diſtinguo* dõt il grouilloit, crochetoit & enfõ-
çoit, toute ſorte de difficulté, riē ne luy eſtoit obſ-
cur, mais la verité eſclattāt de la gorge de Luther,
luy eſtrangla les mots qu'il preparoit pour s'emparer à en couurir l'abus, demeurant ſur l'appetit
de ſon biē dire, ſe couuroit de ſon ſil éce, en l'adoration

ratiõ du renouuellemẽt Euãgelique , car ſans cela
Luther eſtoit de biẽ loin ſon eſcholier, & eſtãt de
retour à Rome engagé aux reparatiõs de ſa repu-
tatiõ qui auoit eſté ſi fort endõmagée par l'eſprit
prophetiq; d'vn perſõnage ſuſcité de Dieu, la vo-
gue du mõde l'occupa à rappetaſſer ſõ pauure hõneur tout delabré, chiffõné, qu'il voulut rappiecer
de queſtiõnettes qu'il publia cõtre ſa cõſciéce, &
encor qu'il gehénaſt l'Eſcriture S. qu'il torturoit
pour l'eſté lre, purgeãt l'innocéce de ſes premieres péſées par des poſitiõs mettiues, qu'il euſt plꝰ
ſainctemẽt réuerſées qu'heureſemẽt cõfirmées,
toutesfois ſa cõſciéce en pluſieurs endroits a forcé
ſa profeſſion, il parle orthodoxemẽt en ſes eſcrits
poſterieurs de la predeſtination & iuſtification, il
mõſtre le profit des conferences de Luther , car il
s'eſt fauſſé luy meſme ſur pluſieurs poincts de ſa
premiere Theologie, ha!ꝗ ſi nous auions des hou-
lettes d'or pour mettre au poing de ceux qui couuent & qui craignent d'eſclorre le deſmenagemẽt
qu'ils cognoiſſent neceſſaire à la reſtauration de
l'Euãgile, le ſeul rebut demeureroit de l'autre coſté, mais tel porte charge d'Archeueſꝗ; & de grãd
benefice, qui parmi nous ne ſeroit digne du Catechiſme qui ſe fait aux enfãs voyãt que noꝰ n voulons perſonne qui n'apporte vne bonne paire de
mains pour bien eſcrire & trauailler, & vne bõne
langue à preſcher, diſputer, enſeigner, & que chez
nous nul n'eſt priſé qu'au trauail & à la doctrine,
& qui ne receuons point de paſteur qui ne ſoit
idoine à bien exercer ſa profeſſion.

Cela les effraye Nous n'auons que faire d'hommes qui ne paroiſſent qu'aux lechefrites & à la morphe. C'eſt dommage qu'on ne rencontre parmi nous des paſteurs courtiſans de poulets Cypriots, Candiots, ou qui ſe veulent noyer, perdre leur teint & leur temps, leurs jambes, & leurs pas, à fourrager les brebis , piccorer route ſorte de lubricité. Cela s'eſcouleroit tout auſſi toſt en billon, ſeroit relegué en mouchon de chandelles puantes eſteintes, deuant leſquelles chacun boucheroit tous ſes ſens de peur d'infection.

Baſte que nous n'auons que faire de ces hommes qui tendent leurs mains à Dieu , l'eſprit au monde, & leur ame en enfer. Il faut que ceux qui font eſtat de mettre la main à l'œuure ſoyent tout d'vne piece à la reformation d'eux meſmes & de tout le monde , treſſaillans de tout coſté de vraye pureté Euangelique , ne reſſentans rien que la naifueté du ſeruice de Dieu , & le ſalut des ames, ſelon la parole eſcrite, car les Samaritains factieux au mal, cagnards, & faineants au bien, ne ſont d'aucune miſe, compte, ni recepte, & ne faut s'eſtôner sils demeurent chez eux , ne voyans aucun fourrier qui les loge pour viure par deça comme ils ont fait profeſſion de viure diſſoluement par dela.

Et quant aux docteurs. Les moines diſent qu'ils ſont trop ſçauans , & qu'il reſoluent en *diſtinguo*, tous les arguments du S. Eſprit , c'eſt pourquoy il s'en fait ſi peu des leurs. Ie pourrois me ſeruir de la meſme raiſon , pourquoy il s'en fait ſi peu
des

des noftres.

Il y en a beaucoup qui voyent mieux qu'ils ne font, fçauent autrement qu'ils ne difent , mais la crainte de perdre le Purgatoire , d'où viennent les bouillons de la Marmite, eft caufe qu'ils n'ont aucune crainte de perdre leurs ames : ils aiment mieux perdre le repos de la vie eternelle que celuy de la vie temporelle, pourueu qu'ils ayent bien à difner, ils font contens de perdre la fouuenance qu'ils doiuent à la refection de leur ame , toutesfois il s'en trouue qui viuent foiblement en leur refolution.

Ils fe declairent deuant par derriere, font contraints d'vne part de fe laiffer emporter au randon impetueux de la vie dedans laquelle ils viuét, mais d'autre cofté , ils ne peuuent tellement celer leurs foufpirs , qu'il n'en efclatte quelqu'vn à la confideration de ceux qui les manient de prés , ce qui s'obferue fignalement à l'endroit de ceux qui enfeignent ou qui efcriuent, car vous y remarqués des arguments forts , & fuiuis de folutions foibles, qui redoublét pluftoft qu'elles ne deftruifent le doute propofé aux matieres & controuerfes où ils hefitent & ne refoluent qu'en tremblát, agités de leurs fynderefes qui les eftonnent.

Il eft vray que les paroles qui feruent aux pedans & au vulgaire à s'interpreter , feruent à ces grands maiftres de Theologie, & de religió, pour le diffimuler. Maldonat, Sotus, Alphonfus à Caftro, n'ont recognu les indulgences que par indignation.

Ils les onr plus abbaſtardies qu'affranchies. Ils ont mis le pied iuſques ſur le ſueil de la porte, par où Luther eſt entré à la reformation ; quiconque les euſt tát ſoit peu pouſſé par derriere, ils euſſent fait de belles iournées par deuant.

La multitude de la rancune preparée à ceux qui veulent eſtre gens de bien , les a fait deſmarcher & abreger leur bonne reſolution. Ils ont mieux aimé eſtre paiſibles que vrays Chreſtiens demeurer dedans les bonnes graces du Pape, que de s'inſinuer bien auant dans les faueurs de Dieu. Ils ont eſté reſtifs au S. Eſprit qui leur hochoit la bride.

LIVRE

LE
FRANC-ARCHER
DE LA VRAYE
Eglise,

CONTRE LES ABVS ET
enormités de la fausse.

LIVRE II.

DE LA CONFESSION
auriculaire.

CHAPITRE I.

LA Confession auriculaire, c'est le bridoye, ou le gros cauesson de la Romanipetterie : Les Confesseurs sont les sages femmes qui accouchent les secrets de la Chrestienté, ils donnent des Algarots Antimonials, des suppositoires, des clysteres par les oreilles, ils clysterisent les oreilles auec des tirebourres.

Ils seruent de lunette à canon, pour faire voir dés les pieds du siege Romain, iusques dedans les courtines, & dessous le cheuet des Princes & des Roys, du mariage & de l'Estat des gros, des grands & des menus.

Ils aſtrolabiết le bordereau des quaiſſes de toutes
les finances, le bureau des parlemens, & le conſeil
de tous les ſouuerains. C'eſt le *ſpeculum matricis*
chirurgical d'où ils anatomiſent, & voyent les pế-
ſees & reſolutions des grands, iuſques dedans leurs
conceptions.   Ils entrent par là iuſques dedans la
matrice de toute conſcience, ils y eſpluchent les
affaires iuſques à l'embrion. Ils les pourjettent dés
le ventre de leur naiſſance, iuſques au tombeau de
leur derniere pretenſion. Les marianiſtes s'en ſçauent tres-bien appointer. C'eſt le baſton de Iacob
d'où ils aulnent en detail, & en gros le dedans & le
dehors de la Chreſtienté. Ie laiſſe les courrateries
licentieuſes & deshonneſtes, que les lieutenás criminels & officiaux ſçauent, mais non pas de cent
l'vne, qui s'y pratiquent par perſonnes mal viuan-
tes. Toutesfois ce n'eſt que l'auge, la baſſe creiche,
la petite mangeoire ou paiſſent les bidets, mulets
& aſnons, ce n'eſt pas le grand ratelier là où feſtinent meſſieurs les Prelats, qui tiennent à deshonneur de s'aualler ſi bas, qu'à ouir les confeſſions de
ſix vingt ou tất d'Eueſques qu'il y a en Frắce, il ne
s'en troupera pas demi douzaine, qui ait iamais ouï
aucune confeſſion, comme ſi ce ſacrement les de-
ſacramentoit, ou les deſacroit. Ils rougiſſent d'exercer vne choſe fauſſe.   Ils ſçauent bien que ce
n'eſt pas vn ſacrement, mais que c'eſt vne fiction.
Ils le deſdaignent tres-dignement. Il eſt bien vray
que chſt la lanterne ou la garite où ſont poſés les
moucars en ſentinelle.   Ce ſont les tarrieres de
la papauté pour penetrer & charpenter le dedans
des

des hommes. Et ie trouue que ces hommes là sont
moins qu'hommes, de croire que Dieu n'oseroit
pardonner sans le Pape, ou sans le prestre. Qui est
ce qui se voudra si lourdement persuader, que de
dire que la douceur du ciel ne peut ioindre à l'a-
mertume de nos ames, sans passer par la bouché
des Prestres, & que Dieu soit obligé de pardonner
quand ils pardonnent, & que Dieu n'oseroit faire
present de ses graces à aucun sans l'adueu d'vn
malaustru prestolant. Faut il q̃ I.C. retourne à cõ-
poser la patinostre? car il nous adresse en la 5. petitiõ droit à Dieu pour gaigner la remissiõ de nos
pechés, & ceux ici nous condãnent à l'oreille d'vn
prestre, si ce n'est que *Pater noster* soit quelq; vieil
prestre des cieux habitant en terre. Le pauure publicain estoit bié esgaré, tout couuert de peché en
s'adressant à Dieu plustost qu'à vn prestre, car il y
en auoit de l'ancien, encor que ceux du N. Testament fussent alors fort rares: ou bien I.C. se fust-il
rien mespris s'oubliant que ledit publicain sans a-
uoir parlé à aucun prestre, mais seulement à Dieu
neantmoins il dit qu'il s'en retourna iustifié en sa
maison. Bõ Dieu que de fariboles qu'õ fait passer
par Escriture Saincte. L'vn des grands œuures de
Dieu, c'est de iustifier vn pecheur. S. Bernard dit
qu'il seroit plus aisé à Dieu de creer vn autre mõde, ou de resusciter vn mort, que de iustifier, & faire reuiure vne ame morte en peché: car vn mort
n'a aucune resistance non plus que le neant: mais la
malice de l'homme se met en quelque defense à
l'encontre de la bonté de Dieu, nõobstant quoy

meſſieurs les papirogues s’eſgalans & treſmontãs
par deſſus l’authorité toute puiſſante deDieu n’en
font que ſecoüer leur manche. Il leur eſt plus facile
de iuſtifier que d’eſternuer. Vn petit preſtolin qui
ne ſçait que, c’eſt de grace, ni de iuſtificatiõ de peché, ni de penitence, ni de Dieu meſme, que par
preſuppoſition, en prononçant deux ou trois ſyllabes qu’il ignore le plus ſouuent ſans les ſçauoir
interpreter, en ſe riant il expediera vn ouurage
auſſi haut & mal aiſé que la creation, ou que la reſurrection. Cela eſt ſans logique, ſans ſens cõmun
d’vn eſprit vertigineux, temeraire, engendré de la
reſolutiõ felõne qui fit trebuſcher le premier ange, iurãt, maugreãt qu’il ſeroit ſemblable au treſ-
haut. Toutesfois ces calefatins de preſtres trouuerõt plus de ſeãce en la foy des hõmes, q̃ la foy qu’õ
doit aux Apoſtres, des petits cuuiers d’ignorance,
treſ-mal enmeſnagés de ſciéce, parãgõs de Barbarie, qui n’ont ni inſtruction, ni ſuffiſance d’aucune
cõſolatiõ. Il ne s’ẽ trouuera pas de dix, pas de vingt
l’vn qui ſoit autre que ce que ie dis, pluſtoſt officiers de deriſiõ que d’amẽdemẽt de vie, & que cela
puiſſe dõner vn cõſeil ou vne reſolution? eux qui
ſont ſi mal conſeillés, ce n’eſt que laſcheté de leur
vie. Ha! quels apoticaires de nos ames! Les pietres
chirurgiés de cõſciéces! Ce ſõt de pauures antido-
taires, qui ſeruirõt pluſtoſt de vice pour empirer,
q̃ de reiglemẽt pour amender les actiõs vicieuſes.
Eux meſmes ſe pourmenẽt d’heure à autre dedans
les vices, ce ſont leurs galleries. Ils n’õt autre eſtude que leur cõcupiſcéce. Hippocrate a fait vn liure
des

des bandages, aſſauoir *de faſciis*, où il eſtablit quaſi
la moitié de la chirurgie en l'art de ſçauoir bien
bãder pluſtoſt qu'à medicamēter vne playe. C'eſt
là où giſt la maiſtriſe d'auantage qu'aux medica-
mens, & aux remedes. Il eſt aiſé de ſçauoir les remedes d'apprendre les receptes, mais la principale
difficulté, c'eſt en l'application d'icelles. Ce n'eſt
point tãt l'appareil que la main du chirurgien, qui
ſert aux malades, ains plus que le medicamēt. C'eſt
dequoy nos tõſurés ont fort petite prouiſion. Où
eſt l'eſtude qu'ils ont cõſommé dedãs les morales
d'Ariſtote, ou dedans les leçons de Platon, ou bien
plus propremēt dedans les entrailles des Prophetes? C'eſt là où on apprend à eſtancher les paſſions
de l'ame. Ils appliquent le fer, où il n'eſt beſoin
que de miel, ils mettēt le feu, où ne faut que le fer:
quand la manne ſuffit, il faut laiſſer en repos la
verge de Moyſe, il faut eſpargner la manne, là où
la verge eſt neceſſaire. Il y en a qui veulent e-
ſtre nourris de laiʒt : Autres ne ſe peuuent refe-
ʒtionner que de viandes plus ſolides. Il y en a
qui ne ſe peuuent eſtonner s'ils ne voyent le
ſang. En l'Ancien Teſtament on ne faiſoit aucun ſacrifice où il n'y euſt du ſel. Le ſel de nos
aʒtions , touchant la gueriſon des ames c'eſt la
diſcretion. Elle eſt profonde & malaiſee à acque-
querir. Chez les Romains il ne s'en trouuera de
cent l'vn qui n'en ſoit deſtitué. Ha! cõme on reſſã-
ceroit vn chirurgié qui n'ē ſçauroit nõ plus qu'eux
on l'enſeueliroit iuſques dans l'aſnerie d'Arcadie,
toute la muletterie d'Europe ne ſçauroit cõprēdre

le reproche qu'il faudroit qu'il souffrit, & toutesfois la delicateſſe qu'il faut que trouue la main
d'vn paſteur au raccouſtremêt des ames doit eſtre
beaucoup plus faictiue qu'à rabiller les playes de
nos corps. Il y a plus de meſtriſe aux xrauaudeurs de
Paris qu'aux côfeſſeurs. Ils ſont ſêblables à l'horloge du pont neuf. Ils chantent des appeaux qu'ils
n'entêdent pas, ou comme le pig on d'Archite de
Tarente qui voloit ſans voler, ni ſcauoir qu'il voloit & où il voloit : ils ne ſcauent ni la fin ni le
moyen , ni confeſſer, ni pourquoy ils confeſſent,
ni que c'eſt que de confeſſion : ſont comme cheuaux de loüage qui acheuent la iournee ſans ſcauoir
où ils vont au giſte. Ils ſçauent bien mieux rincer
les bourſes que les pechés. Ils ne peuuent ratu-
rer les leurs, comment cheuiront ils des autres? Ils
ſe meſlent de beſcher les conſcience s, ils ne houêt
iamais la leur que par contenance: il ne s'en trou-
uë point de ſi mal ratiée que celle des preſtres. La
plus part ſont champeſtres , gens de biſſac : Ils
n'ont iamais leu hors leur breuiaire, qu'ils ſcauent
& entendent fort groſſierement , encor, pourueu
qu'ils l'entendent, mais c'eſt rarement. Vn ſeul
chapitre du S. Eſprit en la Bible les eſtonne : ils
voyent moins l'interpretatiô de la Bible que l'Alcoran. I'en ay veu qui ne ſcauoyent diſcerner entre vn chapitre de la Bible & vn chapitre de l'Alcoran ou du Talmud. Ils ne ſcauroyent dire pourquoy ils ſont Chreſtiens pluſtoſt que Turcs ou
Iuifs , & ſeroit fort aiſé à leur faire croire que le
ſens de l'Alcoran eſt celuy de la Bible, pour monſtrer

ſtrer que ce n'eſt que faéturerie ceremonieuſe.
Ils entretiennent par maniere d'acquit ſous vne
fauſſe reputation de ſacrement dont ils l'inſcriuét
pluſtoſt par eſtat que par conſcience , eſtant plus
neceſſaire à leur policé, qu'au ſalut des ames. C'eſt
pour mieux iouir de leurs brebiettes: c'eſt vne petite captiuité aſſez gentille pour tenir les ames en
laiſſe, enchaieſnees au pied de la chaire papale, outre qu'il y a d'aſſés bónes riblettes à ronger, force
petits preſtolans en viuent & en font bóne chere,
ils en ſcauét tirer beaucoup de gráds moyés. C'eſt
en ceſte region ſecrette & tenebreuſe où on per-
ſuade des dons aux Egliſes, les fondations aux monaſteres, où le cœur d'vne femmelette attendri de
la vergongne que porte l'exaggeration de ſes fautes, ſe laiſſer aller à fruſtrer ſon mari, & ſa famille
de beaux dons qu'elle ſouſtraira , à les porter ou à
la grauité de móſieur le cófeſſeur, ou à la ſacriſtie,
ou à quelque autre aſſignatió. On y gaigne de fort
bonnes eſtreines: i'en ay veu des familles ſi abbaiſ-
ſtes, qu'elles ne s'en releuerót iamais. On y intro-
duit là dedás les ſubornemés teſtamétaires. C'eſt
là où on contrefait les reſtitutions. C'eſt là où on
cháge les pechés en meſſe, presés, argét. L'Egliſe
romaine eſt tenue de beaucoup de ſes richeſſes au
purgatoire : mais auſſi le purgatoire en doit la faueur & manutétió à ceſte frairie auriculaire. C'eſt
l'vne des meilleures maquignóneries de lEgliſe
romaine. C'eſt la plus vniuerſelle, plus cherie de
toute ceſte moutónaille, qui péſét faillir à leur ſalut s'ils faillét de beeler leurs fautes ſous le gage

du facouttemēt à l'oreille d'vn preftre. Ils pēsēt e-
ftre biē rincés quād ils font regiftre de leur vie en
la marmōnant au pied de la bifarrerie d'vn miffo-
tier ou de quelque moine abbaieur de parchemin,
qui fouuēt fōt plus ribleurs que la riblerie mefme
fçauēt mieux petarder vne couche, que defpouiller
vne difficulté de cōfc ēce, entamerōt mieux quelque ieune viāde, que la guerifō d'vn peché, ils fōt
fçauās en garéne, en fouppe graffe. Ils fe defuoilēt
deuānt vn hōme qui mefcroit ce qu'il fait, ou s'il
ne le mefcroit, il l'ignore, & de là ils penfent que
leur ame eft biē pécée, aprés qu'ils ont biē ouuert
& efpanoui leur cōfciēce, ils iurēt ce qu'ils deuro-
yēt abiurer, car ils fe pariurent ǭ leur ame eft tref-
nettemēt efpurée, comme l'or paffé par le feu. Ha
buanderie, fauōnade infecte! Ie trouue ces hōmes
là biē fins, qui permettēt à leurs fēmes d'aller de-
māteler l'ētrée du foir de leurs nopces, aller piol-
ler le nōbre des fois, & la fituation, cōme elles ont
efté practiquées, car ces beaux peres fōt anatomie
de tout cela, il faut que leur oreille repaffe par la
pofture, attouchemēt, antecedēt, cōfequēt, & font
reueüe de tout le harlequinage qui fe paffe dedās
les courtines du mariage, voyés cōme Sanchez le
fpecifie, & y oblige d'auantage qu'à obferuer les
cōmandemēs de Dieu. C'eft là où ils deployēt leur
curiofité, le petit cœur leur bat, ils efpient la mefure d'en faire autāt, & leur font exprimer fouuēt
auec plus d'energie ǭ ne peut porter la chofe mefme, car il n'y a rien de plus cōtagieux, ne qui rende
plus imbecille le iugement feminin, que les fcrupules ǭ ces meffieurs aggrauent, appefantiffent, a-

fin d'exprimer leur intétion, & depuis q̃ le feu s'est
mis en l'ame d'vne femme, elle tõd fur l'œuf. Il n'y
a repetition de confeſſion qui la puiſſe accoifer.
C'eſt à l'entour dequoy l'ouye de ces reueréds go-
guenarde, & fe donne carriere, il fe baignét en eau
rofe: car ils les voient plus folles q̃ chreſtiennes, &
puis il n'y a rien qui reſſemble tát à l'amour charnel que l'amour fpirituel, depuis qu'vn hõme à cognu la foibleſſe d'vn cœur qui eſt tout esbreché,
Dieu fçait s'ils fe prefentent à l'aſſaut, & s'ils ont
des canons pour battre la muraille quãd la breche
n'eſt raifonnable. l'aimerois autant qu'vn preſtre
fuſt caché fous le lict, puis qu'il faut niaifer, & deuenir barbet iufques là q̃ de lui tout rapporter &
mettre en figure. Il ne s'é trouue de 20. l'vn, qui ne
porte quelq; defir fouffré en crouppe, ou de factió
curiofité, auarice, chãrnalité. Ils dreſſét leur embufcade, voire les plus groſſiers fi dextremét. Ils alli-
gnét fi bien leurs efforts qu'ils empietent ce qu'ils
gaignent encores qu'ils foiét veſtus & efquippés
cõme archers de la feſteDieu, poſtillõs de fes graces, ains les finãciers de l'efpargne du toutpuiſſant
pour liurer tout ce q̃ les ames penitétes aurõt enuie de tirer des coffres de Dieu sãs autre garent, q̃
leur parole q̃ fe charge de tout cela: car difent-ils,
Dieu eſt tenu de nous defgager, autremét fon hõneur feroit p̃du, ils ne voudroiét plus eſtre à Dieu
fi Dieu auoit failli à payer pour eux, & fur cela ils
cageolé les ames à double rebras. C'eſt vne nego-
ciatió bié abufiue, car le penitent fe prefente aux
pieds de sõ amouftilleur, qui auec l'efprouette luy

sonde le centre & la circonference de son cœur &
de sa vie, luy ayant fait reciter au prealable vn *con-
fiteor* en langue incognue, où il implore les prieres des defuūcts qui en sont biē esloignés, qui n'ont
garde de respondre, faisant autāt de tort au fils de
Dieu, seul & vnique mediateur: ils inuoquēt la misericorde & la missiō des creatures, encor qu'il n'y
ait que Dieu seul qui puisse pardōner & faire misericorde. Ils se cōfessēt en blaspheināt, cōmettans
idolatrie, attribuās la diuinité aux hōmes qui n'appartient qu'à Dieu seulement. Ils prient les hommes de regarder leur cœur, & il n'y a que Dieu seul
qui est scrutateur des cœurs. Ceste confession s'est
introduitte sans aucune certitude, car l'Escriture
n'en fait aucune mention. Et quant en S. Iaques 5.
il est dit qu'on se cōfesse les pechés les vns aux autres, il n'entend point d'vne confession particuliere, mais generale, ou biē q̃ nous nous recognoiſ-
sions pecheurs, nous humiliās les vns deuāt les autres, ou biē ayās affaire de cōseil en quelq; perplexité s'addresser à quelque sage, qui puisse donner
quelque bonne recepte à la maladie, outre que S.
Iaques dit qu'on se cōfesse l'vn à l'autre, sans specifier que le laique se confesse au prestre, plustost
que le prestre au laicq; La cōfessiō a esté libre iuſques à l'an douze cent au concile de Latran. Caietan sur le 20. de S. Iean dit que la confession a esté
instituée de Iesus Christ, mais afin qu'elle fust vo-
lōtaire non necessaire à nostre salut, & que la maniere auriculaire n'est point de I. C. En quoy perit
ce grād secret entortillōné par les papirogues, qui
disent

diſent qu'il faut pluſtoſt ſe laiſſer eſcorcher &
bruſler q̃ ſauuer la vie d'vn monarque, le peril duquel on aura deſcouuert en confeſſiõ, outre q̃ l'hiſtoire ſacrée eſt chargée en pluſieurs endroits des
abſolutiõs q̃ dõnoyẽt pluſieurs Abbés Laics & nõ
ſacrés à leur moines, qui ſe venoiẽt cõfeſſer deuãt
eux, ou pour receuoir cõſeil, ou biẽ cõſolatiõ. Mais
à quel propos aller faſſer ſes pechés à trauers l'o-
reille d'vn preſtre? Eſt ce là où eſt dreſſee la fabrique des reſſorts de la miſericorde de Dieu? Dieu ſe
loge-il là de dãs en ce beau Paradis là? Eſt ce là où
il tiẽt ſa chãcelerie pour dõner ſes abolitions, re-
miſſions? tiẽt-il là le ſiege de ſon parlemẽt pour y
eſcouter les cauſes & pronõcer les abſolutiõs, ren-
uois ou cõdẽnatiõs? Ha! charlaterie, frelaterie. Que
ie n'iray reueller, & deſpouiller ma vie à l'oreille
d'vn rifflard, qui n'aſpire qu'à riffler pluſtoſt qu'à
biẽ faire, qui ne ſçait ſa charge que par vne creãce
qu'il porte de trauers, en eſcharpe, aux yeux bãdez,
& que ie donne ma fiance à vn hõme qui n'a point
de garãt de la ſiẽne, ſãs pouuoir, ſans cõmiſſiõ? que
de baſtelerie & d'vſurpatiõ interrõpue par Nectarius qui auoit des yeux au dos : Il ne vouloit eſtre
maquignõ de tels caffres qui eſtoiẽt en ſon dioceſe. Il abrogea dõc la cõfeſſiõ, deteſtãt telle rõgnõ-
nerie, abiurãt telle marmõnerie, car de mille abus,
on n'ẽ cognoiſtra pas l'vn, & de mille qu'õ cognoiſtra, chacũ les couurira. L'action de Nectarius eſt
excuſée par des papiſtes les plus aduiſés, ains approuuée, car la cõfeſſiõ n'eſt que de droit humain.
Voyés Sotus cauteleux Eſpagnol en ſon 4. des ſe-

tences.Il cõbat ce qu'il veut dire,car en ces grands
hõmes là, on ne leur void iamais dõner leur iugemēt qu'à la rēuerse,les garruches,les trochelles,&
autres bourrelleries fabriquées à l'inquifitiõ leur
coupēt la langue. Ils canõnēt deuāt par derriere.Ils
rēuerfent en approuuāt ce qu'ils improuuēt. N'eft
ce pas auoir l'ētēdemēt refoulé que de dire qu'A-
dá,Abel,Salomõ fe foiēt cõfeffés?C'eft rēuerfer la
cõfeffiõ duN.Teftamēt,ǵ de la cõfirmer par celle
de l'anciē, & toutesfois elle y eft plus expreffémēt
couchée qu'au N.Teftamēt:nonobftāt quoy ils n'õ
fent affeurer fermemēt qu'elle ait efté practiquée
deuant la venue du fils de Dieu. Mais fi elle eftoit
felõ le credit du merite,qu'ils luy dõnēt fi neceffai
re,elle auroit biē efté autremēt fpecifiée & recom-
mandée par les Apoftres,mais elle eft originée de
ce qu'āciēnemēt quād les fcandales publiques en la
primitiue Eglife, ne fe remettoyēt qu'apres en a-
uoir fait cõfeffiõ & publiq; penitēce,& cõme plufieurs rebelloiēt à cõparoiftre , & annõcer publi-
quemēt fa faute, l'Eglife pour fe mõftrer plus in-
dulgēte,accorda que telle deteftatiõ fe feroit feu-
lemēt en la presēce ou à l'oreille d'vn Preftre particulier,maisvoyāt que de telle cõmunicatiõ on en
faifoit vn recelemēt de cõuoitife, & ǵ les preftres
l'vfurpoiēt à l'executiõ de leurs pretētiõs paffion-
nées, fur tout à l'ēdroit des fēmes,on ofta cefte fu-
iectiõ ǵ S. Chryfoftome mefme approuua laquelle n'auoit efté introduite ǵ lõg tēps apres les Apoftres , car fi telle couftume euft efté de leur authori-
rité , Nectarius n'y euft touché. Il l'euft toleré

en

en corrigeant l'abus, mais d'autant qu'vn tel mondificatif estoit plustost humain qu'Apostolique, il le relega en abolition , comme deuroit estre tout estude, cas de conscience, car on en fait auiourd'huy vne cinquieme faculté,& il là faudroit changer en estude de vraye Theologie,qui est la Bible.

Si quelque estudiant nouueau se presente à nos papirogues à estudier en Theologie , ils ne l'enuoient iamais à la Bible, mais aux cas de conscience. Toute leur conference se fond en ceste chicane là, ils recommandent plus leurs cas de conscience, que la conscience,ni que Dieu mesme: que si ceste science eust esté si necessaire à estre catechisée, les Apostres l'eussent recommandé en la memoire de leurs escrits : Iesus Christ en eust rememoré quelque chose à son partement pour aller au ciel. Ceux qui s'addressoient à luy pour cercher Dieu, & luy aussi,il les renuoyoit aux Escritures: En tout le Nouueau Testament on n'y rencontre vn seul cas de conscience.

Fueillettés S. Augustin, il enseigne & explique perpetuellement les Saincts Escrits , mais iamais les cas de conscience ; ce ne sont qu'Apostats de Prestrise, du leurre, de l'amorce pour faire bonne curée:c'est vne tranchée où chasque Prestre,encor qu'ignorant , deuient bon pionnier , pour faire pleuuoir dans sa marmite,s'estudians à estre meilleurs casuistes,que Biblistes,à la Theologie du Pape,qu'à celle de Iesus Christ, preferant la chancelerie au Caluaire : le stile de la datairerie, aux Epistres de Sainct Paul.

H h 4

Le tombeau de Iesus Christ est le tombeau de nos pechés, il enuoye prescher sur les toicts publiquement, & non secrettement à l'oreille. En la 2. Cor. 9. Dieu estoit en Iesus Christ reconciliant le monde à soy : il nous a mis en la bouche la parole de reconciliation, non l'absolution qu'ils appelent la forme du sacremét de penitence, asç. *absolute*, mais l'administration de la foy de la Parole de Dieu, la legation dont il nous a chargé, nous la practiquons, Dieu exhortant par nostre bouche, dit le mesme S. Paul. La remission des pechés s'obtient par le ministre de la parole de Dieu, predicatió de l'Euangile, lors qu'en l'apprehendant par la foy on se rend puissant de son benefice, nó par le nombre racóté, & les circonstances des pechés à l'ouye d'vn homme qui n'est que bourdier, où on ne se peut lauer, mais cóme dit Dauid au Pseaume 32. I'ay dit & confessé contre moy mon iniustice, & tu as fait remission à l'impieté de mes pechés. Mais, à quel propos les ira-on enregistrer en l'ouïe d'vn pecheur, luy mesme desconfit de vice : ne sont ils pas cognus à Dieu, au Pseaume 90. Tu as mis deuant toy nos iniquités, & deuant la clarté de ta face nos pechés: & au Pseaume 19. 13. Qui est-ce qui cognoit ses fautes, Seigneur deliure moy de celles qui me sont cachées: mais l'oraison de Manasses qui disoit, i'ay peché par dessus le nombre du grauier de la mer. En Ieremie 33. Ce qui ne se peut nombrer ou mesurer, ainsi nos fautes qui nous sont cachées, & que nous auons commis par ignorance, & encor que Iesus Christ, Matth. 17. enuoye les lepreux se

mon-

monftrer aux Preftres , & au Leuit. 13. iouxte la
Loy, il les confideroient & fondoient la guerifon
de la lepre corporelle, par vn certain don furnatu-
rel,ou(difent aucuns)naturel furnaturellemēt donné,qui gifoit en vne outrecognoiffance à eux pre-
ftée du ciel,difent nos aduerfaires,que c'eftoit vne
figure felō laquelle eftoit represēté le myftere futur de la conféffion : mais tout cela s'entend de la
fincere confeffion que nous deuons faire deuant
Dieu , & de l'innonence Chreftienne dont nous
deuons donner preuue aux yeux & à la cognoiffance des Miniftres fes feruiteurs , & pour le paffage
fus-allegué de S.Iaques,Confeffés vous l'vn à l'au-
tre:c'eft le mefme qu'en S. Matthieu 5.Iefus Chrift
nous commande de nous pardonner les pechés dōt
nous nous fommes mutuellement offenfés, & que
mefmes aux plus ferieufes &facrées de nos actiōs,
fi nous entrons en memoire d'auoir offenfé quelqu'vn de nos freres,nous devons rebrouffer & aller deuāt cercher la reconciliation de celuy qui eft
intereffé contre nous. Mefmes au Prou.28.13. Celuy qui cache fes pechés n'aura point d'adreffe,&
ne plaira point à Dieu.En la 1.S.Iean,Si nous con-
feffons nos pechés , Dieu eft fidelle & iufte pour
nous les remettre & pardonner,& au Pfeaume 32.
Dauid dit, Par ce que i'ay teu & voulu diffimuler
mes pechés,mes os fe font fort enuieillis.Qui eft-
ce qui oferoit dire certainement,que Dauid en ceft
endroit là , ou mefme Salomon ait voulu practiquer & mettre en exercice ce qu'ils appellent le
facrement de pœnitence,la confeffion auriculaire.

Ce feroit croire, & impofer à l'habileté de ces
grandsProphetes là, des abfurdités trop infenfées,
mefmes que S. Paul aux Romains 14. femble contrecarrer la façon inepte & fuperfluë de l'allegation & circonftance & repetition numeraire de
fes pechés. Il recommande donc de recueillir celuy qui eft infirme en la foy, non point en la difce-
ptation ou difcution de fes penfées. Mais ce qui eft
encor d'vne condamnation plus recerchée. C'eft
qu'ils vendent leur abfolution., car il faut payer
voftre confeffion au Preftre qui vous a efcouté.
En la 2. S. Pierre 2. Il y aura certains faux Prophetes, par lefquels fera blafphemée la voye de la verité., & eftabliront vn negoce auaricieux fur des paroles contrefaites. Il dardoit propheriquemēt tout
droit fur la femtife des paroles, de l'abfolution,
fauffemēt inuentée, prononcée en arrogance, trafi-
quée en cōuoitife d'or, ou d'argent. Il preuoyoit
que c'eftoit là deftruction de la fondation apres laquelle il trauailloit fi fort à l'inftituer, & S. Iude
dit, qu'ils aurōt vn cœur exercé d'auarice, enfant de
maledictiō, delaiffans la voye de verité. Ils errerōt
dedās la voye de Balaā, qui fut affectioné au loyer
d'iniquité: cōme à la verité ces pedās de preftreaux
qui ne viuent que des foires de peché, les mettent
comme à l'encant, font banque du fang des ames,
les mettent en marchandife, leur auarice y trotte, y
court commeà l'emplette, quand elle bruſle, c'eft
là où elle s'efteint, & fe met en raffraichiffement:
ils complottent & ourdiffent leur gain fur les confciences, tafchant d'allefcher, appafteler ces

pauures

pauures ames pecorantes & moutonnieres , qui
croyent à Messieurs les marchands qui les mettét
à l'enchere, estimant comme dit S. Paul en la premiere à Timoth. ch. 6. que la pieté est vn gain ou
bien logeans la pieté dedans le lucre , contre ce
qui est dit en Esáye 55. Tous vous autres qui estes
alterés venés à mes eaux , & vous qui n'aués point
d'argent ou de monnoye hastés vous, venés ache-
tés sans aucun argent , & sans aucune permuta-
tation, pourquoy est ce que vous pesés vostre argent & le donnés pour autre marchandise que
pour du pain , pourquoy posterés vous vostre
trauail à autre chose qu'à vous nourrir & repaistre.

Qu'on aille prier vn missotier de donner vne
Messe pour neát, & vous verrés la response grief-
che qu'il vous fera : s'ils vont à vn enterrement
s'ils font vn mariage , & que ne les payés à leur
volonté , ils vous retiendront vos gages , &
vous le vendront si cherement , qu'il n'y a aucune mercerie aux hales qui ne soit à plus bas
prix. En l'Apocalypse chap. 22. vers. 17. l'Apostre
dit si quelqu'vn est alteré qu'il vienne, & quiconque en voudra , qu'il puise en abondance les eaux
de vie , il ne conuie à aucun commerce , c'est
seulement pour nettoyer les pechés , non pour
mettre en practique vn certain attractif , pecuniaire , dont ils gehennent les ames & les
hommes. Ne voila pas des ames bien sauon-
nées apres auoir s'accoutté en l'oreille de ces
petits pince - mailles de Prestres , lesquels

ne se presentent tant pour nettoyer les pechés,
que pour garnir leur concupiscence apres auoir
chuchoté deux mots d'absolution , plus ignorés
qu'exprimés par eux, elles sont tamisé s, blanchies
refondues en toute sorte de passevelour , la toute
puissante bouche sacerdotale a ceste vertu en ses
marmonnements , que de faire transmutation de
generation en l'ame: elle estoit degenerée , ils la
rengendrent à Dieu, tout cela n'est que pour re-
hausser la gabelle.

Ie laisse les absolutions des cas reserués qu'il
faut acheter de Rome , comme si Iesus Christ
auoit de deux sortes de misericorde & de pardon,
l'vne familiere & commune , l'autre mise en re-
seruer Où est-ce que le Pape a appris dans l'Escriture, ou dedans les Apostres , que Dieu luy a reserué des cas.

C'est vne gehenne insupportable tant aux penitens qu'aux cõfesseurs, mais qui a de plus beaux
& enormes cas, reseruós que messieurs les Prelats
halqu'ils ne sont si babillards que d'en dire mot à
personne. Et le Pape à qui confesse il ces cas reseruós car *patere legem quã ipse tuleris*, il doit supporter la loy qu'il a formée, & qui a ordonné que
le Pape & les papillons, ne seront subiects à aucun
cas reseruó comme les autres,

Où est-ce que Dieu a dit qu'on ira à Rome
pour auoir pardon des simonies, incestes, dispen-
ses des comperages, des degrés de consanguinité, & mille autres frelateries. Ie laisse les annates
dont ils se sçauent fort bien accomoder , comme
                                        aussi

auſſi des depoſts qui ſont le reuenu des premieres anné s des benefices vacans , leſquels ils s'ap-
propiēt par vn abus pernicieux: ie veux bien que
la bobance de Rome ſans cela ne ſçauroit ſe ſou-
ſtenir. Autant de Cardinaux autant de cours, non
d'Apoſtres, ou de ſainéts confiſſeurs , ou comme
la cour de la creiche en Bethleem , ou comme le
cenacle de la Cene , ou de la Pentecoſte, ou cōme la cour de Iean Baptiſte , ou de l'Euangeliſte.
mais ce ſont cours de Roy , non chreſtien, mais
abſolues en toute ſorte de complimens venus de
la Gentilité. Elle eſt enyurée de vanité curieuſe,
recerchée, ramaſſée , meſmes de deſſus les autels
des faux Dieux idolatres. Tout le reuenu d'Italie
ne ſuffiroit à la fourniture des debauches & ſuperfluités Romaines.Il n'y a iour qu'il ne ſorte de
France par diuerſes voyes plus de trois ou quatre
mille eſcus qui font plus de ſeize cent mille eſcus
par an, ſans les annates à part , qui montent ſelon
le regiſtre de la chambre Papale , à d'aduantage
beaucoup que ne vaut le benefice.

Ils deuorent les perſonnes ſi on ne leur donne à
mǎger ce qu'ils cōmandǒt , ſi on ne cōpoſe à leur
volonté, autant voudroit eſtre anathematiſé, car
le traittement qu'ils rendent eſt encor pire , &
neantmoins c'eſt le bien des pauures mandians de
France , qu'on porte ſur la table de ces gros mi-
lours, voire mais, diſent-ils, cela eſt fonſé en l'ancien Teſtament où le grande Pontife auoit la di-
zieme partie des decimes attribuées aux Leui-
tes.Ie dis que nos gens ſont bien plus gourmǎds

ils ont plus de la tierce partie de tous les fonds de
tout le reuenu de la France. C'eſt bien arriere de
la dixieſme partie.C'eſt à quoy deuroyẽt penſer
les Monarches & Potẽtats, de degraiſſer vn petit
ceſte partie qui eſt toute aſſopie du fardeau de tãt
d'aiſe pris ſur lemeſaiſe d'autruy,& les faudroit reduire à ſe contenter du diſme & rien d'aduantage:
en arriere ie dis,que le Pontife eſtoit ordonné de
Dieu,que ſon plat luy eſtoit aſſigné par authorité
diuine,& qu'il comme Pontife n'auoit autre tẽporel pour viure. Mais monſtrés moy en l'Eſcriture S.que le Pape ſoit Pape chef de l'Egliſe, cõme
il eſtoit expreſſement porté au V.Teſt. Monſtrés
moy que Dieu luy ait aſſigné ſa penſion pour viure du bien d'autruy,ou qᵉ S.Pierre ait iamais e-
xigé vn denier pour l'entretenement de ſon plat,
ou que S Paul ſe ſoit addreſſé à S. Pierre pour cõ-
ferer les Eueſchés à Tite & Timothee,ou qu'i-
ceux l'ayent recognu comme Pape, ou qu'il luy
ayẽt payé les annates des expeditions de leurs
bulles,mõſtrés moy auſſi que le Pontife euſt vne
ville de Rome tributaire en ſouueraine maieſté,
la marq; d'Ancone,l'Ombr e, Boulogne,Ferrare
la Conté d'Auignon & tãt d'autres morceaux royaux de ſeigneuries terriennes.I.C.ſe fuſt cõtenté
du moĩdre hoſpital,encore n'y pouuoit il trouuer
place quãd il en auoit affaire,il eſtoit ſouuent contraint de loger dans des granges,ou des eſtables,
ou ſur le fumier ou au long des hayes & buiſſons
parmi les chãps, il paſſoit ſouuẽt toutes les nuiᵈts
en oraiſon,d'autãt qu'il n'auoit point de lieu pro-
à re-

pre à repofer. Ie plege mon dire par la premiere
nuict qu'il arriua en ce môde. Il fe logea dâs vne
creche,ou vn eftable.S. Pierre fe fut contente de
la moindre chapelle ou maladerie de ces puinces
là pour viure,mais il eftoit trop fainct perfonnage pour ne les refufer, car S.Paul ne vouloit rien
toucher,que ce que luy eftoit acquis par le trauail
de fes mains, & nos meffieurs ne fe contentét des
Empires, des Duchés & Prouinces. Il faut encor
qu'ils façent des faillies fur les pechés dont ils
vendent les abfolutions, partagent les reuen° des
benefices, ils gramoyét fur to° les Ecclefiaftiques
de l'Europe,iufques à vendre les graces de I.C.les
abfolutions, rehabilitations , difpenfe de l'oncle
à la niepce,au premier du fecond, & au fecond du
tiers, ains comme no° auons dit cy-deffus ils dif-
penfent iufqu'au premierdegré,s'ils font autât de
progres comme ils on commencé , en fin l'homme pourra retourner d'où il eft né & conçeu,
pouruey qu'il ait affez d'argent pour en faire com-
pofer vne bulle. Ne fut-ce pas leur auarice qui fut
caufe de la faincte côuerfiô de Martin Luther felô
l'hiftoire d'Allemagne l'an 1517. comme on in-
ftituoit le iubilé de la croifade à Rome,en la châ-
bre du Pape , & que les emoluments des biéfaicts
& aumofnes des Chreftiens qui en reuenoyent
fe partageoyent en trois,La premiere part auPape;la feconde à l'Euefq; du lieu:la troifieme à l'E-
glife où eftoit le pardô,ou à la caufe,pour laquelle
le iubilé eftoit crée , la niepce du Pape eftant
lors prefente , quand on accorda ledit iubil
requit fon oncle le Pape de luy faire vn prefent

de ce qui luy reuenoit pour sa part. Le Pape repartit , que le morceau estoit trop gros pour elle
Et bien respondit-elle,donnès en la moitié à vostre autre Nepueu.Ce que le Pape consentit,&sur
l'heure entra ledit Nepueu,à la dicte chambre,le-
quel entendant ceste bonne nouuelle , offrit à la
Niepce de iouër sa part contre la sienne , & sur le
champ, à coups de cartes & dez , ne cesserent que
l'vn des deux n'eust gagné son compagnon. Ce
que voyant les Ambassadeurs des Potentats d'A-
lemagne , entre autres des Ducs de Saxe & de
Vuirtemberg , ayant en abomination qu'on vili-
pandast la charité des Chrestiens,& le sang de Iesus Christ, & qu'on le iouast auec tant de lasciueté
escriuirent en indignation , ce que leurs yeux a-
uoient tesmoigné,à leurs Maistres:ce qui les incli-
na à se renger , & à pousser Luther contre les Indulgences , voyant qu'on les auoit tourné en impropere,& commedie du sang des ames.

Ils appellent la Confession,Sacrement de Pœnitence : mais pluStost la deuroient-ils nommer , e-
schole de peché , mais pluStost manege d'auarice,
ou mesmes ils dressent le but à l'execution de
leurs concupiscences. Ie laisse de bons drolles de
Prestres , qui s'en seruent comme de chasse pour
atteindre leur venaison,Ils giboyent dedans iceluy
leurs morceaux delicieux. S'ils rencontrent quelque chataigne qui ait petté,ils l'assennent,s'ils peuuent,auec leur accroc. Ils sont saffres sur toutes les
nations : & si autre se presente qui n'ait point encor petté,ils essaient à la mettre dedans le feu.

N'est-

N'eſt-ce pas donner la cheure pour gardien aux choux ? certes il faut eſtre plus auaricieux du deſcouurement de ſoy meſme : la partie honteuſe de l'ame , c'eſt la conſcience. Ces maiſtres faucheurs ſe cognoiſſent mieux en fauconnerie, qu'en Theologie conſciencieuſe & morale : ils ſçauent mieux fauſſer les ſecrets du cœur, que de les redreſſer. Eux-meſmes ont les cœurs fellés: ils prennent les ames à ferme, & puis en feſtinent, en rigollent: ils les ſçauent emmuſeler par la bigotterie, & les conſiſtorier , eux meſmes qui ſont tres conſiſtoriaux, de matiere toute reprehenſible, conſciences tigneuſes, addonnées, noyées dedans le deſir du gain : comme le Medecin cerche & ſuit les maladies , comme vne vache ſa mangeoire : ainſi les Preſtres les confeſſions & maladies de l'ame, non pour y porter guerifon, mais pour y cercher leurs paſſetemps.

Ils remanient les penſées qu'on a offert dedans les conuulſions de l'actiuité matrimoniale, leſquelles ils eſpluchent iuſques aux moindres pouties plus ſtudieuſement, i'ay quaſi dit plus voluptueuſement & auec plus de charnalité, que l'or dans la cendre, ou le ſable.

Ces beaux Peres ſpirituels tendent les aureilles à les remplir de petites fables delicieuſes , ſuccrines: eux-meſmes ſement des eſchardes ſcrupuleuſes en chaſque article , où ils reuirent les cogitations, où ils engendrent des deſmangeaiſons, afin qu'elles ne facent iamais fin de leur conter tant de belles ſornettes, & auoir ſuic & d'y regratter ſou-

I i

uent. C'eſt pourquoy ils y meſlent des ſentimments eſpineux.

Si la cinquantieme partie des enormités qui s'y commettent par certaines mortes payes , de ces citadelles froquées eſtoit en euidence, on trouueroit meilleur de faire comme Lot , qui offrit ſes filles à ces alliénés de la nature pour empeſcher le violement de ces iuuanceaux les Anges ſes hoſtes : ainſi on aimeroit mieux ſe paſſer de pœnitence , demeurer en ſa preuarication , ſe reconciliant ſecrettement à Dieu , que de ſe ietter au peril euident, d'vne nouuelle fournaiſe de peché: car la chair eſt vn feu de poudre, vne flamme inuiſible de foudre, qui veut ietter ſa gourme en quelle part que ce ſoit.

La pauure Mere Thereſe eſtoit tout ioignant le naufrage , quand l'Ange luy esbreſcha des reins (ſelon que le deduiſent ces ſecretaires vitaux) vn germe de pourriture , concubine, & paillarde, ou eſtoit attaché le fomite enſouffré preſt à foudroyer, qui l'auoit pour le moins ſi fort attendrie, qu'à peu de là elle eut fait le ſault. Voire , mais chacun n'a pas vn Ange particulier pour ſe faire diſcuter , & mettre au tamis l'anatomie de ſes roignons. Auſſi y eſchet-il des eſclandres merueilleuſement charnels, tant parmi les hommes , que les femmes, iaçoit que voilés, encloiſtrés, c'eſt l'eſcume du celibat.

Ils eſchoüent contre les fautes qu'ils defendent : ains les pœnitents ſont tellement frappés d'epilepſie, qu'ils tombent & ſe froiſſent en ſe releuant,

leuant, s'empeſtrent en ſe deliurant, s'intrinquent
en ſe deſmeſlant, retombent en maſure en ſe re-
batiſſant, & quelques vns aucunes fois ſe deſchirent comme Caton, au lieu de panſer leur playa.
C'eſt vne epidimie, maladie populaire, peſtilente,
contagieuſe, que la ſubornation à reueler ſi familierement ſon cœur, en reuerſer les fondrilles dedans l'oreille plus fangeuſe & bouëuſe, que ceux
qu'ils eſcoutent : d'où arriue qu'en faiſant l'epitome de leurs actions & vie paſſée, ils s'actionnent à
l'Idolatrie, à la fauſſeté d'vn ſacrement maſqué,
preſtent leur conſcience à fourrer les mains d'vn
Sacerdoce paillard, contrefait en toute paillardiſe
conſciencieuſe, penſent de dreſſer leur ame à leſ-
quiere, & la rendre eſquilaterale à toute vertu morale, & ce n'eſt qu'vne yureſſe d'impieté palliée
ſous la face d'impieté, mais toute erronnée & ſcandaleuſe, forcée ſur la paſſion de ces enqueſteurs
d'actions humaines, qui ſont les commiſſaires inquiſiteurs du deſmenement de la Religion, & cependant ils ne ſçauent diſtinguer entre la Religion
du lieu, d'où ils ſont, & la religion delaquelle ils
ſont, entre leurs pays, & leur creance. La pluſpart
gens armés à la legere, par eſcadrons erenés de
cognoiſſance : eux meſmes deſconfits de vice, comme deſconfiront-ils ceux des autres?

Le peché leur eſt en reuerence, ils reſemblent
pluſtoſt au vice qu'on leur confeſſe, qu'à l'abſolution qu'ils donnent : ils ſont compoſés plus de peché, que de preſtriſe : ils empeſchent par les
mauuais patron qu'ils donnent, & ils ſont

que ceux qui s'y cognoiſſent , aiment mieux croupir que de leur demander le chemin à l'amendement,on ne ſçait ſi on doit croire à leur bouche,où
à leur main; à ce qu'ils preſchent,ou à ce qu'ils viuent. Ils trahiſſent en la deſtorſe de leur action
leur profeſſion,leur office eſt ruiné en leur preuarication : ils ſe mocquent en ce qu'ils ſont en leur
vie, de ce qu'ils ſont en leur charge : autant de pas
qu'ils marchent, deſmentent autant de mots qu'ils
diſent: leur conuerſation eſt ennemie mortelle de
leur vocation; ils cellent dedans celle-cy , celle là:
mais le plus ſouuent celle là fauſſe celle cy. La verité ſuppedite touſiours , principalement à la lon-
-gue la feintiſe.

Sommairement , ils ne ſe ſoucient tant d'eſtre
obeis qu'enrichis , ou qu'on leur croye , pourueu
qu'on leur donne , pourueu que ce ſoit à quelque
bon pris , il ne leur chaut qu'on les meſpriſe : ils
s'eſtudient tant à eſtre ſpirituels en leurs ames,
qu'à eſtre bien corporels en leur bource. Ils choiſiront pluſtoſt de gaigner leur eſcot,que la repen-
tance de ceux qui s'agenouïllent deuant eux; ils ne
ſont deuotieux en la parole, que par ce qu'ils ſont
deuotieux au guerdon & à la ſolde ; ils ne ſont fer-
uants contre les pechées, qu'afin qu'on ſoit ardant
contre leur diſette,plus palliée,qu'aueréc: plus aſ-
ſouuie,qu'à aſſouuir,ou qu'à plaindre.

Ce ne leur eſt iamais aſſés d'auoir aſſés, s'ils ne
regorgent : ils penſent d'eſtre deffectueux en leur
charge , ſi on eſt d'effectueux à leur attente : ils
n'ont cure qu'on les cerche , ſi on ne ſaoule leur
recer-

recerche; ils ne cerchent pas ce que cerchent, mais
ce qu'eſlargiſſent les pœnitents : ils preferent leur
auarice à leur ſalut ; ils aiment mieux eſtre auaricieux, que ſalutaires ; la ſanté de leur bourſe que
celle des pœnitents. Leur authorité s'exerce d'a-
uantage à acquerir des biens que des ames. Ils penſent de n'auoir rien fait en leur charge, quand ils
n'ont ſerui qu'à Dieu. Ils penſent d'auoir rendu
vn grand ſeruice à Dieu, encor qu'ils n'ayent rien
fait moins, quand ils ont rencontré quelque bon
trafic. Ils ne penſent point d'eſtre chargés d'vne a-
me, que pour la deſcharger dans leur gibeciere.
Ils ne viſent point tant à les enſeigner, qu'à les
bien ſeigner. Ils tendent leurs filets, mais plus à
ce qu'ils pretendent, qu'à ce que les conſciences
attendent; n'obſeruent tant à les conſoler, qu'à ſe
reſioüir du reuenu qu'ils en oiſellent, les laiſſe reculer contre leur amandement, ſi elles ne ſont à
bride abbatuë du coſté qu'ils en veuſent amender;
quitteront en arriere le ſalut d'vne douzaine d'a-
mes, pour le ſalaire qu'ils pourchaſſent de leur vacation : les deſtituent de leur gouuernement, s'ils
redoutent d'eſtre deſtitués de leur guerdon : ne
ſe mettent en peine de mener aucun à Dieu, pourueu qu'ils ſe puiſſent pourmener & faire leurs affaires du coſté de Pluton : ne ſe ſouçient que Dieu
regne en leur charge, pourueu qu'ils regnent
aux effe\ts de leur conuoitiſe, & n'eſſayent tant
à chaſtier leur rebellion à Dieu, qu'à prouoquer
quelque bonne profuſion ſur eux-meſmes : ne
craignent de les affamer, pourueu qu'ils ſe ſaou-

Ii 3

lent:ils renonceront à la creance du gain de la vie
eternelle. S'ils apperçoiuent quelque bonne lip-
pée presente de la vie corporelle, ils prefereront
vn morceau de festin à l'acquisition de plusieurs
ames.

Ils ne tiennent conte du peril, non plus que de
l'asseurance, pourueu qu'ils s'asseurent de leurs
passions:leur saletés, sont ciuilités,pourueu qu'elles
soient couuertes en termes de pœnitence : ils guignent dés la pœnitence leurs assouuissements, &
comme fins guastadours experimentent la tranchée,là où ils se cellent,d'où ils prononcent librement,encor qu'en tapinois,ce qui feroit rougir les
plus dissolus.

Ils couurent leurs faux desseins dans la descou-
uerture du peché d'autruy, qu'ils taschent de faire
leur,feignant de le deffaire. Ils s'insinuent à le deffaire, lors qu'ils se mettent en humeur, faisant
semblant de tarir les vices, ils se mettent en desordre faisant semblant d'ordonner ce qu'eux mesmes ils ne sçauroient obseruer. Ils se mirent &
veautrent par la pensée dedans ce qu'ils voudroient bien commettre.

Ils ne sont vicaires, mais ennemis de Iesus
Christ : mais chefs qui essayent de mettre à chef
les pointes de leur ardeur. Ils sont pis que Iudas
qui d'vn baiser trahit le Fils de Dieu : aucuns,non
par le baiser, mais par la paillardise, adulterent &
trahissent la grace de Dieu, & le merite du sang de
Iesus Christ,que leur authorité se vante d'administrer en ce pretendu sacrement.

Ils

Ils repercutent leur fauſſe volonté iuſques dans la
droitture des genouils qui ſe fleſchiſſét deuát eux
leſquels ils courbent à la ſubornation. C'eſt vne
eſcorcherie, & d'ame, & de biens: ils ſerꝛét des entraues de ſcrupules, burinent, ciſellent dix milles
pontilles eſpineuſes, ſuccrées, pour amouſtiller, &
eſcorniſlꝛr les conſciéces, eſcroquer quelque bône eſtreine, & Dieu ſçait le ſoir des grands feſtes,
comme ces meſſieursles ſecretaires ſacrés, apres
auoir vſé de leurs tirebourre, & ſuccé auec leur
eſponge, tout le rengorgement des conſciences,
apres auoir humé de leur bouillon ſeptembral,
leurs penſees, eſtans bourrues, enfumees du bon
vin, qu'ils ont friandement auallé, apres auoir bien
hauſſé le temps, Dieu ſçait les belles conſigna-
tions, qu'ils conſacrent à la reſiouiſſance de la côpagnie, touchant les nouuelles auriculaires, qu'ils
ont appris en leurs confeſſions s'entrereuꝛlent,
ne craignant de citer ce qui doit eſtre enſeueli
dedans le ſepulchre d'vne oubliance immortelle.
On dira qu'ils eſpargnent le nom, mais les cir-
conſtances qui valent pis que le nom, donnent
par leur indiſcretion plus de lumiere qu'il ne faudroit pour ignorer ce qu'ilsveulôt celler en le ra-
contant. Outre que leurs deſirs le plus ſouuét ſôt
tres engraiſſés des charnalités qu'ils y ont eſcou-
tées; aſſauoir ſi cela ne ſuffit pas pour les mettre en
venaiſon ou en ruit? On y entend de plaiſátes fa-
loteries, parmi telle côferance côuiuale, il s'y deſ-
uelope des bôs pacquets; ils reuomiſſét, le muſc, &
la cinette des amours expriment les combats

de la cheualerie , de ceux qui ont esté si iuments,
que d'aller porter leurs nouuelles, les faisant sortir d'entre leur courtines pour les confiner entre
les genouils de tels pieds puants.

Que les peres & maris , sont esmoussés,& abe-
stis, de laisser escorner leurs cornes, de laisser manier leur femmes & filles,à tels goderonneurs de
conscience, à tels ambassadeurs de nouuelle bau-
cherie.

Si nostre siecle estoit aussi fertille de Nectaires
(iadis Euesque de Constantinople)comme il l'est
de stupre & d'inceste, la confession seroit abolie,
non seulement en perpetuel enseuelissemét mais
en sempiternelle detestation. Que diriés vous,
qu'il s'en peut rencontrer d'vne conscience si reuoltee., qu'en rencontrant quelqu'vn qui se confesse d'auoir tué vn ministre ou Huguenot,ne l'en
redargueront ; ains luy laisseront remporter le
desir qu'il a d'en faire encor autant hors la confession, sans luy donner aucune correction,à peine voudroyent ils defendre d'empoysonner vn
qui sera de la religion.

Mesme si vn valet ou autre se confesse , d'auoir
volé,pillé,quelqu'vn de la mesme reformatio,ma-
laisement luy commenderont ils la restitution:
car le Pape à ce qu'ils disent,peut donner, confisquer,tous les biés,noms,raisós,& actiós,& la vie
mesme des Huguenots,comme nous ne levoyons
iournellement,que par trop incorrigiblement e-
xecuter iusques sur les persónes sacrées des Roys
de la terre,ils gardent ces resolutions là en maxime

mes de foy: il importe de tout ce ɋ deſſus, à ce que
ceux de la religion ne reçoyuent à leur ſeruice
aucune perſonne ſubiecte aux confeſſions. Meſmes ils eſtiment ,   que c’eſt moins que pecher de
violer la couche d’iceux , quaſi que ce ſoit ſe ſauuer que de ſe perdre en les perdant , que ce leur
ſoit glorieuſe louange de deuenir abominable
en leur dreſſant quelque abomination.

C’eſt vne doctrine non ſeulement Iudaïque,
mais barbare , mais brutale. Ils abuſent de leur
cas de conſcience, fauſſant des eſlargiſſements, qui
les rendent d’emboucheure ſi desbordée , que la
tranſgreſſion de tous les commandeméts s’y peut
accommoder , ſi ce n’eſt à droit c’eſt de biais
ſinon auec le fil au moins auec la rappe.

Quel catechiſme de mariage qu’enſeigne Sanchez en ſes leçons matrimoniales , entre eux les
pechés mortels ſont tournés en ſcieures , de ve-
niels, qu’ils appellent fauſſement : ils menuiſaillét
tellement les mortels dedans leurs diſtinctions,
qu’ils les amoindriſſét menu côme de la limaille:
ils mettent les elephans en cirons, côme le pariure, l’homicide, le larçin, le menſonge, le deſmaria-
ge, la rebellion, aux peres & aux Roys: ils les fondét
en inuiſibilité, d’vn gros arbre, ils n’en font qu’vn
feſtu. Quant à l’impoſition des mains, elle eſt tellemént mixtionnée, deprauée, qu’ils en font vn
ſacrement eſſentiel , ils l’abaiſſent en le rehauſſant
ils le falſifient en le voulant iuſtifier: ils le profanét
en le voulant ſacrer : car au lieu d’approbation, ils
l’aſſuiectiſſent à la condemnation.

Mais la plaisanterie , c'est qu'ils y font entrer, non seulemēt par necessité de preceptes, mais par necessité sacramentelle l'attouchemēt de la matie-re. Ils tiennent que si vn homme en se prestiāt ne touche le calice, la patene, le pain, le vin : ainsi des autres materiaux assignés à chasque ordre , il doit estre represtré, & iteratiuement ordonné: & puis ils y meslent des engraissements de mains, les fro-tās de vieux oint surquoy ils disent qu'il croist vn caractere en l'ame ineffaçable: mais aussi quand ils creēt leurs Euesques de quel mōceau de singeries, ils les gauderōnent: ils les frotēt encor, d'vn autre gras renforcé, afin d'amplier , par dilatations, geometriquement quantitatiue , ou bien quan-titatiuement qualitatiue , le caractere precedent, car disent ils, le sacerdotal se vient à eslargir , est ce poinct comme le ventre d'vn oignon ? ou à s'enfler, comme la pance d'vn sanglier qui s'en-graisse ? Qui à iamais veu songer telles brode-ries chimeriques ? Quel rapport a le vieux oint ou leur graisse onctueuse auec l'institution d'vn prophete ou officier Euangelique.

Les anciennes histoires sont vesues de telles procedures curieuses, ce sont faictiueries estran-geres , lesquelles ils nous ont apportees de chez les idolatres, ou de la iuisuerie, ou de quel-que establerie.

Quand on graisse, ou cire des bottes, les con-sacre on pour cela? Il sēble quils veulēt consacrer quelque magicien au seruice de quelq; idoleauec
tant

tant de fatras d'ingrediens , qu'ils entaffent en la
conftrution de leurs euefques , eftans fi bien ou-
uragés,ils en feront bien plus operatifs,ils en deuiennent bien meilleurs manœuures : ha les exel-
lens aides à maçons,apres qu'on les a ainfi bordés,
brodés,brodequinés! Mais ils leur font iurer maugré eux (ie m'affeure bien que la confcience d'aucuns fe refoulle,quand on les fait ainfi fermenter)
qu'ils fçauent le Viel & Nouueau Teftament , à
peine en ont ils veu la couuerture:i'en ay veu qui
eftoyent encor à en lire le premier mot.   Que fi
ceux mefmes qui les inftituent,côme cela,eftoient
bien verfés en ce qui les affermentent , ils ver-
royent bien qu'en l'ordination des miniftres ecclefiaftiques de cefte Eglife primitiue innocente,
on y marchoit auec autre integrité. L'hiftoire ec-
clefiaftiq; qui fait métiõ de l'impofitiõ des mains
receue par les Apoftres & difciples d'iceux , par
Ambroife , Cryfoftome, n'apporte tant d' enue-
loppoiers , ou frifements:c'eft que s'ils n'eftoient
(ce leur femble) non plus euefques que ceux-là,
ils ne le feroient pas affés.   C'eft pour eftre tres
euefque, fuperlatiuement euefque, afin d'extédre,
& môter plus en l'air l'eftage duquel ils font gradués de beaucoup plus haut que les preftres , defquels ils veulent eftre diftingués par vne proportion de diftance, qui apparoiffe en capacité extraordinaire.   Outre que s'il n'y auoit du leur en ce q̃
Chrift a façõné il ne leur fuffiroit:il faut qu'ils a-
diouftét la totalité à l'imperfection que Chrift à
laiffé derriere .Ils aioliuent , & perfectionnent

ce que Iesus Christ n'a eu l'esprit d'acheuer: car il
ne sçauoit pas comme il faloit monter vn prestre,
ou aharnacher vn Euesque de toute piece, il faloit
qu'il vint à leur classe, se laisser regenter & estudier pour se rendre docteur à leur inuention profane. Mais dites moy papistes par vostre conscience, ne rougissés vous pas de vous desreigler hors la voye q̃ Christ à tenue? car il n'a point
vsé de toutes ces mouleures, gredilleures là, desquelles vous cabassés l'imposition des mains de
vos officiers. Mais vous me direz qu'il auoit
vne puissance d'excellence, comme disent les
scholastiques, & qu'il n'estoit lié à toutes ces re-
croqueuilleries, iongleries. Mais dites moy S.Paul
en la vocatiõ de Tite, Timothee, & d'Epaphras les
accoustroit-il de tant d'esquipages. Les faiseurs de
mitres n'auoient encor appris le modelle d'vne
telle heaumerie. Les premiers chrestiens eussent
fui deuant vn tel embeguinage. Ils estoient ac-
roustumés, non à des badegouineries, mais à des
mysteres, à la parole de Dieu. Ils n'eussent rien a-
loüé que ce qu'ils auoyent apris de Iesus Christ, &
des Apostres, eussent censuré & relegué hors la
communion des fidelles, & les curieux, & telles
curiositrés. Et puis vostre beau caractere imaginaire, que vous inferés sans logique, ni topique, induction, ou probabilite quelconque. Dites moy, est
il en cerne, en quarré, aigu, obtus: de qu'elle dimẽ-
siõ, à l'Hebraique, Chaldaique, Chinoise : à qu'elle teinture la on mis en couleur. Qui à iamais ouy
parler d'vn caractere corporel qui soit sans figure,
                                               sans

fans couleur. Qui à iamais ouy faire mention d'vn
caractere spirituel, finon par ceux qui l'inuentât à
leur plaifir. A on iamais leu des liures, dont l'affé-
blage foit de cataracteres fans corps, fans enceinte, fans extentiô, fans eftre pleins ou vuides. Eft-ce
point comme les efpeces concrées auec les anges
dans leur entendemêt. (Ie fcotille, & parle fchola-
ftiquement, ie caietanife à la tomifte.) Ces caracteres dif-ie qui feruent d'imprimerie en la ceruelle, ie prens la ceruelle pour l'entendement, des
anges pour leur chiffrer noms, vocables, portraits,
à l'expreffion de toutes chofes, de tous les genres,
de toutes les efpeces , & toutes les definitions de
tous les membres contenus dedâs le corps des ca-
tegories, toutes les fçauanteries du môde, & tout
ce qui fe peut apprêdre ou fçauoir, leur eft graué.
Il n'y a point de proportion , car telles efpeces
adherent aux anges , comme proprietés qui emanent de leur entendemêt, & ce caractere de decer-
uellemêt pluftoft que d'enceruellemêt presbiteral
n'eft qu'vne volagerie accidentelle, fi legiere que
ce n'eft qu'vn fantofme contrefait en homme qui
refue : ou eft-ce point que ce caractere eft vne e-
tiquette , afin que les anges ne s'abufent , qui fert
d'extrait & de repertoire à la faction facerdotale:
ou eft ce point le pied de l'aloy dont eft côpofce
la monnoye de la chance du facerdoce. Ils ont
tant profané cefte impofition de mains , & l'ont
appropriée à tât de fecularités, que c'eft vne fable,
pluftoft qu'vne ceremonie facrée. Ils ont deftour-
né iufques à impofer les mains fur vn mancet, ou

baſtard, pour le habiliter en droite ligne : meſme
ſur vne roturiere, afin de la rendre damoiſelle, ou
princeſſe: ou meſmes afin de rendre quelcun prince du ſang des Romains. Ils impoſent les mains ſur
le baſton d'vn general d'armée , afin de le rendre
eſpouuantable aux ennemis : à l'eau auec pluſieurs
mixtiõs, laquelle ils appellent gregoriëne, afin d'ë
faire badiner les diables , qui feignent en ſe mo-
quant d'en redouter l'aſperſion.   Ils impoſent
les mains ſur les couches & berceaux des enfans des Princes , afin de proſperer leur nourriture. Et puis ils les enuoyent de Rome par courriers
expres en la cour, & en les deſpaquetãt, ils y appor
tët autãt de reuerëce qu'à la creiche de I. C. Ils fõt
valoir bië haut le prix de telles batifolleries: car ils
reparent telles offrandes de langage ceremonieux,
tout cõroyé de papalité, de cour romaine Et pour
apprëdre q̃ telles amouſtilleries , ne ſõt que vani-
tes curiales c'eſt qu'il sëble que tóus les capitaines
qui ont porté tel baſtõ ſacré à la guerre, aient perdu le bras. Iamais Henry 4. n'a eu tant d'heur en ſes
rëcõtres, que lors que tels baſtõniers ſe ſont hur-
tés à ſes armes: Ses dragõs n'apprehendoiët gueres
tels porteurs de cõiuration.   Le nepueu de Gregoire 14. veint en Frãce durãt la ligue auec vne armée de braues dorés, cõme calices, ice lui ayant au
preallable eſté cõſacré cõfalõnier, ou ſouuerain *al-
fiero de Santa Chieſa.* Le Pape luy auoit mis vn tel
baſtõ au poing auec beaucoup de grãds extraordinaires exorciſmes, car on ne vit iamais tãt de deuo
tation, d'imploratiõ en la chapelle du Pape, toutes
les

les sainctes denrées de Rome estoiët employées, implorées,& puis vne reiouissäce de 500. cánonades,de cét mille feux de ioye,qui seruoiët côme de gage annöçät la future prosperité,ou biē pour biē ueigner,& estreiner ce sainct ambastönement qui deuoit abismer tourner en fuite les esquadres d'ënfer.Mais estant arriué en France,il luy en prit bien autrement:car le baston fust bouchonné,le bastönier bien estrillé , & fut encor bien heureux de trouuer vn meschant petit trou pour s'enfuir par la Flandre,apres auoir esté bastonné, & debastonhé.Mais que dirons nous de ceste diuersion d'impositions sur les grains de chapelets , de patinostres,*d'agnus Dei* (qu'ils appellent) de croix,medailles,cordons,afin que cela serue d'indulgence à quiconque les portera , regardera seulement, on prononcera certains affiquets de paroles,qui donnent indulgence pleniere, absolution de coulpe & de peine:mesmes tarissant, deliurant le purgatoire de tous ses habitans. Ha quel blaspheme,d'esgaler telles bagatelles à l'effect du plain fonds du magasin de la passion & du sang de Iesus Christ. Que la lourdise des chrestiens s'est auachie de quitter sa creance à telles affronteries,fralateries. Ie ne sçay comme ces gens la ne respectent d'auantage le port de leur clef, (puis que clef y a.) C'est bien vilipander leurs mysteres , c'est mettre aux pieds leur imposition des mains , la rendre ioculatoire, situer dedans des tours de passe-passe. Ils meslangentleurs impositions , de croison faitte auec les mains , de benedictions de certaines paroles

remaftiquées,en artifice defigné, lefquels ils prononcent fur leurs calices , & aux outils inftru-
mentaires au tour de leurs autels , que par
apres il n'eft loifible de toucher à peine de regarder feulement. Mais ce n'eft qu'vn amufement de
fimplicité chreftienne , qu'ils ont hebetée à leur
obeiffance. Que dirai-ie de la miffion,qu'vn Euefque foit nommé cent fois,qu'il ait acquis,tous les
droicts poffibles à quelque mittre , il ne tirera iamais ces bulles de Rome,qu'il ne paye l'annate,af-
fauoir la premiere année du reuenu beneficial: &
c'eft encor felon la taxe des ducats de la chambre papale,qui excede fouuent la rente ordinaire,
quoy que les ouailles beellent , crient à la faim
pour la pafture,il faut qu'elles ieunent iufques à
ce que le pauure Monfieur l'Euefque nommé, ait
fait argét pour retirer,c'eftà dire acheter fes dites
bulles,quand le feu deuroit tout perdre , il n'aura
de quoy manger , s'il ne leur donne de quoy difner : c'eft la conftellation de Meffieurs de la da-
tairerie:car i.s ne viuent nõ plus que toute la cour
de Rome que de la rançõ que les benefices leurs
payent.

Nous ne lifons point que les premieres Euefques ayét efté à l'emploite de la defpeche de leur
benefice par argent comme auiourd'huy. Mais
Iefus Chrift a il reçeu argent pour licencier fon
fang à courir hors de fes veines. Et pourquoy
ceux icy, veulent ils mettre à l'enchere la diftribution du fang de Iefus Chrift , la commiffiõ duquel ils ont reçeu gratuitement. Auffi toft qu'ils
ont

ont payé l'annate, on ne leur espargne point l'affluence des graces du S. Esprit qui desbonde sur eux, car on en remplit vne grande peau de parchemin, & depuis vne grande mitre laquelle on comble toute pleine, de laquelle estant affublé, il n'en a jamais plus faute.

DV SACREMENT DE la Cene.

CHAPITRE II.

NOus commençons icy à parler du principal mestier des Prestres : comme l'autel parmi eux, aussi le Prestre n'est que pour la Messe, & pour le sacrement de l'Autel. C'est le faonement des Prestres, ils n'en peuuent faonner qu'vne le iour : comme vn œuf est la iournée d'vne poulle, ainsi chasque Messe est la iournée d'vn Prestre, il n'en peut pondre qu'vne chasque iour, il ne s'en trouue de gemelles ou bessonnes, encor qu'il se trouue des œufs qui ont deux moyeux dans la coque, ou des poulles qui font deux œufs la iournée : il ne se trouue point de Prestres qui puissent engendrer ou mettre au monde deux Messes tout d'vne ventrée, telle fecondité leur est defendue, si ce n'est la nuict de Noel, où tout Prestre qui veut estre homme de bien, doit estre biscantare & demi : c'est alors qu'il est commandé à leur ventre de porter trois Messes ; mais aux autres iours, sous peine de

sacrilege qui esgale quasi l'effacement du caractere presbiteral, il leur est defendu d'estre biscantare, si ce n'est quelque pauure malotru à la desrobée pour doubler sa pitance, afin de faire disner la
druine & la millaude, c'est àsçauoir la premiere &
la seconde secóde, car il y a peu de Prestre qui n'ait
la petitte fauuette, ou quelque bocagere coste luy,
il se fourre dóc en tapinois quelq; part apres auoir
sacrifiollé, il repete encor le mesme vne autre fois:
mais aussi si le pauure sacrifiolant est surpris en ceste fecundité bessonne, c'est hazard s'il ne deuient
pillier de galere, pour le moins on le met *in pane
daloris & aqua tristitia*, si ce n'est que le geolier en
luy doublant l'escot, luy double la douleur de son
pain de quelque souppe de misine, ou de quelque
morceau qui affriande la tristesse de son ban. Toutefois ie me trompe, car passé le septantieme degré
où les iours d'esté sont de trois, quatre, & cinq
mois, selon qu'ils s'estendent d'auantage vers le
nonantieme, qui est le dernier degré septentrion-
nal, il est loisible à Messieurs les sacrifioleurs de
missopper à chasque vingtquatre heures vne fois,
& par ainsi, en vn iour qui durera quinze cents
heures, il leur sera loisible de dire cent cinquante
ou deux cents Messes le iour. Et mesmes ceux
qui n'ont point d'horloges, comme en plusieurs
villages, voire en ces quartiers là où il sont plus
barbares qu'hommes, & qui à peine sçauent conter les heures du iour, c'est là où ils serrent leurs
Messes dru menu, en estalant tousiours quelqu'vne
à chasque douze heures, voire trois à chasque
tren-

trenteine d'heure.

Messieurs les Prestres seroiēt de Iubilé, ils se cottiseroiēt volōtiers de quelque bonne rançon pour payer à ce benoist Pape qui leur donneroit la liberté d'accoucher à chasque heure d'vne Messe; il est vray que le metier seroit en grand danger de raualler, s'ils'en voyoit vne si grande foison ; le monde en perdroit l'appetit à force d'en estre trop saoul. Et toutefois si vn Prestre par temerité sacrifiolloit trente fois le iour, on seroit tenu autāt de fois d'adorer son pain-dieu: ha! quelle idolatrie que de croire vne telle artolatrie, c'est maintenant qu'il nous en faut dire deux mots de l'idole de la messe qu'on recognoit auec pareille adoration que Dieu mesme, en vne horrible idolatrie, par laquelle ils se couchent, prosternent à adorer vn morcelet de pain pestri peu auparauant par le boulanger; neantmoins ils affirment que c'est leur Dieu, & que depuis les mains du pestrisseur, iusques aux mains du Prestre, il est deuenu Dieu: s'agenouillent, crient merci à ce petit morceau de paste, l'implorent à propiciation pour leurs pechés, l'inuoquent à leur salut temporel, eternel : ils attendent de ce peu de farine ramassée, toutes sortes de felicité, & de beatitude infinie : ils le craignent en toute sorte de malediction , s'ils luy desplaisent.

Ie ne sçay si les Payens n'ont iamais tant radotté, car c'estoit à des ouurages formés en Dieu humain qu'ils deferoient l'honneur Diuin , & non à de la formation materiellée , qui doit deue-

K k   2

nir incontinent fecale. C'eſt vne abſurdité irremiſ-
ſible, de dire que le Chriſt paſteux, enfariné, dedãs
vne oublie, que ce ſoit le meſme auec le Chriſt qui
eſt venu de la Vierge : ce ſont deux chemins bien
differens que celuy du ventre de la Vierge, & celuy du Preſtre à l'Autel: l'vn a eſté peſtri à la boulangerie par quelque empaſteur abominable pecheur, qui, peut eſtre, a blaſphemé cinq cent fois
en le farinant & leuant : l'autre par l'ouurage du
Sainct Eſprit dedans les flancs de la Vierge. C'eſt
trop vilener, roturer le corps de Chriſt, que de
dire qu'il ait eſté effectué par vn tel outil, peut-
eſtre, qui doit ſeruir par ſa reprobation de ſouche
à l'eternité de l'enfer.

Ouy, mais (diſent-ils) le Chriſt ſe forme à la paſte, *vi verborum*, par la force deſmeſurée des paroles ſacramentairemẽt prononcées. Ie dis qu'encor que Ieſus Chriſt n'euſt iamais eſté fils de la
Vierge Marie, il n'euſt pas laiſſé (comme ils diſent)
par la force de leurs mots, à eſtre au meſme Sacrement. Et meſme, par hypotheſe impoſſible,
quand Chriſt s'annihileroit au ciel, il ne laiſſeroit
de demeurer, ou de s'inſinuer à leur ſacremẽt, ſans
aucun miracle, outre les precedents. Il n'eſt donc
ſeulement enfant de la Vierge, mais enfant de la
tranſubſtantiation : car il peut eſtre au Sacrement,
ſans eſtre, ni ſans auoir eſté: & encor qu'il ne deuſt
eſtre, ni en la terre, ni au ciel. Mais, quelle apparence de dire que ce ſoit vrayement le meſme
Chriſt en la Croix, & en ceſte paſte ? l'homme
ſeroit ſans ſa nature, & ne ſeroit homme ſans la
triple

triple dimenſion, longueur, largueur, profondeur,
Outre que la quantité corporelle, eſt quaſi par vn
article catholique, de la ſuitte de l'eſſence humaine, il faut que le corps ſoit en vn certain Où, que
les Logiciens appellent *vbi*, & perdant ceſte condition, & pouuant eſtre en lieux infinis ou preſque infinis tout à la fois, il deuient eſprit, il n'eſt
plus corps, il n'eſt plus homme.

Outre que deux contradictions ſeroyent veritables tout à la fois: ce qui eſt impoſſible à la toute puiſſance de Dieu, car Dieu ne peut faire qu'vn
homme ſoit & ne ſoit point, qu'il ſoit viſible &
inuiſible tout à la fois, circonſcrit en quelque lieu
& incirconſcrit, & non enuironné d'aucun lieu,
tout enſemble, qu'il ſoit placé & non placé, ce
ſont contradictoires, dont l'vn forcloſt l'autre.
S. Auguſtin au traitté cinquantieſme ſur S. Iean
expoſſant ce paſſage vous aures touſiours les pauures auec voꝰ, mais vous ne m'aures pas touſiours,
oppoſe & obiecte vn autre où il dit ie demeure-
rai auec vous iuſques à la fin du monde, aſſauoir
(dit-il) par ſa prouidence, par ſa maieſté, par ſa
grace inefable. Mais quant à ce qui eſt ſelon ſa
chair priſe de la vierge, ſelon ce qui eſt né de la
vierge, ſelon ce que les Iuifs l'ont pris & crucifié,
vous ne m'aures pas touſiours. Et n'eſchoit d'alleguer ſa toute puiſſance, car elle ne peut verifier
deux côtradictoires, côme dit le meſme S. Auguſt.
il eſt tout puiſſant d'autant qu'il ne peut mentir,
ny tromper, ou eſtre trompé.

Outre qu'il n'eſt plus ſacrement, car ſi vous en

oſtés le pain,vous en oſtés le ſigne : & ſi vous en
oſtés le ſigne,vous en oſtés le ſacrement: or eſt·il
que le ſigne eſt le pain,& que le pain n'y eſt plus,
quãd il eſt failli par la trãſubſtantiatiõ. Outre que
l'ame ne ſe nourrit point de viandes corporelles.
C'eſt donc en vain que Chriſt eſt incorporé,& incarné en ces eſpeces de pain : car l'ame ne mange
rien de corporel,& le corps humain ne ſe nourrit
du corps de Chriſt , car ce ſeroit eſtre Capernaïte
renforcé. Ie veux (iaçoit que non)que le corps ſe
nourriſſe des accidens corporels du pain,ou de ſes
eſpeces permanentes:mais le corps de Chriſt, qui
n'eſt là que par maniere indiuiſible,ſans extentiõ,
il ne peut ſubſtãtiellemét,ou corporelemét nourrir la chair de l'homme.En la 1 aux Corint.10.Les
peres du vieil Teſtamét, ont beu de la pierre,mã-
gé la meſme viande : ils ne pouuoyent manger
Chriſt comme crucifié,ains ſeulement par foy.A
cela i'adiouſte que c'a eſté par repreſentation , &
par figure : autrement l'Apoſtre l'auroit ſpecifié:
outre que l'Apoſtre vouloit prouuer là que les
Iuifs ne ſont moindres que les Corinthiens. En
quoy il ſe ſeroit lourdement meſpris , ſi les vns
auoyent mangé Chriſt charnellement, & les autres ſeulement ſpirituellement & en figure: auſſi
dit·il qu'ils ont mangé la meſme viande , inferant
que comme les Iuifs l'ont mangé par foy , auſſi
les Corinthiens en figure & repreſentation. A-
uerrois au douzieme de ſa Metaphyſique , quoy
(dit il) que mõ ame aille à ces Chréſtiés,qui mã-
gét ce qu'ils adorét, & adorent ce qu'ils mangent
Franço-

François Victoria, l'vn des doctes Theologiens,
ains le pere de la Theologie des Espagnols , qui
en destroussa (l'an 25. du siecle passé,) la faculté de
Paris pour la porter en Espagne, où elle a foison-
né de plusieurs rares escholiers sortis de son eschole: fait vne excellente relection qu'il a inscrit
des Indiens : là où il demande & dispute s'il est
loisible , se retrouuant auec les Indiens , qui ne
viuent que de la chair de leurs ennemis , s'il est
loisible de plustost mourir de faim , que de manger de tellesviädes assauoir de chair humaine, auec
eux. Et si on se peut trouuer en leur compagnie,
lors qu'ils boucannent, & tabagient, (ainsi appellent ils, les rostisseries & deuorements qu'ils font
des corps humains.) Ledit Victoria, est bien en
peine à se resoudre, alleguant l'opinion d'aucuns
qui le consentent, & d'autres qui le nient, disant
qu'il faut preferer la mort mille fois à vn tel repas, & qu'il est abominable, de viure de son semblable de mesme espece. Mesmes il se lit de quelques meres , qui ont esté executées pour auoir
gousté & s'estre repuës, du fruict de leur ventre.
Iaçoit que mort au prealable , on n'a laissé de
les supplicier pour-l'horreur de la remembrance
du faict.

Ceux icy selon le texte de la Romanigolderie commandent, qu'on mange son Dieu, Dieu
& homme. Si quand on va porter sa bouche à baiser l'orteil, Pontifical , on luy arrachoit le mesme
ortueil auec la dent , Dieu sçait comme il ca-
nõneroit de beaux foudres d'excommunication.

Kk 4

Cependant il faut mordre & hacher irremiſſi-
blement auec les dents , tous les membres du
corps de Chriſt : les Toupinamboux & Marga-
geats mangent leurs ennemis morts, mais ils ne
conſeilleront iamais, tant s'en faut qu'ils commē-
dent de manger leur ſauueur , qui eſt leur Dieu.
Outre que , comme nous auons tantoſt mis en
auant , Dieu n'eſt point manducable , & l'ame
ne ſe nourrit d'aucune paſture corporelle, quand
ce ſeroit le corps de Chriſt meſme , l'ame n'en
peut receuoir aucune nourriture, car elle ne ma-
che, n'y ne mange rien de maſſif: donques le corps
de Chriſt ne profite en rien à l'ame , ſi ce n'eſt
qu'on en veuille venir là, que de dire que l'ame
ſoit corporelle.

Il profite encor moins au corps , car il n'eſt en
toute maniere indiuiſible , imperceptible, ſans
gouſt, ſans ſaueur, & ſans aucune nourriture temporelle. Le gouſt qu'on ſent, la nourriture qu'on
apperçoit, c'eſt des eſpeces remanentes du pain,
ce n'eſt point de la ſubſtance du pain , n'y de la
ſubſtance du corps de Ieſus Chriſt. C'eſt donc en
vain qu'on veut que la verité du corps ſoit en ceſte petite qualité. Outre ſ̃ c'eſt vne abſurdité des
plus pecorante que d'aſſeurer que I. Chriſt eſt plˀ
grand que ſoy meſme , au ciel qu'en l'hoſtie aſſis
en la cene , qu'au pain ſous lequel il ſe donnoit
à ſes conuiues : de dire qu'il eſt potentiellement
cinq cens millions de fois , en cinq cens millions
de particules , eſquelles ſe peut eſmier l'hoſtie,
& qu'il y a autant du corps entier de Ieſus Chriſt,
ſous

ſous vn brin qui ne ſera plus gros que le pied,
d'vn ciron comme ſous toute l'hoſtie , comme
ſous cinquante millions d'hoſties , ils aduouent
que Ieſus Chriſt eſt cinq cent fois plus grand que
l'hoſtie dans laquelle il eſt contenu.

C'eſt comme ſi ſous le binaire , ou quaternai-
re, ſans l'augmenter , on pouuoit comprendre,
trois cens mille , voire trois cens mille millions
de nombre , ce qui eſt impoſſible à toute raiſon,
& preuoyance humaine. Ils diſent , qu'il n'occupe
point d'eſpace , & touteſfois il eſt là auec toutes
ſes dimenſions , largeur , longueur, profondeur.
Ouy (diſent ils) encor qu'elles ne paroiſſent point
à nos yeux , elles ſont interieures , repliées au
dedans, non exterieures , deſployées à nos yeux:
quaſi qu'il faille moins de place pour les enſac-
quer & reſteindre au dedans , que pour les extédre au dehors, & que la ſubſtance ait ſes parties
ou vn corps ſes membres hors l'vn l'autre ſans la
quantité , ou bien que la ſubſtance ſoit comme la
laine ou le cottõ, laquelle prenãt iour & air entre
deux, ſe peut preſſer & amoĩdrir, mais nõ de telle
façõ que ſon poids & ſes diméſions ne ſoyẽt touſiours manifeſtes. La quãtité n'extéd põĩt le corps
encor qu'elle le coextéde, & puis s'il eſt veritable,
ce qu'ils diſent, que Chriſt y ſoit comme il eſt au
ciel, il y doit eſtre auec ſa quantité, car il eſt au ciel
auec ſes diméſions: que ſi vous luy oſtés ſes diméſiõs, ce n'eſt pas le meſme qui eſt au ciel. Les philoſophes font vne queſtion, aſſauoir ſi c'eſt le meſme hõme qui eſt au ventre de la mere ſi petit, lors

que l'ame eſt verſée dans ſon corps, auec le meſme hôme 70.ou 80.ans apres : d'autant que toute
ceſte chair & corps qui eſt en la vieilleſſe, n'eſtoit
dedans le corps de l'enfance, ou de la ieuneſſe.

Ceſte queſtion ce doit reſoudre par vne autre,
aſſauoir ſi le fleuue du Rhoſne ou de la Seine eſt
le meſme fleuue auiourd'huy qui eſtoit il y a cent
ans, d'autât qu'on n'y ſçauroit trouuer auiourd'huy
vne goutte de la meſme eau q y eſtoit en ce têps.
Ie reſpond que c'eſt bié le meſme fleuue, aſſauoir
la meſme place le meſme continant, mais ce n'eſt
la meſme eau. Et encor de dire q ce ſoit le meſme continant, & le meſme corps, ou le meſmé liõt
qui ceint ceſte eau, i'en heſite, d'autant que le
corps continant, participe à l'alteration que reçoit en ſoy la choſe contenue, ainſi ce n'eſt point
la meſme terre, ni le meſme pied qui eſt deſſous
l'eau, d'autant qu'il varie & ſouffre ſucceſſion
d'heure, & de iour à autre.

Comme ſi vn tonneau eſtoit en perſe depuis
cent ans & que chaſque iournée en tirât des pots,
on l'euſt rempli iournellement de pareille meſure
Aſſauoir ſi c'eſt le meſme vin. Ou ſi le lac de Geneue à trauers du quel paſſe le Roſne eſt le meſme
qui eſtoit il y a cinq cens ans, d'autât qu'il ne s'eſ-
coule point la vingtieme partie de l'eau qui y eſt
arreſtée. Ie dis que comme le vin ſe renouuelle
tous les iours perdant ſa premiere qualité receuant, acquerant celle de celuy qui y eſt verſé en
fin il ſe change de telle façon, qu'à la longue
il ne tien plus rien de ſoy meſme, c'eſt
vn

vn autre luy-mefme, la premiere forme meurt dedans ce qui la fait viure, fe difcõtinue dedans ce qui luy donne continuation , elle fe change dedans le changement qui luy eft apporté , lequel en fait renaiftre vne autre. Il en eft de mefme de l'eau du lac qui s'efcoule en s'arreftant, croupit en s'efcoulant, s'enfuit en ne bougeant , fe desfait en fe refaifant, fe reintegre en fe defmembrant, fe retrouue en fe perdant: c'eft le mefme, fans eftre le mefme: comme la lumiere d'vne lampe ou d'vne chandele qui commence à luire , àfçauoir fi c'eft la mefme lumiere qui luit à l'acheuement auec celle du commencement: Par ce que la matiere bruflante coule en confummation , & que celle qui brufle à cefte heure, n'eft pas la mefme qui brufloit tantoft. Ainfi peut on dire, qu'il y a quelque efcoulement d'identité de lumiere.

Mais la difficulté eft plus grande en celle du Soleil: àfçauoir, fi les rayons & la lumiere du Leuant, eft la mefme auec celle du Midy, & du Couchant: Ie refpond , que c'eft la mefme diuerfifiée; c'eft vne diuerfité identifique, identité , fans mefmeté, c'eft vn flux de rayon qui coule d'ordinaire, defcendant du mefme corps folaire; comme fous le Pole où le iour d'efté dure fix mois , fans que le Soleil , pendant cefte efpace , fe couche aucunement : car en vingt ans , le Soleil ne s'y couche que vingt fois : fur le midy ou vefpre de ce iour qui eft au troifieme ou quatrieme mois , c'eft bien le mefme iour , mais ce n'eft pas la mefme heure. Le temps

se change par ce que le ciel chang son mouuement
le soleil fait partie du ciel:outre que le soleil tres-
luit par action continuelle : toute continuité a des
parties,le soleil donc,ou sa lumiere est aussi parta-
gé non seulement en son intention mais aussi en
son extention. Ainsi c'est bien le mesme hôme
c'est la mesme ame , mais ce n'est pas le mesme
corps,d'autant que nos corps s'alterent & se pourrissent tous les iours,mais la reparation s'en fait
par la nourriture que nous receuons. C'est vne
identité variable , qui c'est point conforme à soy-
mesme , qui est diforme à sa conformité:ainsi faut
il dire du corps de Christ,si on le somme & calcule selon l'opinion de la papimanie,ce peut estre le
mesme homme,mais ce n'est pas le mesme corps:
d'autant qu'il n'a point la mesme extention , ni
aussi la mesmedimention, la mesme corporalité,
non plus que la mesme augmentation. Au reste
ils conuertissent ce pauure corps en potage , en
breuuage;ils le rendent tout liquide,tout potable
ses os,son cœur,sa ceruelle,ses yeux,ses bras & ses
iambes,tout cela est liquefié. Assauoir si vn chapó,
ou membre de mouton,tourné en liqueur & con-
sómé est le mesme qui estoit au parauāt qu'il fust
fondu & liquefié:il n'y a esprit si erratique,qui ne
confesse la diuersité , qu'il n'y a aucune mesmeté,
qu'il y a vne difference,non numerique seulemēt,
mais specifique & essentielle. Ie ne scay cõme ils
ne cognoissent leur mecognoissance & cõme ils
ne s'esclaircissent en leur estourdissemēt & qu'ils
ne confessent leur rebellion à la verité,veu que ce
                                                    ne

ne peut estre le mesme corps & le mesme Christ
au calice, ainsi consommé & liquefié, auec celuy
qui est seant au ciel à la dextre de Dieu le Pere.

Outre plus, qu'elle cruauté de ces gens ici, en cas
qu'il soit tout entier selon l'impossibilité qu'ils affirment dedans ceste liqueur, luy mettre toute sa
teste dedans le vin, son ventre plein de vin,
tous ses sens noyés de vin, il est tout de vin, tout
en espece vineuse, tout de vinotterie: de la en l'hostie, c'est vn Dieu tout de paste. Vn yurongne qui
se seroit enyuré d'vne bouteille de vin consacré,
venant à relancer de son corps, sa boisson, auant
qu'elle fut digerée, il se faudroit agenouiller, & a-
uec flambeaux allumés, adorer ceste belle renar-
derie, comme si c'estoit Dieu mesme, car c'est le
mesme, (disent-ils) que les Mages adorerent, &
que les Anges adorent encor au ciel, il faudroit recueillir ceste belle liqueur puante, auec vaisseaux
d'or sacrés, la porter en tres-haute & tres-souueraine adoration, au sacraire, quand il y en auroit vn
demi seau, & que cela seroit meslé parmi toutes
fortes dignominieuses puanteurs, il se faudroit biẽ
garder, de ne la reuerer, ni d'y toucher des mains
à peine de sacrilege: ains s'agenouiller, quelque re-
lante que soit, deuant telle liqueur, & continuer
ceste tres-souueraine adoration, tant que par cor-
corruption tres certaine, elle ait changé dessence
& d'espece. Ouy, disent nos aduersaires cela est
vray: mais il n'y a prestre si meschant qui voulut a-
buser de son caractere, n'y de la consecration en
telle sorte: assauoir si cela ne se peut faire par deri-

sion & moquerie, ou bien par ieu, comme resoluët les scholastiques du baptesme d'Athanase auec les enfans qui se iouoient sur la riue de la mer, ou cō-me de Genesius farçeur, lequel estāt administré en iouant vne comedie fut reputé valable. Ainsi ne se peut-il trouuer quelcū q̃ pour illuder les papistes, estāt prestre cōuerti à la religiō reformée, il retiēt son caractere & mesme puissance sacerdotale pour consacrer aussi valablement que le Pape , que S. Pierre: voire ce qu'il consacrera sera aussi ferme-ment consacré , & vrayement le corps de Christ, comme celuy que Christ consacra en la Cene. Et ce suiuant l'opinion des papistes. Si vn tel prestre donc prononce la forme, ou les mots de consacra-tion , auec intention d'esprouuer la vertu de son caractere ineffaçable, ce qu'il ne croit que par sup-position, sans doute qu'il consacre & transubstan-tie tout ce sur quoy ils prononce les mots sacra-mentaux: Quand il y auroit tout vne vandange de cēt chars de vin, tout vn marché de dix mile pains & d'auantage, comme à Paris, Ie vous laisse à péser que d'inconueniens, q̃ deuiēdra tāt de corps & tāt de sang de Christ: absurdités des absurdités, bara-teries inextricables. Mais espluchons vn peu d'au-tres inconneniens: c'est qu'estant contenu dedans ces especes sacramētaires, par maniere substātiélle & indiuisible, il a sa teste dās sa bouche, sa bouche dās sa teste: l'vn & l'autre dedās son vētre: son vē-tre dedans ses orteils: ses pieds dedans ses oreilles: ses oreilles dās ses narines: le dos ou il a le vētre, le vētre où il a le dos: les espaules à ses genoulx: ses

ge-

genoulx là où ſont ſes eſpaules. Bõ Dieu quel mõſtre? quel prodige! ainſi l'afferment les papicoles:
car le corps de I. C. au ſacremēt, il eſt tout en toute l'hoſtie, & tout entier en chaſq; petite parcelle
de l'hoſtie, ſans qu'on puiſſe aſſigner lieu diſtinct
en icelle, de ſa teſte arriere de ſes pieds, ou des mébres ordõnez ſelon la ſituation naturelle: ains tout
y eſt en cõfuſion comme deſſus: toutes ſes veines
dedans ſes ongles, le dedans dehors, & le dehors
dedans. Que cela eſt croteſque, & hideux à ſpecu-
ler: comme ſi vne mere eſtoit dedans l'eſtomac de
ſon enfant qu'elle porte en ſon ventre : ainſi Ieſus
Chriſt tout entier, eſtoit dedans l'eſtomac du Ieſus Chriſt qu'il auoit pris par ſa bouche. Eſt-il
poſſible que tout le palais puiſſe eſtre dedans la
chambre dorée? ou toutes les boutiques & mar-
chandiſes de Paris dedans la boiſte de queque par-
fumeur du palais? Ou comme ſi toute la ville de
Paris eſtoit dedans le fer de l'eſguillette dont le
Roy s'attache. Ce ſont propoſitions ridicules, cõ-
trefaittes, forgées à plaiſir: meſme en ce qu'ils diſent que I. C. au ſacremēt eſtoit impaſſible en ſon
corps il eſtoit paſſible: paſſible donc & impaſſible
tout à la fois: proche & loing de ſoy meſme tout à
la fois: au ciel, en la Chine, en l'Europe: il eſt deſſus
deſſou, en toute ſorte de ſituation : entre celuy de
l'hoſtie, & celui du ciel, il n'y a aucune ſeparatiõ: &
toutesfois le meſme corps n'eſt auec ſoy meſme:
car les diméſiõs de celui du ciel ne ſont contenues
indiuiſiblement ſur celuy de l'hoſtie. Mais qu'elle
apparence, que le pain ſe conuertiſſe en vn corps

qui eſtoit deſia,& comme eſt-ce que ce qui eſt fait
ſe peut encore faire , *quod fit nundum eſt* , ce qui ſe
fait n'eſt pas encores, & ce qui eſt,ne ſe peut faire,
eſtát fait. Aſſauoir ſi le meſme hôme qui eſt deſia
formé dedans le ventre de ſa mere ſe peut encor
former dedans le ventre de cent mille meres, par
cent mille autres peres diuers côme ils enſeignét
par article de foy , que iaçoit que Chriſt ſoit deſia
au ciel corporellement,toutesfois il ſe peut encores former auec la meſme identité indiuidue, auec
la meſme indiſtinguée ecceité au ſacrement de
l'Autel:& encor qu'il ſoit deſia formé,& ſacramé-
té reellement en vn autel, il ſe peut auec la meſme
realité, indiuiduité, ecceité, former & faire renai-
ſtre en cent milliers d'autels.Nos aduerſaires nous
perſuadent cela par diſtinctions indiſtinguees de
confuſion,confuſes, illuſoires, faiſant ainſi borde-
ler la theologie auec le compas de ſeur endeſuerie.
Mais n'eſt-ce pas choſe eſtrange de dire qu'vn hôme qui eſt deſia né au monde , ſe puiſſe derechef
engendrer: comme pourroit on derechef desfaire
Charles de Bourgogne tué deuant Nanci: comme
on ne le peut desfaire , auſſi on ne le peut refaire.
C'eſt le meſme de Chriſt,qui ne ſe peut non plus
deffaire & refaire q̃ celuy là. Et toutesfois ils mettent ſon corps hors de ſon corps, luy meſme,hors
de luy meſme , ſans laiſſer d'eſtre en ſoy meſme,
neátmoins il eſt hors de ſoy meſme:c'eſt luy meſme,ſans eſtre luy meſme,le deſcharnét de ſa chair,
le deſmeſurent hors de ſa quantité , le detaillent
hors ſes diſmentions , diſproportionnent hors de
ſa

fa fymetrie, le logent en moins d'vn grain de farine, il eft feant & hors de fon fiege, à la dextre du
Pére, croupiffant, bandé, ferré, fanglé, reftreffi,
renfermé en vn point indiuifible, il eft parlant &
muet: en la mefme nuiĉt il eft paffible & impaffible,car il fut paffiblement bourrelé toute la nuiĉt,
& impaffiblement enfacqué,moulu,brifé, logé dedans moins que le point d'vne eguille, & toutesfois impaffiblement.

Mais comme fe peut-il faire,car pour eftre contraint en fi peu de lieu, il faut fouffrir de merueil-
leufes gehénes:On n'eft pas fi fort ferré en la tor-
ture des brodequins, en la gehéne de la côcierge-
rie de Paris, &fi on fouffre iufques à mourir Quấd
Iefus Chrift print du pain, fe defcorpora-il pour
faulter en la place de ce pain ? ou fon corps qui e-
ftoit feant,fe tourna-il en efpece de pain ? Il eftoit
(dites-vous)en deux lieux tout à la fois:ains en au-
tất de lieux,comme il y auoit de morceaux de pain:
mais ce nè pouuoit eftre le mefme,car il eftoit où
il parloit, & au pain d'vne toute autre façon où il
ne pouuoit parler

Ce peut-il faire qu'il foit impoffible à vn mefme homme de parler cependant qu'il parle?l'indiuifible ne peut parler, car vn poinĉt de Mathematique ne fçauroit ouurir la bouche, ou dire aucun
mot: rien ne peut parler qui n'ait bouche & lan-
gue:l'indiuifible,comme le poinĉt mathematique,
ne peut auoir diuifiblement bouche & langue : le
corps de Chrift,felon eux,eft indiuifiblement fub-
ftantiellement (la fubftance n'a point d'extention)

en poinct de Mathematique, au Sacrement donc il luy est impossible de parler : car encor qu'il ait bouche & langue, toutefois, en poinct de Mathematique, qui n'est point plus indiuisible qu'est le moyen substantiel selon lequel Christ est indiuisible la dessous.

Or est qu'il n'est pas inconuenient que Christ ne parle au ciel, voire mesmes incontinant apres la benediction du pain de la Cene il dit plusieurs mots, prononça plusieurs paroles, auant que les especes que les Apostres preuoient & auoient pris fussent corrompues & consommées ; de sorte que Christ parloit en sa personne, & se taisoit sous ce Sacrement, luy estant impossible de parler indiuisiblement sous ceste indiuisibilité. Voyla des estrectes de s reuirades pour faire sortir des gons nos outrecuidés de Logique, nos presumptueux de Physique.

Les indiuidus ne different l'vn de l'autre par la substance, ni par la definition, mais par les accidents: Or est-il qu'il y auoit plus de cinq cents differences, de plus de cinq cents accidents, entre l'vn des Christs, & l'autre: ains d'autant d'accidents qu'il y a de parties diuisibles au vray corps de Iesus Ch. lesquelles different des autres parties, indiuisibles, qui sont dedans le Christ qui est au pain : tout de mesme des parties passibles, suiectes à l'attouchement, visibles, sensibles, lesquelles sont inuisibles & insensibles, impassibles, en l'hostie, là où le sang, les veines, ne se voyent, ni sentent aucunement. Et de dire, mon corps inuisible, impassible, est sous

ce pain

ce pain , Iesus Chrift ne l'a point entendu comme
cela,c'eft tourner la parole de Dieu en glofe , ce
n'eft plus texte , c'eft glofer : ce n'eft ce que
Chrift a dit, mais ce qu'on luy veut faire à croire.
Outre qu'ils luy imposent vne cacophonie, pesan-
te,intolerable de lourdife.

Ce mot , *ceci* , n'eft plus pain quand il eft prononcé.   Ou bien apres que ce mot, *hoc*, àſçauoir,
ceci,eft prononcé,le pain n'eft plus pain:car,felon
eux , il s'anichile à mefme inftant , ou tombe en
deffaillance totale. Et par ainfi,ne fe pouuant affi-
gner aucun inftant imperceptible entredeux , où
les accidents foient vuides de fubftance:il faut que
le corps de Chrift commence à eftre là, auant que
les autres mots foient acheués de prononcer : &
par ainfi fon corps y eft auparauant que par la
vertu des paroles il y foit : & ainfi, fon corps deuient fon corps: ce qui eftoit defia fon corps deffous les efpeces du pain , deuient encore vne fois
fon corps, apres que les paroles font acheuées de
proferer , fous peine de menfonger : car quand il
prononce le verbe coniunctif, *eſt* , il faut que la
chofe foit prefente fans future , oubien il dit faux:
Ce qui eft trop groffier d'impofer telle chofe à
la fageffe du fils de Dieu.   Outre que ce ne peut
auoir efté le mefme Chrift qui eftoit contenu
fous le pain veritablement, comme ils difent, qui
a efté crucifié,& mort pour nous.

Ie demande, fi quand Chrift receut fon corps à
table, eftant foubs les efpeces du Sacrement , il le
receut auffi , & fi foubs le Sacrement il auoit

ſon ſoupper dedans l'eſtomach, & ſi la digeſtion ſe
fit ſous les eſpeces comme dedans l'eſtomach de
ſa perſonne : car ſi on euſt gardé vne hoſtie conſacrée , ou vn morceau de ce pain apres que Chriſt
l'eut conſacré, iuſques au vendredi au ſoir : (comme ils conſeruent encor auiourd'huy dans leur
cyboire, & comme i'en ay veu qui croyoient que
ce n'eſtoit hors de propos , & que, peut eſtre, les
Apoſtres conſeruerent vn morceau de pain de la
Cene.)

Aſçauoir ſi Chriſt eſtant flagellé en ſon propre corps & couronné d'eſpines, il euſt eſté flagellé & couronné d'eſpines dedans l'hoſtie deſſous ce
pain : àſçauoir, ſi iceluy ſouffrant en Croix les en-
clouëures, il euſt auſſi eſté encloué, crucifié, dedans
le pain : ſi en perdant ſon ſang en la Croix , il le
perdoit en l'hoſtie, où eſt-ce que ce ſang de l'hoſtie ſe reſpandoit, que deuenoit il ? outreplus, ſi
le ſang ſe fuſt gardé en vne coupe , euſt-il eſté
ſans l'humanité ſorti hors de ſon corps : ſi en
prononçant les ſept paroles dedans la Croix , les
prononçoit-il auſſi dedans le pain ? Et lors qu'il
marchoit depuis le pretoire iuſques vers Pilate, &
qu'il portoit ſa Croix ſur ſes eſpaules iuſques au
mont de Caluaire, àſçauoir s'il marchoit, ou s'il ne
bougeoit dedans l'hoſtie.

Et d'autant que les Romains quelquefois ayants
pitié des pauures patients crucifiés eſtants à l'agonie, ils leurs tendoient au bout d'vne lance ou can-
ne, du vin myrrhé, qui a ceſte proprieté que d'aſ-
ſoupir le ſentiment contre la douleur : àſçauoir ſi
Chriſt

Chrift ayant receu dudit vin mirrhé, qu'ils appellent vin meflé de fiel, à caufe de fon amertume: ou
bien, felon qu'aucuns autres veulent, ayant refufé
ce vin mirrhé, ou trempé de la mirrhe, par ce qu'il
fe vouloit abandonner du tout à affouuir le defir
qu'il auoit de payer la rançon du genre humain,
on luy tendit du vinaigre dedans vne efponge : à-
fçauoir s'il eut receu deffous les efpeces du pain,
le mefme breuuage.

Outreplus, ie demande fi le fang, felon que raconte Surius en la vie de la Magdelaine, fe retrouue encor auiourd'huy en la Saincte Baume (qu'ils
appellent) à Marfeille , qui a efté receuilli par la
mefme Saincte, & lequel tous les ans au vendredi
oré, efcume, bouïllonne, frime : àfçauoir s'il fe fuft
trouué dans l'hoftie, & fi encores auiourd'huy ce
mefme fang ne fe retrouue dedans ladite hoftie, &
dedans le calice , puifque tout le fang de Chrift y
doit eftre.

Et finalement , àfçauoir fi quand il expira &
rendit l'efprit à Dieu fon Pere en la Croix , il expira auffi tout de mefme. Et àfçauoir s'il rendit
l'efprit deffous ce pain.

De dire qu'il euft rendu l'efprit , il n'eut donc
efté impaffible foubs l'hoftie, puis qu'on l'y pouuoit faire mourir. De dire auffi qu'il ne mouroit point dedans cefte hoftie ou ce pain , il s'en-
fuiuroit, que ce n'eftoit le mefme Chrift : car le
mefme indiuidu, ne peut eftre vif & mort tout à la
fois.

Et pofés que le mefme morceau de pain ou ho-

ftie , eut efté conferué iufques au dimanche fuiuant , affauoir fi eftant defcendu de la croix , &
enueloppé du fuaire ; fi refufcitant de fon tombeau , il a auffi defcendu de la croix & refufcité
deffous ce pain.

Ie paffe que puifque felon eux en refufcitant
il ne refit point de nouueau fang , mais il reprit
tout le mefme qu'il auoit refpandu , pourquoy
il ne reprit le fufdit que la Magdelaine auoit
recuilli & conferué & qui fe voit encor à Marfeille, pourquoy auffi ne reprit il celuy dont auoit
efté abreuné le fuaire , qui eft auiourd'huy à Tu-
rin, & lequel i'ay veu qui en porte encores quelques grandes taches; Cela eft d'vn autre texte que
celuy-cy.

Ce font des abfurdités tant allienées de toutes
folutions raifonnables & naturell s , que ie m'e-
ftonne , que nos Papiroques , ne s'abyment de
honte en leur dogme qui ne peut fubfifter qu'en
contrarieté deuant la face de telles oppofitions.
Outre plus le pain eft corps de Chrift , comme
le hanap ou la coupe eft nouueau Teftament:
Or la coupe eft nouueau T ftament facramentairement, par ce qu'il fe croit auec le cœur.

Le hanap fe boit auec la bouche , donques il
ne peut eftre nouueau Teftament , car le nouueau T ftament ne fe boit point. C la donc fe
doit entendre figoratiuement. Que fi la coupe
n'eft que figure , le corps de Iefus Chrift auffi
deffous le pain ne fera autre que figure.

Mais quelle menfonge , quand le preftre en
l'autel

l'autel prêt le corps d'vn costé,&le sang separé de l'autre. Le sang du corps de Christ qui est au ciel, n'est point separé : il est inseparable d'auec son corps: il faut par necessité reuenir à la figure,pour euiter ceste metamorphose:car de dire que c'est le mesme sang lequel est inseparable , & toutesfois, il est separé:car , comme dit Sainct Paul , Iesus Christ ne meurt plus , la mort ne le peut plus a-uoir en son gouuernement, le sang ne se peut plus tirer de ses veines: car il est impassible regnant au ciel.

Ilfont donc entrer vne concomitance , laquelle ils refuent disants , que le corps accompagne le sang : mais c'est desplacer le texte , pour y loger vne glose phantasque , laquelle le Sainct Esprit desauotie dedans le silence des Escritures , qui n'ont iamais pensé en telle fausse monnoye , pour se redimer de la contrarieté opposite.

Il faut plus de ruse que d'erudition , pour maintenir tout cela : ils remplissent cela de distin-gos Sophistiqués , dedans quoy ils happelourdent les passages à la verité , auec quoy ils happeloppi-nent leur gages, plustost qu'auec des articles fon-damentaux de science conscientieule : sans consi-derer qu'elles sont comme les escreuisses , là où il y a beaucoup plus à esplucher qu'à manger : ou comme les noix nouuelles mises en cerneaux , où il y a plus à brusler,qu'à mascher.

De ces damnables & tres-malheureuses distin-ctions payennes,ils en fabriquent des clefs , faux-crochets,ou passepartout d'illusiō Theologique &

font à croire auec ce vent dont ils s'enflent comme balons,& qu'ils font planetes, aftres de fcience & ce ne font que fourguõs, dont ils efcouillent
& fouillonnent la Theologie: Ce font autant d'ef-
crans qui en obftaclent les rayons , ce font equi-
pées d'efchapatoires par où ils euadét les gehen-
nes que leur donne la verité,quand quelque forte
argumentation leur donne l'eftrapade , ils ne
confeffent autre que leur formalité & diftinction:
& comme les tortures violentes font pluftoft
pour efprouuer fi vn homme eft conftant , ou
bien opiniaftre , que pour effayer s'il eft veritable,ainfi quelque forte difpute,ou euidence qu'on
argumente , c'eft pour les conuincre de diftin-
ctions pluftoft que de fauffeté , c'eft vn leurre
leurrant, ce font areftes dont ils tafchent d'eftrá-
gler ou engouer ceux qui auallent leurs difcours,
ce font efchardes efquilles , qu'il faut vuider hors
de toute bonne fcience mais fur tout de la Theologie: Ce font manilles auec lefquelles ils bodro-
yent, c'eft pour railler & efrailler , pluftoft que
eftaier ou confirmer la Theologie:ce font des vi-
rebouginages contentieux,qui la rendent pl⁹ har-
gnieufe qu'affeurée pl⁹ presũptueufe qu'arreftée,
plus morgãte que cõcluãte, plus radotteufe qu'il-
luminée;plus proceffiue qu'edificatiue , pl⁹ actiue
qu'adminiftratiue , de facile clarté ou de claire facilité;elles repercutent d'aduantage qu'elles n'at-
tendriffent les hommes ou à bien entendre ou
à bien viure,elles font plus moinefques pedantef-
ques que doctorales, il a plus de contreroolle que

de

de conuiction;ce sont marmitõ nées frocailleries,
qui tiennent la place d'autres pensées plus ciuiles
& plus academiques , c'est vn cheuillage plustost
qu'vne dissolution d'altercatiõ:cela soit dit en general sans offenser l'innocéce de ceux qui en vsent
sobrement plustost par contrainte que par affectation, qui s'en seruent comme d'vn coing pour
tenir la Theologie ferme plus que pour la saca-
ger en champeau à brusler,que pour la deduire &
proportiõner en ses inembres pour la reintegrer
Il faut estre au sacrement aussi religieux qu'à la
couche de son pere, n'y laisser entrer chose quel-
cõque qui ne soit paternel:pour parer vne absurdité ils en forgent vne autre plus grande que la
premier , disant que le corps suit le sang.

Qui a iamais veu, quand le sang sort hors d'vn
homme , qu'il emmene quant & soy le corps
de l'homme. Comme quand vn Chirurgien
donne la phlebotomie , ou tire du sang à quelqu'vn,assauoir si celuy duquel il a tiré le sang sort
tout entier par sa veine pour entrer dedans les
palettes du chirurgien.

Toute la philosophie iusques à maintenant à
esté vesue de telles opinions. On estimeroit fol
& insensé celuy qui voudroit asseurer telle radotterie , en l'extraction du sang d'vne playe
humaine , ou telle concomitance du corps humain auec le sang,seroit estimée vne asnerie pleine d'absurdités.

Le sang est logé dedans les veines & les veines dedans le corps , &lnon le corps & les veines

dedans le fang ; comme le tonneau n'eſt pas logé
dedans le vin , le vin ne comprent pas le tonneau , Aſſauoir ſi le ſang qui ſortit par la playe de
la circonciſion emmena tout Chriſt hors de ſoy,
ou bien meſme ſi le ſang reſpandu en la paſſion
au couronnement flagellation & crucifiement
par concomitance tout le corps de Chriſt quand
& ſoy.

Aucun de tous les Theologiens n'a encor ſçeu
reſuer cela , quoy qu'ils ayent beaucoup ſongé:
& ſi Chriſt ne l'a reſpandu auec vne telle compagnie pourquoy le veulent ils foruoyer en vne
telle fiction tout autrement qu'elle n'a eſté en
ſon origine fondamental , ce n'eſt donc point
le meſme ſang qui eſt ſorti des playes puiſque
il eſt ainſi diuerſifié , puiſqu'en l'vn il n'y a que
le ſang tout pur , & en l'autre c'eſt le corps meſlé
parmi le ſang auec l'ame, auec l'homme , l'humanité , la diuinité tout entiere c'eſt vne bigarrure
hermaphrodite, imaginaire , vne tranſuaſation de
fripperies rapieçottée.

Et pourquoy veulent ils ſeruir dedans l'interpretation des miſteres de noſtre ſalut , d'ab-
ſurdités reprochables de l'inſcription de la folie : car ils ne doiuent rien conclurre n'y comprendre en la declaration de la ſainçte Eſcriture,
& de noſtre foy,qui ne ſoit eſtimé ciuil & paſſa-
ble en la nature.

Outre plus , noſtre ſouuenance, ſe porte ſur
le preterit , & ſur ce qui eſt deſia paſſé outre:
car la ſouuenance n'eſt point du futur , elle n'eſt
point

point auſſi de ce qui eſt preſant. Ceſt donc en
vain qu’il eſt dit que ce ſacrement eſt pour memoire du ſacrifice de Chriſt , puis que Chriſt
auec ſon corps eſt ſacrifié , & que c’eſt le meſme
ſacrifice de la croix, qui eſt veritablement repeté
par la main & meſſe du preſtre. Outre que ſi c’eſt
vn ſacrifice, Ieſus Chriſt s’eſt ſacrifié luy meſme,
Ieſus Chriſt s’eſt crucifié luy meſme Ieſus Chriſt
s’eſt fait mourir luy meſme , lors.qu’il tranſub-
ſtantia le pain en ſon corps : il mourut auant que
mourir , il fut crucifié auant qu’eſtre mis en la
croix par les Iuifs. Et puis ſi c’eſt luy meſme ſacrifié , il meurt donc tous les iours autant de fois
qu’on dit de meſſes. Il faut par neceſſité que nos
aduerſaires ſe dediſent , & confeſſent que ce n’eſt
qu’vne commemoration & remembrance figurée , & non le vray corps , ni la meſme mort
de Ieſus Chriſt : autrement Ieſus Chriſt auroit eſté homicide de ſoy meſme le ſoir de la cene en ſe ſacrifiant par ſa vraye mort : & les preſtres ſeroyent homicides en le ſacrifiant, & repe-
tant la meſme mort executée par les Iuifs ſur le
corps de Ieſus Chriſt. Ils ſe ſauuent , diſant que
c’eſt vn ſacrifice non ſanglant : mais ils ſe contrediſent , ce n’eſt donc point le meſme ſacrifice de
Ieſus Chriſt , car il a eſté ſanglant, il a perdu tout
ſõ ſág:outre que aucun des Apoſtres, n’a vſé de ce
texe, ni de ceſte gloſe, pour interpreter la mort de
I.C ou la repetition d’icelle en la conſecration de
l’hoſtie. S. Ieã 6. cõme ſes diſciples ſe ſcandaliſoiét
de ce qu’il diſoit qu’il leur vouloit dõner ſõ corps

manger , il leur respondit , que sera-ce donques quand vous me verrés monter au ciel. Car
vous aurez suiect de dire:cest homme icy nous a-
uoit promis de nous donner son corps à manger,
& toutesfois il l'emporte au ciel : c'est donc vn
trompeur qui n'acomplit point sa parole. Mais
Iesus Christ pare , & vient au secours , disant
tout beau,c'est l'Esprit qui viuifie, la chair ne profite de rien, les paroles que ie vous dis sont esprit
& vie : voulant dire que la manducation de son
corps ne seroit point manducation corporelle ou
charnelle,car cela ne profite de rien : l'ame ne
vit point d'aucune pasture charnelle,ou corporelle,mais de la foy qui est sa pasture ou l'instrument
qui liure la pasture spirituelle : cest la foy qui est
viuifiante , le iuste vit de la foy , & de ce que la
foy luy donne spirituellement à manger.   Outre
que Iesus Christ respondit aux Capernaites qui
s'estonnoient de la manducation de sa chair , &
toutesfois il est à croire qu'ils auoyent meilleure
opinion de christ,que de penser qu'il se fust voulu deschiquetter auec vn rasoir , & leur donner sa
chair par morceaux:mais la proposition leur sembloit nouuelle , de manger en quelque façon que
ce fust de la chair d'homme. Auquel doubte Iesus
Christ a voulu satisfaire , disant que ce ne seroit
pas chair charnelle, mais chair en vie & en esprit.
Il n'est donc incarné , ou incorporé au dedans de
l'hostie , selon que le veulent nos aduersaires les
Romanistes:Outre que ce seroit destruire la nature du sacrement en ostant l'analogie & significatió
qui est

qui eſt, que comme le pain nourrit le corps : ainſi
le corps de Chriſt reçeu ſpirituellement nourrit
l'ame.   Or eſt il que par la tranſubſtantiation lo
paï n'y eſt plus, car il eſt tourné en corps de Chriſt
il n'y a donc plus de ſignification. Le ſigne qui eſt
la ſubſtance du pain en eſt dehors : il n'y a plus que
l'eſcorce, les accidents qui ne ſont que l'ombrage
de la ſubſtance. Ce n'eſt donc plus ſacrement, puis
que le ſigne qui eſt le pain en eſt eſtaint & oſté.
Mais outre plus le bel hõneur qu'ils font à Chriſt,
de le loger ſous ces haillonneries.   Ils le bardent
d'accidents, guenillons fripés de la regratterie pa-
palle. Quel pauillon, c'eſt vn pauure eſtui, ils le logent en vne fauſſe mine, monſtre perfide, viſage
deſloyal ils le mettẽt en fauſſe pourtraiture. N'õt
ils point de honte de donner à Dieu vn faux cachenez, & le rendre fauteur de toute ceſte tromperie là, faire ſemblant qu'il eſt ſous du pain, & ce
n'en eſt que la fumée, ou la teinture. Ie laiſſe qu'ils
multiplient des entiaux ſans neceſſité contre la
reigle de toute philoſophie, qui deſaduoue, & au
total, & en ſes membres telles multiplications de
miracles ſur miracles. Si Ariſtote euſt eſté Theologien, & que telles chimagrées, euſſent paſſé au
cõtreroolle de ſa Metaphyſique, il les euſt rabatus
iuſques aux abyſmes de l'ignorãce. Et de vray s'ils
veulẽt philoſopher, il ne faut que ce ſoit au deſpẽs
de l'hõneur des myſteres de noſtre religiõ. Ce ne
doit eſtre en menſonges, & en chimeres, mais a-
uec vn piedeſtal, fondé en quelque paſſage expres
de l'eſcriture, ou en quelque maxime aduouée par

la nature & par le iugement humain : autrement
c'eſt pluſtoſt vne diſſolution de ſacrement & de
verité, & par conſequent la ruine du ſalut des hõmes, car c'eſt la verité qui nous ſauue. A quoy ſert
vn tel repatriage, l'eſcarteler ſans le partir, le deſ-
membrer ſans membrure, le diuiſer ſans diuiſions
le refaire ſans facture, l'enfoncer ſans fonds, ou
profondités, le ſituer ſans place, diuiſer l'indiuiſibi-
lité, c'eſt le retorquer en vne nouuelle creation, ra-
uager la premiere conſtitution. N'ont ils point de
honte, de rendre Ieſus Chriſt tout moulu d'indiui-
ſibilité en ce bel empaquetage, ou ils mettent ſelon qu'auons predit, teſte, vêtre, bras, cuiſſes, pieds
entrailles, debout, à la renuerſe, & tour enſemble
diſtingué, indiſtingué de monſtruoſités ſi prodigieuſes, que le ſens humain en a horreur. La raiſon n'y peut entrer : c'eſt diſloquer la parole de
Dieu pour y emboiſter vn ſacremét apoſté, plein
de contradictions & d'impoſſibilités, ou la dialectique n'y la phyſique n'ont aucun cours, elles y
ſont hors de miſe & recette, & n'y a moyen d'y
aualuer choſe quelconque du iugement humain.
Ils ont baſti vne nouuelle foy pour mettre en credit l'inuention de leur ſacremét ainſi chimerique.
Ils penſent faire beaucoup d'honneur à Dieu de
le mettre en paſte comme vn lapin, encor ne le
mettent ils que dedans le ſon, ou le bran de la paſte, encor en moins, dix mille fois, cent mille fois,
dedans les accidents ſeulement qui ſont ſi peu de
choſe, qu'à peine peut on dire que c'eſt. Ains ils ne
merite le nom de choſe, car ce n'eſt preſque aucune

ne chose. Voila de malotrus fourriers, de marquer
si mal le logis de leur Dieu, le mettre sous des clis-
ses d'oublie, ce n'en est que la teinture du chassis,
moins que l'image d'vn homme representée dans
vn miroir: Ie parle des accidents qui demeurent de
reste, apres leur transubstantiation, lesquels ont
moins d'entialité, qu'il n'y a de l'hóme dedás son
espece representée au miroir.   Cependant ils ali-
tent dedans ce beau louure clandestinement leur
sauueur. Architectes despenaillés, que de fonder si
foiblement la demeure du fondateur du ciel & du
monde. Ils l'entournent de tortillonneméts desa-
cointent ce sacremét de sa physionomie naturelle,
le fichant d'entraue, l'enterrent dans des apparéces
qui le debouttent de son centre, l'enuironnent de
surgeons fictionnés, qui le desinterinét de ses fondements, ce sont autant d'entraues de sa virginité:
vn si grád emmoncelemét de bisarreries, pseudo-
misterieusement amassées, entassées en profanatió
sacrée, ains en sacrement roturierement profané,
pour l'ensemécer de charmes & d'ensorcellemét,
ains d'vn atheisme trópeur, la preséce de ceux qui
le regardét. C'est le rédre roturier du paganisme,
ains de l'atheisme, feignát, acertenát par foi, laquel
le est bien plus ferme que tous les serments, car le
moindre mot de foy est plus certain q̃ tous les iu-
reméts passés ou futurs, establissát en ceste sorte vn
Dieu, lequel par necessité liée à toutes sortes d'im-
possibilités, ne peut estre Dieu de ceste façó. C'est
vne drogue d'inuention barbare que ceste hostie, mouchettée de toutes couleurs d'infidelité;

c'eſt vne tiſſeranderie de curioſité tartare, vn a-
choppement infernal, braſſé, tendu, par les haineux
preuaricateurs de l'eternité, leſquels l'ont infernalement caracteriſé dedans la fantaſie de ceux
qui les ſecondent, ains qui les priment en meſcognoiſſance de Dieu.   Mais de grace, ils en font la
teſtiere, ou le tect dedans lequel eſt contenu toute
la ceruelle de leur religion, il eſt tant entalãte ſelõ
l'attribution qu'ils luy donnent du ſommetoutage
de l'ancien & de l'autre teſtament, dans lequel ils
font tinter & reſonner toutes les vieilles propheties.   C'eſt vn cheuillage de rapiecement de chifonnerie foreſtiere.   Ha que c'eſt vn fourreau mal
eſtançonné! Quels fagottiers, ces pauures accidens
ſont tres-mal remparés par derriere. Et ce qui eſt
encor plus eſmerueillable, c'eſt qu'ils ſe maintiennent ſans eſtre maintenus, ſe ſouſtiennent ſans iã-
bage, ni fondement aucun.   Au ſurplus ils veulent
que ce beau myſtere comprenne tout le Noueuau
Teſtament, ſans eſtre compris au Nouueau Teſtament, & que ce ſoit le ſommaire de tout ce que
IeſusChriſt à dit encor qu'il n'en ait iamais parlé,
ce phãtoſme a plus de force q̃ de corps ni de bras,
ni de preuue, plus de credit que de fonds   il eſt
tout grouillant de groteſque non imaginable, &
toutesfois il captiue les centeines de milliõs d'hõmes qu'il tient en cadene à ſes pieds, ſans que les
quatres clercs du gref de Ieſus Chriſt, ou que S.
Paul qui en eſt le cinquieſme, en ait fait aucune
mention : toutesfois la clauanderie Romaine paſſe
par deſſus, & le determine ſelon que ſa folle opinion

nion la catechife. Et encor penfent-ils de faire
beaucoup d'honneur au Tout-puiffant, que de le
loger dedans ces reinfures ou relaueures fubftan-
ciaires.

Mais, ie me fouuien d'vne autre irreuerence
tres-irreligieufe, qui fe commet en la reception
ou manducation d'iceluy corps de Iefus Chrift: il
n'y a celuy qui n'ait l'eftomach faburré de quelques lies de flegmes puantes, mefmes regorgeante
de crachat, de fubftance indigefte & pourrie, que
nos yeux fe defpiteroient à les voir feulement.
C'eft là où tombe la morue & les excrements du
cerueau, quand il fe fouruoye des narines, prenant
le chemin à l'œfophage, chofe fi deteftable à voir,
qu'on fe voile pour les efmeutir hors de la bouche, & toutesfois, c'eft le lict de parade, où ils couchent le vray corps de Iefus Chrift, & faut qu'il
dure & qu'il viue dans cefte punaiferie execrable
qui loge dedans cefte cratule.

Ne voylà pas vne belle creiche pis qu'vne efta-
blerie, n'eft-il pas bien encourtiné de toutes ces
laidangeries là? Ils defendent à le toucher des
mains quelques fauonnées qu'elles foient contre
l'inftitution & couftume de l'Eglife primitiue, où
chacun le receuoit en fa main, le portoit à garder
en fa maifon; & cependant, ils le vont camper en
cefte belle garniture là.

Iofeph d'Arimathée l'enueloppa *in-findone
munda in quo nondum quifquam pofitus fuerat* : il
l'inhuma en vn monument *nouum & excifum in
petra*, tout nouuellement taillé de pierre, ceux icy

M m

le mettent dedans pis que charognes de mort.

Mais, que diray-ie d'autres, qui par indigestion le reuomissent? Mizauld en ses centuries raconte d'vn certain qui auoit receu vn coup d'espieu en l'estomach, & iettoit sa fiante par la playe, toute sa vie durant. Et d'autres qui ont la diarrée, ou autres maladies, & iettent par embas les viandes toutes entieres sans digerer, ni sans leur en donner le loisir.

Il faut aller esplucher dedans tels excrements les reliquats de ce beau Dieu pour le trousser au Sanctuaire, & puis les rats, les aragnes, qui rongent & pissent par dessus, mangent, tranchent auec leurs dents. Mais durant ces troubles de Ligues, combien de soldats, mesmes ligueurs, ont pris le ciboire & ietté les hosties aux chiens, aux poules sur le fumier?

Annuellement à Sens en Bourgogne, au mois d'Aoust, se fait vne procession qu'ils appellent de la couppe, en memoire d'vn voleur, qui en fit autant des hosties sacrées, pour auoir la couppe qu'il desroba. I'ay vne fois porté vne hostie au Vicaire de l'Euesque, que i'auois ostée à vn homme qui par l'espace de cinq ans l'auoit portée sur soy pour en faire des charmes. Iesus Christ auroit esté peu prouident de l'honneur de sa Diuinité, dont il est si ialoux, & qu'il nous recommande tant, de se laisser ainsi strapasser, & se situer en vn lieu, dedans l'vsage duquel il deuoit attendre tant d'ignominies. C'est vn improbe insupportable, que de cracher sur la face d'vn homme, mais ils tiennent qu'on

fait encor beaucoup d'honneur à Iesus Christ de le
loger dedans la morue & le crachat qui croupissét
dedans l'estomach humain. Il se fut bien choisi vne
autre methode de seruice que celuy là, s'il se fust
voulu prodiguer en vne profanation manducatoi-
re : il ne se fust laissé traisner dans vne oublie.
Quoy! engloutir l'infini en indiuisibilité, c'est vne
commutation trop enormement metamorphosée,
vne translation trop tragicomediante, c'est pis que
d'homme deuenir embrion. Quelle estrange sou-
bresaut! l'associer ainsi à la boulangerie, le refour-
cher en dix millions d'hosties, ou il resortit aussi
naturellement, qu'en dix millions de ventres
Virginals. C'est vn ciué scholastiquement cui-
siné.

Mais les plaisans questeurs de place, où ils sont
allés situer la cime de nostre salut. C'est vne sauuage guenonnerie ; n'auoient ils autre idée pour
nous former vn si beau simulacre ; c'est sangler
trop roide l'incomprehensibilité du Fils de Dieu,
que de l'astreindre en ceste salle cocque là, le bi-
quoquer en ceste boulle pasteuse, & puis en faire
vne ruchée ou formilliere, tres formillante de
cent millions de caques de vrays fils de Dieu, entierement en chair, en os, en sang.

Mais, à quel propos a on donné tant de peine
au ventre Virginal, il ne falloit que faire aduancer quelque Prestre de la Romimanie, en disant
quatre mots sur quelqu'vn des petits innocents d'Herode, ou bien sur quelque morceau de pain, il eut esté transubstantié & changé

en fils de Dieu. Il estoit plus aisé à Dieu de faire vn Christ d'vn homme tout formé, que d'vn morceau de pain.

Ha! sauacterie formée de la calmanderie papimarée. C'est tronquer la taille & raccourcir l'infinité à neant, le renuerser de toute reuersion. Ha! quelle reualsion, elle est griefschement reuesche. Quoy! le retrancher dedans vne si petite bordure, c'est le retrograder à l'impossibilité. Ce sont nos guastcheurs de messe, ripailleurs de Sacrements, qui croyent qu'en le regratant, & pressant ainsi, luy reualloir le sang de la passion, le retouillant en ceste tissure, où ils le reserrent en compresse, & comme le Viel Testament est restipulé au nouueau, ainsi ont-ils voulu epiloguer le Nouueau en vne nouuelle restipulation, qui relent plus sa patisserie, que son Sacerdoce.

Mais, quelle belle resomption! c'est vne resource mal plegée, vn emprut fait sur l'incarnation, qu'ils veulent emologuer par l'institution, mais à tres-fausses enseignes, car ce n'est que tricherie, elle ne resplendit, que d'vne espesseur chimerique & tenebreuse, où l'entendement n'a aucun siege ni respit : ains il en resslie sans y pouuoir asseoir le pied.

Ie laisse qu'ils mettent leur Dieu en prison, premierement, en vn crotton encloistré d'vne boiste, puis ils le ferment à double tour & serrure, afin qu'il n'eschappe. Mais quand ils le portent en proumenade, pour prendre de l'air & le mesnent à l'esbat, afin de le desennuyer, sur tout le iour
de sa

de sa feste où ils le mettent au plus haut soltiffe de
ses honneurs , comme si c'estoit aux hommes à
commender la feste à Dieu , ou qu'il y eust des
iours ouurables pour luy , & qu'il luy fut defendu
de chosmer , & d'autres ou il ne fut licite de trauailler , comme si tous les iours il n'estoit feste
pour Dieu : comme si le Dimanche qu'on appelle
iour du Seigneur , estoit dedié à festoyer quelque
autre que luy.   Or donc ils le portent par les ruës
auec vne grande sonnaillerie, criquetterie de tim-
bres qu'on tinte de tous costés , autres qui rugis-
sent.

A Lyon & ailleurs ils iouent des violons , hautbois pour l'esbaudir ou le faire danser.   Mais , ie
puis dire vne plaisante farcerie , que ie vis oculairement il y a enuiron trois ans , comme la procef-
sion ce mesme iour de feste Dieu se faisoit sur la
place Sainct Iean , les officiers de l'archemitrage,
cuissiniers, pannetries, palefreniers, sabrenaudiers,
en faisoient vn autre dedans la cour Archiepiscopale , ou l'vn portoit l'escouuillon en lieu de banniere , l'autre sonnoit vn chauderon , l'autre vne
grille, l'autre vne léche fritte , l'autre vne estrille,
l'autre vne bouteille , & auec semblables outils de
gueule rechignoient le rechignement de la procef-
sion qu'on faisoit au Sacrement rechigné. Ie les
repetay à ce dessain quelques fois à vn nommé
Sateurasse , l'autre Maurice Gentil, qui estoit present auec moy. En leur solemnité processionnale,
toute la iustice Archiepiscopale marche en cohorte depant le poisle , sinon qu'immediatement

deuant l'hoſtie y a vne bande de tous les violons
& inſtruments qu'ils feſtinent de viandes creuſes,
qui raſtiſſent leurs boyaux de gaillardes & pauanes
harmonieuſes pour lui oſter l'acrimonie des oreilles, cela eſt auriculairement aromatique, c'eſt afin
de le regaillardir, & voir s'il y prendra point enuie de caroller ou gimbreter, ou d'entrer en muſi-
que auec eux. Ils luy ſoufflent force paſſemeſes, &
aubades dans le nez, comme ſi Dieu ſe ſoucioit de
ce beau tribut de triquenique. N'ont ils autre ſo-
lennité que ces ſornettes là pour le faire triompher, comme ſi ces chanſons qu'on violonne, a-
uoyent quelque faueur enuers le Tout-puiſſant,
ou que ces violes cogneuſſent ce qu'elles chantent
ou entendiſſent ce qu'on leur fait dire : ou comme ſi ces maiſtres violeurs là, chatouilloient les
cordons de leur inſtrumét en pieté, pluſtoſt qu'en
fredaine, pour implorer le ciel, que pour ſuccrer
les oreilles des hommes. Il y a plus de bagatelle en
leur mine & en leurs deſſeins, que de choſes dignes d'offrir à Dieu. C'eſt vn ſon de ſoye qui
desbauche les oreilles, pluſtoſt qu'ils ne les reſ-
ueille à ſe proſterner à l'adoration du Tout-
puiſſant : cela les banquette & met en delices
desbauche par ce petit guichet là l'attention qu'ó
doit liurer à la parole de Dieu pour appaiſer ſon
courroux. Cela baigne voluptueuſement l'ouye
pluſtoſt qu'il ne l'attire à pénitence : rememore d'auantage la desbauche des feſtins que la remembrance de la redemption de Chriſt. C'eſt
mettre ſes oreilles dedans de l'eau roſe, pluſtoſt
que

que de les conuier à la memoire de l'esponge &
du fiel qui abreuua le fils de Dieu à sa mort , elles font venir enuie de faire vn voyage aux nopses
pluſtoſt qu'au temple. Le fils de Dieu n'a point
ordonné qu'on se souuienne de sa paſſion , pour
mettre nos oreilles en la douceur de leur aise,
mais pour rendre le chemin aſſeuré & certain au
salut de nos ames. Le mouuement des cliquettes
d'vn ladre , ou le son des clochettes de quelque
mulet ou chaſſemarée seroit en auſſi grand exaul-
cement.

Cela eſt fort plaiſant quand pluſieurs villages
du meſme & autre diocese , font venir l'aueugle de la parroiſſe auec sa viole, qui met tout son
ſçauoir au chant , afin de gringuenotter quelque
belle gaillarde ou branſle de biſquaye , pour eſ-
mouuoir l'appetit à ce petit dieu de se mouuoir à
la cadance , si ce n'eſt qu'ils se perſuadent, qu'il a
eſté mordu de la tarantole eſpece de serpent , qui
se retrouue en grande quantité, autour du terroir
de Tarente au Royaume de Naples , duquel ceux
qui font mordus ne peuuent receuoir gueriſon
qu'à force de se tourmenter à la dance. Et à ceux
qui en ſont intereſſés , on leur fait venir quelque
docte aubadeur, qui ne ceſſe de iouér , tant que
le patiant ayent rencontré quelque cadance friande à son gouſt , se met à baller si ardemment,
qu'il trouue le defaut de son mal dedans la defail-
lance de ses forces : car il se laſſe iuſques à tomber en euanouiſſement , & se leue tout gueri
incõtinẽt apres. Cela sent sõ batteur de sonnettes,

ſa farce & ſon theatre , pluſtoſt que l'alignement
de la vraye priere & oraiſon , penſés qu'vn tel eſ-
branlement de cordages, prie bien Dieu à nous faire merci. Au reſte vous voyés en ceſt eſquippage
triomphal, marcher par eſquadres meſſieurs de la
guenille, ie dis les mendiants qui ſont chacun ſelõ
leur liurée ſous ſon drappeau enfrocqué, tous bien
occupés à inuenter vn eſpluchement de quelque
noûuel engin, à reſiouir de quelq; lieſſe ſoûeſie-
mẽt poignante, ce petit ſoûuerain à multiplier &
pleuuoir ſurarithmeticalement, & enfler la valeur
de leurs meſſes, à ce qu'elles eſtãt les eſpõges de la
deuotiõ du peuple, elles puiſſẽt attirer en ſorte ſeſ-
ſue pour replir leur mâgeoire , à laquelle ils ſont ſi
affectueuſement enclins qu'ils en quitteroient biẽ
pluſtoſt que de la quitter, vn plus grand Dieu, que
celuy au ſeruice duquel ils inſcriuent leur pas en
ceſte proceſſion. Encor qu'ils embeſongnent leur
miné d'vn traict qui enſuit la deduction de ce à
quoy leur corps s'addonne myſterieſſement à exercer pluſtoſt que la profeſſion de leur cœur. Ouy
mais dira quelcun, vous eſtes trop aſpre contre la
deuotion qu'on porte à ce venerable ſacrement:
Les anciens en parlent en terme d'adoration. Ie
reſpõds que ceux qui le ſont ont tort, c'eſt adherer
à ceux qui ont oſté la vraye effigie pour y mettre
vne idole. Et neantmoins pour contribuer quelque choſe au reſpect que le vulgaire croit qu'à gaigner leur ange : car ſouuentefois pour eſtre vieil
on n'en eſt point plus veritable , ou plus vierge de
menſonge. Satan le biſayeul de toute peruention,

n'a

n'a point laiſſé en repos l'idolatrie, pour l'eſueiller
ſeulement en ces ſiecles derniers : car comme des
auſſi toſt que le fruit de vie fut crée au paradis terreſtre, il dreſſa des embuches, afin d'en eſtrangler
& enuenimer nos premiers peres, pour corrompre & tarir le profit qui leur en eſtoit aſſeuré: ainſi
auſſi toſt que Chriſt eut inſtitué ce reſtaurant, &
conſumé de vie eternelle, l'ennemi de la nature
humaine s'eſt mis aux aguets à l'enuiron, afin d'eſ-
pencher ſon infection, & empeſter la doctrine, &
les plumes de ceux qui en ſeroient les Herauts &
trompettes. De ſorte qu'il y a bien à craindre en
la lecture de pluſieurs deſquels il ſe faut approcher
auec les oreilles bien rincées, & le cœur tourné en
droicture. Touteſfois que l'intelligence de ceux
qui manient les liures de ces premiers docteurs
eſt quelquefois boiteuſe, & encline à preuarication
leur impoſant des certains gouts de reuerance, à
quoy leur cœur n'a iamais eſté dedié. Et pour la
premiere reigle ſur ceſte adoration, c'eſt que
quand Ieſus Chriſt leur liura à manger, ils ne ſe
bougerent de la table, ils ſe fuſſent leuez pour l'a-
dorer, ſi le cas y euſt eſcheu & la ſubſtance l'euſt
merité. Le Nouueau Teſtament ne nous en a laiſſé aucune recommendation par memoire. Que
ſi d'autant que la figure du corps du Seigneur y eſt
contenu par foy, on eſt tenu de l'adorer : on ſera
auſſi tenu d'adorer le bapteſme, là ou eſt la figure
de la Trinité par foy. Ouy, mais repliquera-on
l'arche de l'aliance ſe portoit proceſſionellemét,
& auec beaucoup de reuerance. A quoy ie rens dou-

ble responfe. L'vne que cela fe faifoit par le commandement de Dieu, & autant de fois qu'ils l'ont bougée fans iceluy, il leur en a tres mal pris,& ont efté fuppliciés griefuement. L'autre eft qu'il n'y auoit point de lieu determiné au feruice de Dieu, ils eftoiét cötraints de porter l'arche felon la cömodité des endroicts qui s'offroyent. Et depuis que le temple fut bafti,on laiffa l'arche en fon lieu fans y plus toucher, on la reueroit à caufe des refponces iournalieres que Dieu donnoit par fon propitiatoire, & pour les tables de Moyfe & la loi de Dieu qui y eftoit enfermée. Iceux lui vouäts l'obeiffance que Dieu auoit ordonné à fa loy. Et quand il eft dit que les peres anciens ont reueré & adoré l'hoftie,nous ne fommes point tenus d'imiter les deuptions fuperftitieufes, les intentions aueugles des anciens non plus que des nouueaux. Il nous faut garder defchouer comme eux, & comme dit Auguftin aux caufes de la foy,ce n'eft point vn bon argument que de dire ceftui ci à fait ceci, celui ci à fait cela: mais il faut regarder ce que Iefus Chrift à dit & fait. Ainfi Cyprian,nous ne deuons point eftre attentifs à ce que les autres ont fait deuant nous, mais à ce que noftre Seigneur a fait,ou dit deuant tous. Il y a mefmes de Valentia apoftre du marianifme, lequel aduoue & confeffe que les anciens peres n'ont parlé de ce facrement que par figure : car ils fe trouuent fi empefchés à leurs paroles, q̃ pour s'en depeftrer,il eft cötraint de confeffer la verité de leur foy. C'eft en la troifieme partie fur Thomas,là où par apres il impo-

fe à

se à ces bons docteurs, disant, ils croyoyent que
Christ y estoit veritablement, mais ils ne l'osoient
diuulguer aux infidelles qui s'en fussent moqués:
car desia ils appelloient les Chrestiens infanticides
comme le tesmoigne Tertulien au 39. ch. de son a-
pologetique, & ailleurs aussi, disant que les payens
leurs imposoient de tuer des enfans d'en māger la
chair, s'abreuuer du sāg en leurs mysteres secrets,
I'aduoue que les premiers Chrestiens ont esté
cruellemēt calōniés par les idolatres: mais cela n'a
point empesché les anciens de porter leur vie &
leur sang en crouppe sur leurs paroles & escrits
pour en signer la verité dōt ils estoiēt les herauts.
Et partant il faut laisser resuer ce bon apostre: car
si on regarde de pres tous les escrits des premiers
peres, on les trouuera conformes ou presques cō-
formes à nostre foy, cōme S. Augustin sur S. Iean,
quand il dit que Iudas, *recepit panem Domini, non
panem Dominum*, qu'il receut le pain du Seigneur,
& non le pain Seigneur, deniant au pain la qualité
seigneuriale, diuine, & toute puissante, que nos sa-
crificasseurs lui attribuēt. Outre que quelquesfois
les bons peres absorbés de l'ardeur Chrestienne,
ont parlé comme l'escriture, laquelle souuent attribue aux choses signifiées les signes, & aussi au
contraire aux signes elle en parle comme si c'estoit
la mesme chose signifiée, cōme lors q̃ S. Paul dit q̃
la pierre qui suiuoit Israel au desert estoit Christ.
Les peres s'y sont panchés d'auātage pour remarquer la cōmunicatiō intime, l'analogie certaine, &
la correspōdāce tres-surnaturelle, superlatiuemēt
naturelle, q̃ est entre le signe & la chose signifiée, &

la fin expresse de l'ordination de la signification,
car il n'y a rien qui signifie plus droictement , &
plus indubitablement que le signe & la marque de
sacrement, assauoir l'eau du baptesme, le pain & le
vin de la Cene , comme quand on voit l'image ou
le pourtraict du Roy , on dit voila le Roy , encor
que ce n'en soit que la figure ou le tableau. Ainsi
Iesus Christ, quand il dit, ceci est mon corps , c'est
assauoir le tableau & figure de mon corps. Et sur
ce modelle, il faut entendre tous les anciens quand
ils ont dit que le sacrement estoit le corps de Iesus Christ. Attant, ils disent quelquefois qu'on
touche, qu'on voit, qu'on mange Christ , que le
pain est le corps de Christ : ce dit ie pour monstrer l'infaillibilité de la liaison , laquelle est plus
estroite, & tient auec plus d'arrest, qu'vne soudure
tres-diamantine. Au reste, il nous sont fort limi-
trophes, car tous enseignent que c'est vne nourriture spirituelle qui n'appartient au ventre ou aux
machoires, & afin d'engendrer plus de preparation à espousser les consciences , ils l'appellent
tremenda misteria, misteres espouuentables. Le mot
de consecration chés les anciens s'approprie iusques aux choses prophanes & signifie dedier, non
transubstantier, comme quand nous disons à vn a-
mi, ie consacre ma vie à la defence de vostre honneur , ce n'est pas à dire transubstantier , mais
c'est vne offrande que nous faisons nous mesmes , comme aussi quand ils disent que la nature du pain se change , cela se doit prendre
selon la propriété du pain comme sacrement,

car

car comme Sacrement il fignifie l'operation de la
foy en la communication de Chrift en nos ames, par
l'operation d'icelle foy. Ce n'eft donc point le
pain comme pain, mais le pain facramenté, appliqué par les hommes , felon leur pouuoir furnaturellement donné en l'inftitution que Iefus Chrift
luy mefme en a faict.   C'eft pourquoy ils difent,
que la nature mefme du pain fe change : car
tout pain felon fa vertu naturelle, n'a pas l'efficace
du Sacrement. Quand auffi ils traittent de l'adoration, ce n'eft point de celle qui fe fait au Sacrement car on ne l'adore point, mais de celle qui fe
fait en l'adminiftration du Sacrement, là ou s'a-
dore, non le figne, mais la chofe fignifiée, laquelle
adoration ne fe porte point fur le pain corporellement, mais felon qu'il eft au ciel en efprit & verité. Et ceux qui difent que c'eft vn miracle, ne le difent point à caufe de la tranfubftantiation, mais à
caufe de la dignité & incomprehenfible communication de Chrift pour le falut des fidelles.

Il n'y a aucune parole fecrette ou obfcure, dedans les anciens Peres , qu'on ne puiffe expliquer
par le moyen de ces petites clefs , lefquelles def-
couurent toute l'obfcurité qu'on y pourroit rencontrer.

De la Transubstantiation.

CHAPITRE III.

TOute la creance de ceste maxime transubstan-tiante, n'est fondée qu'en imagination, il n'en paroit rien dans l'Escriture, ni dans les Peres de la primitiue Eglise, rien à nos sens, encor moins à la raison. C'est vne inuention qui sent son cappu-chon de Moine, sa frocaillerie de cloistre : ils ont encoqueluchonné ce mystere dedans ce beau four-reau de mot, ne voila pas vne belle ettiquette: c'est vne appellation de laquelle chasqu'vn se doit rendre appellant quoy qu'en disent messieurs les capellans ; c'est le bouchon, ou l'enseigne de nos gacheurs missifiques ; c'est la serrure & la clef de cest excellent prototype. Ils n'auoient gueres à faire d'emballer ce mystere dedans cest anatheme de mot : mais n'auoient ils point d'autre serpil-liere à emmaillotter leur gaigne-vie, c'est vn sau-uage frontispice, il est tout de hideuseté, si affreux, que les yeux des Chrestiens ne les peuuent sup-porter.

Pour moy, ie dis qu'il y a aussi peu de transub-stantiation, que de transaccidentation: ains comme il n'y a point d'enfant ou filiation sans paternité, de terre sans centre, de ciel sans pole, ni de matie-re sans forme, ni de forme sans matiere ; comme il n'y a point de substance hors la diuinité sans acci-dent , ainsi il n'y a point d'accident sans substance.

Les

Les accidents ne se peuuent desubstantier , ni la
substance desaccidenter, comme personne ne peut
sétir sans vie,ne peut voir sans viure,ne peut gouster ou subsister sans estre animé,ainsi la vie,le viure,le goust, la subsistance des accidents , c'est la
substance , c'est sentir sans vie , voire sans viure , fleurer , gouster , subsister sans estre a-
nimé.

Qu'est-il necessaire de deplacer la substance
pour le corps de Christ ? Christ s'est bien tenu
dans le corps d'vne Vierge.   Il s'est bien tenu en
Croix , se tient bien dedans le ciel , il tient bien
sa Diuinité dedans son humanité , pourquoy ne se
tiendra-il bien dedans du pain , aussi bien que dedans les accidents ? il gesira aussi bien , ains cent
fois , plus de mille fois , plus dignement , & de
meilleure grace au milieu de la substance que des
accidents : pourquoy donc circuir vne telle enceinte , passer par le neant pour loger si mal
Iesus Christ , escorcher la nature de crainte
d'escorcher , ou que leur empastage ne demeure escorché de ce vilain mot. Voylà vne
laide peau , vn horrible masque , vne faciade qui
morfille l'oreille en horreur & detestation de l'indigne tasniere delaquelle ils habillent leur Christ
supposé:c'est vne resuerie dessubstantiée du corps
de la verité.C'est vne gousse de mort,vne carcasse
espluchée,par delà les monts conquestée,non surnaturellement,mais contrenaturellement,qui contient en son expression vn cemetiere d'entialité: il
desentialise le pain,& ses accidents.

Les choses inuisibles de Dieu se cognoissent par
l'aspect de celles qui sont visibles. C'est vne reigle
qui meine nostre entendement droit, à la lumiere
des choses diuines. La destransaccidentation (ce
mot me casse les dents) desment la transubstantiation: les accidents, vuideroient aussi tost que la substance leur marastre, ce ne sont que ses rayons: c'est
comme qui voudroit garder les rayons hors du
Soleil, la clarté hors de la lumiere, ou apres que la
chandelle est estainte: la parole en l'air hors de la
bouche, ou le son & le tintouin des cloches apres
qu'elles ont cessé & sont en leur repos, ou comme
qui voudroit conseruer la pensee à part en vne
quaisse hors l'entendement, l'ouïr hors de l'oreille, la veuë d'vn obiect hors de l'œil, le goust hors
du palais.

La physionomie, la place, la sphere de la substance, ce sont les accidents: il n'y peut auoir aucun remuement au dedans, qui ne paroisse incontinant
au dehors. Questionnés-le de toutes les gesnes
inquisitoires du monde, vous le voyés fondre tout
en aueuglesse de scotisme. Et mesme, ce mystere
se vestira tout d'Aduocat pour plaider sa cause, &
crier iustice de l'imposture & falsification criminelle qu'on luy met sus. Et posés qu'il soit vray ce
qu'aucuns d'entre les Papirogues tiennent, que le
ciel soit non seulement d'vne autre forme specifique, mais d'vne autre matiere generique, que les
choses terrestres, il seroit plus aisé du ciel en faire
vne noix, ou d'vne citrouille en former tous les
cieux que ceste quinteuse transubstantiation. Elle
est

est enfouïe dans les entrailles du neant , le neant
est l'ingrediant coniunctif de ceste belle patisserie.

Ils alleguent l'assistance & durée des accidents
qui se trainent d'vne substance dessous l'autre qui
empeschent l'aneantissement : voire, mais comme
peuuent ils s'opposer pour la substance au neant?
Il faut qu'ils y tombent en precipice : car que deuient la substance du pain, ou est son reste , qu'est
deuenu la matiere? tout va en vne desfaicte desnaturée, la nature y est toute desguingaudée , toute
perduë: de sorte, que la pauure nature y meurt, non
seulement par la mort de la corruption, quant à la
forme , mais mesmes de la mort , de l'aneantissement quant à la matiere.   La matiere qui est l'architraue & la base , qui vit dedans la mort , & dedans la corruption mesme, & qui est l'incorruptibilité de la corruption , la fermeté du comble de
toute infirmité , l'abbort, le germe de toutes les
plus ruineuses destructions, la vie de la mort , la
mort de la vie , l'oppression de tout ce qui peut
naturellement opprimer, l'oppression, la roche, la
citadelle de tous les aneantisseméts des choses ele-
mentées , & iaçoit qu'il n'y a aucune sorte de corruption naturelle qui la puisse corrompre , ni aucune sorte de mort qui la puisse mortifier , ni de
maladie qui la puisse atteindre, ou infirmer: neantmoins , en ceste belle transubstantiation , il faut
qu'elle passe le pas : non seulement elle deuient
mortelle & corruptible , mais elle s'aneantit du
tout, elle va au tombeau , ains vn espace infini par

N n

delà le tombeau, il n'y a rien d'elle apres elle mefme. Apres toute mort & corruption naturelle , la
matiere fubfifte & demeure mais icy rien ne refte, toute la nature y eft desboiftée, non feulément
la forme eft hors de fa mortaife, tombée e en extin-
ctió totale, mais la matiere eft tournée en rié. Ouy
mais, difent-ils, Dieu fouftient miraculeufemet les
accidents qui furuiuét, & furfont. Quafi que Dieu
puiffe fouftenir le temps hors du mouuement, ou
le mouuement hors du mobile, & du téps, ou qu'il
puiffe creér la duration du mobile fans mouuémét,
ou le mouuement hors le cours du téps, ou le mefme hors de foy-mefme, feparer l'infeparable, diftinguer l'indiftinctió. Les plus fages Philofophes
tiennét que la proprieté eft infeparable d'auec fon
fuiect, le rifible ne fe peut defioindre ou fubfifter
hors le raifonnable : àfç. fi la vie d'vn brute, d'vn
cheual, ou d'vn chien, fe peut conferuer arriere l'a-
me, & apres la mort du mefme cheual ou chien; ce
font inclufións de contradiction, forgées à côtre-
bandé , & qui repugnent à la Toute-puiffance de
Dieu. Ce font intrinques contraires à toute maxime de l'eftat philofophique : de forte que cefte
tranfubftantiatió n'eft point feulemét vne tranfe-
lemétation, ou tranfincarnatió, ou tranfnaturatió:
ains c'eft vne tranfperdition de la nature ou du facrement, où du corps de Chrift qui pert la nature:
côme le nó eft tout gigátefque de la tribu d'Ena-
chin, où tous ceux qui naiffoiét, eftoiét geants: ainfi
tout ce qui eft confecutif à cefte refuerie tranfub-
ftantielle, eft gigantefque. Ce mot a efté martelé
à la forge de quelques Narquois , qui s'eft voulu

baftir vne excelléte vãterie en l'inuêtion d'iceluy:
auffi fait-il peur à la creation, non feulement à la
fubftance du pain, car ils le canonnẽt, ruïnẽt, mettẽt, non feulemẽt en poudre, mais tournẽt en rien
la creature: auffi eft-il cõposé de fyllabes fefqui-
pedales. Ie diray que c'eft vne parole forgée en l'i-
re de Dieu pour punir la lafcheté & l'ignorãce des
fiecles paffés. Iamais l'efchole & les gẽs de bien du
Chriftianifme ne luy deuoiẽt dõner paffage, ils le
deuoiẽt rẽuoyer en oubliãce, & nõ point le loger
au deffus de la philofophie, ains dedans le cẽtre de
la Theologie. Halque fuft-il eftouffé dedãs les entrailles de l'entendemẽt de celuy qui le germa & le
cõceut, on ne le deuoit laiffer viure vne feule heure, sõ arriuée au mõde deuoit eftre eftouffée plus-
toft que d'eftre iournallier: mais, non feulement il
eft deuenu mẽftruel ou annuel, mais, tẽporel perpetuel, on s'efforçe de le faire deuenir eternel.
Quoy! vn nõm patibulaire, l'affeoir en rãg parmi
les nõs de Dieu: le receuoir cõme le mot du guet,
nõ feulemẽt de la religiõ, mais du fommaire de la
foy. N'eft-ce pas desfier la patiẽce du Tout-puiffãt
q̃ de receuoir vn blafpheme tel qu'eft cefte vilai-
ne parole barbarem ẽt pedantefq; pour le mereau
folide de la foy des Chreftiẽs, ils ont pouffé la ty-
rãnie de ce mot de trãfubftãtiatiõ, ainfi lourdemẽt
grãmaïfé: car c'eft vne vraye happelourde de mot
à vne telle majefté, q̃ s'il n'a ofté la dignité, pour
le moins il eft au deffus du nõ de meffe: ains la trãfubftãtiatiõ c'eft le coing & la marque de la meffe:
Si elle n'eft marquée, il la relançẽt cõme adultere,

toutesfois il meurtrit & esgorge la verité du Sacrement. Ce mot est plus payen que fidelle, il est extramythologique, originaire d'vne Athene bastarde, d'vne Athene paillarde, qui a mené la Philosophie au bordel. Cela ne resent en rien la Theologie de Sion, il n'y a rien de Ierosolymitain : cela sent son turban fait à la Turquesque, conceu dedans la matrice de l'Alcoran, mais encor l'Alcoran le vomiroit ou en auorteroit. Sa creation en est plustost faicte de quelque concubinage talmudique, quelque rabbin apres s'estre bien enyuré raui au sommet de quelque conception fabuleuse à l'imitation de tant de resueries qu'ils ont accoustumé de desguiser, ains en contrefaisant vn sommaire de toutes leurs fabuleuses imaginations: il ietta en moule & en effigie ce beau Hiurida de transubstantiation, la où quelque moine tout aussi tóst l'espousa. & le mit en charge le creant President ou plustost Chancelier qui manie les sceaux non seulement de la messe mais du sommaire de nostre redemption & de nostre salut. C'est vn mot tres furieux, & duquel la nature se doit garder, ains s'armer pour le mettre au tombeau, car il chasse toute la nature hors d'elle mesme. Mais que dirai ie c'est qu'il a voulu beaucoup signifier, & toutesfois il ne signifie que la moitié de ce qu'il fait, son inuenteur est vn cheual: la femme de Lot tournée en sel: le vin conuerti de l'eau de Cana de Galilée furent transubstantiés de l'vne des substances tournee en l'autre, la matiere tousiours predemeurant pour lict

lict,&pour bafe, eftant la couche qui reçoit la corruption & generatiõ identité materielle,mais di-
uerlité formelle & d'eſſences. Or ici ils veulent q̃
la matiere ſe perde,rauie au neant áuffi bien que la
forme:il failloit donc dire tranſcreation:car il y va
plus des trois parts de la creation. Le paſſage n'eſt
pas fi grand d'vn homme en faire vn ange,comme
tranſubſtantier le pain en corps de Chriſt. Il y entre force contradictiõ en ce meſme ouurage icy.
Car ſelon les plus chanceux ſcholaſtiques , vn
ange ne peut eſtre officier ni laquais de la creation : car ſon attouchement ne peut paruenir iuſques au neant , & pour trauailler ſur le neant,il eſt
meſtier d'vne toute puiſſante infinité , il faut que
ce ſoit Dieu meſme, qui raualle ſes mains iuſques
en l'abyſme du neãt,s'il en veut bourſouffler quelque choſe,s'il veut entamer le neant,il faut que ce
ſoit lui meſme qui y trauaille , il y a vn chaos , vn
eſpace infini entre le rien & l'entialité , il n'eſt en
la puiſſance de toutes les creatures d'y riẽ renuoyer ni d'en rien tirer,la corruption y voiſine,mais
elle n'y touche pas: le néant eſt rebelle à tout autre qu'à la toute puiſſante infinité de Dieu, il ne ſe
laiſſe fouiller dans les reins,ſinon par le ſouuerain
outil,ains que dif-ie outil?par l'ouurier ou l'Eternel entrepreneur de toute production , il n'y peut
enuoyer aucun autre manœuure,ou aide à maſſon
que luy meſme , il faut que luy meſme ſoit le valet de ſes commandements , & qu'il porte ſa maieſté en ceſte profonde vallée , ſi tant eſt qu'il en
veille manœuurer quelque piece : & neantmoins

vn petit Sacrificateur , se donnera le pouuoir de
l'attouchement de ces deux si grands poles, esloignés l'vn de l'autre d'vne distance infinie , c'est
l'annichilation & la creatiõ:car la matiere,comme
auons predit , tombe en annichilation, elle ne se
tourne point en accident, elle laisse bien les accidents derriere elle, mais il n'y reste aucune estin-
cellement ou rinceure , ni vestige substantiel dedans iceux accidents. De sorte que le pain se tres-
aneantit, & le corps de Christ se forme sans aucune matiere precedente,ou preiacente, plustost de
neant, que d'aucune aide ou ingredient subiacent,
les pauures accidents sont demantibulés , desen-
traillés,escorchés de leurs corps, oysifs, estonnés,
plus estonnés qu'vn corps sans vie , qu'vne vie
sans viure, qu'vn viure sans aucune ame : ils sont
sans estre,se tiennent sans estre maintenus. Ie di-
sois qu'il y entre les trois parties de la creation,
mais elle y entre bié toute entiere, & l'annichilation d'auantage.

Iamais action ne fut plus prodigieusement
resuée, & n'entra si auant dedans le cloistre de la
nature , n'enfonça si auant l'entialité , n'vsurpa si
desmesurement sur la toute puissance de Dieu,
comme celle-cy.

Elle entre en comparaison,ains en faction auec,
elle veut porter ses sacrileges & infernalles mains
à l'esgal de l'Eternel : Satan auroit horreur
& vergogne de s'en mesler , il craindroit que
ses compagnons ne le huassent,ou se mocquassent
de luy.

Il ne

Il ne s'é peut point excogiter de plus temeraire,
ny effrontee, que de marier en mesme moment,
l'annichilation auec la creation, & encor à la face
du tout puissant, *qui nil potest odisse eorum quæ fecit,* qui ne peut haïr aucune de ses factures; parce
que *cuncta quæ fecit, valde bona,* toutes ses façons sont tres bonnes, il faut donc estre bien
meschant pour les desfaire, ce qui est contre la
souueraine bonté de Dieu : car au lieu d'estre
createur, il seroit non seulement pseudocreateur,
mais descreateur : car c'est vrayement vne des-
creation que ceste transubstantiation, là ou le
pain est descreaturé, non seulement la substance y
est desempanee, mais desnaturee ; La nature y est
forclose & bannie hors de son cloistre, non seulement desmaterielee, mais mise hors de toute entialité: ce grand sommier de toute generation y est
fracassé, & aneanti. Ce qui me fait dire que c'est v-
ne coniuration contre la bonté de Dieu, suscitee
par vne malignité indigne de viure: d'autant qu'elle est ennemie de la bonté du pere, indigne de participer aucune entialité, puis qu'elle oste toute
l'essence du pain qui est la creature de Dieu. Et
partant eux & leur Hiurida de nom, merite vne
extermination vniuerselle non seulement de l'eschole, mais de la nature aussi. Comme y pour-
roit-il auoir aucune transubstantiation, puis qu'il
ne s'en retrouua aucune en la premiere Cene de
Iesus Christ? car il leur commanda de manger le
pain. Outre qu'en S. Matthieu 26. en la 1. aux Corinth. chap. 10. & 11. le pain y est appellé pain, mes-

més apres la confecration par plus de cinq ou fix
fois, il ne les appelle point efpece de pain, mais
vray pain. Ce feroit ou vn menfonge, ou vn parentage au menfonge, ou vn menfonge fans menterie, ou vne menterie fans menfonge, fi Chrift
l'appelle pain, n'eftant non plus pain que la chair
d'vn homme eft pain, ains que dif-ie encor que
rien ne puiffe proceder d'vne telle bouche qui ne
foit veritable, neantmoins ce feroit vne menterie
menfongere, vn menfonge renforcé. En matiere
de teftament, Chrift n'a point forligné les mots,
il les a nommés felon leur fubftance: fi vn pere en
la fabrique du teftamét qu'il laiffe à fes enfans, appelloit vn lict pour vne table, vne vigne pour vn
cháp, ce feroit leur femer des querelles, leur tefter
des procés. Chrift pere de paix, fupreme verité,
qui linguas infantium facit difertas, n'aura eu garde
de begayer, ou tranfpofer vne fyllable pour vn autre, vne appellation pour vn autre : Il euft donné
quelque ombrage de ce qu'il vouloit dire fi à l'extinction du pain, fon vray corps euft fuccedé : que
s'ils difent qu'il s'appelle pain, parce que le corps
fuccede au pain, il faut dóc appeller l'homme enfant, parce que la virilité fuccede à l'enfance : ou il
falloit appeller les Confuls Romains, Rois, parce
qu'ils fuccedoient aux Rois. Que fi, parce que l'hoftie retient la femblance du pain, elle doit eftre
appellée pain, les accidens n'eftans que l'habit du
pain, ceux qui portent donc la defpouille des habits du Roy, il les faudroit appeller Rois. Et d'a-
uantage, fi parce que Iefus Chrift ayát proferé ces
mots

mots sur le pain, où ayant dit du pain, ceci est mon
corps, il s'enfuit q̃ le pain soit tourné en son corps
il s'enfuiura aussi que tous les Corinthiens seront
le corps de Christ : car S. Paul en la premiere epistre ch.12.v.27. dit qu'ils sont le corps de Christ, &
les membres d'icelui, parce que autant d'vn costé
comme d'autre, du costé du pain que du costé du
peuple de Corinthe, il est dit que c'est le corps de
Christ. Celui qui institue vn memorial ne se transubstantie au memorial qu'il dõne, cõme vn mari
qui se part à quelque lointain voyage, il laisse à sa
femme quelque bague ou ioyau pour souuenance,
de soy, il ne se transubstantie point en ce ioyau:
ainsi I. C. se voulant partir de nous, nous a laissé ce
sacremẽt pour vn memorial & souuenance, il n'e-
stoit pas necessaire qu'il se trãsubstãtiat en iceluy,
car il en eust osté la memoire & souuenãce: on n'a
q̃ faire de se souuenir d'vne chose qui est presenté
à nos yeux, car on la voit. Si ce sacrement estoit la
presence de Christ, & Christ mesme, ce ne seroit
point vne cõmemoratiõ, ce seroit en vain q̃ Christ
auroit recõmãdé, faites ceci en memoire de moy:
si Christ se trãsubstãtioit à la papistiq;, se seroit autant, cõme dire, faites moy en memoire de moy.
Ce seroit vne eniollerie de bastellerie incarnatiue
en superfluité regorgeãte de cacophonie. Outre
plus, ce qui est annichilé n'est trãsubstãtié, le pain
duquel il ne reste ne matiere ni forme est annichilé, il n'est dõc transubstantié, si ce n'est qu'õ veille
dire, parce que la nuiɛt cede au iour, que la nuiɛt
soit trãsubstãtiée au iour. Ce n'est point aussi vne

cession , d'autant que ce qui va au neant ne cede
point , n'est point cedé, ni actiuement ni passiue-
ment : ce qui n'est point , n'est apte à aucune succession actiue ou passiue , de sorte que ce mystere
n'a point de nom pour le bien nommer: il est contre la nature. Ie m'estône que la grammaire a esté
si desnaturée que de fournir vn nom contre sa mere, puis qu'elle est fille de l'entendemét qui est nay
de la nature, ou pour le moins naturel à l'homme.
Mais de surplus , voyés l'absurdité qui en naistra,
c'est que des especes du pain delaissées en trac
d'enuiellissement, il s'en forme des vers, ces vers
ne peuuent naistre du corps de Iesus Christ qui est
sous le sacrement, lequel estant glorifié, n'est subiect à corruption , & c'est la corruption qui engendre les vers , ils ne peuuent aussi tirer leur o-
rigine de la substance du pain, car elle n'y est plus.
Il faut donc qu'ils la tirent des accidents , assauoir
si les accidents ont quelque acte ? si les accidents
peuuent estre peres de la substance ? s'ils peuuent
engendrer forme & matiere & vie, eux estans pis
que morts? eux qui sont sans estre? desformés, de-
materiellés , desubstantiés , desnaturés , & neantmoins leur faire engendrer la matiere, la forme, la
nature , & l'estre : assauoir si le son peut engendrer l'ouye, la vision l'œil, la parole les poulmons,
les rayons le soleil, la proprieté le subiect, le resi-
ble le raisonnable, le fils son pere. La maxime qui
affirme , que *nemo dat quod non habet*, que personne ne peut donner ce qu'il n'a point : & l'autre
qui dit que ce qui n'est point en estre , ne peut
rien

rien donner, y est totalement falsifiée. Outre plus c'est autre maxime d'Aristote, qui est le fondement de toute la Metaphysique , chasque chose est ou n'est point , y est culbutee & renuersee ; car les accidens en ce sacrement , sont sans estre. De sorte qu'il est côtre la toute-puissance de Dieu, de faire vne contradiction veritable.

Ceux qui affirment ceste transubstantiation, rendent Dieu menteur , le font faire contre luy mesme, & que ce qui n'est point, est, & en estre, en n'estant point, & n'estant point vient à estre. Outre encor ceste maxime y est desfaite , *accidentis esse, est inesse* , l'estre & la vie de l'accident c'est l'inherance or n'y a il aucune inherance, parce qu'il n'y a aucune substance ni matiere où il se puisse accrocher ou inherer. Ils sont donc pendus en l'air, & totalement opposés, bandés contre la nature. Et d'auantage , il s'ensuiuroit qu'on pourroit messer du poison, & parmi les accidents, & parmi la substance de Iesus Christ glorifié. Victor Pape 3. du nom fut empoisonné au calice. Et Henri 7. Empereur mourut d'empoisonnemét par vne hostie sacrée. Outre qu'il s'ensuiuroit, si la substance du pain se peut transubstantier au corps de I. C. qu'on pourroit tout de mesmes transubstantier la substance d'vne pierre, la substâce d'vn bois, la substâce d'vn chien, d'vn asne, ou d'vn serpent, ains mesmes la substance d'vn diable , ains mesmes la substance d'vn homme. C'est vne estrange question. Holcot en son quatriesme des sentences fait ceste question, & apporte de semblables arguments , &

se met en peine de les resoudre que bien que mal:
assauoit si vn chien estoit transubstantié au corps
de Iesus Christ, s'il ne demeureroit pas auec l'e-
spece & apparence de chien, s'il ne demeureroit
pas auec l'apparence de ses sens: s'il ne verroit
point, s'il n'entendroit point, s'il n'abbayeroit
point. Car puis que le pain trompe nos sens, ainsi
faudroit il que le chien les trompast de mesmes:
& alors il verroit & ne verroit point, il viuroit &
ne viuroit point, car il n'y auroit point de substã-
ce, forme ny matiere aucune de chien, car selon la
supposition il seroit transubstantié, & toutesfois
il mangeroit, il digereroit, il abbayeroit, il engen-
dreroit. Et posons qu'vne lice ainsi transubstan-
tiée vint à estre couuerte d'vn mastin, elle char-
geroit, elle chienneroit, elle les alaitteroit: assauoir
si ce laict duquel elle les nourriroit seroit du laict
du fils de Dieu, & ces petits chiens, s'ils auroient
pour mere les accidents de la chienne, ou le fils de
Dieu incorporé. Mais assauoir, si vn Diable estoit
transubstantié au corps de Iesus Christ, s'il demeureroit damné en enfer, s'il seroit auec l'office de
Diable tourmentant les damnés selon sa charge:
ou bien si vn homme damné comme Dathan, &
Abyron qui sont engloutis tout viuants en enfer
estoyent transubstantiés au mesme corps de Christ,
l'apparence de leur corps demeureroit elle en la
mesme façon que nous disions tantost du chien
transubstantié. Les charges desquelles ils sont
coulpés, & autour desquelles vit & deuore le feu
eternel de leur damnation, seroient elles tousiours
pendantes

pendantes & attachees au mesme manoir, rece-
ptacle d'vn si furieux supplice. Le fils de Dieu dōc
seroit sacramentairement damné, ains damné en
corps & en ame, puis qu'il seroit incorporé dedans ceste belle corporalité: assauoir s'il auoit pris
le sient d'vn homme pour le transubstantier en
son corps; s'il le faudroit adorer, & s'il le faudroit
manger. Ce sont les plaisantes deductions
consecutiues, ou l'enfantement blasphematoire engendré de ce beau dogme planté par nos
papilogues : car il n'y a rien de ce que ie
viens de dire qui ne soit dilation necessaire &con-
cluante demonstratiuement. Finalement vous dites ô Papimannes qu'on consacre l'hostie ou le
pain: ie vous dis qu'on ne consacre ny le pain ny le
corps de Christ: car le pain est desia aneanti, auparauant qu'on ait proferé la moitié de la consecration. Ce n'est point aussi le corps de Christ: parce
que le corps de Christ ne se peut consacrer : ce ne
sont point les accidents, car ce n'est point à eux
que s'addresse la parole. Ce mot donc de consecration est vn nom fautif, vagabond, & par ainsi
preuotable. De sorte qu'à bien prendre tout ce sacrement, ce n'est qu'vne chimere, vne mytholo-
gie, metamorphose fabuleuse, qui n'a aucune subsistance, ny racine, vne Babylonne de confusion,
qui se tourne en fantosme, comme celui qui pensa
trouuer Dauid & ce n'estoit qu'vne representation. O ny, mais dites vous la foy saufconduit tout
son grest sous sa gabelle, & dedans son bureau, à
cela, c'esse qu'vn tel mystere s'aloue & se reco-

gnoît en information toute verifiee. Ce seroit
perdre le plus beau ioyau qu'elle ait, naurer la
Royne des pieces de sa vie, que d'apporter detriment à ce sacrement. C'est où git le plus riche &
inestimable de sa valeur. Ce seroit confisquer par
dessus la tierce partie de ses biens, l'apauurir du fief
le plus seigneurial qu'elle ait, si on luy confisquoit
ce sacrement, & qu'on le rengeat dedans le niueau
des raisons precedantes. A quoy ie respons que la
foy est bonne, mais nõ superlatiuement, car la verité est encor meilleure, la foy ne vaut rien hors
l'escriture, ny sur la tradition des hommes. Et de
plus, il ne se faut point enyurer de bon vin: ainsi la
raison & le iugement sont amis de la foy, il faut essayer à ne les point perdre en icelle, encor qu'elle
les contienne par eminence quelquefois, comme
dans vn sol plusieurs tournois, dedans vn escu plusieurs sols, elle ne creue point les yeux à nostre a-
ueuglesse, elle gigantesquera bien quelquesfois à
l'encontre de nos discours qu'elle absorbera, abys-
mera, comme au mystere de la trinité & incarnation, mais aussi tout de mesme elle les releue, comme estant l'equipolant de la lumiere de gloire cõ-
trefaicte par les scholastiques, à l'interuention necessaire, au relief de l'étédemét humain, pour s'approprier à la perception glorieuse de l'incõpre-
hensibilité: la foy rehausse le regard des hibous &
chatshuants, qui ont les yeux non seulement qui
clignottent, mais sillés au regard rayõnant de l'œil
du ciel, qui est le Soleil. Ie sçay que la foy c'est *pilu-
la lucis*, vne pilule flamboyante d'eternité, encor
que

que obſcurement elle nous la monſtre, & iaçoit
qu’elle n’y heberge point, car ceux qui ſont au ciel
n’ont ny foy ny eſperance : mais ce n’eſt pas pour
cela vne ſelle à tous cheuaux, elle n’eſt au ſeruice
de l’impoſſibilité. C’eſt luy faire tort que d’en faire vne forme à forger des monſtres pour miner
ſes entrailles qui eſt la raiſon: car l’appliquer à ar-
tificier la fabrique de certains myſteres qui la de-
ſymboliſent, & qui oſtent la foy à la foy & la nature non ſeulement hors d’elle meſme, mais des myſteres de la religion, abuſant de la toute puiſſance
diuine contre ſa bôté, en defaiſant par annichilatiõ
le pain. C’eſt vne conſtruction abominable que de
donner vne langue tellement blaſphematoire à la
bouche de verité: car la verité en choſe de religion
ſe ſert de la foy comme d’vne bouche non ſeulement angelique mais diuinement eloquante aux
oreilles des cœurs qui l’eſcoutent. A tant en ce
prodige monſtrueux il ſemble qu’il y a plus de lourdiſe que de foy, de laſche ſubmiſſion que d’illumination, d’embuſches que de conſcience, de trahiſon que d’inſtruction diuine. Les Pſeudotheolo-
giens l’approfondiſſent en guaſtadours infernals,
pour en targuer leur vaterie. Les pauures idiots s’y
reuerſent. Outre q̃ la foy ne fait point d’hypotheſe
abſurde, elle ne nous dône riẽ à croire, qui ne ſoit
ſpecifié, non ſeulement par article, mais quaſi par
mots fũdamẽtaux dans l’eſcriture. Ieſus Chriſt dit,
de ce ſainct myſtere, que c’eſt tout eſprit & vie: &
nos aduerſaires, le mettẽt tout en corps & en chair
ils en oſtẽt biẽ la viſibilité, mais ils y logẽt & cõ-
prénẽt tout autãt de corps & chair q̃ les Chriſt en

portoit quand il l'ordonna. Et pour paruenir à
ceste carnasserie ils y font vne tranchee metamor-
phosee,que quand toutes les conuersions seroyent
enfacquees & emblocquees en vn, elles ne mon-
teroyent à la millieme partie du moindre degré
du demateriellement qu'ils y introduisent.Qu'est
il besoin de disloquer le pain & sa matiere mesme
hors l'entialité de la nature. Et puis ils font soustenir les accidents du pain & du vin en l'air auec
dix mille fois plus de merueilles. Ie ne dirai point
que le tombeau de Mahommet,qui est vne pierre
lourde &massiue pédue en l'air sãs aucũ pillier ny
attache:cela se voit au desso⁹ des voutes de la Mec-
que,aupays d'Arabie. Cela est aucunemẽt naturel
par l'étremise de la calamite, ou pierre aimãtine,
mais ie dis que ces accidents ainsi despourueus &
desacottés de leur substance , cela est plus esmer-
ueillable, que si dix mille villes de Paris estoyent
toutes pandues en l'air sans aucun appuy, sans aucune poutre ou sommier , sans aucun fondement,
mesme les accidents sans estre appuyés d'vn seul
festu,sont moins qu'en l'air,auec plus grand miracle cent mille fois que la coignee de fer d'Elizee,
qui nageoit par dessus l'eau , neantmoins elle a-
uoit encor l'eau qui l'aidoit à supporter , mais icy
il n'y a chose quelconque,c'est comme si le feu viuoit sans bois & pasture,ou le cœur sans son systo-
le & diastole,voire hors de son pericarde:comme
si l'animal pouuoit viure sans son cœur , ou l'ame
d'vn bœuf arriere de son corps, car vne chose
mortelle deuiendroit immortelle sans changer
d'essance

d'eſſence ce que Dieu ne fait pas: ou comme ſi vn
enfant ſe pouuoit engendrer ſoy-meſme : car la
ſubſtance ſert d'auantage à la ſuſtentation de l'accident , que le pere ne fait à engendrer l'enfant.
Que ſi la ſuſtentation de l'accident peut eſtre ſans
la ſubſtance , ainſi la generation de l'enfant peut
eſtre ſans pere ni mere. Voire mais me dirés-vous
tous les ſens y ſont abſorbes, la raiſon y eſt orphe-
lne, le diſcours, la logique, la ratiocination y pert
les eſtriers: il n'y a aucune riue ni fonds, ni barriere pour le iugement humain : voire ô ſacrifritu-
riers, que gaignés-vous à defendre ſans raiſon ce
qui n'en a point? car comme l'ame ou l'obiect de
la raiſon c'eſt la verité, ainſi la verité ſurnaturelle
eſt le cœur & l'eſprit de la foy , laquelle on ne
peut ſuppediter ſans mettre au deſſous des pieds
de l'homme celle qui doit rendre l'homme eſgal
& par deſſus les Anges. Outre que Ieſus Chriſt &
Sainct Paul en anatomiſant ce myſtere, mais ſpecialement Sainct Paul , en faiſant comme vne decoction en la 1. aux Corinthiens 10. & 11. chapitre,
là où il fait comme vne reſomption de tout ce
qui s'eſtoit paſſé par Ieſus Chriſt & ſes Apoſtres
la ſerée de la Cene, ne nous a voulu faire taſter vn
ſeul mot d'vn tel engloutiſſement chimerique, ou
perdition de l'entendement humain en l'eſpluchement de ces matieres , il les eſtale ſous termes
ciuils, moraux, chauſſants en noſtre eſprit: il n'y a
aucun mot qui ſoit rebours à la Logique , cela
s'accorde auec la bourgeoiſie naturelle du peuple
de l'entendement humain : car ce ſont les raiſons

qui peuplent noftre efprit: il n'y a rien à deuiner,
ni à tracaffer pour crocheter les cloiftres de la nature, la defmurailler, y faire des breches qui eftouffent toute opinion humaine, & font perdre le fens
par où s'achemine toute la dialectique des efcholes. Que fi on reuient donc à la foy & à l'efcriture eftant muette de tels aduis monftrueufement
fongecreufés, nos aduerfaires feront rendus &
declairés de la roture des Capernaites, vrays
Bethfamites, qui proftituent l'arche de Dieu en
leurs inuentions. En S. Iean, Iefus marchoit par le
milieu d'iceux, àfçauoir au milieu des troupes,
mais ceux qui n'auoient point de foy le mefco-
gnoiffoiet, & le ne pouuoient apprehéder d'aucun
de leurs fens; le defdain qu'ils auoient de la foy,
indignoit la cognoiffance du fils de Dieu, à ne
point s'esberger dedans des ames perfides. Quoy!
ils arguent Chrift de non-puiffance, comme s'il ne
nous pouuoit donner fa chair, facramentairement,
fans nous la donner Capernaïtiquement; comme
s'il ne nous la pouuoit donner fpirituellement,
fans nous la donner corporellement : comme s'il
ne fe pouuoit donner par la foy, fans tranfubftantiation. Il ne faut point multiplier les entiaux fans
neceffité, puis que Iefus Chrift nous peut donner
foy-mefme auffi veritablement & efficacement
par la foy(car aucune incredulité ne l'oferoit nier)
comme par la tranfubftantiation charnelle, foura-
gée hors de tous les limites de la nature & de la
raifon, par nos aduerfaires.

A quel propos fe pourmener par des circuis
vire-

virebouquinés en toutes sortes de contradiction,
affrontant iusques à la toute-puissance de Dieu,
laquelle, sans doute, desroge comme nous auons
prouué cy-deuant à toutes ces fantastiqueries que
nos aduersaires s'imaginent.   On a bien plus gagné d'espargner la peine qu'ils veulent donner à
la diuinité en vne telle transformation esloignée
de toute communication & exemple, laquelle mu-
tine & met en sedition, toutes sortes de philosophie : car il n'y a aucune Physique ou Metaphysique, qui vueille rendre hommage à vne telle a-
strolaguerie : car Dieu tout-puissant a voulu donner iour quasi par tout en nostre entendement
dedans sa sapience: il ne la barricade d'impossibilité de cognoissance contre nous : il n'y a rien de
son institution, où il ne face vne emboucheure
qui sert de tranchée à nostre intellectualité : il n'y
a rien de plus plâtureux à cognoistre, que luy-mesme.   Et encor qu'il y ait plus de trois millions
d'estages d'impenetrabilité en son esséce, au pardessus de nos petits entendementereaux : toutesfois, encor nous en laisse-il gouster de quelque petite chappelure (ce mot est vn peu crud) de quelque petit chanteau : car qui pourroit mesurer s'n'
eternité, aboutir son infinité, aulner les forces im-
menses de sa toute-puissance?

Les Bien heureux tastent de cela par apprehension : l'apprehension n'est rien qu'vn petit moment de la comprehension : ce n'en est
qu'vn petit essay, ce n'est qu'vn larmier, v-
ne dioptre, ou mire vne petite fente, tenue,

deliée, par où on guigne le demefuré abyfme de
fon incomprehenfibilité. Ils le fondent en la cime, finon au fonds : ie me trompe, car il y a auffi
peu de cime que de fonds ou de riue : ils le pene-
trent, mais ils ne le tranfpenetrét:ains, que dif-je,
le penetrer? c'eft beaucoup que d'en cognoiftre la
furpeau, encor en l'infinité il n'y a point de furpeau : ils le creufent bien à neant, & vont iufques
dedans, finõ iufques dehors: que dif-je iufques dedans, en l'effence diuine il n'y a rien de diffembla-
ble, aucun dedans, qui ne foit dedans, comme auec
fon dehors:ains il n'y a aucun dehors, d'autãt qu'il
eft par tout:il eft, non feulement dedans, mais auffi
bien dehors, comme dedans.

Mais nous fommes contraints d'aller à la bancque de la Grammaire pour y emprunter fous le
gage de noftre foy, des fyllabes & des termes pour
rendre noftre entendement capable de ce à quoy
il ne peut paruenir fans l'aide de ces petits marchepieds.

Nous ne cognoiffons Dieu que par metaphores
& tranflocutions, par enigmes: mais toutesfois ce
font enigmes qui emportent la mefure defmefurée, & qui laiffent à noftre confcience le vray
gouft de fa diuinité: elle ne guinde iamais fi haut
fes myfteres, qu'elle ne laiffe vn petit fommet au
faifte, pour y nicher nos entendements : car il ne
veut point efteindre noftre raifon, comme nos
aduerfaires efteignent la fubftãce du pain:comme
fi ayant parlé à la nature, elle leur auoit reuelé
qu'elle a le pain en execration pour l'executer par
delà

delà la mort au neant,& l'exclure hors du pouuoir
de l'exhibition de toute entialité par la prononciation des mots sacramentaux , exprimer ce pauure pain dedans l'escaille du rien, l'extorquer à vn
aneantissement total de son estre , par vne expul-
sion outrecuidée , à l'exprobration de l'eternelle
bonté de Dieu.

Quoy!extirper en sempiternelle extermination
ce qu'elle a fait auec tant de debonnaireté sans le
deuoir iamais refaire:car l'essence du pain illec an-
nichilée , ne retourne iamais ni en essence , ni en
carcasse. C'est vne digression exulceratoire , qui
transmarche la volonte & le serment de la nature,
qui ne signera iamais l'entreprise de tels protoco-
les.Outre que c'est contre les termes de la practique diuine , il n'est point practicien d'aneantissement, quelque estincelante que soit sa colere , iamais la nature n'en a senti aucũ patrõ:cela est trop
faitif, il y a trop d'affectation , car vn tel debou-
tement n'est qu'vne farce iouée par les fantassins
sacrifiolets , qui brodequinent leur baiser aux
pieds du Pharaon Romain , & qui font les fatidi-
ques en l'expression d'vn si deplorable destin , où
ils bastissent vn precipice , cent-fois pire que
toute corruption,non-seulement passée
& à venir , mais mesmes contrefaite, & à contrefeire,par
l'entendement mes-
me infernal.
*
**

DV SACRIFICE DE la Messe.

CHAPITRE IIII.

VOici le principal symbole de toute la papima-
nie:car comme l'arche en toutes ses dimentiõs
estoit definie au couppet d'vne seule coudée qui
terminoit son edifice contremont:ainsi la papauté
en la messe , c'est vn petit epitome dedans lequel
ils ont epilogué toute leur religiõ, c'est le mot du
guet, le serment de l'espée : car quand ils veulent
sonder qu'elcun s'il est des leurs , ils interrogent
s'il va à la messe. Au reste ce mot sent son cadet de
plusieurs siecles apres le Nouueau Testament: il a
esté phantastique selon l'anatomie des traditions
passionnées à la Romaine. Ce mystere missitique
est tout animé d'entropophagie,cest vne transubstantiation sacrifiée , vne mangerie d'hommes,
mangerie de Dieu , ou ils grenouillent le sang,
mais le corps du fils de Dieu, ils ne se contentent
d'estre cannibales , mais ils veulent encor que
le fils de Dieu soit antropophage comme eux, car
ils disent que le prestre le represente , ils en font
vn polyppe , ains trois fois polyppe qui mange
& deuore non seulement ses membres,mais son
corps,sa chair, son sang,son humanité,sa diuinité,
c'est vne religion scandaleuse , derelligionnée, ou
il y a plus de reigle & de religieux que de religion,
quoy ? de contraindre Iesus Christ à vn tel accessoire:

foire : mais quel beau phimouſe à Ieſus Chriſt,
c’eſt choſe plaiſante à voir , auec vne telle contenance,ou il mange ſoy meſme,là où ſes meilleurs
amis le mangent,apres auoir exterminé,desfait ce
qu’il a fait pour refaire & nourrir ſa faĉture:ie parle de l’annihilatiõ du pain,qui eſt le paſſage à vne
telle carnaſſerie.Quelle gorgiaſe temerité , que
d’auoir façonné vn tel defaçonnement,qui met &
la nature,& la diuinité en diſlocatiõ:mãger Dieu,
manger ſoy meſme,ce ſont termes que nos oreilles vomiſſent,& encor par apres rinſẽt auec la de-
teſtatiõ, le regret qu’elles cõçoiuẽt à l’intelligẽca
de tels myſteres parricides,deicides , non ſeulement tueurs de la nature , mais meſmes qui en-
voyent la diuinité,par ceſte mangerie,entẽt qu’en
eux eſt iuſques au tombeau. Mais voyons vnpeu
ceſte ſacrificarnaſſerie : ils veulent doncappliquer
leur Dieu en vn ſacrifice propiciatoire & iournā-
lier,vif & mort:ils veulent meriter la remiſſiõ des
pechés à tout le monde,aux vifs & aux morts, aux
purgatoriés auſſi:cõme ſi le crucifiemẽt de Chriſt
n’eſtoit point aſſés ample pour tous , & en tout
temps. En S.Matthieu 26.en S.Marc 14. il nous
eſt commandé de manger,& non de ſacrifier. Et
quant à ce qu’ils alleguent en la Geneſe chap.14.
de Melchiſedec comme prototype de la ſacrificature de noſtre Seigneur Ieſus Chriſt , c’eſt à
faux qu’on luy impoſe ce titre , car il ne ſacrifia
point, il offrit ſeulemẽt du pain & du vin à Abrahã
& à ſon armee fatiguee , affamee qui ne cerchoit
qu’à ſe refeĉtionner.Et encor qu’il ait eſté preſtre

du Dieu tout puiſſant, & Roy de Salem, ce n'eſt point à dire qu'il ait ſacrifié en donnant la paſſade aux ſoldats, & en feſtinant Abraham leur general, comme quand nos ſacrificaſſeurs offrét ou feſtroyent leurs amis, ce n'eſt à dire pour cela qu'ils ſacrifient ; mais vous dirés comme ſçaués vous qu'il les a feſtinés: parce que le pain en l'eſcriture ſe prend pour toute ſorte de viande & nourriture corporelle, comme auſſi le vin pour toute ſorte de breuuage, i'enteus pour la plus part, car il s'y peut rencontrer des endroits où la ſignification de pain ne ſeroit point ſi vniuerſelle. Outre que Chriſt fut prefiguré par Melchiſedec en ce qui eſt exprimé en S. Matthieu 11. là où il prie paternellemét tous ceux qui ſont greués & ahannés de ſe refugier à luy: Ieſus Chriſt en ce lieu là accommode à ſoy la prefiguration de la charité de Melchiſedec. Et au Prouerbe 9. là où eſtoit comme predicte la repetition de ce ſacrement, il dit, venés, mangés du pain, & beuués le vin que ie vous ai meſlé aſſauoir inſtitué.

C'eſt en la perſonne de la Sapience eternelle que parle le Sage. En S. Iean 6. le pain eſt appellé chair & viande, le vin breuuage: mais il né parle point de ſacrifice ni qu'aucune choſe ait eſté ſacrifiée en ceſte ſaincte inſtitution.

En Daniel 11. chap. 38. verſ. en parlant du ſacrifice continuel, il n'entent point parler, mais pluſtoſt reprendre le ſacrifice de la Meſſe: quaſi que le Dieu Maouſin qui eſtoit vne idole ſoit le Dieu des Meſſes. C'eſt au verſet 38. & quand il parle du ſacrifice

crifice continuel, il signifie celuy qui se faisoit tous les iours, soir & matin.   Ouy mais Malachie premier chap. 11. v. On offrira & sacrifiera-on à mon nom vne offrande nette, & ce en tous lieux par tout le monde. Ie respon qu'aux Hebrieux 13. chap. v. 15. il l'interprete, des nouueaux cultes du Nouueau Testament, rduertissant que nous ayons à offrir à Christ, assauoir à Dieu, des hosties de louange, le fruict de nos leures, confessant son nom, en n'oubliant la beneficence & communiõ, car Dieu prend plaisir à telles hosties. En S. Luc 22. Ceci est le nouueau Testament en mon sang, pourquoy le changer en sacrifice propitiatoire, veu qu'en S. Iean 19. il est dit, qu'il a esté consommé.   C'est vne closture d'acier diamantin: Christ a planté vn mur inuiolable au deuant de son sacrifice, aux Hebri. 9. estant le souuerain Sacrificateur non par sang de boucs ou veaux entré vne fois es lieux saincts, ayent obtenu vne redemption eternelle.   I'argue ainsi: la redemption eternelle est tousiours viuante en mesme force, sans s'affloiblir auec la mesme vigueur, qui luy dure sans diminution.   Il n'est donc besoin qu'elle soit renforcee par autre inculcation repetée. Et au vers. 25. c. 9. l'Apostre efface la pluralité des sacrifices disant de Christ, mais nõ point qu'il s'offre souuentesfois soy mesme ainsi que le souuerain Sacrificateur entre es lieux saincts chacun an auec autre sang, assauoir que le sien : autrement, dit il, il luy eust fallu souuentesfois souffrir depuis la fondation du monde, mais maintenant en la consommation des siecles, il a comparu vne

fois pour l'abolition du peché par le sacrifice de
soy mesme,& tout ainsi qu'il est ordohné aux hômes de mourir vne fois,& apres cela s'ensuit le iu-
gemēt:pareillemēt aussi Christ ayāt esté offert.vne
fois pour oster les pechés de plusieurs,apparoistra
vne autre fois sans peché à ceux qui l'attendent à
salut.En ce passage,il exclut en quatres endroits la
repetitiō sacrificatoire:car le grād prestre du viel
Testamēt dit il n'entroit qu'vne fois chacū an:Or
ces petits sacrifrenetiques chātent dix millions de
messes sacrificulees chasque iours , esquels ils sacrifient & font mourir le fils de Dieu:car ils repe-
tent sa mort & son crucifiemēt. Secōdement il dit
que Christ est cōparu vne fois:il ne cōparoit point
dōc à toutes les heures,à tous les momés de messe.
Troisiesmement que cōme les hōmes ne meurent
qu'vne fois,ainsi Christ n' efface qu'vne fois les pe
chés & ce par vn sacrifice nō iteré:autremēt Christ
mourroit plusieurs fois, & la cōparaison ne seroit
valablement mesurée. Quatriesmement,lors qu'il
apparoistra pour la seconde fois, ce sera à ceux qui
n'aurōt point de pechés,& au dernier iugement.Il
se collige des paroles de l'Apostre,q iamaisChrist
n'a esté & ne sera sur terre,en chair , en os , & eh
sang pour la seconde fois, sinō lors qu'il viēdra au
iugemēt dernier. Et au v.10.du ch.10.il le dit auec
pareille forclusiō, par laquelle volonté nous sommes sanctifiés,assauoir par l'oblatiō vne seule fois
faicte du corps de Iesus Christ. Voila des paroles
pcises&trāchātes:pleines de l'abolitiō de la messe.
Et au v.11.tous sacrificateurs donc assistent chacun
iour administrāt & offrāt souuētesfois les mesmes

facrifices, lefquels ne peuuent iamais ofter les pechés. Ce verfet s'entéd des facrifices, de l'anciéTe-
ftamét,côme il le verifie au v.12. fuiuát, ainfi : mais
ceftui-cy ayát offert vn feul facrifice pour les pechés, eft affis pour toufiours à la dextre de Dieu.
Voila vne grãde forclufió de la reelle profence q̃
nos facrifreffuriers veulét cõuaincre eftre en leur
meffe:car S. Paul en parlant du facrifice,il dit qu'il
n'y en a qu'vn feul,& qu'apres iceluy Iefus Chrift
ne bouge pour toufiours de fa feãce à la dextre de
Dieu fon pere. Voila vne claufe derogatoire, qui
culbute tous les autels de la papimanie.Et au v.14.
il dit que par vne feule oblatió il a cõfacré pour
toufiours ceux qui font fanctifiés : il n'y a dõc rien
à refacrifier.Et au v.18.Or là où il y a remiffion de
ces chofes, il n'y a pl⁹ d'oblatió pour le peché,c'eft
à dire que la meffe s'en va à val l'eau.Et au v.26.&
27.à ceux qui pechent volótairemét, il ne leur refte plus aucune hoftie pour le peché. Voila des
grãdes paroles,& fi fouuét repetées par l'Apoftre
où il luy euft coufté fort peu d'enchaffer vn mot,
pour homologuer la repetition de ce facrifice, ou
bien pour interiner la meffe:mais quãd il auroit e-
fté en noftre place, il n'euft vfé d'argument plus
preffant que le fus allegué.Car ou on continue, ou
on repete le facrifice de Chrift.Si le premier,il eft
dõc imparfait.Or eft-il q̃ Iefus Chrift en eft le cõmécemét,& la fin,il eft l'offrãde, & le preftre of-
frãt,& par cõfequát tout parfait fans rié refaire. Et
de plus, ce qui eft acheué ne fe continue plus : la
continuation bannit la fin , laquelle n'arriue qu'à
l'acheuement de la continuation.

Si le second, que ce soit vne repetition dudit sacrifice: donc le sacrifice de Iesus Christ est imparfait: car aux Hebrieux 9. & 10. l'Apostre voulât dôner raison, pourquoy les sacrifices anciens se repe-
toient si souuent, il n'en donne autre cause, sinon
parce qu'ils estoient imparfaicts. Ce seroit inferer
vne grande imperfection au sacrifice de la croix,
ꝗ de le lier à vne repetition si souuent & si neces-
sairemêt reiterée comme la messe. Le sacrifice est
opposé à la raison du sacrement: d'autant que le sacremêt n'est que la commemoration de la passiô:
la commemoratiô ne se fait que des choses absen-
tes & parfaictes. La fin d'iceluy, c'est que I. C. se liure luy mesme, à nous mesmes, & nous le receuons
auec tous ses biensfaits. Tellement que la traditiô
& l'apprehension que nous en faisons, mangera-
breuuer, sont les principales actions du sacremêt,
mais au sacrifice c'est au contraire, auquel Dieu ne
nous donne, ni nous ne receuons Christ, mais nous
offrons Christ, & Dieu reçoit cela de nous. Ouy,
mais dira quelcun le sacrement n'est satisfactoire,
mais applicatifs de la satisfaction faite par Christ
pour nous. A cela ie responds que c'est contre l'essence du sacrement, d'autant que Dieu nous donne son fils au sacrement sans rien receuoir de
nous, & que la creature ne peut estre mediateur, d'autant qu'il n'y en a qu'vn seul, qui est Iesus
Christ, qui a satisfait & applique luy mesme sa satisfaction. Et au sacrifice nous donnons à Dieu: car
le fils de Dieu s'estant liuré à son pere pour nous
vne fois, il est superflu de le liurer plusieurs, &

de

de repeter ceste deliurance autremét, ce feroit fo-
lier. Ouy,mais,difent nos aduerfaires , c’eft vn
facrifice non fanglant que nous repetons à la mef-
fe.A quoy ie refpons premierement,que l’Efcriture n’a iamais vfé de cefte diftinction en double facrifice , fanglant & non fanglant , ce que Sainct
Paul n’euft laiffé en arriere. Secondement , le
mefme Apoftre aux Hebrieux 9.ver.22.combat
cefte inuention de facrifice non fanglant , difant
qu’il n’y peut auoir remiffion de pechés fans effufion de fang. Outre que l’argument de l’Apoftre
aux raifons fus alleguées ne vaudroit rien : car il
confifte en ce que Iefus Ch. a efté offert vne feule
fois: comme peuuent obferuer ceux qui remanie-
ront les mefmes paffages. Que nous apporteront
dóc là deffus ces petits fretillós,frigaleurs de meffes, qui les efgalent à ce S.facrifice,difant que c’eft
le mefme: c’eft vouloir abolir I.C.par ces petits
fauatreaux,qui veulét faire les cópagnós, fauueurs
& redépteurs auec I. Ch. Tout cela n’eft que pour
le rechigner,qu’ils veulét adoffer, ains incorporer
leur fingeries auec la croix , combien qu’il n’y ait
qu’vn feul mediateur. C’eft defmentir l’Apoftre,nón feulement iufques dans fes epiftres,mais
iufques dás fa gorge.S.Mathieu en a eu quelq;pre-
uoyance car Chrift l’auoit predit au 24. c.aux derniers téps aucuns fe diront Chrift , ne leur croyéc
pas:ce qu’il entendoit de ces chatshuáns facrifilan-
diers d’oublie,ces tetteurs de calics.En la 1. S.Iean
chapitre 2. verf. 18. il les nomme Antechrifts
d’autant qu’ils fe placent au plus haut du temple

à l'autel, comme s'ils estoient Christ qui sauue &
sacrifie son corps pour tout le monde. Au Pseau:
48. vers.8. l'homme ne se peut racheter soy mesme, comme rachetera il vn autre. C'est estre imposteur, vendeur de fumées, à se nommer du titre
de l'office mesme de la personne de Christ. Certes aux Galates 3. il est derechef crucifié par ces
tels quels bourreliers, qui en ont dressé vne sacri-
ficarnasserie. Mais n'est-ce pas selõ que dit S. Paul
aux Hebrieux 10. fouller aux pieds le fils de Dieu,
& tenir pour choses profanes le sang de l'alliance,
par lequel ils ont esté sanctifiés : c'est le conuertir en vn sacrifice poëtique, frigalé, machicotté.
Outre que ce ne peut estre pour auancer la mort
de Iesus Christ qui est toute sanglante , n'y pour
annoncer l'effusion de son sang en la remission des
pechés, puis qu'ils disent qu'il est non sanglant.

Ils disent que le sacrifice de la messe est la repetition de la mort de Christ , assauoir le mesme
crucifiement.   Or est , qu'il ne peut estre crucifié qu'en respandant force sang, & le sang respandu est de l'essence de ceste action , autrement ce
n'est point la mesme mort, ni le mesme crucifiement , ni le mesme sacrifice , s'il n'y a autant de
sang respandu en la messe, qu'en la passion au môt
de Caluaire. C'est donc vne implication de contradiction bien erronée ; que de dire qu'vne telle effusion de sang repetée soit non sanglante, c'est
donc le mesme sans estre le mesme, c'est vne effusion de sang qui n'est sanglante : comme si vous
disiés c'est du sang qui est veritablement : mais
qui

qui veritablement n'est point sang : car non sanglant signifie qu'il n'y a point de sang : il exclud
& forbannit le sang totalement. Ou comme si
vous disiés c'est du sang qu'on verse sans le verser, ou sans estre versé, qui se respand sans estre
respandu, le mesme est, & n'est point : ce sont
brutalités : mais c'est pour mettre la mort de
Christ à vsure sous la conuoitise bruslante de ces
sacrifriponniers, qui donnent à rente leur bade-
loriage missotier, à la simplicité brebiante de ces
pauures estourdis de bigotterie erronée, qui se
resiouissent d'acheter les tromperies sacrées qu'ils
souffrent à milliers, & reçoiuent en reuerence
de la cagoterie de ces pattes pelues qui fourragent
nõ seulement le bié, mais quelques fois l'honneur
de ceux qui les honorent par trop insensement.

C'est donner par trop à la religion, que de luy
donner iusques au delà de son bon sens. En Sainct
Luc 22. Iesus Christ proteste le calice estre le
Nouueau Testament en son sang. Aux Galates 3.
ch. quand vne alliance est cõfirmée entre les hommes nul la casse, ou y adiouste. Pourquoy est-ce
donc qu'ils veulent changer l'institution de la Cene en sacrifice propitiatoire. Les anciens sacrifices
aux Hebrieux 10. n'estoiét qu'ombres de celuy de
la croix & non de celuy de la messe, car ils ne re-
presentoient que l'vnique propitiatoire: puis qu'é
S. Iean 19. tout est consommé selon l'arrest pronõ-
cé de la bouche de I. C. il n'y reste rié à acheuer ni
à refaire. En Ierem. 31. vers. 34. Ie seray propice
à leurs pechés, & ne m'en souuiendray iamais

plus, puis que Chrift ne s'en refouuient plus, & que
le facrifice de fon corps fuffit à operer cefte oubliance. Qu'eft-il befoin de tant cacophonifer par
des repetitions qui ne font autres que vuidanges
tragiques, faire vn theatre de la mort de Iefus
Chrift. Iefus Chrift inftitua la S. Cene non pour
eftre facrifice, mais feulement pour eftre la remembrance de l'vnique facrifice propiciatoire
confommé & accompli par tout en la croix. Ce
qu'il exagere affés par cefte expreffion, difant, faites ceci en memoire de moy. La Cene donc n'eft
que le pinceau ou vn rayon par où defcoule fa
mort, qui rememore l'action propiciatoire de Iefus Chrift : ce facrement eft comme vn recepiffé
de la mort de Chrift, toutesfois & quantes dit il
en la 1. aux Corinth. chap. 11. que vous mangerés ou
boirés ce facrement, vous annoncerés la mort du
Seigneur.

Mais ie demande fi par hypothefe ou fuppofition il n'y euft eu aucun preftre ou meffe au monde depuis Chrift, affauoir fi les hommes ne fe fuffent pas bien fauuez, & fi la vertu du facrifice de la
croix n'eftoit pas affez fuffifante, pour fauuer les
hommes : de dire que non c'eft vne herefie, car le
facrifice de la croix n'emprûte fa vertu des meffes,
toutes les meffes du monde n'augmentent d'vn
feul brin la valeur de la croix: les meffes donc font
oifiues & fuperflues. Et d'auantage felon l'affer-
tion de nos aduerfaires, la mort de Chrift eft ba-
ftante pour le rachapt de dix mille millions de
mondes ; elle n'a donc affaire d'eftre fecourue par
                                              l'efficace

l’efficace des messes, puis que ce merite estant si
plantureusement abondant le reste demeure en
superfluité, regorgeant, innondant tout le monde:
c’est donc en vain qu’on l’inculque, qu’on le coex-
tent par l’amplification oysiue, rigolante de nos
sacrifirigolleurs.

Vne telle repetition ne se peut faire sans im-
properation d’insuffisance, car il faut que la messe
opere quelque chose, que le sacrifice de la croix
n’a la vertu de faire, ce qui est execrablement blasphemer.

Au reste qu’ils creignent, qu’ils redoutent l’horrible commination foudroyee aux Hebrieux 10.
v. 26. & 27. car si nous pechons volontairement
contre ceci, apres auoir receu la cognoissance de
verité, il ne reste plus de sacrifice pour les pechés.
Et au verf. 28. Si quelqu’vn auoit mesprisé dit il la
loy de Moyse il mouroit sans misericorde sur le
tesmoignage de deux ou trois, combien pire tour-
ment cuidés vous que desserue celuy qui aura foulé aux pieds le fils de Dieu, comme tenant pour
chose profane le sang de l’alliance &c. Iesus Christ
ne peut prendre de bonne part qu’on luy oppose
tant de millions de factureries sacrifiées, comme si
par reproche son sang estoit valetudinaire & ma-
ladif, que leur messe seruit de confortatif, pour a-
mander l’amortissement du sang de Christ. C’est
quasi autant de sacrificateurs nouueaux comme il y
a de prestres missolans: ce sont autant de seditieux
qui se mutinent contre la mort de Christ, en ou-
tragent l’esprit de grace qui nous monstre l’vnité

P p

du ſacrifice propiciatoire de la croix, auſquels on
peut iuſtement redarguer. O inſenſés qui vous a
enforcelés à ne point obeir à la verité, deuant les
yeux deſquels Chriſt a eſté crucifié : eſt ce ainſi
qu'il faut enleuer la verité de la croix pour l'en-
rooller dedans ce vieil encombre de meſſe, qu'ils
enclauét côme vne ſoliue de religiô, elle qui n'eſt
enceinte que de ſuppoſition apoſtaſiée : quoy ! de
vouloir encherir par deſſus le prix de noſtre redemption operee par Ieſus Chriſt, côme le coul-
pant d'auoir retenu le payement de ſon eſcot ou
de l'eſcot du genre humain, duquel il eſtoit reſpô-
dant : comme ſi le ſacrifice de la croix eſtoit orphelin ſans le leur : le leur lui ſeruant de pieu ou d'eſ-
chalas, ains ils le contrecarrent en parangon de
toute excellence, qui eſt vn blaſpheme horrible :
car la nature de ce ſacrifice eſt telle qu'il faut que
l'hoſtie & le ſacrificateur ſoyent la meſme choſe.
Chriſt ne peut eſtre ſacrifié q̃ par ſoy meſme : car
il eſt ſeul mediateur, ſans auoir meſtier d'aucũ autre ſeçôd ou coadiuteur, & côme autre que luy ne
pouuoit nous racheter, ainſi autre q̃ luy ne le peut
ſacrifier, autre que luy ne le peut primer ny meſmes ſeconder, ny luy aider d'aucune ſorte de coad-
iutiô : ce ſeroit le redarguer de non puiſſance, ou de
faineãtiſe. Et côme autre q̃ luy ne ſe peut valable-
n̄ét ſacrifier pour la redêptiô du gére humaï : auſſi
autre q̃ luy ne peut mettre la main à ſa ſacrificature : ioint q̃ le nô de ſouuerain pôtife eſt fini & con-
ſômé en I. C. Outre qu'au ſacrifice il y doit auoir
mutation, ou bien ce n'eſt point ſacrifice, ce n'eſt
qu'oblatinô, I. C. ne reçoit aucune mutation, il ne

meurt plus, il n'eſt plus au cõmandement de la ſeigneurie de la mort, ny d'aucune maladie, ou d'infirmité. Ou il n'y a ni mortalité ny changement, il
n'y peut auoir aucun ſacrifice : car la ſacrificature
ſuppoſe l'inuerſiõ de l'hoſtie, elle ſe rauit & ſe de-
nature à ſoy meſme, pour s'appliquer ou s'abiſmer
en la cõuerſiõ de l'obiect auquel elle ſe liure. Auſſi I.C. dit faites ceci en memoire de moy, il ne dit
point crucifiés moy, ſacrifiés moy, tués moy, faites
moy mourir, (& tout cela ſe fait en la meſſe) il ne
parle que de remẽbrance, la cõmemoration n'eſt
pas la choſe meſme: ſi autant de fois qu'õ parle d'v-
ne debte payée il en faloit repeter le payemẽt, cela ſeroit infini, & ſi quand on celebre la naiſſance
d'vn roy il falloit qu'il naſquit derechef, ou qu'on
fait la feſte de la mort des ſaincts, ils deuoyẽt iteratiuement mourir, ce ſeroit vne cacophanie ridicule & eſpouuantable, ce ne ſeroit vne celebratiõ,
mais vn outrage, vn ſaccagemẽt, vn carnage, ce ne
ſeroit vne feſte mais vn traictement funeſte & la-
mẽtable: outre q̃ I.C. a tout payé, il n'a riẽ laiſſé de
demeurãt, il eſt mort tout à la fois, il n'a laiſſé derriere ſoi aucune queuë de ſa vie, ny de ſõ corps qu'õ
puiſſe faire mourir, ſes veines n'õt point eſté eſ-
charſes de leur ſang, elles n'en ont menagé aucune
goute, elles ont tout verſé, & reſpãdu, il ne leur eſt
riẽ reſté pour ſoy, on ne peut faire mourir vn hõme deſia mort, ny moins auſſi vn hõme qui eſt im-
mortel cõme IeſusChriſt. Et toutesfois cela ſe fait
veritablement à la meſſe, ou bien ce n'eſt point
la repetition reelle, eſſentielle de la vraye

mort de Chriſt, mais vne tragicomedie.

Pourriés vous ſacrifier Sainct Pierre ou Sainct Paul? le ſacrifice enferme la mort. C'eſt vne mommerie, toute de riſée, que la ſacrificarnaſſerie de nos Preſtres caioleurs. Le ſacrifice de la croix eſt entier d'vne vertu perpetuelle, ineſpuiſable d'efficace.

Ces gents me font ſouuenir de Iupiter & d'Amphitruo, de Mercure & Soſia, en la tragicomedie de Plaute: ce ſont illuſions phantaſmatiques, faire venir les ombres d'vn mort apres ſon treſpás, qu'on face mourir vng corps en dix millions de lieux tout à la fois, auec tant de contradictions: ce ſont ſonges inopinés, ce qui eſt fait eſt fait, ce qui eſt beu eſt traict, ce qui eſt fair abſolument & du tout, n'eſt plus à faire, ce qui eſt donné ne ſe peut plus donner par celuy qui la donné, ni par autre pour luy: c'eſt vne rauauderie du crucifiement de Chriſt, que nous induiſent ces ſacrificorbineurs, rappetaſſer ſa redemption qui eſt ſi abondante & copieuſe, *copioſa apud Deum redemptio*, ce n'eſt point vn ſacrement atrophié, affamé ou ectique, pour y tant reſauatter, comme ils retaconnent.

Ils font leur Meſſe, non ſeulement parente, mais ils la ſanglent auec la mort de Chriſt, non ſeulement elle eſt gemelle ou beſſonne de meſme ventrée, mais ils brouïllent, font vn meſlinge, cauillét la Cene, le crucifiemét, ils aſſéblent toutes deux actions, qu'ils confondent, broüillaſſent ſur leurs Autels: ils la veulent de meſme eſtre, de meſme eſſence & identité, le meſme crucifiemét, qui dure encor

encor entre leurs mains, iaçoit qu'il y ait seize cêts
ans qu'il est passé, ils ne se contentent que la messe
soit parallele, ils veulent que ce soit le mesme indiuidu auec la Cene & la mort de Christ : & toutesfois elle estrangle la mort de Iesus Christ, non
seulement la rend perplexe & douteuse, mais per-
cluse, comme si elle, en lieu de Christ, estoit le piuot de nostre redemption, ce qui ne se peut attribuer à chose quelconque , si Iesus Christ ne l'a
pleuuit.   La messe donc n'est point marchandise
bonne & loyale, ains vne concubine, vne adulter e
de la prestrise papistique, qui merite estre brusleé.
Effondrés la messe , ce n'est qu'vne poignée de ra-
caillerie regrattée, que ces pincemailles ont côpo-
sée de la mort de Iesus Christ tournée en plaisanterie, en mysteres replissés de mille platras de religion estrangere, pour pocher les yeux du iugemêt
des auditeurs: vne inuention de plusieurs poteaux,
pour soustenir leur imposture : la messe sert de
poulpitre au purgatoire, le purgatoire est le portenseigne de la messe , tant d'ornements missaux,
seruent de fausse perruque, vne mercerie de quin-
caillerie, de patene, calice, chopinette , sonnette,
cuillerette, chandelier, le tableau qu'ils appellent
la paix , il n'y a rien de toutes ces vtensiles qui
soient domestiques ou du mesnage du sacrifice du
caluaire: ils veulêt aulner ce regangrenemêt de pa-
tisseries à l'equipolent de nostre redéption. Leu r
messe est toute verreuse, c'est vn sacrifice vermoulu, il n'a assiete, ni aucune vertebre, sur laquelle il
se puisse ajuster en la croix, il ne se contourne qu'ê

Pp 3

baſtelérie, il n'y a rien de l'vn qui ſe puiſſe verſer
en l'autre, ſi ce n'eſt que celuy-ci eſt la mouë & le
rechignemēt de l'autre, il eſt tout ſauuage, regratté defronterie, ſans aucune ſuitte de vicairerie: car
la mort de Chriſt n'a beſoin qu'aucune ceremonie
tiéne ſa place ͵ppremēt & ſubſtantiellemēt, cōme
ils radottent : elle ne viellit, & n'a que faire qu'on
la raieuniſſe, elle eſt vierge de vielleſſe, laquelle ne
peut grimper autour d'elle ; la mort de Chriſt eſt
auſſi freiſche & operatiue, voire d'icy à dix mille
ans cōme en la meſme heure que Longis fut illuminé de ſon ſang apres l'auoir frappé au coſté, elle
eſt toute auſſi refleuriſſante comme le iour de ſa
Reſurrection: à quoy dōc la replāter & regenerer
/ en leurs miſſoleries. La mort de Chriſt ne ſe por-
te-elle meſme en crouppe; il n'y a ſente par où la
meſſe ſe puiſſe faire voir dedās la paſſiō: auſſi l'ont
ils diſpoſée tout à cachenez, ils la ruſent, la tour-
noiét d'ornemēts gradués de ſaltinbāque, par vne
translation barbaremēt traduitte: le truchemēt des
actiós de la croix par la meſſe, a eſté quelq; boufō-
neur, elle eſt toute de baſtelleries, de mōmōneries
trāſubſtantiés, pilotées de raiſós qui ne sōt que de
friguenelles : auſſi la celebrent-ils toute à corni-
chon: elle n'eſt ſouſtenue que de diſcours frilleux,
cōtournés par ces petits pincemenaillōs, qui crai-
gnēt plus de laiſſer leur bouche, que le Paradis en
friche: elle n'eſt montée, entaillée pour autre, que
pour gabeller la mort de Chriſt, afuſtée d'auarice,
pour auoir à guacher, ils preferēt le gaignage pecuniaire à l'vſure ſpirituelle. C'eſt vne fuſtaille myſterieuſe

sterieuse où ils farasent les dernieres actions de
Christ,ils y gabionnēt toute leur foy,ils la baudis-
sēt cōme le gage de la religion, l'esgout & la gar-
goüille où ils ont reclu le sommaire de leur creace infidelle. Ils l'a celebrēt à l'escarbillade en musique,de voix, & d'instrumēts,pour esbaudir & a-
mignotter le Christolin qui est dedans,&ceux qui
assistēt pour y participer. Au surplus,leur acou-
strement sacrifricassé, n'y est né,mais mādié,mais
recerché,il y est entré plus par caprice,que par rei-
glemēt, ce ne sōt habits taillés,ou reussis du Christianisme,mais du Iudasme:c'est vn habit pl⁹ pour
la curiosité,que pour le sacrifice, pour les yeux, q̃
pour le cœur: pour entrer en admiratiō,plustost
qu'é feruer,ressēbler à a Synagogue, qu'à I. Chr.
pour aider à racler les bources,qu'à racler les ordures de l'ame , pour achalander leur autel , que le
le chemin de paradis. La messe n'auoit ni rableni
forces,sans ces enioliueries là : c'est plustost pour
cotter leur outrecuidāce, que pour marquer aucū
article de religiō,plusost pour les cōfondre en ar-
guant le larcin qu'ils en ont fait aux religiōs estrā-
geres , que pour imiter la naïfueté de l'institution
de I. C. ce n'est pour mōstrer que c'est le premier
& plus excellēt arrefour de nostre religion, aussi
bien n'est-ce qu'vn attractif à accrocher l'amuse-
mēt du peuple,& estourdir l'expectatiō qu'il a so⁹
ceste couuertur fariboliq;tout ce q̃ I. C. a lié à ce
mystere,est diuin:ce que les hommes y ont plastré
est satanique:ar tant de ligatures on efface la figure que Diu y a mise: c'est vn goderonnement

P p 4

estranger. Au reste c'est vn grand ornement à la
Cene,que de n'auoir les ornemēts de la messe,ce
que la negligence de Christ,selon leur opinion a-
theiste y a laissé descouuert est plus riche , que la
fourrure qu'ils y apportēt de dehors:ce sont ratis-
sures d'idolatrie, pour apprendre à imiter les mysteres des idolatres : c'est la despoüille escorchée
des mysteres des idoles,qu'ils offrent aux yeux des
Chrestiens : c'est vn venin qu'ils leur presentent,
s'il se trouue quelqu'vn qui en vueille boire : ce
n'est tant afin que laCene plaise à Dieu qu'aux hōmes,ce n'est vne recommēdation,mais vne iactance. L'exterieure excessiueté monstre l'interieure
vanité, c'est plustost pour en augmenter le fruict
de la messe,que pour suppleer à la necessité de ces
parures:c'est pour en cultiuer le rehard des hōmes
plustost,q̃ pour la p̃séter à celuy de Dieu. LaCene
ne leur plaist habillée en Dieu, ou cōme Christ l'a
habillée,ils l'habillēt en homme,ils l'aimēt mieux
cōme le Pape l'acoustre,q̃ cōme I.C.nous l'a laissée,elle leur est desplaisāte,selō qu'elle gist au N.
Test. ils luy preferent celle qui gist par le Pape sur
l'autel : Ainsi ils ont corrompu en la messe le patron , & peruerti l'exemplaire que Iesus Christ
nous à donné en laCene:ils en ont changé le plan,
tourné les lineaments , despraué la figure , banni
les ceremonies de Dieu , pour l'enchasser dedans
l'inuention des hommes. Toute la naïfueté en est
deportée: ils ont hardé les traicts que Dieu luy a-
uoit donné,auec la preuarication des hommes, ils
en ont bāni la simplicité,& l'ōt couuée auec la cō-
position

position hermaphrodite qui a ramolli toute sa fer-
meté:ils l'ont mixtionné d'artifice plain de reprehension : ils l'ont deuestue de Iesus Christ pour la
reuestir de leur pompe, ils en ont falsifié toute la
face, & iusques bien auant au dedans auec leur or
& pierrerie, ils l'ont secularisée: ils ont perdu la
grace du sacrement adulteré toute sa physionomie,elle sent plustost les mains d'vne atourneres-
se,ou de quelque farceur, que le reiglement du plã
de sa premiere fondation : tant de redoublures,de
couuertes, de liens, de linges, tant d'affiquets sur
l'autel, cela dement l'innocence du sacrement, ils
l'ont enterrée, noyée dedans mille façons histrio-
niques : comme si Iesus Christ se soucioit que son
sacrement fut emperruqué de rattepenade ou
tourné en derision masquée,en caresmeprenant.

La dignité & puissance sacramentelle ne veut e-
stre enueloppée dedans ces langes poudreux:l'hõneur & la gloire de ce sainct pain ne veut estre assis ni manié parmi des haillons encendrés de tant
de couleurs:c'est en nos ames ou il veut que le seruice lui soit appresté : il veut estre enuironné de
nostre foy.Quoy!vouloir sourmonter auec l'artifice humain,l'art & la prudence du createur, & auec
l'ouurage manuel de la deprauation humaine,vou-
loir corriger la naïfueté & combattre le vray parangon de la pasture celeste:c'est blasphemer auec
tels caparassonnements, c'est eschaffauder le mystere de la croix.

DE L'INVASION OV DE LA
subſtraction de la coupe.

CHAPITRE V.

MOnſieur le Pape ne ſe contente d'vſurper le tiltre d'eſpoux de l'Egliſe : ains il veut eſtre executeur teſtamentaire des legats faits par iceluy tout ſouuerain pontife , & ne ſe contente de faire le compagnon, ou frere aiſné de Ieſus Chriſt, cõme ſi Ieſus Chriſt n'eſtoit que ſon cadet, ou comme s'il eſtoit heritier legataire de l'heritage vniuerſel de Ieſus Chriſt , il monte encor par deſſus, comme s'il eſtoit plus grand maiſtre & plus ſage que Ieſus Chriſt, il rompt ſon teſtament , & nous autres pauures pupilles , ou pour le moins ceux de ſon eſgliſe ſõmes fruſtrés par vne telle vſurpation du bien fait que Ieſus Chriſt leur a laiſſé. Et pour monſtrer ſa preuarication , ie mettray en rang ce que Ieſus Chriſt & les Apoſtres en ont ordõné. Quelle arrogance que d'oſer porter ſes mains à l'inuaſion d'vn tel ioyau, l'alliener hors du teſtament de celuy auquel appartiét la generale diſpoſition, nõ ſeulemét de la terre, mais des cieux, de la vie téporelle, mais auſſi de l'eternelle. En S.Matt. 26. Ieſus Chriſt apres auoir rendu graces, print la coupe, la preſenta à ſes Apoſtres, & leur dit, beuués de ceci vous tous : '& y a apparence qu'en la ſalle du ſoupper, il y auoit autres que les Apoſtres, & qu'il y en auoit de la famille de celuy auquel

Chriſt

Chriſt auoit mandé qu'il luy appreſtaſſent à ſou-
per, & que ce pere de famille eſtoit du Chriſtianiſme, leſquels furēt de la partie & cōmuniquerēt
à ce S. Sacrement, lequel fut liuré ſans aucune de-
ſtinction entre les Apoſtres & les laics. Et S. Marc
14.v.23. il leur bailla la coupe, & ils en beurent
tous. En la 1 aux Corinth. 11. S. Paul leur cōmande
à toute l'Egliſe de Corinthe, de faire ce que I. C.
auoit fait entierement en la Cene, de laquelle il
fait vne recapitulation, diſant que I. Chriſt entendoit que tous beuſſent du calice, & que chaſcun
indiſtinctement entraſt en la remembrance de la
paſſion de Chriſt. aux Galat. 3. v. 15. S. Paul dit, cō-
biē qu'vne alliance ſoit d'vn hōme, ſi elle eſt con-
fermee, nul ne la caſſe, ou y adiouſte. L'alliance de
Ieſus Chriſt en ſon No. Teſtament elle eſt ſacree:
qui ſeront les mains ſi temeraires, ſi desbordees
qui s'oſeront porter pour y reſoudre au cōtraire,
de ce qu'il a pleu au tout puiſſant d'y cōclure & arreſter : ſpecialemēt Dauid au v. 35. du pſea. 89. parlant en la perſōne de I. C. dit, ie ne retireray point
ma gratuité, & ne fauſſeray point ma foy, ie ne vio-
leray point mon alliance, & ce qui eſt ſorti de mes
leures, ie ne le chāgeray point. Le Pape oſe il bien
rēdre les mains de I. Chriſt pariures? violer le dō
qu'il nous a fait? c'eſt voler la cheuāce non ſeulemēt des Chreſtiens, mais du Teſtament ordonné
par Ieſus Chriſt: car Sainct Paul en la 1. Corin. 2. eſ-
criuoit non ſeulement aux preſtres, mais auſſi à
toute l'Egliſe qui eſtoit à Corinthe & à tous les
Saincts auſſi de quelque ſexe qu'ils feuſſent, qui

eſtoyent reſpandus & multipliés par toute l'A-
chaie, auſquels il faiſoit iniunction de ce S. Sacrement, lequel on nous a mutilé ſi outrageuſement,
& n'eſchet d'alleguer la doctrine de la concomitance, diſant que le corps de Chriſt qui eſt en l'hoſtie eſt viuant, & qu'vn corps viuãt, n'eſt ſans ſes
veines, & ſans ſon ſang : & par conſequent que les
laics en receuãt l'hoſtie, reçoiuent auſſi le ſang de
Ieſus Chriſt. C'eſt vne fripõnerie, pluſtoſt qu'vne
allegation theologique, comme ſi Ieſus Chriſt &
S. Paul auoiẽt ignoré cela, & que nos ſacrificaillet-
tes fuſſent meilleurs theologiens que Ieſus Chriſt
& que tout le college des Apoſtres. Outre que leur
fondemẽt, eſt ſur la fauſſe ſuppoſition de la realité,
laquelle nous auons cõbattu & abbattu au precedant chap. Outre que Ieſus Chriſt appelle le pain
ſeparement, & le vin tout de meſme, le diſtinguãt
en vne portion à part arriere du pain, rebutant ce
meſloyemẽt concomitantiel. Outre que c'eſt pour
rememorer la mort de Ieſus Chriſt, vn corps mort
eſt vuide de ſang, la mort de Ieſus Chriſt n'a point
eſté plus priuilegiée que les autres, c'eſt l'offenſer,
comme ſi elle n'eſtoit point veritablement mort,
& qu'elle euſt encor autant de vie, comme nos aduerſaire luy attribuent de ſang par ceſte concomitance: comme le corps eſt diſtingué à part arriere
de l'ame, auſſi le ſang eſt hors du corps: la memoire eſt imparfaite, ſi on ne reçoit le vin qui repreſente le ſang. Outre que les ſacrifricaſſeurs reçoiuent eux meſmes le ſang, & concluent à la
neceſſité de la reception d'iceluy, & que le Pape
n'a vn

n'a vn pouuoir aſſés illimité pour le ſupprimer en
la meſſe, & qu'il faut que la ſuſception de la coupe
regne en icelle meſſe que le Pape ne l'en pourroit bannir ou ſouſtraire ſans mutilation, & ſans
rompre l'integrité de l'inſtitution de Chriſt, &
qu'en ce cas, où le Pape voudroit vſer d'vne telle
entrepriſe & nouuelleté, il ſeroit non ſeulement
loiſible, ains chaſque preſtre ſeroit tenu ſur ſa
damnation à s'y oppoſer & ne luy point obeir:car
Ieſus Chriſt l'a ainſi commandé.

Ils tiennent que le commandement de receuoir
la coupe, eſt auſſi grand comme le commandemét
de ne point paillarder, de ne point blaſphemer, de
ne point encéſer aux idoles. Et comme il faudroit
rebeller au Pape & mourir en la peine du martyre en cas de contrainte s'il vouloit forcer à l'idolatrie, au blaſpheme, ou à la paillardiſe:ainſi ils ſouſtiennent, que ſi le Pape vouloit bannir la coupe
de la meſſe, il faudroit pluſtoſt bannir le Pape, que
non point d'accepter vne telle priuation: car l'E-
gliſe ſe peut mieux paſſer de Pape que du ſang de
Ieſus Chriſt.

Ce ſont reſolutions articulés à la Romaine. Le
conclaue meſcognoiſtroit celuy pour Pape qui
voudroit meſcognoiſtre les articles prealleguès.
I'infere de là que le Pape n'ayant receu aucune reuelation ou commandement du ciel pour fruſtrer
les laics de ce que les preſtres neceſſairément &
par article de ſalut ne peuuent quitter, que c'eſt v-
ne arrogance Luciferienne, que d'y oſer mettre la
main, & que c'eſt vne obeiſſance coulpable de pre-

uarication à ceux qui luy obeiſſent, puis q̃ I.Chriſt
indiſtinctemẽt meſmes par la relation que S. Paul
nous en a fait ſur ſa foy & cõſciéce, à commãdé la
ſuſception de la coupe à tout ſexe & condition
d'hõmes,non ſeulemẽt aux preſtres,mais aux laics
non ſeulemẽt aux hommes,mais aux femmes:c'eſt
vne grande lacheté que de demeurer ſi auachi,que
de n'oſer maintenir le teſtament de Ieſus Chriſt
contre ceux qui le deſchirent en vne telle demembrure. Outre que l'entiereté du fruict deſpend de
l'entiereté du ſacrement:ceux qui en viennent à la
perception , perdent autant de fruict comme ils
laiſſent du ſacrement à receuoir , aſſauoir la franche moitié , puis que la coupe en eſt vn membre
auſſi grand que le pain. Mais comme eſt-ce que le
ſacrement peut eſtre entier , veu que par ces elements de la nourriture corporelle, Chriſt à cuidé
nous declarer la nourriture ſpirituelle.

Qui a iamais veu que les hommes ſe puiſſent
nourrir & paſturer entierement ſans s'abreuuer?le
breuuage c'eſt la moitié de la vie de l'homme,l'alteration c'eſt vne paſſion viue & plus violante &
frenetique que la faim : la faim eſt plus molle à ſu-
porter que la ſoif, la ſoif eſt plus ferme & cruelle,
& à moins de pitié de l'hõme que non pas la faim.
La neceſſité de boire eſt autãt requiſe à l'entretié
de la vie naturelle,q̃ la neceſſité de mãger, & q o-
ſteroit à l'hõme le moyé de s'abreuuer,ſeroit autãt
homicide q̃ celui q lui oſteroit la paſture du pain.
Meſme Chriſt à cõpris la ſoif receuant ſecours de
quelq; pieté chreſtienne entre les œuures de mi-
ſeri-

sericorde : il promet mesmes recompense à
celuy qui aura donné vn verre d'eau au Prophete
qui en est necessiteux : côme la vie est attachée au
boire autât côme au mâger:ainsi la vie spirituelle:
& y a hazard que le sacremét du pain ne sert pas de
beaucoup à l'ame , si celuy de la coupe n'y est ad-
lousté,ie ne diray point s'il ne le seconde,mais s'il
ne le prime:car la portiõ de la coupe , marche en
esgalite de dignité auec le pain: & encor q̃ le pain
aille le premier,ce n'est point qu'il soit plus digne,
mais à cause de l'ordre naturel,qu'on mange auât
que de boire. La coupe a autant de seigneurie en
ce sacrement comme le pain:Les fideles reçoiuent
autant d'interest en la perte de l'vn, comme en la
perte de l'autre.Et en S.Matth.26.27.il leur dit du
pain,prenés,mangés,sans specifier aucun nombre
de ceux qui le debuoient manger:Mais arriuant au
calice,il leur commanda,beuués-en tous : ce nom
de tous,estoit vne forclusion du pouuoir gigantes-
que & temeraire de la papauté , qui le veut enleuer à la pluspart:c'estoit vn coup de barre,dont la
pouruoyance prophetique de Christ assommoit
ceste prohibition , ce nom de *tous* vaut vn arrest
du Ciel. Et quant à ce qu'ils alleguent qu'il donna la coupe aux Apostres , & qu'il n'y auoit que
les Apostres qui estoient les Pasteurs.A cela ie respond, que les Apostres n'estoient point là comme Pasteurs,mais côme brebis,côme ouailles: La
chandelle n'est rien deuant le Soleil, les Apostres
sõt'encor moins deuât I.C.aussi n'auoiét-ils encor

receu patánte de leur miſſion.

Ils n'auoyent pas encor fait aucune propoſition ou eſſay de predication, ils ne s'eſtoyent encor eſprouués à faire aucun prone ou exortation; aucun d'eux n'auoit encor monté en chaire, & n'auoyent ſouſtenu aucune theſe: à peine eſtoyent ils clers.

Selon auſſi l'opinion commune des papiroques qui tiennent que les meſmes Apoſtres ne furent ordonnés preſtres qu'apres la reſurrection de Chriſt. En S. Iean 20. v. 21. 22. & 23. c'eſt là ou ils furent conſacrés à la preſtriſe, quand Ieſus Chriſt donna la paix, les enuoyât comme ſon pere l'auoit enuoyé, ſoufflant ſur eux, leur commandant de receuoir le S. Eſprict, les aduertiſſant que les pechés ſeroyent pardonnés à quiconque il les pardonneroyent, & retenus à ceux auſquels ils les retiendroyent.

Les Romains di-ie tiennent qu'ils auoyent touſiours eſté laics iuſques à ce temps là & ſeculiers: mais que lors ils deuindrent religieux, & ſacrés de l'ordre de preſtriſe. Ieſus Chriſt donc ne leur liura ſon corps comme à des preſtres ſacrés, mais comme à des laics. Outre que ſelon les papiſtes meſmes, ce n'eſt point vn artiele de foy, qu'il n'y euſt que les Apoſtres en ceſte ceremonie: ains il ſe peut faire que le maiſtre & la maiſtreſſe, ſeruans & ſeruantes du logis du feſtin, y eſtoyent preſents, & que meſmes il y euſt des femmes à la participation de ceſte ceremonie ſacramentaire: ce qui eſt vn grand preiugé à la condamnation de la temerité du Pape. D'auantage en la 1. aux Corinth. 11. cha. 28. la

18. la perception de la coupe appartient à tous
ceux ausquels l'espreuue de soy-mesme est commandée, sur peine d'espreuuer la rigueur du iugement du Seigneur : Or est-il que l'Apostre dit,
qu'vn chacun s'espreuue auant que de s'approcher du pain & du vin, commandant à tous la dignité de la preparation de soy-mesme: Il s'ensuit
donc que comme tout le monde est tenu, auparauant que de s'approcher, de nettoyer & espousser
la conscience.

Tous donc sont obligés à receuoir, non seulement le pain, mais aussi la coupe: car ce n'est point
au seul Prestre auquel il est enioint de ne s'approcher indignement de l'vn & de l'autre, mais
aussi à tous les laics. Ce que Christ auoit predit en
Sainct Iean ch. 6. vers. 63. car il menace tout le môde indistinctement, qui ne boira son sang, de la
mort eternelle: ascauoir, que celuy n'aura la vie e-
ternelle, qui ne boira son sang.

Bellarmin aduoüe que ces paroles, *faites cecy, en
memoire de moy*, s'entendent de toute l'action de la
Cene, que cela ne s'entend point seulement de la
prise du pain, mais mesmes du hanap, & que ces
paroles, *faites cecy*, appartiennent à toute l'Eglise;
& qu'elles n'appartiennent point seulement à la
consecration, mais mesmes à la perception: de sorte, que Bellarmin par sa confession esgorge le Pape, puisque ces paroles, *faites cecy*, seruent de commandement à tous les Chrestiens de l'vn & l'autre sexe, & qu'elles se doiuent entendre, non seulement pour la consecration, mais mesmes pour

la reception. La proposition du commandement *faites cecy*, estant generale, sans exception faite par Christ, s'estend autant par dessus la perception de la coupe, pour l'accomplissement de sa memoire, comme dessus la perception du pain: ou bien s'il y a quelque exception pour la coupe, par la mesme raison qui les en affranchira, ils seront aussi affranchis du pain : or est-il que ce seroit vne heresie tressacrilege, que d'alleguer aucune instance pour valable, qui peut affranchir & desobliger les Chrestiens de la frequentation du pain ? c'est aussi vn tout pareil blaspheme, que de rien alleguer qui puisse affranchir de la reception du vin. Outre qu'au Deuteronome 4. ver.1. aux Nombres 15. 38. il n'estoit loysible d'oster ou adiouster à la Loy, sans le commandement de Dieu: Et qui est-ce qui osera radier ou despecer le Testament de Iesus Christ qu'il a confermé par sa mort.

Le calice, en la 1. aux Corinthiens 11. ch. ver. 25. il est dit semblablement aussi apres le souper, il print la coupe disant, ceste coupe est la nouuelle alliance en mon sang, toutesfois & quantes que vous en boirés, en memoire de moy. De sorte, que la coupe, nonseulement elle appartient à la memoire de Christ, mais aussi à son Testament c'est vn des premiers poteaux d'iceluy qu'il n'est loisible d'esbranler, à peine de renuerser tout le Testament de Iesus Christ : c'est vn des premiers iambage qui le soustient, & sans lequel il tomberoit.

Le pain n'est en chose du monde plus testamentaire

aire que le vin , & l' vn ne nous eſt point plus e-
troittement ou ſommairement ordonné que
'autre. Cependant, le Pape nous defend à l'oppoſite la meſme coupe , à peine d'hereſie & de damnation.   Mais qui eſt le plus grand maiſtre ? qui
nous peut le plus obliger ou abſoudre?

Sainct Paul confirme la parole de Chriſt , qu'il
ne faut prendre l'vn ſans l'autre , le pain ſans la
coupe. Ieſus Chriſt & l'Apoſtre ſe plaindroien t
le noſtre creance , ſi nous leur enleuions pour la
liurer au Pape : donner & retenir nul ne peut : ſi
Chriſt nous l'a donnée, il n'a voulu retenir la cou-
pe:toutesfois , que le Pape nous monſtre ſes patantes , ou ſon obedience , comme il eſt eſtabli
commiſſaire pour ceſte reuocation , & où il y ait
cloſe ſpeciale de derogation pour demolir la coupe, & nous eſchiuerons le crime des refractaires:
car autrement , c'eſt crime de refraction , que de
n'eſtre refractaire à vn refractaire.

Quoy! aprés douze cents ans & d'auantage de
preſcription , que le Pape nous rende ce ſacrement contentieux, nous mettre en perplexité, defendre ſur peine de condamnation eternelle , ce
que Ieſus Chriſt a commandé ſur peine de damnation eternelle , & ce aprés douze ou quatorze
emphiteoſes coulées tout du long, ſans arreſt, ou
embaraſt quelconque:cela ſera trouué torſionnai-
re,condamné d'attentat , voire qu'on couche la
propoſition de I.C.directemét oppoſite à celle du
Pape. Qu'on en demande l'aduis à vn Barbare,vn
Mahommetan, à ſç. s'il ne nous en adiugera pas la

maintenue,ou du moins la recreance, cõme icelle
venant du cofté de Iefus Chrift : il n'y a que les
chreftiens qui luy foyent cõtraires,pis que Mahometans,ils enfeignent la ruine de fa doctrine irri-
tant , aneantiffant vne tranfaction paffée par le
fils de Dieu , & emologuée par le decours de tant
d'annees.   C'eft eftre bien pire que les maraftres
qui rauiffent en derriere du pere aux enfants
les petites danrées& douceurs qu'il leur a dõnées.
Ils ne peuuent bannir le fang, fans nous bannir du
fruict qu'il porte quant & foy : ils ne le font par
fuperftition, ils font trop profonds politiques, ni
par religion,car ils fe tiendroyent à l'antiquité de
la parolle de Dieu,en la retention du calice coulee
par tant de fiecles: mais c'eft par vne aueugle ar
rogance, pour interiner la toute puiffance papale,
qu'il entretaille dans celle de Iefus Chrift,laquell
il effaye iufques dans la perdition des ames , leu
rauifsât la nouuriture de leur falut. C'eft dõmag
que le grand preftre de l'ancien teftament n'alloi
alterer,varier, fouftraire les facrifices & autres o
blatiõs,en diminuant le fel, la farine,l'huile,les
deurs , la chair,on les euft priué & puni hors d
leur charge. Noftre pontife ambigu,d'autant qu'i
n'a aucune preuue ni breuet de fa miffiõ:outre au
fi que ce n'eft à luy de cõmãder à ceux qui vién
de la gentilité, mais feulement du iudaifme cõm
le preuue S.Paul gal.3.luy qui n'a que voir en ceft
charge,mefmes qui n'a aucun nõ particulier:carl
nom de pape c'eft vn nom frippé , qui auoit defi
efté au feruice , & extrauagué par tout le mond
                                        C'eftoi

C'eſtoit l'epitete duquel on appelloit les hô.mes
illuſtres & venerables : du depuis, les Papes l'ont
retenu à eux ſeuls pour en exprimer leurs grandeurs, iceux di=je n'eſtans confirmés en leur charge, ſe l'eſtans impoſée d'eux-meſmes, ſans approbation de Chriſt ni de ſes Apoſtres, nous viennent
à iouer des traicts de hardieſſe tres temeraires.

Mais, qui a monſtré au Pape qu'il ait plus
grand pouuoir ſur le Nouueau, que ſur l'Ancien
Teſtament?

Les Pontifes des Hebrieux reſpondoient de la
mort & de la vie, par deuant les Roys d'Iſrael &
de Iuda: ce droit n'eſt point empiré aux Roys, ce
n'eſt que la lacheté qui leur fait oublier le grand
paſſe-droit qu'ils ont en ceſt endroit.

Les Papes ſont leurs iuriſdiciables: tant s'en faut
que les ſacrements ſoient de la iuriſdiction des
Papes, que les Papes n'ont point de iuriſdiction
ſur eux meſmes, elle deſpend de celle des Roys.
Et cependant, ils font les ſuffiſants, deſtituant au
deſſus de Ieſus Chriſt, ce que Ieſus Chriſt a ſi ſainctement inſtitué: comme ſi les Papes eſtoient châ-
celiers de Dieu le Pere, & qu'il falut que les affaires de Dieu le Fils paſſaſſent par le contreroolle
& par deuant le ſeau de leur Chancellerie. Cela
offenſe la raiſon meſme des inſenſés.

Oſa fut frappé de Dieu pour auoir de ſa main
touché à l'Arche qui menaçoit de tomber: & celuy-cy deſtruit, & eſtouffe le ſang de Ieſus Chriſt,
interdiſant horriblement aux infidelles, la perce-
ptiô: ſi on laiſſoit faire ſatan, il n'é ſeroit pas moins

du reſte des ſacremēts:ſi le Pape s'ē cōſeille à luy,
il n'a gardé de le detraquer de ſon aduis. Ah!quels
dōmages & intereſts, reparatiō de fruicts & d'arrerages il faut qu'il face. La correctiō de ce ſacremēt, en tant qu'il le faillo nettoyer ou deſcharger
de quelq; excés,& deſabuſer, ne reſortit que par
deuāt I. Chriſt:ce n'eſt au Pape à le deſchirer ainſi
en lābeaux:c'eſt reuoquer en doute le pouuoir du
meſme ſeigneur,que deſtruire ce cōmandemēt.S.
Paul dit , ce que i'ay reçeu du Seigneur pour vous
l'enioindre,ie le vous annōce,ie le vous liure,aſſa-
uoir ſō corps & ſō ſāg. Qui a dōné tāt d'arrogāce
au Pape ,q̃ ſe guinder par deſſus I.Chriſt&S.Paul?
Qui luy a fait conceuoir ce partage androgine?Ils
ſont enchaſſés l'vn dās l'autre le pin dās le vin, on
ne peut eſtouffer l'vn,que l'autre ne meure. C'eſt
là portion de la vie que Ieſus Chriſt a ordōnee au
Chriſtianiſme , & n'y eſchet de s'excuſer ſur les
veines,qui ſont dedans ce corps,qu'ils diſent eſtre
viuātes en l'hoſtie:car autrement I.C.auroit mal
inſtitué,cacophoniſé actuellemēt, en nous dōnāt
deux ſois ſon ſāg, s'il baſtoit de le dōner vne ſeule,dedans la dite hoſtie.Dōc la coupe regorge en
ſuperfluité,c'eſt vn iouët qui ne ſert de rien à leur
cōpte:que s'il n'eſt neceſſaire aux Chreſtiés pourquoy le donne il à ſes Apoſtres qui ne ſont que
Chreſtiens.S'il ſuffit aux Chreſtiens que les Apoſtres ayent pris le ſang , pourquoy ne ſuffit il
aux meſmes Chreſtiens, que les Apoſtres ayent
pris le corps : puis qu'ils ne doiuent prendre le
ſang & que les Apoſtres & les preſtres l'ont pris
pour

pour eux , il suffit que les Apostres & les prestres
prennent le corps, sans qu'ils le reçoiuent par a-
pres, I'ay dit que les Apostres ne sont que Chrestiens;car le christianisme,c'est la plus parfaite reigle de toutes les reigles.   Et si on ne mipartit le
baptesme,qui consiste en vne indiuisibilité : car le
Pape ne peut estendre ses resorts iusques à vn tel
partage,il n'é peut reformer ni toucher à la forme
ou à la matiere:il ne peut aussi mipartir ou escar-
teler le calice d'auec le pain : ils reprennent Iesus
Christ de n'auoir preueu les inconueniens qu'ils
inferent,ny manifesté les choses incertaines & occultes à Dauid, ne les a sceu preuoir luy mesme.
Quasi que ces braues correcteurs ayent ceste preuoyance d'eux mesmes,&non de I. C.qui s'est laiss-
ssy preuenir d'obscurité, s'estant donné à abuser au
siecle futur,n'ayent aucun œil assés esclairát, pour
deceler les absurdités necessaires à ratifier par la
correction des hommes.   En S.Iean 6.S.Paul aux
Corinth. foudroyent d'eternelle commination les
rebelles de cé sacrement,& eux de gayeté de cœur
nous en veulent euincer , & debouter contre des
authorités si principales, & maiestatiues,qu'elles
efface toutes les autres. Iç pense qu'on est tres biê
receu selon le formulaire du droict canon à demander les Apostres,ou à former appel d'abus par
deuát l'authographe de la parole de Dieu , qui les
condáne à plate couture:car ils n'ont piece en leur
sac qui puisse garantir vn sens reprouué, qui reprouue la principale piece du maniement de nostre rachat:toute nostre redéptiõ ne gist qu'au ság

Qq 4

de Iefus Chrift, & en la communication d'iceluy
pourquoy donc nous en veulent-ils efcarter, &
nous en mettre en profcription au detriment de
nos ames, au lieu d'accoter de quelque bon appuy, ils l'ebrechent au lieu de le combler d'vn memorial de refpectueufe reuerance, ils l'accablent
de demolition tendante à l'abolition : ils ne fe cô-
tentent d'auoir enfermé, enfariné, ou colloqué
pluftoft en exhalaifon farineufe le corps de Chrift.
Ils nous aboliffent encor le fang : ie dis enfariner,
car ce n'eft que de fole farine, ains encor il n'y a
rien de farine ny mefme d'exhalaifon farineufe.
Les accidents feparés comme ils veulent font
moins que les moindres exhalaifons, de quelque
forte de corps que ce foit , ils ne font non feulement mauuais hofpitalliers de loger le Chrift en
vne plus grande pietrerie, que ne font les exhalaifons. Mais tres mauuais œconomes, ils enfreignét
& mettent en pieces leur adminiftration, ils elo-
chent le brancheage de noftre falut, eniambent
fur Iefus Chrift : ils mettent ce pauure facrement
non feulement en pourpoint, mais en chemife, ils
le demettent de fon threfor : car le fang eft le threfor de la vie. Ils nous laiffent vn facrement tout
efclabuffé, au lieu d'introduire fon credit en adou-
bement d'authorité bien eftablie : ils luy efcroquét
fa combination non feulement fraternelle, mais
effentielle. C'eft l'amoindrir de toute fa valeur :
l'eftimation du poids des facrements fe prent au
fang de Ief. Chrift, au lieu de le collatiôner & aiu-
fter à fon original, ils en trippent la graiffe, ils en
tronçon-

tronçonnent la moelle. Quoy enuahir les sacrements, destrousser la moitié de nostre vie spirituelle, piller ainsi priuément le sang de Christ, de-
naturaliser son testament, qui n'est subiect à aucune emblée, c'est demenager Iesus Christ de ses
biens, rompre, & son authorité & son institution.
C'est donner des coups de cousteau, & mettre en
maculature & papier cassé les lettres de son testament: quelle desboire cela engendre au S. Esprit,
de voir qu'on nous arrache les pieces qui nous
portent au port de salut: de voir ainsi desboester la
coupe de Christ, desabreuuer, tarir la spiritualité
de nostre vie : c'est escacher le merite de Christ:
c'est nous priuer de la moitié du defrayement de
nos ames, escorner l'escot de nos pechés, esfon-
drer ainsi effrenément la sauuegarde des sacrements de Christ, mettre le principal d'iceux en esclat, en eschantillonner le sang, mettre le sang
hors du sang : ains mettre le sang hors du sacrement, desensanglanter nostre redemption ou les
memoriaux d'icelle, c'est la mettre en carcasse, c'est
l'abbatre en masure, luy bastir sa destruction, luy
leuer son tombeau dedans ceste priuation, c'est
nous desincorporer de la moitié de nous mesmes
en Christ, c'est rompre les iournées de nostre
foy, luy demateriellant son estoffe, luy soustra-
yant la pure moitié de son diuin obiect, c'est de-
cacheter le tout puissant seau appliqué par Christ
à l'inuiolabilité des sacrements, comme si le pouuoir du Pape s'entretenoit & estoit tissu du pouuoir de Dieu, qui est ici ruiné à la renuerse par

celuy du Pape, il s'entretaillent l'vn dedans l'autre
l'vn froiſſe l'autre, l'homme veut ſuppediter Dieu,
Eſau veut deuorer Iacob, c'eſt aſſaſſiner la S. Cene,
que de l'aſſecher ainſi de ſang, cela eſt atroce de ſe
voir ainſi rompre, caſſer, deſentrailler, mais eſt ce
peut eſtre que le ſang & ce qui eſt enſanglanté fait
horreur à voir, engendre vn degouſt aux yeux, des
yeux il court au cœur. C'eſt tout à l'oppoſite car
il n'eſt pas mal aiſé à croire que du ſang de l'animal, on en peut tirer les meſmes proprietés & v-
ſage que du laict : d'autant que le laict n'eſt rien
autre que ſang blanchi, toute la douceur, la fertili-
té, la graiſſe ſpirituelle de l'Egliſe vient du ſang
de Ieſus Chriſt.

C'eſt atrophier ſes membres, & les rendre æ-
ſthiomenés, que de les ſeurer de ſon ſainct ſang;
c'eſt vn dommage ſacrilegié irreparablement;
mettre le ſang de Chriſt en perdition, en rompant les clauſtures que Dieu a mis à ſon ſang pour
le fourrager : c'eſt entamer le droict diuin, ſur le-
quel aucun droict n'a que voir ou à enjamber : ce
qui eſt de droict diuin commande à tout autre
droict, non ſeulement ciuil & canonique, mais
à celuy des gentils, & au naturel : il eſt affranchi
de la correction des hommes : tous les Papes &
conciles enſemble ne pourroyent inſtituer vn
nouueau ſacrement, auſſi n'en peuuent ils deſtituer aucun.

Sainct Pierre ny tout le college des Apoſtres,
apres l'aſcenſion de Ieſus Chriſt, n'euſſent oſé
toucher, fuſt pour faire quelque addition, ou bien
quelque

quelque fuſtraction au douaire de l’eſpouſe d’iceluy : ils ſe fuſſent bien empeſchés de mettre leurs
mains ſur aucun ſacrement, ny pour y adiouſter,
comme nos papiſolaſtes les ont farraſſés de milles aioliuemeents, qui ſentent pluſtoſt ſa paillardiſe que ſa chaſteté, ny pour y diminuer comme
ils font, retranchant la moitié du corps de la S. Cene. Où eſt-ce que le S. Eſprit a chucheté à l’oreille
du Pape, que ceſte moitié encombroit l’autre? Cela vient de pareille temèrité à l’inuention des autres cinq ſacrements qu’ils ont mis à ſus pour fer-
rer leur bougette, pour engraiſſer leur rotiſſerie:
c’eſt vne emplette qu’ils ont fait pour quintupler
leur trafic, & admodier en autant de façon la gabelle qu’ils impoſent à la mort de Chriſt. L’inſtitution ou deſtitution des ſacrements, ſoit pour
leur adioindre ou pour leur eſcroquer quelque
partie eſſentielle ou moins qu’eſſentielle, ſeulement proprietaire de leur eſſence, eſt hors la peripherie, ou circonſcription de l’authorité papale, il
ne s’y meſle que par intruſion: il n’a aucune procuration, les mains ſont degarnies de preuue, d’vn
tel pouuoir enticipé, & par leur propre deciſion
le Pape ne peut oſter le benefice à vn eccleſiaſtique ſans cauſe, ni tranſporter ſeulement vn chapitre, ou le ſiege d’vne Egliſe cathedrale, à vn autre
ſiege, ſans des raiſons tres preignantes. Et pourquoy nous veut il oſter le benefice de IeſusChriſt,
de porter ſon ſacré ſang hors de la proprieté des
Chreſtiés laics pour l’appliquer aux preſtres ſeule
mét: c’eſt déraciner ce ḡ Dieu a plâté: c’eſt aliener la

moitié du N. teſtament. Ce qui a duré le cours de quatorze cens annees, à quel propos s'aduiſer auiourd'huy de l'abiurer, & le faire abiurer aux chreſtiens ? les chaſtrer ainſi finiſtrement : il ne doit meshuy durer la moitié autant qu'il y a qu'il eſt inſtitué. La plus part des autheurs ſont d'accord que la duree du monde, ne peut eſtre d'vne ſi longue traiſnee. Le plus qu'il peut aller de reſte ç'eſt encor cinq cens ans: ains i'aduanceray & ſans me trop enhardir qu'il y a eu de plus ſages teſtes en l'Egliſe, & qui penetroyent bien plus outre & plus ſainctement que les Latins d'auiourd'huy. Les Grecs, les Affricains, lors que l'Egliſe contenoit en Leuant autant ou d'auantage qu'elle eſt auiourd'huy grande en Occident. Ah ! quels elochements s'en ſont faicts, & la plus part par l'arrogance romaine. Ils ne peuuent viure d'accord auec perſonne, ils veulent maſtiner tout le monde: les Leuantins ne l'ont ſceu endurer, ils ſe ſont barricadés dedans le ſchiſme, ſe rendroient pluſtoſt idolatres que papiſtes tant ſont ils indignés contre la fanfare & proſopopee papiſtique.

Ie dis que parmi ceſte ſi grande quantité qui grouilloit d'hommes doctes, ſur les trois, quatres, & cinq premiers ſiecles, il ne s'eſt trouué perſóne qui ſe ſoit aduiſé de machiner vne telle piperie au detrimét des pauures ames: car c'eſt deroger à leur ſalut, que deroger à la perceptió du ſang de Chriſt : vous ne les pouuez fruſtrer d'vne partie, ſás les priuer du total: il faut replier la cenſure ſur les cenſeurs & cenſurer ceux qui prouuent qu'ils

ne ſont

ne sont de l'Eglise en destruisant l'Eglise, elle ne
peut estre si elle n'est entiere:elle ne peut estre a-
uec son entiereté , en luy ostant son principal
membre , qui est le sang de Christ : c'est son vray
cimant, son luth de sapience, c'est la concasser , &
la donner au froissis,que de luy retrancher son v-
nique moitié.

DV PVRGATOIRE.

CHAPITRE VI.

Espluchons vn peu ce beau feu de rouë,ce feu de
reuerbere,vray feu de cuisine,bien plus ardent
que celuy d'Enfer:car il fait bien mieux bouillir la
marmite & tourner des broches, c'est le pere des
saulses,c'est la rotisserie de la Papauté,c'est le per-
ron,ou le mont Potozzi des Romains ecclesiastiques,c'est vne mine inespuisable d'or,d'argent,de
pierreries,de toutes cheuances, c'est le glus & les
toiles pour y attraper encore autant d'opulence,
comme ils en ont desia espargné : & tant que le
monde durera, ceste esponge tirera tousiours &
ne cessera tant qu'elle ait succé tout à soy : c'est la
calamite, c'est l'aimant solaire, il y a la pierre salpa,qui attire à soy le bois, l'ambre iaune les pailles,les os d'vne poule attirent & deuorét tout l'or
en soy: mais rien n'est si attrayant que le purgatoire. Mais qu'est ce que le purgatoire, est ce vn
tamis , quelque decrotoire de la sauonnade,ou v-
ne chausse d'apothicaire pour passer & purger

l'hypocras, eſt ce quelque fine rubarbe, qui nettoyé & purge les ames : eſt-ce vn plomb, vn antimoine, vn feu de couppelle pour purifier l'or?c'eſt
vn feu tout d'or,de pierreries, de diaments, tout
de richeſſes,vn feu qui met tout le monde en fougue , tout le monde affole apres les tiſons de ce
feu , (ſans les benefices qui en depandent) il y a
long temps que ce feu ſeroit eſteint , ſans lequel
les Preſtres ſe deſpreſtreroient , les Clercs ſe de-
tonſureroient,les Abbés ſe deſcroceroient, les E-
ueſques ſe deſmitreroient, le Pape ne ſeroit qu'vn
coigne-feſtu,il ſeroit tourné en happe-lourde:Ro-
me vaudroit moins que Hieruſalem à preſent, la
cour de Rome ne vaudroit pas la cour de la baſo-
che des clercs du palais de Paris , les cloches ni les
orgues ne ſonneroient.

Comme ceux qui ſont ſur la mer donnent tout
à deuorer aux vages , precipitent leur fardeau &
leurs richeſſes aux flots , afin de ſe racheter du
naufrage : ainſi ces pauures abuſés cuident qu'en
enuoyant leurs biens au purgatoire , ils eſchappe-
ront le naufrage de l'enfer : Et il eſt plus aiſé de
combler l'Occean,que de combler le purgatoire.
La graiſſe qui eſcume de ce feu,eſt cauſe de la plus
part des tres-haults boüillons du celibat.

Ils aiment mieux eſtre gras que ſains , eſtre de
la confrairie des facultés du purgatoire , que d'e-
ſtre nettement purgés , feſtiner en concubinage,
que gaigner leur vie en mariage : Le bien qui
vient en dormant,coule bien d'vne plus douce digeſtion , que celuy qui ne peut naiſtre que de la
ſueur

sueur du corps. C'est ce qui nous engendre tant
de vermine, & faineants de moines & de prestres;
ce sont les mortes payes du purgatoire: ils aimeroiét mieux perdre l'espouse de Christ leur vraye
mere, que la nourrice, ou la nourriture du purgatoire. C'est leur paradis, tant s'en faut qu'ils y purgent, ains ils y comblent leur bource plustost
qu'ils n'y acquittent leurs fautes, ou les fautes d'autruy: de leur est vn sol, vne chaussée, mais bien vne
bonne ferme, tres fertile, on y foisonne, on y mois-
sonne, on y vendange, on y fait plaine cueillette à
toute saison, à toutes les heures du iour & de l'année, la nuict, le iour, l'hyuer, l'esté: c'est vne cauerne de promission, non point qu'elle ait iamais esté
promise de Dieu, mais imposturée du paganisme,
c'est vne eschole de trahison pour la doctrine,
persuasif qui traimonte le faiste de toute Rhetorique. Aussi ne faut-il pas beaucoup de raison, où il
y a de si plantureuses richesses, pour persuader à
l'aide des peines faussement controuuées d'intimi-
der.

Voyés, puisque c'est erreur les dore, s'ils ne le
doiuent pas adorer? c'est le cheueul des Prestres:
car sans cela ils pleureroient au lieu de chanter.
Outre le passe-temps qu'ils ont à chanter, ils le redoublent encor à se faire payer leur solde, c'est vn
feu tout de ris, tout de ioye presbyterale, ils en
sont tousiours de feste: ce sont flammes nopcieres
aux tonsurés, c'est autour de ce foyer, qu'ils deuiennent galebontemps.

Comme la pierre pantarbe attire à soy l'or,

ainſi ce feu attire à ſoy & deuore la meilleure partie de l'or, de la Chreſtienté.

Les ames du Purgatoire, ce ſont les poupées &
les marionnettes de la Papauté, elle leur donne
grand plaiſir & force gain, c'eſt le plus fort treteau de la meſſe, ſans ce treteau la meſſe auroit eſ-
ſté culbutée pluſieurs fois, c'eſt le piedeſtal du
corps Eccleſiaſtique, la plus forte & plus aſſeurée
baſe, qui pilote & aſſeure la ſtructure du demenement des Romains c'eſt vne piece tres-politique,
c'eſt le nerf de la Papauté, l'architraue de toute la
cabale myſterieuſe.

Les plus profonds d'entre eux voyent bien que
le purgatoire eſt fariboliquer que c'eſt vne pieté
contrefaicte par police neceſſaire à la ſtructure de
l'edifice Romain: c'eſt la mammelle, l'auge, ou la
mangeoire, c'eſt le fond des finances papiſtiques,
c'eſt ce qui les rend deſirables & redoutables,
c'eſt de là, d'où procedét les os qui font courrir les
chiens qui ſont deſireux de ronger, c'eſt là où ils
puiſent de ſi belles & bonnes carrellures de ventre, c'eſt ce que le monde craint de perdre, c'eſt ce
qui les rend, de ſpirituels, tres temporels : c'eſt
d'où naiſſent leur ſeigneurie, leur fief, leur ſoue-
rainneté, leurs monarchies, cela eſt purgatorial.

Le Pape ne ſeroit qu'vn ſot, non plus que les
autres, ſans le purgatoire: c'eſt ce qui le fait Prince, qui le cree monarque, il ne releue de perſonne, il n'y a quaſi perſonne qui ne luy face hommage, en eſperance toſt, ou tard, de butiner quelque
graſſe ſouppe ſur la marmitte purgatoriale.

Il n'eſt

Il n'est pas iusques aux Roix qui veulet estre de
l'escot en leuant les decimes, lesquelles ils trouuēt
bien plus riches que leur reuenu ; mais ils ont
tort de les quaimander , & les receuoir en titre de
don:car tout ce qui croist, qui est planté & assis en
leur seigneurie , les regarde en toute submission,
comme seigneurs de tout ce qui est corporel &
temporel, sous leur couronne. Et comme les roys
se peuuent & doiuent seruir de la personne des
prestres & les contraindre de porter leur vie en
commun auec les autres , lors que la necessité le
veut , à la defense du public ; ainsi il peut & doit
mettre la main sur leurs biens aux mesmes occurrences, sans estre tenu d'en rendre compte à autre
qu'à Dieu : car outre que tout ce bien est sous sa
main, pour le defendre & l'entretenir en immunité, contre toute sorte d'enuahissement estranger;
ainsi toute ceste masse ne vient que, ou de ses predecesseurs, ou de ses subiects , qui en quelque disposition qu'ils l'ayent constitué ne l'ont peu des-
charger du droict du public : car personne ne peut
disposer du droict d'autruy.

Et comme tous les hommes, aussi tous les biēs
d'vn royaume se doiuēt à la necessité cōmune;q̃ si
le conseil des monarques de l'Europe est si lasche
& si poltron,que de demander congé sur vne chose qui est à eux,d'impetrer vn bien qui leur appartient sans en rien recognoistre d'aucune superiorité,c'est à eux d'en rougir & souffrir le reproche
de leur propre iugement, & en satisfaire à la ten-
dresse puerile , i'ay quasi dit badine , de leur con-

R r

science qui deuroit estre virile, heroique, masle,
non feminine, souueraine non caimande , eslargir
& non belistrer aux pieds du Pape,ce qui est hors
la circonferance de ses ressorts.

Ie m'oubliois bien, que c'est encores du costé du
purgatoire, d'où vient la munition de balle &de
pouldre,pour charger les canons, fouldres, & salmonées. C'est-ce qui les fait peter ainsi fort.Per-
sonne ne voudroit estre de l'Eglise Romaine,sans
ce bon homme de purgatoire : c'est là où sont les
hautes mangeoires, les grands rasteliers, où pais-
sent les grands cheuaux , & quelques fois, beau-
coups de petits asnons : il y a force muletterie, &
asnerie, qui sont categorisés & mis en ordre, parmi ceste splendeur purgatoriale. Sans luy les tya-
res,chappeaux,crosses,estoles, vaudroient moins,
que le beguin de maistre Guillaume.Si le bon hõme de purgatoire coustoit la centiesme partie autant qu'il donne de petites douceurs, & de grasses
dérées,il y a mil ans qu'il seroit declaré heretique.

Si le bon Pere S. Augustin reuenoit en nostre
temps, voyant les abus qu'il a engendré , il a fait
deux liures de retractation, ie suis certain qu'il en
eust fait vne douzaine, à l'abolition de ceste moisson de concupiscence d'auarice & de toute superstition , il eust bien enchassé de beaux Chapitres,
pour faire retourner le Pape à la detestation de
l'inondation de tant de fautes , que la creance du
purgatoire fait commettre. C'est dommage que
la plume de Sainct Hierosme n'est presente à
ce quenos yeux voyent , comme il se fut esgayé à
faire

faire la lexiue à ces abuſeurs d'ames viues & mortes, il en emporteroit la piece. Quoy q̃ ces ſainǿs
perſonnages vouluſſent eſtre courratiers, de la licence feſcennine, que les eccleſiaſtiques engendrẽt
de la graiſſe des ames, il prieroit pluſtoſt Dieu de
l'abyſmer, au cas qu'ils en cruſſent vn , car l'vn de
ces iours les pechés qui croiſſent de l'opulence de
ces richeſſes, feront abyſmer toute la chreſtienté,
c'eſt l'hydropiſie mortelle des romaniſtes , il s'y
fait plus de desbauches de femm̃s & d'hommes,
qui ſe proſtituent à toute desbauche par l'abondance des biens de l'Egliſe , qu'il ne ſe deſhure,
meſmes à leur opinion d'ames de ces flamines.

Le reuenu de ces flammes là, occaſionne plus de
pechés mortels, que les peines qu'ils croiẽt qu'on
y endure, ne font faire de priere pour les treſpaſſés
par ceux qui ſont en l'erreur d'vne telle creance.
Les maiſons des eccleſiaſtiques, ce ne ſont que vacheries, pauuretés, ignominie ſcandaleuſe à l'honneur de Dieu, à l'hõneur des hommes, & de beaucoup de femmes & filles qui font naufrage, ſans le
reſte que ie n'oſe dire, qui eſt ſi abominable, qu'il
vaut mieux s'en taire , que de l'eſuanter , puis que
c'eſt vn mal incorrigible. Mais voyons vn peu leur
beaux fondements. Le premier eſt que Dieu pardonne la coulpe ſans pardõner la peine: ce n'eſt ici
le lieu de confondre ceſte demẽbrure: mais ie dirai
en paſſant , que *impium eſt à Deo dimidiam ſperare
veniam*, Dieu quitte le plus & le moins.

Quoy? que quand Dieu nettoye nos ames par ſa
bõté, qu'il y laiſſe des ratiſſeures derriere ſa main;

qu’il y reſte quelque choſe à racler , qu’il faut
que nous nettoyons apres le nettoyement de
Dieu? comme ſi Dieu n’eſtoit pas meilleur net-
toyeur que nous,ou que ſes purgatifs ne fuſſent
mieux diagredés que les noſtres, comme ſi noſtre
payement eſtoit meilleur&deplus forte monnoye
que le ſien , ou que ſa Paſſion valeut moins, que
ce que nous endurons : ou ce que nous endurons
fuſt d’vne plus friande recepte , d’vne miſe plus
exquiſe , comme ſi nos mains trauailloient plus
delicatement,que le merite de Chriſt n’eſt efficacement elabouré.

Et puis que la coulpe ſe reſout toute en peine,
reſoluant la coulpe par le pardon,il reſout auſſi la
peine : car deſchirant l’obligation de la coulpe,il
deſchire auſſi l’hypoteque. La peine des hommes
n’eſt plus engagée ni hypothequée,quand la debte
eſt rabbatüe,ou payée.

Celuy qui doibt par obligation ſtipulée deuant
notaire,mille eſcus à vn autre , ſous obligation de
tous ſes biens,venant à payer & receuoir quittance de ceſte debte , ſes biens ſont liberés , ils ſont
deſliés de ceſte obligation,l’inſtrument ou la piece du notaire,eſtant deſchirée , on ne le peut plus
contraindre, l’execution ſur ſes biens eſt morte,
le droit en eſt failli : c’eſt comme de la lumiere
d’vne chandelle , apres qu’elle eſt eſteinte , ſes
rayons auſſi ſont eſteints : l’obligation hypote-
quaire des biens d’vn homme,ſuit la debte : tant
que la debte eſt en vie,l’obligation vit en ſa force:
mais la debte eſtant radiée & eſteinte , les biens
ſont

ſont deliurés, ils ne ſont plus eſclaues de ceſte debte,car l'obligation de l'vn , venant de l'obligation de l'autre ſe pert , quant & quant que l'autre
ceſſe.

La peine du penitent,c'eſt la caution , ou l'hypoteque de la coulpe:la coulpe a pour ſon reſpondant,& pour ſon guarant, la peine : c'eſt la peine
qui en eſt l'hypoteque , & laquelle paye pour la
coulpe: la coulpe eſt executée ſur la peine, ou par
la peine ſur celuy qui eſt coulpable : la peine c'eſt
le rayon qui naiſt de la coulpe:il ni auroit point de
peine ſans coulpe , la coulpe eſt mere de la peine,
ains la peine deſpend de la coulpe : Et comme en
eſteignant la lampe on eſteint auſſi bien la lumiere,& les rayons qui en ſortent : comme quand le
Soleil ſe couche & ſe cache , il couche & cache ſes
rayons & ſa lumiere quant & luy. Ainſi,quand
la coulpe eſt oſtée , ſon rayon auſſi vient à ceſſer:
quand la debte eſt remiſe,l'hypoteque eſt liberée:
on ne doit point de peine ſans coulpe : comme il
n'y a point de coulpe qui ne doibue quelque peine,auſſi n'y a-il point de peine en vie , qui n'ait ſa
coulpe viuante,elle finit quant & quant la coulpe:
la peine ne veut viure ſans le peché : Si le peché
eſt effacé,la peine auſſi eſt eſteinte.

Ce ſeroit vne iniuſtice que de faire payer vn
homme qui ne doibt rien:ce ſeroit pardonner ſans
pardon, quitter ſans quittance , donner & retenir
tout enſemble. Ce qui eſt condamné par le droit.
Dieu ſeroit iniuſte : s'il puniſſoit vn homme qui
eſt ſans peché.

Celuy qui n'a point de pechés , encor qu'il ait
peche, ne doibt rien d'auantage, que celuy qui n'a
point peché : car ils font auffi nets & defchargés
l'vn que l'autre : l'vn ne doit nonplus que l'autre,
puifque l'obligation & le contract , & ftipulation
de la peine eft la coulpe & le peché , lequel eft
defchiré & ietté dedans le feu, par le pardon : car
quand Dieu pardonne, c'eft dés l'vn des bouts de
la coulpe, iufques à l'autre.   Et comme les Papi-
fougues maintiennent, que le peché veniel ne fe
peut abfoüdre fans le mortel : ainfi, quand Dieu
pardonne, c'eft vne bonne fois, c'eft tout du long,
& tout du large, c'eft d'vn pardon infini, & illimité : la peine n'oferoit contredire à fon pardon , il
eft trop abfolu, elle n'a garde d'y reclamer.

Dieu ne fait des quittances à demi : fon pardon
eft infini , comme fa mifericorde, eft par deffus
toutes fes œuures : ainfi fon pardon eft plus grand,
non feulement que le pardon de tous les hommes, mais que tout le refte de ce qu'il a fait : fon
pardon eft enfant de fa mifericorde.   Et puis, vne
goutte de fon fang , eft fi efficace & penetrante,
bien plus que l'eau forte. Sa valeur trefperce, non
feulement la coulpe, mais auffi la peine.

Mais venons au fecond fondement, qui eft comme le moyen : Ils difent, que les ames du purgatoire , reçoiuent le fecours que nous leur en-
uoyons par maniere de fuffrage. Les voix & fuf-
frages , fe demandent quand quelqu'vn en vne
Republique ou affemblée , à faute de pouuoir, ou
de con-

de conseil, & de sagesse : car celuy qui sera absolu
à pouuoir & à choisir le mieux de ce qu'il doibt
faire, ne mandiera, ni le bras, ni la direction d'aucun à son secours. Dieu qui est tout-puissant, & la
sapience mesme: a-il besoin de nos suffrages, pour
sçauoir laquelle de ces ames tourmantées il doibt
premierement deliurer, ou bien a-il affaire de nos
bras, pour conforter les siens, pour tirer ces per-
sonnes-là des tourments qui les assassinent ? Et où
est-ce que Dieu nous commande de luy porter
nos suffrages ? Quoy donc, Dieu caimanderoit à
nostre porte du pouuoir & de la sagesse pour piloter le sien ? qu'il colligeroit nos voix pour donner
eslargissement aux ames de ces flammes? Cela est
trop mecanique pour l'infinie majesté.

*Quis consiliarius eius fuit, aut prior dedit ei, & re-
tribuetur ei ?* on ne sçauroit rien donner à Dieu,
que du sien: nostre sagesse vient de la sienne. Dieu
ne conclud point ses arrests par la pluralité de nos
voix, il a bien vn autre conseil estroit que le nostre. Il faut donc laisser ces suffrages, personne n'a
droict d'y opiner, cela n'eschet en nos delibera-
tions. Et partant, si le purgatoire, en ses munitions, n'est determiné que là dessus, il est exterminé.

Mais venons au fonds, les hommes ne peuuent rien satisfaire pour eux, car leur faute est
infinie, d'autant que Dieu contre lequel elle est commise, est infini : & leur pœnitence
& souffrances sont finies. Il n'y a nulle proportion entre le fini, & l'infini. Il est mal-aisé que

R r 4

celui qui deburoit yne infinité de millions d'or
puiſſe ſatisfaire auec yne centaine d'eſcus:nos fautes quant à la coulpe & à la peine ſont encor plus
grandes à la face de Dieu,& nos ſouffrances encor
moindres.

Il n'y a donc que Chriſt infini,en la valeur de ce
qu'il fait, qui puiſſe appaiſer & ſatisfaire au pere
pour nous.Ainſi aux Hebrieux 10.v.14. Eſaie cha.
53 v.5.& 10.Outre que les peines temporelles, ne
s'extendent au dela de ceſte vie.2.aux Corinth.ch.
4. 1.S,Pierre cha 5.v.10.Outre que les fidelles ve-
nans à mourir obtiennent tout auſſi toſt l'heritage & la paix. Ainſi au Pſeaume 127. v. 2. & 3. En
Eſaye 48. Outre qu'au meſme Pſeau. 127. la mort
des ſaincts eſt pretieuſe à la face de Dieu:or eſt-il
que la mort des purgatorié ne peut eſtre pretieuſe,d'autant qu'ils ſont tourmentés des douleurs de
l'enfer. Il s'enſuit donc,ou que le Prophete s'eſt a-
buſé en ceſte aſſertion ; ou que nos aduerſaires ſe
fouruoyent en leur opinion. Helas quelle ſainěte-
té y a il à eſtre ainſi bourrelés. Outre que Dieu ne
ſe reſouuient point des pechés de ceux qui agiſſét
penitence.En Ezechiel 16 22. Il s'en ſouuiendroit
en les oubliant,il les oublieroit en s'en. ſouuenãt,
il les puniroit en les abſoluant,il les abſoudroit en
les puniſſant:ce ſeroit punition ſans punition, abſolution ſans abſolution ; ce ſeroit vne quittance
ſans les quitter,pardon ſans remiſſion.

Dieu donc ne punit leſ-dits pechés par des peines infiniment plus eſpouuantables , que toutes
celles de ce monde icy, autrement il s'en reſou-
uiendroit

uiendroit tres seuerement, s'il les punissoit comme veulét nos aduersaires. Outre que les fidelles, qui meurent par deçà vont en eternelle ioüissance, auec Iesus Christ au ciel. Et que Dieu aura seulement esgard de ce que l'homme aura fait en son corps, non point de ce qu'il aura fait en purgatoire.

Il n'y a que la coulpe qui empesche le paradis depuis qu'elle est ostee tout obstacle est abbatu, depuis que la difformité est effacée il n'y a rié qui desplaise à Dieu; nos ames sont aussi plaisantes comme elles sont belles deuant Dieu. La debte de la peine n'est point vne difformité, cela ne les retarde point de passer outre à l'eternité.

L'homme n'est point son mediateur : il n'y a que Iesus Christ qui doibue satisfaire pour les pechés, ou bien la satisfaction de l'homme seroit infinie. Ceux qui meurent, ou ils sont iustifiés & par ainsi ils ont la paix, aux Romains, 5. & ils ne vont point aux flammes du purgatoire: car quelle paix sçauroit auoir vn homme dedans ces gehénes ainsi execrables. Ou bien ils meurent sans iustification, & alors ils sont auec les damnés. Il n'y a aucune peine qui les puisse iustifier ou sauuer. Outre que toute satisfaction est meritoire.

Les purgatoriés satisfont de leur peine à leur debte, & toutesfois selon Belarmin & nos aduersaires, ils n'y peuuent rien meriter, car disent ils il n'y a aucũ merite passé ceste vie icy. Comme peuuent ils estre deliurés par leur peine, sans en meriter la deliurance.

Ils nous oppofent le fecõd liure des Machab.
chapitre 12. où Iudas enuoya en Ierufalem plufieurs dragmes d'argent,à offrir pour les morts.le
refpons. Premierement que le liure eft apocri-
phe & n'eft point receu entre les liures de l'efcriture fainéte. On le pourroit vérifier par plufieurs
raifons, mais ce n'en eft point icy le lieu:ioint que
ce faiét n'eft point plus à imiter que celuy de Ra-
fias au fecond liure chap. 14. lequel fe ietta fur fon
efpee,& fe tua luy mefme , dequoy il eft loüé par
l'autheur du liure. Toutesfois telle aétion eft criminelle, & digne des flammes eternolles. Et encor que celle aétion foit oppofée en la mefme façon que celle de Iudas , toutesfois elle eft en horreur , hors de ligne d'imitation ; elle defafranchit
auffi la fainéteté de celle de Iudas , laquelle ne fait
nulle foy pour le purgatoire , d'autant que ces
morts pour lefquels ils fuppofent qu'il enuoya
prier,eftoyent morts idolatres, d'autant qu'õ leur
trouua caché fur eux des facrifices faits aux idoles,
& que mefmes ce fut vne iufte punition de Dieu
qui permit qu'ils fuffent tués pour leurs pechés,
ils moururent anathemes, & par ainfi hors des
prieres , car il eft defendu de prier pour ceux qui
font decedés excommuniés. L'excommunication
eft en telle horreur chés les papiftes , qu'encor le
Vendredy oré , ils prient pour les Iuifs , pour les
Turcs, fchifmatiques, heretiques , neantmoins ils
ne prient point pour les excommuniés,lefquels ils
ont en telle execration qu'ils les eftiment indignes
de toute mention.Pourquoy donc nous veulent ils
　　　　　　　　　　　　　　　　　　　icy

icy faire la loy? Comme en l'anatematisation, si vn
homme mort idolatre, en peché mortel, ex-com-
munié pouuoit participer aux biens de l'Eglise.
Ains ils disent que comme vn membre retranché
hors du chef ne peut participer à la vie : ainsi vn
homme excommunié ne peut participer aux prieres des viuans, ni à la vie qui emane de nostre chef
Iesus Christ, mesmes iceluy estant en ceste vie: tãt
s'en faut qu'il y puisse auoir aucune portion, estant
decedé apres la mort. Aussi le mot d'excommunication l'emporte, c'est à dire hors de communion
& de toute sorte de communication, tant pour
l'esgard du chef Iesus Christ, que pour l'esgard de
ses membres. La preuue donc du purgatoire, de ce
costé là est fausse, car il s'ensuiuroit que les damnés, comme estoyent ces idolatres morts en peché
mortel, & excommuniés, se pourroyent sauuer, ou
du moins receuoir allegement & diminution de
leur peine par les bonnes œuures des viuans. Ce
qui est tout à l'oposite des maximes pontificales,
car ils desenterrent les excommuniés, si par mes-
garde ils ont estés inhumés en terre saincte, qu'ils
appellent. Outre que dedans la traduction vulgaire, ils ont inseré que cest argent fut destiné à e-
stre offert pour le peché des morts.   Or dedans
le texte Grec, il y a seulement qu'on sacrifia pour
les pechés, sans y faire mention des morts.   Ce
nom de mort, qui a esté inseré est celuy qui morti-
fie le texte & l'empoisonne.   Car Iudas craignant l'ire de Dieu, & voyant que pour vn
seul peché de contrauention, au commandement
de son seruice il auoit puni de grandes armees,

il s'effraya à ce qu'il n'en aduint tout de mefme, &
qu'il ne fallut recompenfer ce peché d'idolatrie a-
natematifee par quelque defconfiture defaftreufe,
il alla au deuant auec vne religieufe preuention,
preftant la compunction de l'accompliffement, à
l'effence des decedés , preuenant la punition de
l'acompliffement de leur delict, d'vn defaueu formé de la pènitence de tout fon camp & ainfi enuoyer offrandes pour adoucir l'ire de Dieu prouo-
quée par l'idolatrie de ces trepaffés. En quoy il fit
fainctemét pour rompre le neud de delict, à quoy
pouuoit eftre impliqué par leur contagió le refte
de l'armée, afin que fi l'exéple en eftoit ambulatoi-
re, & en quelque progrés de cómunicatió peftilé-
te & cótagieufe, cela fe rebrouffat, & print fin en
la pluie des graces & pardós mifericordieux de la
toute-puiffante debonnaireté, Ioint qu'ils mettét en la dite verfió vulgaire latine, que Iudas enuoya douze mille dragmes. Or eft il que dás le texte grec, il n'eft fait mentió que de deux mille dragmes enuoyées. Dauátage ou Iudas commit cefte
action contre la loy & fainéte accouftumáce du
peuple de Dieu & en ce fait il n'eft à imiter , ains
fait à reietter. Ou bien il l'a fait felon la loy de
Dieu , & par ainfi il fe fera conformé à ce qui eft
au Leuit. chap. 4. ver. 13. Et ainfi fon offrande aura
efté non pour les morts , mais pour les feuls
viuants : car c'eft ainfi que l'ordonnance eftoit
formee. Et eft à prefuppofer, que ce qu'il en faifoit
c'eftoit pluftoft en memoire de la refurrection:
outre qu'il eft fpecifiié quil offrit nópour la peine

mais

mais seulement pour les pechés des morts.

Cest erreur n'est arriué que des foires de doctrine Platonique, de là les curieux ont voulu colliger ce qui estoit de singulier & de rare pour se
rendre plausibles & profitables, se leur sembloit,
enuers les Chrestiens.

Platon deuotieux à Homere, en lisant ses fables, en auoit fait extrait d'vne doctrine purgato-
riante. Ainsi a transfiguré en ses escrits, des fleu-
ues, des estangs, des lacs de soulfre, de plomb ardent, des repaires reserrés d'vne extreme froidu-
re glacée, où les ames estoient enseuelies & tourmentées, & ce dessus certains pechés qui estoient
guerissables: car les diables (selon l'asnerie de ceste
doctrine) espient les ames au passage de ceste vie
en l'autre.

Celles qui sont immedicables, estants versées
hors du corps, ils les chargent aux flammes eternelles. Les autres qui sont naurées, mais non mortellement, ils les conduisent au purgatoire, là où
ils les chauffent, les font suer, les pansent, les frottent, les bouffent; & comme bons enfermiers charitables qu'ils sont de diables superlatifs, & superlatiuement diables & meschans : on les fait deuenir
pitoyables, tres-bons cirurgiens, medecins de peché, apotiquaires des ames malades, despoictri-
nées, desnaturées: ils les rapointent, & rabiennent
du tout auec Dieu, & auec la stature du paradis : car sans eux, elles n'y auroient aucune station.

Ie croy que nos idolatres pantouffliers resuent,

de fongecreufer vn tel eftablage , & de faire vne
côfrairie des ames fauuées auec les ames damnées,
parce qu'Homere & Platon en ont efté d'aduis,&
que Hermogenes , qui eft venu depuis, l'a confirmé. Ains Bellarmin fe tourmente à prouuer aux
pieds,& à la barbe de fainct Auguftin ; que la foy
qu'à le Pape du purgatoire , eft mefme chofe a-
uec la croyance qu'en auoit Platon. Et d'autres
voltigent, & fe balfent pour fe donner carriere
à piquer leurs efprits plus auant , difants que les
Mahommettans feront nos iuges , comme emu-
lateurs de noftre religion , ayans inferé en leur
confeffion, l'adueu du purgatoire, dont ils font les
protecteurs.

Mahommet en ayant edifié vn haut article dedans fon Alcoran. Ne voila pas vn beau pere de
deuotion qu'ils nous alleguent vn excellent patron d'imitation : ils prennent le protecteur de
toute paillardife , & infame adulterante fornication pour le protecteur du purgatoire. Ains fi le
purgatoire eftoit vn efguillon à bien viure , Mahommet ne s'en fuft iamais ferui, car il a enfeigné
fes fectateurs à tref-mal viure. Et parce que Mahommet la voulu, il le faut refuter & condamner,
car quand on condamne vn faux docteur, on condamne auffi fes liures & fa doctrine.

Et puis que cette doctrine eft Mahommetane,
elle ne peut eftre Chreftienne : puis qu'elle eft
homerique & fabuleufe , elle eft poëtique & fal-
lacieufe, elle ne peut eftre euangeliqueni apoftolique.

Vn

Vn desuoyé, vn desbauché qui a fait du paradis vn bordel : car la beatitude de vie eternelle qu'il promet aux siens, n'est que de paillardise & bordellerie. Ils y constituent vn cabaret, & releue la gourmandise pour guerdon perpetuel, sur lequel il assigne les gages des gens de bien de sa sequelle.

Vn homme tout de ventre & tout de chair, ne peut estre assés homme pour estre chrestien auec tant de brutalité.

Mais c'est ce qu'il faut à nos harpagons acrocheurs de benefices Romains: ils ont si grand peur que le chemin ne soit trop long, depuis ceste vie iusques en l'autre, qu'ils ont peut estre planté le purgatoire au milieu, comme vn cabaret, à celle fin d'y boire en passãt, & d'y reposer si la iournée leur semble trop longue. S'oubliants cepédant que cela est si opposite, au train de la vie de Iesus Christ, car sa vie & sa mort auroient esté autant imparfaites, comme il y auroit d'imperfectiõ en la satisfaction de nos pechés, d'autant qu'il est venu pour les purger tres-parfaitemét. Et s'il y a manqué de quelque chose, ç'a esté, ou parce qu'il ne la deu faire, de dire qu'il ne l'ait peu faire, çest contre S. Matthieu 1. chap. en S. Iean 5. parce qu'il est venu pour deliurer son peuple de leurs pechés : aux Hebrieux 10. vers. 14. car tres-plainement, & tres-parfaittement, & ce par vne vnique oblation, il a consommé en perpetuité ceux qu'il sanctifioit & ce en consommant tous leurs pechés sans y en laisser aucun rien ni de coulpe, ni de debte.

Il faut notter la force energique de ces motsı comme ils ſõt brandis iuſtement, aſſauoir ce mot vnique c'eſt autre (conſommé) & l'autre (à perpeˑ tuité) Que ſi Chriſt en vne ſeule fois, à conſommé & à perpetuité, il n'y a riẽ de demeurant en auˑ cun temps, qui ne ſoit conſommé en noſtre ſanⅽˑ fication, là où il y a encor quelque peché à ployer, la ſanⅽtification eſt inconſommée, la debte du peˑ ché tient en profanation celuy qui en eſt encor ſouillé, celuy n'en eſt point nettoyé, & le peché n'eſt point conſommé en luy, qui porte encor ſa peine en croupe.

Ce qui finit vn tas de diſtinⅽtions apoſtées, touˑ tes indigeſtes, crües, que les ſcholaſtiques rememorent, diſants que Chriſt a ſatisfait mediatemẽt, & non immediatement, & qu'il ſatisfait par les meſmès pecheurs, & en iceux, d'autant que ceſte parole (qu'il a conſommé les ſanⅽtifiés) efface & raye vne telle charpanterie d'immediation : cela eſt tout eſcorché & ſanglant, & ne reſent point la conuention des paroles de l'Apoſtre, lequel aux Hebrieux 1. verſ. 3. dit que Chriſt a ſatisfait par ſoy meſme, & ceux ci diſent qu'il ſatisfait par les penitents. Outre qu'à Thimot. 2. v. 5. & 6. il dit qu'il a porté & oſté nos pechés. En Eſaye 53. qu'il nous gueri par ſes douleurs.

Cela ſeroit faux, s'il reſtoit encor de la peine ſouffrir, il n'auroit pas tout oſté, il n'auroit pa tout porté, il n'auroit pas tout gueri. Si la pein ſert d'emplaſtre, en la 1. S. Iean, chap. 1. Au 7. de l'A pocal. il dit qu'il nous a purgés & laués de tous pe chés

chés. Au Rom. 5. qu'il nous a, par son obeissance &
sa mort, reconcilié à Dieu , & constitué iustes:
Nous ne serions point reconciliés , mais tres mal
aiustés , s'il y auoit encor quelque douleur à souffrir, selon laquelle nous serions inegaux , & ainsi
iniustes, iusques à ce que nous en aurions quittance, & que nous en serions deschargés. Quelle apparence que Dieu veuille estre payé deux fois de
son fils, & de nous. Il endure & paye tres suffisamment, & Dieu ne seroit pas contant d'vne somme
qui regorge par dessus tous nos arrerages. Car
comme dit Bernard, *quod potuit gutta, voluit vnda,*
ce qu'il pouuoit acquiter d'vne seule goute de son
sang ; car il n'en falloit pas d'auantage d'vne liqueur infiniment pretieuse , pour effacer les pechés commis par vn million de monde. Le fils de
Dieu ne s'est tenu pour satisfait en l'extreme desir
qu'il auoit de porter tout l'escot, il a voulu verser
vne onde de sang , autant qu'il en portoit en son
sacré & tres pretieux corps.

Nous aimons mieux donc en nous acostant suiuant la foy que nous debuons à la S. parole de
Dieu croire que nous auons satisfait en Christ, &
par Christ, que non point deroger à sa faueur, & à
l'immensité de ses benefices, mais croire qu'il
n'ait fait assés ample satisfaction, & qu'il nous faille mettre des pieces de nos peines au bout des
siennes, comme si les siennes estoyent trop courtes, ou comme si elles estoyent trop legeres, qu'il
leur falut donner le poids par les nostres: ou côme
si les siennes ne pouuoyent agreer à Dieu sans le

plaisir qu'il prend aux noſtres , & que nos peines fuſſent la valeur des ſiennes, pluſtoſt que les ſiennes,la valeur entiere de nos pechés.Comme ſi ſes peines demeuroient oiſiues ſans l'actiuité des noſtres , comme ſi nous eſtions ſauueurs de nous-meſmes par nos peines, en les eſgalant aux peines du Sauueur du monde. Ce ſeroit monter nos peines en auſſi haute dignité que les ſiennes. Et puis ce qui eſt plaiſant , c'eſt qu'ils veulent que nous payons ſans luy ,& en des peines de feu,ſept fois, voire ſept cent fois , plus cuiſant & plus douloureux que celuy de noſtre foyer. Cela eſt graſſement inuenté , pour ſouſtraire & epiloguer à ſoy les biens d'vne pauure ame, qu'vn ſuborneur teſtamentaire par la confeſſion taſche de deſtourner en ſa beſace. Croyés moy,tels oyſeleurs ſont plus courtois,qu'ils n'ont de courtoyſie, plus hommes qu'humains : ils ſont plus charitables qu'ils n'ont de charité,ils ont plus d'auarice que de fidelité,ils ſont plus grands larrons , que ne ſont grands les larrecins qu'ils font : ils voudroient bien que le purgatoire leur valuſt dix fois d'auantage, ils ſont plus trompeurs qu'ils ne font de tromperies.

Vn pauure Chreſtien à l'article de la mort,eſpris de ceſte frayeur demeſurée,craignant apres le terrible tormét d'vn paſſage ſi intolerable,d'aller encor griller dans ce feu ainſi cruel : cela le tourne à l'oubliance, non ſeulement de ſa poſterité, mais de ſoy:car, *mors eſt omnium terribilium terribiliſſimum*. C'eſt la plus & tres-eſpouuantable de toutes les choſes eſpouuantables.

Qutre

Outre, que comme vn grand arbre qu'on arrache, racine , & tout hors de la terre, combien de
force est-il requis pour le desioindre , & pour le
mettre hors de son pied & de son assiete? Si on arrache vn membre à vn homme, quelle souffrance
faut-il qu'il endure? Et pour arracher l'ame de dedans le corps, laquelle est beaucoup plus vnie, que
toutes les vnions de la terre? C'est vne vnion naturelle, essentielle: & toutesfois, il l'a faut arracher,
desraciner : non seulement desmarier, non seulement descoudre , mais deschirer, escorcher auec
des espreintes tres violantes, elle qui est le sentiment du sentiment: il est impossible que cela ne se
face auec des pointes, des doleances & des regrets
beaucoup plus grands , que quand on arrache vn
enfant hors de la matrice de sa mere.

Vn pauure Chrestien donc se voyant à la face
d'vn tel partage, & qu'il doibt estre diuisé en deux
si estranges morceaux, luy-mesme, sent soy-mesme hors de soy-mesme. Et puis delà on luy represente l'espouuantement tres violent de ces feux
inuiolables, plus que Gregeois, tres-aigus, tres pe-
netrans.

Il n'y a resolution qu'vn homme ne prenne
pour ietter de l'eau, & pour attiedir ce feu. Et en
le proposant , ces braues consolateurs s'empeschent bien d'y mesler du sang de Christ, ni de faire mention que Christ esteint ce feu auec son
sang. Mais ils laissent ceste ardeur auec son actiuité , pour incliner à leur persuasion , ceux qu'ils
preschent & remontrent si vniquement.

Ie mesbaïs que tous les biens du monde ne sont
des pieça entrés dedans les cofres du Pape : car il
n'y a aucune resistance qui se puisse defendre d'vne
telle apprehension viuement representée à l'imagination par ces charlatans enfroqués: & voyla où
tout tombe en erreur. Ils croyent qu'en alienant
leur bien, en destituant leur famille , & laissant à
messieurs les ventres papirogues de quoy brelan-
der, & fripper en cuisine , s'affranchir de ce feu.
Quasi que Dieu permute nos pechés, & en reçoiue
pour le prix, la graisse des ventres , ou le comble
de l'assouuissement de la friandise, & des voluptés
de la cagotterie romaine, C'est vn atheisme, &
vne grande imposture, de croire que les carosses,
chiens, cheuaux, guarsailles de messieurs les ecclesiastiques , que tout cela serue d'extinction au feu
du purgatoire , & de satisfaction pour la peine
deuë par les pechés des purgatoriés. Car voyla que sont deuenus les dons de pieté , ils sont
en luxe, en bombances, & superfluités. Ouy, mais
dira quelquun, vous persecutés trop le purgatoire
il est dés la primitiue Eglise: à la verité Tertulien
curieux humaniste, a fait semblant d'y auoir quelque inclination , mais c'estoit vn esprit vertigineux, qui s'est laissé côtagier de plusieurs heresies,
son authorité n'est point efficace, non plus que só
opinion bien exprimée. Et mesmes l'authorité de Tertulien est tellement mise en arriere à
cause du brouillis d'erreur dont il a ensemensé ses
œuures , que la romanequinerie n'a voulu receuoir dedans leur breuiaire aucune leçon prise de
ses

ſes œuures. l'aduoüe qu'Origene vouloit mettre l'enfer dedans le purgatoire , il s'eſtoit tellement preſté à la doctrine Platonique , qu'il en a,
non ſeulement ſurſemé, mais maceré toute la ſienne, il vouloit rendre le Chriſtianiſme , & l'Euangile tout platonique : la delitateſſe du langage
platonicien , les matieres cointes faitiuement
traittées par la politeſſe d'vn tel autheur , l'auoit
tellement raui, qu'il y eſtoit plus conſommé qu'en
la doctrine de Chriſt.

Il meſuroit Chriſt à Platon , au lieu de meſurer Platon à Chriſt: il verſoit toute ceſte eſchole
platonique dedans ſa Theologie. Au lieu de Chri-
ſtianiſer les Platoniciens , il platoniſoit les Chreſtiens , il rendoit Hieruſalem toute Attique , au
lieu de rendre Athenes Hieroſolymitaine , & ſuiuant la teinture d'vn tel maiſtre , ſe laiſſoit pipper
par les artificieux attraits d'vn eſprit ſi delicat
comme Platon, &enſeignoit que les diables ne ſeroient plus diaboliques, ains ſeroient Angeliques
& beatifiés, auec tous les damnés, au iour du iugement : car, diſoit-il, la miſericorde de Dieu eſt
trop infinie, pour ne iamais pardonner , ains pour
punir ſi horriblement , ceux qui ne l'ont qu'vne
fois offencé.

Sur ceſte maxime il preſtoit ſerment, & faiſoit
que les diables, & les damnés meſmes, eſtoient de
la foy du purgatoire , en abiurant l'enfer : Et par
conſequent , vne douzaine de paſſage de l'Eſcriture, qui eſtabliſſent & determinent les peines d'enfer à toute l'eternité.

Sſ 3

Voylà comme la faueur qu'on a voulu porter à ce beau purgatoire a fai tbroncher en herefie ces grands efprits. Depuis cefte efchole d'Origene, le purgatoire commença à fe mettre en credit & à acquerir beaucoup de vogues, il fe faifoit des feftes par le fuffrage de plufieurs de cefte efchole, à vne infinité de Chreftiens qui s'en amourachoient d'autant plus ardemment, qu'vne telle doctrine portoit quant & foy dequoy payer la monftre à ceux qui eftoient à fa folde. De là vient que chafcun luy tendoit les bras, luy faifant hommage, à caufe de tant de groffes & menuës diftributions, chafcun defiroit en eftre prebendé, parce qu'ils eftoient defrayés & fouuent enrichis.

Quant à Sainct Auguftin, il a varié & chancelé de part & d'autre, il ne fçauoit de quel cofté fe laiffer emporter. Eft venu depuis Gregoire qu'ils appellent le grand, auquel on attribue des Dialogues, mais (fans doubte) qui font fuppofés, ils font contrefaits, il n'y a iamais mis la main. Et encor que ce feroit de fon ouurage, il parle du purgatoire en quelques endroits par certaine vifion & exemples, où il y a de la radotterie monachale: cela fent fon cloiftre, fon froc, fon enfermerie melancholiée, & non obftant ce, il n'en parle la plufpart que douteufement & par fuppofition : voulant perfuader, qu'il eft plus affeuré de porter la lanterne deuant foy, àfçauoir de faire des bonnes œuures pendant qu'on eft en vie : car fi on vifite fur Job, liure trezieme, chapitre vingtieme de fes morales, on verra là qu'il renuerfe à demi le

mefme

mesme Purgatoire.

Outre, que l'Escriture ne nous touche que deux lieux apres ceste vie, le ciel & l'enfer, sans faire aucun approche , ou insinuer d'vne seule syllable le purgatoire. Outre, qu'en l'Apocalypse chap. 14. il dit que ceux qui meurent au Seigneur, se reposeront de leurs trauaux. Et adiouste , que leurs œuures les suiuront , comme l'ombre le corps, comme vn laquais qui n'abandonne point le derriere à la suitte de son maistre. Elles ne vont point à long bois derriere les sauués, ains elles sont tout ioignant & touchant iceux: leurs œuures, c'est à sçauoir le tesmoignage de leur creance & de leur Religion, la preuue de leur foy, l'argument du chemin qu'ils ont tenu en Christ , les fruicts de leur Baptesme & Christianisme , non point que leurs œuures les suiue comme le prix de leur redéption: car il n'y a que Christ auquel telle somme appartienne. C'est luy qui par ses souffrances, finance à nostre salut. Nos œuures n'y contribuent chose quelconque. Et depuis que les ames ont vne fois touché ce feu d'embas, elles y sõt ajácées si estroittement, qu'on déplaceroit plustost le centre de la terre, on auroit plustost reculé le ciel, que nõ point de desioindre vne ame qui est en possession de ce tourmét là. Aux Prouerbes 11. l'hõme impie estant mort, il n'y a plus d'esperance, toute esperance est morte pour luy. Au Pseaume 48. ils sõt placés cõme moutõs en enfer, la mort les deuorera: il seroit aussi aisé de les separer de la mort, que de les separer de l'enfer, plus aisé de les faire retourner dedãs

Sſ 4

leur habitacle corporel , que de changer le defefpoir qui les faifit de ne iamais marcher au ciel. Au
contraire en la Sapience troifieme,les ames des iuftes,font en la main de Dieu,le tourmét des morts
ne les oferoit feulement toucher. Et qu'eft-ce,le
feu de purgatoire,autre que le tourmét des morts
c'eft le mefme feu que celuy des damnés. Ils feroyent en mefme peine que les damnés , s'ils e-
ftoyent en la peine du purgatoire,il n'y a point de
deux efpeces de feu là bas. Et n'ont ils point efgard au 9. de l'Ecclef. il y a,dit il , efperance (pour
celuy qui eft accompagné)à tous les viuans, car le
chien viuant eft meilleur que le lion mort : car les
viuants fçauent qu'ils meurent , mais les morts ne
fçauent rien , & n'ont aucun loyer, leur memoire
eft mife en oubli:auffi leur amour,leur haine,leur
enuie eft defia perie , & n'ont plus nulle part au
monde en tout ce qui fe fait fous le foleil.

Voila des mots fpecifiques diffolutifs de tout
doute, purgatifs de toute hefitation,ayant comme
par vn rafoir bien affilé,efté extirpé de ce monde,
comme leur vie ne depend d'aucune chofe vitale
de par deça : ainfi leurs faits ne font actionnés de
rien quelconque qui defpende de nous ici.

Quoy donc ils feroient morts au corps , &
leurs ames prendroient vie & nourriture de nos
actions? Ce feroit vn parfait retranchement,fans
eftre parfaitement retranchés.

Il y auroit vne entiere feparation, & toutesfois
ils feroient infeparablement feparés: c'eft comme
qui diroit vne verité menfongere , vn vray qui
eft

est faux, vn homme qui est encor parmi nous, encor qu'il s'en soit allé du tout bien loing hors de
nous, implications contradictoires.

Ils ne participent donc à chose quelconque de
nos actions, quoy que nous faisions, rien ne les regarde , ils ne sont point touchés de ce que nous
touchons, & ne peuuent amender de ce que nous
leur profitons, & comme ils ne sont point regar-
dés de nos pechés ou mauuaises œuures , aussi ne
sont ils point amendés de nos charités ou bonnes
œuures *contrariorum est eadem ratio* : c'est la mesme maniere de proceder en l'vn des contraires, &
en l'autre : si nos maux ne leur peuuent nuire, nos
profits ne les peuuent aider ni profiter : comme
nous ne pouuons valoir de mieux de leurs douleurs (pretendues) ainsi ils ne peuuent amender de
nos peines & suffrages.   Le mesme se conclud de
leurs prieres aux nostres des nostres aux leurs.

Mais quoy dira quelcun , donc il n'y a aucune
communication entr'eux & nous , il se faut donc
despouiller de tout le soing qui appartient aux
tres-passés.   Ie respond que la dilection chrestié-
ne , s'estend en quelque chose iusques aux decedés, comme d'auoir soing de l'honneur de leur se-
pulture , de conseruer la bonne reputation qu'ils
ont gaigné & laissé derriere eux, faire part de nostre bien-veillance & sollicitation à leur posterité En Rhut chap.1. vers.8. En S. Iean 19. Nicodeme, Gamaliel, eurent grand soing du corps du Redempteur , l'enseuelissant en larmes & en honneur.

Ainsi aux Actes 7. de S. Estienne premier Martyr, qu'on enseuelit auec beaucoup de lamentatiõs de toute l'Eglise, soigner aussi que leurs cendres ne soient traittées iniurieusement, se mettre hors de superstition, aussi en vuidant toute curiosité en l'obseruation d'icelles. Et generalement, il est loisible de prier le Tout puissant; à celle fin qu'il luy plaise d'auancer la glorieuse Resurrection, la consummée beatitude, tant du corps que de l'ame. C'est ce que nous prions en l'Oraison Dominicale en disant, *Ton Royaume aduienne.*

Ie m'estonne que la cafarderie n'a encores sceu s'ayder de ce passage, pour en prouuer le purgatoire, comme celuy qui le vouloit prouuer par l'article du symbole, où il est dit, qu'il descendit aux enfers, il prenoit l'enfer pour le purgatoire. C'estoit le deriuer bien loing, c'estoit se pourmener hors la frontiere des preuues approuuées, & improbablement prouuer ce qui est entierement improbable; c'estoit venir des nostres, car nous disons qu'apres les trepas, il n'y a autre peine & purgatoire, que l'enfer.

Au surplus, nous ne nous oserions approcher d'auantage des portes de Babilonne, comme de prier signalement pour la diminution des peines, ou pour la deliurance des ames, hors de leur supplice, nous n'en auons, ni commandement, ni promesse aucune, soit en l'Ancien ou Nouueau Testament. Auquel Testament se remarque tant d'actes de charité & de pouruoyance: mais de prier pour les morts, il n'y en a vn seul mot.

Ces

Ces grands perſonnages, Patriarches, Prophetes, Moyſe, Dauid, les Roys d'Iſrael & de Iuda qui
eſtoient tous pleins de pieté, leurs predeceſſeurs
leur eſtoient en ſouueraine recommendation,
s'ils euſſent eu quelque foy du purgatoire, on en
euſt exprimé quelque ſeruice appartenant à l'allegement d'iceluy.

Moyſe ne l'euſt iamais mis en arriere, il exprime d'autres choſes plus menuës, & qui ne valent
la peine d'y penſer, il leur euſt enuoyé quelque
prouiſion, & fait venir du ſoulagement pour les
reſioüir & mettre en quelque recreation, s'ils en
euſſent eſté capables : car c'eſt vne pieté qui doibt
triompher de toutes les autres, au cas qu'il y ait
lieu de verité.

Mais il ne s'y trouue aucune fondation, ni aucun ſeruice, tous ceux qui les auoient deuancés,
meſmes eſtoient ſi ſoigneux des cendres & des os
de leurs predeceſſeurs, qu'aucuns des plus anciens
Rabins ont eſcrit, que l'vne des principales richeſſes que Noé eut ſoucy d'enuelopper dedans l'Arche, ce fut les os & cendres d'Adam, & de ſa S. poſterité, qu'il enſeuelit depuis : les vns diſent en E-
bron, autres au Caluaire, d'où il reſſuſcita, lors
qu'à la mort de Chriſt les monuments s'ouurants,
pluſieurs morts furent reuelés en leur Reſurrection.

Auſſi, que comme les Enfans d'Iſrael ſortirent
de l'Egypte, ils furent preſſés, de la charité qu'ils
portoient à la memoire de leurs Anceſtres, des SS.
Patriarches qui y eſtoient trepaſſés, & enleuer

quant & eux, leurs reliques & os qu'ils porterent
par les deserts en la terre de promission. Mais
qu'ils ayent iamais formé aucune priere pour eux,
l'Escriture ne nous en laisse aucune figure. Et
neantmoins, le purgatoire (selon les Romanistes)
est aussi viel que les limbes, ains que l'enfer : car
entr'eux il est indecis, si le premier qui deceda de
ceste vie alla aux Limbes, au Purgatoire, ou en
enfer.

Abraham qui estoit tout grouïllant de biens, les
douzes Patriarches , & tout le reste de la succession ancienne, eust laissé quelque memoire fondamentale, & institué quelque formulaire sacré pour
la propitiation de ceux qu'ils auoient tant à
cœur.   Mais en plus de trois mille ans , voire de
quatre mille cinq cents ans , il ne se trouue vne
seule parole ouuerte, ni vn seul tournois, ou pite,
de fondation pour les trespassés.

Indubitablement, si les fundations estoient necessaires pour alleger de quelque rafraichissement
les predecedés, elles auroient cõmencé dés auparauant Iesus-Christ: luy, ou quelqu'vn du Senat Apostolique les auroit souscrit, nous les auroit enchar-
gé. Mais les Pseaumes , les Prophetes qui repri-
ment les vices, arguent l'ingratitude , redoublent
par tout les recommendations qu'ils font de la
charité, n'ont iamais repris l'oubliance des morts,
non plus qu'au Nouueau Testament.   Le mot de
Purgatoire est né long temps depuis , personne
n'y pansoit auparauant la corruption de l'Eglise;
on apperçoit si souuent dedans les Epistres S. Paul
                                                              la re-

la recommendation de la collecte à la subuan-
tion des pauures, la correſpondance de la charité
mutuelle qui doit viure entre le pere & le fils, &
reciproquement le fils le & pere, le mari & la fem-
meron y voit rememorer le ſoing qu'vn chaſcun
doit prendre de ſes domeſtiques , appellant pis
qu'infidelles ceux qui s'en oublient.   Et neantmoins, les ames des morts laiſſées derriere la porte : parce qu'il voyoit bien qu'il n'y auoit banque
entre nous & eux , n'y aucun change, par lequel
on euſt peu financer leur douleur. Le deſeſpoir eſt
vne partie de leur mort dedans lequelle ils viuent.
Il n'y a point de ſommier, ou beſte de voiture qui
leur puiſſe porter aucun auitaillement.   Il n'y a
point de chemin, par ou on puiſſe faire aller à eux
aucune munition.   Il n'y a aucun tuyau, ni aucun
larmier, ou locarne , par où on leur puiſſe ietter,
ou faire paruenir à eux aucune bribe ou reſtaurant
de vie: elles ſont definies à la perpetuité de leur demeure: elles ne s'en peuuent partir, elles y ſont inſeparablement liées , rien de leur peine ne peut
deſchoir: elles y ſont accablées , ſans attente d'aucune reſſource.   Toutes les aduenues ſont gabion-
onées, bouchées , imprenables, il n'y a aucun paſſage qui y tende.

La ſuppoſitiõ du purgatoire a autant de teſmoins
ennemis, qu'il y a d'Euãgeliſtes & d'Apoſtres, qui
ont laiſſé derriere eux quelque memoire par eſcrit, autant de preuues contraires qu'il y a de liures
en l'ancien Teſtament. Tous les liures de l'vn &
l'autre Teſtament , où les Prophetes & eſcri-

uains sacrés recommandent les viuants, aneantif-
sent & euincent ceux qui voulants estre plus fin-
guliers & specieux , font mention des trespassés.
Outre que c'est vne merueilleuse fin de non receuoir,& qui est tres-forte, que nos aduersaires ne
scauroient fournir d'vn seul passage d'Escriture
qui les fauorise. Car nous auons ruiné en desc ôfi-
ture celuy dont ils se targuent tant, du 2. des Machab. Que si ce passage estoit autantique, il seroit
loisible contre l'opinion de nos aduersaires , de
prier Dieu pour vn idolatre excommunié, decedé
en peché mortel, comme estoient les morts, desquels est fait mention en la prière de Iudas Ma-
chabée.   Que s'il estoit à imiter , aussi seroit digne d'imitation la rage desesperée de Rasias, qui
apres s'estre donné de son glaiue dedans le corps,
se precipita du haut des fenestres sur le paué, là où
mettant les mains dedans ses playes, les deschiroit
& s'arrachoit les entrailles hors du corps , sup-
pliant en cest estat pour sa Resurrection: & neantmoins l'Autheur loüe inconsiderément ceste a-
ction forcenée , ce trespas furieux, lequel est des-
fendu & inhibé par la doctrine des partisants du
purgatoire. Tous les autres passages d'Escriture
Saincte dont ils se veulent authoriser pour gratifier leur opinion, font indirects, forcés, gehennés,
bandés auec la tenaille , tendus , comme s'ils e-
stoient sur le caualot, forcés, violantés par les cheueux, tournés ce que dessus dessous, deuant, derriere.   De sorte que ce grand solliciteur d'ames defunct maistre René Benoit , à Paris auoit accou-
stume

stumé de prescher que ceux qui plaidoient le purgatoire, en estoient bien payés, & qu'il salarioit
fort bien ses Iuges & Aduocats. Ce personnage
sçauoit,& retenoit plus qu'il ne disoit. Il a formé
tout plain d'ames, où il n'eust guere fallu fouïr
pour trouuer l'eau.Ceux de Rome apprehendoiét
la traduction de sa Bible, ils n'ont cessé qu'ils ne
l'ayent abolie.

Si Sainct Paul, Sainct Pierre, & leurs disciples
immediats eussent recogneu quelques traces de
ce feu, c'eust esté où pour en auoir ouy parler à
Iesus Christ, ou pour en auoir apris des nouuelles
chés l'Ancien Testament,ils n'eussent iamais failli
d'en mettre quelque empreinte dedans leurs e-
scrits, & d'en auoir estincellé quelque rayon, &
d'auoir ordonné quelque lien ou guerdon de la
priere de ceux qui s'y seroient occupés.

Mais,d'autant que ces bons Saincts, n'auoient
que faire de marmitte, aussi ne se soucioyent ils
que le purgatoire leur seruit de trepied pour la
soustenir.Aussi n'est-ce que le viuandier & le renfort des meilleures saulces de leur table.Si les Officiers de Iesus Christ aimoient autant à ieusner,
trauailler, vestir, loger pauurement comme le
mesme Christ & les Apostres ; ou ils reuoque-
roient le purgatoire, ou ils le rendroient plus incroyable qu'ils ne font. Les richesses ont mis en
credit la superstition pour les ayder à en parfour-
nir le bastimét de la creance de ce feu.Les grands
prestent leur authorité & puissance à ceste creance, de laquelle ils recompensent la bonne chere

qu'elle leur fait faire, & puis ils l'a liurent à la sim-
plesse du peuple, qui y amuse sa pieté, qui donne à
moissonner, à glaner, aux ministres d'iceluy: ils s'y
affriandent.

Si ces anciens escriuains retournoient à leur
plume, ils retrancheroient les deux tiers de ces
grillades là, & mettroient le reste en tutelle, afin
d'arrester les abus. Aussi bien le tout ne vaut qu'à
fricasser, & vuider les bouteilles.

Si ceux de la Religion Reformée en eussent
seulement voulu retenir la dixieme partie, ils en
auroient la dixieme partie des fundations. Mais,
ia à Dieu ne plaise, que l'auarice leur face iamais
confesser vne telle supposition mensongere. Ce
feroit accuser les Saincts Peres de l'vne & l'autre
Escriture ancienne & nouuelle, d'auoir enuié par
leurs suppressions, la deliurance & desliement de
la captiuité de ces pauures forçats Chrestiens.
Car, comme les Saincts Escrits ne sont qu'vne extraction de charité quintessenciée en remontrance
pour toustours attraire les hommes du debuoir de
leur saluation. Ils y ont couché les poincts capi-
taux, qui sont besoin à cognoistre, & à practiquer.

Mais, comme iusques à maintenant nos aduersaires, qui ont caué, fouillé, renuersé toute l'Escriture, ils n'ont sceu financer vn seul mot, dont ils
puissent gratifier leur opinion, de l'authorité diuine. Car ce qu'ils apportent, ce sont passages tran-
chants à deux costés, & qui se peuuent mettre à
double & triple intelligence. La plus esloignée &
& malotrue, est celle du Purgatoire: mais l'intelligence

gence; la plus efloignée & malotrue, eft celle du
Purgatoire, mais l'intelligence en eft fi peu chauf-
fante, qu'elle defchire tout, s'accufe d'elle-mefme,
qu'elle eft gauchere, & fort mal adroitte : car elle
ne conuient qu'à rebillepoiɛtron au fens qu'on
l'a veut former, *mulier formofa supernè definit in
piscem*, c'eft vn monftre d'attacher vn tel fens à v-
ne telle lettre.

La plufpart d'eux-mefmes renoncent qu'il n'y
a aucun paffage ouuertement pour eux, que celuy
des Machab. les autres il les faut crocheter, il faut
le marteau & la tenaille pour y entrer, ils font clos
& fermés, ils font muets, voire ignorants de ce
qu'on leur veut faire dire & faire à croire qu'ils
fçauent. Or pour eftablir la fundation d'vn lieu fi
important, d'vn article fi general, fi pretieufemét
adoré, que le fouci qu'y apportent nos Papes
gaudiffeurs, deuanceant celuy qu'ils ont de reuerer
le fils de Dieu : il eftoit meftier d'vne authorité fi
preignante, & fi claire, qu'elle obfcurcit mefme le
Soleil, que les Prophetes & les Apoftres euffent
rougi, s'il leur euft pris enuie de la mefcroire, ou
contredire. Mais quoy! ils nous apportér des preuues forgées à tafton, reuifées à l'enuers, fans aucune naturelle proprieté, à ce qu'elles font dirigées,
ce font des fpeɛtres ou phantofmes de raifon, où il
y a plus à deuiner qu'à cognoiftre, plus à s'efpou-
uanter, qu'à foubmettre fa creance, plus à contredire, qu'à foufcrire, preue défaprouuée, qui obf--
curcit, plus qu'elle ne manifefte, qui broüille, plus
qu'elle n'efclaire, ce qu'elle veut perfuader, qui

T t

diffuade d'auantage par le doubte qui les accompagne, qu'elles n'inclinent par leur authorité ceux
qui les rencontrent à les receuoir, ceux mefmes
de qui ils les prennent, n'ont voulu dire ce qu'ils
entendoient par icelles. Et la friandife de nos gens
leur fait grauer vn coing nouueau pour les frapper
à leur opinion. Ce ne font qu'Arguments de papier bruflé, qui s'efuanouiffent auffi toft qu'on les
efuante : il n'y a rien qui puiffe repaiftre ou arrefter à cefte creance l'entendement d'vn Chreftien.   A l'Ancien Teftament vous y voyés vne
multitude de facrifices pour les viuants, pour aller
au deuant de toutes leurs neceffités: indubitablement ils n'euffent laiffé derriere eux la memoire
qu'ils debuoient aux trefpaffés, ils en euffent fait
quelque efpece de mantion, ils en euffent logé la
fouuenance en quelque petit recoin de leur autel
ou de leur temple, ils leur euffent dédié, finon
quelque priere, quelque petit parfun, ou defdi
quelque delicateffe articulée en leur deuotion,
pour rendre leurs peines plus lafches : mefme S.
Iean en fon Apocalypfe, ou il fait des repetitions
celebres, des predecedés, il obmet le Purgatoire,
comme vne piece contrefaicte, qui n'eftoit en aucune remembrance de fon temps : car il paffe par
deuant des occafions tres pteignantes, qui le for-
çoient d'en donner quelque atteinte ou declaration, fi d'auanture, il euft recogneu, qu'il y auoit
quelque fondation: mais il ne vouloit eftre trompette d'aucun abus. De forte qu'il n'y a moyen de
naturalifer ce pauure purgatoire, ou le rendr
com-

ompatriotte de la foy & vraye Religion, la châ-
bre des Comptes de la Paſſion du Fils de Dieu, ne
interinera iamais.S.Paul Chancelier de la doctri-
e desEuãgeliſtes, n'y appliquera iamais ſes ſeaux.
a creance ne peut ajancer cela en ſon meſnage, il
onnera du nez à terre par deuant quiconque le
oudra meſler aux axiomes Apoſtoliques. Quoy!
n emprunt de fables infidelles, le priuilegier d'vn
egré prophetique , comme ſi c'eſtoit l'ombilic
de la Religion , ou comme s'il contenoit tous les
nteſtins du paradis, ou le cerueau & les entreilles
es pretentions à la vie eternelle , ou comme ſi
'eſtoit la retraitte, où habite des nuages & volées
ſpaiſſes d'ames , qui ecclipſent tout le ciel quand
lles paſſent de là au paradis, ou comme ſi c'eſtoit
aLune qui verſe la croiſſance à l'augmentation
tous les fruicts de l'Egliſe iuſques au ciel , en-
r que de vray c'eſt l'officine du ſang, & l'orga-
principale , qui aide la puiſſance nutritiue Ro-
aine, à elabourer & diſtribuer la nourriture qui
a ſouſtient, mais auſſi , il n'y a aucun notaire ſacré
qui ait voulu acõpter ou aloüer telle opinion, en la
oniunction teſtamentaire des liures & paſſages
de l'vn & l'autre Inſtrumẽt de la Theologie autã-
ique & eſpurée:il ne ſe peut dõc autãtiquer d'au-
une ſolẽnité, il eſt tout oblique, reprochable & en
oute alienatiõ de verjſimilitude, cõfiſqué à eſtre
ouffé en ppetuel enſeueliſſemẽt, il ne ſe ſçauroit
amais releuer de ce defaut, ou banniſſement, il n'a
equoy eſtre receu ou fournir à droit Et cõme les
l? belles obſeques & funerailles qu'õ puiſſe faire
Tt 2

aux meurtris, c'est de faire iustice, & supplicier les
meurtriers.

Ainsi les funerailles qu'on doibt faire à l'enfe-
uelissement de ceste preuarication, pour faire iustice à tant de pauure monde, qui s'est laissé buser, & rauir ses biens pour en engraisser & mettre
en lechefrite tant de gros ventres oyseux & pa-
resseux, pour en destramper les ames, & rectifier
les futures, afin qu'elles n'y achoppent, il faut executer la dicte tromperie purgatorialle, aux fourches patibulaires, de l'anateme, sans esperāce d'aucune absolution, auec interdiction de rappel, san
qu'il soit loisible qu'aucun iamais y pense, que
detestant l'erreur d'vne telle fallace superstitieu-
se. De vray, le purgatoire c'est l'alphabet des erreurs de la Papauté, la curée de la messe, les am
en sont le gibier, ils en veulent faire comme
membre ou office diminutif de la grande chāb
de l'enfer. Mais ce n'est qu'vne vraye papelard
rie : le Pape ne peut non plus toucher auec l
mains en l'autre vie, que la voir auec ses yeux.

Les ames sont emancipé s hors de son pouuoi
ils n'a non plus dequoy les alléger, qu'à chang
ou tronquer les Sacrements, ou varier le Decal
gue. Il faut vne eau merueilleusement viue po
esteindre de telles fougades qui valent pis q
fieburés chaudes; car elles sont tout s de feu.
encor que les plus gros maistres mitouars de l'
glise Romaine y mettent la main, ils n'y profite
gueres.

Toutesfois, ils n'y mettent la main, q
l

lors qu'ils en valent de mieux, car c'est leur venaison, ils vont à la chasse auec leur *de profondis & li-
bera*, ils en raportent tousiours quelque bõ. grace riblette. Sil faloit que le papisme espuisast autãt
du sien pour espuiser le purgatoire, comme il puise du bien d'autrui pour y faire puiser les ames, le
bõ purgatoire seroit ethique, paralitique, derriere la porte, il seroit en bannissement. Mais à cause
de tant de bõs morceaux espissés qu'il leur enuoye
c'est le maistre queux qui fait estinceler les broches toutes lardees & rosties iusques sur la table, &
qu'il est le frere de Denys parent de Bachus pere
aux bouteilles & aux iabõs : c'est aussi lé iabage de
la messe, & de la bonne chere qui fait venir en leur
rets les bõnes successions. Nos prestres qui ont les
gorges salees, ain ẽ à i tter la lexiue dessus, & par-
tãt mourõt à ses pieds: Le purgatoire est plus asseuré que la messe, ce sera la derniere piece qu'ils
laisseront perdre, I. C. ne leur est si profitable ny si
paternel que luy. Ils quitterõt plustost le ciel que
la souuenance qu'ils luy ont voüee, hormis qu'ils
ne l'aimét qu'en ce mõde, car ils le maudiss nt, õ-
me chose execrablement contrefaite en l'au re. Il
leur est recõmãdable, parce qu'il est plein de fres-
sureries, & ceux qui sont bõs fressuriers, aiment à
s'informer de tels hatereaux: ils ont vne ingenieu-
se infusiõ à la frequêtatiõ de tels antipodions. Et à
quiconque ouurira la bouche pour prononcer la
moindre cõtrarieté, il faut qu'il s'atẽde d'estre cou
uert d'vn blasme d'atheisme: ils estimét toutes pẽ-
sees blasphematoires & scãdaleuses, qui improuuẽt

ce guerdõ, dans lequel ils se fortifient, auec toutes
sortes d'engins pour imposer tousiours la necessité de cest ardết feu volage, dans lequel il s'inhibết
pour s'engrossir en toute inondation inopinee de
colere furieuse, côtre ceux qui leur veulết debattre
ce regorgemết purgatorial. C'est ce qui leur insti-
le par vn instinết d'Apollon, pour euoquer à leur
defence toutes sortes de postulations & plaideries
pour côclurre l'interinemết de leur salut, & se bar-
rer côtre tous ceux qui voudroyết prédre côgé de
telles resolutions. Aussi est ce vne alchimie sacree
qui les rếd, ie ne dirai côme les chirurgiens qui ne
demandent que playes & bosses, ou côme les medecins, aucuns desquels s'opposeroyết voire for-
meroyent appel, côtre quiconque voudroit fermer
sur la continuation des maladies, la boiste de Pandore: ains comme les executeurs de iustice qui ne
demandent qu'à practiquer le fer, le feu, le fouët, &
la corde. Ainsi nos gens prient Dieu iournellemết
qu'il doint bonne vie & longue au purgatoire. Ils
seroyent marris que tout le monde fust assés homme de bien pour n'y point passer, ou que Iesus
Christ eust esté si liberal que de prester ses peines
à tout le monde afin de n'y point passer. Et quand
ainsi seroit que Iesus Christ auroit pitié de ces
pauures suppliciés, s'il les vouloit cautionner sur
son sang ils l'en destourneroyent, & le prieroyent
au contraire. Et quand Christ auroit rempli la fosse du purgatoire, & l'auroit condamné, il ne faut ià
craindre qu'ils n'en deussent chucheter & mur-
murer.

Ils

Ils condamneroient telle condamnation, ils cenſureroyent qⱨiconque du paradis voudra cenſurer vn champ ſi gras. Quoy, leur oſter leur attellier? c'eſt oſter le foin de la creiche, comme ils veulent faire accroire à Dieu qu'il a conſtruit le baſtiment du purgatoire: auſſi feroient ils accroire aux hommes (ſi peruers ſont ils) que Dieu auroit mal fait de l'oſter, & que ce nonobſtant il le faudroit maintenir.

Au ſurplus le Pape n'a garde de le tarir, car les meſſes ne ſeruiroyent plus de rien, ce ſeroit enuoyer la famine parmi les preſtres & moines, & reduire tout l'ordre ſacré au biſſac. Ses coffres deuiendroyent ectiques, aſſeichés, & toutesfois ce ſeroit hereſie, que de dire que le Pape ne peut tarir ces flammes là, car il en a la clef, s'il faut croire ce qu'il dit, & y a autant de pouuoir que ſur ſon inquiſition, il en peut deliurer tous les priſonniers s'il veut. Que s'il le peut, quelle Buſire eſt cela, s'il ne le fait? C'eſt vne cruauté ſauuage & brutale que de pouuoir ſouffrir de ſes yeux des tourments ſi execrables ſans les ſecourir, auec le deluge de ſes indulgences toutes-puiſſantes. Mais certes le bon homme, auec toute la gendarmerie de ſes trois couronnes, a auſſi peu de credit d'alleger ou mettre en liberté les ames qui y ſont ſupliciees (toutesfois que non, mais ſupoſons cela) qu'à entrer, & ſortir pour marier les maiſtreſſes du grand Turc enfermees dans ſon ſerrail: il a plus de pouuoir de ruiner le ſerrail ou d'en tirer les eſclaues qui ſont reſerrés, que non point au purgatoire.

Aſſauoir ſi vne fois par miracle　(toutesfois c'eſt
blaſphemer,que d'appeller miracle le pouuoir ordinaire de la S.maieſté papale) diſons donc, ſi par
hazard il l'auoit tari par la force inepuiſable de ſes
indulgences,il auoit eſpuiſé toutes les ames , faudroit il point racourcir la meſſe , en oſter le *me-
mento* des treſpaſſés, corriger le reuenu de tant de
fondations,qui inondent & regorgent là dedans.Il
s'en faudroit bię garder,ce ſeroit eſtre pis qu'Ho-
lopherne , qui retrancha les tuyaux qui portoyent
l'eau dans Bethulie.

C'eſt vn crime infernalement capital , que de
toucher à l'eſchāſonnerie, ou aux lechefrites de la
papauté : la ſolemniſation du purgatoire tient en
ſeue la ſumptuoſité du reuenu pour ſatisfaire à la
fourniture de ces offices là.

les argentiers & financiers romains monteront
en toutes ſortes d'exaltations ſpecieuſes,& mettront en credit la quinteſſence de toutes ſophiſti-
queries , pluſtoſt que de laiſſer perdre vn tel ac-
croiſſement d'abondances & de richeſſes.Et certes
s'ils eſtoient gens de bien, ils donneroient plus de
credit à leur fondations, qu'à leur friandiſes : ils
n'ont non plus au reuenu des fondations de l'Egliſe,qu'vn bāquier à l'argét qu'il doit faire tenir par
letres de change d'vn lieu à vn autre , auquel il ne
peut rien ſouſtraire,ou s'attribuer ſans infamie &
reſtitution,auec dommages & intereſts. Vn ſeul
laquais ne doit diſner de la cuiſine du purgatoire,
s'il n'a chanté & prié auec les moines. Ce que
ie dīs meſmes ſelon la deſcharge de leur cas de
conſcience

conſcience. Ie crois que ceux ſont griefuement pu-
niſſables qui abuſent, & reſeruent le bien d'autrui,
à leur desbauches & ſumptuoſités, le faiſant manger à leurs chevaux & à leurs chiens. C'eſt eux qui
prient Dieu par ce moyen là pour les treſpaſſes.
Ceux qui ont eſtabli les fundations, n'ont point
tant voulu donner ce bien à l'Egliſe que le reſeruer à eux meſmes dans les mains de l'Egliſe, pour
en eſtre ſecouru ſelon l'erreur, qu'ils croyoyent
de ce faux feu. Cependant ceux ici le rauiſſent à
l'Egliſe qui n'en eſt que le depoſitaire œconomique. Certes ce ſeroit vn peculat, meſlé de ſtellion-
nat ou ſacrilege, de croire autrement, car à proprement parler, les Abbés ne ſont qu'hoſpitaliers,
pour auoir l'œil que les fondations ſoyent appli-
quees à la nourriture de ceux qui prient pour les
fondateurs. Cependant, ils oyent ces pauures ames
eniauelees en botteau, liees à leur peine, tãt qu'elles ſeront immaculees, ils les laiſſent là enfumer,
deſecher comme harans ſorets, en vn lieu moiſi,
relent, qui puent le renclos, où elles ſont gehen-
nees, queſtionnees dedans l'ardeur renforcee de
ce feu qu'ils mettent en honneur : car c'eſt la peine qu'ils donnent, qui doit financer auec ſa chaleur generatiue de la beatitude du ciel, ils les tiennent en telle geſine les relaiſſans dedans ce giron
de feu, n'ayant autre giſte que ceſte fournaiſe,
iuſques aux releuailles du ciel. Leurs yeux ont
bien le courage de les voir tirailler par la foy
qu'ils iurent qu'ils en ont, chaſque ame par cinq
cents diables, & cependant ils ne bougent de

leur table,ou ils chantent *vigilias mortuorum* : ils
feindront de faire heurter deux fois vn laquais à
la porte,& ces pauures ames qui sont à la bourrie-
re, aux brodequins, aux trochelles,garruches de-
fincarnassées,qui coulét de la poësle à la lechefrite,
d'vn feu enfoudré , où elles sont tres criminellement tourmentées,& pour le moins,s'ils leur en-
uoyoyent par monsieur l'aumonier vn morceau
de *de profondis* , pour le gouster , ou bien pour la
collation.

Mais fi d'vn homme s'il n'a courage , pluftoft
creuer que de rien rendre. Outre qu'il y en a la
plus part,qui ne scauent s'il y a vn *de profundis* au
monde : le breuiaire meurt de ialousie , de ne se
voir embrasser qu'vne fois le mois : mais c'est encores beaucoup s'ils le disét vne fois l'annee. Dôner le purgatoire à curer aux Mitres & Chapeaux,
c'est donner en garde la poule au renard , la brebis
au loup : les chiens de Lazare estoient plus pitoyables qu'ils ne font:car ils mettent le repos des
ames sur leurs tables en capirotte , en faifan , per-
drix,& bonne chere.

Le purgatoire ne leur est qu'vne escorniflure,
ils en disippent les biens à la branquescarpie à fo-
lier charnellement. Ouy ,mais le Pape le difpen-
se : le Pape ne peut ofter le bien d'vn frere & le
donner à vn autre. Quel mal luy ont fait ces
pauures ames là, pour prédre & enleuer leur pitá-
ce,& trâfporter leur rançó à fa mule,& à celles de
ses compagnons , qui mágent le difner , de quoy
deburoiét estre eslargies ces pauures creatures là.

Ses

Ses cheuaux legers, & ses halebardiers luy font
ils plus proches parens, que l'office qu'il a d'adminiftrer le falut à ces pauures relegués. Mais c'eft
en quoy ils preuuent tous qu'ils font gens de
bien, ils en croyent autant qu'il y a d'efcot franc
pour eux : ils n'ont non plus à commander aux
portes de cefte conciergerie là, qu'à la porte des
Hottomans : ils font trop mattois pour ignorer
cefte abfurdité : auffi les plus habiles d'entr'eux
ne le croyent, que *in pios vfus*, affauoir *buccolicos*,
autant que Pluton leur donne de fourniture.

L'affortiffement de ce Dieu foufterrein fe rend
leur foy tributaire, & de ce cofté là ce n'eft qu'v-
ne enfourchure de confcience, ce qu'ils font femblant d'en croire (ie parle des efueillés efperlu-
cats) ce n'eft que ciuilement à fin de ne troubler
la police de l'Eglife : car eftant le pole, leffieu, &
le maiftre traitteau qui fouftient l'autel de la meffe, la meffe qui eft le centre de leur religion,
tout fe troubleroit en alteration, fi on changeoit
la moindre garde de ferrure du purgatoire.

Autrement ce feroit vne cruauté ineftimable, fi
leur creance de cœur, eftoit affortie à la confeffion
de leur bouche d'eftre fi endurcis que de ne fe
bouger au fecours de ceux du repos, defquels ils
tiennent la clef en leurs mains. Voir vn homme
fur la roue, & au lieu d'aller vers luy emporter la
guerifõ à des oifeaux, cheuaux, à la bãque cypriotte: voir les ames fe riffoler, grefiller, sãs leur defpar
tir aucune rofee, ains détourner leur fecours à l'auge des cheuaux, à Diane, aux meffagers des dieux,

& peut eſtre que ceux qui en ont faute , ce ſont leurs ayeuls, biſayeuls qui crient apres eux. C'eſt vne erreur Mahometane , ou bien vne cruauté deſchreſtiennée, s'il n'y a du Turc en creance, il y a du damné en l'obmiſſion , Satan ne ſeroit plus cruel ſ̃ cela. Leurs dignités ſont appellées benefice *à bene faciendo.* Eux diſent que *datur benefiſium propter officium* , mais moy ie dis que *prꝛpter benè facere* pour bien faire, & non pour officier cyſiuement. Et quand ils diſent que *datur propter officium* c'eſt *ab officiendo quia officiunt Chriſto* : ils ne font qu'empeſcher l'Egliſe : cependant leurs benefices ce ſont hoſpitaleries , afin qu'ils en facent du bien aux pauures creatures de Dieu. On a ſelon l'antiquité baſti les hoſpitaux proche des cathedrales, tout contre les maiſons des Eueſques & Chanoines à cauſe qu'ils ne ſont beneficiers, que pour eſtre bienfaiꝰteurs aux pauures. Mais prenés garde peuples que telles gens rongeroient, eſcumeroiét pluſtoſt les hoſtels-Dieu , que d'y rien eſlargir du leur : encor que ce nom d'hoſtels, commun à tels logis par toute la France, ſoit impoſé par vne grãde energie de charité & compaſſion tres officieuſe, cõme ſi Dieu y eſtoit logé , & que ce fuſt l'heberge de ſa demeure : d'autant que Chriſt promet que ceſt à luy meſme qu'on donne, en donnant, ou logeant vn pauure : toutesfois ſi leur oreille le croit leur bourſe l'eſtime incroyable. Et qu'on interrogue les gouuerneurs de tels lieux, & ils cõfeſſeront que les eccleſiaſtiques ſont les plus endurcis à leur aumoſner. Vous pouués penſer le

maigre

maigre foin qu'ils auront des trefpaſſés, puis qu'ils
en partagent ſi peu aux viuants.

C'eſt pourquoy nous ne debuons eſtre ſerfs de
ceſte belle huiſſerie ſerpentine , ſermonnés par
tels appariteurs de cuiſine. Si ce n'eſtoit la cour
de leur garde-manger, en faueur duquel ils monopolent ceſte doctrine, il y a lõg temps que ſon in-
competance Incompatible auroit donné des pieds
contremont: mais l'indemnité de la ſeruitude de
ceſt eſgout ainſi bien contrefait, procede de l'enuie qu'ils ont à larder leur ventre , & le nourrir
graſſement , comme il appartient à la ferialité de
tres dignes apoſtres de lechefrites ſelon la profeſſion qu'ils en font *in vtroque iure ciuili & inciuili* -
en l'vn & lautre brouet ciuil & inciuil, ils ſont ſeulement ciuils , ils ont le droit des gentils dans le
ventre & celuy des beſtes dans les reins.

DE LA MISSION ET VO-
cation des paſteurs de l'Eſgliſe reformée.

CHAPITRE VII.

IL y a trois religions qui couurent toutes les
plus belles parties de la terre , le monde le plus
ſpecieux, eſt addõné à cultiuer vn ſeruice qui n'eſt
à Dieu mais à l'ennemi: auſſi eſt-ce l'eſtude principal de Satan de ſe faire adorer, & d'oſter à Dieu
ce qui luy appartient pour ſe l'approprier.

Il y a la religion Turqueſque & Iudaïque , & la

Romaine, i'obmets les idolatres payens, d'autant
que ce sont comme bestes sauuages errantes qui
n'ont aucun but, aucune forme, ni prescription li-
terale de la methode qu'ils doiuent suiure en leur
creance & religion. Toutes plantes dit Christ, qui
n'a esté plantée de mon pere sera arrachée & iettée dedans le feu, toute doctrine inuentée des hômes qui impugne directement, ou par deduction
de côsequêce quelle quelle soit la parole de Dieu,
est infernalle & diabolique.　Le Iuif adore Dieu
hors de Christ, car il attent son Messie, & mescroit
tout ce qui est escrit au Nouueau Testamêt, lequel
ils rebuttent en fumier & en incredulité : le Turc
aussi ne croit en Dieu, que hors du mesme Christ,
& de ses sacrements, & de son Escriture Saincte.
Ainsi le papiste, q ne croit guere mieux en Christ
que les deux precedentes religions : car son Dieu
c'est vn Christ côtrefait, mis en paste, ils l'ôt tourné du ventre de la vierge, & du sacrifice de la croix
en abominable idolatrie.　Le pere de mensonge a
eu grand credit au monde, mais aussi en l'Eglise,
mais sur tout enuers les papistes où les mœurs sôt
toutes depraués, mais aussi toute la doctrine y est
infectée, abysmée, en meslange de corruption, cô-
fuse en toute deprauation :　on y remarque plus de
secularité que de pieté, on y voit plus de papisme
que de christianisme, ce qui y apparoit est plus romain que ierosolimitain, plus estranger que do-
mestique, tout de chair, rien d'esprit, la plus part
de faulseté, quasi rien de sincerité : la symonie y en-
gloutist quasi iusques à leur baptesme.

Tou-

Toutesfois s'ils ne touchoient au fondement:
car comme dit S. Paul, pourueu que le fondement
demeure, on y peut edifier du bois, de l'esteulle ou
du foin, que si on est en rebellion, & qu'on erre au
fondement se separât de Christ, l'Eglise n'est plus
Eglise, c'est vn cabaret, c'est vne truanderie, vne
metamorphose fabuleuse, c'est vn pantalonnage.
Il faut renuoyer toute son esquipage parmi les dialogues de Lucian, ou à trauers les commedies de
Plaute, c'est pourquoy il la faut recercher ou remettre par vn autre mission qui soit euangelique,
car les faux prophetes sont pirates, escumeurs, voleurs de verité, qui empoisonnent la foy, ils em-
pestent & rendent mortelle la religion qui doit
estre immortelle : ils rendent la foy perfide, ils
concubinent, violent l'honneur de la vraye espouse. Matthieu 24.   Il y aura des faux Christs &
faux prophetes, qui en vertu des signes & grands
miracles, seduiront, si faire se peut, les esleus de
Dieu. Se desguiser, & contrefaire Christ, c'est estre
pis que l'Ange de tenebres qui se masque de lumiere, ce n'est point estre Sauueur, mais sedu-
cteur qui suborne en perdition, pour deseslire,
& depredestiner ceux que Dieu a trié, mettre en
condamnation ceux qui ont obtenu l'absolution
& qui sont escheus inuiolablement au partage des
cieux.   Ce sont les schismatiques, qui d'vne doctrine arsenicale & mortifere, abbreuuent comme de laict tres-nourrissant ceux qui les escou-
tent pour prendre d'eux la mammelle gauchere,
d'impieté.   Sainct Paul Actes 20. vers. 28. charge

les Anciens de l'Eglife d'Ephefe , de veiller fur eux & fur leurs troupeaux, où il entrera des loups qui ne pardonneront à la vie du bercail , lefquels parleront en peruerfion,& formeront vne efchole de difciples, qu'ils traineront apres eux.

Sainct Pierre renouuelle le mefme aduis au 2.c. Epift. 2. Aux quatre premiers fiecles fuiuants, lefus Chrift fe côptent 90. hercfiarches. Noftre imbecillité nous feduit à preuarication. Nous nous laiffons pipper par l'oreille , rauir la confcience par l'ouye,& dans icelle s'agenouïlle noftre cœur, deuant les perturbateurs du falut du genre humain : L'ouye de noftre cœur qui doibt rectifier l'ouye de noftre corps eft faite hommagere & efclaue de fon client,de fon vaffal,de fon efclaue:car le cœur doibt regenter , commander à l'oreille, comme la foy à la fcience , tantoft que nous tendons noftre attention aux hameçons , nous fommes appaftés de l'amorce d'infection , perfonne n'eft mieux confeillé qu'Eue,qu'Adam ; car Dieu eftoit leur confeiller, toutesfois ils furent affriandés,l'vn ouurant fon attention au ferpent , l'autre à fa femme, & tous deux broncherent en herefie, & opererent le congé qui leur fut donné. Ils furent caffés de l'habitation,& chaffés du Paradis, de Roys ils deuiennent bergers , ils eftoient Empereurs du Pardis ; ils deuindrent guaftadours, remueurs de terre.

Ce ne fut que la friandife d'vne pomme , que le ferpent auoit affaifonnée entre les mains d'Eue, laquelle en feruit à fon mari. Les Anges du ciel s'aban-

s'abandonnerent au catechiſmé du premier preuaricateur, q eſtoit maſqué de tãt de Rhetorique,
que l'ayãt ſuccé de leurs oreilles, s'en laiſſerẽt ou-
trer, ils y gaignerent leur condamnation. Et Sainct
Pierre ſe laiſſa apoſter à la terreur d'vne ſeruante, qui le debuſqua de ſa reſolution, & le fit dechoir en l'abnegation de ſon Dieu. Matth. 7. des
faux Prophetes qui viennent accouſtres en ouäilles, auec vn cœur, & des entrailles de loup, S. Paul
reproche aux Galates, qu'encor qu'ils euſſent voulu liurer leur vie pour la deliurance de la ſienne,
toutesfois, ils s'eſtoient laiſſé enſorceler, & comme
tranſorter à vn autre Euangile, receuant la doctrine de la iuſtification par les œuures : c'eſt au 1. & 3.
ch. où il les redargue contre ceux qui veulent renuerſer l'Euangile de Chriſt. Combien y en a-il auiourd'huy, qui ſont comme les Iſraelites, qui e-
ſtoient au commencement fort affriandés à la
manne, le cœur deſquels veint apres à repouſſer
& rebondir, iuſques à engendrer des vomiſſe-
ments : à tant ſe faut-il bien aſſeurer en ſa vocation, & lancer le contrepoids de ceux, à la pedagogie deſquels on tend ſa foy, pour eſtre arrouſée
& elabourée, & faut eſtre certains que ceux auſquels on donne ſa conſcience à dreſſer, ſont appellés de Dieu à ceſte charge. Ouy, mais (dirés-
uous) qui les plegera, quelle caution ont-ils pour
vous inſtifier de leur miſſion?

Ie dis qu'il y a de deux ſortes de miſſion, l'vne
eſt ordinaire, c'eſt àſçauoir, quand les Paſteurs
ſont appellés par les ſuffrages & conſentemens

des hommes.

L'autre est extraordinaire, laquelle se fait en trois façons: l'vne quand leur fonction leur est imposée immediatement par la bouche de Dieu, cóme Abraham, Moyse, les Apostres : l'autre, quand la charge leur est deferée par messager exprés enuoyés de Dieu: ainsi Aaron, & la tribu Leuitique fut colloquée en son debuoir par Moyse , Elisée par Elie.   Aux Actes 8. Philippe par l'Ange, pour baptiser l'Eunuque.

Troisiesmement, par vn instinct particulier, cóme Act. 8. Philippe le Diacre preschoit en Samarie, par vne mission instiguée du ciel, ainsi les Cypriots & Cyrenenses preschoient entre les Ethniques. Act. 11. v. 19. 20.

Luther & autres Docteurs Prophetes qui l'ont ensuiui, ont gardé ce troisieme moyen. Ouy, mais (dirés vous) la vocation extraordinaire se doibt confirmer par miracles, & establir par marques & enseignes du ciel. Cela est veritable, quand la nouuelle mission porte vne nouuelle doctrine , pour en deplacer, ou bien bastir quelque chose de nouueau sur l'ancienne. Mais quand c'est la mesme doctrine des Prophetes & de Iesus Christ, laquelle a esté inculquée par miracles, fondée à force de prodiges , elle n'a besoin d'estre fondée derechef, *Res pro iudicata, pro veritate habetur,* vne chose iugée par arrest, ne reçoit plus de iugement,

Si autant de fois que les hommes tombent en preuarication , il falloit des miracles pour les en faire sortir, il n'y auroit aucune fin à la besongne.

Luther

Luther & Caluin n'ont point apporté d'autre
Loy, que le reftabliffement du Nouueau Teftament. Ils ont combattu la preuarication Romaine. Il n'eft pas befoin de miracles pour prefcher
l'Euangile aux Mahometans, & pour deftruire
la perfidie qui les a fait preuariquer.

C'eft le mefme Euangile des Apoftres que
nous prefchons enuers le Papifme, qui ont auffi fi-
niftrement preuariqué, que les fectateurs de l'Alcoran. Ils ont bien la morgue vn peu plus fpecieu-
fe: ils éfclattent en foudres, rauiffans le nom de
Chrift: mais la vie du Pape & des Cardinaux abiu-
re le fentier de Chrift. Les lœures de ceux icy en
approchent d'auantage, mais le cœur en eft plus
irreuocablement efgaré, que ceux de la Mec-
que.

Que s'il faut confirmer vne nouuelle doctrine
par miracles, ce font les decrets, les decretales, &
bulles des Papes qu'il faut miraculer : car ils font
hors l'Euangile de Chrift. C'eft vn Euangile fore-
ftier, incognu au Nouueau Teftament, & aux Epiftres des Apoftres, il faut que le Pape confirme fa
miffion par miracles, car les fucceffeurs de S. Pierre, n'ont que faire chés les Latins, ni à ceux de
la Gentilité ; fa charge eft, de conuertir les
Iuifs.

C'eft à Sainct Paul, & à fes fucceffeurs auffi, qu'a efté diftribué la miffion aux Idolatres, & à ceux qui fe font conuertis de la
Gentilité, comme Sainct Paul nous l'a rappor-

V v 2

té Gal.3.nous ne sommes non plus tenus d'escouter le pape , que le plus estrange de la Lituanie,
ains c'est offenser,& abuser de l'obeissance de son
oreille , que de la prester à vn intrus qui n'a aucune enseigne pour marquer son authorité.

Le Pape est vsurpateur , autant du nom comme
du siege : côme aussi de sa nouuelle doctrine,tout
cela est enuahi : car le nom de Pape est aliené
de celuy de Sainct Pierre , comme ceste charge
ainsi tyrannique,pseudodeifique,.

S.Pierre n'a iamais approché , ains est plus es-
carté qu'vn pole de l'autre,des marques de ce haut
siege imperial. Iesus Christ l'a côtredit & inhibé.
ce siege-là n'est point Apostolique , mais aposta-
tique. Les Apostres y mettroient le feu si on
leur presentoit vne telle chaire à la doctrine de
la creiche ils l'esbouleroient pour le moins.

Quant à la doctrine, il faut conferer le droit canon , & la vie du Pape auec le Nouueau Testament,voir s'ils se rencontrerôt en aucune quadra-
rure:il n'y a rien qui ne se detruise par l'autre.

Il faut que la doctrine , & la vie soyent de mesme rondeur sans estre exedee , ni exeder en au-
sune façon la parole de Dieu , comme vn pourpoint bien ajusté sur le corps de celuy qui en est
vestu.

C'est prostituer sa submission , que de chapperonner iusques en la vallee de profonde adoration vne telle taconnerie.

Ouy bien , mais obiectera quelcun , l
hommes se peuuent souuent vanter faussemen
d'estr

d'eſtre legitimement appellés, parce que extraor-
dinairement ils feront valoir leur paſſion d'iniquité en equitable miſſion.

A cela ie reſpons qu'il y a des reigles qui ſeruent de compas & de boiſſeau pour aiuſter telle
miſſion: car en premier lieu, l'extraordinaire miſſion n'eſt aduoüée en aucune place, ſinon en la de-
faillance de la miſſion ordinaire, lors qu'on apperçoit la vocation ordinaire, comm vous
pourriés dire les Prophetes Romains corrompus, virulens, gangrenes, que la parole de
Dieu eſt toute ſalié, violée, forcée de deshonneur, infame par leur vie, & par l'interpretation ſiniſtre & eſcartée, alors la vocation
extraordinaire a le pied à l'eſtrieu, il y-a carriere pour la receuoir : ſecondement la parole annoncée par telle miſſion ſe doit examiner
quant à la doctrine, & à la vie de ceux qui
la portent : voir ſi elle eſt correſpondante &
aſſortie à la parole de Dieu, ſi l'vne eſt la mortai-
ſe, & l'autre le tenon.

C'eſt vne raiſon infaillible pour manifeſter
les faux Docteurs & Prophetes : Dieu enuoye des hommes extatiques, pleins de rauiſſe-
mens ſuperieurs, qui ont plus d'energie que les
miracles, car la vraye aulne, le poids royal
& de marque, le ſicle du ſanctuaire pour donner cours comme par vn vray mereau à vne
nouuelle doctrine, ou à vn prophete extraordinaire, c'eſt la parole de Dieu : car Deutero.
13. 1. 5. verſ. eſt ordonné que quand vn reſueur

viendra annoncer des nouueautés , mesmes ap-
puyées par miracles , il le faut extirper, si ce qu'il
dit est hors la parole de Dieu. Matthieu 7.22. ceux
qui venoiét à Christ, disans qu'ils auoient prophetisé , & ietté les diables , qui est vn miracle assez
souuerain , car cela ne se peut faire naturellement , il faut qu'vne telle action s'emprunte de
la puissance diuine , ils citent aussi beaucoup de
vertus , assauoir beaucoup de miracles qu'ils ont
fait au nom de Christ , lequel les rebroüe , les
racle à neant , disant , ie ne sçay qui vous estes:
car les miracles ne sont pas tousiours asseurés pour
seruir d'enseigne & de marque à vne doctrine,
ce qui peut seruir contre les vertus qu'on allegue
qui se font miraculeusement au tombeau d'vn
certain qu'ils appellent. Sainct Brocard à Vienne en Dauphiné.

Il y a tant de sinuosité dedans les roignons de la
nature. Satan qui est si riche à contrefaire des em-
busches, à tendre des aguests , à prendre l'opinion
des hommes à la pipée , que ceux qui pensent de
circonuenir tels euenements par la definition de
leur intelligence , sont eux mesmes circonuenus,
& pris dedans les toiles de l'esbahissement , ne
pouuans de leurs petits entendemenureaux venir à la taille desmesurée des circonlocutions, ou
du virebouquinage sinueux de l'ennemi de la nature humaine , n'aurez vous iamais veu ces ioueurs
de gobelets , vous diriez qu'ils se percent le front
& la teste , vomiront par la bouche du fer & des
pierres , feront des prestiges de souplesse qui
elude-

eluduront la veuë la plus aquiline & poignante
de la nature , Satan qui en sçait bien d'autres:
c'est vn maistre escrimeur , qui a des touches si
subtiles , qu'il les fait accroire celestes & infinies : Il sçait l'achimie pour faire valoir le faux
aloy d'vne foy appostée , il sçait placer l'vn pour
l'autre : ses preuarications engloutissent nos intelligences : il peut induire à tromperie , mesmes iusques aux esleus de Dieu.

Tels miracles rencontrans vn esprit preuenu
selon le plis des papirogues , ils sont aussi tost
saisis de persuasion acerée , quoy que fausse , sur
laquelle ils mourroient sur le champ qui les voudroit contraindre. Et de sainct Iean nostre Seigneur argumentoit en Sainct Luc 20. chap. que
son authorité estoit du ciel, parce que son Baptesme en estoit, assauoir sa doctrine.

Les Iuifs auoyent la cognoissance oppilée, sti-
ptique , toute en obstruction charnelle , il leur
falloit des dieuretiques pour les desoppiler , &
encor ils estoient rebelles & desobeissans à toute sorte d'argumentation qui absorboit mesme
l'erreur des plus grossiers : mais ils se plaisoient
à gesir en la dureté de leur condamnation. Mais
dira quelqu'vn.

Les pasteurs d'vne telle doctrine extraordinaire ne sont point ordinés. A quoy ie responds que
les loix de la parole de Dieu y ont pourueu, d'autant que la legitimation de la doctrine , porte
quant & foy pouuoir de l'imposition des mains,
car ils sont ordonnés par le sainct Euangile

qu'ils portent en leur bouche , & duquel ils
se peuuent seruir pour ordonner ceux qui sont
necessaires à la coadiution du ministere.

Ils ne sont point extraordinaires à raison
de la doctrine , car c'est la doctrine du testament de Christ , ni aussi à raison de leur charge , car elle est commandée par Iesus Christ,
pour annoncer , pour aider à confirmer les autres à la saincte parole de Dieu : *vnicuique
mandatum est de proximo suo* , vn chacun est
chargé de procurer le salut de son prochain.

Ce n'est point chose extraordinaire , que
de prescher Dieu , & sa parole , & d'administrer ses sacremens , c'est l'ordinaire de l'Eglise,
& de la fonction Euangelique. En quoy est-
ce donc que la mission est appellée extraordinaire ? C'est à raison de l'abus commun , &
de la corruption vulgaire de la doctrine de Christ,
la charge d'enseigner estant deprauée , offen-
sant le vray sens de la parole de Dieu par des
commentaires seculiers , escartés hors de sa
naifue intelligence , laquelle estant ramenée par
ceux que Dieu instigue , ceste instigation est appellée mission extraordinaire , non à cause de la
fonction pastorale ou doctorale, car cela est naturel à l'Euangile.

Il deliure le pouuoir à tout homme qui est capable de le redresser , & de l'annoncer quand les
hommes l'ont opprimé. Quand donc il nous de-
demandent lettres patentes de nostre mission. Il
leur faut respondre qu'elle est attachée au dos de
leurs

leurs erreurs vagabonds. Nos lettres de commiſſion ſont portees en croupe par leur hereſie & antichriſtianiſme; Luther voyant que chacun ſe four-
uoyoit hors du chemin de l'eſcriture ſainĉte, il y
rentra, & appella à ſoy les deſuoyés.

 Faut il auoir lettres du magiſtrat pour entrer dãs
vne maiſon à y eſteindre le feu quand elle ſe bruſle? Le feu de concupiſcence, l'auarice, le blaſpheme, l'idolatrie, c'eſtoyent l'Euangile de la papelarderie, le ſacrifice de la mort de Ieſus Chriſt y e-
ſtoit bleſſé à la mort; tout y eſtoit bouleuerſé en
fauſſe ſuperſtition. Ieſus Chriſt y eſtoit eſtouffé.
Luther predicateur, doĉteur en Theologie en l'E-
gliſe de Dieu, applique ſes predications & ſon authorité d'enſeigner contre les errans, il les combat
il les renuerſe, vn citoyen void vn gouuerneur
couſtumier d'alterer toutes les loix d'vn royaume,
a vendu ſa ville pour y introduire l'eſtranger; faut-
il attendre lettres patentes du Roy pour ſe ſaiſir
du gouuerneur, & empeſcher l'inuaſion de la ville?
Faut-il attendre vne commiſſion pour reſtablir
les loix ordinaires, & ramener tout au ſeruice du
Roy? ceux qui l'entreprendront, ſeront-ils reprins
de l'auoir fait par intruſion? Le Pape auoit alteré
toutes les loix de l'Egliſe, oſtant le ſeruice diuin
ainſi que Ieſus Chriſt l'auoit inſtitué, harnaché
d'accouſtremens eſtrãgers, incognus au Nouueau
Teſtament. La cõmiſſion eſt nee auec tout Chreſtien, pour aller au contraire d'eſpapiſer Rome,
puis que Rome veut dechriſtianiſer l'Egliſe &
corrompre les ſacremens d'icelle.

Chacun est tenu de tronquer les loix des hommes, quand elles suffoquent celles de Dieu, d'o-
primer l'idolatrie des images & creatures, & rendre le culte au Tout puissant, auquel seul il appartient; cela est naturel, chacun en porte les patentes
au col de sa conscience. Il y est ajourné personnel-
lement par sa synderese, le vray zele de l'honneur
de Dieu est l'executeur d'vne telle citation. Le
Chrestien void les Apostres & disciples tenir vn
chemin, le Pape & ses sectaires du conclaue en tenir vn autre. Est ce mal fait de se retirer hors de la
tradition des hommes pour se ietter dans l'Escriture, preferer les pas de l'Euangile à l'ambition
payenne & idolatre du consistoire Romain ? Ils
sont tous noyés en delices, & en secularité, & Iesus
Christ en mortification, & simplicité : l'escriture
est exposee à tout le monde pour la suiure, & à
ceux qui en sont capables pour la remettre quand
elle est demise, la releuer, & restaurer quand elle
est nauree, qui doute que *acie turbata* le moindre
soldat peut releuer le drapeau quand il le void abbatu d'entre les mains de son capitaine, il ne doit
point attendre qu'on le luy presente, il seroit
coulpable de prodition de ne s'ingerer? Vn furieux qui auec son espee perd tout le monde, on
luy arrache ses armes, & les iette-on dans la riuie-
re , On n'est pas tenu à restitution. Vn fils qui
voit violer sa mere, ou vn pere sa fille, ils sont priués de tout droict hereditaire, ils sont declarés in
dignes de succession.

Vn fils void son pere apres pour espouser l
Mah

Mahometifme , il empefche fes freres de luy
croire, voire il peut eftre le docteur de fon pere,
& enfeigner le falut à celuy qui l'a engendré: &
s'il void fa mere qui fe desbauche , il la doit reprendre, & empefcher fes fœurs de luy obeir, &
forcer fa mere de fortir de fa deprauation. Ce feroit defobeir aux droicts de nature, que d'obeir en
tel cas à ceux que la nature nous propofe. Le pouuoir donc de la miffion eft attaché au dos du fecond commandement fouuerain & general, Aime
ton prochain comme toy mefme. On ne peut voir
perir ce qu'on aime. Le paffeport eft compris dedans le commandement de la correction : car quiconque ne corrige l'erreur , en eft le receleur , la
correction eft appellee fraternelle, mais elle com-
prend auffi la paternelle & la maternelle: la correction catholique eft generale, elle monte, elle defcend, & en cas de correction, chacun eft fuperieur
à celuy à qui elle eft neceffaire: elle ne môte point
donc , mais elle remonte celui qui eft emparé du
deuoir de le faire. Tout homme qui eft obligé de
corriger eft tenu de reuoquer l'Euangile quand il
void qu'on le mene au tombeau. C'eft machiner
par conniuence fetarde ce que les autres operent
par leur luxurieufe ambition.

C'eft par vne reuerence courtifane concourir
en fouffrant fans aller au deuant de la mort de la
parole de Dieu.

Ce n'eft tant refpecter les hommes qu'efgorger
le deuoir qui no° aftreint à la perpetuité du Teftamét de Chr. Celui eft autât coulpable, lequel eftát

capable ne reprend sa mere quand elle peche, cõme celuy qui ne luy veut pardonner quand elle
luy crie merci, car celuy qui a dit qu'on pardonne
les offenses, a aussi dit, corrige ceux qui pechent,
l'indulgence contre la verité est plus criminelle
que la feuerité contre la misericorde : le premier
regarde l'honneur de Dieu, qui est la mesme verité, l'autre ne regarde que l'indulgence des hommes, les hommes sont nos freres, nous sommes
d'auantage tenus à Dieu qui est nostre pere. La
dissimulation est punissable d'autant qu'elle pleige le peché d'autruy. La correction sert de feu, de
fer, & de bandage.

Quiconque refuse les remonstrances, refuse son
salut: *cecinimus & non saltastis*, que feriés vous à vn
homme qui se forcene contre son medecin? qui
veut medeciner la santé mesme? c'est là où en sont
nos frippelipes Romains, pis qu'apostume ils
crient comme enragés quand on les touche. Et
veulent qu'on suprime en silence l'alienation ou-
trageuse qu'ils inferent à la parole de Dieu. Ils
veulent mettre l'ame au corps de celle qui doit
donner l'ame à la leur, la leur est muette sans celle
là, c'est la langue des langues, la parole de toutes
les paroles, lesquelles sont sans verité ; si elles ne
sont subordonnees à ceste parole.

Ils se veulent faire escouter, comme s'ils en e-
stoyent le S. Esprit: & neantmoins S. Paul enchar-
ge, que quand ce seroit vn Ange du ciel qui voulust annoncer autremẽt de l'anathematiser. Apocal. dernier chap. malediction & peines eternelle
son

sont inseparablement enioinctes à quiconque y
adioustera ou diminuera. Nos papelards croyent
d'auoir priuilege au dessus de telles menaces.

Et de se bien desmenacer, eux & tous ceux qui
entrent en frayeur du respect qu'ils luy doiuent,
quand ils se sont mis en garde sous leurs demarches vicedeales, dedans lesquelles ils font des in-
cartades, menaçant mesmes de toutes les com-
manderies d'Enfer, si on ne leur defere : c'est se
par trop espoinçonner de son humeur, & vouloir
estre sur-Apostre & outre-Euangeliste de la preuarication de sa conscience : mais nous comme enfans choisis & appellés de Dieu reuerons en toute
crainte de luy desplaire les paroles qui nous ad-
uertissent de son courroux, & nous en seruons
pour enuoyer les contempteurs d'icelle au billon.
Ils ne meritent non plus d'obeissance que les damnés. Ceste derniere sanction couchee par vn tel
Apostre cautionne nostre reformation. C'est vne
barre qu'il iette au deuant de nos pas, afin de ne
nous precipiter en leur condamnation.

C'est en vain qu'ils nous demandent autre prou-
uision de l'oppositió que nous protestons contre
eux quand les Prophetes annonçoyent leurs propheties, c'estoit sans autre tesmoignage que de la
parole de Dieu, à laquelle leur predication estoit
aiustee.

Car comme il n'y a rien qui ressemble d'auantage à la parole de Dieu que la parole d'vn Roy:
ainsi il n'y a rien qui ressemble tant à la sapience de Dieu que sa parole, celle icy est le chemin

pour entrer à l'autre, celle ci guarantit l'autre.
La parole de Dieu c'est le pleige & la cautiõ de sa
sapience, & de tous les iugements de Dieu enuers
les hommes: de sorte que estant la certitude mesme, elle est beaucoup plus certaine que les miracles, qui ne luy seruent que d'adminicule, quasi
comme de coniecture ou de demi preuue : car selon l'estat où est l'Eglise d'auiourd'hui , il n'y a
preuue plus entiere que les saincts escrits, mesmes
de l'ancien Testament.

- Quel miracle a fait Gad, Nathan, & les autres
douze petits prophetes ? Tout homme qui espouse la doctrine des Apostres reçoit sa mission
dans la leur pour luy donner secours quand elle
trauaille à l'agonie.

La lumiere n'a affaire d'autre lumiere pour se
faire voir , ainsi l'escriture n'a besoin d'autre escriture, pour estre annoncee en temps necessaire,
& quand l'oportunité nous y oblige, les hommes
ne donnent que l'approbation, le S. Esprict donne
la mission , laquelle n'a que faire d'estre approu-
uee par les reprouués, par ceux qui le reprouuent,
qui guerroyent son sens vniuersel, par le leur particulier. Quand Iean Baptiste prescha, il n'eust autre mission que l'Escriture Saincte.

Il n'auoit garde d'aller demander congé à ceux
qui auoyent congedié la vraye creance, de laquelle ils estoyent si fort estrãgés, qu'ils mescroyoyent
Christ , comme nos Papifougouses , qui veulent
qu'on prefere la creance de leur deuoyement à
celui qu'on doit à la naïfueté de la restauration

de

de l'Euangile.   Mais cela ne s'entend qu'à l'assai-
sonnement de leur sacrifricassée : leur fressurerie
missifique donne la cadance aux hauts bouïllons
de leur friture, c'est ce qui espaissit les lardons de
leur broche , & ce qui administre la tablature du
haut goust de leur table ; c'est de ces bagatelleries
là d'où procede la faculté du choix des ragouts:ils
conuersent les Escritures pour les reuerser à la
brifauderie:c'est pourquoy ils farlouzent leurs auditeurs & creanciers: c'est ce que le grand Nabu-
zardan Romain *princeps coquorum* , le prince
des maistres queux craint de laisser perdre aux
siens.

Et quant à Moyse,il fit bien des miracles; mais,
c'estoit pour authoriser vne loy delaquelle on n'a-
uoit point ouy parler : pour aussi rendre Dieu
tout puissant en sa Loy, & parmi les siens redoutable.

C'estoit autant pour faire craindre, que pour
faire croire Pharaon , il s'en estoit rendu indigne.
Il ne demandoit point congé de prescher , & de
parler , mais de partir & de s'en aller : ains il luy
vouloit cacher ses predications.   Et depuis qu'il
fut au desert, ses miracles n'estoient preuues de sa
mission.   Elle estoit auerée,il auoit esté receu dés
long temps auparauant : mais c'estoit vne preuue
qui tesmoignoit l'assistance particuliere de Dieu
à ce peuple.

Nos aduersaires tiennent qu'vn Prestre degradé, en cas d'extreme necessité , iaçoit qu'interdit

& separé de toute vocation , mesme degradé de
son ordination, peut absoudre de tout cas, mesme
reserué , en cas de necessité, aussi bien que s'il e-
stoit Pape, & vn tel ainsi alienè de pouuoir, se retrouuant en Turquie , & chés les infideles, seroit
tenu de prescher, s'il se presentoit quelque profit
spirituel autour des ames : ainsi disent-ils du Baptesme, qu'vne femme & vn enfant le peut administrer ; car la necessité porte sa mission dedans le
ventre de sa natiuité.

Ils nous obiectent que nous sommes Apostats,
faillis de Religion, par ce que nous auons delaissé
le Pape & l'Eglise Romaine.

A quoy nous respondons , que c'est le Pape &
les Romains, qui ont failli à leur Religion, se sont
detraqués de Christ & de ses Apostres, culebut
l'Euangile , le voulans restaurer par de nouueau
fonde mets, excogités de sang & de chair leurs tra-
ditiõs non escrites, escritures apocryphes, decre-
tans auec leur decrets & decretales , contre l'ai-
nesse des Euangelistes , & des Apostres en leurs
Epistres , & de leur authorité Papale introduire
des dogmes , d'images, de Sainets , vne permuta-
tion du Christ de la Cene , auec celuy de la Messe,
introduisans vn nouueau cult des Anges, des hommes & des idoles , mettans à part celuy de Die
qu'ils ont comme à demi laceré , alterans la Reli
gion.

A peine y a-il article de la Religion qu'il
n'ayent alteré , c'est pourquoy nous auons quitt
sa cohorte,& nous sommes recüeillis à l'esquadr

de la primitiue Eglise. Le pape auec ses sectaires s'est raui au seruice de Dieu , pour se ietter
dedans le culte des hommes , & nous nous sommes rauis au culte des hommes, pour nous reioindre au vray seruice de Dieu. Mais peut on faillir
à vn homme qui ne sue qu'à faillir, ne tressue qu'à
faire tresfaillir le monde , & qui persuade qu'il
n'est iamais sans faute , que quand chascun se peut
à imiter ses fautes, & qu'il n'y a salut aucun hors de
ses fautes ni asseurance qu'en ce peril , remonstrance veritable autrepart qu'en ses mensonges,
ni retraicte asseuree qu'en son naufrage: que toute
autre religion est en dissolution , si elle n'est renuersee aux pieds de son irreligion.

Le Pape a premierement failli à Dieu , & nous
auons failli au Pape , pour ne point faillir à Dieu:
Nous ne nous sommes retrachés de l'Eglise mais
du retrancheur de l'Eglise. Nostre retranchemét
n'est pas apostasie mais vne renonciatió à l'apostasie. C'est se desapostasier de Christ , qu'estre apostat du Pape : & si on est reputé meschant , &
apostat du Pape papelardant, on est necessairemét
reputé meschant & apostat par Christ: on est heretique chrestien si on n'est heretique papiste: que
dis-ie papiste , cacopapiste , antipapiste , foudre
du Pape & du papisme : on est ruiné en Christ si
on n'est la ruine de leur ruine , si on ne desment
les desmentis qu'ils donnét à la verité si on ne les
recule hors du reculement dans lequel ils ont aba-
donné l'Eglise: c'est estre fidelle à Dieu que d'estre
perfide au Pape , lequel n'estime aucun fidelle

s'il ne vit en sa perfidie , & qui fait semblant d'e-
stre bien fidelle , quand il persuade au monde d'e-
stre perfide à Dieu : & qui estime de ne pouuoir
garder les sacremens entiers , qu'en leur destruction:& sur ce nous auons imité les Patriaches,les
Prophetes & Apostres , Iesus Christ mesme,qui
se sont tousiours separés , & fait bande à part d'a-
uec les impies , n'ont voulu partager auec leur
dissolution.   Nous nous sommes resolus à pratir
de leur dissolution , nous resoudre à l'encontre de
leur resolutiõ, nous arrester hors de leurs arrests,
nous desuoyer hors de leur desuoyement , nous
liurer hors de leur tradition, nous sacrifier à la verité plustost qu'à leurs sacrifices intestins d'idolatrie , nous laisser absorber à la parole de Dieu que
adherer à ceux qui sont absorbés dans la caiolerie
du Pape:ainsi du temps d'Enoch , les gens de bien
le suiuirent , & se separerent de l'impieté de ceux
qui couloyent à l'atheisme Gense 4. Ils institue-
rent des assemblées pour y seruir,& inuoquer le
nom du seigneur.Et iaçoit que Moyse ait laissé en
silence , il faut presumer qu'ils n'auoient faute de
censure & d'opposition par ceux qu'ils quittoient,
de quoy ils ne s'estonnerent gueres.

Il faut auoir vn front d'acier contre leurs repro-
ches:c'est estre bien moderé,que d'estre bien im-
pudent,respectueux que d'estre irreuerent: c'est
estre attrempé que d'y estre precipité ; c'estre
par trop mol que de n'y estre tres endurci , c'est
estre apoltronni que de ne se rebeller à vne telle
synagogaille:cest n'auoir point du tout d'honneur
de ne

dé ne cherir, d'estre deshonoré par iceux : &
quiconque fait estat de leur honneur est sans honneur, & quiconque estime que le vray honneur
de Dieu gist dedans l'honneur du Pape & la reue-
éce du papisme, est hors de l'hôneur de Dieu & du
vray honneur des hommes, leurs loüanges ne
sont que blasmes, leur vitupere que loüange, leurs
reproches sont autant de marques d'honneur,
leurs iniures sont autant de panegiriques, leurs
ontreroolles seruent d'approbatiõ, ils n'approu-
ent que les reprouués, n'improuuent principale-
ent que les esleus.

Il faut estudier à estre reprouué d'eux pour e-
re approuué de Dieu, se sequestrer de leur as-
emblage Babylonique, se retirer de leurs extra-
agances ; porter de l'eau dedans leur feu, de l'ex-
inction dedans leur inflammation, reedifier leurs
asures, abbattre ce qu'ils ont edifié.

L'Apostre Sainct Paul ramassa ses disciples ar-
're les Iulfs, qui le vouloyent contûma-
er, eux mesmes estoyent contumaces à l'E-
augile. Ainsi auons nous prins congé du Pape,
on comme sectaires, ou comme les heretiques,
ui sortent de l'Eglise, mais comme fidelles
eruiteurs, qui ne veulent conspirer auec les
tres qui coniurent contre leur maistre, ou com-
e celuy qui void qu'on veut violer sa maistresse,
ayant force à l'empescher, s'enfuit ne voulant e-
re complice d'vn tel desarroy. Nous suiuons
seph, qui ne voulut adulterer auec sa mai-
tresse, il ne quitta point le seruice de son maistre

encor qu'il quittaſt ſa maiſon: Il renouuella le ſer
ment deu à ſon maiſtre, en deſobeiſſant à l'impu
dicité de la femme d'iceluy.

On ne quitte point le ſermét de fidelité deu à
ville, quand on ſe retire pour euiter la peſte. O
porte la fidelité nee & conçeue par tout où on v
Nous nous ſommes eſcartés de la contagion de
hypocrites. Nous nous ſommes deſenchaſſés d
leur liaiſon deſlié de leur cheueſtre, auons fendu l
ſoudure qui nous y allioit, & repercuté la reperc
tion de l'erreur qui nous alienoit du droict che
min pour nous faire fouler & battre le ſentier d'
niquité.

Ce ſont les Cardinaux & Eueſques, & la faét
Papiſtique, qui ſont deſerteurs de la foy de Chr
ils ont abandonné la pureté de ſa doctrine, c
chée dedans les Prophetes & Apoſtres, & ont
mé vne difformation de religion, nauré l'admin
ſtration des ſacremens diuinement inſtitués. Ils
ſont deſrobés à la ſainéteté de la diſcipline prim
tiue des mœurs eccleſiaſtiques.

Ils ſe ſont emblés à celui qui les auoit deſrob
au paganiſme : ils ſe ſont ſequeſtrés arriere de c
luy qui les auoit ſequeſtrés d'Enfer, ils ſe ſont de
chirés d'auec celuy qui les auoit dechiré du mo
de, ils ſont ſortis de la diſcipline de Chriſt, po
eſtre diſcoles & indiſciplinés dedans la diſcipl
ne du monde, deſreiglés de l'vnique & premi
re reigle, pour ſe reigler au deſreiglement
leurs canons, dedans leſquels ils ne peuue
demeurer ſans meſme les deſreigler, ils ſo
imp

patiens de leur impureté, ils ne peuuent viure
ns eux, ni auec eux, dedans ni dehors l'Escriture
ainɛte: Ils ont vn sentiment mestif, vn erreur er-
oné, chopant d'erreur en erreur, vn desreigle-
ent boiteux, vn forlignement tortu, des fautes
igneuses, *errant ex hoc in illud*, fautes sur fau-
es.

Nous appellons d'vne telle defeɛtuosité aux SS.
scritures. Ils nous rechantent la foy de la Syna-
ogue Romaine. Ils nous rebattent leurs decreta-
es, encor que souuent contrariées par elles mes-
es, par ce qu'ils voient qu'ils ne peuuent subsi-
er, si on iuge leur doɛtrine dedans celle des Apo-
res. Et nous ne pouuions subsister en iugeant
enostre salut dedans le leur : car ils ont logé le
eur dedans la ruine du chemin qu'ont tenu leurs
nciens predecesseurs : mais il faut obeir à Dieu,
faillir aux hommes plustost qu'à luy.

Esaie ch. 52. v. 11. 11 commande se retirer, & sor-
ir en haste de parmi la corruption, défend de toucher à choses soüillées, ains se nettoyer. 1. Cor. 6.
l faut fuir l'idolatrie, 2. Cor. 6. se bien garder de
orter le ioug auec les infidelles, c'est à dire de
'associer, ni de procurer son salut parmi le leur:
c'est à dire, de ne s'arrester parmi ceux qui ont
mis le pied hors de l'Euangile, & rompu la foy
qu'ils debuoient au Souuerain, pour les images,
pour la Messe, & autres adorations perfides &
profanes. 1. Cor. 10. Ie vous defend de vous associer des sataniques, vous ne pouuez pas boire au
hanap du Seigneur, & à celuy des diables, ni

participer à la tables du Seigneur , & à celle des diables. Nous voyons les deux Religions alligneees en ceste interdiction : si c'est vne table d'idolatrie elle est satanique, puis qu'on y adore vn faux Dieu , ainsi au hanap qui est assorti à la mesme condition du pair auec leur table. Nous ne pouuons point mesler, ni prendre nostre pain sacramentel auec le leur , sans communiquer à leur preuarication. On ne peut point estre de mesme sacrement, sans sortir du sacrement & estre du tout sans sacrement : le confesser auec eux, c'est le renoncer en soy : & le renier auec eux , le faire auec eux pour y satisfaire. Ce n'est point tant le contrefaire , comme le desfaire : ce ne sont que fausses enseignes , voire mesme quelque saincte que soit leur conuersation, elle est d'infection contagieuse.

Matth.16. Gardés vous du faux leuain des Pharisiens qui est l'hypocrisie dont est toute bouffie lengouleuenterie Romaine. Ils portent vn air pestilentiel , qui infecte ceux qui reçoiuent leur haleine Matth.24. Fuyés l'abomination de la desolation. Quelle desolation abominable, que d'aller adorer le pied d'vn homme, au lieu du throsne de la maiesté de Dieu , de voir tous les sacremens tournés en infection : Ceux qui sont vrais de les voir associés, à cinq autres faussement imposés , & les vrais tellement estropiés & depraués , que ce sont des illusions, plustost que des sanctifications. Ce sont sanctifications proditoires de sainctet qui desanctifient & rendent coulpables de mecreance ceux qui y croiét, & dôt la mecreance sanctifie ceux qui les prostituent : c'est se sanctifier que d'en abhorrer la coniunction.

1.Iean 5. Garnissés-vous contre les idoles , &
fausses representations. Apoc. 18. l'Ange crie &
commande, fortés mon peuple de Babylone, afin
que n'ayés part à leurs pechés, & que leurs playes
ne tombét fur vous. C'eft ce que les medecins ordonnent contre la pefte , fortir toft, aller loin , &
retourner tard : mais l'ire de Dieu eft bien plus
griefue: car c'eft vne chofe efpouuantable, que de
tomber entre fes mains. Deuter. 13. Si quelqu'vn
dit, venés, fuiués des Dieux eftrangers , gardé toy
bien de prefter l'oreille à tels Prophetes. Quand
on hante parmi les Papiftes , il faut mettre des
bouleuars au deuant de fes oreilles , cuiraffer fon
ouye, afin de n'eftre naurés mortellement de leurs
pointes acerées de corruption.

Qu'eft-ce les Dieux eftrangers, fi ce n'eft le Pape & leurs Saincts qu'ils font adorer côme Dieux?
Il faut emprunter fur l'honneur de Dieu, & luy o-
fter l'honneur qu'on leur fait. C'eft def-honnorer
Dieu en foy , que de l'honnorer en eux, ou le cognoiftre tres-lourdement , quand on le veut fu-
perftitieufement recognoiftre en autre, qu'en luy.
Quoy? adorer la creature pour le Createur ? c'eft
eftre, non feulement defnaturé, mais prefque def-
creaturé: comme les pechés contre la nature fe pu-
niffent du feu , quel fupplice affés fuffifam-
ment efpouuantable pourra on excogiter à cha-
ftier les pechés contre le Createur? car le Createur
vaut infiniment par deffus vn milion de natures,
quelque viue ou vniuerfelle qu'elle foit.

Xx 4

En Exode 20. Tu n'auras autre Dieu que moy. C'eſt tenir banque contre Dieu , que d'inſtituer vn autre culte , & remonter vn ſeruice à part de celuy qu'il a ordonné, ſelõ que traduiſent nos miſſotiers , faiſans paſſer Dieu dedans leur patiſſerie. C'eſt vn digne meſtier que d'eſtre patiſſier, puis que leur ouurage eſt deifié, il ne deuroit eſtre meſtier plus ſauué que celuy la, puis que c'eſt eux qui donnent les dieux aux chreſtiens. Act. 4. Iugés entre vous ſi c'eſt choſe iuſte à la face de Dieu d'ouir & d'obeir pluſtoſt aux hommes qu'à Dieu, au Pape qu'à l'Euangile.

Les bonnes ſages femmes d'Egypte craignoient Dieu defaillans au commandement du Roy Pharao ſur la ſuffocation des maſles des Hebrieux. Ils veulent ſuffoquer l'Euangile dedans le faſt orageux de leur preſomptueuſe tradition , perdre le langage de la maiſon de Dieu, dedans leur barbare prohibition.

Il vaut mieux quitter ſes oreilles que donner nos deſirs maſculins à vn tel Pharaon Romain, nos volontés maſles ſe doiuent porter à l'obſeruation pluſtoſt de ce que Dieu, que de ce que l'hõme commande, car les Romains ne ſont qu'hommes non plus que les Rochelois , ou ӄ les Anglois. Ils n'ont point d'authorité plus les vns ӄ les autres ſur le teſtamẽt que Chriſt a inſtitué, & qui doit eſtre obſerué de poinct en poinct au pied de la lettre, ſans y baſtir tãt de radoteries, qui ne ſont par imagination, ni autrement contenues en l'Eſcriture. Et de croire qu'ils ſoiẽt plus ſages qu'hõmes, parce qu'il.

ſont

font plus Romains que Chrestiens , plus papistes
que baptisés & qu'ils renonceroient pluftoft au
baptesme qu'au Pape : c'est decliner à leur decli-
naison, c'est se trancher dedãs leur retranchemẽt.
se lauer dedans la saleté de leur bourbier, c'est analogiser à la papauté ce n'est pas estre papiste, mais
c'est papillonner, c'est flater non rauoder leur ra-
uoderie, c'est tournoier, circuler à l'entour dupot.
Si ce n'est fraternifer c'est cousiner , ou leur toucher en la main: & tout homme qui n'est point de-
stitué de la destitution de l'Euangile ne constitue-
ra iamais aucune sagesse dedans leurs constitutiõs,
ne se seruira iamais de leur astrolabe pour en a-
strologiser les cieux ou pour en estoiliser la creiche auec les mages.

Dan.3. Les compagnons de Daniel dirent à Nabuchodonofor , sçache ô Roy que nous n'adore-
rons point tes dieux, ni la statue d'or que tu as esleuée: Ansi ô Nabuchodonofor romain, sçache que
tes images, ta pantoufle , ton pied, ce sont idoles,
& que le Christolin de ta messe qui est si petit,
qu'il n'est pas si grand que le bout du pied d'vn
ciron, car tu dis qu'il est indiuisiblement , ou substantiellement dedans l'hostie.

Ce qui est indiuisible & corporel, comme est
le corps de ce petit Christolin, est bien moindre
que le bout du pied d'vn ciron , & toutesfois cela fait trouuer ta messe toute d'or par les richesses
qu'elle te gaigne. N'estant qu'idolatrie, laquelle nous abominons , & aussi ta qualité profane,
laquelle tu desguises du tiltre de saincteté , en-

cor que tu ne fois que tout peché, & de pe
ché, grand pecheur, enfant de pecheur, ido.
latre, prince d'idolatrie, docteur, fauteur d'i.
dole, qui es l'idole idolatree, ton pied feruant
d'idole à la punaiferie de ceux qui font fi fols que
d'en adorer la puanteur : & toy compagnon des
idoles qui idolatre, ne te contentant d'eftre ido-
latré, tu adore ta meffe & tes images, te fais a-
dorer comme non feulement l'image de Dieu
mais comme Dieu mefme : car les titres aufquels
tu te baignes, quand on en laue tes oreilles, c'eft
au Pape tout puiffant vice Dieu, ce font les antiennes communes defquelles on te falue : c'eft a-
uec l'amorce de tels faluts qu'on va à la pefche des
mitres & des chapeaux ; & tu as des refueurs à
gage, qui trefuent & fe forcennent à refuer fem-
blables blafphemes, pour t'enorgueillir & te faire treffaillir au pardeffus du crime de Satan : Bzo-
uius & femblable frocaille s'eft mis en paleftre, en
fon liure grouillant de tres hauts blafphemes à ta
loüange, mais au vitupere de Tres-haut il l'a intitulé *Papa Romanus* où il a fait vne conftruction
d'eftages d'où tu feras precipité quelque iour
comme ton bifayeul du Ciel, toy qui as plus affaire de larmes qu'aucû, pour aider à effacer tes a-
bominables pechés, fur quoy tu te canonifes hy-
pocritiquement.

Ne te contentant d'eftre appellé fainct, tu t'in-
titules la faincteté, Dieu ne fçauroit eftre d'a-
uantage, Sainct Paul & le Senat Apoftolique euft
detefté Sainct Pierre, s'il fe fuft ainfi arrogam-
ment

ment intitulé.

Ie prie les lecteurs de se representer la conuersation de ces premiers peres, qui annonçoyent l'Euangile si innocemment, à comparaison du fast intolerable de ceux qui s'inscriuent à faux leurs successeurs, 1. Machab. 21. Mathatias prestre dit qu'il n'est loisible de laisser la loy instituee de Dieu, pour ouïr & obeir aux canons & decrets du roy Antiochus. Act. 4. Pierre & Iean respondirent aux Pharisiens, nous ne pouuons taire ce que nous auons veu & ouy.

De mesme faut il dire à l'Academie des Pharisiens pharaonnites, romains, nous auons l'Euangile en la pauureté & austerité de Christ & de ses Apostres, nous y voyons la creiche & le caluaire les langes, haillons, guenilles, guenillons, tant du berceau que de la croix de Christ, (pourueu qu'il eust vn berceau, peut estre qu'il estoit en maillot sans berceau, sa pauureté ne luy en pouuant donner) nous ne recognoissons les siens qu'à sa liuree, nous ne deliurõs nostre creance qu'à ceux qui la portent : on recognoistroit mieux vn monarque payen à la liuree que porte le Pape & les Euesques, qu'vn suiuant de Christ.

Sainct Pierre appelle Christ Euesque de nos ames : mais pour cela sainct Pierre n'en fait mention, & luy mesme n'a iamais porté sa teste emmitraillee : c'est l'ornemẽt des prestres payens sacrifians aux idoles, *erant infulati*, mais Christ estoit la mesme rondeur, la mesme candeur, la mesme

simplicité, aussi de ses Apôstres, & vrays successeurs.

Chrîst donc, ô Messieurs les Papiroüettes, bandé contre le diademe orgueilleux de vostre siege,
& contre le pourpre des collegues de la Papauté.
Nous lisons Chrîst, nous l'escoutons:Il est impossible de nous empescher d'en parler.

C'est donc en vain que ces debauchés remplis
de dissolutions , nous veulent arracher la parole,
imposer silence:mais il nous arracheront plustost
les poulmons, les entrailles , & suffoqueront nostre vie : car nous sommes disciples de S.Paul, lequel n'est responsable à S.Pierre. Sainct Paul, est
l'Apostre de la Gentilité. Il est defendu,selon que
l'annonce le mesme S.Paul , Galat.3. à S.Pierre &
à ceux qui s'intitulent de sa succession, de rien annoncer aux Gentils , & les Gentils , par consequent se contentent d'obeir & imiter S.Paul.Ro-
mains ch.1. il dit,qu'il n'est point delegué par aucun homme à l'Euangile de Dieu:ainsi la predication de la reformation des Chrestiens,n'est point
emanée de la Papauté , elle n'y resortit par aucun
relief.Ouy,mais dira quelqu'vn, Luther se deuoit
presenter au Pape. Ouy bien si le Pape aimoit
plus ses ouailles que sa grandeur, son salut que sa
papauté, s'il aimoit mieux mourir en Chrestien,
que viure en payen : la discipline de Chrîst,que le
desbordement de sa toute-puissance : ouy s'il pe-
choit par ignorance,plustost que par presumptió,
& s'il vouloit preferer la modestie à son arrogance , & s'il aimoit mieux craindre Dieu,
que

que se faire craindre soy mesme, & s'il vouloit deferer d'auantage à l'honneur de Dieu qu'à la haine qu'il nous porte.   Ouy, comme Sauonarole, Iean Hus, & autres gens de bien.

Tous ceux qui ne s'inscriuent sous leur banderole, sont relegués *in terram obliuionis*, à l'inquisition.   Ils ont fermé la porte sur eux, baaillonné la sagesse & l'amendement.   Il n'y a moyen de faire approche de leur incorrigibilité.   Leur cœur est comme l'enclume à l'encontre du marteau. Toute leur pensee d'amendement, n'est qu'à couuer des censures & exterminations infernales à quiconques leur en parlera, ils cracheront contre leur propre pere, s'il les pique là dessus.   Ils courront sur le ventre de leur mere, si elle veut mettre sa parole en œuure, pour les chatouiller sur ces materiaux la.   Le S. Esprit mesme n'y a point de credit, c'est eux mesmes qui inspirent le S. Esprit à la direction des commétaires de l'Escriture saincte. Il y a fort peu à profiter à quiconque pensera de les meliorer.   Ils prefereront la putrefaction à la perfection, leur croupissement dedans l'infection leur deslogemēt à vne saincte institution, ils veulent pluftost s'abysmer, que se sublimer, se contredire, que se desdire, s'entrauer, que se detraquer: laisser les peines des gens de bien vaincuës, que prendre peine à se vaincre.   Il vaut donc mieux les abandonner du tout, & suiure l'appel qui nous est annoncé de Dieu à la suite d'vne pestilence. Sirach. 10. verf. 29. ne t'enorgueilli point quand les hommes auront affaire de ta besongne.

Ce seroit s'enorgueillir contre Dieu, que de rebeller, lors qu'il nous inuite à la reformation, &
au 20. chap. verf. 132. L'homme fage qui refufe fa
befongne à l'Eglife, & le threfor qui eft caché, ces
deux à qui eft ce qu'ils profitent? Il eft mieux que
le fol fe cache en fon oifiueté, que l'homme fage.
Exod. 4. Dieu fe fafchoit contre Moyfe lors qu'il
luy difoit. Enuoyés celuy que vous deuez enuoyer, & non point moy.

Il faut obeïr au miniftere, quand il nous commande la reduction du feruice de Dieu. S'il faut
prefter la main au bœuf de fon voifin, tombé dedans vn foffé, il faut bien pluftoft prefter l'efpaule
à l'Eglife quand elle va eftre accablée : chafcun fe
doit à fa deliurance, chafcun luy doit fa vie & fon
fang : l'enfant fe doit à fa mere, le chreftien à l'E-
glife, nous nous deuons tous à Chrift, & à fon
Efpoufe, non feulement nos oreilles & nos cœurs,
mais nos bouches & nos langues à fa parole pour
l'annoncer.

Ieremie 1. ne m'allegue point ton enfance ou ta
ieuneffe, mais marche feulement où ie t'enuoye
Ionas 1. chap. eftant appellé pour prefcher aux Ni-
niuites, fuyant fa vocation droit à la mer, où
le Seigneur apprefta vn tref grand vent qu'il enuoya illec, & prepara vn grand poiffon, qui l'en-
goutit eftant ietté en la mer.

C'eft courrir fortune de l'indignation de Dieu,
que de n'eftre prompt, quand fon feruice nous
demande contre qui que ce foit. Ofée 2. chap. iugés, dit-il, voftre mere, parce qu'elle n'eft point

ma

ma femme , & ie ne suis point son mari , qu'elle
se separe de ses fornications & adulteres.

Il y en a qui sont plaisans à interpreter ce lieu,
de mesme comme celuy de Sainct Iean , lors que
Christ dit à sa mere dés le pendant de la croix que
Sainct Iean estoit son fils , de mesme à Sainct
Iean que la mere de Dieu estoit sa mere.

I'ay leu certains sermonnaires qui interpretent
que par miracle elle se transrelationna , ou bien
elle fut transmaternelisée & deuint surnaturellement la mere naturelle de sainct Iean, aussi bien
que si elle l'eust reçeu dedans ses flancs , & que à
cest esgard, Sainct Matth. dit que Christ fut le premier né de la Vierge, parce que sainct Iean deuint
fils de la Vierge , sous inferant qu'elle a eu d'autres enfans depuis, comme maintenant S. Iean l'E-
uangeliste, qui a esté transubstantié, comme s'il a-
uoit esté formé & conçeu des entrailles de la Vierge , il est deuenu son fils aussi veritablement qu'il
estoit le fils de sa mere , sa mere ne luy estoit
point plus substantiellement maternelle que la
Vierge Marie : ainsi de ceste mere desmariagee
en Osée , il y en a qui veulent que cela soit fait
surnaturellement , & que la verité du mariage
estoit reuoquée , ains aneantie, dissipée, comme n'estant point aduenu non seulement ciuilement , mais surnaturellement , comme si on
pouuoit faire qu'vn homme né , ne fut point
né : ce qui est basti sur la proposition qu'aucuns espluchent , assauoir si Dieu peut rappeller,

reuoquer le preterit , & faire que ce qui eſt paſſé
ne ſoit point aduenu, & deuienne futur : ainſi tout
de meſme en ceſte opinion de ce mariage: mais la
verité de ceſte parole vient & prend ſon fondement du libelle repudiatoire , d'autant que Dieu
indigné contre l'Egliſe, quitte les eſpouſailles d'i-
celle, & rend ſes enfans iuges de ſon crime: car vn
enfant offence , qui obeit aux paillardiſes & adulteres de ſa mere.

Quoy? s'entrelaſſer en la diffamation, & violer
l'honneur maternel, ce ſeroit courir ſus à ſon debuoir, & eſtre criminel de ſa reputation. C'eſt pour
faire creuer de deſpit , pluſtoſt qu'inciter vn enfant à eſtre fauorable à ſa mere. C'eſt violer l'honneur de ſa mere à quiconque n'apporte point de
violence au denant du violement d'icelle, quiconque eſt coulpable d'omiſſion, eſt coulpable de l'a-
uoir commis, la diſſimulation vaut l'action. Celuy
là s'y embourbe qui n'y apporte du detourbier.
Comme Dieu prend la parole pour ſes eſleus, auſſi ſommes nous tenus de prendre la parole pour
la defence de la ſienne, ou d'en reſpondre en noſtre propre & priué nom. Il s'oppoſa à Sainct
Paul pour les Chreſtiens de Damas, ce n'eſt auſſi
de merueille ſi ſur ceſt exemple Sainct Paul ſe
laiſſa ſi ſouuent gouuerner à ſa ferueur , en faueur
de la cauſe de Dieu.

Quand l'ennemi eſt en la ville, on ſaute par deſſus la muraille , ſans priſer les loix, on ſaute par
deſſus les loix, ſans les rompre, quand la neceſſité
le commande : les loix ne durent que iuſques à la
                                        neceſſité

neceſſité,& le meſme ſe met de noſtre coſté, elle les fauſſe, elle les rompt.

On peut franchir l’honneur quand la mere s’en rend indigne, & qu’elle viole l’honneur de ſon mari.

C’eſt pourquoy la neceſſité de iuger de la cauſe & infamie Romaine ouure le chemin à tout bon Chreſtien à ſa condamnation. Elle n’eſt plus me-re, puis qu’elle n’eſt plus eſpouſe.

Elle n’a rien à commander aux enfans, le pere deſquels elle a violé. Apocal. 2. v. 20. Encor qu’elle ſe diſe propheteſſe, toutesfois elle ſeduit mes ſer-uiteurs, elle les enſeigne à paillarder, & manger des idolothytes, à ſçauoir des offrandes aux idoles, Ie luy ay donné du temps pour faire penitence, el-le ne ſe veut repentir de ſa paillardiſe, voila vne fleſtriſſure qui ſert de chaſſe à marquer contre l’obſtination Romaine.

Ses enfans ſont donc comme en Oſee 2. c. enfans de fornication, s’ils ne ſe veulent ſouſtraire de l’authorité laquelle engendre la paillardiſe de leur mere, Iſaie 57. Mais vous enfans de la prognoſti-queuſe, race adultereſſe, & qui paillardés, vne fauſ-ſe race qui forfait ſa religion, s’eſchauffe apres le bois & les pierres (il predit l’idolatrie Romaine) tu leur as reſpandu aſperſion, offert oblation, & fait ſacrifice. Ce ſont de grãdes reprimendes, que Dieu enuoye aux enfans par trop indulgens à la preuarication maternelle laquelle ils doiuent re-brouer, & ruiner, car le cõmandemẽt de Dieu les authoriſe cõtre ceux qui le deſtruiſent & veulent ruiner sa loy. On peut respondre au papisme le mesme qu'Abdia roy de Iuda opposa à l'idolatrie du royaume d'Israel. Nous autres gardons les cõmandemens de nostre Dieu, lequel vous auez delaissé. C'est se rendre coulpable de violence contre les edicts de Dieu, que de n'en empescher le violement en S.Luc.12. Le seruiteur qui cognoist la volonté de son maistre sans la faire, sera chastié de plusieurs playes. Psoau.77. Il suscita tesmoignage en Iacob, & establit loy en Israël, afin qu'ils ne fissent comme leurs peres idolatres. Ce n'est point estre contre l'honneur de sa mere, que de rebastir l'honneur de son pere,& de reparer les desmentis dõnés à sa parole. Ce n'est point estre cõtre Dieu, que se bander contre l'honneur du Pape, lequel enfreint la parole de Dieu.

Celui merite d'estre enfraint par tout, qui enfraint tant soit peu la parole de Dieu, & celuy qui l'ẽfraint par tout merite d'estre enfraint iusques au neant, celuy qui n'obserue Dieu en sa parole merite d'estre oublié aux yeux,& par dedans le respect de tout le monde.

Ezechiel. 20.v.18. Gardés vous bien d'ensuiure les commãdemens de vos peres, ni d'ẽsuiure leurs decrets,& vous polluer dedãs les idoles,mais marchés selon mes cõmandemens, & reuerés mes iugemens, & gardés les,c'est à dire qu'il n'y a pere, mere,Pasteur,Euesque,Pape,Eglise,qu'on ne doiue trãsmarcher,& fouler par dessus,pour ensuiure la pureté de la parole & des commandemens de Dieu,& ce sur peine des condamnation eternelle.
Lordõ-

Lordonnance y est formelle. J'ay composé vne
gallerie de tous les passages susdicts, qui nous portent à ne recognoistre personne deuant Dieu, à
preferer ses decrets aux decrets des hommes qui
bänissent la parole de Dieu.

Ne debuõs nous pas porter celuy qui nous porte, empescher qu'on ne forfasse la facture de c luy
qui nous a fait : nous mettre au deuant de c ux qui
veulent mettre l'Eglise en arriere, fouler ceux qui
veulent fouler l'Espouse de Christ aux pieds,
reduire en nostre merci ceux qui n'ont point de
pitié de celuy auquel ils crient ou doiuent, crier à
toute heure merci. Ils crucifient, sacrifient à toute
heure celuy auquel ils disent qu'ils s'immolent &
se sacrifient afin d'obtenir la vie eternelle : quelle
vie croyent ils que leur doiue celuy qu'ils font
tous les iours pontificalement, ou theatralement
mou'ir, son election misericordieuse est bien plus
grande que leur meschanceté : mais leur obstination les condäne en leur repudiation, eux qui sont
reprouués de Dieu, en reprouuant Dieu ils meritent d'estre reprouués de tous. Il n'y a aucune inferiorité qui n'ait droit par dessus telle superiorité : quoy, vouloir estre superlatif à la bouche dé
Dieu? reformateur du corps de Christ? cela merite d'estre renié par ses mesmes entrailles. Deuter.
33.v.9. ceux qui diront à leurs peres ie ne sçay qui
vous estes, & à leurs freres, qu'ils ne les cognoisset,
& mesmes mescognoissent leurs enfäs, ceux la garderont la parole de Dieu, & s'ils nous reprochent
la religion de nos peres, comme c'est l'ordinaire

refuge de la papelarderie, que d'interroger si nos Peres sont damnés.

Nous leur respondons, qu'ils seroient bien plus asseurement sauués par le chemin que nous tenons. Que l'abysme des misericordes de Dieu est infini, qui ne les auoit fauorisé de la cognoissance, comme à nous, qui sommes responsables de la lumiere que nous auons receu, & sommairement, comme Iob ch. 15. v. 10.

Nous auons des Vieillards & Anciens plus vieils que les vostres, & les nostres, à sçauoir Iesus Christ & les Apostres. Hebr. c. 6. v. 12. Sois imitateur de ceux qui ont herité des promesses en foy, & par patience: car la patience a serui de repaire, & d'eschauguette à nos pauures ancestres persecutés iusques dans les flammes.

Pseaume 98. Gardans les tesmoignages de Dieu, & les promesses qu'il leur a donné, comme à Abraham pere des fideles, Isaac, Iacob, Moyse, Samuel, qui ne recognoissoient, ni purgatoire, ni image, ni inuocatiõ des Sainct, & toutesfois, ils estoiét vrais croyans. Et par dessus eux S. Paul, qui en l'Epistre aux Romains, fonde la iustification, la predestination en la grace de Dieu, hors la main des hómes. Il n'y a Theologien, qui la puisse exprimer plus profondement. Elle porte son commentaire sur son visage. Toutesfois, la doctrine de ce Sainct personnage est toute eschantillonnée, mise en preuarication par nos papefigues, qui estimét leur droit plus droit que le droit du ciel, ils en conon nent les murailles eternelles, & veulent esbrecher

la

la Tout puissance de la grace iustifiante contenue en la Parole de Dieu. Il leur est aduis que leur droit canon doibue alliguer, nõ seulement le droit ciuil, mais mesme le droit Diuin. Ils l'ont tout depraué, rempli de verminerie; Au lieu de droitture, c'est corruption; au lieu de refrener le droit ciuil, il l'a rendu effrené.

Leur canon froisse le droit: Il s'est effrené iusques contre le droit Diuin. Ils l'excommunieroient volontiers à estre mis en frich;. Ils en fremissent la frequentation. Leur droit est vn droit inciuil, vn vray Ismael bastard, qui s'espreuue à chasser le vray & legitime Isaac, hors de son heredité, non seulement de leur Eglise. Ils se mettent en furie contre ce droit, par ce qu'il les empesche d'estre furieux, ils se desbordent contre ce qui les empesche de se desborder, ils veulent desreigler ce qui empesche leur desreiglement.

Il n'y a espece de siege où ils ne vueillent presider, de Iustice qu'ils ne vueillent ordonner & forcer, voire l'absorber dedans leur iniustice, qui est ce que comprent toute leur iustice. Ils ont tasché d'escacher ceux qui l'ont empesché d'estre escaché.

Où es tu mon braue Seruin, le Phœnix de tous les Aduocats Royaux qui furent iamais en France, l'Aigle des Orateurs de nostre temps, le tombeau qui enseuelit l'ignorance de ceux qui s'approchent de toy : tu es vn abregé de Iustice, des belles lettres, & quasi de toutes sciences: Esuertué toy mon bel astre, l'astre des vrays François,

l'eſpée & le bouclier des vrays ſeruiteurs du Roy,
& garde que ta vieilleſſe n'attendriſſe ton courage & ta ſageſſe, que ton aage ne rebrouſſe ta gloire. I'ay eſté ton Curé dedans les tenebres, ie voudroy bien ſeruir de Prophete, & eſclairer de la
lumiere que Dieu m'a donné, les eſprits giganteſ-
ques qui te reſemblent, & qui ſont voilés d'occupation, & de tintamarre, pluſtoſt que de vraye cognoiſſance de Dieu.

Ie te diray ſommairement que c'eſt ta grande
reputation, que d'eſtre enuers les Marianiſtes en
diffamation, c'eſt ta vie que d'eſtre leur mort, ca-
none moy leur canonization, & ne t'oublie point
d'eſtre l'Atlas, non ſeulement du Palais, mais auſſi des ennemis & perſecuteurs des parricides
Royaux.

Ils voudroient auoir mis à vau de route, &
defutailler, non ſeulement la Loy des hommes,
mais celle de Dieu, pour faire place à la leur. Ils en
celebreroient volontiers les funerailles, afin de ſe
rendre en la leur roys des actions diuines & ſacrées, & de regenter à la vie temporelle & eternelle, pour eſtre maiſtres de l'vn & l'autre fore.
Auſſi eſt-ce leur vray meſtier de gabeller, de gra-
beller, de corbiner.

Ils n'eſtiment le droit ciuil, que comme la freſ-
ſure, ou l'eſcorchure du droit canon, ils diſent que
ce n'en eſt que le fumier, le marc: que ce n'eſt que
leur droit traueſti, deſguiſé. N'eſtiment les Legiſ-
tes, non plus que pauures chatshuants de nuict.
Ils en diſent preſques autant du droit diuin: car ils
veulent

veulent que leur loy soit le fanal de l'vn & l'autre
Testament , comme si la loy ancienne & nouuelle
n'estoit que l'auorton , ou le puisné de leurs decrets & canons, lesquels luy commandent, & confinent le texte de l'Escriture dedans le mords &
le frein de leur institution : encor leur semble-il
de faire beaucoup d'honneur au Nouueau Testament , quand ils le reçoiuent à estre vassal de leurs
traditions , comme si les anciens Prophetes n'e-
stoient que de la herpaille , ils les postposent à
leur sens commun.

Il faut caimander deuant la porte de leur idolatrie le chemin pour aller au ciel , & demander à
Rome que c'est que Iesus Christ a voulu dire en
Hierusalem , comme si les Euangelistes & Apostres eussent esté hors de leur bon sens , ne nous
ayans donné que la parole , & qu'ils leur eussent
fait tenir leur intelligence, ou bien emprunté leur
bon sens,& pris à ferme leur Theologie,pour tenir escole dedans la leur , comme si la Theologie
Apostolique estoit faffelardé beante , & celle de
ces fressayes Romaines, Angelique,celeste, diuinement parlante, comme si les Apostres n'eussent
eu que de l'escorce à nous donner,& ne nous eussent serui d'autre que de papelarderie , le Sainct
Esprit ayant reserué à ces papelourdes , la seue &
l'ame , pour espurer l'efficace de ce qu'il auoit sur
le cœur,de son Euangile : mais nous voyons bien
au contraire.

La Parole de Dieu nous seroit bien superflue , si elle ne se sçauoit bien interpreter : ce

Yy 4

seroit pis que s'il falloit au soleil vn autre soleil
pour le regarder, ou à Dieu vn autre Dieu pour se
faire cognoistre: mais comme la lumiere du soleil,
sert non seulement pour se faire voir , mais aussi
pour faire cognoistre tout autre obiect visible,
& suiet à cognoissance: ainsi la parole de Dieu est
le truchement d'elle mesme. Et comme dit Dauid
ps. 119. Ta parole Seigneur à serui de lampe à mes
pieds. Ainsi nous disons que tant s'en faut que les
papefigues soient le canon, ou la lumiere de Dieu,
que c'est la parole de Dieu, qui est la reigle canonique , & infaillible , la lumiere inextinguible de
toutes les paroles & actions humaines , lesquelles
au visage d'icelle ne sont que comme la chandelle
dedans les rayons du soleil qui absorbent de leur
grandeur la lumiere de la chãdelle: ainsi la maiesté
de la parole de Dieu doit absorber & engloutir
toutes les paroles, actions & traditions humaines:
toutes ensẽble ne sont qu'vn niflet en cõparaison
de l'infinité de son authorité. Ce qui la retranche
merite d'estre retranché. Ce qui luy est contraire,
d'estre contrarié. Chacun y est tenu. La permissiõ
est contenue dedans le vouloir de chacun. Si ie ré-
cõtrois vn homme qui violast vne fille, ne le pouuant mieux empescher, ie serois bien reçeu quand
je l'aurois estropié de quelque bonne estafilade.

Le Seigneur Scipion Gentilhomme Italien, il y
a quelques annees rencontrant sa femme , qui a-
uoit presté sa couche à certain adultere , les tua
l'vn & l'autre. Il en fut prisonnier au parlement à
Paris, & eslargi sous quelques legeres amendes. La
saignée

faignée eſt vn remede contrainct, non naturel. Il
ne faut aucun congé pour tirer le mauuais ſang,
quoy que diſe Iacobatius le Cardinal au liure qu'il
a compoſé des Cardinaux & Pontifes , qu'il n'eſt
permis à aucun chirurgiéRomain de tirer du ſang
à aucū Cardinal, ſans en auoir au preallable la per-
miſſiō duPape. C'eſt vne flatterie trop affetée. Les
ſymptomes dangereux , qui accōpagnent vn ſang
vitié , licentient tout homme qui eſt expert de le
corriger: comme auſſi pour ouurir & trancher vne
apoſtume , il ne faut point de requeſte reſpondue
pour y mettre la main, & pour extirper vn mēbre
gangrené, encor que les loix defendēt de mutiler,
toutesfois elles n'interdiſent point vne telle operation à ceux qui l'exercent: & ceux qui apportent
la gangrene à l'Euangile, ſans miſſiō, ſans permiſ-
ſiō, on leur doit courir ſus, les mettre à vau de route, empeſcher qu'il ne ſoit violé, oſter ce mauuais
ſang qui lui donne la contagion, extirper ceſte gā-
grene, auachir, fouler ceſte authorité adulterante.
Mais dira quelcun, On laiſſe bien viure les ladres,
encor que leur ſang ſoit tout ladrifié, d'autant que
on ne ſçauroit le purger: il faudroit tout tirer le
ſang d'vn ladre , quiconque le voudroit nettoyer;
c'eſt en quoy quelques medecins faillēt grandement , rencontrans quelque maladie rebelle, qui
ſurmonte leur art & leur experiēce, il s'aheurtent
au ſang, & cuident en eſpuiſant le ſang, d'eſpuiſer
le mal, iaçoit que le mal ſoit fort eſloigné du ſang.
Ie reſpōds que le moins qu'ō face à vn l'adre, c'eſt
de l'excōmunier ciuilemēt, & le ſequeſtrer au loin

de la cõpagnie des hõmes : Ainsi faut il rompre a-
uec nos Romains, les excõmunier en toute façon,
& ciuilemẽt & ecclesiaſtiquement, & leur oſter la
matiere de tous esbreſchemés, aſſauoit leur reuenu , & mettre leur protocolle Gratian là où l'ont
porté les Italiens, qui ne ſont iamais comedie où
il n'y ait vn persõnage appellé Gratian : eux meſmes l'adiugẽt au harlequinage, ne rougiſſẽt-ils pas
de le mettre en la place de Moyſc, & de S. Paul, ſyn-
coper la mere goutte de l'Euãgile par ceſte vaſe,
ceſte lie bãüeuſe de conceptions romaines. Il faut
diſioindre vne telle diſiõ čtiõ, diſloquer la diſloca-
tiõ de l'Euãgile, deſraciner ce deſracinement ainſi
diſcraſié. L'antichriſtianiſme y eſt pilulé, mais epilogué, mais arboriſé : c'en eſt le trõc & en des en-
drois recourbé à l'atheiſme cõme là où il veut que
le Pape ſoit Dieu. C'eſt vne doctrine corpulente
de viſquoſité charnelle : la luxure, l'ãbitiõ y eſt tellemẽt treſmontée, qu'elle entre en contention &
enuie l'ambition du premier Ange preuaricateur.
Toute la bande des traditions, c'eſt vne eſcluſe de
virebouquinage pour y corrõpre le droit fil de l'e-
uãgile. C'eſt vn eſquadrõ chirurgiſé de trõperie,
farraſſéee chifõnerie cenſurée par le S. Eſprit, lequel oblige tous ceux qui veulẽt reſpirer de luy à
prẽdre les armes à ſa defẽce. C'eſt vne eſtoffe produite par vn faux germe de prudẽce qui cõtourne
la matrice de l'Egliſe. Cela ne ſert qu'à enfourcher
les eſprits, les guenillãs de lãges & maillots d'iniquité née de perſonnes qui auoient les teſtes deſ-
conſcientiées , esboulées dedans des eſcheueaux
de ſophiſmes inextricables , ayans tranſpoſé de

cults qu'ils ont foui chés la Gētilité pour les fau-
siller dedās la religiō des Chrestiēs,cōme de porter pain & vin & viāde à la memoire des martyrs:
cela a esté médie des Ethniques selon Aug. au 6.de
ses confess. ch.2. Et les feries des Gentils ont esté
tournées aux festes des mesmes martyrs , ainsi le
tesmoigne Gregoire de Nice en la vie de Gregoire Tomaturgue. Theodoret 8. de sō histoire dit,
q̃ les festes & solēnités de festin dediées à Iupiter
& à Bacchº ont esté referées & appliquées à Pierre,
Paul, Thomas, Marcel, Maurice, & autres SS. martyrs, sur le tombeau desquels on portoit les viādes
destinées à la celebratiō de ces Dieux payés, pour
y faire banqueter le peuple Chrestiē. La structure
des simulachres & images est venue de la coustume de payés, & des faux dieux, selō Eusebe en son
liure 7.c.17. Et selō l'accoustumāce des Ethniques
on est venu aux encensemens & au cierge allumé.
Qu'ō voye Cicerō au l.3. de ses offices. Les vigiles
annuelles au tōbeau des morts ont esté premiere-
mēt frequētées par les idolatres, q̃ par les Chrstiēs.
Voyés Suetone en la vie de Vespas. ch. 7. l'aspersiō
de l'eau lustrale, que voª dites eau benite. Voyés
Iuuenal en sa satyre 6. Sozomene au l.6.c.6. dit ou-
uertemēt, q̃ c'est vne inuētiō emanée de la Gētilité:
les lāpes qu'ō allume le iour, Seneque en fait mention en ses Epistres. La tonsure des Prestres & E-
uesques, la couronne des moines a vne encor pire
origine. Appulée au l.11. de son asne doré dit, que
Sacerdotibus Isidis capillum fuisse derasum , & ver-
uces prænitenses , que aux Prestres qui presi-
doyent à la Deesse Isis , la teste estoit toute

rafe,& non feulement rafe,car le coupet d'icelle eftoit tout reluifant , d'autant que peut eftre auec leur reufina tant practiqué en Turquie & en Leuant , duquel ils fe feruent à faire tomber fort aifement le poil , eux auffi s'en eftoient frotté pour fe former vne couronne vuide au lieu du poil abbatu au fommet de leur tefte.

Ruffin au 2 li.de fon hiftoire , dit, qu'au lieu des pourpoincts du Dieu Serapis, qu'on luy auoit mis des fignes de croix qu'on auoit appliqué iufques au iâbage des portes , aux feneftres,& aux parois pour l'eftendart qui s'appelloit Labbaron Conftantin mit le figne de le croix. Ainfi Sozomene li. 1.c.5. Alcuin au liure des offices diuins , dit,que l'Eglife a receu fes veftemens à la façon des preftres de la loy mofaique. Amalarius confirme le mefme au li 2.des Offi. Ecclefiaft. Gratian en la diftinction 1.de la confecration,dit que les confecrations & benedictions, font faites à l'imitation de Moyfe , & des Leuites. Ie n'auroy iamais fait s'il faloit tout retraffer à leur origine payenne, & hebraique.

Quelle miffion donc faut-il auoir , pour eftranger ce meflange ainfi eftrange? feruir Dieu du relief des idoles ? rompre le ban eternel à quoy eft condamnée toute la loy de Moyfe, auec toutes fes ceremonies ? faut-il qu'elle ferue d'embuche à efpionner le deguerpiffement , ou l'inftitution que I.C. a ordonnee ? Se feruir de fes conftructions idolatres, prefcrites pour la plus part par Satâ, pour en furprendre le droit diuin par l'efcalade d'vne
doctri-

doctrine si reprouuée. Leur propre synderese
les escarmouche-elle point au passage ? Froisser
& escacher ainsi les documents de Christ auec de
telles esquippées de subuersion. Car toute telle
pedagogie est vlcerée, fistulée, chãcreuse. C'est v-
ne catechese farcineuse, dont ils deduisent des a-
xiomes vermolus, virulens, des propositions arsenicales, pestilentes. Cèla engẽdre des tumeurs or-
gueilleuses, contre nature faire descouler le renouuellement de ces apostumes boüeuses, fangeu-
ses sur linnocence & candeur irreprehensible de
la face Euangelique de Christ & de ses Apostres,
ce n'est riẽ autre que les escroüeller, icelle ne viẽt
que de fluxion melancholique, d'humeur visqueuse, muqueuse, qui empesche le mouuemẽt des muscles de la doctrine du Testament Chrestien, dont
se forment des opinions dedãs les consciences, qui
s'endurcissent en schirres incurables, lesquels ne se
pouuans resoudre par la charité, il les faut suppu-
rer par censures, par cauteres actuels, potentiels.
C'est qu'vne humeur peccãte & reprochable d'i-
dolatrie, & de Iudaisme se doibt separer de l'Eglise, elles se doiuẽt chiffler, condamner à toute perpetuité, parce q̃ cela ne se peut enter ni incarner.
Cela seroit bon si Iesus Christ auoit laissé son E-
glise manchotte auec les bras coupés, de luy dõner
des bras de fer, ou s'il nous l'auoit laissée sans iambes, d'emprunter des anilles ou iambes de bois: ou
sans nés lui en dõner vn faictif & emprunter vn de
masque, escorniché pour la renaser, mais l'ayãt habillée des vestememens qui plaisoient à ses yeux,

ils doiuèt contêter les noftres:toutes ces additiõs ne font qu'empefcher, plaftrer la verité,ce sõt des efquilles qui arreftent &rendêt paralytiq; le mou-uemêt des mêbres de l'Eglife. A quel propos har-nacher ces diuins myfteres de haillons iudaiques, de guenilles caïmendées du paganifme?C'eft nous inftruire hors du catechifme de I·C.parquoi il noᵘ faut fortir de ces inftructions, & les confifquer en perpetuelle condénatiõ, fe heberger ou fixer,fans y rabbattre ou adioufter vn feul trauers de poil,de ce que I·C.a homologué,tout le refte eft piratiq; quafi atheifte, tendant à l'erudition & à la creance des hommes des idoles pluftoft que de Dieu.L'E-uangile n'eft pas muet , encor que la papelarderie n'en façe non plus d'eftät que d'vne vieille ferpil-liere , dans quoy ils enueloppent par impofture le glofe de leur iniquité fourragée comme deffus; pour leur feruir de tefmoin appofté à iuftifier leur preuaricatiõ,pour moy ie ne fçay que c'eft du pe-ché contre le S.Efprit , fi ce n'eft cela, fayre feruir le langage de la maifon de Dieu de certificateur à leur perfidie,& inuention menfongere. Non,ie di que le ciel & la terre , les Anges & la nature obli-gent tout homme de iugement & de cognoiffan-ce, à maintenir la virginité du fens de l'Efcriture, le pucelage de l'Eglife , l'honneur de l'efpoufe de Chrift,& à petarder,canonner,foudroyer tous fes ennemis. Autant de paffages ci deffus alleguês,au-tant de commiffions & de mandemens furnatu-rels que le Toutpuiffant enuoye à fes officiers,do-êteurs & predicateurs , quels ils foient,pour y te-

nir la

nir la main : car comme ils difent que l'Eglife eft
toufiours pupille, mais ils l'appliquent à l'auarice,
& à l'inalienation de fes biens temporels , fans
ietter l'œil fur ce qui eft fpirituel , car ils deboutent fans aucun efgard de prefcription de temps
quelque immemoria qu'il foit, tout homme qui
fera trouué en quelque piece qui aura autresfois
appartenu , ou efté defmembrée de quelque pof-
feffion Ecclefiaftique.

Or ie di que c'eft l'Efcriture fainéte , & la doctrine de Chrift, qui eft pupille & mineure, chafque docteur en eft le tuteur. Autant de predicateurs,autant de curateurs pour chaffer ces vfurpa-
teurs,ces empoifonneurs.

Elle eft vrayement pupille , la droiture ne fe
peut engendrer d'aucun tort par elle receu auparauant : leur fucceffion ne peut engendrer aucune prefcription : de ceft ordre fe prouue leur defordre , car nous voyons la lignée de leurs biffe-
ries , defquelles ils ont biffé la vraye Eglife,
nous voyons l'aage de la baftardife des chanteaux,
dont ils ont efchantillonné l'innocence primitiue
de leur mere,nous prouuons nos fins de non receuoir , par la cottation de l'indignité tant des perfonnes que des actions : car par la nous difcer-
nons ce qui eft de Iefus Chrift , & ce qui eft des
hommes , ce que les hommes ont apporté du
monde , pour le faire valoir autant qu'vn membre de l'Eglife.

Nous prouuõs par leurs autheurs & par leur cõfeffiõ q̃ hormis le pain de la meffe,tout le refte eft

hors de l'inſtitutiõ de Chriſt car ſelon l'opiniõ la
plus cherie entre eux en l'interpretatiõ de la fra-
ction du pain, que Chriſt rompit au pelerinage
d'Emaus, il dit la meſſe(puiſque meſſe y a, encor
que non, car elle eſt de beaucoúp plus ieune)pour
la ſeconde fois: Or eſt il que ce fut vne ceremonie
tout nue, non ceremonieuſe ſans iactance d'appareil,& de celebration, toute d'edification; mais
depuis qu'on l'a veneficié d'vn appreſt tout pre-
paratif d'idolatrie, & qu'on la voulu reſtaurer de
nouuelle peau, & de nouuelles entrailles,ou a deſ-
fait le meſme d'auec ſoy meſme, contrefait d'imperfection la perfection qu'ils ont voulu parfaire.

Le benefice eſt defendu. Il eſt non ſeulement
permis, mais commandé à chacun qui s'y cognoiſtra, de donner des vomitoires, & fortes purgations, à quiconques aura eſté beneficié, & deferer
ceux qui en ſont les autheurs. Ainſi faut-il que les
ſçauants mettent la main au crible & au tamis à la
coignee pour aliener tout ce qui eſt alиené & qui
aliene les Chreſtiens de la verité de la doctrine de
Ieſus Chriſt.Chacun eſt tenu de faire la patrouille
deuant le droit fil de l'intention de l'Egliſe; Et ſi
quelqu'vn l'a deſuirginee,crier apres,dõner l'alarme à ceux qui y veulent falſifier.Il ne faut auoir licence du magiſtrat pour appeller & crier au larron apres celuy qui vole vne maiſon. Eux meſmes
ont eſte ſi preuoyans, que de former vne inquiſition,qui leur ſert de citadelle pour battre en ruine
tous ceux qui deſapprouueront leur rappetaſſe-
rie

tie monstrueuse, leur agencement prodigieux,
embalans les ceremonies de toutes les religions
dedans la Chrestienne, contre l'expresse defense
du dernier de l'Apocalypse.

Aussi faut-il qu'il y ait vne inquisition, & fourrager & terracer tout le meslange qu'ils ont fourragé ches les ennemis de Dieu, pour en terracer sa
loy. I'appelle les Iuifs ennemis de Dieu, par ce
qu'il ne les peut aimer en l'opiniastre obstination
dont ils se targuent à l'encontre de la confession
de son fils.

Au reste, ce n'est à Rome à ratifier nostre mission. Ils n'ont ratification de la leur, qui n'est non
plus interinée, que celle des Iuifs, des Grecs Abys-
sins, & de tous les Leuantins. Le Pape n'a mandement, ni pouuoir exprés de sa charge non plus
qu'eux, beaucoup moins que nous : car de se targuer de sa succession, c'est sa mort & condamnation, autant de fois que ses predecesseurs ont apporté d'innouations, car ce sont autant de falcifi-
cations : quiconque adiouste quelque clause à vn
testament est reputé faussaire, eux qui ont tout re-
mué, cancellé, transposé les principales membrures du Testament de Christ: ils l'ont, non seulement alteré, mais varié, reiteré, mutilé, additionné,
tout cela doibt estre cassé, biffé, laceré, enuoyé au
billon, si ce n'est qu'ils en ayent eu commission,
& par clause expressement derogatoire, aux façons dans lesquelles Christ a institué son Testament: ce qu'ils ne sçauroient monstrer, car Christ
n'a point fait de second Nouueau Testament, &

n'a chargé perſonne de le faire pour luy.

Qu'ils en monſtrent vn ſeul mot de procuration, ils ne ſçauroient.   Ce n'eſt donc aſſés de la preſcription. Toutes les fauſſes religions en ſont emparées:mais nous,nous auons nos patantes l'Eſcriture Sainᵭe,dedans laquelle on trouue tout ce que nous croyons & commandons : & ne croyons & commandons , que ce qui eſt dans l'Eſcriture. Que ſi nous croyons,& commandons à nos ouaïlles vne trop petite ou trop grande creance, Ieſus Chriſt & les Apoſtres en ſont cauſe : car nous aimons mieux nous lier inſeparablement à l'allignement Euangelique, qu'aux ſuccroiſſances excrementeuſes qui y ſont temerairement comblées par l'effrouterie des hommes:outre que noſtre creance eſt adiuſtée au Sainᵭ Eſprit , & à Ieſus Chriſt meſme.   Elle eſt inuiolable comme ſa Parole : mais celle de nos papelardons , elle eſt toute extrauaguée, deſgorgée, hors d'elle meſme.

Il eſtoit tres-eſtroitement defendu en l'ancienne Loy d'y immiſcer ou meſlanger aucun culte eſtranger , ains ordonné de s'eſcarter au loing & au large,des façons des Idolatres : laquelle conſtitution doit encores viure , car elle n'a eſté reuoquée.

Chriſt meſmes s'eſt voulu tenir dedans , car il n'a rien meſlangé en ce Sacrement qui imitaſt , ou reſſemblaſt les ſuperſtitions du Iudaiſme ou paganiſme , il a celebré vne inſtitution de ſimplicité dans le fondement de la religion , auſſi eſtoit-il

l'Agneau

l'Agneau qui doit estre par tout, sans artifice, sans excogitation d'action perruquée, commentée d'alienations irreligieuses.

Elle n'a autre frontiere, que l'opinion humaine, autre matrice, que la curiosité des Papes, qui la sont allé foüiller dedans des cisternes estrangeres, puantes, releguées au banuissement d'enfer. On n'oseroit s'attacher à quelque malotru benefice, sans quelque bien authantique prouision, qu'il faut mesme appuyer sur la verité de sa fundation, qu'elle ne soit sujecte à estre contestée : car si la fundation est litigieuse, le benefice aussi est ruineux en son petitoire, en sõ possessoire. Il faut que le patron laic, ou autre quel qu'il soit, en face la presentation. Ie voudroy bien que le Pape fust cõtrainct de mõstrer sur quoy il se fonde, & de quelle authorité il change, altere, coupe, tranche, renuerse tous les mysteres instituéz par la fundation de I.C. àsç, s'il est plus grãd maistre que Iesus Ch, ou s'il a quelq; cõmission patente, ou derogatoire pour debouter le formulaire que I.C. a institué, & y en placer vn autre d'inuention humaine, & estrangere, afin que ie ne dise idolatre. Il alleguera qu'il est vicaire & substitu de Christ: mais c'est repeter le principe. C'est ce que nous combattons.

Où sont les marques qu'il en a, les enseignes qu'il en a receu de Christ? C'est sa iactance, sa manie, son grand reposoir, qui n'est piloté que d'vurpation, d'intrusion: cela n'a pour pied destal, u'vne certaine antiquaille vermoulue, cela s'est grossi comme vne pelotte de neige.

Zz 2

Les confciences intimidees, affadies de certains
fcrupules tortueux, errans, ont fait place à cefte fu-
bornation, outre que l'exaltation de la ville imperiale de Rome leur a ferui de marche-pied, iceux
pourfuiuans, conformans leurs deportements à
cefte impreffion de fouueraineté, changeans leurs
conceptions deuotes & facrees en deffeins royaux, politiques; concubinant leurs penfees, s'a-
mourachans de la fecularité, fe bouffifans à l'occupation de la vuidange des Empereurs, ils ont tout
auffi toft rédu la puiffance ecclefiaftique defia déf-
uirginee, enceinte du pouuoir ciuil, ils ont fecon-
dé l'aftre predominant felon le lieu tout ployable, ains tout ployé en monarchie, batiffant fur la
traffe, releuant les demi mafures du gouuerne-
mét prefque payen de fes predeceffeurs, coufant
tant qu'il peut à la foibleffe de fon bras temporel,
l'engeance de la force du bras fpirituel : force
forcee n'eftant qu'interpretatiuement force ils
l'ont renforcee de fecularité, s'aidant de la peau
de renard, plus que de celle du Lyon, adap-
tant le nouueau Teftament fur l'enchaffure de
l'hiftoire Romaine, habituant, incorporant les
procedures de l'Euangile, fur la defmarche d
l'infidelle; s'eftudiant vniquement à cefte imitation, faufillant, cheuillant la combinatio
mife en reciprocation l'vne dedans, l'vne a-
pres, l'vne parmi l'autre, pointant, tempe
ftant auec fes foudres & falmonees qu'il miroi
pour abbatre toutes les defences contraire
mettant en befongne le defapointement de
                                          monarque

monarques de sa cognoissance & recognoissance,
pretexant du tout puissant voile de religion ses
efforts & entreprises, les arrousant du sang des
siens sous le tres plausible, & tres specieux nom
de Martyr; appellant, couronnant leurs rebel-
lions, & seditions d'vne appellation respectueu-
se, aux consciences foibles, & auachies l'expriment en defences & immunités ecclesiastiques,
publiant, en couurant telles occasions d'vne belle
surpeau, que c'estoit pour la tuition & manu-
tention du droict pretendu par la creiche & le
caluaire, comme chose deuë à sa possession qui
estoit entree dedans les droicts sacrés, apparte-
nans à Iesus Christ, & sur ceste reuerence croi-
sant les consciences timorees, ausquelles ils pro-
mettoyent hardiment, temerairement, Dieu &
son Paradis s'ils mouroyent aux pieds de ceste
cause ainsi apostee, & ainsi sur les erres de plusieurs coruees de sang, ramassees par long progrés
d'annees & de siecles, à l'aide de force superstition
dont ils amorçoient la chance, & dont le vulgaire
se plaist d'estre amusé, badelorié, sans discerner
le vray d'auec la tromperie apparente, & cachee ils ont trainé tout le monde à eux.

Les princes se sont laissé dupper, cocuer, & en
fin demeuré du guet, ils se sont tellement auachis
à ceste fadaise de sotte simplicité, (qu'ils appellent du titre de religion) de quoy Dieu n'a que
faire, car que se soucie-il qu'on recognoisse le Pape, pourueu qu'on le recognoisse luy.

Qu'auouns nous que faire que le Pape nous

Z z 3

pardonne, pourueu que Dieu nous pardonne,
que le Pape nous ouure la porte de paradis, laquelle Dieu ne nous a point fermee: donc de
souuerains estans deuenus moutons, ils restent
comme assommés leurs sceptres demeurent
comme hebetes, se ployans, courbans leur couronne à l'adoration de ceste belle viçairerie, se
demettans iusques à luy tenir l'estrieu, portant
leurs mains à brider & gouuerner les resnes de
leur mule.

Bon Dieu que leur a fait leur souueraineté, luy
sont ils ennemis de l'auachir, iusques à vne telle
subiection: ie suis d'aduis qu'on arme de quenouïl-
le & de fuseau tous les frate botes du Pape: si Ni-
nus retournoit il disputeroit la preseáce de la foi-
blesse de tels courages, luy qui ne bougeoit du trauail parmi des troupeaux de femmes, ausquelles il
vouloit complaire.

Quoy? des grands & profonds hommes d'estat
se laisser leurrer, par la rhetorique d'vne sauate,
iusques à luy aller offrir leurs leures & l'adorer, se
prostituans ainsi à val, iusques au centre de la terre, c'est oublier ce qui ne se doit iamais oublier, *vl-
timum quod homo debet amittere est dignitas*. Et
pour preuue de la rebellion de ce beau lieutenant
à son chef Iesus Christ, c'est qu'il n'a aucune patente pour recercher tels hommages, & que telle
procedure ne resemble en rien à la creiche, ne
resente ni le bœuf, ni l'asne, ni chose quelconque
de Betlehem: c'est estre contre l'expresse prohibition de Christ, qui ne veut voir aucun cousteau
parmi

parmi ſon Euangile : neantmoins de l'Euangile ils
en ſont la boucherie, la tuerie des roys. A la verité
j'vſe en ceci de termes vn peu grands, qu'autres diront eſtre trop cruds, mais la ſcience certaine que
j'ay d'vne inuaſion ſi enorme commande à ma plume, ma deuotion vouée au ſeruice de telles ſouuerainetés apres Dieu, paſsionne mon cœur contre
l'indiguité d'vn tel faict, gourmande ma diſcretion; ie ſaulte en colere ſeulement à y ſonger.

Il n'y a donc autre vicaire de Dieu en terre que
les Princes, qui portent le glaiue, c'eſt pourquoy
ils ſont ſouuent appellés Dieux en l'Eſcriture
ſaincte.

Ils ont la diſpoſition de la vie & de la mort de
leurs ſubiects en l'adminiſtration de la iuſtice
qu'ils leurs doiuent.

Quant à Chriſt, entant que Mediateur, il ne peut
auoir ni compagnon ni Lieutenant.

Que s'il auoit vn compagnon, il ſeroit imparfait
ou defectueux, ce ſeroit l'arguer d'inſuffiſance,
comme c'eſt vn grand argument du defaut qu'ont
les Princes en leur prudence, lors qu'ils la mandient dedans le cerueau de leur conſeil; cans'ils
pouuoyent tout preuoir & apperceuoir, arguer,
colliger d'eux meſmes, ils n'auroyent que faire du ſecours d'autruy; mais parce qu'ils ſont
pauures de ſageſſe, ils ſont contraints d'en man-
dier le ſecours chez d'autres qu'ils cerchent,
voir s'ils en pourront trouuer de plus habiles
qu'eux pour les bien diriger, & ſeruir d'eſcha-
las pour eſtayer leur imbecillité, il n'en prend

de mesme au Fils de Dieu , & aussi fort loing, que
prés : la distance n'affoiblit point ses desseins, lequel est tout sage, tout de sagesse, & tout-puissant,
& tout de puissance , & n'a mestier d'aucun confort, ni de personne qui luy donne la main, ni d'aucun qui le supporte, ou qui luy serue de sommier.

Ses espaules n'empruntent celles de personne.
Il n'a que faire de compagnie. Son bras est assés
fort sans aucun soldat, capitaine ni armée , sans
qu'il ait mestier d'espée, ni de bouclier, où autres
armes offensiues ou deffensiues.

Il peut tout seul & de luy-mesme ce que les
hommes sont contraincts de cercher aux defenses estrangeres, qui sont hors d'eux mesmes. Il n'a
que faire qu'aucun luy porte des munitions , son
bras luy sert de bras, d'armes, & de toute prouision. Il n'a donc mestier d'aucun compagnon. Encor moins d'aucun Vicaire , (Ie parle entant qu'il
est mediateur) d'autant que les œuures du Mediateur, procedent de l'energie de la conionction des
deux natures en vne personne, dont l'vne d'icelles
est infinie, & de vertu infinie , laquelle ne se peut
communiquer à aucun: car aucun ne peut estre infini que Dieu.

Hebr. 7. v. 24. Il demeure eternellement en Sacrificature perpetuelle , c'est àsçauoir, qui ne se
peut transporter ou communiquer à personne,
dont est soint apres , & pourtant, peut-il sauuer à
plein ceux qui s'approchent de Dieu par luy : &
comme il n'en peut transferer le total, aussi n'en
peut-il transferer vne partie, car dedans l'infinité
tout

tout y est infini, l'infini ne se peut partir. Ouy,
mais (dira quelqu'vn) les Pasteurs & Ministres de
la Parole de Dieu, ne sont-ils pas ses Vicaires,
n'exercent-ils pas sa Lieutenance ? Sainct Paul ne
dit-il pas, *legatione eius fungimur*, que nous sommes ses herauts, & portons la parole de Christ en
ambassade.

Ie responds qu'ils ne sont ni substitus, ni Lieutenans, mais instruments actifs, ou bien les organes
d'iceluy Christ.

En l'administration de la parole on considere
deux choses, L'vne de la construction des mots
de celuy qui parle, L'autre, qui est la plus signalée
& principale, l'operation du S. Esprit, qui s'insi-
nue par là dedans, & laquelle est intime au cœur
de celuy qui porte la parole. Quant à la prononciation, c'est l'instrument du S. Esprit, mais le S. E-
sprit, c'est le principal operateur. Quelqu'vn obiectera, vous aués dit ci-deuant, que le bras de
Dieu est assés fort sans espée ni bouclier, & qu'il
n'a mestier d'aucune arme offensiue ou deffensiue,
qu'est-il donc besoin que l'homme preste sa bouche au S. Esprit, sa parole à l'operation d'iceluy ?
N'est-il pas assés fort tout seul, sans appeller &
reclamer à son secours vn outil si chetif ? Qu'est-il
de besoin qu'il se serue des hommes pour se faire
prescher ? ne se sçauroit-il luy-mesme inspirer dedans les ames de ceux qu'il veut tirer à soy ? ses instincts ne sont-ils pas assés esguillonnans, sans cercher hors de soy la langue d'vne creature qui est
folle, & qui a besoin de reductió, & qui ne se peut

fauuer fans le fauueur, ni infpirer fans le mefme
infpirateur? Ie refpons que Dieu a voulu hono-
rerles caufes fecondes par la premiere, qui eft luy
mefme, encor qu'il nous puiffe efchauffer fans le
feu; neantmoins il a voulu creer l'element du feu,
pour feruir d'outil au chauffage qu'il nous donne,
il pouuoit bié creer Adã fans prédre de la poudre
pour le façõner, il pouuoit bien faire Eue fans emprunter la cofte d'Adam, car ce n'eft point vn argument de l'imbecillité de fa puiffance, que ces
petits fondements dont il s'eft ferui ; comme auffi pouuoit il fauuer les reliques du monde fans arche, comme auffi pourroit il faire parler fans langue, comme il y en a exemple au liure des Ma-
cabees; faire voir fans fes yeux, faire que les incredules creuffent à fa parolé, fans fes miracles,
il nous pouuoit bien rachepter fans fa mort,
fans fon fang, & fans faire le voyage de l'incarnation. Il pourroit bien nous adminiftrer
les chofes qui nous font neceffaires, fans le feruice des cieux, planetes & eftoiles, & fans
l'adminiftration des Anges poftillons, meffagers, porteurs de fes pacquets & volonté.

Mais la fainéteté de fon bon plaifir a efté
de feruir d'inftrumens & de caufes fecondes,
qu'il a voulu honorer de la communication de
fa bonté, fans toutesfois communiquer fon infinité, ni fans requerir l'aide d'aucun, encor qu'il
l'euft peu reueler cõme il faifoit par quelque propiciatoire, mais il a mieux aimé honorer fes creatures racheptees en l'aide qu'il leur dõne, en l'exaltation

tion du ministere auquel il les pousse, pour monstrerqu'il n'est point enuieux sur l'honneur d'aucun, ou eschars de sa puissance, laquelle il depart par parcelles à la sublimation de ses creatures ministerielles.

On m'obiectera derechef, que quand l'Eglise tronque vn membre pourri par le glaiue de l'excommunication, qu'elle le fait comme exerçant la lieutenance & le vicariat de Christ.

A quoy ie respons, qu'elle le fait instrumentairement, mais sans magistrature, executant cette partie de son ministere au nom de Iesus Christ, lors qu'elle tesmoigne que c'est la volonté d'icelui qu'vn tel contumace, qui est exclus du royaume des cieux soit aussi forclos & rescindé en terre, iusques à ce qu'il se reconcilie par sa conscience au ciel, à sçauoir iusques à sa resipiscence, & qu'il aura retourné son vouloir contraire & obstiné à la soumission qu'il doit à la recognoissance du Toutpuissant.

Ils ne sont dõc point des vicegerens, mais ministres, comme porte leur nom.

Ils sont comme sergens, officiers du magistrat, comme herauts, contreroolleurs, maistres d'hostels, qui disposent & ordonnent la famille & la maison du Roy.

Sont employés sur son estat, non comme ses Lieutenans, mais comme ses seruiteurs, qui font les seruices necessaires à sa maison.

Lesquels neãtmoins sans eux n'ont aucune iurisdiction contentieuse, ciuile, ou criminelle; ainsi les

Ecclesiastiques n'ont que l'ordre de la maison de
Dieu, la disposition des mœurs & bonne edification de la vie auec l'administration des sacrements
& rien d'auantage, que porter la parole de Dieu
dedans vne telle enceinte, ils se doiuent limiter,
c'est la peripherie de leur actiuité, qu'ils ne doiuēt
outrepasser. Bon Dieu les hōmes sont si ialoux de
leurs sēmes le doiuēt ils estre moīs de leur sceptre
& de leur iustice que de leur couche: & s'il est question de deuiser licentieusement & à l'epicuriéne,
il se trouue plusieurs couches, mais il ne se trouue
pas plusieurs sceptres, ou d'autres courōnes àquoy
les Rois puissent cōmander qu'à la leur. Quand vn
mary a perdu vne femme, il en rencontrera vne
pluralité grouillante à son choix, mais quand le
sceptre d'vn Roy est tres-passé ou transporté, il
faut qu'il demeure en sa viduité, car on ne les
rencontre point qu'au singulier, il y a de l'impossibilité à en recouurer : c'est pourquoy ils
doiuent singulierement faire la sentinelle, &
empescher que dedans leur estat, il ne se ba-
stisse vn autre corps d'estat, qui eniambe ou
suppedite la moindre partie du leur, car cela est trop malaisé à recouurer : tels rapiece-
ments vne fois eslochés ne peuuent trouuer de
retour que difficilement.

Et cependant on ne tasche qu'à leur escroquer
tantost vne loy, tantost vne autre, & tant s'en faut
q̄ les ecclesiastiques doiuēt s'amouracher de telles
dominatiōs: car quād mesmes elles leurs tēdroient
les bras à les embrasser, ils s'en doiuent excuser, &
s'en·

s'enfuir comme Ioseph deuant sa maistresse; d'autant que les puissances politiques sont les tutrices, & gardiennes, ains les bouleuars de la discipline, & du ministere ecclesiastique, cest le but du pouuoir des appels d'abus, afin que le magistrat empesche l'anticipation, remission, ou alteration des loix tant ciuiles que de l'Eglise; la citadelle des loix sacrees ce sont les ciuiles.

Outre que, tous les Apostres estoient egaux, sans qu'aucun fust superieur ou maistre par dessus les autres: il n'y auoit point de lieutenát ou de vicaire de Iesus Christ en ce College, encor qu'aucunefois ils les absenta. Premieremẽt les clefs ont esté donneés à tous egalement, non à aucun par dessus les autres, S. Matth. 20. Il n'a establi aucun pour commander en sa place; mais qu'on prenne garde à la response qu'il fit à la mere des enfans de Zebedee: Elle requeroit que ses enfans fussent les premiers officiers de son royaume, que l'vn portast son espec, & fust Connestable pour commander aux armes, que l'autre gardast ses seaux, fust son Chancellier, le chef des chefs de la iustice; car tels offices sont tous-jours les premiers apres la couronne en vn royaume. Christ les rauala d'vn rabroüement seuere. Quoy donc leurdit-il, vous voulés imiter les Gentils, voulant dire que l'ambition est Payenne, qu'elle ne tient rien du sién, mais que tout y est infernal, les enseignant à fuir, non à poursuiure les primautés. Les Rois des Gentils cerchent la domination, il n'en ira entre vous autres de ceste façon, car i'ordõne que celui qui voudra commander , soit le valet de tous les autres.

En la 2. aux Thessalo. 2. le Pontificat est suggillé blasmé d'Antichristianisme , tant s'en faut que ce soit sa saincteté , qu'il l'appelle homme tout de peché , ne se contentant de l'appeller pecheur, il le nomme le peché mesme , prophetizant les pieces du bastiment de ceste qualité , il se souslevera par dessus tout ce qu'on appelle Dieu , c'est donc vne sentence capitale portée dedans tout ce second chapitre contre les circonstances de l'assemblage du siege Romain:& ne faut point qu'aucun s'appelle chef ministeriel , il faut extirper ce nom antichristianisé : car il n'y a personne qui puisse estre premier ou second chef , ou administrer les fonctions d'iceluy en cas de mediation sinon Christ.

On obiectera ; qu'on extirpera donc l'Eglise, d'autant que l'Antechrist doit estre assis au milieu de l'Eglise.

C'est donc vne illation necessaire , si la vie du Pape est l'Antichristianisme, si son siege est Antichrestien que l'Eglise Romaine est la vraye Eglise. Ie respons que l'Apostre dit qu'il sera assis, non comme membre de Christ , mais comme vn Dieu aposté , qui a frippé ce throsne par inuasion, il l'a escrocqué comme vn vsurpateur, comme vn voleur qui se met en garnison, en la maison qu'il a rauie par force.

Et pour nous , nous ne nous sommes point separés de l'Eglise , mais du Pape , mais des abus

& in-

& inuasions de Rome , encor faut il sçauoir de
quelle Rome : car nous sommes catholiques a-
postoliques romains , assauoir de la foy de ces romains, ausquels S.Paul escriuoit, nous sommes romains paulistes & nõ romains papistes, nous sommes romains chrestiens, & non pas romains adul-
terés par la monarchie paganisée selon qu'elle est
auiourd'huy : car le Pape fait comme vn pirate,
qui commande au vaisseau qu'il a escumé sur la
mer , ou comme Satan , qui commande dedans
le corps humain par possession energumenique
ou dehors d'iceluy , l'inquietant par obsession,
par fantosme , vision , transports corporels, en le
frappant & mal traittant.

L'Eglise Romaine est la mesme Eglise quant
au tronc , comme nous dirons maintenant, nous
sommes fondés en Christ eux & nous, c'est pourquoy nous sommes appellés protestans, non point
que nous soyons sortis d'vne Eglise pour entrer
en vne autre : mais nous auons protesté contre les
erreurs, heresies & autres desuoyemẽs, que le Pape
a apporté dedãs l'Eglise, le tẽple ne laissoit d'estre
le mesme temple encor qu'on l'eust conuerti à autre vsage en faisant vne grotte ou retraicte à l'ar-
rons , nous ne nous pleignons pas de l'Eglise, elle
est assés grande & pour eux , & pour nous, mais
nous nous pleignons du papisme, & de leurs superstitions qui fourragẽt & diuisent l'Eglise, la mettẽt
en dissipatiõ & en cõbustion, ce q̃ nous detestons.

Or les papistes pour nous rendre odieux clabau-
dẽt que nous sõmes sortis hors de l'Eglise, q̃ nous

voulons ruiner l'Eglife, la decapiter du chef eftabli par Chrift:mais tant s'en faut,nous n'en fortõs
point,nous ne la quittons nullemẽt du mõde,mais
nous la voulons defabufer, & en faire fortir les a-
bus,qui abufent les Chreftiens,&deftruire fi nous
pouuons la ruine qui la met en deftruction : ofter
ceft adultere de Pape qui eniambe fur la couche de
Chrift,qui a anticipé fon authorité toute noire de
fuperftitions, & fuborné les Chreftiens de mille
faux donner à entendre : nous nous feparons donc
de ceft efcume,de tout ce qui eft hors de Chrift,&
aliené de fon inftitution : nous faifons comme celui qui ne bouge d'vne maifon empeftée qui fe fe-
parera aucunement de la proximité de celuy qui
porte la pefte, mais qui tafche à la purifier & aë-
rer, pour rendre cefte engeance mortelle,faine &
familiere: ainfi nous ne fommes donc hors de l'E-
glife,encor que foyons à l'efcart des abus du Pape
ains nous y fommes plus fermement que ceux
qui font aueuglés de la papimanie. Outre que,
comme l'œuf eft caché dedans la poule, le vin
dedans le raifin, le grain dedans la paille : ainfi les
bons Chreftiens font peflemeflés les vns parmi
les autres auec eux.Et comme vne concubine,à laquelle on a renuoyé le libelle repudiatoire,ne laiffe
point de porter quant & foy l'anneau & les autres
enfeignes de fon mariage : encor que l'Ange en
Ezech.9. feelloit auec fon Tau,pour marque qu'il
imprimoit fur le front de ceux qui deploroient l'a-
bomination du peuple , & toutesfois qui eftoient
dedans ce peuple a l'occifion des aifnés d'Egypte,
on

on marquoit le linteau des maisons des enfans de
Dieu auec du sang de l'agneau, lesquelles estoient
confuses au milieu des pecheurs Pharaonites, &
partant aussi sommes sommés & interpellés de
sortir de Babylon, comme Lot à sortir de Sodo-
me luy & sa famille : & ceux qui sont appellés domestiques de Dieu par S. Paul, ne laissoient point
d'habiter dedans les payens, toutesfois que le danger y est beaucoup plus eminent, la foy beaucoup
moins prouignée : car quand la religion à ses coudées franches, qu'elle est libre en son exercice, le
fruict de la rente en est meilleur : comme Esther,
lors qu'elle eust procuré asseurance au peuple de
Dieu, plusieurs grands personnages deuindrent
Iuifs, lesquels auparauant estoient en iniquité.
Quoy que nos aduersaires se vueillent bastir sur
le fondement de S. Pierre, prendre sa superiorité
pour le patron fondamental, ains pour le droit titulaire de la leur.

Mais c'est se chatouiller pour se faire rire, comme tous les Euangelistes ont esté egaux, & qu'il ne
se trouue aucun Euangeliste superieur aux autres
Euägelistes: ainsi les Apostres ont esté pareils. Vn
Apostre n'estoit point superieur & n'auoit rien à
commander à l'autre, ainsi vn pasteur ne tresmon-
toit vn autre pasteur, toutesfois les Apostres e-
stoient par dessus les Euangelistes, comme les E-
uangelistes par dessus les pasteurs & Docteurs.

S. Pierre à cause de son aage, auoit bié receu quelque prerogatiue tant de Christ que de ses compagnõs, & auoit eu quelq; don en partage particulier

quelque grace finguliere, il eftoit nommé des premiers, appellé colône de l'Eglife, portoit la parole
à Chrift pour fes côpagnons, au nõ defquels il re-
fpõdoit, & pronõçoit les paroles que le college lui
auoit mis en la bouche , fans toutesfois qu'il euft
rien à leur cômander , ni qu'ils lui fuffent redeuables d'aucun hõmage. Quant à S. Paul, à caufe de fa
fapience, du zele, profond iugemét, exquife doctrine, il eftoit autât par deffus S. Pierre, que S. Pierre
par deffus les Apoftres, nõ que lui ou les Apoftres
fe foient fondés fur les poutres & fommiers dont
le Pape à bafti fa tour de Babylone, affauoir fe dõ-
nant puiffance de determiner de toute l'Efcriture,
de finir au par deffus, & fans icelle, toutes les controuerfes de la foy, de côuoquer d'épefcher, rõpre,
affembler les côciles, faire chocquer fõ authorité,
& en brifer l'authorité de toute l'Eglife, fe faifant
le Prince des Princes, le Roi des Rois, l'Empereur
des Empereurs : il me femble que ces titres là ne
font fi chauffans ni de mefme pied, côme il s'intitule foy difant feruiteur des feruiteurs de Dieu,
de fes efcrits, couurât & amortiffant les efcrits des
Euangeliftes & Apoftres entreprenant de ratifier,
radier, homologuer, câceller, efteindre, verifier de
fon feul iugement particulier, independât de tous
les autres , tout ce qu'il lui femble au preiudice de
tous les iugemens, de tous les conciles, de tous les
Peres Anciés & prefens, d'excommunier les Rois,
interdire ceux qu'il luy plaift de l'Eglife , pardonner les pechés, decider de toutes les caufes temporelles , c'eft à dire par deffus tous les droits & iu-
rifi

risdictions , definir par arrest irreuocable toutes
les contentions de tous les procés de quelque im-
portante matiere qu'ils soiẽt, fussent de courõnes
& de sceptres, employãt sa volõté,cõtre l'authorité de toutes les loix ; la faisant valoir à l'equipolẽt
de toutes les raisons qui se pourroient alleguer.
Montãt iusqu'à iuger les sceptres &couronnes, les
attribuant selon que son iugement luy dicte : se
donnant ce pouuoir,que depossedant les Rois, dõ-
ñāt les couronnes, il peut aussi donner & oster les
Duchés, Contés, Baronnies, Seigneuries, tout le
bien de la terre,en general & particulier:peut ietter vn homme de sa possession,& la dõner à vn autre, de creer des loix qui obligent autant que les
loix de Dieu,aussi estroitement que les cõmandemens de Dieu , ains plus estroittement , car on
mettra à l'inquisition à Rome vn quilaura mangé
de la chair le samedy,ou en caresme,& on tolere-
ra celuy qui aura adulteré. Il se donne ceste maiesté que les consciences luy sont plus obligées
qu'à Dieu , que le Decalogue quitte sa place aux
commandemens du Pape:nous au contraire disons
qu'il n'y a personne qui ait pouuoir de faire des
loix,& d'obliger les hommes,que les rois & princes de la terre,chascun en sa souueraineté & sei-
neurie , & que toute principauté& domination
st suiecte à Christ, que Christ n'a point de vicai-
e ou lieutenant en ce qui appartient à l'office de
mediateur , pour composer nostre salut, & qu'il
y a que ceux qui portent les couronnes & qui
nt en souueraineté , qui ayent le pouuoir de

A A a   2

faire des loix. Et qu’il n’y doit auoir autre droit a-
pres le diuin que le ciuil , & qu’il n’appartient à
personne d’estre legislateur, qu’aux souuerains, que
le droit canon est vn droit outrecuidé mestif, apocryphe, vsurpé, intrus sās pouuoir d’aucune legisla-
tion, emané de presumption, qui veut perclure le
vray droit, vn droit faussaire, vn trouble de iustice
vn droit quereleux, tout de zizanie, de rancune, nō
seulement litigieux , mais vn droit larron, vne iustice desrobée, vne volerie, le coupegorge de tout
autre droit , aussi peu de droit aux chrestiens que
l’Alcoran, vn droit trauersé, fistuleux, chancré, cau-
terizé, plustost pour voler, que pour restituer, pour
confondre que pour redresser. Il est tout composé
de roigneures de scieures de droit ciuil , vn droit
ciuil retaillé, regratté, circoncis, refondu dedans la
fournaise de la concupiscence des prestres, où tout
y brusle d’auarice: vn droit tenaillé, où le droit ciuil est fourragé, torturé, mis en extase hors de luy
mesme, pressorié, ains c’est l’escorcherie du droit
ciuil, il y est esgorgé, ce n’est pas vn droit, c’est v-
ne rape, c’est vn rapé contrefaict d’eschappatoires,
d’esquippées, d’illusiōs pour esgruger tout le mōde *ex quolibet* il en fait *quidlibet* vne fonte de mal-
engin où le pauure Iustinian est en saugrenée, en
capirotade, c’est la chenillerie du droit ciuil. Ces
officialités ce son estapes de larreçin d’ignorence,
ce sont vendeurs de prestres & de chrestiens, rongeurs de tōsures, ou il y a force maquerelage à quiconque y veut estre le bien venu, & auoir des bon
nes causes , & sur les causes matrimonialles , o
se pa-

se paye pour l'ordinaire en chair , pluſtoſt qu'en argent.

Mais la plaiſanterie,c'eſt aux congrez.I'ay veu des officiaux entrer en humeur , monter en fougue , Dieu ſçait comme le feu eſtoit au clocher, c'eſtoient de vrays brimballeurs , ils euſſent encheri la congreſſion pour eux de toute la deſpence de l'aſſemblée,ou du quart de leur cuiſine , de toute l'année.

Et par le beau vrayment , telles eſpreuues ſe deburoient faire par deuant les laics: car il eſt impoſſible qu'vn ſi beau gras touche à leur ſens, ſans qu'ils en demeurent graiſſés,car de telles bougettes ſi bien refaites ont la caillette tendre,chaudelette,encline à l'aromatiſatiõ: officines d'iniquité, vrays bordelages,& les maiſtres & les clercs,chaſcun y paſſe ſon temps à bon marché, croyés que ſi quelqu'vn a bon temps , ce ſont ces petits corbineurs là: & puis,quand ils ont mis la griue dans le panier,ils donnent la peſche & le noyau , la poule auec l'œuf dedans le ventre à qui ils veulent. I'en ay veu qui n'euſſent iamais appris le meſtier de preuarication , ſi elles n'euſſent paſſé par ces recoings là: le ſerment de l'eſguillette y eſt en ſa fermeté , auſſi paſſe-il pluſieurs pieces de gras double par leurs mains , leſquelles pour auoir iuſtice gratis , s'accommodent auec les pieces dedans le ſac.

Il s'y perpetre d'eſtrangés ſcandales , mais ils tiennent le pot & le couuercle,ils en oſtent l'eſuét tant qu'ils peuuent : croyés qu'vn pauure officier

A A a   3

qui voudra s'achalander en ces meschantes
cohuës aura bien de la peine à estre hómme de
bien : s'il n'emprunte sur son honneur & sur sa
conscience , mal-aisément aura il iamais aucun
ressort.

Ie me reserue à en dire ailleurs , car i'en ay des
particularités,& selon que ie seray contrainct,i'ay
de grandes gorgées, des brassées d'histoires, pour
mettre en palestre plusieurs sieges,regorgements
de faussetés,fallaces,& lubricité.Qui veut voir des
Sardanapales,Heliogales, il ne faut aller loing, de
là. Nous donc detestons vne telle condition, par
laquelle le Pape veut aller du pair auec Dieu: ains
ils ont renduDieu si pauure,qu'il faut qu'il aille au
Pape,mendier ses habits: c'est pourquoy les pein-
tres Romains , quand ils veulent peindre Dieu
Pere,ils empruntent les trois couronnes du Pape,
pour luy mettre sur la teste. & la chappe pontifica
lé pour luy mettre sur les espaules. C'est pourquoy quelqu'vn estant interrogué s'il y auoit rien
au par dessus de Dieu, il respondit qu'ouy, car il y
auoit la couronne du Pape qui est au dessus de l
teste de Dieu , & s'il y auoit rien plus ample
plus large que Dieu , il respondit que c'estoit l
chappe du Pape,d'autant que Dieu la porte sur se
espaules , elle traine autour de luy. Qutre que l
Pape s'est donné le pouuoir d'estre createur d
son Createur à la messe. Mais encor bien d'auan
tage,c'est qu'il fait autãt de createurs que de Pre
stres , ausquels il donne le mesme pouuoir d
creer Dieu , & d'estre createurs en la messe , de
celuy

celuy duquel ils font creatures , qui eſt bien eſtre
d'auantage que Pere, d'autant que le Pere ne donne que le corps à ſon fils , l'ame vient d'ailleurs,
comme dit Ariſtote, *aduenit de foris*, mais le Pape
auec ſes Papimanes, il donne l'humanité, la diuinité, le corps , le ſang, l'ame à leur Chriſtolin en la
meſſe , il ne peut aller par deſſus.   Il n'y a rien de
faiſable plus haut que cela.

Mais ce ſont blaſphemes abominables , qu'il
faut renuoyer iuſques aux enfers; (Voyés ie vous
prie, ſi ce ne ſoit pas cauſes bien pertinentes, d'a-
uoir ſongé à la retraicte ,) s'entant vne doctrine
qui creue de tortuoſité , pourrie d'erreur, qui put
la bruſlure., d'opinions ſuppliciables eternellement , qui n'œillade l'entendement , qu'à le
ettre en vn gouffre de tromperie menſongere , qui ne peut eſclorre qu'en peruerſion,
vne doctrine enceinte d'encheriſſement de toute
offuſcation deſuoyée.

C'eſt vne liqueur d'empoiſonnement ſcientifi-
que, de toute abſurdité contraire à la foy & à Dieu,
des maximes, qui ne produiſent qu'ondes de ſophiſterie, renuenimée de flots, d'agitations verti-
gineuſes.

Il faut guerroyer & abominer vne telle Academie d'apoſtaſie. Quel commandement faut-il
attendre pour y renoncer ? non plus que pour ſe
deboſſuer le corps, ou detortuer vne iambe, ou
pour ſe desfaraſſer la lie du corps , & tirer
& reietter le poiſon hors de ſon cœur. Cela porte

sa loy, sans en attendre d'autre: car il faudroit plus d'eau, pour lauer les ordures Romaines, que de feu, pour consumer le lac de Geneue: Le Pape, ne quittera iamais rien de son auctorité: il ne renoncera iamais à sa grandeur, ni à sa Papauté, & nous n'auons que faire de Pape: car la papauté c'est vn benefice, ce n'est vn office: c'est pour bien faire, & non pour commander: c'est vne charge, mais non vn Magistrat.

Nolite vocari Rabbi, il leur defend la maistrise, c'est à dire la magistrature: car ce n'est pour commander, mais pour soulager: ce n'est pour presider, mais secourir les ames: c'est pour seruir aux Chrestiens, non pour succeder à Christ: car Christ n'a aucun successeur, ce n'est vne royauté, mais ce deburoit estre vne pureté de seruice.

Et quand donc il seroit mestier d'aucun Pape en l'Eglise, ce seroit pour reigler par son bon exemple les actions des hommes, & non pour estre Roy sur la tradition de l'Euangile, la doctrine duquel est vn or blanc de coupelle, chassé, affiné au feu par sept fois, au Pseaume 12. Il ne se peut sublimer d'auantage.

Ce seroit, di-je, pour punir les vices, mais sur tout, pour garder les commandements de l'humilité de Christ, dequoy le Pape est fort esloigné: car il y a vne telle inondation desbondée de crimes, que l'œil ne peut choisir ce qui est vray: il est plus criminel que Chrestié, moins baptizé que pecheur volontaire, de quoy il se sert comme autant de voiles qui esmoussét les rayós aussi ils immolét

tous

tous leurs defirs à l'ambition ,à retrancher toutes
les volontés de tous les hommes petits & grands,
pour les faire tomber dedans la leur, qu'ils preferent à celle de Dieu , n'ayans en recommandation
le falut de ames , que pour la nourriture de leur
ambition,esbranflans, efclochans,ruinans en perdition tous ceux qui ne veulent recognoiftre
leur forligée deprauation , de quoy il faut entrer en autant de mefpris que tenir compte de
l'honneur dont nous fommes comptables à la maiefté de Dieu , fans redouter les foudres pap ftil-
ques : car le Pape, ni tous les Conciles ne fcau-
royent mettre dehors de l'Eglife , ceux qui font
enchaffés dans la pureté de la doctrine d'icelle : Il
n'eft en fon pouuoir , de tronquer ceux qui font
en Iefus Chrift : luy qui eft hors de Chrift n'a aucun pouuoir fur ceux qui le regardent ; il ne peut
non plus refcinder les perfonnes, que la doctrine:
on ne luy doibt non plus obeir en l'vn qu'en l'autre : ains chafcun le doibt controoller en l'iniquité de fes deportemens : car chafque chreftien
eft fyndic de l'Eglife, tenu de la rembaucher,quãd
elle eft hors de route , iaçoit qu'en la papimanie,
ils fe rendroyent pluftoft à l'Antechrift , qu'à
la reformation , fe defmarieroyent pluftoft d'auec
Chrift,qu'efpoufer quelque bon renouuellement,
comme fi leur corruption leur feruoit d'incorruptibilité , & qu'ils fe rembauchaffent dans leurs
desbauches, côme s'ils s'efguifoiẽt en fe morfilant
Ils aimeroient mieux fe rompre les iambes , que
d'aller plus droit,fe creuer les yeux, que de n'eftre

louches. A grand peine feront-ils iamais mieux, puis qu'ils friſſonnent en penſant eſtre tresbien.

Toutesfois, il y a pluſieurs Papicoles androgynes, qui cognoiſſent la verité, mais ils craignent plus l'inquiſition, que Dieu.

Ils voudroient bien ſe ſauuer en ſe perdans, eſchaper ſans bouger, s'amender ſans mieux faire, ils ſe faſchent de ne ſe pouuoir faſcher contre la faſcherie que leur donne la ſynedereſe du mal qu'ils font, ils ont regret de ne pouuoir entrer en regret du regret qui leur manque au chemin de leur damnation.

Il y en a pluſieurs dans l'Egliſe Romaine qui ſont grouillans de bons deſirs qu'ils eſtouffent interieurement, ils ſont eſclaues de la crainte, ils ne ſont tous emparés d'autant de vertu qu'en a eu l'Archeueſque de Spalate, il y en a beaucoup qui ont aſſés de conſcience pour couuer, mais non aſſés de chaleur pour eſclorre de ſemblables deſirs, ou pour faire acoucher en ſuccés heureux les bonnes volontés qu'ils ont conceu, leſquelles ne ſont quaſi que velleités : ſi la ferueur ne les porte au iour, & ſi l'interieur pouuoit trahir le viſage qui les trahit & les diſſimule, s'il pouuoit gaigner la ſurface de l'exterieur qui l'efface, vous en verriés plus des deux tiers, & des plus experimentés & mieux ſenſés, qui declaireroient l'ignominie des tenebres dont ils ſont enſeuelis.

Mais, ils ne faudront iamais à ſe perdre, en ſe cuidans ſauuer. Ils ſont ſemblables au paſquille Romain.

Romain, auquel vn iour, par vn gibet planté contre sa statue on auoit defendu de parler, on le trouua le matin auec vn gros ventre de papier iusques au genouil, & sur la bouche estoit escrit, *io crepo*, ie creue, ainsi il y en a qui creuent de bon ressentiment, lesquels se ladrifient, & deuiennent punais dedans les aises, s'oppilent d'obstruction charnelle.

Ils sont criminels d'auortement, punissables d'auoir estouffé le feu du Sainct Esprit dedans leurs ames.

Ils sont astreints par le vœu du Baptesme à s'arracher d'vne telle pourriture. Ils sont maquignons de leur incredulité.

Incredules en la vraye creance qui les talonne, officiers des mauuais offices que leur fait la rebellion de leur cœur, outrageurs de leurs consciences outrees de scrupules; ils arrestent, & s'oposent aux arrests du S. Esprit, ils acerent le fer de leur dureté, amolissent la charnalité de leur fra gilité, & s'acoquinent aux besasseries du purgatoire dont ils se cuirassent contre les aiguillons piquants, batuz à fer emoulu, d'vne trempe diamantine, d'vn tranchant suffisant à diuiser la chair d'auec l'esprit s'ils ne les espointoyent, emouçoyent, & ne se souleuoyent encontre le souleuement de leurs consciencieuses pensees, aiment mieux se desconsciencier que se descharnalifer, estre sans Eglise que sans conclaue, sans Paradis que sans Rome ou cour Romaine, sans Dieu que sans Pape, sans reformation que sans confusion de richesses, aimás

mieux perdre foy mefme que le monde, ou les
mondanités, la grace de Dieu que celle du Pape, le
repos de leur confcience que les aifes du monde,
ils aiment mieux faillir à la correction qu'a la corruption à leur reparation qui à leur tradition, ne
rien valoir à Dieu que de ne rien valoir à Satan,
faire hommage à ce qui eft fous eux, que commander à ce qui eft par deffus eux à la chair qu'ils o-
beiffent, auilir en leur abiection, que fe releuer en leur exaltation, ils donnent en proye à l'erreur la refipifcence à deuorer, ils font facteurs de
la mefcognoiffance, entre les mains de laquelle ils
trahiffent la cognoiffance qui leur eft verfee d'enhaut, ils plongent leur efclairciffement dans leurs
abus, ils fe demeflent hors du demeflemét de l'obfcurité, pour fe mefler dans les tourbillons qui obftaclent la religion dedans la poincte de leur reffentiment, ils fe laiffent deuenir infenfés au lieu de
s'efpanoüir ils s'englobent, ils fe refoulent, ils def-
robent leur attention à leur intention, leur indu-
ftrie à leur force, leur credit à leur opinió: ils que-
relent ce qui veut quereler la fauffe perfuafion par
eux cognue, ils coupent la main qu'ils croyent qui
les veut tirer hors la main qui les veut perdre. Ils
ne doutét point de douter, mais la crainte fe craint
elle mefme. La parole, qui eft l'echo de la penfee
le reuerbere du cœur, le fruict de nos conceptiós,
le pampre de nos meditations, le tableau de noftre
interieur, le repertoire des péfees de noftre cœur,
en eux ne feruent que de rideau pour fe couurir,
d'efcran pour fe cacher, de tapis pour fe diffimuler,

ler , de mafque pour fe defguifer , de menfonge
pour tromper autrui, de toiles pour pipper ceux
qui ne les cognoiffent, fe feruent de l'erreur d'autrui pour couurir le leur, & de la conuerfation cõmune pour excufer leur perdition,& veulent chaffer l'erreur par l'erreur, l'abus par l'abus, enfeue-
liffans la bonne doctrine dedans le faux leuain de
l'herefie romaine, chauue-fouris , qui ne volent
qu'en la nuict,chatshuants, qui n'ofent paroiftre,
ouurir les yeux,que dedans les tenebres.

Ils adorent la crainte qu'ils ont d'eftre furpris à
bien faire.   Ils font comme Vrie,qui portoit dedans les lettres,que Dauid efcriuoit à fon Conne-
ftable,le commandement de fa mort,ainfi ils portent leur mort dedans leur confcience , leur condamnation eft portee dedans leur ame.Pour nous,
nous ne craignons finon Dien ; nous foulons aux
pieds tels cenfureurs cenfurés, ces repreneurs fle-
ftris , qui nous veulent remettre en noftre bon
fens,eux mefmes ne font chez le leur:dés la perfidie,ils nous veulent changer la foy,dés la deprauation, nous veulent annoncer la mortification; ils
n'ont que de la chair,& ils fe font tout de cõfcien-
ce:ils font infernalement efgarés, & ils nous veulent remettre au bon chemin.

Ce font des chaifnons de perdition , qui nous
veulent reduire à la route qu'ils ont perdue. A la
verité leurs perfuafions font fort chauffantes , ils
coulent leur opinion toute de chair,toute de graiffe,par des virulentes finuofités qu'ils impriment
fur autrui; Ils font des chauffees efleuees de bafti-

ment d'escriture, de ieune antiquaille, d'antique
ieunesse, qu'ils contrefont à la renuerse, qui de-
uancent ce qui la deuroit deuancer, authorise ce
qui la deuroit authoriser, desauthorise ce qui la
deuroit interiner, elle se prefere à ce qu'elle deuroit preferer, anticipe sur ce qu'elle deuroit reuerer, adorer, destournant à soy la diuinité qui est
aux saincts escrits, tordant la droicture par l'insi-
nuation d'vne tortuosité temeraire en toute sinuosité, la foulant d'vn allegement qui l'accrauante en
la souleuant, l'affaisse en la retenant, l'accable en la
disposant à son indisposition. Les moëlles de son
tereniabin, de sa manne, pour la sacquer de son fumier, la vuide de son ame pour l'enfler de ses
brovées, luy rabrouuë son bon sens pour la bour-
soufler d'imaginations peinturees de terrestreités
chimeriques, la met en ordre de sa desconfiture,
ains la desconfit en l'ordonnant, & pendant qu'ils
mettent en valeur leur ondoyement testu, & qu'ils
se harassent à s'embarrasser dedans leur desem-
barrassement, & qu'en se plongeant dedans leur
sang ils veulent nager dedans l'escriture.

Ils tiennent en littiere de mulet le foin de la
creiche, les langes en pourpre, les guenilles &
guenillons du maillot de Iesus Christ, ils les changent en simarre chamarree d'or & d'argent, l'orge & les poissons du desert, qui estoient les principaux mets des tres solennels festins de Christ,
ils les adulterinent en cuisinaille metaphysique,
accusans terre, mer, qu'elle ne porte des morceaux
assez exquis pour leur goust episcopisé, cardinali-

sé, affriandé. Il y a plus de degrés en leur cuisine,
qu'aux vniuersités pour passer docteur; ils en exa-
minent les gradués auec plus d'integrité, que les
Prestres, aufquels ils conferent les ordres ; Il n'a-
partient qu'aux cuisiniers de la cour romaine, à im-
primer des volumes entiers, de la diuersité d'in-
struire les saulces. Ie me souuiens d'auoir leu vn liure, mis en lumiere par vn cuisinier Romain, officier de la saincte empeigne, où se voyoit en plusieurs chapitres la maniere d'apprester à disner en
vne heure, à 50 personnes suruenás à la table d'vn
prelat. Il en faisoit des digressions pour les iours
maigres, pour les iours gras, où tout alloit par ordre de gourmandise.   I'obmets Platina secretaire
des Papes, qui a composé vn liure de capirotades,
de saugrenees, de saupiquets & de friãdise &autres
bigarrures de cuisine, vous y voyés des cõpositiõs
exotiques, sauces recerchees, il tourne en art de
rhetorique toutes les cuisines du monde les plus
friandes pour en afriander celle du Pape, & puis il
intitule son liure de l'honneste volupté, parce
qu'ils n'ont autre honnesteté que leur volupté, autre vertu que leur plaisir. Les valets des Papes
quand ils dorment ils ne songent, quand ils veillét
ils ne pensent, quand ils trottent ils ne courent iamais qu'apres le bõ téps; pour bien engorger leurs
tables, effeminer leurs couches, rendre delicieuses
les douceurs de leur vie: Vous voyés la metaphysique des secretaires d'estat de la chambre du Pape.
Que si le Pape est en la place de Christ, leurs secretaires doiuent tenir lieu d'Euangelistes , &

vous voyés que l'euangile de la chambre du Pape,
ce sont griuelées, ciuctes, c'est la grāmaire la syntaxe des lechefrites.

Ils composent de l'acier pour esguillonner leur
ragoust de poiurades succrees dedans les amou-
stillemens de leurs gistes : les amours de Bembo
& Arétin font foy de ce que ie dis, baste que tout
y va par escuelle.

Tout cela c'est pour représenter le lustre de la
splendeur de l'imitation de Christ, & soustenir la
dignité de l'humilité de son Euangile, duquel ils
n'ont seulement retenu le chaume, encor qu'ils se
vantent d'auoir le donjon à eux, c'est peut estre
parce qu'ils ont conuerti la couronne d'espine de
leur maistre en diademe pontifical, & voila comme
ils fraternisent leurs fraudes à Iesus Christ, & comme ils s'habillent à l'Apostolique.

Ils practiquent vn sommeil d'estourdissement
auec leur charlatterie, pour rompre les escoutes,
qui font la ronde sur l'Euangile, à equiuoquer le
iugement & à prostituer le goust du sel Chrestié
ils se cachent en se monstrans : ils se manifestent
en se recelans, couurent leur surprinse de sincerité
apostee, cachent leurs tenebres en l'aparence de la
lumiere, leur tromperie sous le tapis de l'Euangile. C'est vne adresse desuoyee, vne droicture fallacieuse.

Voila comme ils maçonnent les degrés à leur
heresie, laquelle grauit & rempe plus que la gangrene, plus pestilentieuse que la contagion : elle
gaigne pays traistreusement, d'autant que les con-
duits

duits sont de charnalité, la ladrerie monte en son
infection, qui occupe la masse du sang, & rebour-
ionne par tout le corps de la Chrestienté, laquelle
en est tellement enuahie, entreprise, qu'elle sou-
spire sa paralysie, sous ceste miserable captiuité, à
laquelle toute l'Europe est iointe d'vne soudure
diamantine, tout le monde y est lié, enferré d'vne
obstination forcenee, d'vne coustume si contumace, qu'elle est tournee en necessité de religion, à
laquelle le pauure monde hebeté, mesme iusques
aux plus habiles, s'asseruissent non seulement volontairement mais naturellement, mais surnaturellement, d'vne seruitude outre naturelle, autour
desquels, tant s'en faut que la correction se puisse
happer, que mesmes ils s'en deteriorēt, pires que
Nabalistes, Pharaonistes, s'endurcissent, s'accru-
autent contre les prophetes de Dieu. Ils se ren-
uersent, bandent, sanglent au contraire, s'emmu-
raillent en leur preuarication, se resserrent en des
citadelles fortifiees d'infernalité, les damnés ont
l'ouye plus ployable que la leur.

Ils se roidissent d'inflexibilité. Vous auriés plustost courbé l'espaisseur d'vne enclume, que fait
naistre aucun refrain à leur inique volonté: Dieu
mesme ne leur est croyable en ce climat là, Toutes raisons leurs sont brutales.

Se laisseroiēt plustost persuader de deuenir brutes, que meilleurs Chrestiens, aimeroient mieux
se debaptizer, que de se depapiser ou rechri-
stianiser: sortir de Dieu que sortir d'eux mesmes,
chasser Dieu hors du monde, s'ils pouuoient que

Bbb

le Pape, ou les abus hors de lEglise, le ciel hors de la nature, ou le paradis hors de leur esperance, que chasser la paillardise, la gourmandise, les richesses pourprees hors de leur vie & conuersation.

La pertinacité, & perfidie ne leur est plus vice, c'est leur coustume, leur doctrine, leur nature: Elle se mesdonne contre toute sorte d'application de remede. C'est vn reliquaire de l'obstinatō du maistre queux, escuyer des enfers, lequel est impenetrable à tout art de chirurgie pour ses playes: comme la pluye ne fait que moitter par son humectatiō la surpeau de la pierre, sans percer, tãt soit peu au dedans, ainsi ils s'endurcissent, luittent impenetrablement contre tout medicament, lequel ils reuomissent, rendans toute sorte d'application vaincue, non seulement les rembarrent ; Mais les desfaçonnent, demedicamentent, les pourrissent de venin. Les anges mesmes leurs font prevaricateurs, le mauuais larron en la croix n'estoit si obstiné qu'eux, leur maladie est plus desesperée que celle de Iudas ; Ils sont non seulement refrigerés, mais ils frissonnent de fine glace de indeuotion contre la pieté, leur obstination est l'homicide de leur ame, c'est vn pleige d'impenitence & de mort eternelle; ils ont en execration tout chemin d'amendement, ils se refreuent, ains se baclent, & massonnent toutes les portes du retour à mieux valoir, quand Dieu mesme les y iugeroit, ils reformeroient son iugement, & condamneroient ses arrests,

il les

illes a iugés par les escritures , en autant d'endroits que de liures, leur sens charnel refuse le sens
spirituel d'icelles , ils se souhaittent plus de familiarité en enfer, qu'auec nostre resipiscence.

Cela est infernal de ne vouloir prester son o-
reille ni aux hommes ni à Dieu mesme.

Quelque fomentation qu'on rapporte , ils ne se
veulent refleschir.

Cela est papaliser selon la romasnerie , cela est
plein de papiperie. Ils croiront pluftoft à la rhetorique du licol de Iudas, qu'à l'epiftre de Sainct
Paul , qui defend de croire à vn ange outré son
Euangile, ou qu'à l'Apocalypse , qui met en execration toute addition des hommes à la parole de
Dieu, selon quoy , mesme ce qui semble tres-
bon à nostre iugement, doit sembler tres mauuais
à nostre foy.

La reigle de nostre conscience c'est la foy, la reigle de nostre iugement c'est la raison ; le niueau
de la raison c'est le sens, & la couftume des hommes quand elle est vertueufe , mais il faut que
la confcience abforbe le iugement , la foy la
raifon , l'Efcriture fainche les fens & la couftume qui ne luy font conformes , nous ne deuons croire à perfonne ni à nous mefme fi l'obiect de ce qui nous eft propofé (en matiére de
falut) n'eft pleigé , certifié dedans les faincts
efcrits.

Il se faut tenir intime en la pureté de son intimation ; il faut aimer le repos de l'efcriture
ne la point tenailler, gehenner , traduire , la

voûloir curer dedans le recurement des ordures
de noftre entendement, la voulant decorer de noftre babôuinage, d'ofter fes richeffes de nos caimanderies,la doubler de nos refueries,la dorer du
clinquan de mefchante paille de natte, la redeui-
der dedans l'emboulement de noftre efprit, desfier fes veritès auec nos menfonges,crocheter fes
fermetures auec les fallacieufes inuentions des
Topiques de la nature humaine, la vouloir rehi-
ber dedans noftre fens commun, la confacrer aux
pollutions d'iceluy, la deleguer felon les deman-
geaifons de la demolition de nos preuues Apoftoliquement, Euangeliquement indemonftrati-
ues, la iuger pluftoft felon la vermoulure de nô-
ftre chair tigneufe, que felon les recufations qu'é
fait noftre confcience. Bafte qu'ils font interinés
mortellement, immortellement dedans leur aduis ; on ne leur fçauroit dechauffer cefte opinion.
Ierem.13.Le more peut il changer de peau,les autres mettent au lieu de more, *cufchi*, peut elle
changer de teint,ou de furpeau.Il y a des Rabbins
qui queftionnent là deffus, Si la femme de Moyfe
eftoit belle,ou laide:blanche,ou teinte de noir: à
quoy ils refpondent qu'elle eftoit tres belle &
tres laide : d'autant qu'elle eftoit nigrite & mo-
morefque, l'excellente beauté defquelles gift e
l'excellente laideur, à auoir le teint tres reluyfant
comme vne ebene,ou côme vn marbre tres noir,
qui efclate fa liffure côme vn miroir:& dedans vn
tel efclair ainfi bruni de tenebres tres fines , les
Princes Mores vont cercher la beauté de leurs
maiftreffes.

maiſtreſſes. Telle eſtoit donc la femme de Moyſe,
ne pouuoir perdre ce teint, tout le ſauon s'y deſa-
uonneroit, & perdroit ſes façons, auant qu'y pouuoir produire aucune blancheur, comme le Leo-
pard ne peut deſteindre ſes mouchetures dont il
eſt tauellé, ni vn chien ſes quatrouillures, dont il
eſt quatrouillé, ce ſont couleurs qui n'obeiſſent à
aucune teinture : ainſi diſoit Noſtre Seigneur à ce
peuple ainſi endurci. Vous eſtes endoctrinés en
l'eſchole de mal-faire, vous n'en oublierés iamais
la ſcience, ceſte habitude vous eſt naturelle, vous
mourrés dedans vos pechés.

Ne ſemble-il pas que ceſte figure ſoit le vray
plan de la Romanigolderie, car il n'y a moyen d'y
rien cicatriſer, c'eſt vne playe qui ne ſe veut rein-
carner, vne naurure qui demeurera chancreuſe &
fiſtulée, ſans ſe fermer: leur incorrigibilité rompt
le gouuernement de noſtre eſperance, redouble
le doubte à qui que ce ſoit, de deuenir iamais
meilleurs, dompteurs indomptables, qui
veulent dompter tout le monde, & ne ſe veulent laiſſer dompter au ciel, ni au langage de
l'Empyrée.

On deſdiableroit les mauuais anges, & amolli-
roit-on les damnés, s'ils eſtoient en ceſte vie re-
ſuſcités, mais eux, ils ont ie ne ſçay quoy de plus
ferme & ſuperlatiuement obſtiné, qu'eux. C'eſt
pourquoy il ſe faut decapiter d'vn tel chef, mettre
le raſoir & le feu iuſques au vif dedans ces membres ainſi eſtiommenés, gangrenés, ſphacelés, le
raſoir & le feu, c'eſt celuy meſme que le fils de

Dieu nous a attifé & eſt venu apporter au monde, ie ne demande rien d'autre, dit-il, ſinon qu'il
bruſle : tant s'en faut que nous leur deuions demander miſſion, qu'eux meſmes ſont dignes de
perdre tout appennage, antecedent & conſequent icelle ſelon que nous toucherons tantoſt.
Par leurs demerites criminels, ils ont perdu le
pouuoir d'aller, d'enuoyer, de porter, ni de creer
aucun meſſager pour le charger de la parole de
Dieu, à ſauuer les ames.

Car ils font plus de meſſage, qu'ils n'ont de
miſſion, plus de demande que de droict, plus de
propoſition que de commiſſion, d'ambaſſade que
de iuſtification, leurs ambaſſades ſont pleines de
plats couuerts, d'Euangile charnalizé en ſtratage-
mes, duquel ils font plus d'argumēts qu'ils n'ōt de
preuues, ils alleguent plus de preuues qu'ils n'ont
d'originaux:ils grouillēt de ſyllogiſmes desbapti-
zés, où il y a plus de ſophiſterie que de creāce, plus
de fauſſe creāce que de foy legitime; c'eſt où choppent les ſimples qui laiſſent aller leur foy à ce à
quoy ils ne deuroient pas ſeulemēt offrir leur doute, tant s'en faut que leur opinion. Ils mettent l'E-
uangile en fable, ils font des canons, de ce qu'ils deuroient mettre en cornets d'apothicaires, ou en
enuelopoirs de beurriere, ils tournent leurs macu-
latures en droict, ils eſtabliſſent en decrets ce qui
eſt ſi caſſé qu'à peine merite il d'eſtre enuoyé aux
balieures.

Quelcun demandera, pourquoi donc nous a-
uons pris & receu les Eſcritures Sainctes de leurs
                                                    mains.

mains? C'eft eux qui nous les ont deliuré & tef-
moigné de la verité d'icelles, ne fe conferuoient
elles pas dedans eux, comme le vin dedans fon
tonneau, l'eau dedans fa fource, le cœur en fon
pericarde, le fang dedans fes veines, le foleil dedans fon ciel, l'or en fa marcafite?

Ie repars que tant s'en faut qu'ils les ayent ef-
claircies, qu'ils les ont obfcurcies; qu'ils les aient
enfeignees, qu'ils les ont enfeigné à oublier, ains
au lieu de s'y côferuer en les côferuant ils s'y font
falfifiés en la conferuation de leurs herefies, ils les
ont adminiftrées au baftiment de leurs opinions
infenfées, à la ruine du falut des ames, ils les ont
conferuées comme encor auiourd'huy les Iuifs
les conferuent lefquels font reprouués comme
les Grecs, les Abbyffins, Eutychians, Arriens, par
tout le Leuant & Inde Orientale, qui les retiennent inuiolables en la pureté du texte, encor
qu'ils les forcent, & fe foyent effayé de les defuir-
giner par leurs glofes.

Ils les conferuent comme vn Turc, ou vn infidelle, qui porte le flambeau, pour efclairer les pas
de fon maiftre, ou comme vne feruante qui porte
les prieres derriere le chemin de fa maiftreffe lors
qu'elle marche au temple.

On dit, au plus larron la bourfe, ils font les thre-
foriers de l'efcriture, comme Iudas qui gardoit
l'argent de Iefus Chrift quand il en auoit.

Au refte, l'Eglife tefmoigne feulement, mais
elle ne peut perfuader le canon de l'Efcriture. En
fait d'importâce, côme de fodomie, fauffe mônoie

crime de lese maiesté, les reproches sont reprochables parmi eux, la Simonie est en la denōciatiō de ce qu'ils appellent heresie, ils n'ont esgard à aucun crime ou condemnation precedente, chasque tesmoin porte en croupe sa confrontation, encor qu'il ne soit confronté, son recollement sans estre recollé.

A peine sont ils receus depuis qu'ils ont vne fois deposé à se desdire, augmenter ou diminuer leurs depositions, &en leur canonisation du saint, ils y admettent les preuues tesmoignées par les Iuifs Mahometans ou infidelles.

Ce n'est point argument que leur doctrine soit vraye & Ecclesiastique, encor qu'ils ayent tesmoins de la verité des Escritures Sainctes. Et pour leur inquisition, bon Dieu quelle violence de tesmoins, ils vsent sur les denonciations. Le plus grand ennemi coniuré de Dieu, de l'Eglise & de l'accusé est receu sur la simple parole portée d'vne telle passion, à faire emprisonner, gehenner, condāner quiconque soit. Ie dis qu'encores qu'vne telle verité ne soit receuable d'vne bouche suspecte, neantmoins pour le subiect du port de la parole de Dieu, quelquefois le tout-puissant en a rendu & colloqué messagers ses aduersaires.

Comme le miel fut trouué en la bouché du Lyon de Sanson, le pain au bec du corbeau d'Elie, la prophetie de la mort du fils de Dieu fut prononcée par la bouche du tres reprouué Caiphe : ainsi la manne, la nourriture de la Saincte parole peut estre administrée par des rebelles &

infa-

infames. Ils ne font donc verifiés en leur doctrine, encor qu'ils verifient le texte de la doctrine de
Chrift, outre que le tefmoignage folide & irreuocable concernant l'acceptation de la parole de
Dieu ne vient point de la parole, ou de la depofition des hommes, autrement la caufe & la raifon
de noftre falut dependroit des hommes, pluftoft
que de Dieu, ce qui eft l'abfurdité des abfurdités. Quelqu'vn m'oppofera, qu'encor que la parole de Dieu en foy foit la vraye parole de Dieu,
neantmoins elle ne l'eft point à nous, iufques à ce
que quelqu'vn s'en foit declaré certificateur, il
faut que le iugement des hommes nous pleige &
garentiffe qu'elle eft telle.

Ie refpons que la maniere, felon laquelle l'efcriture & parole de Dieu vient d'elle mefme, elle
l'apporte quant & foy, mais la maniere felon laquelle l'Eglife eft l'Eglife, ne vient point d'elle,
ce n'eft point elle qui s'en donne les loix, cela viết
de la parole de Dieu, la parole de Dieu eft bien
felon le Sainct Efprit, mais elle n'eft point felon
l'Eglife, c'eft l'Eglife qui eft felon la parole de
Dieu : le formulaire de l'Eglife vient de la parole
de Dieu, la parole de Dieu ne reçoit rien de l'E-
glife, que la publication qui en eft faite par les
hommes iouxte la teneur de l'Eglife, l'Eglife n'y
apporte rien du fien, elle n'y fournit que fa peine
& fa voix, pour le fens & le iugement, il vient de
l'Efcriture, par vn moyen beaucoup plus certain
que l'affeurance de tous les ferments du monde,
car mes ouailles, dit Chrift, cognoiftront, en-

tendront ma voix , ils me cognoiſtront à la voix,
entendant ma parole ils ſçauront que c'eſt moy,
ils ne douteront de ma perſonne , ce qui s'entend
des predeſtinés par ſon election.

Il tire la ſimilitude des petits agnelins qui ne
font que ſortir du ventre , & recognoiſtront leur
mere à trauers vn millier d'autres qui ſeront dedans le parc , ne faudront à choiſir la mammelle
du ventre qui les a porté.

L'Eſcriture c'eſt la mammelle du laict qui en-
graiſſe nos ames , nous les croyons , non point
parce que l'Egliſe nous annonce qu'il luy faut
croire , mais parce que l'Eſcriture nous dit qu'il
nous faut croire à la parole de Dieu , ains l'E-
gliſe ne peut ſubſiſter ſans foy, ni la foy ſans la parole de Dieu , car la parole de Dieu , c'eſt le pied
de Roy , c'eſt la iauge , la toiſe de l'Egliſe & de
la foy, c'en eſt le poids, l'aulne & la balance, c'en
eſt le coin , c'eſt la chancellerie de la foy , c'eſt là
où la foy s'interine , là où elle prend ſes ſeaux, la
foy & l'Egliſe ſont filles de l'Eſcriture , c'eſt elle
qui les compaſſe, les meſure, elle en eſt le creon &
l'idée, ains elle en fournit tous les materiaux, principalement du baſtiment de la foy , ſur laquelle
s'ingenie la ſtructure de la maſſe de l'Egliſe.

Le iugement donc de l'Egliſe ni de tous les hômes, quelques ſaincts qu'ils ſoient, ne rend point
l'Eſcriture plus ſaincte , ni plus authentique , &
quand ils la renient , ils ne la rendent point apocryphe , & quiconque doutera de l'Eſcriture, va-
cillera beaucoup d'auantage de l'Egliſe , il tron-
çonne-

çonnera autant de la foy qu'il inferera de doute sur l'Escriture, il est impossible que le doute sur l'Escriture, ne se coextende iusqu'à la foy, la meurtrissure de l'vn meurtit l'autre tout à fait, l'vn retentit, repercute sur l'autre, le tort qu'on fait à l'Escriture est vengé sur la ruine de la foy : celuy est plongé en infidelité qui souftrait la foy qu'il doit à la maiesté de la parole de Dieu.

Il n'est plus Chrestien, il deuient Atheiste, car celuy qui ne croit en Dieu, croit en l'atheisme: Dieu est sa parole, quiconq; se desrobe à la creáce de l'vn, se souftrait tout de mesme à la creance de l'autre, & pour verifier mon dire, que la parole de Dieu n'est point fódée sur l'Eglise, ains l'Eglise sur la parole de Dieu, que l'vn est engeance de l'autre: comme la terre est enceinte, & arrousée par les amoureux regards de la machine celeste, nostre corps qui ne branfle, se meut que fous la cadáce & raifonnement des conceptions de nostre ame, ainsi l'Eglise par son ciel, par son ame l'Escriture. Voyés le és republiques & royaumes, ils ont tousiours en toute forte de difficulté recours à leur chartre, tout college & assemblée à leur fondation: en la creation des Empereurs, ils ont tousiours deuant les yeux la bulle dorée de Charles 4.

On feroit pluftoft passer les Electeurs dessus le ventre de toute la Germanie, que d'opprimer la moindre ligne d'icelle bulle.

Les chartes & bulles de l'Eglise c'est l'Escriture Sainéte, c'en est la fondation, il ne faut bouger de sa porte, cloüer nostre ouye sur sa seule voix, ſur peine de radotter toutes les fois qu'il eſt queſtion de ſe detortuer, ſa droicture redonde ſur nos boſſes, elle les redreſſe, c'eſt elle qui refauche ce qu'il y a de mauuaiſe herbe, qui deferre nos cœurs endurcis, & deuenus d'enclumes. C'eſt le faiſte des perfections que nous deuons acconſuire, qui refile nos ames, quand elles ſont emboulees, refocille le rayon de noſtre entendement, c'eſt la forge où nous allons refondre nos fouruoyemens, fourbir nos terniſſures, fouir nos argumentations, dedans laquelle nous foulons aux pieds le trenchant de toute demonſtration humaine.

C'eſt le refrein de toute tromperie mondaine, le deſeſpoir des traditiós romaines, là où nous reprenons noſtre chemin lors que nous ſommes perdus, & où nous bridons la hardieſſe de nos cóceptions, dedans la mortification des ſiennes. Elle eſt rebarbatiue contre les traditions.

Elle refrongne ſon viſage contre les inuétions mondaines, c'eſt le refuge où ſe mettent à ſauueté tous ceux qui ont fait ceſſion à leur conſcience & à la religion, c'eſt là où ils ſe reuiennent & regaillardiſſent leur foy, comme les premiers chartres de noſtre ſalut. Et ſi quelcun m'obiecte que l'Egliſe peut conclurre & determiner en choſe de foy, ſelon ſon propre iugement, d'autant qu'aux Actes 15. ver. 28. Au concile que firent les Apoſtres, il eſt dit, qu'il a ſemblé bon au S. Eſprit & à nous, iceux repreſentans l'Egliſe, ils s'egalent au Sainct Eſprit, & partant il ſera loiſible aux

concile

conciles successeurs d'iceluy premier concile , & aux personnes qui composent les mesmes conciles, a'vser de mesme phrase , & pareille aucthorité, & de dire Ainsi nous plaist , aussi bien qu'au S. Esprit. C'est sur quoy le Pape fonde son leurre, c'est à ceste attache où il pense auoir acquis la grandeur de son authorité, c'est auec la soudure de ce passage, qu'il la veut remastiquer. A quoy ie respons que ceux qui estoient dedans auoyēt pouuoir en escriuant d'establir des Escritures Saincts. Tous les liures qu'ils ont composé sont de mesme valeur, & nous n'en tiendrions pas moins de compte que des epistres de S. Paul , si nous les tenions, nous les tiendrions en pareille reuerence & adoration que les liures du Nouueau Testament.

C'estoyent les minutes , ou les autographes de la foy, ce qui ne compete à aucun de ceux du iour-d'huy , car le moindre d'icelle compagnie qui seroit auiourd'huy present, pouroit desdire tout vn concile, fust-ce celuy de Nice, ou de Constantinople, fust-ce le plus eucumenique de tous ceux de la Chrestienté.

Ils estoient porteurs de la parole de Iesus Chr. ils l'auoyent recueillie immediatement de sa bouche, ils ne l'auoient recueillie de leur bon plaisir, ni espluchée de l'escume de leur passion. Vn roy parle en roy, eux parloyent en Apostres : mais le Pape parle en homme: ils parloyent selon la croix du caluaire, & le Pape selon le throsne & la mitre qu'il a enleuée aux Empereurs: ils parloyent en piliers d'Eglise, le Pape en pilleur du monde , il ne

fait que piller les Chreſtiens , toute ſa doctrine
marche ſur ce plis là: eux auoient l'authorité de la
foy primitiue, le Pape ne l'a ſinon deriuatiue, meſme ſelon la doctrine de la papendeſuerie.

Ils diſent qu'elle eſt fille de celle des Apoſtres,
comme celle des Apoſtres , fille de celle de Ieſus
Chriſt. Les Apoſtres l'auoient reçeu immediatement, le Pape mediatement, les Apoſtres eſtoient
impeccables mortellement , ſelon les Scholaſti-
ques , d'autant que confirmés par la reception de
la grace du Sainct Eſprit , à peine pouuoient-ils
pecher, diſent ils, veniellement : mais le Pape, il
fait d'auſſi gros pechés mortels, qu'il s'en trouue
en toute la Barbarie.

Ce n'eſt donc ſans raiſon , qu'ayans receu vne
authorité d'vne ſi excellente prerogatiue, ils meſloient leur aduis dedans celuy du Sainct Eſprit. Il
ne falloit point charñailler l'ignorance , ni craindre qu'ils deuſſent eſtre contraints de rechanter
leur opinion. Ils n'eſtoient point chatouillés d'aucune charnalité. Ils ſe chauffoiét à l'energie du ſág
de la croix qu'ils voioét encor fumer deuant eux à
gros bouillons. Ils reciproquoiét auec l'Eſprit du
ciel, ſans recidiuer au ciment de la mondanité, laquelle ils rechignoient, & la rabrouoient iuſques
à la fouler pis qu'au fumier.

Ils eſtoient comblés des leçons qu'ils auoient
appris ſous la regence de Ieſus Chriſt, lequel n'a-
uoit ceſſé de les ſermonner, inculquer ce qui auoit
confiſqué le peril d'errer dedans la confutation de
ſes doctes interpretations ; car il leur auoit com-
menté

menté & confit le Vieil dedans le Nouueau Testament, du sens duquel ils estoient tout degouttans, ayans conquis aux pieds de leur maistre vn
tel confort de lumiere de grace, que c'estoit comme vne copie de celle du S. Esprit qui conuoioit
leur estude, sans quelle eust besoin d'aller coqui-
ner chés les Payens, ou chés autre, que chés Iesus
Christ aucun accouplement des retaillures de la
nature. En quoy faillent les papileutres, qui donnent les payens & l'infidelité pour recors aux Prophetes. Ils les cheuillent, & mettent en mortaise
l'vn dedans l'autre.

Ils le conuentionnent d'vn accouplement Androgyne, voulans couronner la sagesse de Dieu, en
luy recousant le recoquillage de celle des hommes, comme qui voudroit recrepir vne muraille
blanche, auec vne teinture grise, cribler S. Paul
dedans Aristote, ou creuser Aristote par S. Paul,
leurs espées ne se peuuent pas croiser en pareille
escrime, leurs discours viennent d'vne decoction
toute diuerse.

Il y a bien autre datte dedans celle de Moyse &
de l'Euangile, qu'en celle de Platon & Aristote,
l'vne est dattée du ciel, & de la part de l'Esprit infaillible de Dieu, l'autre est dattée de la terre &
d'Athenes, de la part d'vn esprit vacillant, qui
se confesse luy-mesme de son achoppement : car,
disent-ils, nos esprits à la face de la sapience,
sont comme les yeux des hibous, voulans
regarder le visage du Soleil, de sorte donc,
que les Apostres se pouuoient tous attribuer

sans arrogance vn plaisir consecutif, à l'aduis du S.
Esprit:ce que ne doibt le Pape,car il ne luy appartient point de faire le compagnon, & aller du pair
auec la personne de la tres-Saincte Trinité.

Les sentimens desquels il doibt adorer , comme le moindre des Chrestiens : car c'est à faire à
l'Escriture Saincte de le choisir , & non point à
luy de choisir ou de trier l'Escriture Saincte. Il
n'y a aucune direction , il n'en est le mereau ni la
pierre de touche, encor qu'il se veuille mesler de
l'adiuster, mais où est la marque? en a-il quelque
contre-signe en main?

L'Escriture Saincte se donne assés à cognoistre
d'elle-mesme ; sinon à ceux qui ont le goust cor-
rompu:car l'aduoue qu'il y a des febricitans spirituels qui trouuent le vin du Sainct Esprit amer ou
degoustant, ou comme ceux qui ont la iaunisse à la
veuë desquels tous obiects s'offrent de couleur
iaune : d'autres ausquels les oreilles tintouinnent
& brouillent la distinction du son qui vient de
dehors : ainsi ceux qui ont les sens de l'ame mal-
affectés , deriuent en iugement de preuarication
sur les obiects à eux presentés, lesquels ont plus
d'entendement que de iugement, ou plus de iugement que de reigle iudiciaire, ou qu'ils ne sont iu-
dicieux.

Ils ont la iugeoire mal percée , l'œil n'en est
point dilucide,ils ont plustost iugé, que bien iugé, ou que sçeu pourquoy ils ont iugé : il y a plus
d'estourdissement & preuarication,que de droicte
consequence en leur conuersion , leur iugement
                                                    biaise,

biaise, il eſt eshanché, loqueteux, ſes impreſſions
effarées hors d'orniere, il eſt eſcarquillé à la terre-
ſtreité & côme la lumiere, ou les rayons du ſoleil,
n'ont point à faire d'eſtre rayonnés d'ailleurs
pour ſe faire voir; comme la voix n'a à faire d'vne
autre voix pour ſe faire entendre à l'ouye , ainſi
l'Eſcriture ſaincte porte ſur ſoy la graueure de ſon
cachet marquée au coin du S. Eſprit, l'ame qui eſt
toute d'œil & de veuë intellectuelle , l'Eſcriture
remplie de viſibilité & d'obiect entendementaire,
l'ame qui eſt toute d'oreilles & d'ouye , qui eſt
tranſcendante par deſſus tout organe potentiel,
treſmontant la faculté d'vn millier d'oreilles tout
enſemble , l'eſcriture qui eſt toute de voix, ce
n'eſt que fine creſme, creſme vocale, c'eſt l'extra-
ctiô ſpirituelle de la parole: il y a bien plus de voix
que de ſon, plus de paroles que de mots , plus de
texte que d'eſcriture & meſme que de gloſe.

Pline raconte qu'il s'eſt trouué des ſouris dedás
le ventre de leur mere , qui auoient chargé & a-
uoient d'autres ſouris dedans le ventre auant
qu'eſtre au monde , ainſi l'Eſcriture ſaincte eſt
toute enceinte de groſſeſſes, elle a des groſſes, des
douze douzaines de groceſſeſſes enceintes l'vne
dedans l'autre, ſon cerne eſt encerné de pluſieurs
autres cernes de fecondité ſurnaturelle , ſempi-
ternelle : c'eſt vn ſon qui fretille de pluſieurs
voix , vne voix toute grouillante d'innombra-
bles paroles interieures : vne parole eſtincelan-
te de mos, de lettres, ce ſont caracteres tout de texte, tout de gloſe, ains de verbe diuin qui eſt l'our-

C C c

se, le pole de l'ame, sa matrice, sa mammelle son
centre: l'amé cognoist son, aſcendant, son origine,
elle eſt ſouuerainemét cōmandée par icelle, &
comme l'echo s'eſcoute en ſa voix, ſe reparle en
ſoy meſme, ſe reengédre dedans ſes flancs par vne
certaine repercuſſion, qui reuerbere de ſa ſpiritu-
oſité; ainſi le Sainct Eſprit ſe redige, & ſe redit luy
meſme, dedans les cauernes de l'entendement, ce
qu'il dit de luy meſme dedans les ſouſpiraux de la
Bible, les grottes de la conſcience, là où ſiege la
foy chreſtienne, c'eſt là où ils ſe rauiue rauiſſant
l'entédemẽt à ſoy, radiant, cancellant tout ce qui
eſt de l'eſtincellement humain, l'adoptant à ſa creance l'allegeant des aggrauations fallacieuſes du
ſentiment de la chair, laquelle ſe voulant rebec-
quer & bannir dedans le bourionnement de ſes
argumentatiós eſt repouſſée relancée bien loing,
ains rebouchée, eſmouſſée, ſe rabraſſant d'elle
meſme à l'attouchement intellectuel des ſouſpirs
cordiaux qu'vne ſi ſaincte chaleur luy vient à ex-
haler au dedans.

Il ſe reparle donc en nos cœurs, & tout ainſi
comme la vraye mere de l'enfant que le Roy Salomon vouloit, ou feignoit vouloir tailler en pieces, ſentit vn retintement occulte, vne irradiation
ſecretement manifeſte, vn eſclat de reſſentiment
qui luy foudroya ſon opinion, qui luy deſob-
ſcurcit ſon ſentiment : la nature de ceſt enfant
ſe reprint & reuigoura au dedans des flancs de
la mere : elle le meſcognut en ſa recognoiſſance,
ains elle le cognut en ſa meſcognoiſſance.

C'eſt

C'est vne braue preuue pour la categorie des relations, ce qu'il y auoit de filial, se maternalisa, l'aimant de la nature monstra qu'il estoit en son royaume. C'est vne puissante calamite que le propre sang. Il monstra bien lors qu'il n'est point menteur, qu'il ne peut mentir.

Quoi? le fer obeit à la pierre magnesienne, à ce rocher Septentrional, qui est tout Boreal frissonnant de glace. Ie dis ce rocher doublement empierré, triplement petrifié, tant à cause de sa constitution presurée en dureté, que du froid confirmatif de ceste densité ainsi compacte, comme des astres auec lesquels elle tient banque, & desquels elle semble sinueusement tetter ceste vertu attractiue qui tette le fer à soy. Nos ames seroyent, elles plus fer que le fer mesme, n'obeiroyent elles pas à ceste flamme, ceste surflamme, là quintessence de l'empyree, ains l'empyree tout enflammé n'en est qu'vne estincelle. Ains nos ames, qui sont filles de la parole de Dieu, car elles sont operees par ce souuerain *fiat*, il n'y a que ce souuerain *fiat* qui y mette la main: Elles sont operees, boursouffees, ains sans soufle corporel, spiritualisées, toutes soufflees de l'esprit de Dieu, encor que dedans le corps elles sont incorporelles, incorporees, incarnees, descharnees, desmaterielees, ramassees dedans le corps sans massiueté, sás dimétiós, sás quátité, sans pesanteur, mais nõ sans poids. Dix millions d'ames ne poiseront le poids d'vn ciron, encor qu'elles sçachent calculer, poiser tout le globe de la terre, elle le contrepoise auec son algebre

toute de plomb, toute de poids , de balence & de
mesure ; mesure mesurée , balance balancée à vne
autre proportion & symmetrie que ne porte l'e-
stimation de l'aualuation courante en la marchandise ; elle tient cela de sa fontaine , de la fontaine
dont elle source, elle ne se doit point à ce monde,
nous ne deuons rien de nos ames à nos peres, encor moins au ventre de nos meres.

Nos ames se doiuuent toutes à la parole de
Dieu expressiue d'icelles, au doigt du Sainct E-
sprit , qui est celuy qui l'a formée, elle recognoit
donc son Septentrion, son pere & sa mere; & comme la mere nourrice , estant esloignée de son
fruict, sent aux pouppeaux de ses mammelles qui
luy demangent , les cris de son enfant qui pleure,
ainsi il y a vn certain refreschissement entre la parole de Dieu & nos ames vne certaine deman-
geaisõ en nostre intellectualité, à trauers laquelle
se repoussent les gemissements inenarrables des
prieres prophetiques de cest Esprit Sainct.

Vn homme entrant en vne chambre où il y
eust vn corps tué & caché , sentira vne repercussion dedans ses veines, qui luy fera fremir le sang,
espoinçonner le cœur , herisser le poil , & ceste
grande attraction, qui est entre le meurtrier & l e
meurtri , lequel meurtri representé à son meurtrier, trouue du sang hors de son sang , de la vie
hors de sa vie : car le sang est le thresor de la vie, il
se fouit luy-mesme hors de luy-mesme , le sang
meurt, en la mort de l'homme, s'esteint auec la vie
d'iceluy, se seche selon que la vie se tarit, & neantmoins

moins il reuerdit, refleurit deuant celuy-la qui luy
a osté à foy-mesme la vie.

I'ay veu des Iuges Souuerains , des mieux en-
tendus de toute la Fance , condamner par arrest
des criminels (quoy que refractaires à toute confeffion) fur cefte vnique preuue , eftans deftituez
de toutes autres. Il y auoit, peut eftre, l'affiftance
de quelques circonftances, mais elles eftoient deã-
bulatoires, panchoient des deux coftés , elles n'e-
ftoient qu'interpretatiues , c'eftoient des fauffes
eftayes, & non des forts piliers, cela eftoit des ruineux fubiects des côtradictiõs rẽforcées(i'en parle
oculairement,côme les ayant confolé au fupplice)
neantmoins ces grands perfonnages cuydoient de
faillir à la nature,s'ils failloient en improuuant v-
ne telle preuue qu'ils fuyuoient comme yne guide
fympathique qu'ils eftimoient infaillible à la verité,& defloyale au menfonge.

C'eft fur quoy aucuns apprecient l'interpretation du 4. de la Genefe , quand Dieu demanda
côpte à Cain de fon frere, luy defniant tout à plat
la fcience du corps & de la mort de fon frere , lequel il l'auoit latité en quelque buiffon gueres
loin de ce colloque,il luy repartit,La voix du fang
de ton frere crie à moy vengeance de deffus la terre, d'autant que ce fang fe refufcitoit , bouillon-
noit , fe heriffoit dedans les bordures de la playe,
enfeignant à l'enfeigneur de toute chofe qui eftoit
celuy qui luy auoit defappris à viure,enfeigné par
contrainste forcée à mourir.

Ne voylà pas vne belle banque , où voudriés-

vous cercher lettre de change plus efficacement
naturelle ? qui se rapporte d'vne inculcation
mieux empreinte ? mais elle n'est point encor si
naturelle comme la langue le reuerbere , qui est
entre le Sainct Esprit & nostre cognoissance ; c'est
vne recognoissance supernaturellement sympa-
thisée , vne repercussion du ciel à la terre , de la
terre au ciel : Le bœuf & l'asne, dit Esaie, ont recognu leur Seigneur en la creiche ; ainsi nostre ame,
Dieu en sa Parole : ains ils ne le recognurent que
d'vne cognoissance brutale, inferieure à l'anima-
le , & nous le recognoissons d'vne clairté raisonnable d'vne raison fidelle, d'vne foy surnaturellement raisonnable, naturellement fidelle : Encor
qu'il n'y ait point tant de nature que de fidelité, si
ce n'est entant que la nature se tresmonte , estant
tresmontée par la foy qui la tresmonte au dessus
d'elle mesme.

    Le vin, durant la fleur de la vigne, se refleurit
en son tonneau, il n'est pas iusqu'à la lie qui se remonte, & veut surmonter le vin, taschant de s'e-
spurer en la pureté d'iceluy. Le vin sent dedans
ses entrailles le froissis , iaçoit que muet, des entrailles de la plante qui la porté.

    La chair d'vn porc sauuage , d'vn marcassin ou
sanglier, ruite dedans le saloir en la saison que les
bestes de son espece tombent en ruit, ressentant a-
pres la mort de son sentiment le trouble que les
aiguillons de l'eschauffaison naturelle donne
aux bestes de sa sorte : Le chatouillement de celles qui sont en vie, allant cercher à taston la mort
de

de celles qui font de la mefme condition, pour les
auffi chatouiller.

Ainfi, ie di que nos cœurs, que nos ames, foubs
les coues & caueaux où repairent les vins de cefte
fainéte vigne, dedans fon image qui eft bien ay-
trement parlante, que l'image de l'Apocalypfe
qui doibt parler, car l'image de noftre ame, ne
parle que vie, & la vraye vie, c'eft la grace du Sainét
Efprit, qui fe reprefente en icelle, comme en vn
miroir, auffi toft que l'Efcriture & le SainétEfprit
mefme luy eft mis au deuant, elle fe reprodüit
comme en fon tableau où elle fe fiege & fe depeint, le chatouille de fes chatouillemens, luy
coextend fa fleur, & les inftinéts de fa generation,
luy refpandant fa concupifcence, fupernaturelle-
ment alambiquée, afin de la regenerer en vne nouuelle creature, & d'engendrer le nouuel Adam en
fon cœur.

Mais, difoient ces Sainéts Pelerins, mais do-
étes pelerins voyageans en Emaus, fe difoient
l'vn à l'autre : Que diriés vous de noftre cœur,
comme il treffailloit de flames ardantes fous la
conception des paroles que Chrift nous formoit
en chemin ? Leurs yeux leur feruoient de veuë,
mais non de cognoiffance : de regard, mais non
d'obferuation : à voir, non à difcerner : ils rece-
uoient les efpeces fans fpecification, ou fans les
pouuoir fpecifier, ou fans les entamer, ou fans
qu'ils en entamaffent aucune diftinétiõ. Ils le mef-
cognoifent au defguifement de fa perfonne.
Ils le defcouuroyent à la defcouuerte de fon

CCc 4

langage. Sa parole le portoit pluſtoſt aux yeux de leur cœur, que ſa preſence ne le portoit aux yeux de leur corps, leurs cœurs ne le voyans point le recognoiſſoient dedans les tenebres, leurs yeux en le voyant ne le voioyent point, le meſcognoiſſoyent meſmes dedans la lumiere. Ieſus Chriſt ſe portoit dedans ſa matrice, ſa matrice eſt ſa parole, c'eſt ſa parole qui l'engédre, c'eſt ſa parole qui le conçoit dedãs nos ames i'ay faute d'vn terme energiõ, generique qui compréne les offices de l'vn & l'autre ſexe, car Ieſus Chriſt eſt ſi vigoureux en ſa parole, qu'il peut ſureminement d'auantage, que le pere ni la mere, en la generation de ſoi meſme, en la ſynderoſe de l'ame. Que dirons nous de l'eſtoile des mages ? ils voyent que c'eſtoit vne eſtoile : mais il y auoit vne ſpecification qui ſe declaroit en icelle, encor que elle fuſt ſemblable aux autres ; Elle eſtoit diſſemblable à elle meſme.

Elle auoit plus de viſibilité que de rayons, plus de rayõs que de clarté, plus de declarté que de manifeſtation, plus de manifeſtation que d'euidence, moins d'euidence manifeſte que de certitude cachée, elle eſtoit toute de foy, toute de vœu, toute de deuotion, voüee à la deuotion de ces ſaincts roys, & de toute la gentilité.

Elle ſe commentoit à leurs yeux, ſe declaroit à leur ame, ſe familiariſoit à leur foy, encor qu'ils la peuſent recognoiſtre par la prophetie de Moyſe, qu'vne eſtoile doibt ſortir de Iacob, lors que celuy qui deuoit eſtre enuoyé aduiendroit

droit : & eux, comme souuerains astrologues li-
soient la fin du voyage de cette estoile, laquelle portoit neantmoins, disoient quelcuns (comme Epiphane) en son visage graué, comme vn
petit pouppon : d'autres luy attribuent d'autres
marques suiuant lesquelles elle se faisoit suiure:
mais ie pense que la plus signalee estoit celle du
S. Esprit, qui agisoit à trauers icelle dedans l'interieur de ces fideles questeurs du sauueur du
monde : & y operoit la declaration d'vn tel astre.
L'Escriture c'est vn astre c'est vn planete, ains
c'est vn Soleil qui illumine tout homme arriuant en ce monde ici ? Que diray-ie plus comme le soulphre est vn soleil, qui essuye toute sorte d'humidité : ainsi le soleil est vn soulphre, qui
hume toute sorte d'humectation : Dieu à donné
cette vertu au soulphre, dependant du principal
soulphre naturel, qui est le soleil, l'vn & l'autre ne bluettant & n'estant que papillotte au prix
de ce souuerain infini Occean de lumiere l'Esprit
sainct: l'Escriture est son fanal, l'Escriture est sa lā-
terne, de là où il predit & deseiche, non seulemēt
l'humeur de nos cōcupiscences, par la couuerture
qu'il nous eslargit : mais mesme tarit les nuage de
nostre ignorance, nous insinuant son heberge; ains
nous inculcant la certitude du texte duquel il est
a glose, ou lequel il glose par sa doctrine ineffa-
le, de laquelle il met en possession les ames des
esleus de Dieu. Les ioyalliers donnent vne enseigne pour recognoistre si vne crapaudine est
ontrefaitte ou naturelle en la monstrant à vn

crapaut:si elle est contrefaite, il n'en tient conte, si
elle est naturelle, il se dresse incontinent & court
aprés: Mais il se faut bien garder de luy laisser toucher, d'autant que, s'il la pouuoit happer de la
bouche, il l'absorberoit, portant enuie au genre humain de la proprieté vertueuse dequoy elle
leur sert : car si on presente du poison à celuy
qui la porte, elle deuient moitte, elle tressue
toute, ains du costé qu'elle touche la chair, elle se fait sentir aussi cuisante, que si elle estoit
toute de feu.

Ha quel plastron, ains quel bastion, duquel se
sont emparés les hommes, par la lecture & frequentation des saincts escrits, iaçoit que toutes
les armées d'enfer & de peché, & ce qui peut
contre luy à la tentation, pour faire preuariquer
son cœur inestonné, estayé; il ne craint rien, d'autant que ce sainct feu l'aduertit, le defend comme
le glaiue flamboyant en la main du Cherubin deuant la porte du Paradis terrestre pour en defendre l'entrée, tant aux nouuellement forbannis qu'à
leur posterité.

Le S. Esprit se fait sentir, tonrnant en ferueur
ains en zele de Dieu, qui deuore celuy, l'ouye duquel est saisie des saincts escrits, qu'il prend, reçoit
comme d'vne rousée, qui decoule en nos ames côtre toute ardeur d'impieté, ains les enfans de Dieu
s'en sentent touchés, se dressent pour la receuoir, & pour l'absorber en profonde intimation
dedans leur ame.

La bouillie ne nourrit point d'auantage l'enfant
de la

de la mammelle, que l'Escriture saincte, l'ame du
fidelle. Il n'y a animál qui recognoisse pluftoft ce
qui eft de son aliment que la poule , car auffi toft
qu'elle l'a becqueté en mesme instãt, elle le reçoit
ou reiette s'il n'eft de fa proprieté. Les fidelles cognoiffent incontinent les efcritures , fi elles font
fainctes ou profanes , ou au premier attouchement, ils les reiettent fi elles font profanes ou a-
pocryphes. Le S. Efprit leur donne vn viaire pour
où, tout auffi toft ils s'entretouchent la main , la
creance du fidelle en eft auffi toft affouplée & rendue amoureuse, mais le meschant & le reprouqué, a-
yant l'œil mondain, la confcience payenne, reban-
de à l'encontre , n'en veut point feulement brou-
ter. Il le brocarde, fe rebraffe à l'encontre, boucle
fon efprit , afin que l'efprit diuin n'y reboutonne.
Il recane fes argumentations , recapitulant toutes
les raifons defraifonnables, defquelles il voile fon
efprit , pour fe receler & cacheter toutes les en-
trees & poternes, afin de garder que le Sainct Efprit n'y porte fon habitacle , il ne contemple la
parole de Dieu qu'auec vn œil frappé de rancune,
d'auarice, iauniffe mondaine, qui ne voit rien que
de cette teinture, ou côme les febricitans, qui ont
le gouft d'amertume, le fiel & la cholere ayans refpandu leur infection iufques au milieu de fon
gouft , ne le laiffant rien goufter que fous cette faculté d'amertume qui luy defuoye l'appetit
des friandifes les mieux cuifinées qui fe puiffent apprefter par les mains les plus experimen-
tées à ce meftier. Et tout ainfi qu'vn ladre

est priué de sentiment, vn punais aussi de son odo-
rat : Ainsi celuy qui est empunaisé des bombances
& vanités mondaines, de la superstition Romaine,
des secularités Payennes , ils voyent iaune , ils se
trouuent affadis & amertumés, ils sont desgoustés
d'vne viande, apprestée mesme de la main de l'E-
sprit de Dieu , ils s'en reculent, ils l'improuuent,
s'en gabent , la foulent au fumier indigne de leur
oreille.

Presentés la Bible à vn Mahometan , ou à
vn Idolatre, il n'y cognoistra rien, il en entrera en
mespris, ne sçaura deuiner, ni estre touché de son
prix, ils font plus d'estat du iargon d'vn perroquet
que des reuelations qui y font contenues ; mais il
n'en prend ainsi aux enfans de Dieu: car encor que
toutes les argumentations d'Aristote fussent
montées , equippées de toute piece, ils les fausse-
ront , leur creance les rrefpercera , & donnera le
cours au pardessus de telles demonstrations , aux
demonstrations surnaturelles, que merite la Logique du Sainct Esprit contenue en la parole de
Dieu : C'est vne Dialectique surargumentatiue,
superlatiuement demonstratiue , qui fait ses demonstrations en petit volume, moindre qu'vn petit grain de moustarde , mais si efficacement, que
cela enuahit tout le goust, & tout le sentiment de
l'ame , pour l'occuper à l'attention de ses pointes
si penetratiues , qu'elles ne sont que d'actiuité.
Mobilior cunctis, est sapientia, il n'y a rien qui soit
d'vn mouuement plus soudain & plus actif, que la
sapience de Dieu : sa Logique a bien vne autre
viuacité

viuacité,plus impetueusement ignee & actiue que
c'elle d'Aristote.

Il ne faut point auoir la clef du Pape pour y æn-
trer,elle se fait assez sentir où elle est.Que le Pape
donc se retire,& qu'il remporte sa berlue, dont il
veut saisir nos yeux & nous faire accroire qu'il est
la queuë,l'esguisoire de l'escriture,& que sans son
congé ou son adueu, personne n'en doit faire e-
stat , & s'il ne les a signés de son authorité , elles
sont desauthorisées,degradées,voulant que son canon soit la reigle de tout ce qui est canonique, luy
mesme qui n'est pas canonisé , & qui n'est aduoüé
en pas vn lieu de l'escriture par le S. Esprit.

Ie voudroye bien qu'il me monstrast en quelque part de l'escriture, que c'est lui qui doit donner lettre de legitimation aux epistres de S. Paul,
& aux autres Escritures Sainctes.

Quand tous les Papes les defendroyent , il leur
faudroit desdire. Ce seroit desmentir le S.Esprit,
que de ne les point desmentir, rompre le serment
qu'on a au ciel , pour garder celuy qu'on n'a point
à Rome.

Rome ne pouuant prouuer le sien,veut rompre
celui d'autrui,pour faire valoir celui, duquel il n'a
aucun tesmoignage de sa valeur : parce que le Pape sçait bien qu'il ne peut prouuer sa mission , ni
son dire par l'Escriture Saincte, il fait en cajois,vn
vray tour de marquois.

Il dit qu'il ne doit point leuer , ni faire paroistre son congé de prescher, par l'Escriture Saincte,mais que c'est lui,qui doit donner la mission,

& interiner l'authorité de l'Escriture saincte, *Si non é vero, & ben trouato*, Voila vne gentille inuention pour authorifer fa piperie.

Il veut monter au-par deffus ce qui eft au par deffus de lui, commander à ce qu'il doit obeir, fouler ce qu'il doit fuppediter, eftre la loy de fa loy, le fondement de fon fondement; Il veut que l'Efcriture saincte viue felon luy, & il ne veut viure felon elle qui doit eftre fa vie, il en veut eftre l'honneur luy qui n'en eft que l'opprobre, c'eft la honte de l'honneur de l'Eglife.

Mais qui lui croira, finon ceux, qui veulent quitter la creance de Dieu : pour la fiénne, & qui font plus d'eftat de la parole d'vn homme, que de celle de Dieu ? Mais quelcun, qui voudra encor le defendre, oppofera que fon pouuoir eft emané par droitte ligne fuccefsiue des Apoftres iufques à luy, & que ceux qui ne tiendront point à lui, brifans cette fuccefsion fe feparans de la ligne decoulante de cette premiere fource, de ce ruiffeau, doiuent eftre declarés ineft fs, forbannis hors du compte de la doctrine Apoftolique de laquelle ils ont preuariqué, fe reiettans hors de la continuation de ce decoulement fondamental. A quoy ie refpons, qu'il y a de trois fortes de fuccefsion, l'vne des perfonnes iointes à la doctrine, l'vne intime à l'autre, ce qui n'a point efté qu'en l'Eglife primitiue, l'autre, qui eft des perfonnes feulement, & cela eft chez tous les fchifmatiques, car ils ont la fuccefsion perfonnelle, ains plus ancienne ne (aucuns d'iceux) que l'Eglise Romaine, mais ils ont perdu la bonne doctrine en chemin, ils ne l'ont point trainée quant & eux, non plus que les Romains, car ils l'ont infectée de tant de deprauations qu'ils y ont meslé, que ce n'est plus doctrine, ce ne sont que des langes, des guenilles de diuersité, frippées de plusieurs pieces, ains ils ont mesme perdu la succession des personnes. Comme vne femme qui a adultéré, doibt perdre ses conuentions matrimoniales, & receuoir le libelle de repudiation : ainsi les Romains ayans adultéré par tant d'endroits où ils ont corrompu & depraué, ains prostitué la doctrine de l'Euangile, ils sont decheus de leur authorité : comme celuy qui a commis felonnie, faussé le serment à son souuerain Seigneur, est declaré roturier : ainsi ceux de Rome, ayans forcé la pudicité de la verité Euangelique, faussé le serment qu'ils doiuent à sa souueraineté, ayans voulu establir la leur pour souppir & pieteler la sienne, ils sont criminels de felonnie, d'auoir voulu degrader la tres haute Maiesté de son throsne, pour y colloquer la leur, mettans l'escriture à leurs pieds, se preferans par dessus tout ce qui est Dieu.

Entre eux mesmes ils degradent les Prestres qui ont commis quelque Simonie, ils leur enleuent leurs benefices, Ha ! combien de apes sont entres en leur throsne par la porte orce, & par ainsi decheus du droict de Pontifica-

lité, eux mefmes s'eftans deiettés de l'imitation A-
poftolique. Ils ne font point fucceffeurs de Sainct
Pierre, puis qu'ils ne peuuent ni dire ni faire comme S. Pierre, ils ne peuuent pas dire, *argentum &
aurum non eft mihi*, ie n'ay ni or ni argent, car ils ne
font que d'or & d'argent, & de pierrerie.

Ils ont changé leur fainctteté en richeffes ; Auffi
fe garderont ils bien de pouuoir dire, *furge & am-
bula*, leue toi & marche, comme fit S. Pierre, ayant
rendu la folidité des pieds & des iambes à vn pauure eftropié qui mandioit à la porte du temple.
Ces operations là ne fe trouuent plus en la boutique du Pape, parce que le Pape a quitté la boutique de S. Pierre, qui n'auoit pour toute mercerie
que pauureté, humilité, patience, charité, pieté, laquelle eft vtile à toutes chofes.

Il faut eftre d'vn equippage merueilleufement
apoftolique, apoftoliquement miraculeux pour
faire miracles.

C'euft efté vn prodige fi les Apoftres n'euffent
fceu faire des miracles, il eft vray que le meftier
d'en faire eft fort rare, difficile à apprendre, gueres ou point de gens n'en fçauent faire pour le
iourd'huy.

Les Apoftres eftoyent moins curieux de monftrer la fcience qu'ils en auoyent, (fi tant eft que ce
foit vne fciéce pluftoft qu'vn pouuoir;) fi c'eft vn
pouuoir il eft fans artifice, ie ne fçay s'il eft fans
precepte, mais pour le moins il eftoit en eux fans
tromperie, fans oftentation ; ils aimoyent mieux
en eftre profitables que louables, ne vouloyent
tant

tant s'en preualoir, comme en aualuer la creance
de la doctrine qu'ils portoyent, ils les execute-
royent pluſtoſt par la cõmiſſion, ou par l'inſtinct
du S. Eſprit que par leur propre deliberation, c'e-
ſtoit leur logique demonſtratiue auec quoy ils ar-
gumentoyent ; mais pour en pouuoir faire, il faut
eſtre treſmontant en vertu, ſurpuiſſamment s'eſ-
uertuer, treſſaillir par deſſus ſoy meſme, il faut e-
ſtre merueilleuſement humilié pour eſtre au deſſous de ſoy, il faut eſtre formulaire de vertu, & ce
qui y eſt de plus vertueux & ſignalé, c'eſt qu'il n'y a
que la grace de Dieu qui nous eſuertue au miracle.
Les Apoſtres en eſtoient d'auantage les organes
que les operateurs, c'eſtoit le S. Eſprit qui operant
par eux, leur faiſoit faire par deſſus eux meſme, de
quoy rayonnoit en leurs ames vne qualité diſpo-
ſitiue qui les rendoit ſouuerains, par où ils commandoient à l'appétit des threſors & de leur exaltation.   Sainct Pierre eſtoit tout confit de ces ſalutaires deſdains, il n'exhaloit que de perfection,
mais totalement operée par la grace de Dieu, de
laquelle nos papifougouſes eſtans en reprobation
ſont ſi deſpourueus qu'ils ſe iettent du tout à con-
trebãde toute oppoſite à Sainct Pierre. Diroit on
que le Pape d'auiourd'huy fuſt ſucceſſeur d'vn ſi
accompli perſonnage, tout de caimaderie à l'exterieur, mais tout fourni de la toute-puiſſante vertu du S. Eſprit à l'interieur.   Pour moy ie ne penſe point qu'il y ait de ſucceſſiõ là où il n'y a point
de reſſemblance, ni de pareille, ni appretiation, ni
phyſionomie qui ſe rapporte à la conduitte de l'vn
& de l'autre.   Le Pape reſſemble plus à Tamber-

DDd

lan qu'à Sainct Pierre, le siege de Rome à celui de
Constantinople, qu'à celuy d'Antioche, *intus He-
lena, foris Hecuba* , on croit que ce soit S. Paul,
mais ce n'est qu'Elymas le charmeur, S. Pierre,
mais ce n'est que Simon l'enchanteur, exterieurement il a le port de Iean Baptiste, mais interieurement, ce n'est qu'Herode, au dehors c'est le pere
Moyse, mais au dedans ce n'est que Iannés &
Mambrés, les antiprophetes de Moyse; au dehors,
il semble que ce soit la colombe de la transfigu-
ration, mais vous trouuerés au dedans que ce
n'est que le pigeon d'Archite de Tarente, qui vole, escume, & est tout contrefait d'artifice.

Ils me respondront ce qu'ils dirent à cet excellent prelat François, *Petrus Danaus* enuoyé par
le roy au concile de Trente, lequel en haranguant
sur les libertés de l'Eglise Gallicane, & en remon-
strant la reformation de la cour de Rome, se le-
ua vn Cardinal du milieu de la troupe, qui cria
Gallus cantat, ledit prelat se tournant deuers luy,
dit, *vtinam quoties Gallus cantat Petrus fleret, &c.*
voila vn coq François qui chante, à quoy il repartit, Pleust à Dieu qu'autant de fois que le
coq François chante, (la gentillesse gist en l'am-
phibologie Latine, qui ne se peut homonymer
en François) que Pierre se prinst à pleurer, &
continua sa harangue de grand sens rassis, sans
s'interrompre d'auantage.

Il vouloitdire, que pleust à Dieu, qu'autant de
fois qu'on auoit renié Dieu à Rome, & que les
François les en auoyent repris, qu'ils s'en fussent
repentis.

repentis. La recharge eſtoit braue, ie ne feindrai
point de m'en ſeruir à ce meſme propos. La petite
remore appelee Echineis, arreſta bien le grand
vaiſſeau de charge de bataille, dans lequel voguoit
Ceſar Auguſte. Ie voudroy pouuoir arreſter toutes les voiles & tout le vent de l'abus Romain, ce
me ſeroit vne grande acquiſition deuant les hommes. Les moucherons d'Ægypte firent la guerre
& domptérent Pharaon, vn pauure petit moine
Martin Luther en a biē fait autant en la Romanigolderie, Dieu s'eſt ſerui de ſa voix & de ſa plume, pour monſtrer au Pape qu'il eſtoit peu Chreſtien, ou pluſtoſt vn fort grand homme, mais vn
fort petit Chreſtien, autant eſloigné de la ſucceſſion des Apoſtres, qu'il s'eſt rendu intime du
Throſne de la factiō, de la fanfare des Empereurs,
& de la proſopopee des Payens. La troiſiéme ſucceſſion eſt de la doctrine ſeulement, laquelle a eſté
attachée aux Apoſtres, la puiſſance des clefs, & de
l'ordre, & de la iuriſdiction eſt liee à Dieu & à ſa
doctrine, il ne l'a point aſſuiettie aux perſonnes
qui ſont ſujettes à contamination, car comme les
teinturiers en 24. degrés de teinture, ils montent
tellement du noir au blanc, & du blanc au
noir, que cela eſt inſenſible au progrés, entre
e premier & ſecond eſcheueau, il n'y a preſques aucune diſcretion, non plus qu'entre le ſecond & le tiers, le tiers & le quart, & ainſi en
ontant par imperceptibilité, les hommes peu-
ent ruiner la doctrine Chreſtienne, & l'abiſmer
dans la Turqueſque, & la ſondre dedans la Pa-

yenne, la faire iudaiſer, ou l'androginer de toutes
trois enſemble, Dieu n'a pas obligé ſa miſſion à des perſonnes ſi fautiues, il a ſeulement
relegué ſa miſſion à la doctrine des Apoſtres.

Toutesfois & quantes que l'Egliſe ſera de-
cheuë, & hors du trac de la foy, il eſt non ſeulement permis, mais commandé à quiconque
ſera capable de s'enuoyer ſoi meſme, & de
prendre la commiſſion auec la proclamation du
vray Euangile de Dieu, lequel porte en ſon
ventre ſa clef & ſa ſerrure, pour ſe faire annoncer à ceux qui en ſont ignorans, mais ſi quelcun
auiourd'hui en l'Amerique, ou en la terre du
feu, ou en l'iſle de Schouten, que quelques
vns appellent le paſſage de Iean le Maire, nouuellement deſcouuert au cinquantecinquiéme degré de l'Antarctique, ſi les habitans de ces con-
trees là s'aduiſoyent par conſeil & perſuaſion,
en rencontrant vne Bible & Nouueau Teſtament, de ſuiure la doctrine de Chriſt, & ſe conformer du tout à la vie de l'Euangile, faudroit-
il qu'ils voyageaſſent en Europe, pour receuoir
l'ordre de l'impoſition des mains, & pour annoncer l'Euangile.

Seroit ce peché d'intruſion à quiconque mon-
teroit en chaiſe pour annoncer la parole d
Dieu.

Tant s'en faut, qu'vn tel y ſeroit tenu, ſur peine
de damnation eternelle, & ne ſeroit meſtier d'a-
uoir miſſion plus authentique, que la neceſſité
d'annoncer la parole de Dieu; car la neceſſité porte ſi

te sa commiſſion & ſon commandement, receu
dedans la cognoiſſance de la doctrine de Chriſt.
Si vn tel ne vouloit encourir la peine de la ſterili-
té de ceſt arbre infructueux, coupé par le cōmandement de Ieſus Chriſt: ainſi ſi Luther ne ſe fuſt
mis à preſcher, il eſtoit degradé par le S. Eſprit
iuſques au feu d'enfer.

Il ne falloit point conteſter contre les dons de
Dieu. De meſmes que Iean Baptiſte qui cria contre Herode l'inceſtueux, encor qu'il n'euſt miſſion de la ſynagogue, ni receu l'impoſition des
mains, il ne laiſſa de monter in chaire, & preſcher
deuant Herode. Ainſi les Euangeliſtes reformés,
ſuiuans leur vocation, & la neceſſité de la doctrine
de Chriſt, doiuent annōcer à l'inceſtueux Herode
romain ſa polygamie. Il ſe dit eſpoux de l'eſpouſe
de Chriſt, chef de l'eſpouſe, outre qu'il cōmet vn
adultere, eſpouſât l'eſpouſe d'autrui, & crime de fe
lōnie, eſpouſât l'eſpouſe de ſō roy, & crime d'ince-
ſte, eſpouſant la fille de ſō Pere, ains ſa mere. Il cōmet auſſi peché contre la nature, car il fait qu'vn
corps a deux chefs, vne femme a deux maris, vne
membrure fourchue a deux teſtes, qui eſt vne
monſtruoſité tres ſcandaleuſe, outre les conſe-
quences deriuatiues de pluſieurs horreurs ſemblables, comme d'eſtre pis que Iudas, car Iudas ne
vendit que le corps de Ieſus Chriſt, eux vendent
non ſeulement le corps, mais le ſang, le crucifiement, le ſacrifiement de la croix, l'humanité & diuinité de Chriſt, & tout ce qui eſt contenu au dedans de la meſſe, car ils vendent leur meſſe ſeule-

ment à cause de Chriſt, qui y eſt contenu & ſacrifié, voyés donc s'ils ne ſont pas pis que Iudas, en
ce que Iudas ne vendit que le corps, mais eux
vendent toutes les autres pieces ſuſmentionnees,
outre que Iudas le mit à vn prix plus haut, à 30.
pieces d'argent, comme vous diriés 30. reales, qui
poiſent vn quarteron, ou enuiron vn demi marc
d'argent.

Prenés qu'elles poiſent demie liure, c'eſt l'honneur de Iudas en ſa felonnie, d'auoir eu quelque
eſgard à la valeur de l'ineſtimable Ieſus Chriſt, ſi
tant eſt qu'il y puiſſe auoir honneur en vne ſi deſ-
loyale negociation.

Iudas le vendit vne fois ſeulement, & ceux ci le
vendent vn million de fois par tout le monde.
mais nos ſacrificarnaſſiers donneront touſiours
Chriſt auec toute leur meſſe pour 5. ſols, pour 4.
ſols, ou bien vn peu plus, & quelquesfois moins,
& ne ſeront pas honteux de marchander leur meſſe, & de dire, ie ne chantêrai point, ſi vous ne me
donnés tant. Et pour iuſtifier qu'ils ſont marchás,
vendeurs de meſſe, vendeurs de Chriſt, c'eſt que ſi
ceux qui leur ont ordonné de chanter, ne les payét
aſſez toſt, ou à leur volonté, ils le feront conuenir,
& l'aſſigneront deuant le Iuge, pour eſtre payés
de leur meſſe. Et ſe trouuent des Iuges ſi femmes,
afin que ie ne diſe de la ſorte de Iudas, qui adiuge-
ront non ſeulement payement, mais exaction auec
deſpens contre des pauures innocens, leſquels e-
ſtans eſpris de quelque remord conſcientieux. ia-
ſoit qu'infidelle de crainte de Simonie, ou d'ache-
p ter

pter & faire vendre Christ, redouteront de deliurer vn tel payement. Les Iuges deuroient condamner tels demandeurs au supplice de Iudas, à se
creuer de leur messe : mais encor vn poinct à remarquer en quoy Iudas a esté plus homme de biẽ
qu'eux, c'est qu'il se laissa taster, & enuahir par la
resipiscence, mais c'estoit vne resipiscence trop
furieuse, à tout le moins il rendit le loyer d'iniquité, & remboursa l'argent qu'il auoit receu, ce que
iamais Prestre n'a fait depuis que la messe a esté
au monde: l'enfer fait plus d'estat de la resipiscence qu'eux. Ils vendẽt les ordres, & n'y a riẽ qui ne
soit à prix d'argent, de sorte que le Prophete qui
predisoit que *ab Aquilone pandetur omne malum*,
auoit raison: car Rome est Aquilonnaire, & Septé-
trionnale de plus de dix degrés, au lieu où cela fust
prophetisé, encor que quelques vns l'aient voulu
interpreter des rauines & deluges nationnals, des
Goths, Ostrogoths, & Visigoths, qui délugerent
tout sur nostre hemisphere, il y a enuirõ 900. ans,
chãgeãs, alterãs toute loy, tout lãgage, toute police, & religion, neantmoins ce desgorgement s'a-
cheua dãdãs quelques siecles ensuiuãs, mais celuy
de l'Eglise Romaine, c'est vn mal qui est biẽ plus
vniuersel, & qui menace d'vne bien plus peruer-
se, & longue durée, qui ne finira qu'auec le monde, en danger qu'à leur sollicitation Elie, & Hen-
och ne soiẽt inquisitiõnés, martyrisés, s'ils se veulent opposer à la rebellion Romaine. Il n'y a tel
crime enuers eux, que de n'estre criminel du rele-
lement de la verité, il n'y a plus grande souffrance

DDd   4

de perſecution qu'enuers ceux qui perſecutent le menſonge, duquel ils ſont tant perſecutés.

Ils offrent à Dieu le martyre & l'abomination en laquelle ils ont les meilleurs ſeruiteurs du ciel, aimans mieux en cela ſuiure, qu'aller à l'encontre de Satan. Ce leur eſt vne grande croix de ne point crucifier ceux qui ont crucifié le reſpect du monde : ils ſe tourmentent s'ils ne tourmentent ceux qui ne ceſſent de ſe tourmenter à cauſe des blaſphemes dont ils tourmentent l'Euangile.

Toutesfois, Dieu qui a donné tant de vertu, & d'incorruptibilité à pluſieurs de ſes creatures, ne ſe ſera oublié d'Inueſtir de durée le corps de ſon eſpouſe, quoy que combattue de la maſchoire de Cain, du taureau de Phalaris, des loix eſcrites de ſang de dragon de l'humeur de Buſire, quoy que l'abbadon Romain du 9. de l'Apocalypſe, l'apollyon contraire à Chriſt vueille machiner. Plus il gele, & plus il eſtraint, d'autant qu'ils s'accrauanteront, ils s'endurcirent d'auantage. Le Toutpuiſſant auſſi multipliera ſes miſericordes ſur ſes fideles : Il ſe bandera contre leur bandage, executera l'aneantiſſement où ils nous veulent abyſmer : rien ne nous celebrera d'auantage, que quand ils nous voudront besfler & biffer, nous affranchira quand ils nous auront aſſeruis, nous reproduira quand nous ſerons taris, amortis, la pitié ſe gendarmera, ſe mettra hors de pitié contre eux. Il les encouragera, & conſolera, de voir ces vendeurs de fumée perir eternellement dedans leurs fumées.

Lampri-

Lampridius raconte d'vn fauſſaire, qui faiſoit le
Chancelier, & vendoit de faux decrets, comme e-
manés de la bouche d'Alexandre Seuere, il ordonna , que ce vendeur de fumée ſeroit ſupplicié à
mort, & eſtouffé dedans la fumée. Il ne faut faire
non plus d'eſtat de la papendeuerie , & de toutes
les voix qu'elle nous prononce, que du cult d'enfer, ou des vapeurs du puits de l'abyſme, leſquelles
ſont toutes peſtilentes. Quoy qu'ils ſe diſent eſtre
la lumiere : ce ne ſont que feux folets, ardans no-
cturnes , comme les vers nommés Lampyrides,
qui n'eſtincellent que de nuict , leur eſtincellement ceſſe quand le iour arriue : ainſi la clarté du
Pape, n'eſt lumineuſe qu'en l'entendement des reprouués , incorporés de charnalité , priués de l'E-
ſprit de Dieu, car celuy qui eſt ſpiritualiſé, diſcer-
ne & iuge de tout. Deuant les enfans de Dieu, les
nigeries de la Papalité , quelque eſtincellantes
qu'elles paroiſſent aux autres , ne ſont que papier
bruſlé, ce n'eſt que vieux rebordages , des bubes
qui rebourjonnent d'hereſie, vn rebut du S. Eſprit.

Tout ce qu'ils diſent n'eſt autre que recardure
recapitulée de chair & de ſang à l'auancement de
leur ambition. Ce ſont paroles arſenicales, reag-
grauées d'vne doctrine immortellement renforcée de poiſon pſeudoeuangelique, que les enfers
meſme boucleroient, rayeroient, comme des intelligences ſauuages remplies de raſſoterie ramaſſée auec vn raſteau de mondanité , pour remplir
& engraiſſer leur raſtelier. Il n'y a rien qui ne ſoit
conqueſté par leur perfidie , dedans le violement

de leur foy qu'ils cognoiſſent eſtre violemment
forcée, s'ils la veulent meſurer à l'Euangile, quoy
qu'ils eſſuent par tout des lumieres dedans leurs
temples, & autels, pour monſtrer qu'ils ſont le ſoleil de la terre , & la lumiere du ciel ; mais c'eſt
pluſtoſt par deriſion , pour monſtrer que meſme
en plain iour ils ſont aueugles, qu'ils ont perdu le
ſoleil de veuë , & partant ils mendient des lumieres eſtrangeres, ou auſſi pour ſignifier, qu'ils n'ont
iamais faute de fumée , & qu'ils ſont vendeurs de
fumée en la contamination de la doctrine qu'ils
annoncent, comme auſſi en leur encens, c'eſt pour
faire ſçauoir aux hommes qu'il ſont fœtides &
puants de mauuaiſe vie , comme de fait vous les
voyés quelques fois aux Egliſes porter leur encen-
ſement deuant des perſonnes qui puent plus que
des boucs, dont la vie eſt ſi vicieuſe , qu'elle infecte, & la veuë , & l'ouye, & l'air de ceux auec leſquels ils conuerſent.

Et voylà nos miſſionnaires qui ſe vantent de
tant de pouuoir Euangelique , laiſſons-les vn peu
repoſer iuſqu'au Chapitre ſuiuant , là où nous les
reprendrons auec l'eſtrille & le bouchon: c'eſt of-
officier profitablement , que de releuer ſon
prochain, quand il eſt cheu en
la foſſe.

DE LA

DE LA CORRVPTION DES
Moines, & autres Eccle-
siastiques.

CHAPITRE VIII.

ENcor que selon la doctrine d'aucuns, le rencontre d'vn moine est tousiours funeste, specialement s'il se fait de matin, c'est vn augure sinistre qui tombe sur les affaires du maniement de ce iour là, & qui donne fort mauuais encontre à tout ce qu'on y entreprend, car tout arriue à contre poil, se renuerse, à contrebande, sur le redos, au lieu de tenir sa route au droit fil. La raison en est, disent-ils, d'autāt que les moines, ce sont vautours, ne viuent que de mortuaires, ne se resiouissent que de trespassés, ne festinent que de la mortalité des hommes. Ils sont suiuis de dangereuses coniectures, comme estans les herauts de la mort, qui trōpettent en ioye ses tristesses, qui chantent ses larmes, mettent ses souspirs en liesse, se resiouissent quand le monde s'attriste, gogaient du dueil d'autruy, encor que nous ne soyōs de ces superstitieux, & que ne rauallions nostre creance à telle reuanderie, & que nous soyons plus constans aux raisons Astrologiques, que ployables à telles fariboles, d'autres y adioustēt foy, disans que comme la voix & le cri d'vn paon est funeste, presageāt force encombre mauuais, d'autant qu'il crie plus funebremét, les euenemēs en sōt plus deplorables sur ceux côtre lesquels il crie: ainsi que ces moines ne portēt q̃ male châse à ceux ausquels ils viēnēt au deuāt.

chanſeux ou fortunés , nous les auons en teſte , il
faut leur liurer deux mots de bordure d'ouye,leur
dõner vn petit miroir,afin qu'ils ſe cognoiſſent,&
que le monde cognoiſſe l'excclléce de la venaiſon
d'vn moine, ie laiſſe leur fauconnerie:entr'eux ils
diſent ordinairemét, que c'eſt vne meſchãte chair
que la chair de moine, auſſi eſt-ce chair venée,fai-
ſantée,affinée, parée à la fumée clauſtrale , ils ſont
là encaquez en vn reſeruoir pour ſe deſgorger,
deſaler. S.Auguſtin diſoit,qu'il n'auoit iamais veu
meilleures gens que les moines,quand ils eſtoient
bons,ni de pires que les moines,quand ils eſtoient
meſchans,il euſt bié retiré ſes mots plus auant, s'il
euſt eu cognoiſſance des noſtres d'auiourd'huy. Ils
ne ſont pour la plus part,ni chiens, ni loups , mais
comme dit vn autre , cagnes parfaittes, ils ne ſont
parfaittement reguliers,auſſi ne ſont ils tout à fait
ſeculiers:Ils ſont meſtifs,mãſers,ambidextres,am-
phiuies,comme les crocodiles,comme les caſtors,
moitié chair,moitié poiſſon,vne chair poiſſonnée
vn poiſſon incarné.ils ſont hippopotames,ce ſont
cheuaux marins ou fluuiatiles;l'Egypte en porte,il
s'en trouue à force dãs le nil. Vous les voyés quelquesfois paroiſtre iuſqu'au nõbril deſſus l'eau par
apres ſe plongeans dans le fil d'icelle , ſe pourme-
nans par deſſus la riue des prairies, & apres ſe võt
noyer dedans ceſt element , où ils s'abbreuent &
s'allaictét. Mais diſent les Egyptiés que perſonne
n'en a iamais veu qu'il n'ait pris cela pour vn pre-
ſage de malencontre qui le talonnoit apres,ou bié
la contrée où paroiſſoit tel monſtre. Il y a auſſi les
veaux

veaux marins qu’on appelle phocæ , qui font ter-
reftres marins, c’eft côme nos moines qui fortent
du monde fans en fortir , qui en fortent en y ren-
trant, y rentrêt en fortât, &pour dire en vn mot au
prorata & proportionnemêt, on voit plus de moines que de feculiers. Ce font batteurs de femelles,
rodeurs de paué, qui ne fe peuuêt tenir dedãs leur
peau , & s’en trouue fort peu, quelque aagés qu’ils
foient qui n’ayent toufiours beaucoup de gourma
à ietter. Ils ont prefque toufiours la ceruelle bour
rue, & comme difoit vn iour vn d’entr’eux, monfieur, ne vous fiés iamais d’vn homme qui ne vous
regarde que par vne locarne de drap, tât de caref-
fes qu’il vous fera, de mignôneries fpirituelles, de
deuotions plaftrees, de mortifications fucrees, dôt
il vous fallottera les yeux, mais *latet anguis in her-*
ba, en la queüe gift le venin, fouple côme vn moine, ils ont des tours plus arrondis que les ioueurs
de gobelets , leurs croes font plus crochus que les
crocs des Bretons, ils font plus bretonnans, que les
bretons bretonnans , ils ont vne cholere blanche,
vne manie yuoirine, mais qui eft toute de feu gregeois quand elle fe vient à efprendre , ils font les
ampladamus, mais ceft pour tout prêdre, vrais penitens repêtis qui fe repentent de leur penitence.
Vous côuerferez 20. ans auec vn moine fans le biê
cognoiftre, principalement s’il eft moine moinât,
ils ont des cœurs qui ont d’eftranges finuofités, à
grand peine fe cognoiffent-ils eux mefmes , puis
qu’ils fe mefcognoiffent fi fouuent , mais voyons
vn peu d’où ils viennent, quels ont efté leurs pre-

miers fondateurs. Les vns d'eux s'en rapportent à
Elie, & Elisee prenans cela pour eux, ce qui eſt dit
des enfans des Prophetes, qui habitoient parmi les
chãps dedans les ſolitudes. C'eſtoit afin d'oublier
la deprauation qui les auoit contaminé au monde.
Chryſoſtome dit que leur premier prince a eſté
Iean Baptiſte: mais il n'auoit point de conuent, n
plus qu'Elie & Elisee n'auoient autre reigle que la
loy de Dieu, ne baſtiſſoient point vn eſchoppe re-
ligiõnaire decãs la totalité des enfans de Dieu, car
cõme cela ſeroit odieux de baſtir vne republique
dedans vne republique, vne ville dedans vne ville,
pluſieurs royaumes dedans vn royaume, pluſieurs
fortereſſes patticulieres par des eſtrangers dedans
vne ſouueraineté, ainſi c'eſt enfreindre les loix du
Chriſtianiſme, que de les reſerrer dedans d'autres
loix, outre qu'Elie, ne Iean Baptiſte, ne preſcri-
uoient aucun vœu à leurs diſciples, n'auoient aucũ
cloiſtre, pour rendre eſclaue leur liberté. Les autres en rapportét l'origine à Paul Thebeã en Egypte, ou à l'autre Paul premier hermite, Caſſiã diſciple de Chryſoſtome, dit que l'ordre monachal,
cõmença des le téps de la predicatiõ Apoſtolique:
Chryſoſtome ſon maiſtre ſur l'Epiſtre aux Hebrieux, dit que du téps de S. Paul, il n'y auoit aucune nouuelle de monachalité. S. Hieroſme dit que
Hilariõ en fut le premier inuenteur en la Syrie, &
que cela cõmença en Paul le premier Hermite, en
l'annee 300. & en Antoine ſon ſectateur l'an 350.
Gregoire de Nazianze dit que ce fuſt Baſile qui
inſtitua la vie cœnobiale, ou autremét, cõmunauté

mo-

monachale, cette phrafe eft côtraire à foy mefme, *quoniam eft repugnantia in adiecto,* d'autant qu'il y a repugnance en l'adiectif, l'adiectif ruine fon fub-ftantif, & le fubftantif deftruict l'adiectif, car il n'y peut auoir aucune communauté folitaire, la cômu-nauté forcloft la folitude, & la folitude exclut la cômunauté, en l'vnité il n'y a point de nôbre. En bonne foy ce n'eft magiftralemêt côpté, cela fent fon bô Iofeph, fon folanique, fa tefte feiche, ou tefte de mort, fa ceruelle bruflée, confcience iudai-quement eniauelée, fon carminipefte, le nom de moine fignifie vnique, feul, folitaire, fans côpagnie auffi toutes les moineries du iourd'hui font nô feu-lemêt alterées, mais adulterées, ce font moines nô moines, defmoinés, vrais morceaux d'antimoine, l'efcume, le bougrant, la veffe, la lie des hômes, ie ne veux pas dire des gens de bié, car ils s'en offen-feroient, ce font cimetieres où on enterre, on en-charne, où on encuifine les viuans, cône les corps morts, que la mer ne peut porter, elle les iette à la riue, ceux qui ont enuie de trauailler, & de valoir quelque chofe, ne fe retirent à l'oifiueté, ils fe fouf-mettêt à l'ordination de l'arreft general donné de la bouche de Dieu à tout le genre humain, *in fudo-re vultus tui vefcere pane tuo*, tu gaigneras ton pain à la fueur de ton corps, & comme dit Da-uid, *labores manuum tuarum manducabis, beatus es & bene tibi erit*, fi tu vis du trauail de tes mains, tu feras bien-heureux, tout bien t'arriuera. Et Sainct Paul, ne dit-il pas, que celuy qui ne veut trauail-er, mais feiourner en fon lard graiffé, ne doit

point manger,il n'y a que ces gras vétres de moines,& la plus part de la paplperie tonſurée,qui ne
veulent liurer aucune goutte de leur ſueur,ni contribuer aucun rayon de leur trauail, cependant ils
veulent faire bonne chere, viureȝengraiſſer & eſ-
cumer leur lard ſur le commun , s'approprier les
peines d'autruy,& en engraiſſer leur ventre &leur
cuiſine,diſmer l'honneur de la pudicité : c'eſt vne
inuention pernicieuſe,qu'vne telle vie cœnobiar-
chale,& de fait Baſile en l'Epiſtre 63. ſe plaint de
de que les habitans de la nouuelle Ceſarée luy ob-
iectoient la nouueauté de la vie monaſtique.Cela
n'eſtoit point Eccleſiaſtique,c'eſtoient luciferiens
d'enfer,porteurs de lumiere tenebreux,offuſqués.
    Ils deuoient commencer en finiſſant , finir en
commençant, eſtre abrogés auſſi toſt que ſubro-
gés, treſpaſſés auſſi-toſt que compaſſés, aneantis
auſſi-toſt qu'inueſtis,exterminés auſſi toſt que de-
terminés. En ces premiers ſiecles , on ne voyoit
point de ces habits de mômerie , des teſtes cucul-
lées, enfrotquées, enchappées, embouchées de 3.
ou 4. ſortes de chappes,de chapperons,de tous les
cercles & quarrures de Mathematique , vous les
voyés figurés,auec des façons defigurees, qui font
peur,nõ ſeulemẽt aux petits enfans,mais meſmes
aux hômes.I'ay veu des fêmes enceinctes,qui s'en
cachoiẽt,de crainte que leurs enfãs n'euſſẽt quelq;
tache de ceſte pragmatique veſtiaire , & ainſi hi-
deuſemẽt pourfilee.Côme la tortue eſclot ſes petits en les couuãt ſeulemẽt de ſõ regard,ainſi le regard de ces gẽs là eſclot touſiours quelq. tortuoſité,

té ce sõt astres malins de pestilẽt aspect, d'vne dã-
gereuse impression, ils portent tousiours quelque
dommage, ou quelque sinistreité en croupe il y a
tousiours plus a se pleindre qu'à se loüer d'eux, il
leur faut apprester plus de refus que de remercie-
mẽt, car ils demandent cent fois plus qu'ils n'offrent : Quand ils vous visitent ce n'est tant pour
vous voir, que pour auoir quelque chose de vous,
ils font cent fois plus de reuerence qu'il n'y a à
reuerer en eux: leur besace est cõtagieuse elle engendre de la besacerie, & de la disette, mais quelque fois aussi des petits besacier on ne peut faillir à se mettre tousiours en defence quelque bõne
chere qu'on leur face contre ces spirituelles & de-
uotieuses pantalonnades.

Philon, celui que Hierosme appelle le Tite Liue
des Grecs le Platon Philonisant en le Philõ Pla-
tonisant, dit que de son temps S. Marc approuua
vne certaine vie eremitique en Aegypte : mais il
y a apparence que c'estoyent les Esseens de l'ancien Testament, aucuns desquels, peut estre, deuindrent Chrestiens, car il n'y a aucune apparence, qu'vn Iuifs, comme Philon, eust louangé les
Chrestiens, & est probable que la premiere institution de la vie Monastique, print son origine de la fuite des persecutions, comme les po-
ûres Chrestiens estoient atrocement persecutés,
par les Empereurs idolatres, & leurs lieutenans,
ils se sauuoyent aux deserts, & cerchoyent les sõ-
litudes les plus affreuses, à celle fin de se receller
plus seurement, & quelques fois ils conuertis-

E E e

ſoyent cette neceſſité en volonté , ayans accouſtumé vn tel genre recelleur de vie , ils y arre-
ſtoyent la fin de leurs iours. Sozomene eſt de cette opinion en ſon liure chap.13. Les autres diſent,
que Paul le premier Hermite, voulant euiter à la
perſecution de Decius,ſe fiſt Moine de cette ſorte la. Il n'eſtoit point contraint à aucune renonciation de bien paternel,ni aſtreint à aucune reigle à aucune promeſſe perpetuelle , ainſi dit Nicephore en ſon 9. liu.10.ch. l'iſſue leur eſtoit auſſi
libre que l'entree , le retour eſtoit en leur diſpoſition , & plus de 200.ans apres Chriſt, il n'y auoit,
aucune moineſſe, ni conuent de religieuſes: mais
ſeulement ſe retrouuoyent des filles vierges , fou-
lans l'impieté du ſiecle , ſans voile ou ſolitude exquiſe, ſe contenoyent en leur maiſon de ville ou
champeſtre, n'eſtoyent remarquees en leur démar-
che morne , morfilee en paſſehibou quand elles e-
ſtoyent contraintes de marcher ex public , elles ne
ſe diſtinguoïét d'aucune liuree , ni grimace ſingu-
liere,ou miſautropique qui commandaſt aux yeux
des paſſans pour ſe faire regarder , elles ſe conte-
noýét en leurs maiſõs paternelles comme ces Da-
moiſelles auſquelles Hieroſme diuerſemét enuoye
pluſieurs epiſtres.Auguſtin meſme, au liure qu'il a
fait de l'œuure des Moines,ch.17.ſe touche de deſ-
plaiſir , ſur tous ceux & celles qui viuent ainſi o-
cieuſement. Au ſurplus les monaſteres des Anciés,
eſtoýét des Colleges de Docteurs,qui enſeignoýét,
d'eſcoliers qui eſtudioyent : ainſi Chryſoſtome au
3.liure contre ceux qui vituperoyent la vie Mona-
ſtique,

ſtique, les Colleges des Chanoines, & aſſembleeſ
des Egliſes Cathedrales reſſortiſſoyent à telle
fondatiõ. Le Chapitre de noſtre Dame de Paris,
eſtoit anciennement les entrailles de l’vniuerſité
ils enſeignoyent, il y auoit autãt de regés que de
Chanoines.

Et encor auiourd’huy le Chancelier de l’vniuerſité de Paris, eſt erigé en vne des principales
dignités du Chapitre. Et pour dire la verité, deuroyent regéter, ou ſalarier ceux qui ont ſuccedé
à la peine, qu’ils deuroyent prendre. Et en la plus
part des villes, vous voyés les Chapitres de Chanoines, cloiſtrés, muraillés, auec porte & ſerrure,
& en aucunes, l’office de Scholiarche, qu’autres
appellent Eſcholaſtres, il eſtoit comme le pre-
fect & ſuperintendant des claſſes, & des eſtudes,
mais tout cela eſt tombé en ruine, transformé en
bóne chere & en diſſolation, & meſmes, pluſieurs
ſiecles apres Ieſus-Chriſt, on n’entend point parler de ce vœu de pauureté, encor que quelques
Apoſtoliques, à celle fin de ſe preparer vn paſſage plus libre aux voyages hazardeux, qu’ils entre-
prenoyent pour porter l’Euangile par tous les arriere coins de l’Europe, & du monde, negligeoyét
leurs facultés.

D’autres eſmeus d’vne pitoyable charité, afin
de ſe preſter plus plantureuſemét au comble des
œuures de miſericorde & de pieté, vendoyent
& diſtribuoyent tous leurs biens aux poures, du
temps de la perſecution à ceux qui eſtoyent ſequeſtrés, qui auoyét aſſez de foy pour eſtre Chre-

ftiens, mais n'auoyent pas affés de courage pour
eftre martyrs, ou affés de conftance pour comba-
tres les tourments ; Ils couroyent errans, ne viuans que des bienfaits qu'on leur aumofnoit, &
ceux qui leur eslargiffoyét de leurs biens, eftoyét
ceux qu'ils nous imputét auiourd'huy auoir fait
vœu de poureté, de vray c'eftoyent des creatures
ramaffees en creme de toute perfection, choifies
du ciel par l'efprit de Dieu, qui auoyent des dôs
Angeliques, Cherubins, Seraphiques, qui obfer-
uoyent la charité, felon la defcription que faind
Paul en fait, laquelle contient en peu de mots,
plus d'illumination, & de fublimation, de cœur
& de confcience, que toutes les Moineries, quelque eftroitte que foit *leur* reigle : Lefquels ont
depraué leurs anceftres.

L'original monachal eft falcifié, il eft mal copié,
leurmatrice eft toute corrõpue, il y a autãt à dire
entre l'vn & l'autre qu'être du loup & de la mar-
te Zubelline, vn faux verre & quel fin diamant,
qu'être de la toile d'or & de la natte, de la paille
& du fil d'or, qu'être vne toile daraignée & quelque fin crefpe de Boulogne bien licé, de la toile
peinte & quelque fine tapifferie de Flandres re-
leuée, recaméc de fine broderie d'or & de foye.
Mais monfieur le Pape par article d'eftat, afin
de fe faire cherir de ceux que le monde cherif-
foit, & qu'eftant par eux recommandé il fuft
cheri du monde, il a pourfuiui à encherir les
moines. Ce font fortes eftayes pour la papauté,
ce font les fommiers de fes illufions les opera-

teurs principaux de ſes bafouements , ce ſont
les arcsboutans de ſes indamnités vſurpées ſur
toutes les monarchies , ce ſont les couſtilleurs,
ſes eſcuiers qui portent ſon pauois , & bran d'a-
cier,ce ſont ſes reiſtres, ſes ſouiſſes dont il fait vn
corps de garde pour circuir & circonuenir tout
le monde , ſe ſont ſes patrouilles , ce ſont ſes
Æoles qui ſoufflent ſes foudres , qui couronnent
en foudres & en tõnerres ſes tempeſtes , qui tem-
peſtent ſa colere , les eſguillons, l'acier de ſon
courroux, le tranchant de ſa parole , le ſouffre
qui donne nourriture à ſon feu, affileurs ou pluſtoſt le droit fil de ſes intentions & qui à fin de
ſe faire valoir les outrepaſſent en ſe faiſant trop
valoir : ils ayment mieux ne rien valoir en le
faiſant trop valoir , que valoir quelque choſe
en mettant hors de valeur ſon outrecuidance,
ains ils ſe feruent de ſon outrecuidance pour
donner vent à leurs voiles : Ce ſont les ſerpens
qui ſiblent ſon venin , les baſilics qui rayonnent
ſes regards; ils faiſoiẽt valoir l'Egliſe, le Pape les
ayant corrompu , ils ont fait valoir le Pape en
deſaualuant l'Egliſe , ils ont esbreche l'Egliſe
pour en rapetaſſer le Pape, le Pape n'eſt baſti que
des defectuoſités de l'Egliſe, en la ruinant il s'eſt
agrandi : il ne s'eſt ſoucié de la mettre en maſure
pour s'edifier.

C'eſt à quoy ces ames pieuſes s'adiuſtoyent,
& quelles quelles fuſſent , ils eſtoyent Chreſtiens.

Quiconques voudroit auiourdhuy de l'Atheiſ-

me , on ne l'enuifagera nulle part des trois eftats,
mieux que dedans l'Ecclefiaftique , & en certains endroits ches les Moines ; foubs le nom
de Moines ie comprens les Chanoines , qui font
tiercelets de Moines , veftus en mafche-coulis,
on les appelle Chanoines feculiers , les autres
Chanoines reguliers , mais c'eft cacophonifer,
c'eft autāt que dire , chanoine chanoine , ou regulier regulier , horfmis que chanoine eft en grec , ce
qui fignifie le mefme que regulier en François,
outre que Chanoine feculier , eft vne phrafe im-
pertinente : car s'ils font feculiers , ils font mondains & par ainfi irreguliers & decanonizés.

C'eft donc quafi le mefme que regulier & feculier.

I'ouis vn iour vn Moine , qui mettoit cefte difference , & difoit que les reguliers eftoyent gu-
lares : les Seculiers eftoyent culares , par ce di-
foit-il , ils ne gardent le culibat , il vouloit dire
Celibat , les Chanoines ont ioué au plus fin.

Ils fe font fauués des premiers , defmoinés regulierement pour fe remoiner feculierement , fecu-
larife leur reigle , retenu leur habit Monachal
qu'ils portent en hyuer , & leur Omus qu'ils portent en efté. Le premier inftituteur de ces peaux
vouloit imiter Iean Baptifte , qui eftoit tout couuert de peau de Chameau , ou Elie , qui eftoit
ceint d'vn grand bas de faye , tout velu & pe-
liffe.

Si en ce pays , il y auoit des peaux de Cha-
meaux , il faudroit qu'ils en portaffent au lieu
; des

des belles hermines , & menu vair dont ils s'ac-
couſtrét tournans le deſert en delices de bragardiſe voluptueuſe : car c'eſt le bordage des robbes
des Roines , quand elles s'accouſtrent de dueil.

Soit qu'vn tel port canonical ſoit inſtitué pour
imiter noſtre archipere , noſtre tres pere grand,
ou noſtre tres grãd pere, ie pere ſuperlatif de tous
les peres humains , le tres ayeul de tous les plus
ayeuls du monde Adam , qui ſe veſtit pour toute
ſumptuoſité de tels habits royaux , pour ſignifier
de fait, ce que les hommes ſont tardifs à preſcher.

Car comme on dõne des fols aux princes non
comme croit le vulgaire pour leur donner du
paſſetemps mais afin qu'ils leurs diſent leur verités , que les ſages n'oſent dire , ainſi les fols
ſont les ſages , les Prophetes & Predicateurs
des grands , car il y a peu de ſage qui veuille hazarder la fortune de ſa ſageſſe , pour la
deſcharge de ſa charge ou qui veuille deſplai-
ré à ſon maiſtre pour plaire à Dieu ou à quitter ſa conſcience au peril de la diſgrace ou de
quelque ombrage qu'en pourroit prendre le
prince , qui vomiroit en rabrouement la verité receuë par vn homme de bien , ce que les
fols ne redoutent point , ils marchent aueuglement comme on les pouſſe, ils ne conſultét point
ſur les miſes ou receptes que font leurs ouyes , ils
effondrent tout par la bouche ils n'ont point
de tamis dedans leur iugement pour faſſer le
meſnagement de leur preiudice & en faire credit a l'emprunt qu'en pourroit faire la crainte

ſur leurs conſcience car comme ils ne pretendét
rien à l'auidité du bien, auſsi tout de meſme ne
font ils à la crainte de la perte,& ainſi ils laiſſent
couler de leur parole beaucoup de ſageſſe fole.
ment, ou beaucoup de folie ſagemét,plus que de
folie folement: ains ie di qu'ils diſent beaucoup
de ſageſſe,ſagement:Car c'eſt eſtre grand aumoſ.
nier de ſageſſe que de la departir à quiconque en
a affaire: au contraire des ſages & ſupremes conſeillers qui taiſent beaucoup de ſageſſe folement
lors qu'ils ſouffriront pluſtoſt la ruine d'vn prince, qu'ils ne luy offriront ce qu'ils luy doiuent
dire ains qui diſent beaucoup de folie ſagement,
quand ils reueſtét de ſageſſe leurs flateries & que
conſuunt puluillos,ils gallonnét les oreilles de leur
maiſtres & les rempliſſent de d'auãtage de com-
plaiſence que de droitture. Ils meſurent dedans
leurs compliſſemens l'agrandiſſement de leur
fortune, pluſtoſt que l'accompliſſement de leur
fidelité, deſirant pluſtoſt de s'agrandir que a-
grandir leur maiſtre, eſtre eſtimés ſages que procurer la ſageſſe de celuy auquel ils ont loe la
leur : car les princes prennent à fermé la ſageſſe
de leurs Conſeillers, voire ils les acheptent afin
qu'ils les facent ſages: les Conſeillers priués &
familliers d'vn eſtat ſont les Procureurs, ou en-
ſemenſeurs de la ſageſſe du prince auquel ils ſeruent, ils ſont ſtipendiez afin d'en donner bonne
& plantureuſe liuraiſon, ce ſont les arſenals &
treſoriers de la ſageſſe de l'Eſtat; & ſouuent il
n'y a rien de quoy ils ſoyent ſi diſeteux, rien
                                        qu'on

qu'on leur espargne, qu'on leur mesle ou corrom-
pe si fort; on leur donne le vin pur mais la sagef-
se esueuse ; ils ont l'or & les diamants desbrutis,
affinés, mais la sagesse ne leur est liuree qu'impu-
rement grossierement , mesloyee de milles re-
spects humains, vne sagesse bourue , pressoriee,
rappee elle ne leur arriue qu'à force d'inconue-
nians toute blessee, comme si l'honneur du Prince est entamé en sa couche , vn fol le crayonne-
ra à ses oreilles à quoy le sage n'oseroit penser.
Ainsi donc les Chanoines , qui sont Moines ou
fols ciuilisés ils annoncent actuellement , habi-
tuellement par leur esquipage , ce dequoy on
se moqueroit si on le vouloit ordonner verbale-
ment.

Ils portét la liuree, se couurent des mesmes habits où ils annoncent la couuerture dont estoit
reuestu le tres premier de tous les peres, ils publiét
dequoi estoient estoffez les habits royaux, imperiaux du premier roy terrié, roy des rois, de l'Empereur qui precedoit & a engendré tous les monarques de l'Empire de la terre , annonçant que
les habits se doiuent constituer en simplicité &
vergogne , comme estant vn bandage vn émpla-
stre plustost qu'vne parure qu'vn ornement en vn
remede plustost qu'vn ioyau , vne satisfaction, vn
amende honorable plustost qu'vne splendeur ou
marque de dignité. Et comme ceux qui ont des-
robbé de la soye on les met au colier ou piloriè
auec vn escheueau au col, signe de larrecin; ainsi
parce que l'homme a plustost adiusté son oreille

à la voix d'vn ſerpét qu'à la parole de Dieu, il en
ſera tellement couuert de honte qu'il en cerche.
rale couuert pour ſe cacher deſſous vne peau de
beſte, marque de l'iniuſte perte de ſa iuſtice originelle, laquelle y aima mieux fouler que les re-
monſtrances du ſerpent, ce que meſſieurs les chanoines expriment orgueilleuſement, s'oubliant
que c'eſt vn honneur honteux effaçant la ſouuenance de ce myſtere, qu'ils tournét en honte hô-
norable. Ceſte enſeigne eſtoit inuentee pour en
profiter d'humilité, & ils en moiſſonnent l'orgueil; ils l'ont fumé de corruption & corrompu
la mortification qu'ils ont deſtournee en gloire,
fauſſant la premiere auſterité comme s'obſerue
en delicateſſe niaiſement, corrompue d'aucuns
Eccleſiaſtiques chanoines, qui tournent en vanterie leur ignominie & qui portent des manteaux
de fourrure peliſſee par dedans & par dehors en
eſté, & en hiuer, ils s'en chapperonnent auec
de grandes chappes embuchees, ſeulement de
ſarge, c'eſt d'autant qu'anciennement les chanoines portoyent leur hermine én teſte, le laiſſant couler auec vne grande queue, large ſur les
eſpaules, iuſqu'au plis de la iambe, dequoi eſtant
ennuyés, ceux qui eſtoient delicats, les portoient
retrouſſees ſur le poignet de la main, dequoi ſe
formaliſans quelques bons vieux peres d'entreux,
ordonnerent, qu'icelles fourrures ſeroiét radou-
bees en manteau capuchonné, & qu'ils en cou-
uriroient les eſpaules, comme ſont les Comtes de
S. Iean de Lion.

Au

Au reste, tous ensemble Prestres, Chanoines, Moines, sont hors de route, tout y est affaissé, à peine y peut on remarquer les premiers alligue-mens.

Ils sont en cimetiere, on n'y voit plus que les offemens de la pristine saincteté:ce n'est qué car-casse,tout y est despenaillé.Il n'y a plus de face,le visage religieux & sacerdotal y est descharné,de-spiritualize, ce n'est qu'vn schelet de la represen-tatiõ de ces premiers deserts, & des premiers am-bassadeurs,herauts de la parole de Dieu.

Il n'y a que le rafle,encor tout ectique, tout ta-ri non seulement de consanguinité, mais d'affi-nité à ces bons personnages. Tout le bon moust en est dehors. Ha ! que de masures.

La beauté de l'edifice est fondue;ils ont les cõ-sciences toutes felees,ames cauterisees,l'antiqui-té y est toute raturee, à peine y pouuez vous dis-cerner le charactere,la graueure en est toute effa-cee,tout y est rasé en demolitiõ, ce n'est plus que bouquinage rauauderie d'antiquaille, fripperie, tournee en fripponnerie de truaudailles. Il n'y a que les raclures, le premier craion y est entiere-ment effacé & auec tout le reste en abolition,en-cor qu'ils chauuissent leurs oreilles aux remon-strances,il n'y a gent au monde, qui soit plus en-nemie d'estre chapitré qu'eux, encor qu'il n'y ait personne qui ait plus affaire de chapitre qu'eux, car les chapitres sont proprement faits pour les moines & pour les Chanoines,& toutesfois ils ne s'y veulent point assuiettir.

Ils regorgent dix fois d'impatience, hors d'at-
trempance plus que les autres, iniurieux comme
Moines.

On ne sçauroit atteler leurs oreilles d'aucune
difcipline : Ils y font plus fauuages que les beftes
des bois à la chaffe. Ils conteftent contre toute
atteinte de redreffement, ils ne s'en veulent laiffer conuaincre, encor qu'ils foient vaincus. Ils
aftrologient des aftuces, où ils fe gabionnent en
defenfe auec plus de rufe, que d'auancement en
leur dignité, donnent audience à l'audace, à laquelle ils font partage de leur eftude, & s'aua-
chiffent dedans ces pretentions, plus qu'en l'augmentation du redreffement de leur reiglement.

Ils courtifent l'aueuglement de ceux qui les
doiuent dreffer, & comme des auolés font auorter tout ce dequoy ils font falutairement abbre-
uez, tournans le dos à ce qui eft authentique &
approuué, pour fe delaiffer à vn badinage vain
de conuerfation lafciue, à laquelle ils font bail
de leur corps, & de leurs efprits, mais baux,
amphitheotiguement affermés à fçauoir leur vie
durant, dont la terminaifon n'eft que de dureté, la fin que d'impenitence ; aufsi hagars en cette faifon là, contre ceux qui tafchent à les rendre meilleurs qu'ils n'ont efté le refte de leur vie
paffee.

Ils font toufiours trauaillez d'vne peripneu-
monie.

C'eft vne chaleur charnelle qui faifit leurs
poulmons fpirituels à l'endroit, par où ils doiuent

uent respirer l'esprit de Dieu, qui empesche &
aggraue quasi du tout la respiration.

Il faudroit estre excellent chirurgien, pour
guerir telle maladie pulmonique : Aussi sont-ils
ectiques emaciés.

Ils sont tout vermolus. Il n'y a plus que le cen-
drier de la premiere cuuee.

Les vieilles religions sont toutes rances, chan-
sies, il est tout aussi difficile de les renouueller
en l'estat qu'elles estoyent du temps de sainct Augustin, ou du temps des premieres institutions,
comme de renuoyer le pain en sa farine, ou de
rengrener la farine dedans son espic ou de remettre le vin dedans son raffle.

Ils sont entretissus d'incorrigibilité. Ils sont
desbandez en perdition, detraquez à la dese-
sperade, à l'abandon de toute sécularité; Et
quoi que il y en ait qui en veulent estre les regra-
tiers, les reietter en moule, comme les faisans
passer par la fontaine de iuuence, pour les raieu-
nir : mais ils ne font que costoier ; ils ne mettent
point la coignee à la racine, ils ne font que
barluer.

Il faut venir les reformer selon la vraye reigle, qui est Iesus-Christ, & non dedans la corruption : Car c'est s'embourber d'auantage de
contamination, s'engager en l'infusion vitieuse, dedans laquelle leurs ancestres se sont corrompus,& homologuer leur corruption, assuiettir leur correction à estre recorrigee, la monture
de leur perfection à estre condamnee d'imperfe-

tion:aufsi ne font ce que choux rechauffés,vieil-
le befongne racoutree, irregulierement reiglés
refauattés,fralateriés.

Et encor ils fe desfigurent, comme s'ils vouloyent mettre deux fexes en vn corps, ainfi ils
fondent vne vie contemplatiue toute en action.

Les autres vne vie actiue, toute en contemplation, comme fi vn homme fe vouloit habiller
d'vn cofté d'habit d'homme, & de l'autre d'habit
de femme.

Ce font pieces bien differentes. Les bornes
de la capacité humaine font trop eftroittes, &
anguftiees, pour comprendre deux fi grandsri-
uages.

Et eft impoffible que la contagion de l'actiuité de la vie, ne depraue lā contemplation, laquelle eftant contaminee, ne peut rendre fon effect que depraué, pluftoft en erreur qu'en direction; car depuis qu'vne nourriture eft alteree
elle ne peut engendrer aucun fuc louable;elle ne
fait que du mauuais fang,&en corrompt la maffe & les humeurs.

Ains depuis qu'vne contemplation eft infectee
& abbaiffee de la hauteur de fon ftile,elle ne peut
redreffer ce qui eft recourbé, elle mefme n'eftant
point droitte.

C'eft de la foye meflee parmi de la laine,ou de la
laine parmi du châure. *Nõ arabis in boue & afino.*

C'eft tout ce que l'homme peut faire auec tout
foy mefme, que de paruenir au rempliffage du
cercle de la contemplation.

Sa

Sa perfection excede les facultez humaines. C'eſt
eſtre preſomptueux, que de ſe tant perſuader de
ſoy, qu'on croye de pouuoir ſatisfaire à l'accompliſſement de l'vn autant que de l'autre.

Ce n'eſt qu'vne rauauderie, & vne temerité
comme vouloir mettre la ſolitude au milieu de
la ſecularité, & la ſecularité dans la moinerie, &
dire que la ſolitude n'en ſera point intereſſee.

C'eſt rendre le monde religieux, le monde demeurant monde, & rendre la religion mondaine;
euaſer l'vn dedans l'autre, comme faire vn haut
de chauſſe pourpointé, ou vn pourpoint en bas
de chauſſe. Ce ſont nouuelles emmouſleures
d'habits, ratatinage de fripperie, embalage de façõs exotiques, deſreiglees, deſmâtelees de ſymmetrie, diſproportionnees d'habitude de diſcretion
commune.

Ie repete, que les religions des mendians, ont depraué toute la moinerie. Ils ont publié ce qui deuoit eſtre ſecret, mis au large ce qui deuroit eſtre
reſerré, communiqué au monde ce qui deuoit e-
ſtre particulier à eux.

Comme le vin qui eſt desbondonné s'eſuente;
les eſpices eſuentees perdent leur force, eſmouſ-
ſent leur pointe. L'eau celeſte, d'autant qu'elle eſt
plus ſpiritueuſe, s'eſuanouit, d'autant que les religions ſont plus parfaittes, d'autãt ſont elles plus
ſujettes à s'eſuanouir en l'air. Il ne faut point
pour tout qu'elles ſentent le monde car autremét
les membres hanniſſent apres. *Mors intrat per fe-*
neſtras.

La mort entre par les feneſtres , à ſçauoir par les ſens.

Il eſt impoſsible à l'homme d'eſtre touſiours maiſtre de ſon corps , de ſa chair , & de ſes ſens. Il les pourra bié entretenir & s'en defendre pour vne fois, ou pour quelque autre apres : mais pour touſiours , il eſt impoſsible qu'il n'en ſoit ruiné *qui tangit picem , inquinabitur ab ea* , quiconque touchera la pois, ſe poiſſera les mains.

Viure dans le feu ſans ſe bruſſer, dãs l'eau ſans ſe mouiller. Les religieux ont les ſens de meſme chair , & de meſme feu que le reſte des hommes. Ils ſe ſouſmettent à la fragilité en deſpit qu'ils en ayent, les obiects leur commandent. C'eſt tout ce qu'ils peuuent faire,que de les bien cõbatre en la tres-rigoureuſe ſeuerité d'vne tres-aſpre ſolitude. Encor eſchappent ils le plus ſouuent à eux meſmes , ſelon la foy des anciennes hiſtoires , qui rapportent tant de cheutes & preuarications.

Sainct Antoine diſoit , que le Moine hors du ſilence , hors de ſon cloiſtre parmi les rues , meſmes parmi les champs, pour quelque neceſsité que ce fuſt,eſtoit comme vn poiſſon hors de l'eau qui perd le mouuement , & ſe meurt auſsi tô Quoi donc ? que le feu charnel n'oſeroit aſſaillir vn cilice, vne haire , vne robbe rapetaſſee, vne teſte encornee d'vn capuchon , vne ceinture de corde renouee ? Si fait :Car le bois eſt ſec , ſi le feu s'en approche tant ſoi t peu , il bruſle comme de la paille.Vn qui ſera accouſtumé à vn
mauuai

mauuais air , n'en fera fi toft efpris que celuy qui a toufiours vefcu en vn bon air.

Les moines font bien pluftoft gaftés parmi le monde que les mondains mefmes, leur feule ombre engroffit les femmes, ioinȼt que vne chandelle portée à l'air fe fond bien pluftoft qu'eftant côferuée, renclofe, hors de l'air.

Louys Viués es commētaires de la cité de Dieu de S. Auguftin, fait mention d'vne lampe toute allumée il y auoit plus de mille ans , qui fut trouuée enfermee en vn monument aupres de Paris , laquelle s'efuanouit en fumee auffi toft qu'elle fentit l'air , fi elle euft continué à fe celer hors de l'air fon feu eftoit pour viure encor deux mille ans. O combien de moines fe defmoinent, & deuiennent tout de fecularité , faifans vne vie pire que les mondains deffous leurs habits de moine à caufe du voifinage auec la mondanité ; ce feroient des lumieres de fainȼteté s'ils auoient demeuré renfermés: mais fe font des fumees puantes, & mortelles parmi les mondains, qui infeȼtent & donnent cent fois plus de fcandale que les difciples de Iefus Chȼ ne donnoient d'edification. Ce font des Mercures celeftes qui tranfpirent & euaporent le fang de leur efprit ; car le mercure ou vif argent s'il n'eft bien renfermé s'en va tout en vapeur. Le charbon de geneure fe conferue allumé vn an antier fous la cendre, mais venant à l'air il perd fa conferuation, comme font nos moines, que les places, les rues & la frequentation defmoinent. Ils deuiennent auffi peu moines , qu'ils hantent parmi les

FFf

feculiers & mondains. Comme les corps enfeue-
lis ne fe pourriffent point s'ils font bien ferrés &
hors de l'effort : vn vin fe gardera cinq cens ans,
s'abonnira toufiours, s'empierrera pluftoft que
fe gafter ; car il fe tournera comme en huile premierement, par aprés en baume, depuis s'efpaif-
fira comme du miel, à la fin s'endurcira en roc, car
il fe confit, & recuit dedans fa chaleur ; fa bonté
fe couue, fon feu s'affile, fe redouble comme vn
foleil, & fait efclatter la force qui eftoit cachee, laquelle s'augmente iufques à recuire toute crudité,
fe purger, & tourner en foy mefme toute verdure
qui le greuoit, n'eftant agité d'aucune fubornatiõ
pour le faire departir de la bonté de fon gouft, e-
ftant en clofture fe commue, & fe remonte tout
en delices: mefme cela s'apperçoit au vin qui boult
fi on le peut mettre en vn tonneau affés ferme
fanglé de bandages affés roides pour ne ceder
à des chaleurs qui luy doiuent offrir des cõtraintes
difficiles à furmonter : vn tel vin fans efuent, re-
bouillõnant fes bouillons dedãs fes flãmes, fe def-
bouillonnant lors qu'il boult & laiffant fes bouillons dedans foy mefme, en herite vne force qui
leur fuccede, laquelle vaut beaucoup de vin ; car
en iettant fes bouillons à l'effort, il iette fes nerfs,
il perd fes mufcles il fort hors de luy mefme; ainfi
le moine allant à l'effort, efuentant, & mettant à
l'air fa folitude, portant fon hermitage dedans
l s rues, parmi les chemins, iettant foy mefme
hors de foy mefme, desfrocquãt toute fa folitude, il iette aux champs les nerfs de fa moinerie

perd

perd les forces de sa solitude, abandonne les muscles de sa perfection, quoi qu'ils nous alleguent
que deuant que sortir à l'air, ils empaquettent
leurs sens, qu'ils mettent en la cadene de leur
cœur, plongé dedans des meditations d'osse-
ments de testes de mort, auec des estincelles de
l'enfer, mesmes s'emplissans la bouche d'autant
d'oraisons iaculatoires, qu'ils font de pas : Neantmoins c'est autant perdre sa peine, comme de vouloir empescher le glus de s'attacher
quand on le touche auec la main ; la teinture
de teindre ; le corps d'eschauffer aupres du feu;
l'œil de voir quand il est ouuert ; l'ouye d'escouter quand on luy parle : car il n'y a barriere, ou re-
tenue aucune, qui puisse fermer, ou faire le
hola.

C'est comme l'eau de vie, laquelle est toute
d'eau au dehors, mais toute de feu au dedans. Le
moine est tout d'esprit au dehors, mais tout de
chair au dedans, si le feu se prend à cest esprit
par le corps, la chair brusle aussi tost au dedans, &
est impossible de cuirasser tellement cette chair a-
uec l'esprit, ni auec autre drogue, quelque spirituelle, ou spiritualisee qu'elle soit, qu'elle ne demeure tousiours en contagion.

Elle est comme le naphte, qui fait l'amour au
feu, elle le suborne tellement, qu'il se viole, fius-
sant les barrieres de son centre & de sa sphere,
pour courir, sauter & paillarder l'vn dedãs l'autre:
ainsi les sens de l'hõme, auec les objects sésibles; il
il n'y a defense ou antidote, qui en puisse rompre,

ni la communication, ni les approches. Ce leur eſt vne choſe tres naturelle ; la nature commande à l'artifice, on ne ſçauroit empeſcher le feu de bruſ-ler, ni l'œil de voir, ni l'oreille d'ouyr, ni le cœur de penſer, ni la chair de ſauourer, ni le corps de s'incorporer en la dulcification des ſens.

Et comme vne flammeſche de maladie conta-gieuſe, qui aura eſtincellé imperceptiblement de-dans la ioincture de quelque liure, ou de quelque habit, ſe conſeruera pluſieurs années, & ſe reſueil-lera ; s'eſchauffant du premier remuement qu'elle ſentira, infectera, & contagiera ceux qu'elle attou-chera, ainſi dedans les ioinctures de la moinerie, en ces cœurs concentriques de tant de reigles, qui ne demandent qu'à s'en excentriquer, il s'y gar-de des images, & petites idees, germes, & ſe-mences de digreſſions ou diſtractions extraua-gantes, qui entraiſnent & le cœur & l'homme.

Il n'y a pas long temps que ie liſoy' d'vne petite grenouille, laquelle s'eſtant attachee à la leure d'vn gros ſerpent, l'auoit addentee ſi à propos, qu'elle l'auoit arreſtee tout court.

Il ne faut qu'vne petite eſcharde dedans le pied de l'homme, ou vne ronce dedans ſa iambe, pour lui faire fermer le pas.

La glace ſemble toute de pierre au dehors, elle eſt toute d'eau au dedans. L'eau marine eſt toute d'eau au dehors, mais toute de roc de ſel au de-dans.

Le plomb eſt de metail exterieurement, mais il eſt tout de liqueur interieurement.

Il ne

Il ne faut point croire au dehors d'vn moine, car si le moine, ou l'Ecclefiaftique s'efloigne de fon tuyau, il eft tout auffi toft contagié; & quoy qu'il femble tout de ciel, fouuenés vous que les cieux fe liquefient, & qu'il y a des fontaines dedans les cieux; & que les cieux fe fondent en cataractes, defquelles fe peut former vn cataclyfme, ou deluge.

Et quoi que le moine, paroiffe de glace au dehors. Il eft tout confit d'eau delicieufe au dedans, infatigable à la rupture de la chafteté. Ce font ouuriers incapables de laffitude, quand ils y mettent vne fois leurs iournees; Et encor qu'on les iuge aquatiques, rafraifchiffans en la furface, ils font interieurement engloutis d'eftincelles gregeoifes & infernales: ils ont des ames toutes de roc, impenetrables à la fageffe; quand vne fois ils fe mettent à deuenir fols.

Et encor qu'on les iuge imprenables, fermes cõme le metail en la furpeau de leur hantife & frequentation, toutesfois la continuation les amollit. Quand ils commancent à fe relafcher, il n'y a rien de fi lafche & charnel, que les hommes & les femmes doiuent tant fuir.

Au refte, il ne faut qu'vne goutte de vinaigre, ou vne larme de liqueur corrompue, pour gafter vn tonneau de vin quelque grand qu'il foit. Ie dis derechef, on fe noircit hantans le charbon & les charbonniers, on fe blanchit parmi le plaftre & les plaftriers. Vne femme ne peut eftre femme de bien au bordel.

Vn' Ecclesiastique ne peut estre homme de bien parmi le monde. Ie parle homme de bien de moine.

Ie croirai plustost qu'il n'y a point de putain au bordel, qu'vn moine qui hante la cour & les seculiers soit bon moine : car quelque part que soit la nature, elle seigneurie toutes nos actions, elle fera bien semblant de se desguiser, de faire quelque retraicte, mais elle ne meurt iamais la premiere, il faut que l'homme meure deuant elle. C'est en quoi Cassian , disciple de Chrysostome tient vne maxime en vne de ses collations ou conferences. il rapporte l'exemple de la perfection du solitaire.

Il veut que celui qui doit deuenir bon religieux, s'esbauche premierement en la vie actiue, qu'il apprenne à tout endurer sans aucun ressentiment d'iniure, quelque tort qu'on lui face, quelque parole atroce qu'on lui dise , quelque humiliation ou mortification qu'on luy impose , il faut que le sentiment, dit-il, soit tellement stupefié & assommé , qu'il ne germe aucune pointe d'impatience , non pas seulement en la pensee.

Comme le ciel ne se peut eschauffer ou morfondre de quelque feu ou glace qu'on luy mette contre, il y a vne certaine impossibilité; ainsi veut il que le moine soit celeste qu'il ne se colere encor qu'il soit tout enfué d'iniures, qu'il ne se morfonde parmi tous les desgouts ou la hetés du mõde, qu'il soit comme le diamant qui resiste au feu

                                  & au

& au marteau fans eftre calciné ni entamé , ains
qu'ils fe plaifent à endurer &tremper dans les iniures, comme la mouche pyraufte aux fournaifes
de Cypres , qui papillote & fe nourrit dedans le
feu : & comme le ciel n'eft pefant ni leger , ainfi
que le moine ne foit ni trifte ni ioyeux, ni graue,
ni volage , ains d'vne meureté parfaitte, d'vne perfection fi meure que perfonne ne le puiffe offencer de quelque offence qu'il reçoiue, &-quelque a-
ction qu'il opere qu'elle foit fi droicte que perfonne ne s'en fente greué ni offenfé , qu'il foit auffi
impaffible moralement & ciuilement que fon
corps le fera furnaturellement, s'il eft beatifié au
ciel.

Ha combien il y a peu de vrais moines fi celles-
là font les legitimes marques d'vn legitime moine.   Voila le fiege ou piedeftal fur quoy il veut
qu'on ante la vie anachoretique : car de là,
comme ils font paruenus à ce degré, ils les en-
voyent en la folitude , où ils deuiennent Ana-
choretes, où ils ne voyent perfonne, fi affidus
à la contemplation, que la nature en oublie fon
office : & lors dit-il, vn vrai figne, qui marque
le fommet de la perfection , c'eft quand vn
homme ainfi matté, verra de tres belles filles
toutes nues , & ne s'en efmouuera , non plus
que l'enfant au berceau , car tous les refforts
humains , font tellement habitués à la perfection, qu'il n'y a aucun obiect contraire , qui les
puiffe mettre hors de leur garde , ni en forcer la
ferrure.

N'eſt-il pas croyable que le feu puiſſe oublier
le chemin à ſa ſphere, & qu'au lieu de monter en
haut,il aille à coſté: & la pierre la piſte à ſon cen-
tre.Comme la pierre ne peut perdre ſa peſanteur,
ainſi le feu ne peut perdre ſa legereté , ainſi l'humanité d'Adam ne peut perdre ſa charnalité. Il
n'y a rien qui puiſſe equipoller à la iuſtice originelle.

La nature de l'homme,ſa concupiſcence, ce luy
eſt vn fardeau plus grief que la charge d'vn Ele-
phant à ſon eſchine.Le feu n'eſclatte point le ton-
nerre plus fort quand il ſe ſent reſſerré dedans la
chambre du canon pour gaigner la liberté du retour à ſa ſphere,que la nature de l'homme,laquel-
le fracaſſe & froiſſe tout.

Et quand tes yeux verront vn moine,garde-toy
que la peſanteur de ce fordeau ne tombe ſur toy,
& ne t'auachiſſe, que l'ardante agitation de ce feu
n'eſboule ſon plomb ou ſon obſtacle contre toy:
car c'eſt vn vin dedans ſes tonneaux reliéſde bur-
re,rappiecées & cordes renouées, qui n'eſt iamais
ſans bouillon , ſans tempeſte , qui foudroye ſes
fonds,comme le foudre à trauers la nuée , elle eſclatte au long & au large.

Et ſouuienne toy , qu'on ne cognoiſt point le
vin au cercle ni au tonneau, & qu'on ne cognoiſt
pas auſſi le moine à l'habit , & que l'habit ne fait
pas le moine:& que de cent qui porteront l'habit,
à peine ſe trouuera-il vn bon moine,il y a dix-fois
moins de bons moines , que de bons mondains:
auſſi peu que de corbeaux blancs, de cignes,ou de
neige

neige noire, de charbon verd, de lieure, ou de chié
cornu, moins que de plumes fur vn crapaut.

L'Abbé Bernard, qui les cognoiffoit, comme en
ayant efté chargé toute fa vie, les moines hypocri-
tes(dit-il) veulent eftre humbles, fans mefpris: pauures, fans fentir aucun defaut : bien veftus, fans a-
uoir aucun foin : courtifans, flatteurs des grands,
detracteurs des moindres , mordans comme des
chiens, trompeurs comme des renards, orgueilleux comme des lions, au dedans loups rauiffants,
appetiffans & affamés de la douçeur du miel de la
vaine gloire, lafcifs comme des ours: veulent eftre
iuges fans authorité, faux accufateurs, priués de
toute verité. Ie ne fçay s'il eft plus ridicule ou plus
perilleux de voir vne fentinelle aueugle, vn guide boiteux, vn Prelat negligent, vn Docteur ignorant, vn Heraut muet.

Voylà pas de belles couleurs dont ce bon Prelat les depeint. S'il euft efté en vn meilleur fiecle,
& qu'il euft ofé dire fon opinion, il auoit de tres-
belles lumieres , mais le randon de l'infection de
la Romanendeuerie luy eftouffoit, ains luy rebouchoit fes rayons.

Il y en a dedans ces cloaques (ie voulois dirè
dans des cloiftres) qui feroient plus capables de
faire vne lefclue, ou rinfer vn pot de chambre, que
de prefider aux confciences. Auffi, comme dit le
mefme Prelat, ils changent d'habit, non d'efprit,
non d'habitude, mais de couuerture: non d'action,
mais de couleur. Ils changent leurs paroles, non
pas leurs œuures : cachent leur vie foubs vns pro-

fession meilleure. Ils se contentent de l'imagination, pour la religion: de l'opinion , pour la vertu, preschent de grandes paroles, rendent des effects fort minces , accusent les vices sans les deposer, feignent de se desplaire publiquement , en ce qu'ils pratiquent ordinairement : le desplaisir de leur parole gist au plaisir de leur action, ils se pleignent de leur volonté, leur vie despite leur parole , leurs actions intercedent contre ce qu'ils disent, ils sont hors de ce qu'ils preschent, & au milieu de ce qu'ils font, qui cōmandent, non ce qu'ils disent , mais à ce qu'ils disent, ils foulent ce qu'ils preschent aux pieds de ce qu'ils font , leurs mains ne croyent à leur langue. Ils s'estudient plus à paroistre, qu'à estre ce qu'ils s'efforcent de n'estre, louangent ceux desquels ils veulent appriuoiser les louanges, pour les receuoir plustost, que pour les valoir, ayans plus de soin d'estre loués, que d'estre louables , d'estre en vne grasse religion, que d'estre bons & saincts religieux, plus prompts à reprendre, qu'à apprendre comme ils doiuent oublier ce dequoy ils meritent d'estre repris , puissans à corriger, eux qui sont incorrigibles, veulent estre correcteurs, se veulent mesler d'enseigner, & non seulement ils sont apprentifs, mais apprentifs à estre desenseignés, il faudroit biffer, canceller ce qu'ils sçauent , plustost qu'estudier, ou imiter ce qu'ils ne sçauent, ou ne veulent sçauoir, & se vantent d'en estre Docteurs: foibles à receuoir la correction , transportés à la donner à ceux qui s'en pourroient passer , plustost qu'en prendre pour
eux

eux ce qui leur est necessaire , contrefont la patience en public, & en priué, ce sont des magasins
de colere, des guespes de soudaineté , forgeurs de
vengeance, censeurs d'autruy, libertins d'eux-mesmes. Vous les voyés auec des discours voltigeans,
des tissures ondoyantes , des pensées trauersées,
qui aiment mieux tout auoir, que ne rien vouloir.
ils aiment bien mieux tout desirer, que beaucoup
quitter, estre reputés, qu'estre pauures, estre habillés en disetteux, qu'estre en disete:bons caimans,
que souffrir la faim:ils aiment mieux estre à man-
dier & estre mandians, que l'honneur d'estre hors
de mendicité : ains souuent ils mandient dés le dehors de la mendicité, ils caïmandent de l'assouuissement, ils font parade & expliquent leur faim, encor qu'ils ayent mieux de quoy se saouler, que ceux
ausquels ils s'addressent : on les voit plustost se
plaindre de ce qui leur est necessaire , que louer
Dieu de ce qu'ils ont de reste, ils aiment mieux e-
stre importuns, que recognoissans : attirer, que se
contenter: regorger, qu'auoir assés: la superfluité,
que la suffisance: de là viennét tant de grosses Abbayes & puissants Chapitres, ils sót paruen°à ceste
inõdatiõ de richesses en se voilát de pauureté, cha-
temitát la disete, inuocát à faux titre la charité des
pauures Chrestiéstrõpát le Christianisme, par des
fausses besaces:c'estoiét plustost thresoriers, q́ fausses besaces:des reseruoirs, q́ des receptes:trõperies
qu'aumosneries, dressées en illusiõ qu'é subuãtion,
pour pipper q́ meriter: ils dressoiét la necessitéen
stratagemes illusoires , qui s'édurcisét en cõtrefai-

fant, & par ainfi en malfaifant leurs filets aux bien
faits, fe tapiffoient d'vne dizette apoftée, & fe mõ-
toient en pofture d'impofteurs pour oifeller la
graiffe & le lard qui leur eft demeuré : d'autres
noũueaux leur fuccedent qui en la mefme pifte arriuent inceffamment au mefme feiour par le fentier du vœu de la pauureté, touchéz à l'yureffe par
l'infatiabilité voilée de quelque groffe, mais profonde beface, ils paruiennent bien loin au delà &
au deffus de leurs befaces, ils font debefacés à force d'eftre tres-doctes befaciers, tres fçauãs en be-
facerie au lieu de tenir efchole de fainceté, ils font
protocoles de gueuferies, ils preferent ne rien valoir en poffedant tout, qu'eftre vertueux en l'accompliffement de la renonciation, qu'ils ont voũé,
ils recueillent autant de trouble en leur ame, qu'ils
ont trouué de repos en leur corps, portent le filence en la bouche, le tumulte feditieux au cœur,
fous vn vifage ferain ils couurent fouuent de fu-
rieufes tempeftes.

Ce font toutes qualités qui fe trouuent és vieilles religions toutes eflochees: mais auffi eft-ce, ce
dõt font remẽbrées les anciennes renouuellées, &
s'il y a lieu au mõde plein d'ẽuie, & où la detractiõ
fe pratique, c'eft en ces humeurs renfermées, lefquelles font toufiours remplies de fubtilité, rele-
uée par la melancholie, ce que vous difcernés la
pl° part à leurs yeux hagars, effarés, troublés. Vous
les voyés auec des regards farouches, qu'ils adou-
ciffent de paroles, de cõtené ce cloiftreé &froquéc
on dit par excellẽce d'vn foldat bien couuert pour
aller

aller au combat, il eſt armé iuſques aux dens, ainſi ceux ci ſont enfroqués iuſques à la gorge non ſeulement iuſques aux yeux, ils ſont noyés dedans ceſte mine là, deſtruite ou deſmentie par vn autre mine qui la contremine, diſſipée par viaire qui porte toute autre contrephyſionomie vn porfil morſilé d'vn phimouſe de vitioſité, leur muſle enmouflé dans vne fauſſe lucarne, donne vn iour qui obſcurcit ceſte lucarne, la lucarne oculaire, ventripotentiée diſpute, renuerſe la contenance de leur lucarne de drap, vne laine toute de chair, vne chair qui ſe priſe ineſtimablement dans ce meſpris haillonneux.

Ce ſont lambeaux remplis de pieces toutes entieres de charnalité, vuides de charité qui ſe rencherit dedans le double ſemblant de ſon opinion inoppinée recuitte dedans l'infection de ſes penſees remaſtiquées d'vn radoubement bizare par dehors qui eſt en diſſenſion auec ſon intericur.

Il y a des docteurs phyſiognomiſtes qui compoſent le viſage de cinq pieces, d'autres de huict ou neuf eartiers, mais c'eſt le leur qui eſt non ſeulement eſcarté, mais eſcartellé, il s'y iouë pluſieurs roolles deſſus ceſte place, pluſieurs parties deſſus ce petit theatre ; c'eſt le maiſtre quarrefour de toute l'humanité qui eſt en l'homme, c'eſt vn quarrefour dans lequel ſont aſſis pluſieurs quarrefours vne place ou ſont placées pluſieurs places de l'ame du cœur, de la vie, du temperamment des paſſions predominantes des accés, excés, ſuccés, defectuoſités, redondances & regorgemens de

l’homme, le front, les ioucs, les yeux, les fourcils,
les têples, le nez, la bouche, le menton, les oreilles,
les leurcs, ce font autât de môtres d’horologe qui
cômentét quelle piece du iour fe paffe au decâs de
cefte nuiĉt interieure ; ce font autant de poulx ou
branfles defquels on cognoift l’indicatiõ de ce qui
eft difcrafié , vne fymmetrie qui proportionne le
iugemét felõ l’equiualent de ce qui eft difpropor-
tionné , quand la proportion y eft ou infirmée ou
defpiecée , ceft vne tablature qui raporte le fon,
l’harmonie fans oublier, quand le trouble des mu-
tineries charnelles , carillonne feditieufement au
dedans, cela fe fait entendre par vn fon muet, mais
voyant, efclatant qui bruye iufques à eftourdir par
esblouiffement la veuë, c’eft vn filence criard, vne
haute clameur bien platte, vn tintamarre bouffi de
foupplefle deftraquée en lineaments mutins , cõ-
uoiteux qui proclament en leur tranfpiration fur-
figurée fans fe pouuoir taire de ce qui fe commet
ni mefme de ce qui fe couue à commettre au dedans, il n’y a aucune couuaille qui ne vienne a ef-
clore en la face, quoy que tapiffée de paroles: mais
neantmoins l’interieur trefperce les fens qui font
indicés , & comme la table du cœur : car ce n’eft
pas le tout , que de fe licorner la tefte auec vne
chauffe de drap, ou de fe l’embeguiner en ratepe-
nade, de voir vn noir blanchi, vn blãc grifé, vn gris
foré, vne lõgueur raccourcie, de gros pieds, pattus,
billotés , de gros champeaux de bois femellés de
patins, chargés de gros ceinturons, manians la pe-
fanteur de leurs efcafignons appoftés, & fommai-
rement

rement par tout peſlemeſlangé, iuſques meſme à
leur ramage qu'ils ont biſarré, mis tout en rapie-
cemens rapporté en marqueterie, ſignalé d'affiquets ou marqueté de chaſſes capitulaires , ſelon
quoy il faut commenter ſa parole pour affrioler
les paſſans, ils machicottent leurs paroles, comme
leur chãt ayant artificié des chants nouueaux fleur
deliſés de nouuelles notes, vn ramage croteſque,
dedans lequel ils trouſſent la ſpiritualité en grin-
guenoterie, auec des muances crochues ont oſté
le plein chant pour le mettre en fredon, en chant
d'alouette, vn chant douillet, ramaſſé en façon de
merle.

Ils ne ſçauent que faire pour ſe faire regarder.
Ils baſtiſſent des moqueries pour ſe faire ſuiure,
& ſe donner à imiter des là teſte iuſques au pieds,
des le cœur iuſques à la langue, des leurs diſcours
iuſques à leurs chanſons.

Ce ne ſont que rabotteries fauſilees en rabaioie.
Ce ne ſont qu'auortons tout confis à inuenter
quelque curieuſe mortification , pluſtoſt pour ſe
rendre admirables, que plus ſainꝗs; pour ſe diſtinguer d'auec les autres , que pour ſe ioindre auec
Ieſus Chriſt.

Au reſte tous ces habits , ne ſont qu'acceſſoires
d'habits de fol, n'eſt-ce pas adoſſer de folie la perfection , que de l'encheueſtrer dedans ces beaux
fueillages ? Ils deuroyent auoir des habits de modeſtie repreſentans la ſageſſe , & l'attrẽpance de la
vie de Ieſus Chriſt; eſtre couuerts de ſimplicité nõ
curieuſe, ni exceſſiue d'extrauagãce, & au contraire

ils s’habillét d’endefuerie, de couuertur fantafque; bifarrée de particularités de liurées faites en pantalõnade, en mõmerie, & qu’on n’attribuera iamais à vn hõme, qui porte vne droite doctrine, & qu’vne tefte bien faite n’approuuera iamais, qu’vne tefte bien faite fe loge dans vn tel embeguinement, vne telle encoulure d’habits ne fçauroit bié venir à vne feruelle bien faite. Ie veux bien que les premiers inuenteurs, comme gens poffedés de la maladie de la rate, melancholiés dedans le relent de la folitude, auõient excogité toutes ces pieces, afin de les faire huer s’ils alloyent en public.

Ie rapporterai ici vne plaifante, hiftoire du curé de Chaillot lez Paris, il y a 12. ou 15. ans au iour de la Trinité, comme il eftoit preft de monter à fon prone, il fe prefenta vn Cordelier qui vouloit prefcher maugré lui d’autant qu’il fe fentoit plus grand docteur que le curé. Outre que ces moines font cõme ceux qui n’ont point de femme, qui tafehent de baifer celles d’autrui & de viure fur le commun.

Eux n’ont point de territoire ni de chaife, neantmoins ils fretillent de vaine gloire. Ils font toufiours gros de fe monftrer; curieux fur tous en l’oftentation : Ils briguent, courratent, trafiquent l’entree des chaifes, & quand ils y ont vne fois mis le pied, c’eft à donner de la lime, & accrocher de la dent le pauure curé, & comme difoit vn iour quelcun, moines que vous eftes, ne vous contentés vous pas de coucher auec la femme d’autrui, fans vouloir encor frapper le mari, pourquoi me de

tra-

tractés vous chez moi.

Ils ne se soucient point à quel prix ils passent leur rancune, pourueu qu'ils agreent à ceux qui les traittent, & qui les doiuent salarier, à fin d'en a-uoir meilleure chere, & meilleur payement. Ce pauure curé de Chaillot, qui auoit de l'ordure en sa fluste, & des paroissiés qui lui faisoyent la guer-re, fut contraint de composer auec le Cordelier, qu'il le traitteroit bien à disner, & qu'il lui preste-roit sa chaise après disner, mais qu'il vouloit pres-cher le matin à son prosne, se doutant bien que le moine ne faudroit à lui liurer vn plat de son me-stier, il lui en voulut seruir vn du sien, & voulant esclaircir l'obscurité du mystere de la Trinité, leur harangua en cette sorte, auez vous iamais veu vn homme couuert d'vne peau grise comme vn loup, lié d'vne corde comme vn larron, coiffé d'vn chapperon comme vn fol, & tous ces trois ne sont qu'vn, comme ce frippon de cordelier que voila; ainsi en la Trinité, les trois persōnes ne sont qu'vn Dien &c. La redditiō estoit blasphematoire, mais la position estoit bien veritable: car ç'a esté le pre-mier dessein des fondateurs instituans telles bisar-reries, non point de destourner en affeterie, les en-futailler d'vn radoubement de secularité, pour ag-graffer les yeux du sot vulgaire, mais ils les a-uoient composés de plusieurs pieces honteuses, à celle fin qu'habillés comme vn sauuage, on les huast s'ils s'emancipoient de leur repaire, car on les rasoit, comme on fait encor auiourd'huy les fols, & les esclaues, car chez les Lacedemoniens,

GGg

il n'eſtoit permis qu'à ceux de franche condition,
de porter la cheuelure, les ſerfs portoient la teſte
raſe. Et dedans Lucian en deux de ſes dialogues ſe
trouue, que ceux qu'on vouloit declarer fols, on ne
les faiſoit que tondre, & faire vn cercle autour de
la cheuelure. I'obmets ce que quelques vns ont
trop exquiſement remarqué, que les tonſures qui
ſont faites au ſommet du chef, rendent les hommes plus vigoureux au ieu de la laſciueté.

Les profonds Naturaliſtes rencontrans vn homme qui n'a pas dequoy payer les debtes de ſa couche, & qui fait par trop d'arrerage en ſon mariage, ils luy ordonnent de ſe razer le ſommet de la
teſte, ſauf à porter la calotte s'ils veulent.

C'eſt pourquoy les Mahometans qui ſont po-
lygamiſtes ſouuerains, grillés, bruſlans de luxure,
profeſſeurs de laſciueté, encor qu'ils ſe raſent la
teſte, ils retiennent au ſommet, au meſme endroit
où les Preſtres portent leurs couronnes, vn gros
touppet de cheueux, ils diſent que c'eſt afin que
l'Ange les puiſſe empoigner & emporter au repaire de leur repos: mais ceſte raiſon n'eſt le vray
ſecret, mais c'eſt que comme ils ont eſmouſé, les
eſguillons de la chair par la priuation du vin
qu'ils ſe ſont oſté, ainſi ils ont cuidé les eſpointer
& rendre plus camus en laiſſant ce touppet de
cheueux pour la meſme raiſon qu'ils ſe priuent du
vin.

Auſſi ne voit-on gueres de ces tonſurés, qui ne
ſoit mauuais garçon & dangereux autour des Dames. Soit donc pour rendre la victoire d'vn tel
combat

combat plus glorieuſe , ou pour les faire eſtimer
fols , & d'vne humilité plus meritoire , la raſure a
eſté inſtituée , toutesfois que ces bons peres n'e-
ſtans pas ſi grands naturaliſtes , ni anatomiſeurs ſi
profond dès ſecrets de la nature. Outre que
Caſſian dit , que tous les autres vices ſont ſuppe-
dités en combattant, la ſeule luxure ſe gaigne & ſe
ſurmonte en fuyant, voulant dire que les forces de
l'homme n'y ſont qu'enfantines , & que l'homme
eſt touſiours battu dos & ventre, de ce ſoulfre naturellement inextinguible.

Il y a apparence que ces bons vieillards, n' ayás
creuſé ſi auant , n'auoient point eu intention de
eſguiſer tels eſguillons, qui ne ſont que trop poi-
gnans & cuiſans d'eux-meſmes : encor que ie ne
voudroy' point pleiger leur poſterité, qui ſe glorifie , pour le moins aucuns d'iceux, d'eſtre inuincibles en tels eſtours.

C'a donc eſté afin de les rendre eſpouuantables aux femmes & aux petits enfans qui s'eſpou-
uantent & fuyent les fols , & ceux qui en porte-
roient de ſi euidentes marques.

On leur adiouſta vn capuchon , qui eſt l'armure de teſte de ceux qui ont perdu leur e-
ſprit : liés de liens , comme s'ils euſſent eſté
furieux ou criminels , preſts à eſtre menés
aux gibets , & eux qui eſtoient ignorans, ils
les reueſtoient de robbes , faites en façon de
Preſidents & de Senateurs , comme on fait aux
fols plaiſans , deſquels on ſe veut mocquer;

& tirer du paſſetemps, les voyans enueloppés de telles liurées pretoriennes, afin donc, que ſe voyás harnachés de tant de pieces de riſée, ils prinſent à deſgouſt l'air des villes & des champs, & cerchaſſent des grottes pour ſe cacher, ſe voyans cabaſſés de la hantiſe des hommes, on les auoit attelé dedans tels veſtements ainſi ruſtiquement façonnés, mais auiourd'huy, ceſte couuerture ſcandaleuſe eſt deuenuë ſi domeſtique, que les pauures idiots des villes la reuerent, comme habit de Prophete, ſe perſuadans que les Sainéts ſont veſtus en paradis comme ces moines bourrés : ains les femmes croyent de ſanétifier leurs enfans dans leur ventre, apres qu'elles ſont enceintes, ſi elles peuuent couurir leurs eſpaules du bien-heureux manteau de Sainét François, ha! manteau deſmantelé, couuerture deſcouuerte, fripponnerie frippée, fripperie fripponnée.

J'ay quelques fois veu des Dames de haut attour fort plaiſantes à voir en ce Sainét énueloppoir aux Cordeliers à Paris: encor ne l'oſoient-elles receuoir ſur leurs eſpaules, qu'en ſe courbant bien deuotieuſement à genoux.

Bon Dieu ! le monde radotte-il ? de conuertir la Sainéteté de noſtre religion en telles ſingeries, & d aller cercher des miracles pour teſmoignage de la vie de Ieſus Chriſt, ſous le vieil haillon de Sainét François : ce doéte ignorant, dites-vous, mais moy ie di, de ceſt ignorant de doétrines : Ie di miracle ; car ſi telle aétion ſe fait deuotieuſement, c'eſt vne badinerie, pantalonnerie, indigne d'vne

d'vne action de conſcience , ce n'eſt point auſſi
pour operer naturellement ; car que peut vn tel
lambeau ſur le ventre d'vne femme, & moins ſur
ſes eſpaules.

Quaſi que ce benoit manteau ſoit les eſpaules
du ventre,& des eſpaules de la femme ſur laquelle
on le met, ou que ce ſoit le ciel de ceſte terre , ou
que ce ſoit le ventre du ventre, ou le fumier & la
graiſſe de ceſte matrice,qui porte ceſt enfant , ou
la mere de la mere,ou la ſage femme qui doibt accoucher ceſte mere.

C'eſt donc pour en tirér quelque myſtere miraculeux qu'on en opere , & c'eſt dequoy ie demande des preuues.

Ainſi Dieu m'ayde,s'il ne s'eſt trouué des femmes qui vouloient qu'on leur appliquaſt ſur la
chair toute nuë (ne ſe contentans ſur la chemiſe)
le beat cordon de Sainct François , violants toute
honte, hauſſans leur chemiſe par deſſus leur nature , ne rougiſſans de demaſquer leur marmouſet
deuant les mains & le gouſt d'vn moine raſé , ex-
primans leur deuotion par vne action ſi Cyni-
que, cerchans à ſe rectifier & iuſtifier par l'impudicité.

Cela eſt plus ſcandaleux que les femmes de
l'Alcoran : cela ſent ſon double feu, & de concupiſcence , & de punition exemplaire , comme
auſſi de celles qui ſe font fouetter , & diſcipliner
par la main de leurs confeſſeurs , ne feignans de
deſpoüiller à nud leur marroquin , ains cerchent
vn tres-grand merite dedans telles actions borde-

lieres , non seulement Cordelieres , encor que
d'autres qu'eux se meslent de ceste derniere expression de discipline.

Mais , que dirons-nous d'aucuns peres & meres qui vouent leurs enfans à Sainct Dominique,
à Sainct François le Cordelier , à Sainct François
de Paul Minime , à Sainct Remoalde & autres
Saincts , comme s'ils les enleuoient au vœu qu'ils
ont fait à Dieu , les luy offrant par Iesus Christ au
Baptesme.   Puis qu'ils sont donnés & liurés à
Iesus Christ, pourquoy les donnent-ils à vn autre?
On ne voit aucun seruir de Page au Roy , & à vn
autre Prince suiuant la Cour.

Mais , ce qui est encor de plus absurdement
significatif , c'est qu'ils les vestent iusques à sept
ou huict ans , d'habits prodigieux , tels que nous
venons de specifier n'agueres , reuestans leurs
enfans en Ieanfarine , comme s'ils vouloient
de bonne heure les vouer au mestier de maistre
ioueur Comediant , prostituans ceste pauure ten-
dresse au badinage, la traduisans en ceste matachi-
nerie mascaradée.

Tout cela est contre l'exprés Commandement de Dieu en l'Ancien Testament , où il
vouloit que tout premier nay luy fust dedié par
sanctification, & non point par Apostasie humaine : car c'est quitter Dieu pour donner le fruict
de son ventre à vn homme qui n'est que creature.

Les Princes ne veulent personne à leur seruice, qui tire gage d'autre que d'eux , quoy que ces
autres

autres foyent leurs fujects. A fçauoir fi en l'ancien
Teftament on voüoit les enfans à Moyfe, à Abraham, ou autres Patriarches, ou à Dauid, qui eftoit
felon le cœur de Dieu, au lieu de les fanctifier à
Dieu, & fi on les veftoit de l'habit de Dauid, de
Moyfe ou autres faincts perfonnages. Cela euft e-
fté anathematifé, comme derogatoire au ferment
que chafque fidele en fon imitatiõ eft tenu de prefter à Dieu feul. Et pourquoi defend on, & repu-
te-on idolatres ceux qui donnent leur feruice à A-
pollon, Iupiter & Mercure, defquels l'antiquité
pour la plufpart, auoit opinion certaine de leur
probité, & feruice fidele au culte du fouuerain Iupiter, finon d'autant que ce font hommes, que ce
ne font que creatures, lefquelles on ne doit efgaler au createur: car de fe voüer à vn fainct, c'eft efgaler la creature à Dieu. Que pourriés vous faire
d'auantage, finon lui voüer voftre enfant, & pourquoy ne l'habillés-vous pluftoft de l'habit que
Iefus Chrift portoit que de l'habit de François ou
de Dominique: comme fi ceft habit ridicule, eftoit
plus ferieux & plus Chreftien, que l'habit des Apoftres & de Iefus Chrift; ou cõme s'ils auoyẽt plus
de pouuoir fur cefte ame qu'on leur voue, que Iefus Chrift mefme. Tout cela ne vient que d'vne
vaine gloire, dont les moines veulent glorifier
leurs habits, cõme s'ils eftoyent en leur reigle plus
iuftes & plus droicts que l'Euangile mefme,
pour fe faire refpecter, comme fi la reception
de ceft habit eftoit les efpoufailles de la parfaitte faincteté : & comme fi c'eftoit le vray

GGg 4

mereau pour faire iouer le reffort des clefs de l'ou
uerture du paradis. Mais, ce qui eft encor plus digne de pantalonnade, c'eft qu'il y en a qui ne veulent mourir, & eftre enterrés , finon en habit de
cordelier ; ou de capucin, fe perfuadans qu'ils re-
fufciteront en ceft habit , & qu'ils fe foureront à
la foul parmi les autres , & tromperont les gardes
à l'entree du Paradis au iour du iugement. Et de
fait, il y a des femmes & filles mefmes , lefquelles
en ceft article, ne fe côtentans d'eftre habillées en
fœur Claire, ou fœur Colette, par- ce que ceft habit feminin n'eft que deriuatif de l'habit de fainct
François lequel eft primitif, & par ainfi moins valable à eftre recognus, fe font faites accouftrer au
lict de la mort en habit de cordelier , & ordonné
que l'enterrement de leur corps fe feroit eftans
reueftues de ceft habit mafculin eftant epicenizé,
rendu feminin, criminalifé en leur mort : car vne
femme habillee en homme eft criminelle : c'eft
vn babit hors d'habitude , vne robbe defrobbee,
vn mafque demafqué , c'eft vne copie outree, ou-
cuidee , d'autant que l'habit de femme n'eft que
copié & l'habit d'homme c'eft l'original: ne confiderans que par les loix diuines & humaines il eft
expreffement defendu aux femmes de s'habiller
en hommes; neantmoins ainfi encoqueluchonnees
pourmenees dans les eglifes , elles feruoient de
fpectable & de rifee pour faire courir tout le môde. Encor il y a vn affés bon dernierement, qu'à
Orleãs tout le môde couroit voir vne femblable
inueftiture d'vne fille qui auoit teftamenté que sõ

corps

corps feroit porté en cette belle mafcarade dedãs
fon enterrement;tellement que comme le monde
rioit & pleuroit,fe moquoit &plaignoit la pauure
trefpaffee, il y auoit fi grande affluence à voir ce
monftre feminin durant fa vie, tourné en femme
mafculine aprés fa mort,que le magiftrat fut contraint d'y enuoyer,& faire changer cefte belle parade d'habit nuptial , & la remettre en habit de
femme.

A la verité c'eft vne prefomption, qui merite
du chaftiment fur ceux qui en donnent l'inftru-
ction, & deuroit on renuoyer tous ces habits de
carefmeprenant à la fripperie:ce n'eft que defguifement, ce n'eft que pour defachalander Chrift,
ils font telles liurees particulieres, pour lui ofter
fes feruiteurs,& les traduire à leurs gages.

Il faudroit rafer toutes ces cloiftreries. Ce n'eft
que pour defaccotter Iefus Chrift de l'accouplement de fes creatures. Ils le veulent compondier
en abbreuiation. Mais c'eft vne vraye quinteffen-
ce que la reigle de Iefus,& laquelle eft toute fubli-
mee, La fpiritualité mefme, & laquelle ne fe peut
fublimer d'auantage. On n'y peut eftreffir, ni ab-
breger,ni auffi augmenter. Toutes les autres reigles humaines, de quelque fainct qu'elles foyent,
n'y aboutiffent pas feulement. Outre qu'il eft impoffible de rien faire de plus parfaict , que ce que
Iefus Chrift a fait. Toute cette moinerie ne fert
que de mitte qui ronge le bled, & ofte l'aumofne
ux pauures: comme pour exemple en la ville de
Lyon,ainfi des autres villes ,il y a fi grande diuerfi-

té de ceste vermine là , qu'elle affame les pauures
honteux, rendent la charité ectique, les biens des
aumofnes qui alloient ci deuant aux pauures filles
à les marier, aux ieunes fils pour les mettre à meftier, aux pauures neceffiteux, pour leur prefter
dequoi fe remettre au deffus, & redreffer leurs
fortunes, quand elles bronchent du nez à terre, fe
deriue & defgorge tout dedans ces cloaques, parmi ces cloiftres, qui efpuifent & tournent à eux
tous les fruicts de la pieté. Ils fechét & tariffent la
mifericorde. De là vient, qu'on void tant de filles
perdues, de ieuneffe desbauchee, des mefnages ruinés, parce que leur crainte refpectueufe, leur honte orgueilleufe, n'eft fecourue & deuancee par le
foin Chreftien de ceux qui font diuertis & eniam-
iambés par ces freres frappars, qui par preuentioa
fuperftitieufe de la rhetorique caimande, mais effrontee, encor qu'elle femble prononcer fes harangues fous vne timidité deuotieufe, mais elle eft
hardie, car elle fe fait porter iufques dedans le cabinet des grands, au coin du feu des riches, iufques
au cheuet du lict des dames, & ce, fous vne face hi-
deufe, penitente, qui promet, qui pleige force faincteté derriere foy, & cent fois plus de recompenfe
pour le bien qu'on fait à ces pauures feruiteurs de
Dieu (car voila côme ils adulterent leur nom) que
non point à donner aux autres. Que c'eft à S. Frãçois à S. Dominique, à ces grãds monarques de religion à qui on fait l'aumofne, & qui s'obligent du
fonds & de la rente, & tout l'ordre auffi antecedét
& fubfequent, qui eft hypothequé à recõpéfer les
bien-

bienfaiteurs des honorables preſens, qu'õ fait à ces
pauures mendians : & cependant le pauure mébre
de Chriſt, qui eſt giſant parmi les rues, mébre de
la republique, & qui eſt le vrai pauure, à peine oſe-
il regarder la porte, ni ouurir la bouche. On le re-
chaſſe comme chié: car comme on porte le mébre
infirme en eſcharpe, voire en eſcharpe de ſoye, ainſi doit on choier & ſupporter les pauures; vn bras
de fer, vne iambe de bois, on les emmantelle de
quelque houſſe qui les cache, on ne les porte pas
par ſuperfluité; ainſi toute ceſte moinaillerie ſont
iambes, bras de fer & de bois qui deſrobent le lieu
& la vie des vrais membres de noſtre corps.

On reçoit les moines comme de grands courtiſans. Les moines qui ſont pauures volõtaires, pauures ſãs pauureté, ou s'ils ont la pauureté, elle vaut
mieux qu'vne bonne cheuance, car elle ne ſe fait
iamais ſentir qu'en regorgemens de bribes ils s'o-
ſtẽt pluſtoſt le ſoin des biẽs que les biés meſmes,
car ils ont autãt non ſeulemẽt de threſoriers mais
de fermes ou de fiefs, hõmagers qu'il y a de perſõnes qui les voyẽt & ſe laiſſent pipper en leur gueu-
ſerie, car on n'en voit point qui demeure à diſner,
ou à veſtir. Ils ont des fonds en commun, des parens & amis en particulier, qui ioüiſſent de leurs
biens Le mendiant de ville, eſt pauure par neceſſité, eſt reellement pauure, non par feintiſe, non
par choix, mais par infortune, par deſaſtre ineuitable, & lequel n'a aucun recouis que celui auquel il
offre honteuſement ſa priere.

Les aumoſnes ne ſont ordonnees de Dieu, qu'à

ceux, qui font vrayement neceffiteux.   Ce n'eft
point offenfe, ni à la nature, ni deuant Dieu d'o-
fter l'aufmone à vn qui n'eft pauure que par emprunt, & par deliberation, par vaine gloire, par
defefpoir, par defobeiffance à fes parens, ou pour
auoir efté quinteux, plein d'octaues, pluftoft par
truandaille que par mortification , preferant la
coquinerie à l'hõneur vertueux: mais fur peine de
feu eternel , on ne doit defnier la vie à celui qui
eft en extreme neceffité. *Si non pauifti, occidifti,* dit
S Ambroife, fi tu ne l'as repeu , & qu'il foit mort
fa ute de repas, tu en es coulpable, cõme de l'auoir
tué. Ce qui ne fe peut entēdre des moines, lefquels
ne fõt iamais sãs eftre faouls ou fans auoir vne põ-
me pour leur foif, ni sãs retraicte fubfidiaire, où la
fourniture de leur vie eft cõftante & affeuree: tous
les bons bourgeois d'vne ville mourront de faim
pluftoft qu'vn moine, lefquels font induftrieux, &
ont mille finuofités pour fortifier la munition de
leur raftelier.

Ce font riches coquins qui ont des richeffes
coquines, ils ont des befaces qui valent des bonnes
feigneuries, ha le riche fief que leur beface : Les
champs & les vignes ne raportent qu'vne fois l'an,
mais ceci en toute faifon, iour & nuict, ceux qui
les recognoiffent obeiffent bien mieux à leur pre-
tendue charité, que les vaffaux à la fouueraineté de
leurs p̃dominants, auffi celui-ci n'eft que de droict
ciuil, l'autre eft emprũté d'vn furdroit furnaturellemēt dominãt à cefte fauffe doctrine touchãt l'ad-
herãce de la recõpēce de leurs bõnes œuures p̃tē-
dues.

dues. Ils fôt àcroire qu'auffi toft qu'on leur a liuré
vne bribe , que le paradis eft hypotequé pour le
payement, & que la bonté de Dieu eft caution neceffaire des rentes de leurs caimanderies , comme
s'ils pouuoient executer le tout-puiffant pour fe
les faire payer:ce font opinions blafphetoires dedans lefquelles eftants engagés les pauures Chreftiens rendent leurs commodités ectiques , atro-
phiées,pour engraiffer ces vilaines efponges, qui
ont vne quafi toute-puiffante attraction pour tarir & affecher la pieté du Chriftianifme qu'ils de-
ftournent dans leurs caues,coffres,& greniers.

Mais le monde eft fi indirect,& tortu en fes intentions, qu'il aimeroit mieux laiffer mourir vne
douzaine de pauures bourgeois honteux, ou bien
caimans & neceffiteux,que d'auoir fouffert la faim
d'vn moine:& ie fuis d'vne creance contraire,qu'il
vaudroit mieux perdre vn demi cent de moines,
qu'vn pauure bourgeois par la faim : encor qu'il
faille fecourir tout le monde , voire les Turcs &
les infideles:car la charité n'a point de limites,elle
nous oblige à tous,mais aux vns premier qu'aux
autres: aux moines moins qu'à tous, car iaçoit que
pour les nourrir , que les fondations ont efté faites, ils font encor plus habiles que les pauures feculiers , car ils font bande à part,enfonfent toute
forte de refus,penetrent toute refiftance, rauiffent
fouplement par la dexterité de leur art d'Oratoire,pluftoft qu'on ne leur donne les biens qu'ils
perçoiuent.

C'eft vn grand fardeau au public, aux villes &

prouinces. Ils amaigriſſent & rendent eɛtiques
tous les autres membres.Ils attirent toute la nourriture à ſoy. Il font vne pauureté à part , comme
ſi elle eſtoit la Roine de toutes les pauuretés,
& que celle là ſeule euſt plus de pouuoir à tourner les yeux & les mains de l'Eternel au guerdon
de ceux qui operẽt à leur ſubuention,comme ſi la
ſubuention aux autres eſtoit oyſiue , ou moins que
Chreſtienne : ils ont inculqué ceſte opinion de
fauſſeté qu'vn homme ayant bien fait à vn moine
ou à vn preſtre merite d'auantage deuẽt Dieu, (ce
ſont leurs termes) que d'auoir ſecouru la diſette
d'vn cent d'autres pauures Chreſtiens.   Et pour
aller au deuant & medicamenter telles fantaſies
erronées.

Cela ſeroit braue,ſi telles liurées ainſi bigarrées
eſtoient reduites au premier original : car tout le
monde ne deuroit eſtre ſinon qu'vne religion,
vn monaſtere , vne confraternité , dont Ieſus
Chriſt fuſt l'Abbé , & tous les Chreſtiens les
religieux, la reigle l'Euangile, & quiconque l'ob-
ſeruera,n'aura beſoin de tant de repertoire cauer-
neux,d'irreligieuſe religion,où les crimes ſe refu-
giẽt à ſauueté. Il faut courir à Rome pour les iu-
ſticier.C'eſt vne grãde ſimplicité aux monarques,
q̃ laiſſent cõcubiner la ſouueraineté de leur glaiue
donné de Dieu, à des Hermaphrodites , plus vains
que la meſme ſecularité.S.Paul 13.Rom.leur interine le baſton de iuſtice en la main , ſans exceptiõ
d'aucune tonſure ou clericature : car le crime aſſu-
iettit vn chacun,quel qu'il ſoit,à leur glaiue, comme

me auſſi la vertu les en affranchit. Et cependant
ils ſe laiſſent dupper de la papiperie, qui leur fait
la part, leur oſtant ce qui leur eſt acquis de droit
diuin. Et eux ſe laiſſét perſuader, qu'vn autre meſle ſa main parmi la leur, pour adminiſtrer leur ſceptre, qui doit eſtre tout virginal, vn morceau ſacré
qui ne doit eſtre touché que de la main d'vn Roy,
& non point eſtre maſtiné par des mains romaines ou ſubalternes à la romaine cafardées, tonſu-
rées, comme ſi le ſceptre d'vn Roy eſtoit cafard,
& tonſuré, ou comme ſi la femme ou dame ſouueraine de ſon pouuoir eſtoit le pouuoir ecclefiaſtique, car les ſouuerains fendent leur pouuoir, & en
donnent vn eſclat, voire vne bonne buche & gros
branchage à l'ecclefiaſtique, de ſorte qu'ils font iuger par la, que tout leur ſceptre n'eſt à eux, puiſque la iuriſdiction papale entre en vne partie de la
poignée, parce qu'ils en cedent plus du diſme, car
leur authorité ſouueraine eſt enuahie de plus de la
cinquieſme partie par le Pape auquel elle fait hô-
mage: mais n'eſt ce pas bié la raiſon que ces beaux
pieds puants là ſempatroniſſent de l'arriere coin,
ains du milieu de nos couronnes. Quelle ignominie, qu'il faille que nos Rois aillent là baiſer le ba-
bouin, eux qui ne releuent que de Dieu & de l'eſpée, & toutesfois partager leur throne, ou leur lict
de iuſtice aux eniambures du Pape.

Lignorance affectée des hommes qui à voulu
rendre la maieſté ainſi hermaphrodite à inuenté
vne diſtinction du delict cômun, & cas priuilegié,
quaſi que le Pape nous puiſſe donner aucun

priuilege à noftre iuftice, ou licentier le glaiue feculier de fe brandir par tout où il y a à retrancher
car le fceptre des Rois s'extent par tous droiɕts,
non feulement fur les biens , mais mefme fur la
perfonne du Pape, quand il efcherra à y retrâcher
quelque gangrene morale ou politique. Ie di que
le Pape n'a non plus de droit fur la iuftice des rois
que fur celle de Vefpafian, ou de Cefar Auguſte,
ou de Numa Pompilius: car tous les fubieɕts d'vn
Royaume , font obligés quant aux peines temporelles , & à la punition des crimes, à la iuftice du
Roy, les crimes ne font point fpirituels.

Ce feroit blafpheme que de les affranchir, facrilege, que de les priuilegier, quoy! qu'vn crime merite d'eftre refpeɕté, non, car tout ce qu'il merite,
c'eft la punitiõ; la peine ne doit eftre adminiftrée
que par celuy qui porte le glaiue. Iefus Chrift à de-
fêdu en la perfonne de S. Pierre le port des armes
à fon Eglife , en quelque lieu que foit le crime, il
conuoque & affigne la peine. C'eft aux princes tê-
porels, qui font les chirurgiens, pour guerir, medicamenter , trancher auec le rafoir tout ce qui eft
contre l'obferuatiõ des loix. Les religieux ne doiuent point fauter la muraille, ni outrepaffer la prefcription des ordonnances ciuiles. La vie de tous
les preftres Leuites eftoit fubiette au chaftiment
des rois. C'eft violence reprehenfible, que de trâfporter les vices à vne autre correɕtion, parce que
Iefus Chrift n'a iamais inftitué qu'vn glaiue, c'eft
par vfurpation que l'Ecclefiaftique anticipe & fe
mefle d'inferer aucune punitiõ. Cela ne doit point
eftre

estre imputé à la debonnaireté, mais à vne vicieu-
se simplicité , selon laquelle les Rois s'abandonnent à laisser honnir, violer leur iurisdiction.

L'Ecclesiastique qui anticipe sur tout le monde , versant l'autruy dedans le sien , se resiouit
d'emmuseler la puissance politique, comme ils occupent d'auantage de la troisiesme partie des
biens de la chrestienté. Ils en font tout de mesme
de la iurisdiction, & du glaiue politique.   Ains ils
veulent tellemenr disposer d'icelui, qu'il ne bran-
le qu'à la cadence du leur : autrement ce ne sont
que foudres, salmonees, interdictions de royaume , transport de couronnes : & voila comme ils
font les Tout-puissans, & à quoy est deuenue l'i-
mitation du pauure Iesus Christ qu'il strapassent
en toute dissolution.

Le Pape qui se dit auoir herité du mesme pouuoir de Iesus Christ , se deuroit tenir proche de
son humilité, auoir espousé sa patience, & se trans-
former en toutes ses autres vertus; mais il en est
bien esloigné. Luy qui doit estre le religieux des
religieux, le moine des moines, la perfection de
toute perfection, c'est la contamination de toute
entiereté : comme les Apostres apprirent leurs
vertus apostoliques, & la perfection de leur vie,
aux pieds de celle de Iesus Christ: ainsi deuroit le
Pape, estre vne eschole de perfection, la vie de ses
collegues consistoriaux, vn college de toute verte vertu. Ce deuroit estre comme vne decoction
Euägeliq; l'image pourtrassée au vif du Nouueau
Testament, l'exemple de leur vie, deuroit estre y-

HHh

ne viué emprainte de celle de Iesus Chrift,fi ardã-
te à cette fainĉte intimation , que quand le Nouueau Teftament feroit fini ou perdu , on le peuft
remettre fus & en former vn autre , ou pour le
moins en remonter la doĉtrine, feulemeut en def-
chiffrant la vie de ces coriphées , qui deuroient é-
ftre en leurs aĉtions & demenemés les prototypes
de la chreftienté : mais il en prent à rebours, cõm-
me chacun fçait. Ils font tous temporalifés , decheus en la lie de mondanité.

La vaine gloire y eft tellemẽt en vie,que quand
elle feroit mortelle par tout , elle eft immortelle
parmi eux. Ils eftayent tous leurs vices de la puiffance & authorité de Iefus Chrift, de dans laquelle
ils licentient le defgorgement de leur vanité fur-
mondaine , qui tefmoigne & crie des la terre iufques au ciel , la grande neceffité qu'il y a à reformer l'Eglife,*tam in capite quàm in membris.*

Ce n'eft rien de nouueau donc , que les moines
fe foyent emancipés , puis que celuy qui eft leur
fouuerain Abbé s'emancipe fi exorbitamment.
Tout y eft perdu , tout à val de route. Il y a defia
des pieça qu'ils ont commencé à ne pas valoir
grand cas.

Defia l'Abbé Bernard au liure qu'il efcrit au Pape Eugene s'efmerueille d'eux , difant qu'il s'e-
ftõne,veu qu'aux affembléts,ils font comme monarques , en la conuerfation comme laïcs , en
leur haut appareil comme foldats. Ils ne trauaillét
point comme les Rois ne bataillent point comme
les foldats,& n'Euangelifent comme clercs.

Ils

Ils ne gardent aucū ordre, & eſtans de tout ordre
ſont en vn vniuerſel deſordre. Ie me doute, dit-il,
qu'à la reſurrection ils ne doiuent eſtre meſlés
parmi ceux qui ſont en perpetuelle confuſion. Le
meſme ſur le Pſeaume 73. dit, que les autres eſtats
ont le plaiſir meſlé de trauail, l'Eccleſiaſtique n'a
rien que ſon plaiſir. Des ſoldats ils en retiẽt l'orgueil & le faſt de la nobleſſe l'eſquipage d'vne famille reſplendiſſante, des cheuaux bardés de tout
accouſtrement ſuperbe.

Des femmes, la molle delicateſſe, les bains, les
parfuns.   Des payſans, les fruicts des champs, les
caues & les greniers tout pleins: mais il ſe gardera
bien du poids de la cuiraſſe des gensdarmes, des
fatigues guerrieres de la nobleſſe, & de la vergongne & pudicité des femmes, & du trauail des pauures payſans: ains ils regorge de graiſſe, s'amplifie
d'abondance, regimbe & gourmande tout le monde. Et ſur le cantique des cantiques, il dit. Ils ſont
ſeruiteurs de Ieſus Chriſt, cependant ils ſeruent à
l'Antechriſt. Sõt les honorés au nom du Seigneur,
auquel ils ne portent aucun honneur.

Vous les voyés auec vn eſclat ou honneſteté
bordelliere, qu'il appelle *meretricius nitor*, auec
des veſtemens de charlatans ou de pantalons, marcher en royal appareil portans l'or iuſques au
frein de leurs mules & de leurs cheuaux.

Leurs eſperons ſont mieux dorés, & leurs
bottes plus honneſtement tenues que leurs autels. Leur preſſoir regorge de vin, & eux de toute
ſuperfluité.

Ce braue Abbé auoit force bonnes eſtincelles, il deteſtoit la fanfaronnerie des Eccleſiaſtiques de ſon temps, & ſe deſplaiſoit à en voir les excés.

Louys X I. voyant vn iour l'Eueſque de Chartre monté ſur vne mule de prix , toute harnachée de broderie, auec le frein doré, luy dit, monſieur l'Eueſque, anciennement les Eueſques eſtoient montés ſeulement ſur des aſneſſes, qui ſe contentoient de porter ſeulement vn licol en leur teſte.

Ouy, Sire, luy reſpondit l'Eueſque, mais c'eſt du temps que les Rois eſtoient bergers, & ſe contentoient de porter ſeulement vne houlette.

Ce Prince euſt bien mieux fait d'employer ſa ſageſſe & ſon eſpée, à remettre ces meſſieurs là dedans leur rang , & leur faire expreſſément garder leur loy. Il faut que de pauures miniſtres Apoſtoliques façent auec leurs voix , ce que les Rois ſouuerains deuroient faire auec leurs armes : au côtraire les Princes ſouuerains, ſôt cauſe des paillardiſes qu'on commet en eniambant ſur leur ſouueraineté. Ils ne leur deuroient iamais laiſſer mettre le nez dedans les courtines de leur eſtat , les bannir de leur conſeil , & de tous affaires Politique, les renuoyer dedans leur Euangile , où il y a dix fois plus à faire, qu'il ne faut pour les bien occuper: ſpecialement que la France regorge de tant d'habiles hommes ſeculiers , qui ont puiſſamment eſtudié , doués de courage au cœur, d'vne docte ſageſſe en l'eſprit , capables de preſider au conſeils des plus habiles hômes du monde, cependant on les rebuttera pour leur prefererquelque
ver,

vermoulu chifonnier d'ecclefiaftique , qui n'aura
en toute fa vie eftudié à autre chofe qu'à côpofer
des poulets:ce fôt les plus beaux themes de claffe
de leur doctrine. A ce propos, le Roy auoit vn iour
enuoyé l'Euefque d'Eureux pour faire reuue de
fa gendarmerie autour de Paris. Le marefchal de
Chabanes indigné de ce, vint trouuer le Roy pour
luy remonftrer la diffolution de tout le diocefe
d'Eureux, qui eftoit tout à la desbandade,à peine
fcauoit-il par où il faloit croire en Dieu: Alors le
Roy dit, qu'il faloit deputer quelque vifiteur pour
les bien reformer.   A quoy le marefcal de Chabanes offrit tout auffi toft fon office , voire mais,
dit le Roy , vous ne vous cognoiffez pas à l'eftat
ecclefiaftique , pardonnez moy, Sire, refpondit le
Marefchal, i'y fçay autant pour le moins que l'E-
uefque d'Eureux à reformer la gendarmerie.C'eft
grand cas,que cefte efpéce d'homme fe mefle par
tout,n'eftime rien de bien que s'ils font , & fi ne
fçauent rien faire de bien.

Ils quittent leur tafche , & leur befogne la laif-
fans vacquer en oifiueté , pour fe rompre le col &
les iabes à faire la tafche d'autruy. La cour, l'eftat,
le Roy,tout feroit perdu,s'il n'y auoit des moines
& des tonfurés enchaffés par tous les cantons,&
du Louure , & du Confeil , & des affaires d'eftat:
tout le monde radotteroit fans leur aduis. Ce font
les architraues , les Atlas , qui portent tout le fardeau du ciel de l'eftat : ce font les niueaux, les ef-
quierres qui guident tout le compartiment,& qui
fçauent le depart de l'armonie de toutes les nego-

HHh 3

ciations d'eſtat. Ce ſont les lunetes & l'aſtrolabes de l'eſtat, ſans leurs yeux tout le monde eſt aueugle, ſans leur lumiere il n'y a point de ſoleil, ſans leur conſeil & prudence toute la ſageſſe des rois & de la France eſt orpheline. Les tenebres ſeroient plus eſpeſſes que celles de l'Ægypte ſans leur clarté. C'eſt la ſphere de toute negociation: & touteſfois nous voyons que quand on les a chágé & tranſpoſé, ou bien lors qu'ils ſont treſpaſſés, on ne recognoiſt point la faute de l'abſence de leur ſageſſe, la direction ne laiſſe point d'eſtre auſſi droitte qu'elle marchoit auparauant. On iuge encor plus droittement, qu'on ne faiſoit lofs qu'ils eſtoient dedans les iugements.

Certes qui voudroit bien eſpurer vn eſtat, & le rendre vrayement politique, & aſſeuré en ſes deſmarches, ce ſeroit de le deſmeſler d'auec tát de Clericature qui veut monſtrer ſon nez par tout, & aux choſes où ils ſont des begues des aſes, & pour le moins bien ignorans.

Alors tout marcheroit d'vn pied ciuil : on ne groſſoieroit point la conduite de nos affaires ſelon les minutes de delà les monts. On ne baſtiroit point le gouuernement ſur des plans eſtrangers. Ce ſeroit vne direction chaſte & qui n'auroit point de compagnie auec les eſpions, & ennemis de l'eſtat.

Nous ſommes taillés à encourir tous les maux du monde, tát qu'on ait trié & fait ceſte ſeparatió, tous les maux paſſés, on cerché leur naiſſáce dedás ce meſſáge lequel en couue encór beaucoup d'auátage

tage pour l'aduenir, si on ne cesse de leur croire. Bon Dieu quelle forme peuuent apporter à vne vie commune & publique, ceux qui sont si diformes en la leur priuee & particuliere? Quelle resolution doit-on attendre de ceux qui sont en vne si abominable dissolution? On ne peut point attendre de conclusion d'vne telle confusion.

Voyés comme les familles sont toutes à la desbandade.

Ce n'est qu'vn assemblage de membres de mauuaise vie.

Ie laisse leurs chambres, leurs couches, & leurs cabinets, & leur double escuirie. Ie m abstiens d'en parler, on n'en sçait que trop. La vraye famille d'vn euesque, ce sont ses ecclesiastiques; & toutesfois, vous ne voyés autour d'eux, que des courtisans, gendarmes, escuyers, gibboyeries, vendeurs de gras double, vous n'y entendés que paroles de comedians, & de boufonneries. L'Euangile est plus souuent cité à la table du Turc qu'à la leur: aussi voyés vous leur prestres Diocesains, se mouler sur la mesme imprimerie. Il n'y a celui d'entr'eux qui n'ait vne Abbaye, les vns trois, les autres six, les autres dix. I'en ay allegué vn ci deuant, qui outré sa mitre episcopale & autres estats royaux, qui en possedoit 17. Qu'on visite les moines dont ils sont chargés, à sçauoir s'ils les traictent en pere, s'ils les gouuernent en abbé, si tout y est discipliné religieusement.

Que si à rebours vous n'y remarqués q̃ de l'ignorāce, de la desbauche, de l'epicurisme; i'ay presque

HHh 4

dit de l'atheiſme. Quelle confiance peut on ſonder en leur gouuernement.

C'eſt choſe aueree, que s'il y a des Atheiſtes en France, il les faut cercher dedans le corps des Ecclefiaſtiques, ou parmi ceux qui les hantent. Comment eſt-ce qu'ils enſeigneront d'obeir au roy, puis qu'ils ne ſçauent obeir aux canons ecclefiaſtiques, voire à Dieu meſme? Leur conſcience eſt en vireuolte, toute tordue en leur particuliere compoſition. Leur œconomie eſt en defroute. Qu'atten-on? qu'ils doiuent eſtre plus gens de bien là où ils n'y ſont nullement tenus, que là où ils ſont obligés, ſur peine de damnation eternelle, ils ſont apprentifs au maniement des affaires qui les touchent; & ſont en defordre en eux meſmes, autour des obiects, qui deuroyent meſme eſtre inferieurs à leur ſuffiſance, & ils en ſont engloutis, ils s'en deuroyent iouer & ils s'en eſtourdiſſent. Ils ſe laiſſent aſſommer de leur paſſetemps.

Que ſera-ce eſtans attachés à des affaires, qui les furpaſſent de beaucoup de fois, la capacité de leur eſprit n'arriue à la dixieſme partie du gouuernement d'icelles. Ce ſera bien pour affaiſſer du tout leur caignardiſe: c'eſt pour apoltronnir tout vn eſtat, que de meſler vn gouuerneur de moines au gouuernement d'icelui, c'eſt pour les rendre de gendarmes courtiſans de breuiaires, de chappelets, & de la belle confrairie de tant de vices, qui accompagnent la vie de ces grands perſonnages-là. On feroit des liures entiers d'exéples tres-efficaces de la ruine nõ ſeulemẽt de pluſieurs affaires

de pluſieurs

de plusieurs rencontres , de plusieurs batailles, &
de plusieurs couronnes & souuerainetés , qui sont
peries par le conseil des moines , & des tonsurés.
Leur prudence est, non seulement suspecte , mais
funeste au gouuernement temporel.

Si depuis 50. ou 60. ans en ça, le gouuernement
de l'Estat eust esté simplement politique , & que
les supposts de la papandeuerie ne s'y fussent
fourrés si auant , la confession sanguinaire de tant
de porteurs de couronnes,& de plusieurs millions
de peuple, qui y ont perdu la vie , le desastre de
tant de prouinces ne fust arriué.

Tout gouuernement mestif ne porte que du
desordre , & specialement quand on veut anter
des opinions estrangeres , à la preuarication des
naturelles. Cela rend vne conduite sinistre,mais
les affaires en dechéent au lieu de les promouuoir:
car telles gens sont dediées à leurs phantasies,
pour reduire le tout à la deuotion des estrangers,
ausquels ils aiment mieux complaire dedans le
sang,que d'aller droit dedans le sentier d'vn vray
politique. Ils veulent suiure leur canon au milieu
des fougades & de l'embrasement de la poudre à
canon, & leurs decrets, qu'ils veulent eriger,fusse
dedans le sang & la cendre , en deussent-ils deser-
ter les royaumes s'ils ne peuuent autrement : &
telles loix ne sont adiustées , ni au lieu, ni au peuple, ni à l'occasion , selon laquelle ils les veulent
placer. Ils commencent plusieurs choses où ils ne
voient point de fin,ni de construction, sinon à l'a-
blatif,qui tombent en cadence fort funeste.

Ils debuɾoient eſtre agents du cruçifix, & promoteurs de la Paſſion de Chriſt,& ils ſont agents
de leur concupiſcence.L'Apoſtre dit,qu'il eſt crucifié au monde , & que le monde luy eſt crucifié:
ceux icy ſe dulcifient le monde , & ſe rendent le
monde tout de ſucre & de ſoye:c'eſt leur mignon:
ils ſont les mignons du monde: ils mignonnent la
vanité: tout leur eſt de ſoye : ne cerchent que les
allechemens : ſe mettent en amorce : liſſés, polis,
mille fois plus que policés : ils amblent leurs pas:
leur langage eſt tout tiſſu de parole,de ciuette:des
œillades d'ambre gris : s'eſtudient à muſquer
l'ouye,les yeux des hommes : mais ſpecialement
des Dames.

Ils amoncelent des mots des geſtes de mignar-
diſe. C'eſt le naphte des courtiſanes, vraies cala-
mites amoureuſes, pages d'Adonis, courtiſans de
Cupidon,Ganimedes & Camerlingues desDieux,
kalendriers de delicieuſes inuentions. Allouuis à
leurs plaiſirs ſur toute autre eſpece d'homme, ce
qui aſſoupit & amortit toute autre louable penſée
en eux. Ils mortifient leur chair par engloutiſſement de voluptés , du fardeau deſquelles ils ſont
tous tranſis. Vous les voyés allangouris , non de
mortification religieuſe , mais d'exorbitance voluptueuſe , de laquelle ils ſont enyurés , iuſques à
quaſi infenſer aprés. Vous les voyés d'vn teint
decheu, le cuir rabbatu qui n'a pour ſon obieĉt
que la petulance de leur inſatiabilité.

Ils n'ont autre cilice que la laſciueté:gens indiſciplinés, qui n'ont pour toute diſcipline, qu'vne
liberté,

liberté,qui voisine quasi l'Atheisme.Leur plus se-
rieuse occupation,c'est l'oisiueté.Si las d'estre oi-
sifs,qu'ils en pourrissent, les vns de graisse, les autres de maladie , qu'ils corrigent & pallient par
plusieurs medicaments, autrement, ils en demeu-
reroient affaissés.   Les lasciuetés communes les
desgoustent, ils achettent des ingenieux , pour en
excogiter de toutes fraisches.

Les figures de l'Aretin leur seruent de repertoire, & de Calepin:ains c'est vn texte, que plusieurs
d'eux sçauent gloser , non seulement de notes,
mais de beaux commentaires.   Ils y sont passés
maistres Docteurs.   Ils les illumineroient bien
d'autres pourtraits encor plus affinés, si cela leur
apportoit quelques delices.

Aussi tost que les filles ont atteint 25. ans , ils
n'en veulent plus ouir parler.   Il leur faut tousiours viande fraische , ieune chair , & vieil poisson,vn iournallier changement de mets: ne peuuent taster deux fois d'vne mesme viande.   Les
plaisirs ne leur sont desormais plaisans.Ils en sont
engourdis d'assoupissement.   Quiconque desire
quelque friandise bien assaisonnée , il faut suiure
leur table,ou leur couche.   Ils ont le ventre calciné,tout en chaux,toute en soulfre.   Ils ne peuuent
estancher leurs libidinosités.   Il semble que Vulcain y ait construit sa forge : que ce soit de là d'où
vient le germe des flammes du mont Gibel , ou
du mont Aetna.

Il y a des cœurs aisés à fondre côme neige,d'autres aisés à fôdre côme cire, autres côme du plôb,

autres comme du fer:mais on conuertiroit pluſtoſt vn demon qu'vn moine,ou qu'vn Eccleſiaſti-
que.Ils ont le cœur froid comme de la neige,poiſ-
ſeux , gluant comme de la cire , peſant comme
plomb,dur & obſtiné comme fer, à l'eſpreuue de
l'enfer, non ſeulement comme celuy de Simon le
magicien.

Au reſte , ils ne ſe contentent d'auoir des premieres ſecondes:mais ils veulent auoir des ſecondes ſecondes,des troiſieſmes parties:& de ſurplus,
aucuns des ſupplements infames,peſchent le fient
à la ligne,ſe veulent reſiouir du coſté de l'Antartique: commettent des inceſtes,remontés iuſques
à vne quadruple graduation.

La veille de mon depart,vn Prelat des premiers
chargés d'ames dans la ville de Paris,m'aduoüa en
preſence de quelque notable de la Religion Reformée , d'vn certain Pilate, ou premier officier
Pilateſque , qu'il ſçauoit s'eſtre meſlé en vn inceſ-
ſte , renforcé quaſi de tous les eſtages de conſanguinité : & ce par degrés ſi infames, qu'il y a pluſ-
ſieurs bourgeois d'enfer , qui en rougiroient
d'horreur : car le ſommet d'affinité conſanguine
inceſtueuſement violé , eſt en horreur à la nature:
& neantmoins , il y en a qui s'eſchauffent & prouoquent en la demangeaiſon de leur ſang. Ils le
trouuent plus chaud,plus moelleux, d'vne friandi-
ſe plus ſucrine.

Leur chair leur ſemble plus tendre &plus courte. Ils y ſaulcent leursiointures d'vne inclination
plus actiue , principalement en ceux de delà les
monts,

monts,qui n'en ont que trop enuoyé de magiste-
res & de leçons par deçà , ce sont les moindres es-
quilles,dont leur conscience face scrupule.

Il y en a,qui tiennent l'opinion de la paillardise
commune, en indifference : qu'il est loisible d'ex-
crementer comme de se gratter.

I'en ay veu quelquesfois disputer , si la simple
fornication commune est peché : ne manquent
d'alleguer autheurs,pour appuyer leur texte, si ce
n'estoit de honte,ils l'estendroyent bien plus des-
bordément , s'ils osoyent porter en leurs paroles
l'arriere-faix de leurs consciences. Ils ont bien
d'autres cogitations plus aromatiques,Ils ont d'e-
stranges assietes d'opinions. Les Mahometans y
sont ignorans au prix de cest ordre: halque le cœlibat cause de soulfre & de fournaises heterocli-
tement ardantes.

Ils desordonnent toute la pudicité d'vn pays. Ils
se medicamentent,pour repasser leur carriere souuent, & s'en vantent plus que d'vne bonne gendarmerie.

Aucuns y ont sassé leur veuë,le test de leur teste
qu'il a fallu trepaner,leur santé,leur couleur,leurs
biens,leurs cheuances,& y en a,qui voudroyent a-
uoir esté engendrés de quelque satyre, afin d'estre
inespuisables. De là vient l'vsage des œufs à la
Portugaise, les potages à l'ambre gris, au ius d'es-
clanche, & la confection de Satyrion , les mirabo-
lons, extrait de perles , & autres precieuses prepa-
rations, qui leur sert d'esguisoire, & de conforta-
tif.Au reste,ils sont paisibles. Ils ne laissent point

regner la ialouzie entr'eux. Ils font fouuent deux
chiens apres vn os , trois coufteaux dans vne gaine, ioueront aux dez, qui prendra la poincte.

Leur bourfe & leurs fens ne cedent à perfonne,
& pour s'ingenier d'auantage à l'ardeur de ce be-
noift exercice, ils comploteront de fe faire feruir, durant leur repas, à corps nud, par celles qu'ils
aimeront, voulans efteindre la chaleur de leur
corps dedans la faueur des chaleurs d'efté, afin
de ne laiffer aucune carriere de refte , où ils ne facent courir l'ambiguité de leurs delices, vrais mattois de garrouage qui ne latinifent que de cela,
c'eft la faburre de leurs penfees hippocondria-
ques, Gomorrheans, Gonorrheans ; & puis allés mettre la main à l'efpee pour remettre telle
efpece de gens en leurs biens.

Cela eft deplorable à vne nobleffe, de proftituer
fon fang & fon authorité, pour rendre telles gens
à leur aife; & à quel aife, c'eft qu'au lieu de quelque
pauure feruante, que les Ecclefiaftiques concubi-
noyent en cachette, ils employeront leurs moyens
à desbaucher publiquement la féme d'autrui, & au
lieu d'vne en auoir des meutes, & au lieu d'vne cou-
ple de leuriers qu'ils entretenoyent, en auoir des
congregations, à en remplir les granges , & les e-
ftables du pays. Que fi en les remettant dedás leurs
biens temporels, on les pouuoit auffi faifir de la
difcipline fpirituelle, & qu'on peuft les reformer
à bon efcient, cela feroit digne, qu'on ruaft tout le
móde à la guerre, & que la nobleffe mift les mains
à bon efcient à la befóngne, pour fanctifier, & faire

re deuenir gens de bien les Ecclesiastiques. Mais quel moyen de les rendre plus vertueux, si on ne les rend moins delicieux: de les rendre moins delicieux, si on ne les degraisse, de les degraisser, si on ne les met en austerité.

De les mettre en austerité, si on ne les appauurit, & qu'on ne reduise leurs facultés, selon celles que possedoyent les Apostres, ou pour le moins les limiter à la necessité corporelle, les mettre commodément, & non pas leur procurer vn aise demesuré, dedans lequel ils s'abysment, & perdent la loy de Dieu & les estincellemens du S. Esprit, s'affollãs à la chair. Il ne faut point d'Apostres, qu'ils doiuent estre, les rendre Seigneurs, de disciples de Iesus Christ, les faire Ducs, Princes & Comtes, les officiers des ames, qui estoyent à la suite de Iesus Christ n'auoyent que la besace pour tout benefices. Les principautés, marquisats, comtés & baronies, ne sont de la concomitance de l'administration de l'Euangile, l'vn corrompt l'autre, à sçauoir où vous trouués qu'Augustin, Ambroise, Chrysostome, Basile, & les peres de la primitiue Eglise, ayent eu des haras & couples de cheuaux; vn colege de palefreniers, bracconniers, vne autourgerie, que leurs plus serieux deuis de table, & d'estude se fondent en tels preceptes, ces premiers peres auoyent ils des maistres d'hostels, des escuyers, des gentils hommes, des panetiers, eschansons, cuisiniers sur cuisiniers, tout ce qu'on dit qu'ils auoyent, ce n'estoit que quelques clercs, qui escriuoyent sous leur estude, &

les foulageoyent au labeur de leur bibliotheque
Ils apprestoyent leurs viures dedans la fobriete,
qui leur feruoit de faulce : Ils n'auoyent pas feulement des fecretaires.

Tous leurs fecrets ne gifoyent qu'en l'execution de leur charge. Les princes & les grands n'ot
gueres affaire de fe tant defmener pour reftituer
le temporel à telles gens, c'eft pluftoft la corruption que l'edification de l'Eglife, car les prelats
fe pourriffent dedans l'opulence.

Ils s'efuertuent en la penurie. Et tant s'en faut
qu'on doiue liurer vne goutte de fang, ni mettre
au hazard le moindre foldat pour les rendre plus
riches, qu'il les faut demettre de ce qui leur refte,
s'ils ne fe remettent aux vertus qu'ils ont per-
perdues.

Dieu fe plaindra de ceux qui lui font ce tort, que
d'aider par l'enrichiffement à la corruption de fes
feruiteurs, ou de ceux qui fe difent fes feruiteurs.
Ce feroit bien plus heroiquement ouurer, de faire
dire s'ils ont eu autant de foin des membres de
Dieu que des membres de Satan, de leur demander conte de l'imitation des Apoftres, & des vertus de leur miniftere, dont ils font totalement def-
emparés.

L'Eternel en fait de grandes querimonies : en
Ieremie 23. v. 14. I'ay veu en mes Prophetes vne fi-
militude d'adultere. Le chemin du menfonge, la
pollution de toute la terre eft faillie, & a eu fon
engeance des prophetes de Ierufalem.

C'eft bien le membre le plus contaminé de l'e-
ftat

ftat que l'Ecclefiaftique, & dedans lequel il fe cõ-
met plus de pollution & de paillardife que dedans
la noblefſe & le refte du peuple.

Vous n'en voyés point tant la moitié à la dixieme partie des Nobles, qui menent vie fcandaleu-
fe, comme parmi l'Ecclefiaftique, ni qui face
moins d'Eftat de la peruerfion, ni qui prouoque
tant l'ire de Dieu,comme ils font,fi dedans demi-
douzaine d'Ecclefiaftiques, vous y trouués vn hõme de bien fans paillardife,c'eft bien allé. Dedans
demi-douzaine de Gentils-hommes, à peine en
trouuerés-vous vn mefchant:il y a plus de desbordés tonfurés, que de Gentilshommes modeftes.
La mefme relation fe peut continuer iufques dedans le peuple,mais le tout proportionnement.

Parmi toutes les hales de France, il ne fe commet tant de faux marchés, comme ils font par
leurs fimonies:c'eft vne cochonnerie que les monafteres,gens de main,gens de morphe,qui font à
l'engrais, ont les ventres en carrelure de cuifine,
fuiuent le brout: les Preftres tondeurs de nappes
qui font à l'erte quand ils font entre deux tre-
fteaux, arbitres des faulces, compofiteurs de
haut gout, eftrilleurs de pagnote. Il ne leur
faut tapper la queuë, pour leur faire ouurir le bec.
C'eft vn beftail priué, dont le ventre eft plein
de faburre,pour entretenir fa graiffe. Ce font côf-
fons,qui rongent les familles, leurs reigles font à
l'abandon,leurs perfonnes en licence,leur inftitution en defconfiture.

Ils font feparés, mais infeparablement con-

ioinꝗts auec le monde , ils ont enchaſſé la liberté
dans l'eſclauage , accolé la vanité auec le meſpris,
marié la mortification en volupté , imprimé la
pieté en charnalité,intimé le deſordre dedans leur
ordre.

Ce ne ſont plus qu'ordres deſordonnés , qui
marchent encor en ordre, mais renuerſé, conſeruent la confuſion dedans leur rang , ſans les rompre , encor qu'ils ſoient tous rompus. Ils Ro-
maniſent , par ce qu'il y a beaucoup d'aſniers
& d'arcadiens , & qu'ils ne ſçauent ſinon que
la Romanerie , & eſtre arcboutans de la Papauté.

La pluſpart ſont pluſtoſt des vacheries,que des
Monaſteres : qui ſemeroit des cendres autour de
leurs cloiſtres , on y verroit la plante des pieds
des femmes & petits enfans , encor qu'ils ſe vantent d'eſtre Archieunuques : car leur vie n'eſt
qu'vne fauuetterie,louuetterie,porcherie,le groin
à l'auge, grands veneurs de biches coiffées , nour-
riſſiers de lappins qui danſent , à peine de cent
s'en trouuera il vn, qui n'ait commencé à ſe circoncir & deſprepucier , plus ſaffres à cheuretter
apres les femmes , l'œil plus chat que les chats
meſmes , & qui ont plus de couſines (car c'eſt
le terme dont ils couurent le pot aux roſes,
quand ils le veulent deſcouurir) qu'vn coq n'a de
poules. Ils cerchent les encoigneures de garenne,
vrais godeleureaux.

Ie ne touche point aux maſturbateurs,irreuma-
teurs, fellateurs , encor que cela ſoit ſpecifique
& iour-

& iournalier à ceux de delà les monts , & à
ceux de par deça qui ont estudié autour d'eux, abomination, qui semble bourionner par la France à
leur imitation.

On viendra bien plustost maistre iuré à ces des-
uoyemens abominables, qu'à l'estude & imitation
de Iesus Christ. Ce n'est pas à Rome, où le Sainct
Esprit a planté l'imitation de son Euangile : car
s'il y a abomination detestable en la Chrestienté,
c'est de ce cartier là qu'elle vient. Desià du temps
de Sainct Paul (selon qu'il en parle commençant
l'Epistre aux Romains) ils estoient touchés de
semblable execration.

Ie m'en rapporte au *Nouus homo,* qui fait mention de ces grands personnages qui sçauët saulter
en croupe, pescher le fient à la ligne, courir la lance contre la lie de pain , & ce en despit des sages
femmes, & du Baptesme , & qui ont estudié à se
graduer , & apprendre dans l'Aretin à mettre la
lechefrite sur le rost, & vne infinité d'autres dete-
stations, dont on peuple les cas de conscience, les
transuasans dés l'Aretin, iusques dedans ceste partie de Theologie morale.

Sanchés Espagnol ne s'y est oublié, car il en a tellement farci son liure qu'il a composé *De Matri-*
monio, qu'il est memorable en telle matiere de caresmeprenant, par dessus tous ceux qui les ont iamais celebrées.

On feroit vne faculté à part de ce vice, dés
enseignemens qu'il en a versé. Il estoit exercé
estrangement dedans tels principes fondamen-

taux de la nature. Il ne traitte point seulement les renuersements à l'Antartique , de ceux des Princes de la Gadoue, faits, comme auons dit cy-dessus, en despit des sages femmes & du Baptesme , mais de toute autre brutalité, de la seule pésée desquels les Gentils, non seulement ont honte , mais abomination. I'ay veu aucun procés, que les Iuges du Parlement condamnoient à estre bruslé, grosse & minute quant & quãt le supplicié, afin d'en esteindre la memoire , mais quand il y auroit 8. ou 10. cayers dudit liure abominés au feu, ce seroit beaucoup espurer telles matieres fecales, si tant est qu'ó puisse nettoyer vne telle impureté. Vne de dignes actions de M. le President le Gay, lors qu'il estoit Lieutenant ciuil à Paris , ce fut d'en auoir fait la perquisition & defense aux Libraires de Paris d'é tenir, à peine de la hart. Telle estoffe se diuplgue en François, on y dresse des commentaires.

Les Dames dressent leurs passetemps sur tels deuis , & croient n'offenser leurs consciences, de s'occuper aux conferences de la doctrine qu'elles puisent, soit du Cordelier, Benedictin, ou d'autres liures de Casuistes, dedans lesquels on a vulgarisé toutes les postures figurées dans l'Aretin, & particularisé des incidents si enormes, que la nature est pucelle de tels euenemẽts, pour le moins, la Chrestienté en est vesue ; & ne deburoit-on refraischir la memoire des charnalités si denaturées, qu'il n'y a conscience qui ne s'attriste sur la seule remembrance. Mais ce sont nos Messieurs qui croyent d'obliger Dieu à tracasser vn tel desgoisement

Les

Les vns font fuperftitieux à en faire leurs com-
memorations, les autres font tres-fcandaleux à fe
gorger, à fe noyer dedans les relauures fpiritueu-
fes de leurs proftates, fe mortifians & s'amortif-
fans dedans telles charnalités.

Ie ne diray qu'en paffant de ces pauures Moi-
neffes, la plus part reclufes par force, les peres &
meres plus cruels, que ceux qui adiugent les gale-
res aux malfaicteurs: auant qu'elles aient la difcre-
tion, ou efprouué le fentiment de leur aiguillon,
ils les renferment cruellement, qui eft le plus
grand fupplice que les canons ordonnent inferer
aux Ecclefiaftiques mal-faiteurs.

Ie fçay bien, qu'aux filles il leur faut, *aut virum*
aut murum, ou vn mari, ou vne muraille : c'eft à-
dire, vn cloiftre ; & c'eft felon le Prouerbe des
Romaniftes   Mais, de vray, c'eft mal pouruoir à
leur pudicité, que de les enfermer fi horriblement.

Ie laiffe, qu'il s'y en trouue plus de Megeres, que de mefnageres : que quand elles fe
reuiennent, & que leur iugement s'eft vn peu
formé, elles conçoiuent plus de defefpoir, que
de confolation, inuocans plus fouuent la deef-
fe Cypriotte, que celle de Lorette, fuffent elles en la Beurriere de Geneue, elles forcent toute
forte de ferrure, peu fe contiennent fans eftre
fcellées, fans donner des impreffions, & efclatter
les apophifes.

Les vifiteurs de tels lieux, fçauent les beaux ieux
qui s'y paffent : comme le cirop de Madame,

que les nonnains citent vulgairement, quand elles
craignent que le caractere de l'imprimerie n'ait
formé quelque indiuidu.

I'ay horreur de dire, qu'elles ont plufieurs fup-
plements, les vnes font tribades, autres ingenient
le *gode-mihi*, qui n'eft venu que des monafteres de
femme; mefmes appellent à incube l'efprit defnaturé. Ie me recorde qu'il y a enuiron 30. ans, qu'il
fe trouua vne Beguine à Louuain en Brabant du
temps que Cuikius y eftoit grand vicaire pour
l'Euefque de Malines, & lequel depuis a efté Euefque de Ruremonde, il y euft dif- ie vne Beguine,
efpece de religieufe de ce cartier là, laquelle laiffa
entrer Satan incube à elle fuccube, duquel elle en-
gédra: toute l'accademie en Theologie, & les fages
du pays furent long temps en grand peine, à agiter
par conference que c'eft qu'ils deuoyent faire d'v-
ne telle engeance, en fin ils terminerent en filence, tant la punition de la religieufe, laquelle fut
fecrettement emmurée au pain & à l'eau, que la
nourriture d'vn tel fruict.

I'arriuay quelques annees apres à eftudier en
la mefme vniuerfité, où les vapeurs de ceft affaire là, eftoient encor en difpute parmi le chu-
chetement des efcholiers, i'ay touché ce fainct
peuple particulierement, en ce qu'aucuns appel-
leront eshontément les inconueniens qui arriuent
& que ie pourroy multiplier de plufieurs autres
hiftoires. dont mes yeux ont efté tefmoins, &
que ie laiffe paffer à caufe de l'impudicité, & n'en
fer y mention fi grande, n'eftoit pour efpouuan-
ter

ter les peres & meres à n'eſtre autheurs d'vn tel
ſequeſtre de leurs enfans, qui par apres maudiſſent
& cloiſtre & ſerrure, & tous ceux qui ſe ſont meſlés de les bander en vne telle ſolitude.

Certes ſi les cloiſtres n'eſtoient enfermés de
murailles, comme ils ſont, on y deſcouuriroit d'e-
ſtranges manigances. On y verroit des impreſſiõs
miſantropiques.

Ie ne dis point comme de Timon l'Athenien,
qui s'encauernoit tous les ans quelques mois en ſa
tente meſme, comme les ours, ſans boire & manger, ſe repaiſſant d'vne telle ſolitude : mais on y
apperceuroit des conditions aggreſtes, inhumai-
nes, indignes qu'on en face mention.

Tels cloiſtres ce ſont des grottes ou clappiers à
tous vices, neantmoins nos aduerſaires en dreſſent vn article de religion, defendent le celibat
qui n'eſt autre qu'vne heberge de paillardiſe, ſelon qu'ils le gardent auiourd'huy par deſſus la ſain-
&eté du mariage inſtitué de Dieu, pour remedier
aux eſlans de la concupiſcence, & non ſeulement
inſtitué, ains commandé de Dieu. C'a eſté le premier commandement que Dieu a donné à ſon E-
gliſe, & ceux qui cõſeillét le celibat ne le ſçauroiét
garder, & s'il y a lieu où il eſt rauagé, & picoré,
c'eſt à Rome, par les plus grands Prelats qui ſe diſent piliers de cette doctrine, mais c'en eſt pluſtoſt la ruine, eux meſmes ſont la confuſion de ce
qu'ils enſeignent. Il n'eſt meſtier de paſſer les
monts, il s'en trouue parmi nos prelats François,
qui en desfont cent fois plus qu'ils n'en preſchent.

Qui est-ce qui leur croira, puis qu'ils ne se croyent pas eux mesmes.

Qui est-ce qui imitera leurs paroles , puis que leur vie la desment. Leurs actions sont plus certaines que leurs discours. Ils monstrent qu'on doit auoir en horreur ce qu'ils preschent , puis que ce qu'ils preschent a en horreur ce qu'ils font, & que ce qu'ils font iuge ce qu'ils preschent , & que l'impieté mesme de leur vie, s'oppose à la facilité, afin que ie ne dise à la legereté de leurs paroles. Ezech.13.Ils fortifient les mains d'autruy à impieté. Ieremie chap. vingthuictiesme, verset quinsiesme. Il dit à Ananias faux Prophete , tu as fait que ce peuple a adiousté foy au mensonge , aussi portent les bouches des predicateurs & herauts de l'Euangile romain plus d'idolatrie & de faussité , que de vraye doctrine Chrestienne : à quoy eux mesmes n'adioustent point de foy , car ils sont discoles à leurs predications.

Au reste ils font pis que les Fils d'Heli, qui retiroient les hommes d'assister , & sacrifier, & paillardoient auec les femmes. Esdras 10.Les prestres qui s'allioient auec les femmes idolatres, ainsi nos Prelats Ecclesiastiques Religieux, qui se mariét, & paillardent en leur creance auec plusieurs points de fausse doctrine, Romains ch.2. Ils disent qu'il ne faut desrobber , eux mesmes sont transgrands larrons , ainsi de la paillardise , ainsi de la vente des benefices , ainsi du ieusne ; ainsi de l'auarice, ainsi des autres commandements de Dieu , qu'ils foulent aux pieds par dessus tous autres.

Grands

Grands hypocrites , Sainct Luc 6. Ils ont de gros cheurons & poutres dedans leurs yeux , ils arguent les pailles d'autruy. *Colantes culicem, deglutientes camelum* , ils couleront & reprendront en la vie d'autruy vn petit moucheron , & en la leur , ils aualleront vn chameau entier. Esaie 52. Dieu se plaint que ses seruiteurs ne font que le blasphemer tout le iour par l'idolatrie.

Combien y en a-il , qui aimeroient beaucoup mieux quitter Dieu , que leur robbe & chappeau rouge, voire que leurs maistresses.

Ils ont bien plus de cognoissance des Dames, que des heures nostre Dame.   Ezech. 3. vers. 34. Il les appelle faux prophetes , qui suiuent leurs pensees , renards au desert. Cantique 2. Ce sont ces petits renardeaux , qu'il faut exterminer , qui demolissent les vignes.

C'est le peuple de tant de clapiers capitulaires, cloistreaux , qui destruisent par leurs actions desbordees, non seulement la doctrine de la reformation , mais mesmes l'execution de tous bons preceptes moraux, car leurs mœurs sont en vireuolte, tournoyées en sinuosité , esgarées au cercueil à la cendre, la mort aux vertus, le royaume des concupiscences.

Il n'y faut plus conter de proprietés apostoliques. Tout y est sappé , demoli , encercelé dans le centre de l'abus , n'ont autre compas que l'incorrigibilité tellement cauterisée , qu'il y a apparence , que l'Ange qu'ils appellent leur gardien , ne voudroit cautionner leur amendement, auſſi ſeroit-il mal-aiſé de ſpiritualiſer vne telle carnaſſerie. Les vices s'y meſurent par caraque, ils n'en veulent point capituler , ils cinglent par dedans, comme en haute mer. Ils courent dans la mort à trauers la mort.

Autresfois on alloit au deſert , pour y trouuer les diamants du monde, on y alloit fouir les Papes, l'Egliſe Romaine a eſté prés de trente ans, qu'elle n'auoit Pape , qui ne fuſt tiré de ceſte miniere là, auiourd'huy, ce ſont les encombres du monde, l'amorce de l'ire de Dieu , l'obſtacle de ſes graces & bienfaicts. Tout y eſt plein d'hommes qui reniflent par les yeux , le nez & les oreilles , la lie & graiſſe de leur ventre.

La crapule, la polygamie innuptiale, la charnalité promiſcue, la volupté terreſtre s'eſt ſauuée en telle retraitte , pour y dominer hors de tout reſpect, ſe desborder ſans contreroolle. Ils trempent en l'abandon, nagent dedans le luxe. Ils ſe ſerrent là, pour eſtre hors des lices, au milieu des lices.

A peine s'en trouue-il, ſoit de ceux-là, ou de ces autres beliers coiffés à quatre cornes , qui n'aye quelque gigottiere à ſon feu , quelque gouttiere à ſa table , & quelque vieille fuſtaille à la maiſon, & outre plus , quelque bonne vieille mere-oye, qui regente les pirotes , ou ieunes oiſonnes, pluſtoſt effarées, que ſolitaires : hors d'eux-meſmes, qu'en ſolitude.

Il y a vn certain poiſſon qu'on appelle aſne de mer, ſeul entre tous les animaux qui porte ſõ cœur
dans

dans son ventre;ainsi ceux de telle esquadre , leur ventre leur sert d'autel,& de temple, dedans quoî ils mettent non seulement leur cœur , mais leur Dieu,la gourmandise & les delices,ç'est leur religion,*quorum Deus venter*. Ils ne sont de ceux,qûi n'osent cracher,de peur de boire;car ils tracament tant,que le vin leur estincelle par dessous les sourcils, Ou qu'il ondoye son retour par la gorge,sacqueboutiers,fourreaux de souppe , enchapperonneurs de saulces,engorgeurs de poiurade, qui engrainent des mieux. Ils ont l'esprit fait en boutargue,comparti en marqueterie de ragoust. Ils sont si las d'entonner , & d'enfiler les bons morceaux, que s'ils n'ont quelque chatouillement , l'appetit leur morsille,& se refoule au dedans.

La bonne chere est la mere de leurs desirs.Courageux animes comme Cesars à l'estour de la marmite. Hardis à donner dans la saugrenee. Ils ont des cloistres pour l'homme exterieur , non pour l'interieur. Il n'y a esprit plus vagabond & dechaisné que le claustral. Ils sont dedans, ils sont dehors. Ils chantent d'vn , mais les deux parts de leur esprit sont de l'autre.

Ils sont escartés arriere d'eux mesme. Il n'y a que l'habit,qui soit moine. Ce n'est tout vn de leur corps & de leur cœur , leurs yeux ne sont point tant à ce qu'ils font, qu'à ce qu'ils voudroyent estre,ou à ce qu'ils voudroient faire. Ils desfont ce qu'ils font.

Leur couronne scapulaire & capuchon est religieux pour eux.

Ils demarquent leur marque, troublent leur enseigne. On ne cognoiſt plus les moines à la couronne, ni à l'habit, tant ils ont preuariqué.

Ce ſont pluſtoſt nourriçons de Bacchus, *Diſce-
re, mors illi eſt, vita ſed eſt bibere.*

Il y en a bien d'auantage parmi eux à imiter, les
ieuſnes de Nabal, que celui de Dauid, *Abbas cum
Priore bibit de meliore.*

Ils ſont grands ſeigneurs en la moinerie. Et peut
eſtre qu'ils n'euſſent eſté que la caimanderie en la
ſecularité. Ils ont des cheuances à la ſuite du pauure Ieſus Chriſt, qu'ils n'euſſent point amaſſees en
ſuiuant l'eſquippage du riche Satan.

L'Egliſe en a pluſieurs qui ſont bien riches &
bien grands, ſortis du monde bien pietres & cai-
mands. Ainſi S. Hieroſme en l'epiſtre à Heliodo-
re. Que cela eſt odieux, voir vn homme qui a quitté le monde, retourner à gouuerner le monde. Les
premiers moines eſtoyent amoureux de 3. choſes,
de la nudité de tout bien, de la debonnaireté conte toutes iniures, & de la continence contre tou-
tr ſorte de contentement.

Maintenant ce n'eſt qu'auarice, gourmandiſe, in-
temperance : maintenant vous les voyés s'eſtudier
à dorer leur langage, muſquer leur parole pour
plaire au monde feminin. D'autres iouer au bou-
tehors pour faire paruenir leur main, iuſques à la
queuë de la poeſle de l'eſtat.

C'eſt eſtre moine deſmoiné, & deſmoinant qui
fera deuenir plus de religieux mondains, que de
mondains religieux ou bons ſeruiteurs de Dieu.
Celui

Celuy eſt tenu pour apoſtat , qui a laiſſé ſon habit;mais ils deuroiet bien pluſtoſt conclure l'apoſtaſie au delaiſſement de ſa reigle , & à l'application d'vne proffeſſion profane.

Il y a bien plus d'apoſtats parmi les moines que
que de moines.   Ils n'obſeruent point l'Euangile
comment garderont ils leur reigle.   Ils s'appellent moines aſſauoir ſeuls ou ſolitaires , & il n'y a
perſonne de meilleure compagnie , ni qui ſoit
meilleur compagnon que les moines & les preſtres : & s'ils ſont traiſtres à leur ſolitude,ils ſont
fidelles,& ſe garderont bien de commettre aucune trahiſon à leur ventre.   Ils ne haiſſent rien tant
que la condition qu'ils doiuent aimer.   Vous les
voyez s'enfler d'humilité, ſe bouffir comme balós
plains de vent, de l'oſtentation de leur mortification;matafans recuis d'aiſe , deſgouſtans de toute
cupidité ambitieuſe.   Vous voyes parmi eux de
bons gros moloſſes,qui rient plus qu'ils ne chan-
tent:chantent en plurant , & à contre cœur : rient
en riant , chantent en poſte, rient à longues iour-
nces.   Plus mondains que la meſme mondanité,
remplis d'immondicité,comme s'ils n'en eſtoient
ſequeſtres:ainſi comme ſi leur vocation fuſt le trafic d'icelle : ils ne ſe ſoucient ni de leur profeſſion
ni de leur complection.   Ils ne pardónent ni à leur
repos,ni à leur trauail, ni au ſcandale , ni à l'edification.   Ils n'ont plaiſir , ſanté , ſalut , deuotion
qu'à leur paſſetemps.   Ils ne pardonnent ni à leur
conſcience,ni à celle d'autruy.

Ils n'eſtudient , ils ne trauaillent qu'à ne point

trauailler, s'esforçans d'estre tributaires à l'obeïſ-
ſance de l'appennage de l'oiſiueté. Ceux qui chantent, quand ils chantent, il n'y a que leur corps qui
ſouffle, il n'y a que leur poulmon qui trauaille.
Leur eſprit eſt en garite, leur cœur en quelque eſ-
chauguette. Leur cœur eſt ſourd à ſon chant, outre
que le moindre mot de Latin qui ſe preſente à
eux, il faut heurter au marteau pour y entrer.

Ils ſçauent bien mieux le chemin d'vn bon fla-
ſcon pour le vuider, que pour deſpouiller le ſens
d'vn bon mot.

Ils ne ſont iamais plus de feſte, que quand il n'y
a point de feſte. Meſme quand ils ſont à la beſon-
gne, ils ſont ſans rien faire. Leur eſprit ſe iouë, il
vagabonde, & encor qu'ils ſoyent peu de choſe,
ils s'eſtiment tout plein, ils ſe tournent & quar-
rent dedans leurs priuileges, qui eſt la naurure des
loix; car *priuilegium eſt vulnus legis*.

Ils ſe perſuadent d'eſtre quelque choſe, parce
qu'il y en a entr'eux qui reſſemblent à Caiphe, à
Pilate.

Il n'y a rien qu'ils meſpriſent tant que le meſpris, ni qu'ils ayent tant en horreur que l'horreur
qu'on a d'eux.

Ils iubilent quand ils peuuent butiner quelque
reuerence, quelque honneur. Ils mendient les premieres ſeances : encor qu'ils portent vn veſte-
ment de ſupplication, ils aiment à eſtre ſuppliés,
factoutiers, qui veulent mettre le nez par tout; me-
riteroyent pluſtoſt d'eſtre pouruoyeurs, que ſi
bien pourrueus, comme ils ſont.

Ils ont appetit du meſlange de toute choſe. Ils veulent tout ſangler & deſangler.

Il leur ſemble qu'vn affaire eſt tout deſconſeillé,& qu'vn conſeil eſt deſcapitulé,s'ils n'y ont entremis leur aduis.

Tout eſt decouſu , decouplé ſans leur bon conſeil.Leur cas de conſcience ſert de maſtic à l'agencement de toute la Chreſtienté. Elle ſeroit dechalandee ſans leur interuention.

C'eſt eux qui entretiennent la lignee ſpirituelle de Ieſus Chriſt, qui s'abboutiroit en deſertion ſans leur allignement.Qui defrayent de prudence la cõduite de toutes entrepriſes.Perſonne ne peut eſtre enroollé au ciel , qu'il ne paſſe par leur contreroolle en la terre. C'eſt eux qui nous deſgorgent les ſecrets du centre de la ſapience diuine & humaine.S'ils ne s'oppoſoyẽt,le deſeſpoir ſe fourreroit par tout,il preſſeroit les plus reſolus. C'eſt eux qui proiettent les limites, non ſeulement des affaires d'eſtat,mais de celles de la predeſtination: car la predeſtination ſeroit deſpecée ſans leur ſolicitation. C'eſt eux qui deſmaillottent la langue, non ſeulement des princes & des roys, mais des prophetes & de l'Euangile,qui ſeroit tout deſmõté,tout eſmoellé ſans la moelle de leur intelligence,& de leur eſtude. C'eſt eux qui ſont la bibliotheque du S.Eſprit,non ſeulement la bibliotheque de l'eſtat &du mõde,mais de l'Egliſe.Tout le mõde eſt en aſnerie ſãs leur regẽce,ſans leur leçõ, ſãs leur college.C'eſt leurs cõuents qui ſont les villes. Les villes ne ſont rien au prix de leurs conuents.

C'eſt là où logeroit le ciel s'il venoit en terre
la ſaincteté , la vertu n'oſeroit prendre autre ho-
ſtelerie qu'eux. C'eſt là où il faut que chacun coure
allumer ſon feu, querir de la clarté.

Voila en quoy excelle l'opinion qu'ils ont d'eux
meſmes, mais voyons quelle eſt leur excellence, a-
fin que ſçachions ce que deuons penſer de telle o-
pinion fouragee chés la preſomption, car il ne leur
reſte plus qu'à eſtre le paradis du paradis : ils en
deſſeruent tout le monde. Et voila comme ces gés
deſpriſent vn chacun: comme tout ce qui eſt precieux, eſt auilli deuant eux. Ils ne font cas, que de
ce qu'ils ne meſpriſent. Et cependant la plus part
d'entr'eux vacque mieux à la queſte, qu'à l'eſtude,
à amaſſer du bien, qu'à amaſſer de la ſciëce. Autre
vacque mieux aux champs qu'au chant, à la debau-
che, qu'au chœur, à la proumenade qu'à la priere.
Ils ſçauent bien mieux ſe porter en cuiſine, que ſe
porter en l'Egliſe, ou au cloiſtre.

La concluſion de leurs diſcours frappe touſiours
en caimanderie. Ils ſçauent bien mieux offenſer
leurs reigles , qu'enfoncer leur ſolitude. Iamais
femme n'a tant eſtudié à plaire à ſes amans , comme les moines au monde. Ils aiment bien mieux
plaire au monde qu'à Dieu. Ils fardent d'auſterité
leur auſterité. La veulent authentiquer, comme ſi
elle eſtoit immediate du fils de Dieu, encor qu'elle ne ſoit que faictiue , & affectee. Comme ceux
qui marchent à pieds nuds , auec des ſandales, ou
des ſoccolantes: d'autant qu'ils s'imaginent que Ieſus Chriſt n'a iamais mis des ſouliers en ſes pieds
mar-

marchant sur terre : neantmoins qu'il a vescu en
s'accommodant à la contree,& au climat où il s'e-
stoit incarné.

C'est encor auiourd'huy la façon des habitans
de la Palestine,de ne porter aucune chausse, ni aucuns souliers,à cause de la chaleur ordinaire , qui
est coustumiere en ces regions là:les Seigneurs &
Princes n'y portent point d'autre chaussure.. Ce
n'estoit point vne reigle particuliere que Iesus C.
s'estoit imposé,& à ses suiuans:mais vne vie commune de tous les habitans du pais:mesme Iesus C.
se vestoit , & marchoit habillé selon le reste de la
bourgeoisie.Il ne s'estoit pas fait de robbe,ni d'ha
bit de mômerie à part,côme vont vestus nos moi-
nes.Et encor que l'Euâgeliste dise,qu'il auoit *vesté
incôsutilé* vne robbe sans cousture , il ne veut dire
qu'il portat vne robbe longue,&les autres courte.
Mesme auiourd'huy les Lauantins,iusques aux soldats,vont vestus de long. Ce qui n'est point nou-
ueau:ains des auparauant Iesus Christ. Outre q̃ ils
vsêt d'habits faits à l'aiguille,auec vne toute autre
proprieté q̃ la rudesse de nous autres Europeans.

Il n'est pas iusques aux souliers,aux bottes,sel-
les de cheual,dont la gentillesse de l'ouurage rauit
en admiration ceux de pardeça qui les voyent.Les
ouuriers y ont vne toute autre methode de trauailler : ils sçauent si parfaittement rentraire les ioin-
tures de leurs accoustremens, qu'on est à deuiner,
en quel endroit sont les rappiecemens.

Outre que Christ auoit des amis & bienfaiteurs
qui luy administroient ses necessités. Le respect
K K k

qu'il luy portoient, les mettoit en queste pour ne
luy rien seruir de vulgaire : il alloit fort proprement & ciuilement couuert, non mesquinement.
Il ne portoit point de deschirure, ni de rappie-
cement sur soy : ces grandes petasseries,ne sont de
son institution , & Iesus Christ apres sa resurrection estoit *amictus lumine sicut vestimēto*:la lumiere de la glorification de son corps luy seruoit d'habit (cōme aussi à chasque bien-heureux) de toute
telle couuerture que bon luy sembloit, & de fait
mōtant au ciel, dissipant en l'air les habits dont il
sembloit couuert , aux yeux de ceux qui le regar-
doiēt,ils se conuertirēt en vne nuee lumineuse &
raiōnante *& nubes suscepit eum ab oculis eorū.* Que
si Christ eust pris chair humaine en France, ou en
quelque autre quàrtier plus anclin à la Tramonta-
ne,il se fust habillé d'vné autre façō:il eust suiui les
accoustremens du pais, il n'en eust point artificié
d'autre à part,il n'eust porté,ni sandales,ni esclots,
mais des souliers accoustumésà ceux qui estoient
habitans du pais où il se fust trouué. Christ n'eust
eu garde de porter ses iambes & pieds nuds au
sommet de l'hyuer : car si vn honneste hōme vouloit marcher en ceste façon en la rigeur du froid,
on l'estimeroit insensé.Iesus Christ n'a point procuré de bigarrure , ni de vestement astrologué de
compartiment desguisé en homme sauuage. C'est
ce que touche S.Paul,quand il remōstre aux Chrestiens,*sit rationabile obsequiū vestrū*, que le seruice
que rēdez à Dieu , les habits ꝑ portez à sō seruice
soiēt raisōnables,ciuils, non chargés de bisarrerie,
plus

plus propre à iouer des farces , & à donner à rire,
qu'à edifier le peuple.

Si les Apoftres euffent rencontré de telles couuertures prodigieufes,ils les euffent cenfurees:car
mefme aux traictés , que dreffent nos aduerfaires,
du demenement de la vie fpirituelle, ils font couf-
tumiers d'extremement blafmer la fingularité.
Depuis qu'vn homme veut paroiftre particulier
en fon viure,en fon veftir,&autres rencõtres de la
conuerfation,ils taxét telle volonté cõme orgüeil-
leufe , d'vne perfonne qui veut eftre remarquable
& fignalé outre les autres.Il faut dõc euiter,& couurir toute diftinctiõ:car ce n'eft point la barbe ou
le manteau, mais la fageffe , qui fait le philofophe.
Ce n'eft point l'habit, mais la bonne vie,qui rend
l'homme bon chreftien & vrai religieux , comme
le bon homme S. François , qu'ils appellent entr'eux le docte ignorant. Eftãt fur terre,il n'auoit
qu'vn pauure mefchant habit ; lequel encor qu'il
fuft tres vil,eftoit tres curieux:car c'eftoit pour fe
faire prifer grand mefprifeur du monde, & de cefte opinion , vient à naiftre vne eftime ineftimable,que cõçoiuent les hommes , cuidans qu'vne
telle oftentation foit toute de faincteté & de per-
fectiõ.De forte que c'eft trouuer la gloire dans le
defaut de la gloire.vne gloire fi glorieufe,ĝ la gloi
re mefme n'é porte point de ſéblable.I'ay fouuent
veu dedans Paris , paffer le roy en caroffes par les
rues sans que l'artisan tournaft la tefte pour voir
quipaffoit:mais , chofe à noter,fi aucun aiant efté
remarquable en charge d'eftat , aiant pris l'habit

du mefme ordre de S. François, venoit à paroiftre par les rues, quelques fois vn biffac fur fon col; chacun fe leuoit, quittoit fon ouuroir, ne fe pouuoit faouler de regarder, d'admirer, faire de grandes reueréces, & chimagrees: il trouuoit cent fois plus de gloire où il n'y auoit point de gloire, qu'il n'en auoit trouué là où il en auoit quitté cent mille fois d'auantage.

Ainfi S. François auoit choifi vn mauuais lieu, pour colloquer l'humilité, car il y faut beaucoup plus de vertu, pour ne point deuenir orgueilleux en cefte humilité, que dedans l'orgueil mefme. Il n'y a point tant à combatre pour fe defendre des embufches de l'orgueil dedans l'humilité, Il y eft bien plus dangereux, & plus penetrant. Ce bon homme donc, qui fe contentoit d'vn habit, fes fectaires l'ont multiplié iufques à 15. ou 20. tant mafculins que feminins : mais à fçauoir duquel il fe feruiroit s'il retournoit au monde à reprendre fon habit. Ce font battifolleries d'inuentions humaines, ou vne deuotion coulpable s'eft voulu efgayer à eftre fuperflue en pauureté, & en nudité d'habits, laquelle ils ont voulu paraphrafer, en la commentant d'autres habits de nudité, qui côbatent la nudité du pauure S. François, lequel habit de nudité, on potte iufques deffous l'or des croffes & des mitres: voire on le fait reluire au pardeffus des trois couronnes Pontificales.

Ils ont changé la haquenee de S. François, il n'auoit, allant aux champs, pour toute monture, qu'vn pauure bafton fur quoi il fe fuftentoit.

Il ne

Il ne fe voulut iamais feruir d'autre courtaut ni bidet.

C'eſt pourquoi on l'appelle auſſi ſa haquenee:& auiourd'hui vous en voyés de çeux qui ont profeſſé & fait vœu ſolennel de ſon habit, qui le portêt ſur des rouſſins & monture de prix. Mes yeux ont veu pluſieurs prelats ou habillés en prelats, feſtoyer le-dit habit ſur le paué du Louure, en profopopee, en fanfare, en equipage courtiſant, auec liuree de page & laquais. C'eſtoit pluſtoſt vn gris de loup, qu'vn gris de vrai religieux Perſonne ne ſe peut donner à tant de maiſtres. Donner ſa teſte à vne tôſure & à vn capuchon:& puis encor la mettre ſous la cou-uerture d'vne mitre. Vne ceruélle tant cheuauchee ne peut eſtre ſouple ni à deliure côme il faut pour le ſeruice de Dieu;changer les perles de S. Frãçois ainſi appeloit-il la vermine, quand quelcune luy tomboit entre les mains:il leur donnoit la vie, di-ſant qu'il les falloit laiſſer paiſtre. Auiourd'hui il y en a de ſes ſectateurs, qui ne ſe peuuent raſſaſier de perles, diamants, & pierreries. Voila côme ces meſſieurs traittent leur reigle ; & s'il faut dire en general de ceſte eſpece de moines, mais de toutes les autres. Ils font le vœu de continence & de cha-ſteté:il n'y a point de lubricité, voire quand on en feroit perquiſition, iuſques dedans toutes les voi-ries du Paganiſme, plus infecte, & plus punaiſe que celle des Eccleſiaſtiques.

C'eſt vne lubricité pecorante, beſtiale, vague er-rante par tous les degrés que la chaſteté defend. Les maſtins n'ont tant de liberté & n'indiuiduenſ

ſi vaguement,& n'extrauaguent leur ardeur par v-
ne indiuiduation ſi errante,ou d'vne ſi erronee lubricité comme ils ſont.

L'impureté n'eſt ſi ſale , elle ſeroit plus aiſee à
curer que leur paillardiſe. Ils ſont auſſi vœu de
pauureté,& neantmoins ils paſſent les Princes,ils
ſurmontent les roys en palais.

Les palais à Rome leur ſont moins que maiſon-
nettes,ſi elles ne ſont plus que louures,ils ne penſent d'eſtre logés en Eccleſiaſtiques , s'ils ne ſont
logés comme Empereurs,lur ſuite eſt vne cour eſ-
clatât de ſplédeur, tremonte la grãdeur du calibre
des princes ſeculiers,c'eſt vne ſuite ſiolãte,vn train
hagard, vne famille pimpãte,vn eſquippage mor-
guant,c'eſt bien autre choſe que les troupes du deſert,& de l'Euangile, vous n'y voyés point d'Epaphras,de Tites,ni de Timothees,mais à force tri-
quebalarideaux,desGanimedes,des Mercures ambaſſadeurs de poulets , heraux de beautés tranchã-
tes,deſrobees de quelque gras double enleué fur-
tiuement,force engraiſſeurs d'oreilles & de horologe,liureurs de fournitures de paſſetéps, veneurs,
chaſſeurs de biches coiffees , & de lapins qui danſent,pouruoyeurs de venaiſon,qu'on appelle mort
aux groiſeilles,gens de tierce & quarte garde , a-
uec vne mine de quinte ſauſſee d'octaues; gensà
qui la ceruelle fredonne, que ſi vous les laugés à la
mine,ne ſont qu'aualeurs de ſaupiquets , qui ne ſe
ſoucient non plus de la greſle que du mauuais
temps , qui fantaſſinent, ſpadaſſinent, & ſur tout
ils gauchiſſent fort dextrement, ſont impudemment

ment adroits eſtrilleurs de nappes , aſtrologues à curer les hypocõdres du ſeigneur prelat , piqueurs de rate , *& interea* qui cerchent les benefices au bond & à la volee, entremetteurs d'outrecuidance, nourriſſons d'expectatiues qui donnent tout pour vn rien & rien pour tirer tout ce qu'ils peuuent. Qui veut voir des maquignons madrés, gredillés, liſſés, entretiſſus ſur l'enten-trois, c'en eſt là l'eſtape, & puis la bõne deeſſe Fleurie compoſe les obſcurités afin d'esblouir la graduation des môtures: en ſuite, en appareil Crœſus, Craſſus en richeſſes, Epulon en ſaulces , Heliogabale en bigarrure de bons morceaux & de bõne chere, ils gobbent, tout tout leur demeure derriere. C'eſt pitié que de voir vn moine môter au feſte eccleſiaſtique. Il enfle la repreſentation de ſa grãdeur heteroclite par deſſus le monde meſme. Ils font vœu d'obeiſſance, & cependãt, ils font prodigieuſemét rebelles à Dieu & au magiſtrat: pere du ſang & des flãmes, qui a noyé & embraſé ſi ſouuent , les parties de l'Europe, l'vne apres l'autre, ne regétét ils pas en general & en detail ſur la vie des roys. N'eſt ce pas eux, q par ſermõs, leçõs, & autres traictés publiés par eſcrit, endoctrinent les hommes à aſſaſſiner les roys. Ils ſe peuuent bien vanter de ces trois monſtres de vœux , qui engendrent tant de prodiges ſur la terre. A quoi leur ſert leur obeiſſance , eux qui ne recognoiſſent autre magiſtrat. Ils obeiſſent à la deſobeiſſance plus qu'à leur vœu, ils ſe vouént à ne rien obeir qui vaille , ils n'ont rien en plus grande recommandation que de commander à

KKk 4

tout le monde, à rendre tout le mõde defobeiffant
afin de fe faire obeir de tout le monde, ils ne veulent point d'obeiffance qui ne foit enchaffée en rebellion, ils perfuadent la reuolte & la defobeiffance dedans l'obeiffance qu'ils prefchent, vn orgueil
bouffant parmi leur humiliation, leur fubmiffion
n'eft portée qu'en arrogance, leur fraternité qu'en
emulation, leur paternité en fubuerfion du droit
des peres, des Roys & pafteurs ordinaires qui cen-
furent en leur procedure les remonftrances du 13.
chap. aux Romains.

Ils veulent auoir vn tribunal à part, des officialités, des loix fequeftrees de tout le monde. Ils ne
fe recognoiffent point entr'eux mefmes: comme
l'Euefque ne recognoit point le Roy ni le Parlement: ainfi les moines ne veulêt point obeir à l'E-
uefque, ils regimbent contre l'aiguillon de fa croce, croaffent contre les cornes de fa mitre. Se deca-
pitent de l'Euefque à l'imitation des chapitres, qui
ne veulent eftre vifités ni corrigés par aucun porteur de croce ou formulaire de mitre. Mais de quoi
leur fert leur vœu de pauureté, eux qui poffedent
la troifiefme partie des fonds, & de tout la cheuance de la Chreftienté, qui nourriffent leur lard des
plus friands morceaux du monde. Et à quoy leur
fert leur vœu de chafteté, eux qui desbauchêt plus
de la tierce partie des femmes & filles, des con-
trées qu'ils habitent. Ie me recorde d'auoir veu
vn ieune curé plus fçauant en la tigne qu'au Latin
qui fe vantoit d'auoir cognu à fon plaifir plus
de 24. de fes paroiffiennes en moins de trois ans,
qu'il

qu'il auoit deſerui la cure de ſon village, qui eſtoit
aſſez anguſte & petite. S'il a touſiours exploitté de
tel hait , il y a long temps que pas vne ne luy eſt
eſchappee. Tels vœux ne ſont ils pas côtre Dieu,
à la ruine de ſa foy, à la deſtruction de ſa religion,
à la condemnation de ceux qui maintiennent, qu'il
n'y a pas tant de mal en demi cent d'adulteres , &
autant d'inceſtes commis, qu'au mariage d'vn ſeul
preſtre.

C'eſt auiourd'huy le royaume des preſtres &
des moines, que la concupiſcence. Ils s'en ſont emparé en toute perdition, dautant plus pernicieuſe,
qu'ils allouënt icelle concupiſcence par la legitimation des vœux dont ils la couurent , & nonobſtant leſquels ils s'en donnent au cœur ioye.   Ce
deuroient bien eſtre les vrayes marques de la moinerie.   Mais on ne recognoiſt iamais mieux vn
moine, qu'à la tranſgreſſion de ſes vœux. Ils y outrepaſſent. Ce ſont autant de parangons de contamination. Le ſilence & la tranquillité deuroient e-
ſtre leur repaire : mais on ne les recognoiſt qu'au
caquet & à la turbulence. S'introduiſent par tout.
Ils deuroient eſtre des perles d'anachoretiſme, les
diamants des deſerts: mais ils ſe plaiſent d'auantage à eſtre les diamants des chaiſes, ſe parangonnét
à tous les harãgeurs, porteurs de babil, s'eſſayás de
les laiſſer bien loin derriere eux. Il n'y a babil plus
caqueteur , leurs langues ſont des tartauelles de
moulin, effrontés affronteurs , monopolent les ca-
reſmes, tiennent en cabale toutes les paroiſſes où
il y a à gramoyer, les ſtrapaſſent, les traffiquent, ſe

les renuoyent comme à l'eſtœuf. Ils ſont appellés au ſilence clauſtral, & ils ſe regorgent de la ſuperbe magnificence d'vn langage cathedratique,
où ils ſe mettent en paleſtre pour eſtre nommés
Rabbi par deſſus tous ceux qui ſe ſont appriuoiſés
à vn tel caquet.

Ils portent vn langage desbauché , vne langue morguante, desbordée vne rhetorique effrontée, leur bouche eſt hoſtellerie de tous diſcours, ils
reueſtent la denontiation de la parole de Dieu, de
l'ambriſſeure tragicomediantes ils l'affaictent de
mille ſopoudrure pour embauſiner les oreilles à
la courtiſane pluſtoſt qu'à l'Euangelique , haran-
guent plus en ſaltimbanque qu'en preſcheur auec
plus de caiollement que de perſuaſion , plus d'eſ-
uent que de certitude plus d'affiquets que de ſolidité maſſiue, en paroles plus faictiues qu'affinées,
plus volantes qu'arreſtées , plus d'artifice que de
ſcience plus de complaiſance que de naifueté , vn
langage plus rogue & arrogant que ſainct, plus far-
dé qu'entier.

Ce ſeroit leur deuoir de ſortir & ſe cacher hors
d'admiration & de cognoiſſance, & leur pratique
dont leurs meſtiers ſe meſlent , eſt de ſe rendre
admirables, eſtre protocolles & arbitres de toute
deciſion d'affaires. Ils ont profeſſé de bannir la curioſité de leurs yeux, & de ne courir apres aucune
beauté , & de ne vouloir aucune bonté que celle
de Dieu, & à l'oppoſite ils pietonnent & cheuau-
chent tous les deſtroits : les louanges leur deuroyent eſtre à repoil, & il n'y a perſonne qui en ſoit
plus

plus auide. Ils tendent leurs filets & beent d'ordinaire à l'applaudiſſement des hommes. Et où ils
deuroiét fleurir, c'eſt où ils ſont tout fanés. Ils cerchent l'honneur, la richeſſe & les delices dedãs les
ruines d'iceux: car leurs vœux ruinét & penſée, nõ
ſeulement l'effect de tels meubles de corruption.
Mais eux au lieu de ſerrer & reſtreſſir leur reigle,
Ils dilatent leurs penſees, leur ventre, & leur bougette. Et voila comme iceux vœux, leur ſeruent
auſſi peu à ſe ſauuer , qu'vn pot de terre à paſſer
la mer.

Ils s'arment des diſpenſes de Rome : mais comme dit vn iour Albert le Grand à vn certain qui
eſtoit de retour , & auoit apporté force bulles,
& diſpenſes du Pape , dont il s'enorgueilliſſoit
eſtrangement. Mon ami , luy dit ce grand Phi-
loſophe Theologien , tu pouuois auparauant aller en enfer auec licence & congé, tu y peux maintenant aller auec diſpenſation.

A capite putreſcit piſcis, la pourriture des membres Eccleſiaſtiques ne prend ſon origine que de
la ville de Rome. C'eſt ce que Theleſinus dit ſelon que raconte Petrarque en ſes epiſtres, vn des
capitaines d'Annibal diſoit que le iour fatal & dernier eſtoit proche de la ville de Rome, & qu'il la
falloit du tout extirper, & qu'il n'y auoit pas moyen d'eſtrangers les loups qui deuoroyent tout le
monde , tant que la foreſt où ils ſe nourriſſo-
yent , & s'engendroyent ſeroit debout ; qu'il la
falloit deſarciner ; que la vie du monde ſeroit
horsd'aſſeurãce, iuſqu'à ce qu'elle ſeroit degradée,

& que iamais n'y auroit faute de Tigres, fourrageurs de la liberté d'autruy, tant qu'on auroit ruiné les bauges, où ils faifoient leur gifte & repaif-
foient. En ceci gift vn article d'eftat des plus fu-
blimes & tranfcendans: pour chaffer les rats d'vne
maifon tout à fait, il y faut mettre le feu : pour o-
fter les poiffons d'vn viuier ou eftang , il en faut
deftourner l'eau pour le tarir.

Si Annibal euft fuiui le confeil de ce grand hôme d'Eftat, la corruption de l'Eglife feroit encor
à arriuer. La ville de Rome coufte la vie à cinq
cents millions d'hommes. Toutes les guerres e-
ftrangeres qu'ils fufcitent pour dompter & enuahir tout le monde , ont emporté la vie aux deux
tiers du monde. Ils couftent la ruine & peruerfion
du pays, du langage de toutes les fciences & Aca-
demies de la Grece : les fciences feroient multi-
pliées cent fois d'auantage , fans ces loups garous:
les Grecs fe fuffent maintenus fans eux , la Grece
nous euft donné encor demie douzaine d'Homeres, autant de Demoftenes, de Platons, d'Arifto-
tes, d'Hypocrates, depuis qu'ils tordirent le courage des lettres aux armes & à la guerre, les fciences s'eftoufferent.

Depuis que les Romains y ont mis le pied, elle
s'eft defioinct de toute fpeculation fcientifique:
çar auparauant , *Græcia valebat præceptis, Roma-
ni exemplis.* Les Gres trefmontoient tout le
monde , furluyfoient à tous les Philofophes
& politiques en preceptes. Les Romains gai-
gnoient toutes les executions par exemple ,
& à bien faire , par ce que ceux-là eftoient

tous speculatifs, ceux-ci tous actifs, ceux-là s'occupoyent à leur esprit: ceux ici à leurs mains. ceux-là
estoyent tous noyés à apprendre & deuenir doctes: ceux ici à tout rauir pour deuenir grands : le
sang a estanché la doctrine, l'estude s'estudie à e-
stre hors du tintamarre, le tarabustement fait a-
uorter les conceptions de l'entendement, il n'y
peut conceuoir que de faux germes, il auorte, tout
ce qu'il apprehende luy coule sans esperance d'aucune remastication, la rumination y est entrecou-
pee, hachee, la viande n'y trouue aucune remonture-
re, c'est vne indigestion de fer, d'vn fer qui presu-
re & endurcit les pensees de son association, les
tambours, les trompettes alarment le repos, & le
repos est l'element, l'eau rose, le coton de l'estude, sinon la matrice, ains tout aprentissage scienti-
fique veut estre abbreuué de requoi, le bruit le
met en esclandre, la raisonnance exterieure met
en extinction la lumiere interieure, la science est
vn repos, le repos est vne paix, la guerre deuore le
repos dedans la paix qu'elle consomme: le repos
est la paix sont hypothequés à la science, & depuis
que les Grecs se mesdonnerent donc au chemin
des Romains, qu'ils voulurent mester dedans le
leur, ils se sont corrompus, marché à la decadence,
n'ont plus fait que begayer, ses entrailles se sont
côstipees, voire despite es àne plus porter d'Hip-
pocrates, de Demosthenes, de Platõs, d'Homeres,
ni d'Aristotes. Ce n'ont esté que frippons, qui ont
suiui, ou bien maistre frippiers de science.

Que de sang que coustent les guerres ciuiles des

Romains. Elles ont depeuplé la terre d'habitans,
cinq ou six fois:mais les Goths, Visigoths,& toute
ceste inondation de Tartares & Barbares se sont
desbordés au subiect des Romains. Le Mahome-
tisme est né des institutions monachales qu'elle
authentiquoit.

Le Moine Sergius estoit le munitionnaire de
Mahomet , c'estoit luy , qui faisoit les œufs que
Mahomet couuoit,& la religion du Turban a pris
son accroissement de la diuision de Rome d'auec
la Grece. Les factions qu'ils ont sursemées dedans l'Empire ont enueloppé la destruction des
reliques de la Grece.

Les Ottomans se font agrandis dedans ceste
desmembrure.

Les Grecs croient de gagner les Papes par la
sagesse , mais les Romais les ont deuancé de la
main.Ils ne se font iamais voulu accommoder. Ils
ont defendu iusqu'au dernier de leur sang,l'entoise-
fement du premier vsurpateur du diademe Romain, *aut Cæsar,aut nihil.* Ils ont voulu estre tout
ou rien;& mieux aimé rendre le monde Turquesque,voire à neant, que de renoncer à vn seul poil
de leur inuasion.

Quoy ? qu'ils voulussent desmordre d'vn seul
pouce de terre pour desgager le moindre carreau
de leur souueraineté , ils engageront cent mille
hommes,cent mille ames,quoy?que le Tamburlan
Capitolin voulust desguerpir Ferrare,il aimeroit
mieux perdre toutes les Reliques de nostre Dame de Lorette , voire plustost que de perdre la
souue-

ſouueraineté d'Auignon, il laiſſeroit perdre la Paleſtine, quand meſmes elle luy tendroit le bras, où
qu'elle ſeroit ſur le ſueil de quelque bône reſipiſ-
cence, rien ne leur eſt ſi cher & ſi frequent, que de
donner les ames à bon marché : rien ne leur eſt ſi
eſtimable, que de ne rien eſtimer le ſang de Chriſt
quand il leur couſte de l'argent , ils le laiſſent à
meſpris.

Toute la Religion s'eſt fondue en preuarication
par leur ambition.

Ils aiment mieux ſe damner eſtans Papiſtes, que
ſe ſauuer eſtans gens de bien : aller en enfer par la
papauté, qu'en Paradis par la Reformation: la Religion leur eſt moins qu'vne cohue hors leur tribunal : leur tribunal eſt leur religion : ils croyent
a fin d'eſtre creus , ou de faire accroire ce qu'ils
veulent qu'on meſcroye , que pour inſtaller la
vraye creance , ils ne veulent point tant inſtaller
la vraye foy, comme s'inſtaller en la foy des hommes , ils aiment mieux qu'on croye en eux , qu'en
Dieu : ils aiment mieux que tout le monde quitte
Dieu , que de quitter du leur la moindre choſe du
monde.

Quelle benediction de Dieu ce fut à la France,
quand il monta de teſte au Pape à ſortir d'Auignon. La France ſeroit maintenant toute desfi-
gurée, auroit vn pourtraict ſans pourtraict, elle
ſeroit en deſlabrure , ce ne ſeroit qu'vn haillon,
vne cantonniere.

Tout le gouuernement auroit vn autre viſage,
s'ils y fuſſent demeuré. Il faut couper çeſt arbre

où ſe nichent telles chenilles. L'Egliſe ne retour-
nera à ſa connaleſcence, tant que ceſte veine ſera
en eſſence.

Tont bon Chreſtien doibt ardemment deſirer
qu'il n'y ait plus pierre ſur pierre , & que le ſoc
marche deſſus le dos & murailles de la ville de
Rome, car ceſte ſource empoiſonnée, eſt dominée
par vn certain aſcendant, qui domine & enuenime
tout le monde , ne ſe peut corriger que par le raſoir, ou par la coignée.

Que les Princes ſeroient Princes ! & les ſouuerains tres ſouuerains , ſi Rome n'eſtoit plus Rome : mais tant que ceſte Romuletterie durera, les
Monarques & Potentats de la terre , ne ſe peuuent vanter que d'eſtre les trouſſe brides, & eſtaffiers du Pape. Auignon eſt leur reſeruoir, ou le lieu
d'eſpargne.

Leur poſſeſſion n'eſt fondée qu'en vne inuaſion
interpretatiue , ou pour le moins emanée d'vne
inalienation. Ce ſeroit beaucoup profiter, que de
faire perdre vn tel domaine; car ils occaſionneront
quelque iour à noſtre poſterité des eſclandres &
diuiſions immortelles. Toutesfois il me ſemble
que les habiles François ne veulent point qu'on
les cocuë: en danger qu'on auroit fait en Auignon
comme en Suiſſe, ou aux Prouinces Vnies, & autres lieux , où on a enuoyé la Papauté à val l'eau.
Courage Auignonois , arrachés vous les cornes
ie vous prie, eſſuiés ceſt opprobre de deſſus voſtre
face, eſtre valets de reſtres , courratiers de leur
impudicité , ha! combien de gens de bien vous
                                              tiennent

tiennent en opprobre dedãs la compaſsion qu'ils
ont de vous voyant vne telle bragardiſe ſi vile-
ment auachie:chacun vous tent les bras, n'eſtes
vous point las de laquetter le Vaticã, des caudataires de Monſieur le Legat,d'obeir à ces preuaricateurs de mariage, de tenir la chandelle tandis
qu'on viole voſtre honneur, de porter les armes
pour la defence de ce violement, de porter voſtre obeiſſance iuſques delà les monts, d'enuoyer
querir de la ſageſſe iuſques à Rome pour gouuerner voſtre ville & vos pucelages, ou la pudicité
de vos femmes, cõme ſi voſtre ville eſtoit orpheline de ſages & de ſageſſe & de la tutele de ſõ hõneur: que ne deſpeuplés vous voſtre patrie de ce
peuple eſtranger qui la deſpeuple & de ſa gloire,
& de ſes legitimes citoyens, qui la charge d'e-
ſtrangers qu'elle inſtitue aux charges pour affaiſſer les naturels du pays.

Voſtre pays porte beaucoup de bién,& on trã-
ſporte ce bien à ceux qui ſont ennemis du pays,
ainſi des dignités offices & benefices; vous leur
confiez voſtre obeiſſance & ils ne ſe veulent fier
de voſtre foy, voſtre vie eſt à leurs pieds pour en
targuer la leur, voſtre ſang à leur diſpoſition
pour en defendre le leur & ils ne ſe fient en vous
ni de voſtre vie ni de la leur, car ils en donnent
la garde & ſurintendance à tout autre qu'il leur
plaiſt, hormis à vous, vos offices ſont à eux,vos
benefices ne ſont pas à vous, ils ſont diſtribuez à
des incognus pour en fruſtrer vos compatriots à
qui ils appàrtiennent, & auſquels l'intention

LL l

des fondateurs les a defnué, ils vous rongent ils
vous efmoellent.

Quelle apparence que vous foyez leurs vigne-
rons, leurs champeftres, leurs fermiers de vos
vignes de vos champs de vos feigneuries, qu'ils
viennent comme auoles fe ietter dedans faire
bonne chere, s'engraiffer de ce qui vous amaigrit. Cela ne fait que remplir voftre ville d'impudicité de femmes fill es desbauchees, de baftards
d'ignominie, de feruitude, defclauage, de reproche tres infame, & pour tout potage vous eftes
les fubie&ts du Pape, eftãt dans le feruice du Pape
vous eftes hors de celui de Dieu, & du repos de
vos confciécces, & ne pouuez rentrer dans celui cy
fans fortir de celuy la.

Vus eftes plus fages que ceux qui vous enfeigné
à l'eftre fi vous auez l'efprit, ou que la poltronnerie ne vous empefche de l'eftre commandés à vos
Seigneurs, ce ne font que mafcheurs de breuiaires, engouleurs d'oremus, ce ne font qu'eftrangers vn naturel vaut vn quarterõ de foraftiers tõ-
furés, vn bon politique demi cẽt d'Ecclefiaftiques.
pied defcals enfroqués. Et fouuenez vous que vous
eftes plátés au cœur, fitués au germe de la viuacité
françoife, il ne vo⁹ couftera pas d'auãtage a vo⁹ re-
&tifier vo⁹ mefme qu'à vo⁹ laiffer galonner & amadouer par des pipeurs qui vous sãglẽt & arrachẽ
le cœur, faifant sẽblant de vous donner le l ut ils
vous oftẽt la vie, en vo⁹ careffãt de la leur: ils vous
careffent de ce qui eft à vous, vous font bon marché de voftre bien, quand ils ne vous rançonnent

                                          pas ce

pas ce vous semble, mais ils vous donnent bien
peu du vostre pour auoir vous & tout ce qui est
à vous:vous estes leurs tres obeissants parce qu'ils
font semblant d'estre tant soit peu vos amis:mais
prenez garde qu'ils ne vous ayment qu'à fin de
vous commander, qu'ils ne sont vos amis qu'à
fin d'estre vos maistres & vous endormir a n'a-
uoirautre Seigneur qu'eux : & qu'ils sont auec
vous non pas pour estre chez vous mais afin que
soyés chés eux ils sont chés vous afin que releuiés
de ceux qui se couchent & leuét chés vous, toute leur saincteté n'est qu'en faction,tout leur Catechisme, ce n'est qu'a luitter, mettre le monde
sous leurs pieds,& entrouurir toute sorte d'estats,
& les corrompre dedans le leur. Ils monstrent le
mésonge à tout le monde. Et comme dit Ieremie
au 14.ch. Et le prestre le prophete, c'est à sçauoir
les predicateurs mentent à mon peuple croyans
au mensonge, & au 23.17. Ils font croire à ceux
qui ne blasphemét que c'est Dieu qui l'a commãdé vous aurés paix;& à tous ceux qui marchét en
cœur reprouué promettent qu'aucun mal né vié-
dra sur eux,car auiourd'huy ils appuyent les con-
sciéces sur leurs impostures, & font vn Euangile
de cas de cósciéce, cópose d'imaginatiõ caphar-
de,auquel ils donnét plus de foi & d'hõneur qu'à
Christ mesme. Leur bulle met hors de credit celles de S.Paul & de S.Pierre.Michee 3.Ils seduisent
mon peuple, & le deuorent à belles dents. Ils
leurs preschent la paix, disant, n'auons nous pas
Dieu au millieu de vous selon qu'il la promis

L L l   2

Voila la miſſoterie de nos papeloupes & leur pardon rebrodé d'indulgence, dont ils all echent tout le monde, qui s'y affriande ſi lourdement, qu'ils les font dominer par deſſus le ſainct Eſprit, & toute la vie & paſſion de Chriſt.

Ezech.13.v.19. Pour vne poignee d'orge, & vn quignon de pain, ils viuifient les ames qui ne viuét point. Voila comme nos frippelipes romains, auec leur papelardoire, couchent vn chaſcun dedans les ornieres de leur Romatoiſerie.

Tout y va en fricaſſee & haſterçaux. Ce ſont nos bribeurs, nos queſteurs, les bataillõs de beſaçiers, qui eſtranglent la charité des pauures Chreſtiens, ſous pretexte de leur fauſſe liuree. En quoi s'apperçoit la radotterie des Chreſtiés, qui refuſeroi à vn pauure membre de Ieſus Chriſt, pour dõner à vn membre de S. François, S. Dominique, & autres ſemblables ſectaires, regorgeans d'ambition peſtilente. Mais cendree, ſous la cendre, mais maſquee d'vn voile oppoſite, habillee en trapelourde, leur couuerture n'eſt tiſſue que de filets de toille d'araigne, il n'y a que les moucherons qui y ſoyent pris, ceux qui ont de l'eſprit treperçant à trauers. Ils ont voulu auoir des liurees, iaçoit que couuertes de vermine. Ieſus Chriſt n'a iamais voulu de liurees, car vous ne voyez perſonne, qui porte autre liuree de Ieſus Chriſt, que celle du Bapteſme, & ceux ici en veulent auoir par milliaſſes, non ſeulement durant leur vie, mais apres leur mort. Qui a iamais veu des princes auoir des filles & femes pour leur laquais & eſtaffiers portans

tans leurs mandilles & leurs couleurs. Ceux ici,
qui n'ont pour royaume ou fief Seigneurial, que
la coquinerie, pour principauté le biſſac, cependant auoir des familles de cinquante, & de cent
mille perſonnes, leurs houbilles enchappees, en-
hoquetōnees, leurs chaperons baricollés tinturés,
pour memorial du prince de leur inſtitution, &
preferans cette liuree à la ſimplicité ordinaire
d'vn Chreſtié, entrechaſſans le ſexe feminin, pour
vne ſingularité plus curieuſe, afin de celebrer d'a-
uantage la ſolemnité de leur nom. Il ne s'eſt point
encor trouué de prince auſsi fol qu'eux, pour inſtruire des pages feminins à ſa ſuite. Les Roines
meſmes, ne font porter leur liuree qu'à des hommes, & non point à des filles. Elle n'ont aucun
feminin portant liuree ſinon quelque fole, mais
ces venerables archimandrites ou archimandiãs
font porter a leur fille folle, la meſme liuree des
hōmes encoqueluchōnees de meſmes grãds pen-
dãts d'habis. Quãd vn Gétilhōme ſort de page on
n'a garde d'y apporter tant de ceremonieuſe inueſtiture, comme à la ſuſception de ceſte cafarde
ſanctification coloree cōme on les habille en pã-
talōne toutes d'obſeruatiō critique; auſsi ne procede on à ce veſtiaire benit, à ce ſacré recoquilla
ge q̃ par degrez ou le monde y eſt rinſé pantalo-
neſquement par des mouuemens ſacrifiquenouïl-
lés, ſaſſes, car encor que tout y ſoit harlequiné,
tout ce qui y eſt de mondain y eſt mundé trié au
volet leur deuidoir y eſt conſacré ſelon la puri-
tication du biẽ-heureux, tres beat pere de l'ordre.

Leur penſee s'eſt d'esbordee, iuſqu'à outrepaſſer
l'eſquippage de tous les infidelles. Cela eſt inuẽté
à l'imitatiõ des rois Payés, qui auoiẽt des ſerrails
pleins de cõcubines, qui portoyẽt leurs couleurs.
Et qui doute qu'vn tel ramas de brebiettes n'a-
gnellent ſouuent. Il y a bien de la chattonnerie
parmi ces murailles clauſtrales. Ha ! que de co-
chonneries dedans ces vacheries la ? On en ſçait
beaucoup. Pluſieurs hiſtoires prodigieuſes ont
paſſé à l'entour de mes yeux : Mais la centieſme
partie ne void pas le iour, car on les eſtouffe. Telles creatures feroiẽt plus plàiſãment deuãt Dieu,
de viure ſelon Ieſus Chriſt, que de viure en vn tel
deſuoyemẽt d'inſtitutiõ epiloguee en diſtraction
du Chriſtianiſme. Cela anticipe ſur le ſecours qui
ſe doit porter à la pauureté des pauures neceſſi-
teux Sur quoi il faut defalquer l'ẽtretenemẽt d'v-
ne telle capharderie bribeuſe, ꝗ par leur couleur
titulee, paragraffee d'vn tel ordre, empatronnie
d'vn tel pere inſcrite ſous vn tel colonel, choiſie
par vn autre general que Chriſt, ils engloutiſſent
d'illuſiõs la pieté, afin ꝗ ie n'appelle la lourdiſe,
ou büfflerie du Chriſtianiſme C'eſt de tels emiſ-
ſaires, dont s'aide la Romuletterie, pour attacher
vn chaſcũ aux preceptes de la romaſnerie. Et cõme dit Ieremie c.23. Ils cõfortẽt les mains des tres
meſchãs, afin qu'ils ne ſe cõuertiſſẽt de leurs mé-
chãcetés, à ſçauoir de l'idolatrie, aimans mieux ſe
ſoübmettre à la reuerẽce de tels ſpectres ou phã-
toſmes de deuotiõ qu'à la vraye deuotiõ de Ieſus
Chriſt. Suiuãt quoi ils perſecutẽt au fer & aux flames les cœurs, qui par la droitture ne peuuẽt adioufter

ioufter foy à vne telle papéduerie. Ofee 7. Ils ont refiouy les rois en leur mefchâceté, & les princes en leurs méfonges à oppreffer les fidelles. Voulât dire que le falut des rois gift en l a carnaff rie, & à enfanglanter la terre, de la vie de ceux qui n'adhererôt à leur idolatrie. 3. Roys c.22. les Baalites induifirent Achab, mais fpecialement Sedechias auec des cornes de fer à aller à la guerre, ou il mourut ô que la romatoiferie par fes negotiatiôs d'eftat, tapiffee de religion a beaucoup ferui à la perte de la vie de plufieurs princes &monarques, lefqls n'ayâs l'ame âffez forte, ou leur côfeil affés ferme pour fe diftinguer d'auec les côfeils eftrâgers, fe sôt intrinqués en des meflâges de fer & de feu, d'où ils n'ont fceu fe desbarquer qu'ê desbarquât leur vie. Que s'ils euffét côferué leur côduite en la virginité de leur gouuernemêt natiônal, ils n'euffét efté desfroqués de beaucoup de pretétiôs, qu'ils ont perdu auec la vie, en voulant par trop adherer aux enfroqués Romains. La vie de nos rois fera toufiours en balâce, marchâdee par dix mille hazards autât de fois qu'ô voudra coftoyer ou s'efrailler à la creâce des impreffiôs de ceux de delà les môts. Ils mettrôt toufiours en çôpromis la vie d'vne douzaine de couronnes pour fauuer la moindre cheuille de leur fiege. ils l'eftimêt plus inuiolable que les cômâdemês de Dieu. Tous leurs adherâs affermâtes butent là, par tous les articles de leur creance, ils penferoiét d'auoir eftropié leur fymbole & de defymbolizer d'auec Iefus Chrift, s'ils n'auoiét cefte maxime fôdamêta le affauoir de tourner en fient s'il y efchet toutes

les couronnes pour en engraiſſer, fructifier celles
du Pape, rien ne leur couſte ſi cher que d'intereſ-
ſer ceſte propoſition d'vne ſeule lettre: ils aimeroiét mieux esbrecher, deſmeubler toutes les ioin-
tures de leur credo, que de gauchir à la moindre
lettre de ceſt article non ſeulement d'eſtat mais
de conſcience ils cuident que c'eſt l'ame du chriſtianiſme c'eſt la fille aiſnee de leur grand tres-
puiſſant arcboutant *tu es Petrus*, & puis allés fier
voſtre eſtat à des perſonnes qui portét ceſte creãce pour le timon de leur entendement & de leur
ame, c'eſt la ſoliue de toutes leurs pretentions la
dyoptre ou l'aſtrolabe de leur viſee c'eſt pour de-
ſaligner tout vn eſtat degenerer à effeminer tous
les conſeils, & qu'on obſerue toutes les hiſtoires
on verra qu'aux eſtas laics gouuernés par Eccleſiaſtiques leur gouuernement a touſiours eſté en-
ceint & accouche de quelque foudre ie ne veux
point l'expliquer ſelon qu'aucuns de la papauté
l'expliquent preſchans que la tempeſte qui arriua au vaiſſeau ou eſtoient les Apoſtres qui furent
contrains d'eſueiller Chriſt, ne fut qu'à cauſe
de Iudas qui eſtoit mauuais preſtre (ce diſent-ils)
& de la inferent ſuperſtitieuſement que quand il
y a vn meſchant preſtre à vn vaiſſeau il occaſionne la tépeſte & s'il vient a point la perte du vaiſſeau, encor que ce redoublement ſoit vn peu fade
toutesfois l'experience nous auere deux choſes,
l'vne que le gouuernement cafardé d'vn tonſuré
en vn eſtat politique eſt tres-mal chanſeux d'vn
ſuccés tout peruers.

C'eſt

C'eſt aage en eſt enuironné de preuues toutes
preſentes à la main. L'autre que Dieu ſe cour-
rouce quand il voit vn cõſeil predominé par vn
inſigne & charnalizé pecheur par tous les poles,
lequel portãt dedans les deportemens de ſa meſchante vie deſuoilee en ſon recellement, vne inſigne marque de reprobation ne peut qu'engendrer vne ſageſſe reprouuee de Dieu, iuſques dedans l'effort des prieres de tous ceux l'obeiſſance
deſquels ils participãt : & quand vn tel ſurinten-
dant reprouué eſt Eccleſiaſtique d'autant ſes ſeruices ſont plus abominables deuant Dieu, qu'il
paruiennent iuſques au demerite de l'expiation
de pétaple. Et certes tels gouuernemẽts ont touſiours eſté ſuiuis de flammes & de ſang, cela eſt fatal à ceſte teinture là, laquelle eſt tres funeſte aux
eſtats: ains c'eſt vn vray mortuaire des peuples
d'vn eſtat que d'en donner les reſnes à manier à.
telle eſpece d'hõme qui meſtiuent tous leurs deſ-
ſins & impreſſions & ne feignẽt point d'aller aux
pieds du Pape cercher la ratification ains pour-
ſuiuront l'interinement de ce ſainct ſiege encor
qu'il ne l'aggree que iuſques dedans les flammes,
& dedans les cendres de ce qu'ils ont en garde ne
pouriectent la ſanté, l'antiereté d'vn eſtat s'il n'eſt
confit en ceſte doctrine à laquelle ils paſſent nonobſtant le treſpaſſemẽt de tout le mõde ce qu'ils
ſouſtiennent iuſques dedans l'abyſme de ce qui
les ſoutient corporellement & qu'il ne conſenti-
ront eſtre ruinés quãt meſme tout le trõc de leur
patrie ou le brancheage de leur ſang ſe deburoit

ruiner. Chriſt n'eſt point ſi apparenté à leur foy comme ceſte maxime à laquelle ils iurent le martyre, ſe vuideront le corps de ſang premier que de vuider ce ſentiment de leur entendement.

Les hommes ne tiendroient auec Chriſt ſans ce venerable canõ. Et ſi neãtmoins Dieu permettra quelq̃ iour que ce throne ſera deſcheuillé, car aux Pro.28. Celuy qui deçoit les iuſtes en la voye meſchante, tombera à ſa mort, parce qu'ils trompent tout le monde, leur fin les attend. Ierem.28. Dieu menace Hananias. Tu as fait, dit-il, que ce peuple a adiouſté foy aux menſonges. Ie t'effaceray de deſſus la terre, tu mourras cette annee.

Ha! combien de ſouuerains ſont peris en punition d'auoir proſterné leur creance aux pieds de cette diue pianelle. Dieu s'en eſt deſpité, & s'en eſt pris au ſang des ſouuerains trop legers à s'abãdonner à la Romuletterie, & au 20. Dieu dit à Phaſſur. Ie t'abbandonneray à la terreur, toy & tous tes amis, & ſerez deffaits par le glaiue de leurs ennemis. Ainſi les deux fils d'Heli, qui corrompoiẽt le ſeruice de Dieu. Autour des chats on n'y peut iamais cueillir de l'aine. Autour de la cour romaine, il n'en reiaillit que de la mondanité, de l'Idolatrie. Ce ſont gens immortifiés, *Qui litant genio*, s'immolent à lu concupiſcence, eſcachent l'eſprit pour s'incorporer à la chair. Ils tournent toute la Religiõ en extrauagãce de police humaine. Moulent toutes choſes à leur appetit. La pieté ne leur eſt plaiſante ſi elle ne dõne quelque ſubſide à leur conuoitiſe auaricieuſe.

Et

Et pour monſtrer iuſques où leurs paſſetemps
montent en diſſolution : Ils les picorent iuſques
dans le blaſpheme, ils fourragent la ſainte parole,
pour en faueur de leur desbordement, annōcer en
profanation. C'eſt qu'ils dreſſent des theatres de
farce dedans l'Eſcriture ſaincte c'eſt la où ils eſ-
chantillōnent leurs themes de deriſion ils en empruntent les gorgees de gauſſeries , ils en empa-
ſtent des enfleures demiſtiches ſacrés, ils en grap-
pillōnet des fleurettes ſur quoy en gobbant ils ſe
gabent des myſteres de noſtre ſalut ils engorgent
le vin en deſgorgeant ridiculement la regence du
ciel qu'ils vomiſſent dedans les ſaulſes , ils bacca-
naliſent l'Euāgile il le faufillēt en bucolique glou-
tonne. Ils accommodent toute l'Egliſe & l'Eſcriture à leur ſenſualité. Rien ne leur eſt ſi precieux
que de meſpriſer Dieu meſme , quand il eſt queſtion de ſe mettre en eſtime. Pourueu qu'ils ſe
tiennent en eſtime il ne leur chaut au depens de
qui ſe paye l'eſcot. Le Branchage Monachal, imitateur de ce tronc primitif, tourne tout en riſee;
meſme a fait des farces ſur l'Eſcriture, comme celui auquel ſon prieur ayant appreſté vn harāc vn
iour de Noel eſheu le vendredi. En la benediction de la table diſoit impieuſement. *Verbum
halec factum eſt, & habitavit in nobis.* C'eſt à dire le verbe eſt fait haran &c. L'autre qui diſoit
qu'au commencement du feſtin Abatial, *non
ſunt loquela neque ſermones ; & qu'au milieu,
exiit ſermo inter fratres,* mais à la fin , d'autant que *repleti ſpiritu ſancto , id eſt optimo vino*

in omnem terram exiuit sonus eorum. Lautre qui
mettoit deux os l'vn sur l'autre, & puis disoit,
oportuno in tempore, & en faisoit sa deuise. L'autre,
ad formam nasi cognoscitur ad te leuaui. L'autre disoit, *Reficiebãt retia sua supra mõtes Armenia.* L'au
tre qui appeloit son espee, *Timebũt gentes,* & mille
autres pareilles récõtres blasphematoires, dõt on
cõposeroit des liures: mais elles ne valét la peine
à ramasser que pour le feu. Aussi seruent ils Dieu
en leur Eglise auec tãt de iactãce & battifolerie,
qu'il y a plus apparence de farce & de ceremonie
cõtrefaite en bastelerie, que nõ point d'aucũ hõneur de Dieu, cõme aux festes solénelles, ils Epis-
copisent leur seruice: car il le faut authétiquer de
croces & de mitres. Vo° en verrez vne douzaine,
en tel lieu y a, ministrer autour de l'autel emmi-
traillés de cornes qu'ils portét plus impudément
que cõsciécieusement, pluftoft cõme beliers que
cõme Euesques cõme ribleurs d'autels que cõme
seruiteurs de Dieu, pour eftre en parade que pour
afsister serieusement: Ils la portét plus lourdemét
qu'ils ne feroiét vne salade ou vn morion. Ils tra-
cassent, coiffent l'vn contre l'autre. Cela se voit à
Lyon au festes qu'ils veulét põtificalemõt soléni-
ser, & vne heure apres qu'ils sont desmitrifiés, vo°
les récõtrerés à tripotter, fesser la bourre, friser la
corde, en quefte par les eftapes, là où repaire le bõ
Bacchus: Ie quitte derriere le refte de la fefte. Ce-
pédãt au chœur, vous les voyés i'apper en reprife,
refpõdre en cadéce, se pourmenét en Cyclopes à
tastõ, auec leur gros baftõ argété, qui eft vne mõmerie,

merie. Car à quel deſſein vn tel embaſtonnemét,
ainſi embillonné. Ils s'esbaudiſsét autour de l'Aigle,afin de ſe re baudir autour de la lechefrite, &
d'aſſeoir en perfeＣtiõ vne carrellure de vétre ; car
par apres ils brimbalét des impreſsiõs reçeues,des
fumees du preſſis Septébral:car ils ſe cognoiſſent
ſur tous les Calepins, & alphabets de chiffre,tres-
couuerts à pincer le raiſin,depuceler vne bouteil
le,& à deffrocquer vn flacon. Auſſi le meritét ils
apres auoir miaulé cõme chats , croaſſé comme
corbeaux, piaulé cõme pies, principalemét quãd
vous les voyés ſuer autour de leur baſton de confrairie,auec des ſaints de bois plãtés au bout. Ce
qui eſt extrait de la Gentilité:les Romains por-
toiét ainſi en triomphe en leurs ſolénités les images de leurs Anceſtres;& Sylla,ſelon que Plutarꝗ
recite en ſa vie , portoit l'image d'vn de ſes faux
Dieu,pédue à ſon col. Ce qu'ils celebroyent aux
triõphes mortuaires &põpes ciuiles.Ainſi nos tõſurés leuét en adoratiõ des loppins de bois,qu'ils
promenét,chãtent autour, les violonnét de force
aubades,les fanfarét par les rues,autour des cloiſtres,& piliers des Egliſes, les enuirõnét de luminaires. Et le tout pour deſcédre du vin. Cela fuſt
plaiſant en Chãpagne,de la ſeconde ſecõde d'vn
certain Eccleſiaſtiꝗ,à laꝗlle on perſuada pour ſe
rendre propice la Vierge Marie , d'aller empoigner & retenir le baſton de la cõceptiõ , au bout
duquel eſtoit vne féme enceinte. Et du depuis on
ſe farçoit d'vne telle retétiõ,&qu'elle auoit enuie
de la cuiſſoterie. Que diray-ie en certaine ville

de la Frãce, ou vous voyés les cõfrairies de taffe-
tatiers, veloutiers, fuſtainiers, chandelliers, baſte-
liers, boulengers, & de toute ſorte de meſtiers:car
il n'y a ſepmaine que vo° ne voyés de telle feſtes
dedãs Lyõ, où ils promenẽt leur pain benit, leur
ſaint de bois auec le tãbour, en armes cõme pour
reduire ce ſainct à la feſte du Dieu Mars. Ils ne
võt à la meſſe qu'apres auoir eſté trempés de force ſaulſe de cuiſine celebrẽt la veille, le iour & le
lẽdemain pluſtoſt en Bacchanales qu'ẽ Chreſtiẽ.
Le vin & la bõne chere les rẽd plus fols ces iours
la q̃ la deuotiõ ne les rẽd pieux. Ils ſortẽt plus deſ-
bauchés q̃ religieux. Ils ont fait plus d'honneur à
leur ventre & paſſetẽps, qu'ils ont ſerui plus religieuſemẽt q̃ leur ſainct. Les preſtres & les moines
leur ſeruẽt de guide, ſe tachẽt de vin auſsi ineffa-
cablemẽt q̃ les autres. Ils s'apprẽnẽt l'vn l'autre à
yurõgner, & ſe cõfire en diſſolutiõ pluſtoſt qu'à
prier Dieu. Telles cõfrairies ne ſõt queſtapes au
bõ vin. Les tõſures la plus part de ce meſtier. C'eſt
là où les freres ſe refont, carillõnent le tocſain de
geule, & rehauſſẽt la feſte de celui à l'hõneur duq̃l
ils boiuẽt caroux. Vn epitome de cela ſe peut obſer
uer en Iuillet, à la proceſſiõ de S. Iaq̃s de l'hoſpital à Paris, où ils cõtrefont ce ſainct ſur quelq̃ bõ
tetteur de gobelet qu'ils appellẽt roy; & le traue-
ſtiſſẽt d'vn chappeau, bourdõ, cãnebaſſe, & d'vne
robbe à l'Apoſtoliq̃, toute recoquillee, recamee,
par deſſus d'eſcailles & de moules de la mer. C'eſt
là ou la cannebaſſerie eſt vuidee en perfectiõ. Et
Dieu ſçait ſi durãt le diſner la bourrache de cuir
bouilli eſt repetee en tirelarigod, & apres diſner

ils

ils dãsết la feste en hymne de chair tabourinee, so-
lénisãt leur pelerinage en bacchãte, ains ils baccha
nalisết la sainteté de leur solếnité. Ils dãsent, gim-
brettết & carollết le merite supposé de leur voyage en Galice. Cela est blasphematoire de honnir si
impudiquemết la memoire des Apostres & seruiteurs de Dieu. Et porter ou incarner telles solếni-
tés, qui ne doiuết estre qu'ế esprit, iusỗs si auãt dedãs le profỗd de la chair: C'est vne déuotiỗ, nỗseu-
lemết renuersee, Mais reuoltee, appliquee à faux,
dỗt les saints meneroyết grãd dueil s'ils en estoiết
capables, Et s'ils sçauoient qu'on veriuoltast leur
souuenãce à vne idolatrie payéne, que les Gentils
mesme detesteroient: car vous ne lisez point qu'ils
procedasset autremết: qu'en sobrieté, silence, & tre-
meur, à la celebratiỗ, soit de leurs faux Dieux, ou
demi Dieux. A qui se prendra on de tous ces abus.
Nỗ point aux moines, car ils ont la chair & l'esprit
endurci cỗme vn vieil estallỗ. Pour les Prestres ils
ne cerchết ỗ gogaille. C'est leur vie de goguenar-
der, & de rigoller Dieu mesme. Pour les Euesques,
vous les voyés porter la croix de I. C. sur leur gras
fourreau de cuisine, il la faudroit porter dedãs, nỗ
dessus le vétre. Ceux mesmes sỗt en derisiỗ. Y a il
riế si ennemi de la croix ỗ leur ventre? Tout obse-
quieux aux souhaits de la chair, de laỗlle estãs tout
gorgés, ils sousmettent leur panse à la croix. Il est
vrai qu'elle est d'or. Leur crucifiemết est tout dor.
l'Euãgile qu'ils gardết, tout de velours & de cuisine. Leur vie est tiree de Pluton & de Venus, à sçauoir de friandise d'auarice & de bon tếps. Ce sont
les qualités requises pour deuenir tout de pour-

pre,ou mefme pour nourrir le pourpre en l'efclat
de fa grãdeur & magnificéec.Auffi ne s'appreftét
ils gueres à faire des miracles. Et s'ils en font, ils
font d'vne efpece toute diuerfe;côme,faire qu'v-
ne féme ait deux maris, qu'vn enfãt ait plufieurs
peres.Se rédre mari à 10.fémes,plus ou moins,iuf-
qu'à entrer fouuént au meflange inceftueux d'vn
sãg defédu. Il y a tel prelat villotier de la nôpa-
reille qui y pippe. Là deffus,ils portét des cornes
mitrifiees , qui fignifiét le reialliffemét effectueux
de l'vn & l'autre teftament,emballé, empacqueté
côme dedãs vne ferpilliere en la memoire du por
teur d'vne telle cornachônerie:car à dire le vray,
ils fçauét aufsi peu de ces inftruméts la,ñ de ceux
de mathematiq.Ils fe cognoiffét mieux,au ieu des
tarots,qu'aux figures de l'Ancié Teftamét, lefñls
sõt pollués de leur vie ignorãte,pour la plus-part
ignoree,mais toutesfois aucunemét cognue , côme les trois courônes, d'or d'argét ,& de pierres
precieufes,qui fignifient le Pere,le Fils,& le S.E-
fprit,ou bié les trois parties de la terre,aufquelles
elles cõmãdét,Europe,Afie, Afriñ,ou bié les trois
mébres de l'Eglife,où il a iurifdictiõ , au Ciel car
le pape s'é dit le Côcierge,&qui mãde le liure des
efcroues,pour introduire,ou en chaffer ceux qu'il
lui plaift;Ou en la terre,là où eft fa toutepuifsãte
vicairerie,sõ fceptre vicedeal,sõ téple,fur l'autel
duquel il fe cãpe côme Dieu,& de là dõne la loy
aux Anges,aux faints,& à to⁹ les hõmes. La troifiefme partie eft deffous terre,iufqu'où penetre sõ
Empire&cingle les exploits de fa cohue põtifica-
le:car il y retiét,il en fort,& y fait entrer q bõ lui
femble

sēble. Ce sont toutes deuises, qui ne ressentēt q̃ la papiresuerie, frocquaillerie Romaine; plustost ces trois couronnes signifient la concupiscence de la chair, la conuoitise des yeux, & l'orgueil de la vie: car voylà dedans quoy est emmanché l'ordre de ceste tiare ainsi souuerainement fabriquée : aussi n'auroit-on garde de le prende pour vn imitateur de Iesus Christ, car sa liurée ne luy ressemble pas. Au reste, ils demandent la grandeur de leur grandeur , pluſtost que la diminution de leurs vices. Qui verroit vn ancien Empereur d'vn costé, vestu & banquettant imperialement, & le pape vestu & festinant pontificalement de l'autre, & Iesus Chr. à vne autre table habillé ciuilement, mangeant sobrement, come il auoit accoustumé. Ou bien mesmes, si on les voyoit tous trois marcher selon leur ordinaire maniere & façon de faire: Ne diroit-on pas qu'vn homme seroit hors de son sens , & auroit perdu le iugement, qui voudroit asseurer que le pape ressemble pluſtost à Iesus Christ , qu'à Vespasian, Tibere, & Iustinian, les habits desquels il a vsurpé.

Iesus Christ baisoit les pieds de ses Apostres à genoux, il portoit la croix sur ses espaules. Le Pape se fait baiser l'escaphignon, & porte la croix à ses pieds. Iesus Christ a payé le tribut à Cesar. Le pape oste l'Empire & Cesar à Cesar. Christ n'auoit argent pour payer le tribut, defend de porter gibbeciere , d'auoir des thresors ou d'auantage qu'vn saye, ou qu'vne robbe , donner le reste aux pauures. Il n'a ni nid , ni fosse , moins que les

MMm

oiseaux & renards , qui ne choment point de retraitte. Il commande de tendre l'autre ioüe à ceux
qui nous ont frappé , son plus haut triomphe a e-
sté vn asnon : Ou Iesus Christ & l'Euangile sont
faux,où le Pape n'est pas veritable , qui ne garde
rien de tout cela. Il s'est emparé du siege de l'Empire,de la premiere ville du monde, ou il commãde souuerainement,canonne , tempeste , pour a-
uoir des villes & prouinces, comme Ferrare. Il a
vne douzaine des plus beaux palais du monde , vn
train de gardes à pied à cheual , comme s'il estoit
Empereur seculier ou Payen: il espie d'auoir & de
commander à tout le monde.

Iesus Christ n'auoit ni mule ni carrosse ni garde,ni pourpre,ni palais:sans cuisine,sans cuisinier,
sans thresor,sans argent, sans thresorier, horsmis
Iudas : sans throsne, sans couronne , sans cheuet
quand il dormoit, sans oster, proscrire , ou cabas-
ser le bien des Princes:sans ville, citadelle ou for-
teresse,arsenal. Le Pape soy disant son Lieutenant
doibt estre conforme & parallele: mais il est tout
à l'opposite. Il y a plus de distance,qu'entre le Lazare & le mauuais riche, Iean Baptiste & Herode,
Sainct Paul & Neron, Cayphe & Nicodeme, qu'ê-
tre Pilate & Sainct Pierre.

Iesus Christ portoit des cloux à ses pieds,Sainct
Iean dit qu'il se contentoit d'vne courroye à ses
souliers. Et y a apparence qu'elle n'estoit que de
cuir. Le Pape y porte la soye,le velours,la broderie, l'or,& les pierreries, à l'imitation de quelque
Empereur Payen dont Suetone fait mention , qui
se faisoit recamer de pierreries son escarpin, & en

ceſte conche ſe faiſoit baiſer les pieds. Sainᶜᵗ Iean
dit, qu’il n’eſtoit digne de toucher au lien du ſoulier de Ieſus Chriſt, qui n’eſtoit qu’vn ſoulier ſimple. Les Roys ſe côtétét de porter vne roſe ſur le
leur, Le Pape porte vne orpſeurerie, ſon pied ſert
d’oratoire , d’autel ſur lequel les Roys ſacrifient
l’adoration qu’ils luy font, comme ſi ce ſacré pied
eſtoit noſtre redempteur ou ſauueur : aſſauoir
quelle dignité acquiert ce pied , qui auparauant
n’eſtoit que d’vn pauure & miſerable pecheur
Cardinal , & depuis ſon election, il eſt deuenu
beaucoup plus precieux que celuy de Ieſus Chriſt,
ains il loge la croix de Ieſus Chriſt en la partie la
plus puante de ſon corps.

Quand on veut bien maſtiner vn coquin, on le
menace de luy danſer ſur la panſe, de le fouler aux
pieds : Le Pape ne peut croiſer ſes pieds ſans fouler la croix de Ieſus Chriſt. Que s’il faut imiter
Ieſus Chriſt pour eſtre ſauué, le Pape doibt eſtre
des premiers perdu & condamné, d’autant qu’il
eſt le premier de ce monde tout à contrepoil.

Il ne ſe chauſſe pas à la façon de l’Euangile, mais
l’Euangile à la ſienne , & ſe faut bien garder de
croire au Pape , quiconques veut croire en Ieſus
Chriſt. Quiconques deſirera la reformation de
l’Egliſe, il la faut commencer par ceſte pantoufle,
la changer en ſandale comme les Apoſtres , & o-
ſter ce ſarcaſme, ceſte mocquerie Antichreſtien-
ne , & renuoyer le Pape rendre ſon diademe à
l’Empereur, à qui il l’a raui; ou aux infideles, de qui
il l’a appris , & s’il ne ſe veut contenter de la

couronnes d'efpines de IefusChrift,qu'il porte vn
chappeau comme les autres , & auffi abbattre fon
throfne,car IefusChrift n'en a eu autre que le Caluaire: & puis ietter en diffipatiõ ceft abbregé d'ã-
bition monopolée , tous ces Cardinaux & autres
Prelats : leur faire changer leur pourpre,finon en
haires,en pourpoints & habits communs , & les
remettre au train de l'Euangile. Ils demandent,&
de fait ont executé la reformation de quelque minute du kalendrier,& nous implorons la reformation de toute l'année,auec les feftes(ils ont autant
de feftes qu'il y a d'heure au iour)du Capitole, du
chef & membre de l'Eglife. Certes le Pape a efté
trop idolatre de fa toute-puiffance , qu'il a mis à
l'efpreuue contre des minutes , qui n'auoient encor tant engendré de rebellion aux faifons , que
pour en faire varier tout le monde, fe rendant fe-
ctaire des pronoftiqueurs.Tous demandent l'abolition de la reformation de la religion , perfonne
ne demande qu'on ofte les vices , la luxure, gour-
mandife,ambition,fimonie,pluralité de benefices,
qu'on ofte les indignes, les ignorans des charges:
car toutes les chargesEcclefiaftiques font chargées
d'ignorance,les haras,les concubines,adulteres, le
Marianifme. Perfonne n'a iamais propofé qu'on
efcriue au Pape afin qu'il donne vne bulle qui cenfure l'homicide des Princes. On ne parle point de
reformer les ventres. Quelle raifon qu'vne pance
difne de la pitance de 500.qui en deburoient eftre
raffafiés? Pour vn Ecclefiaftique,il y a cnet Laics:
& toutesfois, la tierce partie des fonds & des biés

de

de l'Europe appartient à l'Eglise. Elle est plus riche que les Roys & Souuerains.

Le partage en est fort siniftre, fait à la gauchere. Et si on n'y remedie deuant 500. ans, ils cheuiront de plus de la moitié, voire des deux tiers de la cheuance de l'Europe, tant à cause de leurs inuentiós, que des nouuelles religions qu'il faut fonder. En fin ils abforberont toutes les couronnes : ains les couronnes n'auront que leur relief, elles ne ioui-ront que de leur refus, leur cheuance ne fera qu'en derriere de la leur: & l'impieté, c'est que le bien qui est fondé pour les pauures, on le deftourne pour en applaudir messieurs leurs ventres. Leur langue friande & delices insatiables, font cause de la pauureté de la France: car si ce tiers de cheuance & de bien ainsi inegalement diftribué eftoit respandu dedãs le peuple, il feruiroit à en nourrir le tiers qui est affamé de ce dequoy ils font yures & creués. Ils ne demandét point qu'on reforme leur couleur trop efclattãte, car ils veulét pluftoft briller aux yeux des hómes, qu'en la fimplicité ǧ Dieu cerche aux hommes pour deuifer auec eux. Il n'eft iufqu'à la mule de Rome, qui a befoin de reforma-tion, elle n'eft en l'Euangile, ni en l'efquipage de Sainct Pierre : tant des carroffes, litieres, grands cheuaux, ne font en Iefus Chrift. Il portoit fa pa-role, fes miracles à pied, fans efcuyer, maiftre d'hoftel, pages, eftaffiers. Le conclaue, le confiftoire, c'eft là où le compas du maiftre auroit befoin de trauailler : mais ce n'eft pas ce apres quoy ils beent: Et certes, la reformation qu'ils demandent

ne peut venir que de la leur. Leur chemin desbauche & fait choir tout le monde.

S'ils vouloient espouser la vertu, la vraye discipline de Iesus Christ, son humilité, son obedience, sa simplicité, sa poureté, personne ne desmar-
cheroit de leurs pas, chacun tourneroit sa condition sur la leur les reuereroit comme prototypes
de Chrestienté, mais ils sont l'achoppement, la
pierre de scandale. Satan se sert de leur vie inique,
pour en trafiquer la ruine de l'vniuers. Leur vie
empoisonne le Christianisme. Toute la desolation
ne vient que de leur reprehension.

Les Turcs sçauent mieux obseruer leur Alcoran, que les Romains ne sçauent se conformer aux
Apostres, ou à Iesus Christ. Ceux là s'esleueront
au iour du iugement, & se rendront parties contre
ceux icy, tout difformés de deprauation. Iesus
Christ est tout desfiguré en eux. La face des A-
postres toute effacée. Ils proclament que l'Eglise
Reformée est heretique, mais ce n'est tant pour sa
doctrine, que par ce qu'ils huent & crient leur
mauuaise vie. Que si on n'y touchoit point, ils les
espargneroient des trois parts à les persecuter. Si
no⁹ ne mettiós la main qu'aux erreurs de leur doctrine, ils n'occuperoiét ĝleur cõpassiõ cõtre no⁹,
mais attaquiât la malignité & corruption de leurs
mœurs, ils emploiét toute cruauté, refusant toute
charité, nous abandonnét à toute desertiõ: mesme
ĝ ras à no⁹ l'infidelité, ils reçoiuét les Iuifs dedás
leurs entrailles, cõme leurs fauoris. Ils no⁹ abomi-
nent, par ce que nous abominons leur impureté.

                                                   Ils

Ils ont esté implacables au pauure Sauonarole, vray prophete d'entr'eux, lequel ils ont bruslé, parce qu'il vouloit ietter de l'eau sur la matiere qui les menaçoit de brusler eternellement.

Il n'y a personne si sainct ni si sçauant qui en ose dire à moindre peine que son supplice. Si S.Bernard reuenoit, & qu'il vouluft babiller comme il a fait, on lui feroit son procés, on le rendroit nourriçon de l'inquisition: Si elle euft esté de son temps, il ne l'euft iamais eschappé, hazard que ses escrits quelque iour n'en patissent pour lui, ceux qui ne les flattent & qui ne signent leur vice, ils les censurent d'inquisition, les couurent d'autant de vices qu'ils detestent d'abus, ou qu'ils ont d'abus à detester. La gresle, le foudre, n'est plus dangereux, ceux qui les chatouillent comme ie fais de ma plume, ils regimbent du grouin, se mettent en ruade, pis qu'vn cheual qu'on estrille: c'est crime, disent-ils, de ne le censurer criminellement, de ne lui imputer, imposer, mesme suiuant le conseil absolu de la fausseté, toute couuerture d'impieté.

Et au contraire quelque deplorable que soit la vie d'vn homme abominable, il viura en grande reputation de saincteté, pourueu qu'il ne deplore l'abomination de la secte du Pape, ils le couuriront du sang de leur ame, ils luy presteront leur conscience à garder, pourueu qu'il serue de sauuegarde aux vices qui regnent dedans les leurs. Ils sauteront au feu pour le salut de celui qui n'adiugera au feu leur concupiscence toute de feu, de foudre qui foudroye & saccage toute l'Eglise.

MM m 4.

Rien ne leur eſt ſi indigeſt que la vraye paſture
dont ils deuroyent alimenter & medicamenter
leurs ames,ce ſont cancers gangrenés,æſtiomenés,
ils ne veulent eſtre touchés ni panſés:ils couperôt
le bras à quiconque y voudra porter la main,ils oſteront la vie à quiconque ſera ſi vertueux, que de
dire combien doit deſplaire leur vie vicieuſe. Ha
qu'il ne ſe trouue plus de Iean Baptiſte qui oſe ſur
le gage de ſa teſte porter ſa langue ſur la meſchã-
ceté de leur demenemêt ; combien y a il de grands
perſonnages qui ſont en grande ſplendeur & bon
meſnage parmi eux , que s'ils diſoyent,comme ils
eſtouffent les bonnes opinions qu'ils ont , ils ſeroyent anatheme.

Ils ne font la guerre à perſonne qui n'aiſt armé
la verité contr'eux. L'Abbé du Bois auroit ſailli
de ſes liens, dés pieça , n'eſtoit qu'ils ſçauent bien
qu'à la fin il ne pourroit eſteindre les eſtincelle-
mens de la verité qui l'eſpoinçonnent:toute plante de verité leur eſt en horreur , ils cultiuẽt les fla-
teurs,chacun s'y endoctrine & au menſonge afin
d'eſtre cultiué d'eux, par la cueillette de quelque
mitre ou chapeau,ce ſont les prix dont ils gagent,
la herauderie de leur pouuoir deſordonné,dont ils
ſouſtiennent les piliers de leur desbordement.
N'ayés crainte qu'vn vrai prophete ſoit iamais piloté mais pluſtoſt pilorié , eſchafaudé par eux ; les
honneurs ne ſe diſtribuent parmi eux, qu'aux enfans embaumeurs de corruption ; vn homme de
bien ſera pupille d'honneur, orphelin de courtoiſie,martelé plus qu'vne enclume, la bute , le blanc
de tout

de tout opprobre, le rendés vous de toute medi-
sance & malediction; leurs predicateurs s'estudiét
à la preuarication premier qu'à la predication, à
parler par preiugé plustost que par deuotieuse demonstration, à ignorer qu'à enseigner, à parler
souplement que sincerement, à raconter des restes
de verité toute infecte, plus qu'à estre veritables.
Ce donc qui gist plus à plaindre, c'est le defaut des
predicateurs, il y a vn nombre innombrable de harangues & de harangueurs, mais fort peu de vrais
predicateurs, ils s'estudient à complaire, à gaigner
l'octroy de l'execution de leur poursuite, *Loquun-
tur placentia, consuunt puluillos.*   Ce ne sont qu'a-
dulations.

Il ne s'en void point qui face entrer le rasoir
iusques à la chair viue. Ils se bouffent sur vn theatre, s'enflent à complaire, sinon à faire rire d'a-
uantage que pleurer, plus à derision qu'à compon-
ction pour se vendre, que rachepter des ames, font
quelques fois des gestes de Iean Farine.

Vous les voyés effarés comme Bacchantes, se
desmener en gladiateurs, les yeux leur tournent
comme à vne cheure qui auorte, puis ils decheent,
apres tout à coup rengregent d'ostentation, plus
en parade qu'en edification.   Finalement ils s'en-
ferrent, ne sçauent où ils en sont. On peinct De-
mosthene auec vne main dedans le sein. Ceux qui
ont defini la perfection de l'oratoire, & l'ont con-
finé dedans l'action, n'ont entendu vne action furieuse, histrionique.

Les Payens detestoyent telle volubilité iocula-

toire. Ils feparoyent la meureté de cefte aÉion
d’auec le tranfport des theattes.

Les predicateurs du iourd’huy fe feruiront plus-
toft d’vn Comediant pour leur precepteur, s’eftu-
dierōt pluftoft aux geftes de quelq; reprefentatiō
tragique qu’à vne aÉiō mortifiee, mortifiāte, mais
qui viuifie en fa mortification aÉiue, le fouuerain
artifice de laquelle eft de n’auoir aucun artifice,
i’entends d’affeterie, & d’oftentation. C’eft d’où
vient l’affopiffement de ceux qui font moines en
l’amendement du menfonge, où ils demeurent gi-
fans parce qu’on les traitte de pointe de miel, &
qn’on les fucre en leur auachiffement.

Ils ne veulent eftre penfés ou touchés non plus
que chancre, & ils veulent mordre tout le monde,
font la leçon aux roys comme à leurs diacres &
fousdiacres. Ils les difciplinent non en roys mais
en nouices, & forufciti de chreftienté. Et cependant ceux font fi difformes que le ciel s’en cache
d’horreur.

Leur defolation en debordement monte au ciel
à demander vangeance: & ils fe veulent mefler de
reduire en reformation du general & particulier
de l’vniuers. Tel criera reformatiō en vn confeil,
en vne affemblee generale, qui portera l’image de
la diffolution de fa vie en la pourriture de fes mébres, au decolorement de fa face, qui tomberoit en
morceaux s’il ne fe refondoit deux ou trois fois
l’annee, ou s’il ne ramaffoit, en recueil medicinal
parmi les dietes, le peu de force qui lui refte, ie ne
veux point dire qu’il repaffe droiÉtement la ligne,

mais

mais c’eſt ſe pourmener ſur les æquinoxes.

Mais , bon Dieu , penſent-ils que ces grands hommes à qui & ſur qui ils parlent, ſoyent tous inſenſés : & qu’en leurs ames ils ne voyent de quel coſté panche le plus grand beſoin à reformer : & qu’encor qu’en leur ſilence ils arreſtent la reſponſe qu’ils leur deuroyent rendre , *Medice cura te ipſum* , qu’ils laiſſent de larmoyer à goutte de ſang en leur cœur, voyant de tels niueaux grouillans de crimes, eſponges de tous vices , qu’ils reiettent derriere leur col ſi engourdis de ſouuenance, qu’ils croyent la ſtupidité des plus habiles eſtre ſi maſſiue , que d’ignorer ce qu’ils diſſimulent forcément , & qui offuſque la veue de tout le monde.

Et que ſi ſur le champ on offroit à ces ames enceintes de la reformation d’autrui quelque gras benefice à y paruenir pecuniairement, ou quelque gentil morceau de friandes delices, ils le prefereroyent cent fois au zele de leur demande qui ne naiſt que d’inquietude, que de iactance contentieuſe ; d’autant qu’ils portent le vercoquin en teſte, ils ne peuuent ſouffrir leur trop d’aiſe, il faut qu’ils regorgent en parade ſur la vie d’autrui:Et s’ils eſtoyent les ciſeaux pour la rongner, l’aulne pour l’adiuſter, la balance pour la peſer, la leſciue, le ſauon pour la nettoyer , la ſaincteté meſme pour la ſanctifier,la benediction & proſperité du ciel pour la feliciter. Et ce ne ſont qu’eſquilles , raclures, balieures, lie, feces

teſtes de mort , boüe apoſtumeuſe , que ie ne die
chancreuſe à quicõques foulera leurs actions intimes , & guignera leurs penſees les plus domeſtiques à leur cœur. Gens deſeſperés de vertu & de
valeur reueſches à tout amendement, qui s'eſpreu-
uẽt à acquerir vne fauſſe couuerture d'vn zcle mõ-
dain, qu'ils feignent de ſpiritualité, eſtre tranſi d'ẽ-
uie de courir au ſecours de ceux qui ſont plus aſ-
ſeurés qu'eux. Si leurs deportemens eſtoiẽt en ſincerité, en mortificatiõ en foy nõ ſeinte , on s'ap-
preſteroit vn reproche de ne s'y vouloir appuyer,
Mais tout y eſt en fãfare, en proſopopée, en eſquipage de triomphe compoſé de ceremonies , ſi ſuperſtitieuſement , afin quẽ ie ne diſe ſcandaleuſement, curieuſes qu'elles induiſent au grãd chemin
de mondanité: tendent pluſtoſt à lubricité qu'à diſ-
cretion:à desbauche qu'à edification. La nobleſſe
voyageant és hauts lieux , qv'ils appellent le chef
du monde, où ils penſent trouuer comme à la teſte
du chriſtianiſme le principe de quelque ciuilité ſalutaire, ou de quelque gentilleſſe bien chreſtiéne,
ils y rencontrent vne eſtape , où on fait gloire de
la gloire, vertu du vice. Tout y eſt en garbatezze
ſeculiere, laquelle ils nõmẽt iudicieuſe, vne meureté de conuerſation ſuperſtitieuſe, qui ſe fond &
deuient ſuperſtitieuſement volupteuſe. Tous confis à exercer, & puis à receller leurs vices, & par
apres ils radoubent pour practiquer la meſcreance
des hõmes à leur faire perdre le iugement par certains õpoſiteurs à gages, qui enchainent pluſieurs
ceremonies, afin de detenir les yeux des hommes,

en

en refpect fur le demerite des autres confequences, qui decoulent de leur deportement. Ie vous
laiffe à penfer ce qu'vn efprit ayant voyagé delà
les monts, peut remporter d'vne telle emplette.
Il en retourne bourfoufflé d'obferuation prophane, reueftu de politezze organifée de mondanité,
desbordée en fecularité, comme s'il auoit vefcu
parmi des infidelles,& ils y courent comme au catechifme de chreftienté,& ils en retournent comme d'vne didafcalie ou difcolie, qui efface toute
moralité apoftolique. Les hiftoires & contes qu'ils
en font vulgairement, monftrent, qu'ils portoyent
autant de bon exemple à y dōner en y allant, qu'ils
y ont trouué d'indignité à les receuoir,& qu'ils n'y
ont point rēcontré tant de chofes dignes d'apprē-
dre, cōme ils fe font chargés de celles qui fontdi-
gnes d'eftre oubliées. C'eft auiourd'huy où eft re-
hauffée la fainéteté de ces braues fanétificateurs.

.C'eft le profit de la regēce de leurs efcholes. La
religion y eft toute degradée, tournée en apparence de deuotion, à trauers laquelle paroift l'exceffi-
ue diftraétion, qui puife quafi fon parangon iufques dedans le mahometifme. Les voluptés Ecclefiaftiques touchent prefque au paganifme.

Il y a tant d'exceffiues fecularités mefloyées,que
tant s'en faut qu'vn homme qui fe depapife,fe de-
chriftianife, qu'au contraire il guerit le chriftianifme de la lepre du papifme, car le papifme eft vne
infeétion,qui pourrit en corruption toute la maffe du chriftianifme,& ceux que Dieu interdit d'v-
ne telle recognoiffance, & qui font reprouués de

cefte lumiere tenebreufe, doiuent deplores la condition de ceux qui demeurent dedans vne telle of-
fufcation , & qui ne fentent point la conftipation
de ces fumees qui leur rendent la veuë preffuree
d'obfcurité , noircie d'vne condenfité maffiue, &
qu'encor qu'ils foyent parmi les voyers de mort
fempiternelle ils croyent eftre parmi les guiche-
tiers de paradis : leur iugement eft tout falfifié , il
voit louche , comme à trauers de la lie, on coupe-
roit d'vne hache leurs tenebres fi efpaiffes , qu'elles les font fembler à des Egytiens pluftoft qu'à
des vrais Ifraelites. La Medee fille du roy Colchos
difoit qu'elle aimoit mieux mourir dix fois en bataille, que fouftenir vn enfentement: enfenter des
ames à Dieu, c'eft vne œuure heroique.

Vn docteur fue plus en vn iour , qu'vn laboureur en vn mois. I'aimerois quafi mieux vne houe
qu'vne plume , parce que la plume puife iufques
dans le centre de la moëlle du cœur , ce qui vfe
d'auantage la vie & le corps , que la force des
bras, dont fe fert celuy qui trauaille aux champs.
Ha , qu'il faut ahanner pour parler à ces dominations , à ces throfnes, à ces puiffances vicedeales.

Combien leur credulité desbordee coufte de
veilles, de remonftrances, de difputes, à ceux de la
Religion Reformee , ains combien elle coule
de fcadale à la tendreffe de pauures ames qui font
toutes defedifiés en l'indigeftion d'vne fi fcanda-
eufe corruption : combien coufte elle d'ames au
fang de Chrift qu'elle côfôd iournellemét parmi le
brouillis de fes ptubatiôs. Ha, apoftafie decrepite
encor

encor faut il que quelque iour tu brôches au tombeau, on y ahannera, mais en fin il te conuiendra y
succomber. Il se faut luicter & abbatre soy mesme
pour leur dire la verité: personne ne presche le Pape, chascun manie ses remonstrance dedans la cadence d'vne mitre ou chappeau, dont leur teste est
affamée. Tous les predicateurs ou confesseurs, plus
tost que d'amollir le cœur du Pape à Dieu, le ba-
lancent à leur pretention: & pour moy, ie me don-
neray cest honneur d'estre prescheur du Pape en ce
liure, où i'ay parlé assez librement, sinon à la face
de Rome, à la face de toute la France, sinon en sa
chappelle, pour le moins c'est en la vraye Eglise de
Dieu, & que lui & ses camarades ou compagnons
consistoriaux, qu'il appelle ses enfans & ses freres
ne mesprisét du tout q̃ ce paquet de chapitte d'aduis. Ie sçay qu'ils l'estimeront en partie trop sensi-
ble en aigreur: mais d'autres aussi le gousteront en
leur synderese, à tout le moins que tous se bandent
à amédez l'exces temeraire de la pantoufle, afin de
ne la plus faire bouquer aux Rois & vrais chrestiés,
côme si c'estoit des mousques. Il en fait pis que ses
singes qui bouquerôt bien le poulce ou le poinct,
mais non pas le pied ou l'ortœil de celuy qui les
nourrit. Ains il se voit plusieurs prelats, qui sortãs
de l'autel, où y ayans receu l'hostie, qu'ils appellét
le corps de Iesus Christ, où les reliques & particules peuuent estre demeurées entre leurs dents &
leurs leures; & leurs moustaches toutes trépées du
calice qu'ils appellét du sang de Christ, neãtmoins
ils portent leur bouche accompagnée de ce corps

& sang de Christ à bouquer le pied du Pape. C'est
vne iniure blasphematoire, faite au baptesme & à
Christ mesme.　Ie laisse qu'il se fait seruir par les
Rois trop indignement & sommairement ce qui
est abbregé ci dessus : ils en feront leur profit s'il
leur plaist, & prendront en bonne part ce qui est
parti de mon cœur , pluftoft que du mesnage de
mes passions:car ie ne les escoute point en matiere
de salut,ains ie suis tousiours en mauuais mesnage
auec elles. Ie ne les laisse point monter iusques au
conseil que ie doibs prendre en la direction de ma
conuersion, laquelle s'est formée des causes sus alleguées,qui font partie de plusieurs autres que i'ay
à dire en d'autres traités suiuans , & qui m'ont fait
desmesnager de la Babylone Romaine, secouër le
ioug de Pharaon, d'Egypte, retirer de la corruptiõ
de la parole de Dieu & du salut des hommes, quit-
tant à la secte de ce siege preposteré, leur aueuglef-
se tenebreuse , dedans laquelle ils aiment mieux
s'enfouir qu'abandonner leurs desbordemens ex-
cessifs en toute enormité desplaisante au ciel & au
monde, pour lesquels nous deuons tous prier, afin
q̃ Dieu leur cõmuniq; la grace qu'il nous fait, qu'il
ne continue en son ire sur eux: ains qu'il les vueil-
leramener au ressentiment de la foy, qu'il lui plaise ne se laisser gaigner au deffr de son courroux
qu'ils prouoquent incessamment en leur tres-ob-
stinée preuarication, où ils se preciptient, pechans
contre le S. Esprit, lequel ils mescroient en faueur
de la chair qu'ils adorent plus que Dieu mesme.
Il lui plaira donc de les retirer de telle sensualité
char-

charnelle , changeans ceste dure glaire qui leur
couure les yeux en estincelle de synderese con-
sciencieuse , leur donnant la force de se forcer au
resueil de leur ame, à sortir hors de contumace &
d'obstination, afin que recognoissans Dieu & eux
mesmes, ils cessent du chemin damnable, où ils se
precipitent & recognoissent le tort qu'ils ont de
persecuter ceux qui viuent mieux qu'ils ne sçauroient penser , & que cependant nous deuenions
vnis en celui qui s'est conçeu en nostre chair , afin
de reioindre nos esprits à sa diuinité. Dieu les as-
siste, & nous console, & les face tels que nous desi-
rons qu'ils deuiennent, & nous aussi.

CONGE DE L'AVTHEVR
à son Liure.

VA mon petit mignon, mon braue champion,
mon courageux martyr, que dis-ie, mon gentil archerot, mon aigre-douce lime d'or, le tamis,
le bluteau affiné du camail capitolin, pigne les,
bouchonne les moy. Ie voy les Marianistes, Am-
plademistes te saulter au colet à te chifonner, grif-
fonner, pour te pilorier, eschaffauder, on te suppli-
ciera, pour le moins on te mitrera, catamidieras
voire on te gabalera ; mais comme on te proffiera
par tout, auec combien de proclamations haueu-

ſes;vn milion de groſſes goulées ſe desfroqueront
par tomberées d'iniures contre toy ; toy & ton
pauure pere ſerés traduits iuſques au ſouueraine-
ſtage d'ignominie: on te voudra eſtropier, par ce
que tu as eſtropié tes eſtropieurs: on te voudra e-
ſtouffer, voire eſcarteler mille fois, donnant à tous
les gibets vn morceau de tes membres: vne four-
midliere de corbeaux qui s'eſſorcera pour te deuorer : Il n'y a celuy d'eux qui n'eſſaye à t'eſcacher,
chaſcun d'eux s'eſuertuera pour te rendre criminel.

Mon pauure enfant, tu vas parmi des farouches
qui s'entygreront contre toy, tu leur ſeras plus eſpouuantable qu'vn loup blanc , & ne leur ſeras
bon à liurer aux tygres, ils ſouhaiteront de te bou-
caner comme ſauuages: mais dis leur que la plume
de ton pere eſt pour confondre ces plumes d'ai-
grettes, ces Gallipans, la croaſſerie de ces Corbineurs, de ces auſtruches griffonantes : dis leur que
ſi ton pere euſt voulu autant mentir , comme il a
dit de verité du Pape, on l'euſt rendu net comme
vn Ange ; ce ſont les mots qu'on luy a pluſieurs
fois offert.

Ie ſçay qu'on ne me reſpondra qu'auec naureures, paroles mortelles, & arſenicales : ils endeſue-
ront à me naurer mortellement , non ſeulement
cyniquement: ce ſeront compoſitions de langage
patibulaire , qu'ils ont tetté de Proſerpine leur
mere laquelle les chiffle, à parler ainſi contre les
enfans de Dieu, le zele deſquels ils gaigent de foudre & ſalmonées.

Ie

Ie n'attend pas vn tantinet de meilleur morceau
finon qu'ils faufferont leur paroles de leurs belles
fentences d'iniuftice fille de corruption,& de faux
tefmoins. C'a efté vne exalaifon des cloaques du
Vatican.

Ce pauure enfant trouué precurfeur du Zodia-
que, en a fouffert d'eftranges eftrettes: il en a efté
tout ftigmatisé,non feulement deflabré : mais ce
fera l'afcendant de ta valeur , & de ton pere ; car
d'autant qu'ils crieront plus fort,c'eft qu'ils auront
efté atteins plus viuement. Ils refpondront parce
que tu les a appellés , felon l'etimologie du nom
de leur definition. La refponce fera le protocolle
du credit que tu acquerras par ton puifné : tu es
l'efpée de ton pere , tu feras fuiui de ton cadet qui
luy feruira de bouclier, & à toy auffi. Tu feras la
pierre de touche du refte de leur rage, laquelle ils
n'affouuiront iamais qu'en fe desfaifant, s'ils ne te
peuuent desfaire:car ils s'enfiellent de grand mal-
talent,contre quiconque veut rauir la taye de leurs
yeux,purger la tarre de leur cœur ; mais ils croaf-
feront fi fort que le venin dont ils font bouffis les
creuera.

l'attens auec paffion ce qu'ils penfent de moy:
tu leur feruiras d'errine , d'amorce , ou de vomi-
toire. Ha! que de fiel tu fouffriras,pauure papier:
mais i'attend de pied coy leur vomiffement, dans
le regiftre de ce qui leur eft le plus fincerement
ferieux. Ie leur relanceray l'eftœuf,auec autre feruice que d'efcuyer de chauderon , ou de riblettes:
a ! combien de letanies fur l'inuentaire tiru}

laire des chefs dont leur defmenemens font imperfectionnés : quelles ettiquetes meritent les reiettons de leur accroiffement ? Cela parle fans parole, creue les yeux aux aueugles mefmes. La meflée ne fe defpartira , fans que quelqu'vn foit efchaudé de la chance du ieu. I'ay vn deuidoir qui a plufieurs efcheueaux à desbouller. Ha ! que de beaux motets s'hiftorieront. Sommairement, di leur que tu es fils d'vn pere qui frappe auffi toft au nez qu'au vifage,& qui ne pardonnera aux abu-feurs,ni aux abusés,non plus qu'aux mefmes abus, & cependant,adieu,fans adieu.

Ie vous reuerray , Meffieurs, auffi toft que me faluerês.Bien affailli,mieux defendu.Ie fçay que ie raferay ceux qui me voudront tondre. I'ay plus à mordre, que vous à ronger : ie mordray ceux qui m'efgratigneront,accableray de verités , ceux qui voudront m'enieuleux par le menfonge.

F I N.